कमलेश्वर रचना-संचयन

ISO 9001:2008

किताबघर प्रकाशन

नयी दिल्ली

कमलेश्वर रचना-संचयन

संपादक

गंगाप्रसाद विमल

प्रकाशक
किताबघर प्रकाशन
4855-56/24, अंसारी रोड, दरियागंज, नयी दिल्ली-110002
फोन : 011-23266207, 30180011 फैक्स : 011-23271844

E-mail : kitabghar_prk@yahoo.com
kitabgharprakashan@gmail.com

'कमलेश्वर रचना-संचयन' पुस्तक का प्रकाशन
'महात्मा गांधी अंतरराष्ट्रीय हिन्दी विश्वविद्यालय' के सहयोग से हुआ है।

प्रथम संस्करण : 2013

आवरण : रवि शर्मा

मूल्य : आठ सौ पचास रुपये

मुद्रक : बी०के० ऑफसेट
नवीन शाहदरा, दिल्ली-110032

KAMLESHWAR RACHANA-SANCHAYAN
(Hindi) Price : Rs. 850.00

ISBN—978-93-82114-50-5

क्रम

पहला उपन्यास : **बदनाम बस्ती उर्फ एक सड़क सत्तावन गलियां**

आम आदमी बहसों के बीच

औपन्यासिक पुनर्लेखन

बुद्धिजीवियों से बहस

कितने पाकिस्तान (उपन्यास अंश)

परिक्रमा

पुरोवाक्

कमलेश्वर रचना-संचयन एक तरह से स्वाधीनता के उपरांत के रचना-कर्म का संरक्षण है। स्वाधीनता के बाद के भारत की वास्तविकताओं का संसार शेष संसार से सिर्फ इस अर्थ में भिन्न है क्योंकि वह भारत की वास्तविकताओं का संसार है। क्योंकि शेष संसार में विकसित देश भारत से अनेक अर्थों में भिन्न हैं। और ज़ाहिर है भारत की वास्तविकताओं का संसार इकहरा नहीं है। न उन संसारों की तरह है जहां पूंजी ने कुछ आदर्श तय कर लिए, अब नागरिकों का उन्हीं तयशुदा शिखरों को छूने का विकल्प मौजूद है। न उन संसारों का जहां विचारधारात्मक एकता के कारण विकास की रेखाएं सुनिश्चित की जाती हैं। न उन संसारों की तरह जहां निरंकुश सत्ताएं धर्म या फौज का आश्रय लेकर मनुष्य के लिए अपने ही ढंग से स्वतंत्रता, समानता और नागरिकत्व के पैमाने तय करती है। इस अर्थ में स्वतंत्र भारत का उदय एक आश्चर्यजनक घटना की तरह कई सदियों के वर्तमान का एक आश्चर्य ही है। सामंतीय दासता से औपनिवेशिक दासता का एक बड़ा कालखंड भारत को कुचलने का दौर ही नहीं है वह भारत को तोड़कर उस पर पूरी तरह विजय प्राप्त करने का, जातीय अहंकारों की क्रूरता का भी दौर है। परंतु भारत की निर्मिति न राजनीतिक मानचित्रों की निर्मिति थी, न भौगोलिक स्थायित्व की निर्मिति, उसके भीतर कितनी ही राजनीतिक इकाइयां क्यों न हों—वे सबकी सब पूर्णता में भारत थीं और यह तत्त्व था जिस पर बाहर और भीतर से विजय प्राप्त नहीं की जा सकती थी। बहुलता की यह बेमिसाल इकाई थी जो सबको आत्मसात् कर अपने में मिला लेती थी। कमलेश्वर उसी भारत के, नए उगते भारत के रचनाकार थे। उनके पास वे ही विश्वास थे जो सामान्य रूप भारतीयों के हिस्से में आए थे। वे ही संघर्ष थे, वैसा ही समाज।

अपने विद्यार्थी काल में कमलेश्वर को पढ़ना शुरू किया तो जैसे आंखों के आगे एक नई दुनिया खुलने लग गई थी। उन कथाकारों द्वारा रचित एक दुनिया, जिसमें भावुकता, काल्पनिकता, सब कुछ था, किंतु वह भीतर तक बांध नहीं पाती थी। 'राजा निरबंसिया' या 'जॉर्ज पंचम की नाक' जिस तरह भीतर तक हलचल मचाती थीं, उस ढंग से किसी ने लोकशैली या प्रतीकों को आधार बनाकर प्रयोग नहीं किए थे। वर्ष 1960 के आरंभ में जब 'नई कहानी' आंदोलन अपने शीर्ष पर था, मुझे कहानियों

पर कुछ समालोचनात्मक लेख लिखने की सूझी। हालांकि तब तक मैं अपने प्रयोगधर्मी लेखन के लिए कुख्यात हो चुका था। उन्हीं दिनों कमलेश्वर से मेरी मुलाकात भी हुई थी और मैं उनसे बहस के मूड में था कि कमलेश्वर ने मुझे उत्साहित किया कि जो मैं सोच रहा हूं, उसे लिखना आरंभ कर दूं। 'कहानी' पत्रिका में नियमित लिखने का कार्यक्रम बन गया और जब वह समीक्षात्मक लेखन छपना आरंभ हुआ तो सबसे पहले मुझे कमलेश्वर और श्रीकांत वर्मा के पत्र मिले। कमलेश्वर नए से नए लेखन के प्रति विशेष प्रकार की आसक्ति रखते थे। उनका कहना था कि जो चीज़ पुरानी आंखें नहीं टोह सकतीं, उसे नई आंखें देखती हैं। इसलिए साहित्य को वह कठघरों या परंपराओं में न देखकर उसे समग्र रूप में देखने के हिमायती थे और लेखकों के सृजन से उस महत्त्वपूर्ण को रेखांकित करते चलते थे, जिसके बारे में शेष लोग आंखें मूंदे रखते हैं।

कमलेश्वर हिंदी कहानी के, खास तौर से बीसवीं शताब्दी के, शीर्ष कथाकारों में अग्रणी हैं। उनमें हम एक साथ प्रेमचंद और फणीश्वरनाथ रेणु के गुणधर्मों का विकास देख सकते हैं। उनकी 'नीली झील' या 'मुरदों की दुनिया' जैसी बेजोड़ कहानियों को हम उनके किस्सागो होने और एक मिशनरी की मानिंद शब्दों से प्रतिरोध कायम करने के सक्षम उदाहरणों की कड़ी का एहसास कराने वाली प्रक्रिया से लैस देख सकते हैं। कमलेश्वर सही मायनों में एक सामाजिक प्रवक्ता थे। वे बेखौफ अपनी बात कहने के लिए सृजनशील पद्धति के भी प्रणेता थे। आपातकाल के दिनों में वही पहले संपादक थे, जिन्होंने 'सारिका' में सरकारी पक्ष के बहिष्कार की एक नई पद्धति खोजी थी। उन्होंने 'सारिका' के पन्नों के उन अंशों को सरकारी बाबुओं द्वारा काली स्याही से ढककर सेंसर करने पर अपना प्रतिरोध ज़ाहिर किया था और 'सारिका' वैसे ही प्रतिबंधित छवि में प्रकाशित कर दी थी। कमलेश्वर बाद के वर्षों में जब उच्चाधिकारी के रूप में दूरदर्शन से जुड़े तो उन्होंने दूरदर्शन में व्याप्त कलाहीनता पर लगाम कसनी शुरू की थी। ज़ाहिर है, ऐसे में विग्रह की पूरी गुंजाइश थी। अफसरशाही को ज़्यादातर रचनात्मक लोगों से ही परेशानी होती है। कमलेश्वर के साथ भी वही हुआ, किंतु अफसरी छोड़ने के बाद कमलेश्वर ज़्यादा सक्रिय होकर फिल्म और टेलीविज़न की दुनिया से जुड़ गए।

कमलेश्वर ने फिल्मों की दुनिया में एक नए लेखक की सही हैसियत कायम की थी। 'आंधी', 'द बर्निंग ट्रेन' जैसी फिल्में लिखकर उन्होंने फिल्म माध्यम को भी नएपन से चित्रित करने में सफलता अर्जित की थी। कमलेश्वर जिस माध्यम में रहे, उन्होंने उसे अपने 'कमलेश्वरीय रंग' से पोषित किया। यह कमलेश्वरीय रंग जहां

फाकामस्ती, निडरता से भरा हुआ था, वहीं इसमें समाज और मनुष्य के प्रति एक सजग दायित्व भावना भी थी। उनके उपन्यासों को लें तो वे कमलेश्वर के समग्र चिंतन को पूरी तरह अभिव्यक्त करने के आदर्श उदाहरण हैं। वर्षों पहले जब उनका एक छोटा सा उपन्यास 'समुद्र में खोया हुआ आदमी' प्रकाशित हुआ तो कुछेक लेखकों ने उसे एक भावुक प्रयास कहकर किनारे करने की कोशिश की, किंतु वह भावुक प्रयास नहीं था बल्कि हमारे असुरक्षित समाज में धन से अर्जित सुरक्षा के प्रतीक से खबरदार करने का एक रचनात्मक प्रयास था।

उस उपन्यास में कमलेश्वर ने मातम या स्यापे का जो वर्णन किया था, वह अविस्मरणीय था। कुल मिलाकर कमलेश्वर अपनी कथाओं में 'स्व' से अलग होकर निरपेक्ष ढंग से स्थितियों का कथात्मक या तथ्यात्मक विवेचन करते हैं। 'कितने पाकिस्तान' उपन्यास इस दृष्टि से महत्त्वपूर्ण है। जवाहरलाल नेहरू विश्वविद्यालय में अपने एक छात्र को मैंने कमलेश्वर के इस उपन्यास पर काम करने के लिए प्रेरित किया था। यह अपने कथात्मक विन्यास में एक ऐसा उपन्यास है, जो एक साथ विश्व की सबसे खतरनाक समस्या सांप्रदायिकता से आतंकवादी संगठन की ओर इशारा करते हुए समूची मनुष्य जाति के सामने अलगाववाद के खतरे को रख देता है। कौम, धर्म, जाति और विश्वासगत हठ किस तरह से मनुष्य और समुदायों को ठग रहे हैं। चिंतन की विशेष शैली के इस विष-वृक्ष से मनुष्य जाति के कितने सवाल दंशित हैं, इसकी कल्पना भी भयावह है। कमलेश्वर जैसे दृष्टिसंपन्न लेखक राष्ट्र और राज्य की परिसीमाओं से बाहर वैश्विक फलक पर उभरते मनुष्यता विरोधी आधार को पहचानकर बहुत आसान से विवरणों में वह सब कहते हैं, जिसे मानवाधिकारवादी बड़े-बड़े ग्रंथों और विधि संबंधी नियमनों में भी नहीं कह पाते।

हिंदी के इस विलक्षण कल्पनाशील सृजेता से नए लेखकों का घना संबंध रहा है। मैं जब दिल्ली आया और करोलबाग में निवास करने लगा, तब रवींद्र कालिया और दूसरे दोस्तों के साथ हम कमलेश्वर और मोहन राकेश से बराबर मिलते और बहसें करते थे। डॉ. इंद्रनाथ मदान के निकट होने के कारण भी कमलेश्वर से मुलाकातें कुछ ज़्यादा बढ़ गईं। साठ के शुरू में, जब तक कमलेश्वर दिल्ली में रहे, एक खास किस्म की साहित्यबाज़ी की आदत हमें बार-बार एक-दूसरे के करीब खींच लाती थी।

मुझे कमलेश्वर के साथ देश-विदेश की अनेक यात्राएं याद आती हैं और याद आता है कमलेश्वर का सदाबहार मुस्कराता या बहसों में फंसा तमतमाया चेहरा। असल में कमलेश्वर नई सृजनशीलता के प्रणेता ही नहीं थे, वह हर उस नएपन के समर्थक थे, जिसकी सामाजिक सार्थकता पर उन्हें यकीन था। उसे वे बड़े जतन से

पालते-पोसते थे। कमलेश्वर के सृजनात्मक गद्य और चिंतनपरक गंभीर गद्य में यही नयापन एक खास उदारता के साथ निबद्ध है। वही उदारता धीरे-धीरे उस केंद्रीय तत्त्व को उभारता है जिसमें एक मौलिक कथाकार की अपने इतिहास को जानने की विधि निहित है।

कमलेश्वर की कहानियों की विशेषता है कि आप किसी भी कसौटी से, किसी भी आलोचनात्मक परिपाटी से उन्हें आंक सकते हैं। कथा सरित्सागर हो या वृहद् कथा सभी मूल्याधारों या पैमानों से उन्हें परख सकते हैं। बल्कि एक कदम आगे जाकर कहा जा सकता है कि कथा सरित्सागर या वृहद् कथा ने कथाओं के या गल्पों के जितने चौखटे निर्मित किए हों, उनके आधारभूत सैद्धांतिक आधार पर भी कमलेश्वर की कथाओं को परख सकते हैं। कथा सरित्सागर या वृहद् कथा जैसे प्राचीन गल्प ग्रंथों ने सभी तमाम कथा-गुण सूत्रों को प्राचीन गल्प ग्रंथों में संकलित कर यह अंकित किया कि हम किसी भी कालखंड में जान सकते हैं कि कथा का यह प्रारूप या ढांचा या चौखटा पहले रच लिया गया है। स्पष्ट है मौलिक ढांचा प्रस्तुत करना असंभव-सा रचनाकर्म है। आज जहां हम कथा लेखकों पर ढांचों, अवधारणाओं और आविष्कृत प्रारूपों की चोरी करने का आरोप लगाते हैं वहीं यह कहने का भी दुस्साहस कर सकते हैं कि आज के अधिसंख्य कथाकार गल्प या किस्से के सृजन में वृहद् कथा से आगे बढ़ ही नहीं सके। अपितु जाने या अनजाने गल्प के पुराने प्रारूपों को ही दुहराते रह गए। इस संदर्भ में भी कमलेश्वर बाज़ी मार ले जाते हैं क्योंकि 'राजा निरबंसिया' में वे लोक-व्याप्ति से वंशहीन होने का त्रासद कोण उठा लेते हैं और उसे लोक-व्याप्ति के वृहद् फलक से लौटाकर एक ऐसी इकाई में बिंदुबद्ध कर लेते हैं कि वह निजताभरी व्यक्ति गाथा एक सामुदायिक गाथा बन जाती है। कमलेश्वर जैसे दृष्टि संपन्न रचनाकार के ही बूते की बात है कि वे लोक सूचना को अधिकृत व्यक्ति सूचना के रूप में कैथरीन मैंसफील्ड की तरह फैलने देते हैं। कैथरीन मैंसफील्ड जैसे सजग कथा सृजेता में यह वृत्ति शैल्पिक अधिक है जबकि कमलेश्वर में वह 'वस्तु' के अंतर्व्यापी विस्तार के रूप में ही विकसित होती है।

कमलेश्वर की रचनागत चतुराइयों का जैसे ही किसी को बोध होता है तो वह कमलेश्वर की आलोचना की बजाय सराहना के भाव से भर जाता है क्योंकि वे गल्प सृजेता की चतुराई से एक नए गल्प की प्रतीति के रूप में उभारने में अत्यंत सजग और कुशल हैं। कह सकते हैं कि वे एक प्राचीन भावाधार को नएपन की ऐसी सज्जा के सामने लाते हैं जो सभी काल खंडों में समान रूप से अर्थमय होती है। स्वयं कमलेश्वर नई कथात्मक सजगता को जब व्याख्यायित करते हैं तो वे उसके ऐसे

महत्तम कोणों को केंद्र में ले आते हैं जिन पर अभी तक विज्ञजनों ने विचार भी नहीं किया "और नया कहानीकार यह सब धर्म, दर्शन, तंत्र या मतवाद के मातहत नहीं, परिवेश में आकंठ डूबे मनुष्य की आकांक्षाओं और अपेक्षाओं की मातहत ही स्वीकार करता है। नई कहानी इसलिए मानव-मानव के नए उभरते और शक्ल ले या टूटते संबंधों को सबसे पहले रेखांकित करती है क्योंकि वह अपने 'मैं' से निकलकर 'वह' या 'उसकी' प्रामाणिक अभिव्यक्ति करती है और अपने 'मैं' से निकलकर जैसे ही वह दूसरे से संबद्ध होती है, लेखक प्रतिबद्ध हो जाता है। नए कहानीकार की प्रतिबद्धता का अर्थ इसीलिए जीवन से प्रतिबद्धता का है, मत-मतांतरों, फैशनों या वादों से आक्रांत होने का नहीं।" कमलेश्वर स्पष्टता से नई कहानी के मूल मंतव्य की चर्चा करते हुए कथा और जीवन की संबद्धता के वास्तव की बात करते हैं। वे एक तरह से जीवन के सच को गाथा के सच में बदलकर उसे मिथकीय बुनावट से संपन्न कर डालते हैं।

"प्रामाणिकता और कथ्य का कालांकित (डेटेड) होना, दो विशेष बातें हैं जो नई कहानी के संदर्भ में उठते हैं। प्रामाणिकता अर्थात् झूठ और असंगत को कहानी के शिल्प और कथ्य के स्तर पर बराबर तराशते जाना, यानी सहजता की खोज। यह सहजता इकहरेपन का पर्याय नहीं है, बल्कि संश्लिष्ट यथार्थ को उसके सभी आयामों में से खोजकर बिना किसी तनाव या अतिरिक्त रोमांटिक लगाव के अभिव्यक्त कर सकता है। प्रामाणिकता एक ओर अनुभव की सच्चाई की शर्त है तो दूसरी ओर सच्चाई को प्रौढ़ता से झेलकर अर्थी तक पहुंचाने की पहचान भी है।" कमलेश्वर की इन स्थापनाओं में हम नए सृजन के उन भीतरी दबावों की आहट सुनते हैं जो सृजन के मूल उद्देश्यों को स्पष्ट करते हैं। कमलेश्वर की मान्यता है कि नयापन जीवनगत जटिलताओं की सघनता से बाहर नहीं है, वे लिखते हैं।

"इसलिए नई कहानी मात्र जीवन-खंडों या घनीभूत क्षणों का संप्रेषण न होकर, उनमें निहित अर्थों या मूल्यों की कहानी है, जो अनेक स्तरों पर घटित होती है; अभिधात्मक रूप में यह स्थिति-विशेष, जीवन-खंड या घनीभूत क्षण की सच्ची प्रस्तुति है, जो व्यंजनात्मक रूप में वही मानवीय संबंधों, घटना या क्षण को नए अर्थों तक ले जाती है। ये अर्थ उस यथार्थ से ही फूटते हैं, जिसे लेखक कहानी के लिए चुनता है। अतः आज कथ्य के चुनाव का दृष्टिकोण महत्त्वपूर्ण है; और इसीलिए अर्थगर्भा स्थितियों की महत्ता सहज ही बढ़ गई है, और नई कहानी परिवेश से उद्भूत प्रामाणिक अनुभव की गंभीर संवेदनशील प्रतीति है, घटनाक्रम का वाचाल चलचित्र नहीं।" स्पष्ट है कि संश्लिष्ट स्थितियों का प्रकटीकरण एक ऐसा बिंदु है जहां से

रचनात्मकता का नयापन उभरता है। आशय स्पष्ट है कि कमलेश्वर कथा के भीतर से उस तनाव के कौशल से दो-चार होते हैं जो बेहद मानवीय संवेदन का हिस्सा है।

"अपने समय का उल्लंघन नई कहानी में नहीं है, इसीलिए वह कालांकित (डेटेड) है। अपने समय की केंद्रीय स्थितियों की अभिव्यक्ति और बदलते परिदृश्यों के साथ निरंतर बदलते जाने की अपेक्षा से ही 'नए होते रहने' की बात जुड़ी है…यानी इसका कोई स्थिर रूप या प्रतिमान नहीं है, इसीलिए यह हमेशा अपरिभाषित रहने की नियति से आबद्ध है। किसी एक लेखक की अपनी शुरुआत की पीठिका बनती जाती है। यह प्रक्रिया ही नई कहानी की वास्तविक रचना-प्रक्रिया है। इसीलिए नए यथार्थ को खोजने वाली कहानी नई है, बीते हुए नए ढंग से खोज करने वाली कहानी नई नहीं है। यह शिल्प-प्रयोगों का प्रयास नहीं है कथ्य के प्रयोगों का प्रयास है। नई कहानी संबंधी अपनी धारणाओं को स्पष्ट करते हुए कमलेश्वर ने कहा भी है कि नई कहानी पर अनेक दृष्टियों से विचार हुआ है।" ज़्यादातर कथाविदों ने पुरानी कथा लेखन की वृत्ति से प्रयाण घोषित करने की आसान सी तर्क प्रणाली का सहारा लिया है। कमलेश्वर नएपन के भीतर उस नई संघर्षशीलता को रेखांकित करते हैं जो न सिर्फ नई भाषा को जन्म देती है बल्कि सृजन के नए दबाव के रूप में सक्रिय दिखाई देती है। इस महीन सक्रियता को अनेक दृष्टियों से रेखांकित किया जा सकता है।

"नई कहानी ने इस जड़ता से अपने को अलग किया, बल्कि इस जड़ता से अलग जो कहानियां लिखी गईं वे नई के नाम से अभिहित हुईं। नई कहानी ने जीवन की सारी संगतियां-विसंगतियों, जटिलताओं और दबावों को महसूस किया…यानी नई कहानी पहले और मूल रूप में जीवनानुभव है, इसके बाद कहानी है। रास्ता जीवन से साहित्य की ओर हुआ। इसीलिए उसके अनुभूति की प्रामाणिकता को रचना-प्रक्रिया का मूल अंश माना। उसने जीवन को उसकी समग्रता में रूपायित किया—व्यक्ति को भी उसके यथार्थ परिवेश में अन्वेषित कर यथार्थ अभिव्यक्ति की। भीष्म की 'चीफ की दावत' या 'भाग्यरेखा' की वह रेखाएं दिखाता हुआ व्यक्ति, शरद जोशी की 'तिलस्म' का नौकरीपेशा बाबू, दूधनाथ सिंह की 'रक्तपात', ज्ञानरंजन की 'पिता' के पिता, उषा प्रियंवदा की 'जिंदगी और गुलाब के फूल' का भाई, मन्नू भंडारी की 'यही सच है' की वह औरत, कृष्णा सोबती की 'मित्रो', कृष्ण बलदेव वैद की 'मेरा दुश्मन' का पति, देवेन गुप्त की 'अजनबी समय की गति' का रिटायर्ड बूढ़ा—और तमाम लोग, जो इधर की कहानियों में आए हैं, मात्र अपनी ही नहीं, अपने माध्यम से अपने वक्त की कहानी कहते हैं।" नई कहानी के आंदोलनात्मक उन्मेष की तो

सभी जगह चर्चा हुई। उसी से प्रभावित मूल्यांकनों के दौर में तटस्थ विवेचन की संभावना पर भी जैसे प्रश्नचिह्न लग गया था। कमलेश्वर ने अपने दायित्वपूर्ण लहजे से इस एक मुद्दे को केंद्रीय विषय बनाने का नवचलन आरंभ किया था। नई कहानी के उदय की यह कहानी कमलेश्वर ने बहुत रोचक ढंग से प्रस्तुत की है। कहना होगा कि कमलेश्वर नई कहानी के उदय से बहुत गहराई से जुड़े थे। इसलिए उनकी मान्यताओं को आज के अध्येताओं को प्रामाणिक मानना ही होगा। "नई कहानी : इसका उदय ऐतिहासिक संदर्भ में हुआ। इसने परिपाटीबद्ध रूढ़ अर्थों में 'कहानी' को स्वीकार नहीं किया। यह एक ऐसा मोड़ था जो आंतरिक और बाह्य कारणों से हिंदी कहानी में आया। इसके अंतर्गत कहानी के 'फार्म' तथा कथ्य—दोनों स्तरों पर एक नवीन दिशा की खोज की गई। 'नई कहानी' अपने में विकसित होती आई है; पहले उन्मेष में इसका कोई नाम भी नहीं था...पर बदलते हुए यथार्थ ने जब मूल्यों की एक संक्रांति खड़ी कर दी, तो नई कहानी ने उसे वहन किया और प्रेमचंद-प्रसाद की कहानी की परंपरा को नए अर्थ तथा नए जीवन-संदर्भों की ओर अभिमुख किया। नई कहानी की आंतरिक मांग ही यही थी कि उसकी यात्रा जीवन से साहित्य की ओर हो। जो कुछ जीवन में है...उसकी आंतरिक शक्ति के रूप में उसे अभिव्यक्त किया जाए और भविष्य से उसे संपृक्त रखा जाए। वैचारिक धरातल पर 'नई कहानी' लघु-मानवादी, क्षणवादी, विजातीय बौद्धिकता को स्वीकार नहीं करती—वह अपने राष्ट्रीय-जातीय परिवेश के प्रति प्रतिबद्ध है और उसका मूल स्रोत है—जीवन, अपनी समस्त जटिलताओं और संश्लिष्टताओं के साथ। यह आकस्मिक नहीं था कि 'नई कहानी' के उन्मेष के साथ ही, उसकी साहित्यिक विरासत की खोज में कुछ कहानियों पर से सहज ही आग्रह हटने लगा था।" कमलेश्वर ने यहां एक मार्के की बात कही है कि कथाओं में ही उसकी रचना का इतिहास निबद्ध होता है। नई कहानी के साथ ही एक लंबा विमर्श सृजन की दूसरी विधाओं को लेकर भी उभरता है। तथापि जो वास्तविकता के सामीप्य का अनुभव पुनर्रचित कर सके उस विधा की केंद्रीय स्थिति निर्विवाद है। नई कहानी के साथ भी यही हुआ और इसकी अनुगूंज नित्य नवीन कथाओं ने एक मुख्य स्वर के रूप में निर्मित की है।

संभवतः उस कालखंड की वैश्विक स्थिति ही ऐसी थी कि तरह-तरह के सवाल सामने आ रहे थे। किसी ने ठीक ही कहा है कि उस समय मनुष्य के आगे बहुतेरे सवाल आ खड़े हुए थे। प्रश्नों के सामने अवाक् आदमी की स्थिति यही है कि वह चुपचाप अपना काम करता चले, शायद प्रश्नों से जुड़े उत्तर स्वयं अपनी जगह बना लेंगे। एक आलोचक ने नई कहानी के उदय के समूचे आधार को जिस ढंग से समेटा

है उसकी व्याख्या इसलिए ज़रूरी है कि क्या नई कहानी का पूरा संसार इतना ही सीमित था? इसका उत्तर कहानियों में तो मिल जाता है किंतु नई कहानी के उदय की स्थिति के अंतरार्थों को जानना ज़रूरी है। एक युवा आलोचक का मत है कि "यह सच है कि 'नई कहानी' ने कथ्य और शिल्प से संबंधित अपनी उपलब्धियों से एक स्वतंत्र कथा युग को जन्म दिया, कहानी को परंपरा से अलग उनके पुनः अनुभव की वास्तविकता (एक्चुअलिटी ऑफ एक्सपीरियंस), अपेक्षाकृत ठहरे हुए यथार्थ के बजाय निरंतर बौद्धिक विचारवाद के विच्छिन्न रूपों के स्थान पर 'असमंजस संवेदना' (नामवर सिंह) का नया प्रतिमान स्थापित किया, व्यक्ति के माध्यम से सामाजिक दायित्व की चेतना का समाहार करके कहानीकार के उस आत्म-विभाजन का अंत किया जिसमें कहानीकार की निजी समस्या मानव समस्या नहीं बन पाती (परमानंद श्रीवास्तव) इसी प्रकार शिल्प के स्तर पर वर्णनात्मकता के स्थान पर एक नए रचनासंघटक की खोज की, एक नए 'कलात्मक विश्वास' की प्रतिष्ठा की जिसमें कहानी का एक बदला हुआ रूप, उसकी एक नई भाषा तथा एक मुहावरे का समावेश हुआ।" असल में नई कहानी विमर्श के दौरान समीक्षकों के सामने ऐसी कथाओं की पड़ताल की समस्या आ खड़ी हुई जो अपनी नई शैल्पिक सांकेतिकता में व्यक्त कर रही थी और कविता के आलोचक कथा में कविता के महीन गुणसूत्रों को देखकर चकित थे किंतु वे कथा में विधा के इस अतिक्रमण के मूल आशय को नहीं पकड़ सके। यहां तक कि युवा आलोचक की दृष्टि के घेरे में भी वह जटिल बिंदु नहीं उभर सका फलतः निष्कर्ष और गणितीय निष्कर्ष तो एक जैसा है किंतु उसकी फलश्रुति तक पहुंचने का विमर्श गायब है। फलश्रुति का आलेखन पर्याप्त अर्थमय है। नई कहानी के आधारभूत सैद्धांतिक पक्ष उतने पारिभाषिक नहीं हैं जितने व्यावहारिक हैं। यह काल का प्रभाव कहा जा सकता है क्योंकि बीसवीं शताब्दी के मध्य में राजनीति मनुष्य की नियति का निर्धारक तत्त्व बन गई थी। "इस प्रकार अपने व्यक्तित्व का अपेक्षाओं वाले जीवन के यथार्थ के अन्वेषण से प्रारंभ होकर, पुरानी कहानी की मृत्यु को घोषणा करती हुई 'नई कहानी' रूमानियत, भावुकता और काव्यात्मक को तोड़ती हुई मोह भंग (डिसइल्यूजनमेंट) के बिंदु पर पहुंचती है, जिस पर प्रश्नाकुलता स्पष्ट अस्वीकार में परिणत हो जाती है क्योंकि जीवन-संबंधों और जीवन-मूल्यों के विघटन और जीवन-स्थितियों की प्रसंगति तथा विपर्यय का बोध एक प्रकार की तल्खी पैदा करता है। संबंधों, मूल्यों, स्थितियों के प्रति सप्रश्नता और उनका आविष्कार एक अलग चीज़ है। रचनाकार की जागरूक चेतना की प्रक्रिया होने के कारण सप्रश्नता और अस्वीकार में तल्खी की

कोई गुंजाइश नहीं रहती।" एक तरह से यह नई कहानी में स्पष्ट कथन की ओर संकेत है। ज़्यादातर कहानियां सामाजिक स्थितियों के यथारूप को व्यक्त करने लगती हैं। यह सत्य का भ्रम बनाए रखने का कलात्मक आभास हो सकता है।

उनका विश्वास था कि सृजनात्मक प्रतिमाओं के लिए आकाश से छोटा टुकड़ा काटना मुश्किल नहीं है। सृजेता का प्रारब्ध आसमान की ओर है। फलतः कमलेश्वर समांतर से एक काल सीमांत को खारिज करने वाली वृत्ति से भी जुड़े रहे जिसमें उन्हें सतत समकालीनता दिखाई दी। यही वह बिंदु है जिस पर हम आरंभ के अपने वक्तव्य की ओर लौटते हैं कि कमलेश्वर की कथाओं को हम किसी भी कसौटी से आंक सकते हैं। यह कहने भर का प्रयोजन इतना है कि उम्दा सृजन काल संयमित क्षमताओं से लैस होता है, लोकजीवन में असंख्य ऐसी गाथाएं प्रचुर मात्रा में उपलब्ध हैं जो अपने टटकेपन, खरेपन, सहजता के कारण न कभी बासी पड़ती हैं, न कभी निरुद्देश्य दिखाई देती हैं। शायद उम्दा शब्द भी पर्याप्त अर्थद्योतक नहीं है किंतु कामचलाऊ भाषा में जैसे हम अपने मंतव्य संप्रेषित कर डालते हैं और वे स्वयं फिर अपने अर्थ विस्तार का दायित्व निभा लेते हैं ऐसे ही कथाओं में कुछ तात्त्विक संकेत उभरते हैं जो हरेक काल खंड के अनुरूप ढल जाते हैं। शब्द वही रहते हैं उनके अर्थ अपनी केंचुल छोड़ नई ध्वनियों में तैरने लगते हैं। कमलेश्वर ने कुछ ऐसी ही कहानियों की रचना की है जिनमें से कोई एक उठाकर हम उसकी काल की धकियाने वाली ताकत से रू-ब-रू हो सकते हैं। मैं उनकी 'नीली झील' कहानी को ही इस विमर्श में चरितार्थ के रूप में सामने रखूंगा। पाठक और अध्येता उनकी दूसरी कहानियों को भी इसी आशय से देख, परख सकते हैं। कदाचित् उनमें स्थान, विषय, परिवेश, संकेत और भाषिक स्तर पर उभरने वाला वास्तव दूसरा ही हो किंतु उनमें भी ध्वनित होने वाला अंतरार्थ संभवतः एक जैसा है। एक जैसा न भी कहें या न भी मानें तब भी कथाओं का अंतिम फलादेश अनेकानेक महत्त्वपूर्ण पड़ावों से गुज़रता हुआ जिस एक प्रभाव की प्रतीति देता है वह अपने अंतराशयों को बहुआयामी स्वरूप में प्रकट करता है। नीली झील का वर्णित संसार एक ओर वर्गीय बुनावट के कारण समृद्धि और विपन्नता के घटकों का अहसास कराता है, दूसरे उसमें सहज मानवीय भाव सौंदर्य के प्रति प्रबल खिंचाव के रूप में उभरता है। वह युवकोचित यौनाकर्षण के कारण एक आयुवर्ग के मनोलोकीय संवेदना के पक्ष को भी चित्रांकित करता है। कुल मिलाकर वह वर्तमान दुनिया के सामाजिक सरोकारों से भी जुड़ा हुआ है। इस अर्थ में भी अर्थमयता के अनेक संसारों का दिग्दर्शन कराने वाली कथा है। उसकी विवेचना हम प्राचीन काव्य-शास्त्रीय विधि से भी कर सकते

हैं। तो मध्यकालीन मत-मतांतरों के संदर्भ में भी परख सकते हैं। उसमें निम्न वर्ग, मध्य वर्ग और उच्च वर्ग के मनोलोकीय आधार भी विश्लेषित कर सकते हैं। भाषिक संरचना तथा शैली वैज्ञानिक आधारों पर तो सफलतापूर्वक उसकी विवेचना संभव है किंतु उसके अंतरार्थों से उभरने वाले संताप के परिप्रेक्ष्य में जब नीली झील की चर्चा की जाएगी तो उसमें कथा रचना की अतिरिक्त प्रौढ़ता का सामना करना पड़ेगा।

कमलेश्वर के उपन्यासों और छोटी कहानियों में भी हम एक विचित्र परिपाक से परिचित होते हैं। यह परिपाक या रसायन कमलेश्वर की अपनी निजी रचना क्षमता का उत्पाद्य हैं। कह सकते हैं कि प्राचीन गल्पकारों में भी यह क्षमता मौजूद थी। बीसवीं शताब्दी के अनेक गल्पकारों की तरह थोड़े से शब्दों में भिन्नता उकेरने वाले शैली सम्राट् भी मिल जाएंगे किंतु गल्प में दर्शन और चिंतन की घुट्टी का सम्मिश्रण एक विचित्र प्रकार के रसायन का निर्माण करता है। पंडित हजारीप्रसाद द्विवेदी संस्कृति के रूपाकारों की जगह उनके आद्य आधारों का अनुमान देकर गल्प में नया आकर्षण ले आते थे। उसी ढंग से कमलेश्वर वर्गीय सत्य का उपयोग कर न सिर्फ कथा की विश्वसनीयता बढ़ाते हैं बल्कि उसे काल के किसी भी छोर से मोड़कर समकालीन दुनिया में ले आते हैं। 'नीली झील' इसी दृष्टि से एक अद्भुत प्रयोग के रूप में सामने आती है। आरंभ में वे कथा के विवरण के रूप में एक सुंदर झील का चित्र उकेरते हैं और उसे मौजूदा दुनिया के एक सवाल से ला जोड़ते हैं कि क्या झील के तटवर्ती इलाके या झील में आए मेहमान पक्षियों की हत्या का खेल ठीक चीज़ है? अर्थात् आरंभ में अंग्रेज़ कलेक्टर की उपस्थिति दर्ज़ कर वे यह भी स्थापित करना चाहते हैं कि यह नई प्रवृत्ति, यह नया खेल किसी अर्थ में भारतीय नहीं है। हम इस कहानी का इसी पक्ष से विवेचन करें तो हमें कमलेश्वर के राजनीतिक आशयों का अनुमान होने लगेगा। कमलेश्वर के राजनीतिक आशय केवल गरीब और अमीर वर्ग या शोषित वर्ग तक सीमित नहीं है वह पूरे वैश्विक आधार पर अपने चिंतन के संस्पर्श केवल भाषागत प्रतीकों में व्यक्त करते हैं। यहां भी यह सूचना कि "जल पक्षियों के शिकार के लिए आए हुए अंग्रेज़ कलेक्टर" का परिचयात्मक विवरण एक साथ दो-तीन नए प्रश्न खड़े कर देता है और कमलेश्वर अपनी कथा की विश्वसनीयता के लिए कथा चरित्र की उपस्थिति को तीस साल पीछे ले जाते हैं। वे नीली झील में एक अलग अनुच्छेद का प्रयोग करते हैं, लिखते हैं, एकदम चितन्न पंक्ति की तरह "यह तीस साल पहले की बात है।" गौर करें इस स्थान पर कमलेश्वर ने किस्सागो के मूल मंत्र का प्रयोग किया है और उसकी इतिश्री 'वाचक' की उपस्थिति की सूचना के रूप में हुई है, "तब बस्ती से झील तक

का रास्ता बनाने के लिए आए हुए मज़दूरों की टोली में वह भी आया था।" स्पष्टतः कमलेश्वर का कथा वास्तु रूप जिस वस्तु शिल्प की ओर इशारा करता है वह एकार्थी नहीं बल्कि अनेकार्थी है।

कमलेश्वर ने स्वयं ही लिखा है, "मेरी कहानियों में कोई एक बात पूरी नहीं पड़ती। कई बातें मिलकर एक बात बनती है"—यह बुनियादी सत्य है जिसे कथाकारों ने अनेक स्तरों पर महसूस किया है। असल में कहानी कोई इकहरी चीज़ होती भी नहीं है। 'नीली झील' को ही लें तो वह आदमी की कहानी नहीं है। यानी मात्र एक आदमी की कथा नहीं है। वह एक समाज की कहानी है—ऐसे समाज की जो अनेक रूपों में, खंडों में विभाजित है। मोटे-मोटे विभाजन के प्रकार तो समझ में आते हैं—एक आदमी गरीब है, साधनहीन है वह साधनों की खोज में लिप्त है दूसरा आदमी अमीर है, उसके पास भौतिक सुख-साधन सब कुछ है, परंतु फिर भी उसके पास कुछ ऐसा नहीं जो समूचे तौर पर खुद को भरा समझे। 'नीली झील' में महेसा गरीब भी है—फिर उसे अपनी गरीबी को दूर करने के आयाम में हम देखते हैं कि वह उतना ही बेचैन भी है। उसकी बेचैनी का सबब सिर्फ औरतों के प्रति उसका आकर्षण नहीं है। उसे पारबती हासिल होती है तब भी वह अपनी भटकन से पूरी तरह मुक्त नहीं है। भटकन एक मानवीय-सा भाव है जो आदमी को जाने कहां खींच ले जाता है। लंबा उदाहरण इस बात को स्पष्ट करेगा कि उस भटकन के पीछे त्रास की स्मृति है और त्रास की यह स्मृति जैसे समूचे अस्तित्व पर प्रभावी हो—"उनके साथ के एक साहब ने उसे कुछ पैसे दिए और अभी एक क्षण पहले का महेसा अपना सारा आकर्षण भूलकर चल पड़ा। उसका मन भारी हो गया था। रह-रहकर उसकी आंखों के सामने वह बंदूक घूम रही थी और कानों में चिड़िया का शोर समाया हुआ था। हर आवाज़ वह पहचानता था—उन पक्षियों की भी, जो साल भर इसी झील के किनारे रहते थे और उनकी भी जो इस ऋतु में दूर पहाड़ों से उतरकर कुछ दिनों के लिए मेहमानों की तरह आते थे। उनकी हर आवाज़ का अर्थ वह समझता था—वे लड़ रहे हैं, या आनंद से भरकर गा रहे हैं, या साथियों को खतरे का बिगुल सुना रहे हैं। झील के पानी में किलोलें करते हर पक्षी के पंखों की सरसराहट का एहसास है उसे, चाहे वह मुर्गाबी हो, सुरखाब, जंगली बतख, चाहा, बगुला, सारस, नकटा, रेती, सरपपच्छी या सोना पतारी। उनकी सीटियों की मधुर आवाज़ें उसके कानों में बसी हुई हैं···और तभी उसका मन बंदूक की याद से धड़कने लगा।"

उधर बंदूक चली थी और गोली की टूटती हुई आवाज़ बादलों में गूंज गई थी और उसके बाद पक्षियों का कातर शोर। मन पर चोट-सी लगी थी। उसका मन उदास

हो आया था। दूर पर साथी मज़दूर काम में लगे दिखाई पड़ रहे थे। एक क्षण ठिठककर उसने पीछे देखा, "दलदल खामोश था और ऊपर से उड़कर भागती हुई चिड़िया की भयातुर आवाज़ को शालीनता से पीता जा रहा था।···मुड़कर वह तेज़ कदमों से लौट आया और अपने काम में जुट गया।"

यह हम पाते हैं कि महेसा का असली कष्ट वे पक्षी हैं जिन्हें लोग अपनी बंदूकों का निशाना बनाते हैं। हिंदी आलोचकों ने कभी ध्यान से पूरे पाठ को केंद्र में रखा ही नहीं है। इसीलिए कमलेश्वर भी समूची हिंदी आलोचना को फतेवादी आलोचना से अलग कुछ नहीं मानते। उन्होंने दस कहानियों की अपनी भूमिका में काफी स्पष्ट-वादिता से लिखा भी है–

"इस छद्म महाशून्य और पाठकहीनता के बावजूद प्रखर रचनाएं लगातार आती रही हैं क्योंकि रचना का शून्य रचना के इतर कारणों, जिनका मैंने उल्लेख किया है, उन्होंने पैदा किया है जिससे ऊबकर पाठक विमुख हुआ है···अन्यथा तमाम पैनी और जीवंत कहानियां आज के नए रचनाकारों द्वारा लिखी जा रही हैं पर उन पर ध्यान और चर्चा केंद्रित नहीं है क्योंकि हिंदी आलोचना कहानी के सहारे अपने मानदंडों का शास्त्र रचती रही, उसने कभी कहानी को उसकी इयत्ता में परखा ही नहीं। वे यही बताते रहे कि विंध्याचल, सतपुड़ा, हिमालय, अरावली के पहाड़ों को कैसा होना चाहिए था, या इन पहाड़ों और चट्टानों से उनकी अपेक्षाएं क्या हैं–उन्होंने कभी किसी कथा रूपी पहाड़ को उसकी 'प्राकृतिक संरचना' के रूप में विश्लेषित नहीं किया। हमारी आलोचना फतवों की परंपरा निबाहती रही है।" असल में नीली झील के केंद्र में वह मानवीय त्रास है जो एक गरीब, विपन्न, साधनहीन आदमी के अनुभव बोध में दिखाई देता है। उसे संपन्न पारबती और बढ़ा देती है जब वह दुनिया में भी नहीं रहती। और महेश पांडेय पारबती के सपने को पूरा करने के लिए, उसकी इच्छा के अनुरूप मंदिर बनाने के लिए मारा-मारा फिरता है। वह भी दिए गए वचन पूरा करने के लिए कृतसंकल्प है। परंतु जो अंत में हासिल होता है उसे हम एकदम नए ढंग के उपलब्धि सूचक आधार के रूप में पाते हैं। उसकी विवेचना भी नए ढंग की मांग करती है। इसलिए यह आसानी से कहा जा सकता है कि कमलेश्वर उपलब्ध आलोचना मानों के भीतर की कहानी नहीं कह रहे हैं। इस अर्थ में कमलेश्वर की कहानी के अंतरार्थ इस कदर फैले हुए हैं कि कमलेश्वर या ऐसे ही प्रतिबद्ध किस्म का लेखन करने वाले अन्य कथाकार वास्तव में कथा में गल्प की शर्तों के मुताबिक ही बीते हुए कल की गाथा कह रहे होते हैं परंतु अपनी कथा की बुनावट में वे कथा मूल्यों की वर्तमान स्थिति के भीतर किसी आगामी कल के संकेत छोड़ते

रहते हैं। 'नीली झील' की सारी कथा बुनाव, उसका शैल्पिक बहुआयामीपन, उस कथा का लक्षित संसार सब कुछ एक नई कथा सजगता की दस्तक देते प्रतीत होते हैं। 'मांस का दरिया' हो या उनकी हाल ही के वर्षों में लिखी कहानी 'चप्पल' या 'दिल्ली में एक मौत' हो इन तमाम कहानियों की पुनः विवेचना तभी संभव है जब हमारे पास विकसित किस्म की विवेचना पद्धति हो।

कमलेश्वर की कहानियां याद आने वाली कहानियां हैं। याद आने वाली कहानियों के कुछ गुण तो स्पष्ट हैं परंतु कुछ गुण उनके भीतर के रचनात्मक विन्यास में इस तरह गुंथे हैं कि आप एक शब्द की व्याख्या, एक पंक्ति के अंतराशयों को उद्घाटित किए बिना नहीं देख सकते। इसी अर्थ में कमलेश्वर की कहानियां कमलेश्वर बुनावट-सी कहानियां हैं उनमें अति भावुकता भी है किंतु वह विनोद या विडंबना को स्पष्ट करने के लिए प्रयोग में लाई गई युक्ति है। हमारी सांस्कृतिक अंतर्चेतना की कहानियों के रूप में ही कमलेश्वर की कहानियां हिंदी की ऐसी विरासत हैं जो अपने कथागुणों के कारण चिरस्थायी स्मृति का हिस्सा हैं। तथापि कहानियों के महत्त्व से जुड़ा एक निजी-सा, भावात्मक यह है कि हमें कोई कहानी क्यों पसंद आती है? इसकी पड़ताल करें तो विस्मयकारी चीज़ें सामने आएंगी, तथापि यह सच है कि दूर तक प्रभाव छोड़ने वाली कहानियों का एक अपना अलग ही हिसाब-किताब है, बचपन से सुनते-सुनते इतना तो साफ हो ही जाता है कि कुछ चीज़ें सुनकर बार-बार मन में सवाल उठते थे, ऐसा क्यों हुआ? या जो हम चाहते थे, वैसा ही क्यों नहीं हुआ?

फिल्मों की कहानियां छोड़ दें, उनमें से ज़्यादातर में वही होना था जो तय था। वह जो तय था, वह तो हमारे मन-मस्तिष्क में भी था। शायद संसार की रीत में भी यही कुछ नियत रहता है और हम पाते हैं कि रात के बाद सुबह तो होगी ही। यह तो बहुत बाद में पता चला कि यह सुबह-शाम का गणित उतना सरल नहीं जितना हम इसे जानते या समझते हैं।

मैं उन दिनों कविताएं छोड़ कहानियां लिखने की ओर आ रहा था और सोच रहा था, कोई मौलिक कहानी सूझे तो उसे लिख डालूं। इस तुफैल में मैंने दुनिया की बेहतरीन कथाएं छान मारी, मोपासां, चेखव, स्टीफन क्रेन, रवींद्रनाथ, बनफूल, प्रेमचंद से चलकर मैंने उन नए लेखकों की कहानियां भी पढ़ डाली जो आकर्षित करती थीं और सोचने के लिए विवश करती थीं। पर मुझे किस्से से छुटकारा दिलाने वाली कहानियां नहीं मिलीं। पूर्वीय क्षितिज की कुछ बेहतरीन कहानियां भी मैंने पढ़ीं। दजाई ओसामू की कहानियों में पूर्व की नई दुनिया दिख रही थी। यूरोपीय नए

कथाकारों—रैम्को कम्पार्ट, मार्टिनस निझौफ की कहानियां पढ़ ही रहा था कि तभी मैंने कमलेश्वर की कहानी 'जॉर्ज पंचम की नाक' पढ़ी। मेरी निगाह में यह एक परिपक्व कहानी थी, जो हिंदी में भी प्रयोगधर्मी कहानियों की तर्ज़ पर भाषा, विनोद और छेड़छाड़ के साथ एक विचित्र-सा हस्तक्षेप कर रही थी। कमलेश्वर की दूसरी बेजोड़ कहानियां भी मैं पढ़ चुका था पर 'जॉर्ज पंचम की नाक' मुझे अलग से किसी दिशा स्तंभ की तरह भारत और पश्चिम की दृष्टियों का खुलासा करने वाली कहानी लगी।

असल में कमलेश्वर ने नए-नए आज़ाद भारत की असली कथा 'जॉर्ज पंचम की नाक' के अवांतर प्रसंगों में जिस तरह बुनी है, उसमें हमें अपने नेताओं और बाबूशाही और उन उद्देश्यों का पता चलता है जो अंग्रेज़ी मानसिकता के रूप में हमारे जीवन की वास्तविकताओं का हिस्सा बन चुकी है। ऐसी कहानियां तो ढेरों हैं जो एक किस्से की शक्ल में किसी पड़ाव से शुरू होती हैं और फिर धीरे-धीरे सामाजिक विद्रूपताओं का भंडाफोड़ करते हुए किसी तार्किक अंत तक पहुंचती हैं। कमलेश्वर ने कहानी का आरंभ करते हुए इंग्लैंड की रानी एलिजाबेथ द्वितीय की यात्रा से जो शुरुआत की तो सहसा बाबा नागार्जुन की पंक्तियां याद आ गईं—'आओ रानी हम ढोएंगे पालकी, यही हुई है राय जवाहरलाल की…' आज़ाद हिंदुस्तान में रानी की यात्रा की तैयारियों की खबरें इंग्लिस्तान में भी चर्चा में थीं और जो कुछ तैयारियों के दौरान इंग्लिस्तान में घट रहा था, उसके विवरणों के चटखारे हिंदुस्तान में भी लिए जा रहे थे।

यह एक ऐसी कहानी है जो एक साथ इतिहास में दफन अंग्रेज़ी हुकूमत के दबदबे की भी याद दिला रही थी तथा भारतीय आतिथ्य के अतिरेक के विवरण भी जुटा रही थी। सत्ता और व्यवस्था की चिंताओं के बीच भारत-बर्तानिया के नए संबंधों के समीकरण पर भी टिप्पणी कर रही थी। अर्थात् 'जॉर्ज पंचम की नाक' केवल हास्य-व्यंग्यपरक रचना नहीं है, वह एक तरह से नए कथारुझान की कहानी है। इसीलिए 'मील का पत्थर' है क्योंकि एक साथ वह इतिहास, वर्तमान और भविष्य की ओर इशारा कर रही है।

उसमें कथापन और किस्सा केवल यह है कि जॉर्ज पंचम का बुत अब बर्तानवी रानी के आगमन के कारण महत्त्वपूर्ण हो गया, अतः उसकी पुलिसिया सुरक्षा या चौकसी भी ज़रूरी हो गई। उसे सौंदर्यीकरण के घेरे में आना पड़ा क्योंकि रानी के आगमन पर गरीब हिंदुस्तान को, जो अभी-अभी बर्तानिया से आज़ाद हुआ था, यह ज़ाहिर करना भी ज़रूरी था कि हिंदुस्तान के नए राजा अंग्रेज़ी सोहबत के कारण वैसा ही स्वागत करेंगे जैसा कि गुलामी के दिनों में गुलाम प्रजा करती थी। इस लिहाज़ से 'जॉर्ज पंचम की नाक' एक महत्त्वपूर्ण कथा है क्योंकि सुरक्षा घेरे में आते ही

अचानक पता चलता है कि जॉर्ज पंचम की नाक गायब हो गई है। यह सवाल अब बर्तानिया की नाक का था। और गायब भी वह आज़ाद हिंदुस्तान में हुई तो उसमें हिंदुस्तान यानी भारत यानी इंडिया की नाक भी उलझ गई।

असल में कमलेश्वर की आधुनिक कथा रचना गूढ़ाढ्य है। वे समस्यायों की तह में जाकर उस 'केंद्रीय वस्तु' को खोज लाते हैं जो व्यक्ति के घेरे से सामाजिक और सामाजिक घेरे से राष्ट्रीय और राष्ट्रीय घेरे से अंतर्राष्ट्रीय शक्ल अख्तियार कर लेती है।

यह एक ऐसी अतुलनीय कहानी थी जो आदर्श की तरह स्मृति में अंकित हो गई, जिसमें समूचा भारतीयपन सहस आलोकित हो जाता है। मुझे लगता है कि यह हिंदी कहानी की एक नई शुरुआत थी। एक बेजोड़ कथाकार का अतीत कैसा रहा होगा? यह जिज्ञासा हमें उस इतिहास की ओर ले जाती है जिससे हमारा देश गुज़र रहा था। स्वयं कमलेश्वर ने अपने अभिन्न मित्र और कवि दुष्यंत कुमार के लिखे को अपनी पुस्तक में शायद इसीलिए जगह दी कि जो चीज़ वे छिपा सकते थे उनके मित्र उसे पूरी तरह बिना लागलपेट के बता भी सकते थे। दुष्यंत ने लिखा भी है···"जिस दिन से कमलेश्वर का वंश बदला, लगभग तभी से मैं उसे देख रहा हूं और अब तक आपकी मुलाकात इस व्यक्ति से न हुई हो तो अब ज़रूर मिलिए। आप पाएंगे कि वह बेहद खुशदिल, खुशमिज़ाज और मिलनसार आदमी है। लतीफों और चुटकुलों की फुलझड़ियों से वह महफिलें गुलज़ार रखता है और बात को मोड़कर बात पैदा करने में उसका जवाब नहीं।" आज यह सब है पर जिस वक्त यूनिवर्सिटी में वह मेरे साथ था, बहुत खामोश रहता था। हम दोनों बी.ए. में थे। यद्यपि उसमें शुरू से ही साधारण से कहीं अधिक प्रतिभा, सूझ-बूझ एवं सुरुचि थी, पर मैं केवल सज्जनता के कारण उसकी तरफ आकृष्ट हुआ था। वह बहुत सादा, सरल व शांत था। वह बेहद बेरहम संघर्षों के बीच से गुज़र रहा था, पर उसके चेहरे पर एक भी शिकन नहीं होती थी। मुझे भी यह पता था कि उसके पास चार जोड़ों से ज़्यादा कपड़े नहीं हैं, पर उसके कपड़ों पर एक भी धब्बा नहीं होता था।

"जिस सलीके या व्यवहार-कुशलता का दृश्यांकन दुष्यंत कर रहे हैं उसके दूसरे विवरण एकदम दूसरे कमलेश्वर का चित्र रचने लगते हैं।" दुष्यंत ने साफ लिखा है—"वह एक छकड़ा साइकिल पर यूनिवर्सिटी आया करता था और तलब लगने पर किसी झाड़ी के पीछे या एकांत कोने में छुपकर बीड़ी-सिगरेट पिया करता था। शायद हर महीने उसका नाम फीस जमा न करने वाले 'डिफॉल्टर' छात्रों की लिस्ट पर रहा करता था क्योंकि जेब-खर्च नाम की कोई चीज़ उसके पास न होती थी, इसलिए

फीस के रुपयों में से कुछ वह हमेशा खर्च कर लेता था और वक्त पर उसके पास पूरे पैसे नहीं होते थे।"

उन दिनों वह कुछ-कुछ लिखा करता था, खास तौर से एक डायरी। एक लड़की थी जिसके बारे में वह कभी-कभी बात भी किया करता था। वह लड़की भी उसे चाहती थी। तब उसकी दुनिया बहुत छोटी थी। यूनिवर्सिटी में पढ़ने आता, वहां से लौटकर वह एक रद्दी किस्म की पत्रिका के कार्यालय में काम करता जहां से उसे पचास रुपया महीना मिलता था और शाम को वह अकेला रहना पसंद करता था। उसने अपने को कतई महदूद कर लिया था। रात को घर लौटकर वह अपने निहायत छोटे से कमरे में बैठकर लिखा करता था। वह कितनी तरह के काम करता था, यह भी पता नहीं चलता था। उन दिनों भी खुद्दार इतना था कि अपनी बात किसी से नहीं करता था। मुझे वे दिन याद हैं जब वह अपने आप में 'सर्वोदयी' हो गया था (विनोबा से भी पहले)। साबुन बनाने से लेकर अपनी स्याही तक खुद बनाता था। संकोची वह इतना था कि खाना भी भरपेट नहीं खा पाता था। उसकी मां ने ही मुझे एक बार बताया था, "कैलाश (उसका घर का नाम) इतना संकोच करता है कि दुबारा रोटी तक नहीं मांगता···मुझे ज़िंदगी में हमेशा यह अफसोस रहेगा कि मेरे बेटे ने मुझसे ही कभी रोटी या पैसा नहीं मांगा।"

कमलेश्वर के संघर्षपूर्ण दिनों की दास्तान उनके अनेक अन्य आत्मकथ्यों में मिल जाएगी, उनकी कहानियों में भी इस दौर का चित्रण होगा, परंतु आत्मीय रूप से जुड़े होने पर दुष्यंत के विवरण ज़्यादा प्रामाणिक लगते हैं। ऐसा विरल ही होता है कि एक मित्र आपके रहस्यों को छिपाए हुए समकाल में सक्रिय हो। दुष्यंत कुमार ने ऐसी-ऐसी घटनाओं का ज़िक्र किया है जिस पर यकीन की गुंजाइश बिलकुल भी नहीं होती किंतु ये ऐसी सच्चाइयां हैं कि हमें चतुर्दिक फैले प्रमाणों के संदर्भ में उन्हें स्वीकार करना पड़ता है।

"वे दिन मुझे याद हैं जब वह पाजामा-कुरता पहने हुए अपनी उसी छकड़ा साइकिल पर एक शाम मेरे पास आया था। उसकी आंखों में धूल उड़ रही थी और चेहरा एकदम उतरा हुआ था।" चाय पीते हुए उसने बहुत धीरे से कहा था, "अब मैं अकेला रह गया हूं।" और मुझे मालूम है कि अपने लिखने की अड़ पर उसने अपनी ज़िंदगी की वह चीज़ खुद खो दी थी जिसे वह उस वक्त सबसे ज़्यादा चाहता था। उसका एक ही तर्क था, "दुष्यंत, ज़िंदगी में सब हासिल नहीं होता। चुनना तो होगा ही कि मैं क्या चाहता हूं···।" और उसने अपने लिए साहित्य का रास्ता चुन लिया था।

उसका लड़कपन का यह चुनाव, जो उस वक्त उसने भावुकता में किया था, आज सही साबित हो चुका है। क्योंकि उस वक्त मुझे और खास तौर से मार्कंडेय को यह कतई उम्मीद नहीं थी कि कमलेश्वर इस ज़िंदगी को झेल पाएगा। शायद कमलेश्वर ने भी महसूस किया हो कि सौजन्य और सादगी के दुशाले ओढ़कर व्यक्तित्व का आकर्षण भले ही बढ़ा लिया जाए, उसका आंतरिक प्रभाव नहीं बढ़ाया जा सकता। इधर उसकी विशिष्ट प्रतिभा उसे वैशिष्ट्य प्राप्त करने के लिए उकसा रही थी। फलतः वह गंभीरतापूर्वक कहानी-लेखन की ओर उन्मुख हुआ, जहां उसे आशातीत सफलता प्राप्त हुई। उधर चूंकि सामाजिक व्यवहार के स्तर पर पैनापन और वाक्चातुर्य व्यक्तित्व का दिलचस्प और अभिव्यक्ति को तेज़ बनाते हैं, इसलिए अपनी एकांतिक गांठों को खोलकर सहज मेधा द्वारा उसने इस दिशा में भी रुचि लेना शुरू किया। यह प्रक्रिया आवश्यक भी थी। यदि ऐसा न होता तो कमलेश्वर अपनी व्यक्तिवादी गुंजलक से बाहर न आ पाता। कमलेश्वर में यदि संघर्ष से जूझने की ताकत थी तो विनोदप्रियता की अभूतपूर्व शैली भी थी। वे कठिन से कठिन समय में अपनी वह पैनी विनोद दृष्टि से स्वयं को भी अनावृत करने से नहीं चूकते थे। इसी प्रकरण में दुष्यंत ने ठीक ही कहा है—

"वे तमाम घटनाएं, जिनमें कमलेश्वर एक निहायत पैने व्यक्ति की तरह नज़र आता है, मेरे सामने लौट आई हैं…"

इलाहाबाद की गरमी। कमलेश्वर और मैं तीन मील पैदल चलकर रेडियो स्टेशन पहुंचते हैं। काम समाप्त कर सवाल उठता है, अब क्या करें? आराम या तीन मील का पैदल मार्च? जेब में पैसे भी कम हैं, तभी डॉ. धर्मवीर भारती रेडियो स्टेशन से निकलते हैं और अपनी मोटर की तरफ बढ़ते हुए दिखाई देते हैं (उल्लेखनीय है कि उन दिनों भारती जी ने जो मोटर खरीदी थी, वह इलाहाबाद के साहित्यकारों के कौतुक, मनोरंजन, यहां तक कि ईर्ष्या का विषय बन गई थी)। भारती जी शालीनतावश पूछते हैं, "अरे भई, सिविल लाइंस चल रहे हो?"

मैं लपककर मोटर तक पहुंच जाता हूं। कमलेश्वर हाथ जोड़कर ठिठक जाता है। भारती जी उसके संकोच को हटाने की कोशिश करते हैं, "अरे आओ भी।" और अतिशय विनम्रता से कमलेश्वर कहता है, "वह बात यह है कि मुझे ज़रा जल्दी पहुंचना है…मैं रिक्शे से चलता हूं। आप मोटर से आइए।" यह कमलेश्वर के विनोदी स्वभाव की शरारत भरी टिप्पणी थी। उसे दुष्यंत कुमार एकदम भांप गए। कमलेश्वर को दुष्यंत की आंख से जानना प्रीतिकर भी है। वह अनेक स्तरों पर जीते हुए अपने संबंध बहुत गहरे और बहुत आत्मीय बनाए रखता था। यह उसका विचित्र जादुई

व्यवहार था जो सतत, नियमित और अबाध गति से दोस्तों के बीच जीवंतता की सीमा तक सक्रिय था। दुष्यंत कुमार कमलेश्वर को अंतरंग रूप से जानते थे। वे यह भी जानते थे कि कमलेश्वर खुदगर्ज़ नहीं है, इसलिए वे स्पष्टता से उसके रहस्यों को बेपर्दा करते हैं—

कमलेश्वर की सबसे बड़ी खूबी है, वह यह कि आप सौ फीसदी यह तय करके जाएं कि उससे लड़कर लौटेंगे, पर आप लड़कर नहीं लौट सकते क्योंकि घोर विरोधी को वह अपने व्यक्तित्व की सहजता, सौजन्य, बुद्धि और अपनी आंखों के विश्वास से पराजित कर लेता है। वह अहंकारी नहीं है, कुंठित नहीं है, उसमें एक सहज अपनापन है। इलाहाबाद में वह प्रायः रोज़ रात को ग्यारह-ग्यारह बजे तक मेरे तथा अन्य दोस्तों के साथ गप्पें लड़ाया करता था। घर जाकर खाना और डांट खाया करता था। रात को देर-देर तक लिखा करता था और सुबह फिर उसी ताज़गी और उत्साह से दिनचर्या शुरू हो जाती थी। उसी चुस्ती और उल्लास से वह अपनी छकड़ा साइकिल उठाता, तीन मील उलटा चलकर मेरे पास आता, मेरे अहदीपन पर लानत भेजते हुए खुद चाय बनाता, फिर तीन मील यूनिवर्सिटी का सफर तय करता, दोपहर को सेंट जोजेफ्स सेमिनरी में कैथोलिक पादरियों को पढ़ाने जाता, शाम को एक खास रास्ते से गुज़रकर अपनी प्रेमिका से मिलता और फिर सिविल लाइंस में दोस्तों से आ मिलता। इस तरह रोज़ाना बीस-बाईस मील का चक्कर काटकर रात को घर पहुंचता तो उसके दिमाग में केवल दो बातें होतीं, भाई साहब की प्यार भरी डांट और कहानी का प्लॉट। और इसी के बीच वह अपनी सर्जनात्मकता की ऊर्जा को संरक्षित रखता था। विचित्र लग सकता है किंतु यह एकदम सच के दायरे में है और इसके गवाह कई लोग हैं शपथपत्र पर हस्ताक्षर करने वालों में दुष्यंत ही अग्रणी कहे जाएंगे। दुष्यंत ने इसीलिए कमलेश्वर के अंतरंग का परिचय देते हुए उसके रचना संघर्ष का बहुत आत्मीय खाका खींचा है। कमलेश्वर अगर कहीं चूक जाता था तो वह अपने को पुनः संगठित कर फिर से उस संघर्ष से जूझ पड़ता था। उसके लेखन की आद्य सामग्री तो वह अपने कस्बे की स्मृतियों से कुरेद लेता था परंतु उसका संघर्ष और उसे बराबर शक्ति भी प्रदान करता रहता था। दुष्यंत ने इसी बात को आगे बढ़ाते हुए ठीक ही लिखा है—"ये उसके भयंकर संघर्ष के दिन थे। वह अपने छोटे से कस्बे मैनपुरी से मानसिक रूप से इतना जुड़ा हुआ था कि इलाहाबाद में रहते हुए भी वह वहीं की बातें सोचा करता था। हर महीने मैनपुरी भागकर जाया करता था और तीन-चार बोरे प्लॉट लाया करता था। उसी समय उसने 'मुरदों की दुनिया' कहानी लिखी थी। वह कहानी कमलेश्वर ही लिख सकता था क्योंकि वह अपने कथा-क्षेत्र

से संवेदन और समझदारी के स्तर पर जुड़ा हुआ था। उसके दिल में एक कसक थी—अपने छूटे हुए शहर के बाशिंदों के लिए। यही वह समय था जब वह वैचारिक द्वंद्व के बीच घिर गया। अपने टूटते हुए सामंती घर से तो वह निकल आया था, पर जीवन में जो आस्थाएं खंडित हुई थीं, उनकी पुनः स्थापना और ज़िंदगी से फिर से जुड़ सकने का उसका यह अंतर्द्वंद्व मैंने देखा है।" कमलेश्वर के जीवन की उतार-चढ़ाव की झांकियां उस यथार्थ के चित्र हैं जो आज़ादी के बाद के युवजनों के हिस्से आया भारत था। समूचा जीता-जागता भारत।

कमलेश्वर की ज़िंदगी सतत क्रियाशीलता की जीती-जागती मिसाल है। उसने जीवन के अत्यंत निर्मम अनुभवों से ही अपनी कहानियों के विषय चुने हैं इसलिए वे एकदम विश्वसनीय और हमारे आसपास के ही दिखाई देते हैं। दुष्यंत ने एक तरह से उसके उन बुनियादी सरोकारों की ओर संकेत किया जिनसे कमलेश्वर का लेखन और जीवन संचालित होता था। इलाहाबाद में एक दोपहर घर लौटते हुए उसने एक नंगी जवान औरत को चार आदमियों के बीच घिरे और चिल्लाते देखा तो उसकी चेतना एक गहरा नैतिक दबाव अनुभव करने लगी। वह दबाव कई वर्षों तक उसकी चेतना पर छाया रहा—तब तक, जब तक कि वह एक अश्लील कहानी लिखकर उससे उऋण न हो गया। छोटी से छोटी घटना भी कब और क्यों उसकी चेतना पर हावी हो जाएगी, यह कहना मुश्किल है। जब वह ऐसे दबावों में होता है तो अदेखी अनजान दिशाओं की काल्पनिक यात्राएं करता है। अनुपलब्ध और अप्रस्तुत पीड़ाओं के बारे में सोचता और पीड़ित होता है। उंगलियां चटखाता और कसमसाता है और ऊपर से सरल दिखाई देने वाली उस स्थिति को उसकी सारी उलझनों, कुंठाओं और तकलीफ़ों से भरकर भोगता और लिखता है। हां, जब वह उनसे मुक्त होता है तो दोस्तों की खाल उधेड़ता है। चुटकुले और लतीफे गढ़ता है। सिगरेट फूंकता है। नई-पुरानी बदमाशियों के बारे में बातें करता है। दस्तूरी चिट्ठियां लिखता है और घर के काम-काज में दिलचस्पी लेता है। अंतरंग चित्रण की यह दुष्यंत की विशेषता है कि वे व्यक्ति के बाहर और भीतर का वास्तविक चित्र सामने रख देता है। इनके उल्लेख का प्रयोजन भी यही है कि हम कमलेश्वर को पूरी तरह जानें।

एक लेखक के रूप में कमलेश्वर की जो तस्वीर बनती है वह अपने अन्य समकालीनों से थोड़ी भिन्न है। कमलेश्वर थोड़ा सामुदायिक किस्म के व्यक्ति थे। वे चाहे जितने एकांतप्रिय रहे हों कुछ देर बाद उनके लिए अकेले में खुद को बर्दाश्त करना कठिन हो जाता था लिहाज़ा वे मित्रों की टोलियों में शामिल हो जाते थे और फिर शांत और समकालीन विचारों पर बहसें छिड़ जातीं। असल मकसद तो साफ

तौर पर उस नई प्रवृत्ति के रेखांकन का था जो साहित्य जगत् में अहर्निश चर्चा के केंद्र में थी। और कमलेश्वर सक्रियता की नई प्रणाली के सृजन में निरत थे। उनकी आरंभ की कहानियां यहां दृष्टांत के लिए ली जा सकती हैं क्योंकि उनमें न प्रत्यक्षतः कोई वैचारिक आग्रह था, न कोई राजनीतिक प्रतिबद्धता थी केवल वह एक संक्रमण काल था जिसे उस वक्त के रचनाकारों ने पहचान लिया था। आज़ादी के तुरंत बाद का हिंदुस्तान अनेक बाहरी और भीतरी समस्याओं से ग्रस्त था। कमलेवर जैसे युवजन आज़ादी के दौर से निकल एकदम आज़ाद हिंदुस्तान में अपनी जगह तलाश रहे थे। उसमें वे अकेले नहीं थे। पढ़े-लिखे लोगों के साथ अनपढ़ भारतवासी भी बहुसंख्या में टकटकी लगाए देख रहे थे कि आज़ादी उनके लिए क्या लाई है? तथापि कमलेश्वर और उनके अन्य समकालीनों ने भांप लिया था कि वह रास्ता लंबे संघर्ष का है। आज़ादी के बाद सृजनात्मक क्षेत्र में जो उल्लेखनीय बदलाव आए उनमें से एक नई कहानी है और नई कहानी के अग्रणी हस्ताक्षरों में कमलेश्वर एक प्रतिनिधि कथाकार हैं। कमलेश्वर ने अनेक प्रयोग किए और अपने सृजन के अंतिम वर्षों में उन्होंने देवकीनंदन खत्री के भूतनाथ, चंद्रकांता तर्ज पर जो लेखन किया वह अपने आद्य लेखकों को जिस लोकप्रियता से मंडित करता है वही लोकप्रियता नए माध्यमों में कमलेश्वर को हासिल होती है।

कमलेश्वर की यह कथा-यात्रा आज़ादी के बाद की हिंदी कथा-यात्रा है। रचना-संचयन में इसी आशय से कमलेश्वर की उन प्रतिनिधि रचनाओं का संकलन किया गया है जिनसे हम गुणधर्मी लेखन का आलोक प्राप्त करते हैं। इन रचनाओं की विशेषताओं का रेखांकन हमारा लक्ष्य नहीं है तथापि स्वयं यह भाषा जो कमलेश्वर के लेखन में प्रयुक्त हुई है प्रमाणित कर डालती है कि भारत के अधिसंख्य जन इसी बोलचाल की भाषा में संवादरत रहते हैं और पूरे भारत में शैलीगत भिन्नताओं के रहते भी संप्रेषण के लिए बोलचाल के इसी रूप का प्रयोग करते हैं। एक तरह से यह प्रमाण है कि हमारी सांस्कृतिक पहचान की पूर्णता मुख्य रूप से दो लिपियों में लिखी जा रही भाषा में होती है। कमलेश्वर एक सजग लेखक थे। उन्होंने जिस विधा में भी लिखा उसमें यह अतिरिक्त सजगता दिखाई देती है। वे सही अर्थों में प्रगतिशील लेखक थे जो प्रतिगामिता के विरुद्ध संभलकर मैदान में, युद्ध के मैदान में खड़े थे। वे एक विरल लेखक थे। उनकी रचनाएं इसकी साक्षी हैं। उन रचनाओं में भी जो टेलीविजन के साक्षात्कारों के रूप में हैं और जिन्हें भारतीय दर्शक अपनी स्मृति में संजोए हैं।

—गंगाप्रसाद विमल

साक्षात्कार

दूरदर्शन विषमता का ज़हर फैला रहा है

गिरीश पंकज से बातचीत

प्रश्न—आपके लेखन का मूल उद्देश्य क्या है?

उत्तर—देश और समाज में परिवर्तन की इच्छा। मैं चाहता हूं कि आम आदमी को ज़्यादा मानसिक संतोष और सम्मान मिले क्योंकि आज के जो हालात हैं उनमें आम आदमी सर्वाधिक असंतुष्ट है और इस कारण अलग-थलग पड़ गया है। मेरी इच्छा है कि वह देश की मूल धारा में शामिल हो और इसमें लेखक की महत्त्वपूर्ण भूमिका हो सकती है। कम से कम मैं तो इस दिशा में सतत प्रयास कर रहा हूं।

प्रश्न—क्या आप समझते हैं कि लेखन का समाज पर व्यापक असर पड़ता है?

उत्तर—सार्थक लेखन का तो बहुत असर पड़ता है। यह सार्थक लेखन बहुत तरह का होता है। कहानियों का ज़्यादा असर होता है क्योंकि कहानियां ज़्यादातर पाठकों को जल्दी समझ में आती हैं। कविता में चूंकि चीज़ें कभी अमूर्त होती हैं, इसलिए पाठक उसके प्रतीकों अथवा बिंबों को नहीं समझ पाता, जबकि कहानी सीधी-सपाट होती है। कहानी का असर शिक्षित एवं साक्षर दोनों वर्ग पर होता है।

प्रश्न—लेकिन इस दौर में कुछ ऐसी कहानियां भी आईं जिनमें बेहद उलझाव है। कलाबाज़ी के नाम पर बिंबों-प्रतीकों में फंसी कहानियां साधारण पाठकों के पल्ले ही नहीं पड़तीं, इसमें आपकी भी कुछ कहानियां शामिल हैं…।

उत्तर—आप ठीक कहते हैं। लेकिन लेखक के सामने कई बार कुछ ऐसे विषय आते हैं जिन्हें सीमित कर देना उसके लिए मुश्किल हो जाता है, तब वह बिंबों एवं प्रतीकों का सहारा लेता है। खुद मैंने ऐसा किया है। लेकिन इसका मतलब यह नहीं है कि ऐसी कहानियां समझ से परे होती हैं। ऐसी कहानियां भी पाठकों को समझ में आती हैं क्योंकि इन कहानियों में भी एक जुड़ाव होता है समाज से, परिवेश से।

प्रश्न—लेखक का किसी राजनीतिक दल से प्रतिबद्ध होना किस हद तक ज़रूरी है?

उत्तर—राजनीति में अकसर बेहिसाब विचार बदलते रहते हैं जबकि साहित्य की

शक्ति आस्था में होती है। मैं चाहता हूं कि कोई भी लेखक अपने समय और यथार्थ से प्रतिबद्ध होने के बाद ही कुछ करे। लेकिन मुश्किल ये है कि राजनीतिक दल से जुड़ते ही आस्था और यथार्थ से प्रतिबद्धता खत्म हो जाती है। धीरे-धीरे लेखक अपने दल से बुरी तरह प्रतिबद्ध हो जाता है। विचार-शुद्धता इतनी संकीर्ण हो जाती है कि लोग अपनी-अपनी संस्थाओं के लिए कहानियां लिखने लगते हैं। ऐसे लेखन में पार्टी के लिए मिशन तो रहता है, लेकिन रचनात्मकता नहीं रहती।

प्रश्न—समकालीन कहानी लेखन पर आपके विचार?

उत्तर—कुछ लोग तो बहुत अच्छा लिख रहे हैं। आम आदमी की परेशानियां उनकी रचनात्मकता का आधार हैं। लेकिन कुछ कहानियों में केवल यथार्थ एवं संघर्ष के तथाकथित नुस्खे ही नज़र आते हैं। इनमें रचनाधर्मिता का अभाव है। एक परिपाटीबद्धता है।

प्रश्न—लेखक की कथनी और करनी के भेद पर आपका क्या मंतव्य है?

उत्तर—आज जो कथनी और करनी में भेद दिखाई देता है उसका मुख्य कारण यह है कि स्थितियां दारुण हो गई हैं। लेखक भयानक दौर से गुज़र रहा है। आर्थिक रूप से औसत ज़िंदगी भी जी पाना कठिन हो गया है। सम्मानजनक जीवन बिताना दूभर हो गया है। देश के प्रति निश्चिंत होकर जीना मुश्किल हो गया है। इस विषम स्थिति में लेखक जितना सोच रहा है और कर रहा है, वह बहुत बड़ा काम है। कथनी से उसकी करनी में अगर थोड़ा फर्क दिखता है तो उसका कारण आर्थिक ही है। लेकिन वह जो लिख रहा है वह इसलिए कि देश में वैचारिक क्रांति हो, जो अब तक नहीं हुई है। सच्चा लेखक वैचारिक क्रांति का पक्षधर होता है।

प्रश्न—व्यंग्य लेखन पर आपके विचार?

उत्तर—व्यंग्य में तात्कालिक स्थितियों को उठाया जा सकता है। व्यंग्य लेखन बहुत सार्थक काम कर रहा है। बहुत हद तक वह कहानियों की कमी को साहित्यिक स्तर पर पूरा कर रहा है। दरअसल व्यंग्य लेखन वैचारिक होते हुए भी मनोरंजक शैली में होता है। इससे लेखक अपने उद्देश्य को आसानी से संप्रेषित कर सकता है।

प्रश्न—आप मूलतः साहित्यकार हैं, लेकिन पत्रकारिता से भी आजकल आपका गहरा संबंध है। पत्रकारिता और साहित्य में मूलभूत फर्क क्या है?

उत्तर—साहित्य घटनाओं अथवा हादसों पर नहीं जीता, पत्रकारिता जीती है। वैसे पत्रकारिता और साहित्य एक-दूसरे के पूरक हैं। लेखक को जब कुछ तात्कालिक रूप से कहना होता है तब वह पत्रकारिता का सहारा लेता है। लेकिन जो मार्मिक

स्थितियां होती हैं उसे वह साहित्य में उठाता है। दोनों जन-मन से जुड़े हुए हैं।

प्रश्न—कमलेश्वर जी, इस समय आप कुछ पत्रिकाओं में स्तंभ लिख रहे हैं, जिनमें आपका कथाकार का रूप ज़रूर झलका है लेकिन स्वतंत्र रूप से आपकी कहानियां दिखाई नहीं पड़ रहीं, ऐसा क्यों?

उत्तर—कुछ कहानियां मेरे दिमाग में हैं, जिन्हें अवश्य लिखूंगा। ये अपने समय के प्रश्नों से मुझे जोड़ती हैं और जो छनकर आता है, जो विचार, जो यातनाएं, तकलीफें होती हैं—वे मेरे साहित्य में काम आती हैं। मेरी कहानियों में मेरी पत्रकारिता का अनुभव नज़र आएगा आपको।

प्रश्न—नए लेखकों के लिए आपका संदेश?

उत्तर—नए लेखकों को चाहिए कि वे अपने समय के यथार्थ को पहचानकर उसकी जो अमूर्तता है, उसे तोड़ने की कोशिश करें। समाज में मूल्य एवं विश्वास इतने उलझ गए हैं कि औसत आदमी सही-गलत नहीं समझ पाता। इसी तात्कालिकता को लेखन में बड़े परिप्रेक्ष्य में उठाना चाहिए।

प्रश्न—आप तो दूरदर्शन के उच्चाधिकारी रह चुके हैं। तब और अब के दूरदर्शन में कितना विकास हुआ है?

उत्तर—तकनीकी विकास हुआ है, वैचारिक नहीं। थोड़ा-बहुत जो विकास पहले हुआ था, वह रुक गया है। पंडित नेहरू ने दूरदर्शन के लिए जो भूमिका निर्धारित की थी, वो यह थी कि दूरदर्शन सामाजिक परिवर्तन का माध्यम बनेगा, लेकिन आज यह भूमिका तो छूट गई और उसके साथ सत्ता और उद्योग का ही प्रचार चल रहा है। दूरदर्शन के कार्यक्रम समाज में विषमता पैदा कर रहे हैं। मध्यमवर्गीय समाज की कमर तोड़ रहा है यह दूरदर्शन।

प्रश्न—और ये वयस्क फिल्में?

उत्तर—वयस्क फिल्में दिखाने की शुरुआत दरअसल पश्चिमी दूरदर्शन का अंधानुकरण मात्र है। वहां तो रात को 'पार्न' फिल्में दिखाई जाती हैं। हमारे यहां तो अभी गनीमत है। ये टीवी वाले पश्चिमी ढर्रे पर चल रहे हैं। ये फार्मूला हिंदुस्तान में नहीं चल सकता। कब हमारा दूरदर्शन सामाजिक उत्थान की दिशा में बढ़ेगा, मैं नहीं जानता।

कथा-प्रस्थान

जन्म

यह भरे-पूरे परिवारों की गली है। सुबह से ही बच्चे एक-दूसरे को पुकारने लगते हैं। रात को जो घर अलग-अलग लगते हैं, वे सब इस वक्त मिलजुल जाते हैं, कुछ पता नहीं चलता कि कौन बच्चा किस घर का है। बुज़ुर्गों की अपनी लड़ाइयां हैं, जवानों के पैंतरे हैं, औरतों की चख-चख है, पर बच्चों की बड़ी गाढ़ी दोस्ती है। मार-पिटाई भी होती है, पार्टियां बनती हैं, खुट्टी होती है; पर सब रेत के घरौंदे की तरह। जवान लड़कियों में बहनापा भी है और ईर्ष्या-द्वेष भी! हर औरत के पास दूसरे घरों की पोलें भी हैं, उन्हीं घरों से वक्त-बेवक्त का आसरा भी···

यूं परिवार सभी के भरे-पूरे थे पर चंदू मुंशी का घराना सबसे बड़ा था। बच्चे पैदा होना और मर जाना यहां के लिए बहुत बड़ी बात नहीं रह गई है और न बालकों को यह भ्रम है कि उनके नए भाई-बहन परमात्मा के यहां से अनजाने आ जाते हैं। वे अच्छी तरह जानते हैं कि नए बच्चे अम्मा के पेट से आते हैं। उन दिनों अम्मा काम नहीं करती और घर में अजीब सी खामोशी छा जाती है···बाबूजी रात में उठकर कई बार इधर-उधर जाते हैं और तब अम्मा चीखती है, घायल गाय की तरह रंभाती है—छटपटाती है, बस तब उन्हें नींद नहीं आती। उसके बाद एक पतली सी आवाज़ सुनाई पड़ती है और अम्मा चुप हो जाती है—घर में नया जीव आ जाता है और वे सो जाते हैं। दूसरे दिन से बड़ी बहिनें खाना पकाती हैं और बहुत मारती-पीटती हैं···बाबूजी जैसे गहरे पानी में गोता खाकर निकल तो आते हैं, पर लस्त होकर लेट जाते हैं।

चंदू मुंशी के पड़ोस वाले घर में कानाफूसी हो रही थी—"हर साल एक बच्चा जनती है···जब देखो तब। पूछो, जब खाने का ठिकाना नहीं तो औलाद काहे को पैदा करती जा रही है। इतने कच्चे-बच्चे हैं, इन्हीं का पालन-पोसन कर लो···"

"मरन तो मुंशी का होता है···देखा है, चूसे आम की तरह मुंह निकल आया है बेचारे का!" किसी दूसरी ने कहा तो उत्तर मिला, "अरे आदमियों की भली चलाई···गलती तो उन्हीं की है···" और फिर मामूली घटना की तरह बात इधर-उधर हो गई।

पर चंदू मुंशी के घर में बहुत उदास खामोशी छाई हुई थी। शाम हो रही थी। बच्चे इधर-उधर कमरों में भूखे घूम रहे थे। दादी बरोसी में आग लिए हाथ-पांव सेंक रही थीं और बाबा रजाई ओढ़े हुक्का पीते हुए अपने फटे हुए मोज़ों के बारे में बड़बड़ा रहे थे। घर का वातावरण बहुत बेहूदा हो गया था। चारों ओर ठंडक रेंग रही थी और बच्चे सर्दी में कुलबुला रहे थे। चंदू मुंशी बाहर वाली बैठक में लालटेन मद्धिम किए हुए सहमे से बैठे थे, जैसे उन्होंने कानों में रुई घुसेड़ ली हो!

हुक्का गुड़गुड़ाकर बाबा बड़बड़ाए, "इन बच्चों को क्या सर्दी में मार डाला जाएगा! खाना नहीं बना है तो भूखा सुला दो। कहीं इनके सोने का इंतज़ाम तो करो!"

"कौन करे, किसके तन में इतना बूता है जो ये गुलमई करे।" बरोसी की आग अंगुलियों से खोद-खोदकर दादी बड़बड़ाती चली गईं, "उनकी अम्मारानी तो अपना ठठेसना लेकर पड़ी हैं। रोज़-रोज़ की यह खोखट बहुत बुरी लगती है, हां! हमसे नहीं होता।"

जब से इस सातवें बच्चे की सुनगुन घर और बाहर फैली है तब से जैसे किसी अदृश्य अशुभ की छायाएं यहां मंडरा रही हैं। ऐसा लगता है कि काले आसमान से कोई राक्षस उतरकर इस घर को घेर लेना चाहता है। सातवां बच्चा! जिसके नन्हे-नन्हे डैने ज़हर भरी हवा लेकर आ रहे हैं...वह इन सब लोगों की गर्दन पर पैर रखता हुआ नाचेगा और अट्टहास करेगा!

और चंदू की पत्नी पिछले तीन महीनों से सकुचाई-सकुचाई रहती है। जैसे उसने कोई भीषण पाप किया हो और उस पाप की लपेट में पूरा घर आ गया हो। अब तक वह चंदू से सबके सामने बात कर भी लेती थी पर अब न जाने क्यों नहीं कर पाती...घर का प्रत्येक प्राणी अपनी तरह दुखी है—और उसकी आंखों के सामने वह पहला दिन घूम जाता है जब बारह बरस पहले उसकी गोद पहली बार भरी गई थी...वह खुशी अब क्यों गुम हो गई? ऐसा कौन सा अनिष्ट उसने कर दिया है, जो कोई सीधे मुंह बात नहीं करता। तीन महीने से वह अपनी कमर का दर्द छिपाए मशीन की तरह काम करती रही है...एक आवाज़ मुंह से नहीं निकालती और अपने गर्भस्थ शिशु को इस तरह छिपाए रहती है कि किसी को खयाल न आए। वह और भी फुर्ती से चलती-फिरती है, पेट में जब दर्द की लहर दौड़ जाती है, तब भी वह हंसकर टाल जाती है, किसी से कुछ नहीं कहती। इस बार भी तो गोद ही भर रही है...पर वे खुशी से चमकते हुए चेहरे खो गए हैं। वह एक बच्चे को नहीं, शायद मुसीबतों के एक ढेर को जन्म देने जा रही है...

बिलानागा वह अम्माजी के पैर दबाती रही। बाबूजी का हुक्का गरम करती रही और हाथ-पैर धोने के लिए पानी गरम करती रही। वक्त से खाना देती थी और चाहती थी कि इन लोगों के दिमाग से यह खयाल उतरा रहे कि वह सातवें बच्चे की मां बनने जा रही है! उसे भीतर से कोई डस रहा था⋯सबकी नज़रों की खामोशी उसे धिक्कार रही थी⋯बच्चे भी तो उससे नहीं पूछते, "अम्मा नया भैया आएगा!" शायद तब उसकी आंखों में मातृत्व की एक लौ उठती और वह अपने गर्भस्थ शिशु के स्वागत के लिए हंसते-हंसते दर्द सहती। अब तो वह खामोशी से दर्द पी रही थी⋯

और अम्माजी ने अपना सगुन बिचारा था, एक दिन वहीं से बैठे-बैठे पुकारा था, "बहू ज़रा यहां आना!" और उसके उठकर आते ही होंठ बुदबुदाने लगे थे—"बस कर देख लिया⋯जा⋯अपना काम कर।" और तब उन्होंने बाबूजी को निश्चयात्मक स्वर में बताया था, "मैं कहती हूं, लड़की होगी! तुम चाहे देख लेना!"

"तुझे कैसे मालूम!" बाबा ने उदासी से पूछा था।

"बस कह दिया। देख लेना। बहू का दाहिना पैर आगे जाता है पहले⋯लच्छन तो पहले से पुकारने लगते हैं!" दादी ने अपनी वृद्धावस्था के अनुभवों के आधार पर आखिरी बात कह दी थी, "देख नहीं रहे हो! ज़रा बहू का चेहरा-मोहरा देखो! खाई-पीई की तरह फूल गई है⋯चेहरे की रौनक नहीं देखते!"

"रौनक तो बच्चा होने की है!" बाबा ने कहा तो दादी ने समझाया, "लड़का पेट में होता तो सूखकर कांटा हो जाती, मुंह उतर जाता⋯इतनी उलटियां आतीं कि बस⋯सुस्ती के मारे उठा नहीं जाता। इतना दर्द उठता कि जच्चा सह नहीं सकती। समझे।"

और तब चंदू की पत्नी की आंखों में आंसू उमड़ आए थे। उसने मन की घबराहट रोक-रोककर कितनी बार नल खोलकर उसके शोर में उलटियां की हैं। रातों में सर्प की तरह लहराता हुआ दर्द होंठ भींच-भींचकर चुपचाप सहा है। टूटे हुए शरीर से भी दौड़-दौड़कर इतने काम करती है कि तुम सब यह भूल जाओ⋯

पहली बार सातवें बच्चे की खबर सुनकर चेहरों पर स्याही पुत गई थी और दादी ने ज़हर-भरा तीर मारा था, "अब यह सब अच्छा नहीं लगता। रोज़ पेट पकड़े पड़ी रहती है। घर में बच्चे समझदार हो गए, पर इन्हें शरम नहीं आती!"

शरम तो उसे सचमुच पहले बच्चे के जन्म पर आई थी जब मुहल्ले भर की औरतों के सामने उसकी गोद में नारियल-मखाने और बताशे डाले गए थे⋯आशीर्वाद की वर्षा हुई थी—दूधो नहाओ पूतो फलो!⋯तब दादी को शरम नहीं लगी थी,

हुलस-हुलसकर कहा करती थीं, "भगवान् ने यह साध भी पूरी कर दी बहिनी! पोते-पोतियों के सुख से बड़ा और कौन सा सुख है···इसी दिन के लिए आदमी ज़िंदगी भर का ठाठ खड़ा करता है! और बाबा ने दरवाज़े पर शहनाई बैठाई थी··· वह फलवती हुई थी···रातों में उसने फलों से लदे वृक्षों के सपने देखे थे और एक चांद सी रोशनी नीले आकाश से उतरकर उसके गर्भ में समा गई थी। ज़रा-सी आह पर दादी दौड़ती थीं, "बहू तू बैठ। मैं सब कर लूंगी। अरे पानी से भरी बाल्टी मत उठा बेटा! धीरे-धीरे उतर सीढ़ियां। संभाल के चल बेटा···"

और कितने दिन पहले से उन्होंने सब तैयारियां की थीं। बाबा को सब चीज़ों की फेहरिस्त दी गई थी—मेवा, घी, खोया, सोंठ, छुहारे, चीनी, गुड़ और न जाने क्या-क्या? और बहुत प्यार से कहा था, "बहू तू तो बड़ी नासमझ है। दो-चार नन्हे-नन्हे कुरते सी ले, एक नन्हा सा स्वेटर बुन ले···"—और उनका सूखा चेहरा खिल-खिल उठता था।

और चंदू उनकी आंख बचाकर उसे भीतर कमरे में पकड़ लाता था, आंखों में स्नेह भरकर पूछता था, "डर तो नहीं लगता!" और वह सचमुच अपने मन का डर छिपा नहीं पाती, "हाय···यह सब कैसे होगा···" और चंदू के कंधे पर सिर रखकर डरी हुई हिरनी की तरह कांपती रहती थी···चारों तरफ घर में वही थी, हर आंख उस पर लगी थी। बाबा तक उसे आंख से ओझल पा चिंता से कहने लगते थे, "देख, बहू वहां शायद अंधेरे कमरे में लेटी है···एक लालटेन तो रख आ!" और दादी लालटेन जलाकर घुटनों पर हथेलियां रख-रखकर ऊपर आती थीं, लालटेन रखकर उसकी पीठ पर सांत्वना का हाथ फेरकर कहती थीं, "घबरा मत बेटा। इस तरह अंधेरे में मत लेटा कर। कहीं खौफ समा गया तो···"

चंद्रग्रहण की रात उन्होंने उसे बाहर नहीं निकलने दिया था। राहु से ग्रसे चंद्र को देखने नहीं दिया था···अनिष्ट की छाया उस पर नहीं पड़ने दी थी और उसके हाथों से दान कराया हुआ अन्न मुक्त हाथों से बांटा था···

चंदू ने कमरे में नन्हे-नन्हे, सुंदर-सुंदर बालकों के चित्र टांगे थे। पीड़ा, उल्लास और मातृत्व की सतर्कता के दिन कितने अनोखे थे! जैसे अपने नारी-जीवन की चरम प्राप्ति उसे हुई थी···मखमली पंखों वाले दुग्ध वर्ण नन्हे-नन्हे देवदूत हर ओर मुस्कराते उड़ते रहते थे···आकाश में सितारों के फूल खिलते थे···

लेकिन आज आसमान काला था। सबके ऊपर सितारे टूट रहे थे और जैसे काले पंजों वाला दैत्य सबके गले दबोचे हुए था। अभी-अभी वह नल के शोर में

उलटी करके आई है। शरीर नागपाश में जकड़ा हुआ है और लाखों सर्पों का दंश उसे नीला करता जा रहा है। इस सर्दी में और इस अंधेरे कमरे में वह ऐसे ही अकड़कर टूट जाएगी और दर्द से भरे हुए उसके होंठ फड़फड़ाकर बेजान हो जाएंगे। ऐसी मनहूस खामोशी में वह अपनी ही चीख से डरकर मर जाएगी···

घबराकर वह एक बार उठी, जाकर उसने कहना चाहा कि अब नहीं सहा जाता। तुम लोग कैसे हो जो पड़े हो! पर जैसे भीतर का संकोच और सब कुछ सहन कर सकने के गौरवमय दर्प ने उसे रोक लिया···पर फिर भी एक चीख निकल ही गई। दादी ने मुंह बिगाड़कर ताना कसा, "कैसी डकार रही है।" पर बाबा ने चिंतित से स्वर में कहा, "ज़रा देख लो जाकर···क्या पता इसी वक्त ज़रूरत पड़ जाए।"

"अब बच्ची नहीं है। सातवां बच्चा जन रही है, बखत, पल, दिन सबका पता रहता है। दर्द तो उठेंगे ही, उसमें मैं क्या हाथ दे लूंगी?" और वह अपनी खाट पर लुढ़क गईं। कुछ ठीक महसूस करते ही चंदू की पत्नी धीरे-धीरे दीवार का सहारा लेती हुई आई और सोए-अधसोए बच्चों पर कंबल और लिहाफ डालकर भीतर कोठरी में चली गई···

बाबा अपनी खाट पर बैठे जाग रहे थे। धीरे से बोले, "सुनती हो!" दादी ने 'हूं' किया तो आगे बोले, "तुमने कुछ इंतज़ाम किया है। ऐन वक्त क्या-क्या कर लोगी!"

"अब आधी रात में क्या होगा? मेरे तो प्रान सूख रहे हैं। वैसे ही तीन-तीन लड़कियों का बोझ है···इतनों का पूरा नहीं पड़ता और यहां रोज़ यही लगा है। घर न हुआ जच्चाखाना हो गया···" दादी अपनी रौ में भुनभुना रही थीं।

"मैं इस वक्त की बात कर रहा हूं और तुम अपना पचड़ा लिए बैठी हो। आग जलाके पानी ही गरम कर लो···और चंदू को भेजो, इंतज़ाम करे।" फिर कोठरी की ओर कान लगाकर सुनते हुए बोले, "शायद बहू सो गई!"

कुछ क्षणों के लिए फिर खामोशी छा गई। दादी की बरोसी के कोयले निकाली हुई पुतलियों की तरह चमक रहे थे। सोते हुए बच्चों की सांसें उबलते हुए पानी की तरह सुनसुना रही थीं और कमरे में जले हुए तंबाकू की दुर्गंध भर रही थी। मैले कपड़ों से जले हुए पथरीले कोयले की गरम-गरम बू उठ रही थी···खिड़की से दिखाई पड़ते आसमान में जैसे काले-काले पक्षी उतरते हुए इसी घर की मुंडेरों पर बैठने के लिए आ रहे थे। बदन की झुरझुरी को झेलते हुए बाबा ने धीरे से कहा, "सुनती हो, कैसे यह सब चलेगा···"

"अपने बच्चे किसे बुरे लगते हैं पर इतनी औलाद भी क्या कि जीना हराम हो जाए। उनकी परवरिश भी न हो पाए···" दादी कुछ ठीक तरह से बोली थीं, "अब जो होना है सो तो होगा ही, पर अब परमात्मा दया करे···ज़रा लालटेन तेज़ करना!" बाबा ने लालटेन की बत्ती उकसाई तो दादी कराहती हुई उठीं और खुले हुए बच्चों को ढाकने लगीं, "सब राम आसरे जी रहे हैं···इनकी कुछ फिकर होती है भला। एक-दो को कोई संभाले···खैर···अब जो हैं सो अच्छे-भले रहें···जिएं जागें!" और खांसती हुई वे अपनी खाट पर लेट रहीं! लेटे-लेटे बोलीं, "किसी का भला क्या दोष है इसमें···सब भगवान् की मर्ज़ी है! दाता दया कर···"

"कभी-कभी मुर्दा बच्चे भी तो पैदा···" कहते-कहते बाबा बात दाब गए। उनकी बात के संकेत की भयंकरता से एकबारगी दादी कांप गईं। धीरे से बोलीं, "अब तो जो कुछ होना है, सो होगा। तुम सो जाओ, मैं जाग रही हूं।"

"कमला को जगा लो···" बाबा ने धीरे से कहा, "चंदू को भेजो न दाई के लिए।"

"मैं सब कर लूंगी। तुम आराम करो।" दादी अपनी खाट पर उठकर बैठ गईं। और वह अनपेक्षित क्षण निरंतर पास आता गया। चंदू की पत्नी की एक भयावह चीख सुनाई पड़ी और बैठक में धड़कता दिल लिए बैठे हुए चंदू मुंशी गली से चमारिनों के मुहल्ले की ओर लपक चले। दादी चादर लपेटकर उठीं और भारी कदमों से कोठरी की ओर चली गईं···

काली छायाएं और भी भारी पड़ गई थीं। बहू की चीखें और सिसकारियां भयानकता लिए गूंज रही थीं और चिंतातुर खड़े बाबा के हाथ-पैर फूलते जा रहे थे···बरोसी की ठंडी पड़ती आग में उन्होंने कोयले डाले और फूंक-फूंककर सुलगाने लगे। तभी भीतर से आवाज़ सुनाई पड़ी, "लालटेन इधर देहरी पर रखना ज़रा···" और बाबा जब तक लालटेन लाएं तब तक दादी भीतर से चीख पड़ीं, "अरे, जल्दी से कपड़ा देना···कपड़ा···गूदड़···"

सिसकारियों, चीखों और दर्द दबा जाने की भारी-भारी सांसों से वातावरण निरंतर भयावह होता जा रहा था। भीतरी कोठरी के मटमैले उजाले में जैसे कोई गला दबा-दबाकर किसी की हत्या कर रहा हो···और दादी जैसे कटती हुई बहू को व्यर्थ ढाढ़स बंधा रही हों—"हिम्मत कर बेटा···घबरा मत" और बहू जैसे अपने इस सातवें अपकृत्य से अपमानित और लज्जित महसूस करती इधर-उधर हाथ-पैर पटक रही थी और फिर पीड़ा के अथाह ज्वर में डूबकर बेहोश पागलों की तरह चीख मारती थी···

और एक भयंकर चीख के बाद कुछ क्षणों के लिए सब शांत हो गया।···और तब उस शांति को चीरती हुई एक जीव की पतली सी आवाज़ फूटी···नन्हे शिशु की रोने की वह आवाज़ निरंतर तेज़ होती गई।

दिशाओं के बंद अंधे दरवाज़ों से जैसे प्रतिध्वनि आती थी!

चंदू मुंशी दाई लेकर आ गए थे। और दादी आंखों में ज्योति लिए निकल आईं। बाबा ने पूछा, "क्या है?"

"कानी लड़की!" दादी ने खुशी से भरी आवाज़ में कहा और बाबा का मुंह ताकने लगीं, जिस पर कालिख फैल रही थी। फिर आनंद से छलछलाती आवाज़ में बोलीं, "लड़का हुआ है चंद्रमा जैसा!"

उस अंधेरे में सबके चेहरे चमक उठे थे, जैसे उन पर इंसान होने का गर्व झिलमिला उठा हो। आह्लाद से थरथराती आवाज़ में बाबा बोले, "बहू ठीक है न!" और बुदबुदाते रहे, "सब भगवान् की दया है···आदमी का बच्चा दो हाथ लेकर आता है···और हाथों में सब ताकतें होती हैं···सब···"

और दादी चीखीं, "कमलिया उठ दरवाज़े पर थापें लगा···देहरी पर गंधक जला···उठ···और देख ज़रा कांसे की थाली बजा दे···तेरे भैया हुआ है।"

कमला बिजली की तरह उठकर कांसे की थाली बजाने लगी और बच्चे आंखें मुलमुलाने लगे। उस नीरव रात में बजती हुई कांसे की थाली की पावन झनकार बोझिल आसमान के नीचे मंगल वाद्यों की तरह गूंजती रही।

(लेखन वर्ष : 1950)

नंगा आदमी

मेज़ पर खुला खत पड़ा है, सामने चाय का प्याला है, दरवाज़े का पर्दा सुबह की हवा से धीरे-धीरे हिल रहा है। इस ओर की खिड़की से सिर्फ ऊंची-ऊंची इमारतों की छतें या मीनारें और रेडियो के एरियल दिखाई पड़ते हैं। किसी ऊंची इमारत की आखिरी मंज़िल पर बैठी हुई चील···और उसके बाद अनंत आकाश की मटमैली चादर!

कभी-कभी मन भर आता है, जी होता है अभी उड़कर अपने उस छोटे से शहर में पहुंच जाए, जहां लोग उसे पहचानते हैं। गली के फर्श पर उसके जूतों की चरमराहट सुनकर बाबा सूरदास फौरन टोक देते थे, "इतनी-इतनी रात तक घूमते हो, रवि?" और वह उन्हें भुलावे में डालने के लिए दमे के मरीज़ शिब्बन बाबू की तरह खांसता हुआ जब आगे बढ़ता, तो सूरदास कहते, "ये शिब्बन की खांसी नहीं है, रवि!" और अपने में हंसते हुए बुदबुदाते, "समझता है पहचान नहीं पाऊंगा ···कलजुग की खरोचन!" गली का कुत्ता मोती एक बार भौंककर, दुम हिलाता हुआ पीछे लग जाता था···

तभी पॉलिश किया हुआ जूता लिए मोची ने अदब से कमरे में झांका, पैसे उसके आगे फेंककर उसने चाय का एक घूंट भरा, और जीरेंद्र का खत पढ़ने लगा, वीरेंद्र ने लिखा था–

प्रिय रवि,

तुम बिना मिले चले गए एकाएक, इसकी तो कोई बात नहीं, पर एक बात सबसे पहले नोट करो कि अब से तुम जहां भी होगे, खत में अपना पता ज़रूर दोगे। पिछले तीन पत्रों में तुमने पता जानबूझकर नहीं दिया; यह मैं अच्छी तरह जानता हूं। न जाने कैसे इस बार तुम्हें दया आ गई हम पर। दोस्ती को इस तरह मत नापा करो मित्र। यह तुमने कैसे सोचा कि मैं तुम्हें भूल गया या भूल सकता हूं? मेरी बात जाने दो पर बाकी सब दोस्त भी हर शाम तुम्हें याद करते हैं। तुम्हारे बिना शाम की महफिलें सूनी हैं। हम लोग रोज़ मिलते भी नहीं, तुम्हारी कमी बेहद खलती है। अब उस चबूतरे पर कोई नहीं बैठता, सचमुच एक तुम्हारी वजह से सब वीरान हो गया, सरेआम सब भीतर घुस जाते हैं, लगता है, मुहल्ले में मुर्दे बसते हैं। लेकिन

यह तुम्हें हुआ क्या, रवि? क्या तुम मेरी शादी में शामिल नहीं होना चाहते? तुम्हारे बगैर कैसा लगेगा, सोच नहीं पाता हूं···तुम्हीं तो एक ऐसे मित्र हो, जिसके साथ मेरी हर खुशी दुगुनी हो जाती है और हर गम आधा रह जाता है। अगर तुम न होते, तो पिताजी की मौत पर मैं आत्महत्या कर चुका होता। आज वे इस दुनिया में नहीं हैं, तब मैं अपनी शादी कर रहा हूं। उनके सामने कर लेता, तो आज इतना पछतावा न होता। बात-बात पर मन भारी हो आता है। आंखें भर आती हैं, तुम्हीं ने तो उन्हें समझाया था कि पढ़ाई खत्म होने से पहले शादी कर देना कितनी बड़ी भूल है, और वे दिल पर पत्थर रखकर मान गए थे···लेकिन उन्हें अपनी ज़िंदगी के बारे में हर क्षण खटका लगा रहता था। सब कुछ समझते हुए भी मेरा मन रोने को करता है। क्यों न उन्हीं के सामने यह सब कर लिया? उनकी बूढ़ी आत्मा को संतोष हो जाता। इसीलिए हर पल तुम्हारी याद आती है। तुम होते तो मुझे कितना बड़ा सहारा मिलता। पर तुम तो ऐसे छिपकर चले गए कि आज पता मिला है और कौन जाने इस पत्र के पहुंचते-पहुंचते शायद तुम कहीं और न चले गए हो। तुम्हारी परेशानी मैं समझता हूं, रवि! लेकिन ऐसा क्या बिगाड़ा है इस शहर ने और हम लोगों ने? शशि की ममता तक नहीं खींच पाई तुम्हें। वह पराई होकर चली गई और तुम संन्यासी की तरह निर्लिप्त बने रहे, मुझे उम्मीद थी कि उसके विवाह की खबर सुनते ही तुम पागलों की तरह आओगे और उसकी बांह पकड़कर कहोगे—"यह मेरी है, मैंने इसे प्यार किया है, मैंने इसे लेकर भविष्य के सपने संजोए हैं, यह पराई नहीं हो सकती!" पर तुम्हें क्या हो गया था रवि? सचमुच मैं समझा था कि कहीं तुम्हें कुछ हो तो नहीं गया। और अपने मन की आशंका से घबराकर मैं कितना रोया था, न जाने शशि ने क्या सोचा होगा। मैं उससे मिलने भी नहीं गया। ऐसी तो कोई बात नहीं, जो मैं तुम्हारे लिए न कर सकूं। सच कहता हूं, अगर शादी से पहले तुम न आए, तो कुछ भी नहीं करूंगा···

"साब शेव बनेगा?" नाई कमरे के दरवाज़े पर खड़ा पूछ रहा है।

अपनी दाढ़ी पर हाथ फेरता हुआ वह उठ खड़ा हुआ, बोला···"नहीं!"

और उसका मन न जाने कहां-कहां उलझने लगा। शशि! याद आते ही एक हूक सी उठती है। कब तक यह सब चलता? मन ग्लानि से भर आता है, खुद पर लज्जा आती है। एक ज़रा से झूठ ने उसके अस्तित्व को निकम्मा कर दिया, प्यार के सामने मुंह दिखाने लायक तक न रखा। वह साफ-साफ कह सकता था—"मैं बेकार हूं! कल मैं भूखा मर सकता हूं, सड़कों पर कुलीगीरी कर सकता हूं। मेरा भविष्य अरक्षित है, पर मैं शशि के बिना नहीं रह सकता!" और शशि सब कुछ मनवा

लेती अपने मां-बाप से। वह भूखी मरने को तैयार हो जाती। उफ् तक न करती। पर न जाने क्या हुआ था उस क्षण, जब अपने अदृष्ट पर पूरा विश्वास रखते हुए उसने शशि के पिताजी से कहा था—"जी हां, वहां से नौकरी के लिए खबर आ गई है, अगले महीने ज्वाइन करना है।"

शशि के पिताजी ने पूछा था—"कितनी पे है?"

"यही तीन सौ। एलाउंस वगैरह अलग। गजटेड पोस्ट है बाबूजी!" उसने पूरे आत्मविश्वास से कहा था।

"चपरासी-अपरासी भी मिलेंगे तब तो!" शशि के पिताजी ने खुशी से फूलते हुए कहा था।

लेकिन वह खुशी आगे न बढ़ पाई। कुछ दिन बाद जब नौकरी न मिलने पर वह वहां से हताश होकर लौटा था, तो अपनी प्रतिभा और गरिमा को संभालते हुए, अपने अहं की रक्षा करते हुए उसने बताया था—"मैंने खुद नौकरी से इनकार कर दिया। बड़ी परेशानी की जगह थी, दौरे का काम था। ऐसी कौन सी मुसीबत पड़ी है? अब सीधा डिप्टी कलेक्टरी के कंपिटीशन में बैठूंगा, बाबूजी!" कहते-कहते स्वयं अपनी बात के खोखलेपन से वह संकुचित हो आया था। वह जानता था कि यह सब झूठ है, फरेब है, प्रवंचना है। वह शशि के पिताजी को नहीं, स्वयं अपने को धोखा दे रहा था। वह अच्छी तरह जानता था कि कंपिटीशन के लिए उसकी उम्र निकल चुकी है और उसे कहीं न कहीं नौकरी खोजनी है। पर यह कहते जैसे उसे शरम आती थी कि वह इतना बदकिस्मत और निकम्मा है कि उसे इज़्ज़त की नौकरी नहीं मिल सकती। उसका पौरुष यह स्वीकार नहीं कर पाया था कि उसे व्यर्थ और महत्त्वहीन घोषित कर दिया जाए। इतना पढ़-लिखकर और इतने ब्रिलियेंट कैरियर के बाद वह अफसर नहीं होगा, तो और कौन होगा?

जब कभी वह अपने को देखता, गर्व से भर उठता। एम.ए. फर्स्ट क्लास, यह लंबा-चौड़ा बदन, भरी हुई देह, खेल-कूद के इतने इनाम, इतना यश, लोगों की प्रशंसा, और सबसे भीतर खोलों में लिपटी बैठी वह तस्वीर, वह सफलतम व्यक्तियों में से एक है। लोगों को उस पर नाज़ है, उनकी ज़ुबान पर उसी की चर्चा है—"रविकुमार बड़े अच्छे ओहदे पर पहुंच गया है, भाई!" सब लोगों की प्रशंसा भरी नज़रें उसे ताक रही हैं।

अपनी बेकारी का अहसास दिन ब दिन बढ़ता गया था, और अपनी प्रतिभा और बुद्धि पर से विश्वास केंचुल की तरह उतरता गया। ऐसी कौन सी जगह थी, जहां उसने कोशिश न की हो, अर्ज़ी न दी हो, दौड़कर न गया हो? लेकिन हुआ कुछ

भी नहीं था। और उसे लगता कि यह उसके पौरुष के लिए सबसे बड़ी चुनौती है। उसे अपना व्यक्तित्व हारता और अहं खंडित होता दीखता था। सुबह-सुबह वह कपड़े बदलकर निकलता और दोस्तों की मंडली में दोपहर तक जमा रहता, लौटकर सो जाता, और शाम को फिर वही कार्यक्रम रहता। पर रात के बढ़ते हुए अंधेरे के साथ उसे हर रोज़ अपनी असमर्थता और व्यर्थता का अनुभव होता। जीवन निरर्थक होकर बहता जाता। संतोष केवल इतना था कि अभी लोगों में उसकी बेकारी या हीनता की चर्चा शुरू नहीं हुई थी···और उसे लगता, कि इन सब लोगों की नज़रें एक दिन एकाएक बदल जाएंगी, वह सारी प्रतिष्ठा और इज़्ज़त धूल की तरह उड़ जाएगी, और तब इन दृष्टियों में केवल हिकारत रह जाएगी।

कितना बड़ा अभिशाप बन जाती है बेकारी! यह ज़हर है जो उसके अंग-प्रत्यंग को, उसके तन और मन को धीरे-धीरे घोल रहा था। वह कैसे स्वीकार करे, कि वह एक असफल व्यक्ति है, एक ऐसा आदमी है, जो महत्त्वहीन और निठल्ला है।

शशि के पिताजी जब-जब पूछते, वह कोई सुनहला सपना बुन लेता। जिस-जिस जगह के लिए अपने को उपयुक्त समझता, वह उसकी बात बता देता—"हां, जुलाई से बी.डी. डिग्री कॉलेज में जा सकता हूं। वे लोग चाहते हैं कि मैं मान जाऊं।" या, "लेबर ऑफिसर के लिए तो तय समझिए। बस कोई जगह होने भर की देर है।" और जब-जब इन कही हुई नौकरियों का वक्त निकल जाता, तब तक वह एक अछूती कहानी गढ़ लेता और उसे सुनाकर समझता कि उसने सुनने वाले को सहमत कर लिया है। वह नहीं चाहता था कि लोग उसके भविष्य की ओर से उदासीन हो जाएं। लेकिन यह हवाई नौकरियां कब तक चलतीं?

और इस बढ़ते हुए व्यर्थता के बोध से उबर सकने के लिए एक बार वह बाहर चला गया था। एक छोटी सी नौकरी कर ली थी, जिससे सिर्फ खर्च चल जाता था! नौकरी छूटने से पहले उसने पेट काटकर कपड़े और कुछ ज़रूरी सामान खरीदा था। एक नई टाई ली थी, शू और शार्कस्किन का पैंट खरीदे थे, बंद कॉलर का अफसरी कोट बनवाया था ताकि लोग विश्वास कर सकें कि वह किसी अच्छे ओहदे और आमदनी की जगह लग गया था। वे उसे देखकर आश्चर्य में पड़ जाएं। उसे सफलतम व्यक्ति मानकर आदर से नत हो जाएं, उसके रोब में आ जाएं।

और सचमुच उसके पहनावे और रंग-ढंग से लोगों पर अनुकूल असर पड़ा था। जब वह घूमता हुआ वकीलों वाले मुहल्ले की तरफ गया था, तो अपने उसी रोब में अपनी उपयोगिता और ठाट-बाट का सिक्का जमाते हुए उसने कहा था—"जी हां,

आगरा यूनिवर्सिटी में लेक्चरर हो गया हूं। 'पे स्केल' बहुत कम है वहां। और सारी यूनिवर्सिटियां ज़्यादा देती हैं, हमारे यहां पे बहुत कम मिलती है। कर ली है फिलहाल यह नौकरी। मन न लगा तो छोड़ दूंगा।"

सुनकर लोगों के ऊपर जो प्रभाव पड़ा था, वह उसने सतर्क आंखों से परखा था और यूनिवर्सिटी की नौकरी छोड़ देने का इरादा रखने वाली बात से जैसे उसका महत्त्व और भी बढ़ गया था। बड़ी शांति मिली थी उसे उन लोगों की प्रशंसा भरी दृष्टि देखकर। जैसे इस छोटे से झूठ से उसका व्यक्तित्व सार्थक हो उठा था। और उसकी आंखों के सामने वह चित्र नाच उठा था जिसमें डिग्री कॉलेज के लड़कों को पढ़ाने के लिए वह बगल में नोट्स दबाए शान से चला जा रहा है। उसकी चाल में दर्प है और आकृति पर अध्ययन की गंभीरता। विद्यार्थी उसके पढ़ाने का लोहा मानते हैं। वह एक सफलतम शिक्षक के रूप में प्रतिष्ठित हो गया है। अध्ययन, मनन, चिंतन से भरा सौम्य, शांत और श्रद्धास्पद जीवन।

और एक दिन सामने वाले इंसपेक्टर साहब के चपरासी ने अपने साहब की ज़्यादतियों की दास्तान सुनाते हुए कहा था–"बाबू साहब, अब तो आप अफसर हो गए हैं, हमें भी अपने पास लगा लीजिए। बड़ी मुसीबत में हूं, सरकार।"

एकाएक न जाने कैसे उसके मुंह से निकल पड़ा था–"हो जाएगा, श्यामलाल, अब भगवान की दया से ऐसी जगह पर हूं कि दो-चार आदमियों को फायदा पहुंचा सकता हूं। तुम्हारे लिए भी इंतज़ाम कर दूंगा। एक-दो महीने रुको।"

अपनी आंखों में जिस कृतज्ञता का बोझ श्यामलाल ले गया था और जिस तरह झुककर अदब से उसने बंदगी की थी, उसने कैसी अछूती तृप्ति दी थी रवि को।

और फिर मुहल्ले के नौकरीपेशा लोगों में यह बात बड़े गर्वीले ढंग से फैली थी कि रवि बाबू बड़े अफसर हो गए हैं, बड़े लायक आदमी हैं। उन्होंने अपने छोटे से शहर का नाम रोशन कर दिया···

और तब एक और चित्र उसकी आंखों के सामने नाच गया···ग्रे पैंट और सफेद कमीज़ पहने वह अफसर की तरह जंचता है। पीछे चपरासी फाइलें लिए अदब से चल रहा है, दफ्तर में घूमते वक्त बाबू लोग 'नमस्ते' कर रहे हैं और वह सिर तिरछा करके उनके अभिवादनों का उत्तर देता अपने कमरे की ओर बढ़ता जा रहा है।

सिवा इस झूठ में जीने के कोई और रास्ता भी तो नज़र नहीं आता! घर में पड़ा रहता तो लोग समझते, छुट्टी पर आया है। और एक रोज़ बस के अड्डे पर पुराना साथी और सहपाठी सुखचंद्र मिला था, "कहो भाई रवि, कहां हो आजकल?"

उसके पूछते ही पुरानी स्मृतियां ताज़ा हो आई थीं। दसवीं तक वे साथ पड़े थे, तब खेल-कूद में दोनों साथ रहते थे और गेम्स सुपरिंटेंडेंट कहा करते थे—"रवि को तो मिलिटरी में जाना चाहिए।"

एकाएक वह अधूरा सपना रवि की आंखों के सामने उस क्षण बिजली की तरह कौंध गया था और उसने अपना सीना फुलाए हुए बड़ी शान से कह दिया था—"देहरादून मिलिटरी एकेडमी में हूं, दोस्त।"

"मज़े की ज़िंदगी होगी यार। मैं भी तुम्हारी तरह अकेला होता, तो किस्मत आज़माता।" उसकी ओर ताकते हुए सुखचंद्र ने हसरत से कहा था। और फिर बड़े अपनेपन से उसका हाथ पकड़ते हुए बोला था—"अपनी ज़िंदगी तो बिगड़ गई। गांव में पड़ा-पड़ा सड़ रहा हूं। एक स्कूल है, उसी में कुछ वक्त कट जाता है, सौ-सवा सौ मिल जाते हैं!"

और तब उसे लगा कि वह अपने मित्रों में सबसे सामर्थ्यवान है। देश की सीमा पर पड़े पड़ाव में वह सैनिकों के साथ बैठा है। कितनी बड़ी ज़िम्मेदारी है उसकी। देश की सीमा की रक्षा! एक सार्थक जीवन! जंगलों और पहाड़ों को रौंदता हुआ वह बढ़ता जाएगा और एक दिन अपने देश के लिए अपनी जान तक न्योछावर कर देगा।

चलते वक्त उसने सेना के अफसर की तरह कड़ेपन से हाथ मिलाया था, और चुस्त चाल से शेर की तरह मुड़कर चला आया था।

"साब, खाना किस वक्त होगा?" बैरे ने कमरे में प्रवेश कर पूछा।

उसका ध्यान भंग हुआ। उसकी त्यौरियां बदल गईं। सैनिक अफसर की तरह वह बिगड़ा—"यू फुलिश! यह वक्त खाने का है? इतने दिन मुझे होटल में हो गए और तुझे यह नहीं मालूम कि किस वक्त खाना खाता हूं।"

"साब, आप बोला था, कहीं जाना मांगता, इस खातिर जल्दी लंच लेगा।" बैरे ने अदब से याद दिलाया।

अपनी भूल याद आते ही रवि ने नरम पड़कर कहा--"नहीं, वापस आने पर खाएगा।"

हवा के झोंके से मेज़ पर पड़ा खत फड़फड़ाया और उसकी पंक्तियां फिर सामने थीं—

सचमुच रवि, तुम्हारा अंतर्द्वंद्व मैं समझता हूं। तुम्हें जितना सफल व्यक्ति होना चाहिए था, उतने नहीं हो पाए तुम। इसमें तुम्हारा कसूर भी नहीं। कसूर है उन संस्कारों का, जिनके हम गुलाम हैं···

खत पढ़ते-पढ़ते रवि का दम फूलने लगा। उसे लगा कि अभी, इसी कमरे में वह बेहोश हो जाएगा। यह झूठी सृष्टि एकदम लड़खड़ाकर उसके ऊपर गिर पड़ेगी, और वह इसके नीचे दबकर तत्काल मर जाएगा।

उठकर उसने दरवाज़े का परदा सरका दिया। रोशनी का सैलाब कमरे में भर गया। वीरेंद्र को उत्तर देने के लिए उसने पैड उठाया तो शशि का अंतिम पत्र उसमें से झांक उठा, जिसका जवाब वह लिखना चाहता था, पर लिख नहीं पाया था। और तब से वह पत्र पैड में ही दबा पड़ा था। शशि ने लिखा था—

प्रिय रवि,

कायर की तरह भागने से ज़िंदगी हाथ नहीं आती। इसे दसों उंगलियों से पकड़ो, नाखून गड़ाकर पकड़ो। सचमुच यह सब सोचकर कितना दुःख होता है कि तुम इतनी दूर चले गए। तुम्हारा झूठ तुम्हें भगा ले गया। यह ठीक था कि मेरे घर तुम शायद उतने सम्मान के भागी नहीं रह गए थे, पिताजी तुम्हें बातूनी और असफल युवक समझने लगे थे। घर में तुम्हारा सम्मान घटता गया था, लेकिन इसके लिए मैंने क्या कुछ नहीं किया। फिर भी हर बार दिलासों और झूठे आश्वासनों के बाद भी जब तुम नौकरी नहीं पा सके तो हारकर मुझे चुप होना पड़ा। मैं कहती ही क्या? लेकिन मेरे पांच पत्रों का उत्तर तुमने नहीं दिया। क्या समझूं इससे? मुझे इसी तरह मझधार में छोड़ना था तुम्हें ? हताश होकर पिताजी की बात स्वीकार कर ली मैंने। तुम्हें यह अंतिम पत्र डाल रही हूं, इस आशा के साथ कि तुम्हें यह कभी न मिलेगा। मैंने कितने सपने संजोए थे, न सही अफसरी—रवि, मेहनत-मजदूरी करके पेट भर लेते हम। किताबें बेचकर पेट पाल लेते। कोई भी धंधा कर लेते। इसमें कौन सा सम्मान घट जाता? पर तुम्हारे ऊपर न जाने कौन सा भूत सवार था। इसे अपना भाग्य-दोष ही कहूंगी। मैं अब तुम्हारा मौन तोड़ने कभी न आ पाऊंगी।

—तुम्हारी
शशि

तब पत्र पढ़कर उसे क्रोध आया था, पर आज न जाने कैसी अनुभूति हुई और लगा कि अब वह इस झूठ में और नहीं जी पाएगा। वीरेंद्र को उसने लिखा—

…अब आऊंगा, वीरेंद्र, तुम्हारी शादी में। अपने को धोखा कब तक दे सकूंगा? किस-किस को भुला दूंगा। मुझे शर्म आती थी। मुझमें साहस नहीं रह गया था कि उन लोगों से आंख मिलाऊं, जिनसे मैं तरह-तरह की बातें कर चुका हूं। मैं सिर्फ बांस का एक ढांचा रह गया था, जिसे तरह-तरह की नौकरियों के लिबास मैं अपनी कल्पना में पहनाया करता था। अब मैं सारे लिबासों को उतारकर एकदम नंगा होकर

तुम लोगों के बीच आऊंगा। होटल का पैसा बाकी है। पांच सौ रुपए का इंतज़ाम करके भेजो।

—तुम्हारा
रवि

बैरे को आवाज़ देकर उसने खत पकड़ाया, और कहा, “इसे पोस्ट कर आओ और मैनेजर साहब से कहना कि सारे बिल तैयार रखें...दो-चार दिनों में मैं चला जाऊंगा। कमरा भी छोड़ दूंगा।”

“नौकरी छोड़ दी, साब?” बैरे ने पूछा।

“मैं कहीं नौकर नहीं था!” कहते-कहते रवि को लगा कि आज इस सच्चाई को स्वीकार करते हुए उसने वे तमाम झूठे लिबास उतार फेंके हैं, और सचमुच वह एकदम नंगा हो गया है, एकदम आज़ाद। और आज़ाद आदमी के लिए हर काम, हर पेशा खुला है।

(लेखन वर्ष : 1950)

अन्य कहानियां

जॉर्ज पंचम की नाक

यह बात उस समय की है जब इंग्लैंड की रानी एलिज़ाबेथ द्वितीय अपने पति के साथ हिंदुस्तान पधारने वाली थीं। अखबारों में उनके चर्चे हो रहे थे। रोज़ लंदन के अखबारों से खबरें आ रही थीं कि शाही दौरे के लिए कैसी-कैसी तैयारियां हो रही हैं···रानी एलिज़ाबेथ का दर्ज़ी परेशान था कि हिंदुस्तान, पाकिस्तान और नेपाल के दौरे पर रानी कब क्या पहनेंगी? उनका सेक्रेटरी और शायद जासूस भी उनके पहले ही इस महाद्वीप का तूफानी दौरा करने वाला था···आखिर कोई मज़ाक तो था नहीं। ···ज़माना चूंकि नया था, फौज-फाटे के साथ निकलने के दिन बीत चुके थे इसलिए फोटोग्राफरों की फौज तैयार हो रही थी···

इंग्लैंड के अखबारों की कतरनें हिंदुस्तानी अखबारों में दूसरे दिन चिपकी नज़र आती थीं···कि रानी ने एक ऐसा हलके नीले रंग का सूट बनवाया है, जिसका रेशमी कपड़ा हिंदुस्तान से मंगवाया गया है···कि करीब 400 पौंड खर्चा उस सूट पर आया है।

रानी एलिज़ाबेथ की जन्मपत्री भी छपी। प्रिंस फिलिप के कारनामे छपे, और तो और उनके नौकरों, बावर्चियों, खानसामों, अंगरक्षकों की पूरी की पूरी जीवनियां देखने में आईं! शाही महल में रहने और पलने वाले कुत्तों तक की तस्वीरें अखबारों में छप गईं···

बड़ी धूम थी। बड़ा शोर-शराबा था। शंख इंग्लैंड में बज रहा था, गूंज हिंदुस्तान में आ रही थी।

इन अखबारों से हिंदुस्तान में सनसनी फैल रही थी···राजधानी में तहलका मचा हुआ था। जो रानी 5000 रुपए का रेशमी सूट पहनकर पालम के हवाई अड्डे पर उतरेगी उसके लिए कुछ तो होना ही चाहिए। कुछ क्या, बहुत कुछ होना चाहिए। जिसके बावर्ची पहले महायुद्ध में जान हथेली पर लेकर लड़ चुके हैं···उसकी शान-शौकत के क्या कहने···और वही रानी दिल्ली आ रही है···

नई दिल्ली ने अपनी तरफ देखा और बेसाख्ता मुंह से निकल गया—वह आएं हमारे घर, खुदा की रहमत···कभी हम उनको कभी अपने घर को देखते हैं। और देखते-देखते नई दिल्ली का कायापलट होने लगा।

और करिश्मा तो यह था कि किसी ने किसी से नहीं कहा, किसी ने किसी को नहीं देखा—पर सड़कें जवान हो गईं, बुढ़ापे की धूल साफ हो गई। इमारतों ने नाज़नीनों की तरह शृंगार किया···

लेकिन एक बड़ी मुश्किल पेश थी···वह थी जॉर्ज पंचम की नाक!···नई दिल्ली में सब कुछ था, सब कुछ होता जा रहा था, सब कुछ हो जाने की उम्मीद थी, पर जॉर्ज पंचम की नाक बड़ी मुसीबत थी! नई दिल्ली में सब कुछ था···सिर्फ नाक नहीं थी!

इस नाक की भी एक लंबी दास्तान है। इस नाक के लिए बड़े तहलके मचे थे किसी वक्त! आंदोलन हुए थे। राजनीतिक पार्टियों ने प्रस्ताव पास किए थे। चंदा जमा किया था। कुछ नेताओं ने भाषण भी दिए थे। गर्मागर्म बहसें भी हुई थीं। अखबारों के पन्ने रंग गए थे। बहस इस बात पर थी कि जॉर्ज पंचम की नाक रहने दी जाए या हटा दी जाए! और जैसा कि हर राजनीतिक आंदोलन में होता है, कुछ पक्ष में थे कुछ विपक्ष में और ज़्यादातर लोग खामोश थे। खामोश रहने वालों की ताकत दोनों तरफ थी···

यह आंदोलन चल रहा था। जॉर्ज पंचम की नाक के लिए हथियारबंद पहरेदार तैनात कर दिए गए थे···क्या मजाल कि कोई उनकी नाक तक पहुंच जाए! हिंदुस्तान में जगह-जगह ऐसी नाकें खड़ी थीं और जिन तक लोगों के हाथ पहुंच गए, उन्हें शानोशौकत के साथ उतारकर अजायबघरों में पहुंचा दिया गया। शाही लाटों की नाकों के लिए गुरिल्ला युद्ध होता रहा···

उसी ज़माने में यह हादसा हुआ—इंडिया गेट के सामने वाली जॉर्ज पंचम की लाट की नाक एकाएक गायब हो गई! हथियारबंद पहरेदार अपनी जगह तैनात रहे। गश्त लगाते रहे···और लाट की नाक चली गई।

रानी आए और नाक़ न हो!···एकाएक यह परेशानी बढ़ी। बड़ी सरगर्मी शुरू हुई। देश के खैरख्वाहों की एक मीटिंग बुलाई गई और मसला पेश किया गया कि क्या किया जाए?···वहां सभी एकमत से इस बात पर सहमत थे कि अगर यह नाक नहीं है, तो हमारी भी नाक नहीं रह जाएगी···

उच्चस्तर पर मशवरे हुए। दिमाग खरोंचे गए और यह तय किया गया कि हर हालत में इस नाक का होना बहुत ज़रूरी है। यह तय होते ही एक मूर्तिकार को हुक्म दिया गया कि वह फौरन दिल्ली में हाज़िर हो।

मूर्तिकार यों तो कलाकार था, पर ज़रा पैसे से लाचार था। आते ही उसने हुक्कामों के चेहरे देखे···अजीब परेशानी थी उन चेहरों पर; कुछ लटके हुए थे, कुछ उदास थे और कुछ बदहवास थे। उनकी हालत देखकर लाचार कलाकार की आंखों

में आंसू आ गए···तभी एक आवाज़ सुनाई दी–"मूर्तिकार! जॉर्ज पंचम की नाक लगनी है!"

मूर्तिकार ने सुना और जवाब दिया–"नाक लग जाएगी। पर मुझे यह मालूम होना चाहिए कि यह लाट कब और कहां बनी थी? इस लाट के लिए पत्थर कहां से लाया गया था?"

सब हुक्कामों ने एक-दूसरे की तरफ ताका···एक की नज़र ने दूसरे से कहा कि यह बताना ज़िम्मेदारी तुम्हारी है! खैर मसला हल हुआ। एक क्लर्क को फोन किया गया और इस बात की पूरी छानबीन करने का काम सिपुर्द कर दिया गया! ···पुरातत्त्व विभाग की फाइलों के पेट चीरे गए, पर कुछ भी पता नहीं चला। क्लर्क ने लौटकर कमेटी के सामने कांपते हुए बयान किया–"सर! मेरी खता माफ हो, फाइलें सब कुछ हज़म कर चुकी हैं!"

हुक्कामों के चेहरों पर उदासी के बादल छा गए। एक खास कमेटी बनाई गई और उसके ज़िम्मे यह काम दे दिया गया कि जैसे भी हो यह काम होना है और इस नाक का दारोमदार आप पर है। आखिर मूर्तिकार को फिर बुलाया गया···उसने मसला हल कर दिया। वह बोला–"पत्थर की किस्म का ठीक पता नहीं चलता, तो परेशान मत होइए···मैं हिंदुस्तान के हर पहाड़ पर जाऊंगा और ऐसा ही पत्थर खोजकर लाऊंगा!" कमेटी के सदस्यों की जान में जान आई। सभापति ने चलते-चलते गर्व से कहा–"ऐसी क्या चीज़ है जो अपने हिंदुस्तान में मिलती नहीं। हर चीज़ इस देश के गर्भ में छिपी है···ज़रूरत खोज करने की है···खोज करने के लिए मेहनत करनी होगी, इस मेहनत का फल हमें मिलेगा···आने वाला ज़माना खुशहाल होगा।"

वह छोटा सा भाषण फौरन अखबारों में छप गया।

मूर्तिकार हिंदुस्तान के पहाड़ी प्रदेशों और पत्थरों की खानों के दौरे पर निकल पड़े।···कुछ दिन बाद वह हताश लौटे, उनके चेहरे पर लानत बरस रही थी, उन्होंने सिर लटकाकर खबर दी–"हिंदुस्तान का चप्पा-चप्पा खोज डाला, पर इस किस्म का पत्थर कहीं नहीं मिला। यह पत्थर विदेशी है!"

सभापति ने तैश में आकर कहा–"लानत है आपकी अक्ल पर! विदेशों की सारी चीज़ हम अपना चुके हैं···दिल-दिमाग, तौर-तरीके और रहन-सहन···जब हिंदुस्तान में बाल डांस तक मिल जाता है तो पत्थर क्यों नहीं मिल सकता!"

मूर्तिकार चुप खड़ा था। सहसा उसकी आंखों में चमक आ गई। उसने कहा–"एक बात मैं कहना चाहूंगा, लेकिन इस शर्त पर कि यह बात अखबार वालों तक

न पहुंचे···"

सभापति की आंखों में भी चमक आई। चपरासी को हुक्म हुआ और कमरे के सब दरवाज़े बंद कर दिए गए। तब मूर्तिकार ने कहा—"देश में अपने नेताओं की मूर्तियां भी हैं···अगर इजाज़त हो···अगर आप लोग ठीक समझें, तो मेरा मतलब है, तो···जिसकी नाक इस लाट पर ठीक बैठे, उसे उतार लाया जाए···"

सबने सबकी तरफ देखा। सबकी आंखों में एक क्षण की बदहवासी के बाद खुशी तैरने लगी। सभापति ने धीरे से कहा—"लेकिन बड़ी होशियारी से!"

और मूर्तिकार फिर देश-दौरे पर निकल पड़ा। जॉर्ज पंचम की खोई हुई नाक का नाप उसके पास था। दिल्ली से वह बंबई पहुंचा···दादा भाई नौरोजी, गोखले, तिलक, शिवाजी, कावस जी जहांगीर—सबकी नाकें उसने टटोलीं, नापीं और गुजरात की ओर भागा—गांधी जी, सरदार पटेल, विट्ठलभाई पटेल, महादेव देसाई की मूर्तियों को परखा और बंगाल की ओर चला—गुरुदेव रवींद्रनाथ, सुभाषचंद्र बोस, राजा राममोहन राय आदि को भी देखा, नाप-जोख की और बिहार की तरफ चला। बिहार होता हुआ उत्तर प्रदेश की ओर आया···चंद्रशेखर आज़ाद, बिस्मिल, मोतीलाल नेहरू, मदनमोहन मालवीय की लाटों के पास गया···घबराहट में मद्रास भी पहुंचा, सत्यमूर्ति को भी देखा, और मैसूर, केरल आदि सभी प्रदेशों का दौरा करता हुआ पंजाब पहुंचा—लाला लाजपतराय और भगतसिंह की लाटों से भी सामना हुआ। आखिर दिल्ली पहुंचा और अपनी मुश्किल बयान की—"पूरे हिंदुस्तान की मूर्तियों की परिक्रमा कर आया। सबकी नाकों का नाप लिया—पर जॉर्ज पंचम की इस नाक से सब बड़ी निकलीं!···"

सुनकर सब हताश हो गए और झुंझलाने लगे। मूर्तिकार ने ढाढ़स बंधाते हुए आगे कहा, "सुना था कि बिहार सेक्रेटेरियट के सामने सन् बयालीस में शहीद होने वाले तीन बच्चों की मूर्तियां स्थापित हैं···शायद बच्चों की नाक ही फिट बैठ जाए, यह सोचकर वहां भी पहुंचा···पर···उन तीनों की नाकें भी इससे कहीं बड़ी बैठती हैं। अब बताइए, मैं क्या करूं?"

···राजधानी में सब तैयारियां थीं। जॉर्ज पंचम की लाट को मल-मलकर नहलाया गया था। रोगन लगाया गया था। सब कुछ था, सिर्फ नाक नहीं थी!

बात फिर बड़े हुक्कामों तक पहुंची। बड़ी खलबली मची—अगर जॉर्ज पंचम के नाक न लग पाई, तो फिर रानी का स्वागत करने का मतलब? यह तो अपनी नाक कटाने वाली बात हुई।

लेकिन मूर्तिकार पैसे से लाचार था...यानी हार मानने वाला कलाकार नहीं था।

एक हैरतअंगेज़ खयाल उसके दिमाग में कौंधा और उसने पहली शर्त दुहराई। जिस कमरे में कमेटी बैठी हुई थी, उसके दरवाज़े फिर बंद हुए और मूर्तिकार ने अपनी नई योजना पेश की—"चूंकि नाक लगना एकदम ज़रूरी है, इसलिए मेरी राय है कि चालीस करोड़ में से कोई एक ज़िंदा नाक काटकर लगा दी जाए···"

बात के साथ ही सन्नाटा छा गया। कुछ मिनटों की खामोशी के बाद सभापति ने सबकी ओर देखा। सबको परेशान देखकर मूर्तिकार कुछ अचकचाया और धीरे से बोला—"आप लोग क्यों घबराते हैं। यह काम मेरे ऊपर छोड़ दीजिए···नाक चुनना मेरा काम है···आपकी सिर्फ इजाज़त चाहिए!"

कानाफूसी हुई और मूर्तिकार को इजाज़त दे दी गई।

अखबारों में सिर्फ इतना छपा कि नाक का मसला हल हो गया है और राजपथ पर इंडिया गेट के पास वाली जॉर्ज पंचम की लाट के नाक लग रही है।

नाक लगने से पहले फिर हथियारबंद पहरेदारों की तैनाती हुई। मूर्ति के आसपास का तालाब सुखाकर साफ किया गया। उसकी खाब निकाली गई। और ताज़ा पानी डाला गया, ताकि जो ज़िंदा नाक लगाई जाने वाली थी वह सूखने न पाए। इस बात की खबर औरों को नहीं थी। यह सब तैयारियां भीतर-भीतर चल रही थीं। रानी के आने का दिन नज़दीक आता जा रहा था। मूर्तिकार खुद अपने बताए हल से परेशान था। ज़िंदा नाक लाने के लिए उसने कमेटी वालों से कुछ और मदद मांगी। वह उसे दी गई। लेकिन इस हिदायत के साथ कि एक खास दिन हर हालत में नाक लग जाएगी।

और वह दिन आया।

जॉर्ज पंचम के नाक लग गई।

सब अखबारों ने खबरें छापीं कि जॉर्ज पंचम के ज़िंदा नाक लगाई गई है··· यानी ऐसी नाक जो कतई पत्थर की नहीं लगती।

लेकिन उस दिन के अखबारों में एक बात गौर करने की थी। उस दिन देश में कहीं भी किसी उद्घाटन की खबर नहीं थी। किसी ने कोई फीता नहीं काटा था। कोई सार्वजनिक सभा नहीं हुई थी। कहीं भी किसी का अभिनंदन नहीं हुआ था, कोई मानपत्र भेंट करने की नौबत नहीं आई थी। किसी हवाई अड्डे या स्टेशन पर स्वागत-समारोह नहीं हुआ था। किसी का ताज़ा चित्र नहीं छपा था।

सब अखबार खाली थे।

पता नहीं ऐसा क्यों हुआ था?

नाक तो सिर्फ एक चाहिए थी और वह भी बुत के लिए।

मांस का दरिया

जांच करने वाली डॉक्टरनी ने इतना ही कहा था कि उसे कोई पोशीदा मर्ज़ नहीं है, पर तपेदिक के आसार ज़रूर हैं। उसने एक पर्चा भी लिख दिया था। खाने को गिज़ा बताई थी।

कमेटी पहले ही पेशे पर रोक लगा चुकी थी। सब परेशान थीं। समझ में नहीं आ रहा था कि क्या होगा? डॉक्टरी जांच में बहुतों का पेशा और पहले ही ठप्प हो चुका था। इब्राहीम ठेकेदार ने जो चुनी थीं, वे सब 'पास' हो गई थीं। उनके नखरे बहुत बढ़ गए थे। वे बड़े गरूर से अपने खानदानों की चर्चा करती थीं।

इब्राहीम ने चुस्त-दुरुस्त लड़कियों को छांट लिया था। धीरे-धीरे वे शहर के अच्छे हिस्सों में जा बसी थीं। इब्राहीम उनकी देखभाल करता था और जिस ठेके से जितनी ले गया था, उनका पैसा महीने के महीने चुकता कर जाता था।

एक बार जब जुगनू ज़्यादा परेशान थी, तो उसने भी इब्राहीम से कहा था कि किसी ठौर-ठिकाने पर बैठा दे, पर इब्राहीम ने दो-टूक जवाब दे दिया था, "शादी तो है नहीं कि किसी की आंख में धूल झोंककर गले मढ़ दूं! जो आएगा, वह तो बोटी-बोटी देखेगा!" और वह कतराकर चला गया था।

उस दिन उसके दिल पर पहली चोट लगी थी—अब वह इस लायक भी नहीं रही? दूसरी चोट तब लगी थी, जब साथ के बारजे से शहनाज़ ने हाथ मटकाते हुए गाली दी थी, "अरे, अल्ला तुझे वह दिन भी दिखाएगा जब गाहक तेरी सीढ़ियों पर कदम तक नहीं रखेगा।"

शहनाज़ की इस बात पर मुहल्ले में बड़ा बावेला मचा था। यह गाली तो बुरी से बुरी को नहीं दी जाती···सबके गाहक जीते-जागते रहें। खुदा मर्दों को रोज़ी दे···जांघ में ज़ोर दे!

और उसी दिन पहली बार झिझकता हुआ वह आया था। फत्ते उसे लाया था। उसके हाथ में बड़ा सा थैला था। खाकी पैंट और नीली कमीज़ पहने था। दाढ़ी बढ़ी हुई थी। कानों के रोओं और भौंहों पर धूल की हलकी परत थी। कमरे में जाकर जुगनू खाट पर खुद बैठ गई थी, तो वह अचकचाया सा खड़ा रह गया था। उसकी समझ

में नहीं आ रहा था कि थैला कहां रख दे। तभी जुगनू ने बड़ी आसानी से थैला लेकर सिरहाने रख दिया था। वह चुपचाप खाट पर बैठ गया था। कुछ क्षणों की खामोशी के बाद जुगनू ने कहा था, "जूते उतार लो।''''" उसने किरमिच के जूते उतारे थे तो बदबू का एक भभका उठा था''कुछ-कुछ वैसा ही जैसा कि बहुतों के कपड़े उतारने पर उठा करता था''खास तौर से उस मनसू किरानी के पास से फूटता था, जो रात के ग्यारह बजे के बाद ही आया करता था और निबट चुकने के बाद कमर में दर्द की वजह से शिला की तरह बैठा रह जाता था। तब जुगनू ही उसे उठाती थी और वह जांघें खुजलाता हुआ चला जाता था। या फिर कंवरजीत होटल वाले की तरह, जो बदबू तो देता ही था और उठने से पहले खाट पर बैठा हुआ 'ओं''''ओं' करके डकारें लेता था।

वह भभक उससे बर्दाश्त नहीं हुई तो बोली, "जूते पहन लो!"

वह जूते पहनकर फिर बैठ गया था। तब उसे बड़ी कोफ्त हुई थी। एक मिनट वह उसे घूरती रही थी, फिर चिढ़कर बोली थी, "यह घर की बैठक नहीं है''फारिग होके अपना रास्ता नापो!" उसने अपमानित महसूस किया था और अपने को संभालने के बाद अचकचाकर बोला था, "तुम्हारा नाम क्या है?"

"जुगनू!" वह बोली थी।

"कहां की हो?"

"तुम अपना काम करो''''" वह फिर चिढ़ गई थी।

और तब उसने उसकी तरह ही पूछा था, "तुम्हें यह पेशा पसंद है?"

"हां!''तुम्हें नहीं है?" कहते हुए वह लेट गई थी। उसने साड़ी जांघों तक खिसका ली थी। वह भी लेट गया था और उसने ब्लाउज़ के भीतर हाथ डालने की झिझक भरी कोशिश की थी।

"परेशान न करो तो अच्छा है''''" वह बोली थी, "क्यों खोलते हो''''?"

उसके लिए कुछ भी कर सकना मुमकिन नहीं रह गया था। जुगनू के चेहरे पर सस्ते पाउडर की परत थी''गर्दन में पाउडर की डोरियां सी बन गई थीं। होंठों पर खून सूखकर चिपक गया था। कानों के टॉप्स मेढक की आंखों की तरह उभरे हुए थे। बाल तेल से भीगे थे। तकिया निहायत गंदा था और चादर कुचले हुए चमेली के फूल की तरह मैली थी।

संकरी कोठरी में अजीब सी बदबू भरी हुई थी। एक कोने में पानी का घड़ा रखा था और तामचीनी का एक डिब्बा। कोने में ही कुछ चिथड़े भी पड़े थे।

वह पड़ा-पड़ा इधर-उधर देखता रहा। जुगनू के सिरहाने ही छोटी सी अलमारी

थी। उसका पत्थर तेल के चिकने चकत्तों से भरा हुआ था। एक टूटा हुआ कंघा, सस्ती नेलपॉलिश की शीशी और जूड़े के कुछ पिन उसमें पड़े थे। अलमारी की दीवार पर पेंसिल से कुछ नाम और पते लिखे हुए थे। सिनेमा के गीतों की कुछ किताबें एक कोने में रखी थीं, उन्हीं के पास मरे हुए सांपों की तरह चुटीले पड़े थे। देखते-देखते उसके मन में गिजगिजाहट भर गई थी। आसरे के लिए उसने जुगनू की जांघ पर हाथ रख लिया था। जांघ बासी मछली की तरह पुलपुली और खद्दर की तरह खुरदरी थी। जुगनू के खुले हुए आधे तन से मावे की महक आ रही थी। उसने हाथ हटाया तो जांघों के नीचे चादर पर आ गया था। उसे लगा जैसे चादर भीगी हुई हो···

"यही कमाई का वक्त होता है···इतने में तो चार खुश हो गए होते!" जुगनू ने कहा और दोनों बांहों में कसकर उसे भींच लिया था।

और जब वह उठकर बैठा तो जुगनू ने मज़ाक-मज़ाक में उसका थैला खोल लिया था, "बहुत रुपया भरकर चलते हो!" उसे लगा था कि शायद वह मज़ाक में एकाध रुपया और हथियाना चाहती है। थैले में कागज़, अखबार और रोटी देखकर सकुचा गई थी।

"फिर कभी आना तो पूछ लेना···सीधे आओगे न?" जुगनू ने कोठरी से बाहर निकलते-निकलते कहा था। तब उसने जुगनू को पहली बार गौर से देखा था और चुपचाप चला गया था।

जब भी जुगनू बाज़ार से निकलती तो सिर पर पल्ला डालकर। वह इतनी छिछोरी भी नहीं थी कि कोई फबती कसता। सब उसे ऐसे देखते थे जैसे उस पर उनका समान अधिकार हो। वह रास्ता चलते कनखियों से उन लोगों को ज़रूर देख लेती थी, जिन्हें वह अच्छी तरह पहचानती थी और जो उसके मर्दों की तरह उसके पास आते-जाते थे। तभी एक दिन वह दिखाई पड़ा था—वही थैले वाला आदमी। एक इमारत की पहली मंज़िल के बारजे पर कोहनियां टेके वह बीड़ी पी रहा था। वही कमीज़ पहने था। इमारत पर लाल झंडा लगा हुआ था, जिसकी छाया उसके कंधों पर कांप रही थी।

टूटी हुई चप्पल जुड़वाने के लिए वह वहीं रुक गई थी। वह शायद भीतर चला गया था।

रात को वह आया था। उसकी आंखों में पहचान थी। इस बार वह सकुचा नहीं रहा था। खाट पर बैठे-बैठे जुगनू ने उससे पूछा था, "तुम क्या काम करते हो?"

"कुछ नहीं!" वह बोला था, "मज़दूरों में काम करता हूं···"

"हमारा भी कुछ काम कर दिया करो···हम भी मज़दूर हैं!" जुगनू ने मज़ाक किया था।

"तुम्हें देर नहीं हो रही है!" उसने कहा था।

"आज तबीयत ठीक नहीं है।" जुगनू अलसाते हुए बोली थी।

"क्या हुआ?"

"कमर बहुत दुख रही है। सारे बदन में हड़फूटन है···" जुगनू बोली थी, "पता नहीं क्या हो गया है···तारा को बुला दूं?···बहुत शराफत से पेश आएगी···समझदार औरत है···"

उसने मना कर दिया था। कुछेक मिनट बैठकर वह चलने लगा था, तो सिर्फ इतना ही बोला था, "मैं ऐसे ही चला आया था!" और वह चुपचाप अंधेरी सीढ़ियों में उतर गया था। जुगनू खामोशी से आकर खिड़की पर खड़ी हो गई थी। उसे लगा था कि वह किसी और ज़ीने में चढ़ जाएगा। गली में ज़्यादा आमदरफ्त नहीं थी। थोड़ी-थोड़ी दूर पर आदमियों के तीन-चार गोल खड़े हुए थे। उनमें से फूटकर कभी-कभी कोई किसी ज़ीने में चढ़ जाता था। नानबाई की चिमनी में से धुआं निकल रहा था···वह उसे देखती रही थी। वह कहीं रुका नहीं। धीरे-धीरे गली पार कर सड़क की तरफ मुड़ गया था—उसी सड़क पर, जिस पर वह इमारत थी, जिसमें वह रहता था।

जुगनू को उसका यूं लौट जाना बहुत अच्छा लगा था। हलकी सी खुशी हुई थी। कोठरी में पलंग पर आकर वह लेट रही थी।

कोठरी में बहुत सीलन थी और घुटी-घुटी सी बदबू। दरवाज़ा उसने बंद कर लिया था और सिनेमा के गीतों की किताब उठाकर मन ही मन पढ़ती रही थी।

तभी किवाड़ों पर दस्तक हुई थी और अम्मा की आवाज़ आई थी, "जुगनू बेटे! मुआ बेहोश तो नहीं हो गया!"

"यहां कोई नहीं है, अम्मा!"

"तो बारजे पर निकल आ, बेटे···बड़ी अच्छी हवा चल रही है···गली में रौनक भी है···" कहते हुए अम्मा ने दरवाज़ा खोल दिया था, "तबीयत तो ठीक है!"

"कुछ गड़बड़ है, अम्मा!"

"तो एक गिलास दूध पी ले, बेटा···अभी तो वक्त है, कोई आ ही गया तो···"

और वह उठ आई थी। उसकी गरदन पर उलटा हाथ रखते हुए अम्मा ने बुखार देखा था और कमर से ऊपर पीठ के मांस की लौटती हुई सलवटें देखकर बोली थी, "सेहत का खयाल छोड़ दिया है तूने···कमर पर कितनी मोटी पर्तें गिरने लगी हैं···थोड़ी-सी वर्ज़िश कर लिया कर···" कहती हुई वह दूसरी कोठरी की ओर चली गई थी। दूसरी कोठरी से कुछ तेज़-तेज़ आवाज़ें आ रही थीं। और अम्मा बड़बड़ाती हुई भीतर चली गई थी, "यह चुड़ैल बिना लड़े लगाम नहीं डालने देती···किसी दिन इस कोठरी

में कतल होगा–!"

यह रोज़ की बात थी···बिलकीस को अम्मा यों ही कोसती थी। खुद बिलकीस का कहना था कि उनके पास से कोई बिना अपनी कमर पकड़े वापस नहीं जा सकता। बिलकीस को इसमें मज़ा भी आता था। आदमी को छोड़ते ही वह दरवाज़े पर आकर खड़ी हो जाती थी और उसे हारकर जाते हुए देखकर तालियां चटकाकर बड़ी ऊंची हंसी में हंसती थी, "अरी, ओ मरी जुबेदा! अरी देख···रुस्तम जा रिया है! बड़ा आया था पैलवान का बच्चा! ये मरदुआ सोएगा औरत के साथ!"

एक दिन एक आदमी बिगड़ गया था, "क्या बक रही है?"

"अरे, जा-जा भिश्ती की औलाद···ले, ये चवन्नी ले जा, छटांक भर मलाई खा लीजे···।"

और वह आदमी बहुत अपमानित सा सीढ़ियां उतर गया था। पूरे कोठे में बिलकीस को लेकर दहशत छाई रहती थी। पता नहीं, कब झगड़ा हो जाए! और वह हाथ नचा-नचाकर बड़े फख्र से हमेशा कहा करती थी, "अपने तो बरम्मचारी की औरत है···।"

जुगनू को देखकर बिलकीस हमेशा ताना देती थी, "तू तो किसी के घर बैठ जा···" पर जुगनू किसी से लड़ी नहीं। वह जानती थी कि बिलकीस बहुत मुंहफट है। अम्मा तक को नहीं धर गांठती। और अम्मा थी कि सबके तन-बदन का खयाल रखती थी। बदन चुस्त-दुरुस्त रखने के लिए वह हमेशा चीखती ही रहती थी। "भैंस की तरह फैलती ही जा रही है, साटन का पेटीकोट पहनकर। आलू खाना बंद कर, कलमुंही!"

पेट पर ढलान आते ही वह जुबेदा के लिए भीतर बक्से में से पेटी निकाल लाई थी, "दिन में इसे बांधा कर! चाय पीना कम कर"···और उसने ज़ीन की हर नाप की अंगियां लाकर रख दी थी। उसे बस एक ही फिक्र रहती थी–"मेरा बस चले तो उमर रोक दूं तुम लोगों के लिए···।"

दोपहर में अम्मा बड़े प्यार से कभी किसी के बाल साफ करने बैठ जाती, कभी शाम के लिए साड़ियों पर इस्तिरी करती और वसंत के दिन तो वह सबके लिए वसंती जोड़ा रंगती थी। फत्ते के लिए रूमाल रंगना भी न भूलती। ईद-बकरीद, होली-दीवाली बड़े हौसले से मनाती और कभी-कभी कमला की याद करके डबडबाई आंखों से कहती–"उस जैसी लड़की तो हज़ार कोखें नहीं जन पाएंगी···खुदा ने क्या खूबसूरती बख्शी थी, हाथ लगाते मैली होती थी···उसे तो पैसे वालों का डाह खा गया। ज़हर दे दिया कुत्तों ने···बहुत छटपटाई थी बेचारी। हाय, मैं अस्पताल तक न ले जा पाई···।"

···जुगनू बारजे में आकर बैठ गई थी। आते-जाते लोगों को देख रही थी। भीड़ धीरे-धीरे हलकी हो रही थी। फूल-गजरे वाले उठकर जा रहे थे और उसने देखा था—रोज़ की तरह मन्नन माली ने जाते हुए एक गजरा कलावती की खिड़की में फेंका था और कलावती ने रोज़ की तरह मुस्कराकर गालियां दी थीं। बन्ने कलई वाला धुला हुआ तहमद और जालीदार बनियान पहने आया था और सीधे शहनाज़ के कोठे पर चढ़ गया था।

शंकर पनवाड़ी के सामने चबूतरे पर नीम-पागल चुन्नीलाल ने अपना बोरा बिछा दिया था और तामचीनी के मग्गे में चाय पीते हुए बड़बड़ा रहा था, "अरे ज़ालिम, उसी दिन हाथ कलम करवा ले जिस दिन गलत सुर निकल जाए! अरे ज़ालिम···यहीं उतरकर आएगी···इसी बोरे पर सुहागरात होगी··· ज़ालिम!"

और तभी एक क्षण के लिए गली के मोड़ पर जुगनू को उसी नीली कमीज़ वाले का शक हुआ था। शायद वह फिर लौटकर आया है और चुपके से कहीं चढ़ जाएगा। पर वह उसका भ्रम था। वह नहीं था, कोई और आदमी था।

फिर बहुत दिन बाद वह लौटा था। और जुगनू की कोठरी में आते ही घर की तरह खाट पर पसर गया था। लेकिन जूते उतारने की फिर भी उसकी हिम्मत नहीं हुई थी।

"तुम अपना नाम तो बता दो?" जुगनू ने बगल में लेटते हुए पूछा था।

"मदनलाल···क्यों?"

"'ऐसे ही···यहां नहीं थे?"

"जेल में था···गिरफ्तारियां हो गई थीं, उसी में चला गया था···"

"क्यों···?"

"हड़ताल चल रही थी न···मालिकों ने बंद करवा दिया था। बड़ी मुश्किल से रिहाई हुई···"

"इस हड़ताल-वड़ताल से कुछ होता भी है? काहे को की थी?"

"बगैर नोटिस छंटनी हुई थी···तुम्हारी समझ में नहीं आएगा। और भी बहुत से मसले थे···जूते उतार लूं?" मदनलाल ने बहुत सकुचाते हुए कहा था।

"उतार लो।"

और किरमिच के जूतों और पसीने से सने हुए पैरों से जो भभक निकली थी, उससे जुगनू को कोई खास परेशानी नहीं हुई थी···धीरे-धीरे जैसे बू ही उसके चारों ओर समा गई थी···और फिर उसके बदन में भर गई थी।

मदनलाल तो चला गया था, पर उसकी वह गंध रह गई थी। और उन्हीं दिनों

सब पेशेवालियों को डॉक्टरी जांच के लिए हाज़िर होना पड़ा था और डॉक्टरनी ने इतना ही कहा था कि कोई पोशीदा मर्ज़ नहीं है, पर तपेदिक के आसार ज़रूर हैं···

देखते-देखते उसकी खांसी बढ़ गई थी। बुखार रहने लगा था। अम्मा अस्पताल ले जाकर दिखा आई थी पर रोग थमने में नहीं आ रहा था। धीरे-धीरे वह काम लायक नहीं रह गई थी। एक दिन खून थूका था तो बिलकीस ने आसमान सिर पर उठा लिया था, "अरे, इसे डलवाओ कहीं बाहर! हमें मरना है?" तो अम्मा ने उसे डांटा था, पर भीतर से वह भी बदल गई थी। तरह-तरह से उसने जुगनू को समझाया था कि वह अपनी सेहत की खातिर कहीं और चली जाए। ज़रूरत के लिए सौ-पचास रुपए भी ले जाए, इस तरह लापरवाही न करे···

पर जुगनू की समझ में नहीं आता था कि वह कहां चली जाए। पैसा भी पास नहीं था और सौ-दो सौ से कितने दिन कट सकते थे। आखिर हारकर वह तपेदिक अस्पताल में भरती हो गई। धीरे-धीरे अम्मा का दिया और अपने पास का सारा रुपया खत्म हो गया था। चार महीने लगातार उसे सेनेटोरियम में रहना पड़ा था। उसके बाद भी छुट्टी नहीं मिली थी। हां, कहीं थोड़ी-बहुत देर के लिए आने-जाने पर रोक नहीं थी। वहां से निकलकर वह दो-चार बार अम्मा के पास आई थी तो अम्मा ने कहा था, "किसी को बताना मत बेटे कि कहां थी···मैंने तो यही कहा है कि रामपुर चली गई है अपनी बहन के पास, कुछ दिनों में वापस आ जाएगी···पर मुआं दरोगा बहुत परेशान करता था···उसे शक है कि यहीं कहीं बैठने लगी है···"

अम्मा की आंखों में अपनापन पाकर उसे बड़ा सहारा-सा मिला था। और अम्मा उसकी हालत देख-देखकर दुखी होती रही थी। सचमुच जुगनू का बदन झुलस सा गया था···बाल बहुत झीने हो गए थे और चेहरे की सुर्खी गायब हो गई थी।

जुगनू जब भी शीशे में अपने को देखती, तो घबरा उठती थी। अब क्या होगा? कैसे बीतेगी यह पहाड़ सी बीमार ज़िंदगी! सहारा···कोई और सहारा भी तो नहीं, कोई हुनर भी नहीं···

पेशे पर रोक लग जाने के बावजूद कई नई लड़कियां लखनऊ-बनारस से आ गई थीं और उन्होंने बाज़ार बिगाड़ रखा था। सुना था, शहनाज़ की हालत भी खराब हो गई थी और कलावती भूखों मरने की हालत में पहुंच गई थी।

यह सब सुन-सुनकर जुगनू का दिल घबराने लगा था।

चलने से पहले उसने अम्मा से कुछ रुपए मांगे थे, तो वह अपना रोना रोने लगी और तंगहाली का बयान करने लगी थी। उसकी हालत भी खस्ता थी।

और वहां से सेनेटोरियम लौटते हुए उसने उन सबकी ओर आसरे से भरी

नज़रें डाली थीं, जिन्हें वह जानती थी, जो उफनती जवानी के दिनों में उसके पास आते-जाते रहे थे।

मनसू किरानी को दुकान पर बैठा देखकर जुगनू के मन में नफरत सी भर आई थी।...उसका कमर पकड़ बैठ जाना और फिर जांघें खुजलाते हुए कोठरी से जैसे-तैसे जाना...

कंवरजीत होटल वाला मैला पाजामा पहने नोट गिन रहा था—उठने से पहले हमेशा 'ओं...ओं...' की डकारें लेता था, तो जुगनू का मन मिचलाने लगता था...

जुगनू ने औरों को भी देखा था...जिनसे थोड़ी-बहुत भी मेल-मुलाकात रही थी।

सेनेटोरियम में और बहुत दिन रुकना नहीं हुआ। आखिर आना तो था ही। पर वह सभी की शुक्रगुज़ार थी कि उन्होंने मुसीबत और तकलीफ के दिनों में आंखें नहीं पलटी थीं।

और जो कुछ उसने जिससे लिया था, उसे नुस्खे के पीछे ही नोट कर लिया था। इतने दिनों में काफी कर्ज़ा चढ़ गया था। कंवरजीत होटल वाले ने बड़ा एहसान जताकर सैंतालीस रुपए दिए थे। मनसू ने उतना एहसान तो नहीं जताया था, पर रुपए जल्दी से जल्दी लौटा देने की बात ले ली थी—पचीस रुपए से जैसे उसका कारबार ठप्प हुआ जा रहा था।

संतराम फिटर ने बीस दिए थे और चलते-चलते बड़ा गंदा मज़ाक किया था, "सूद में एक रात...ठीक है न...?" पर उस गंदे मज़ाक से उसे लगा था कि आदमी की आंख अभी उस पर टिकती है। बदन गया-बीता नहीं हुआ है, जितना शायद वह समझ रही थी।

तंगी के उन दिनों में उसने एक रोज़ मदनलाल से मिलकर भी तीस रुपए ले लिए थे। उसने बस यही कहा था, "ये चंदे के रुपए हैं, जल्दी दे दोगी तो ठीक रहेगा, मेरे पास भी इतना नहीं होता कि भर सकूं!" पर उस बात में निहायत बेचारगी थी। बहुत मजबूरी में उसने कहा था और साथ ही यह भी कहा था कि उसे जुगनू गलत न समझे...उसकी उतनी औकात नहीं। और वह बिना कुछ और बोले पार्टी के दफ्तर में चला गया था।

ज़रूरत की वजह से दिल पर पत्थर रखकर जुगनू ने रुपए ले लिए थे, पर तकलीफ भी हुई थी।

और अब, जब से वह सेनेटोरियम से लौटी थी, पुलिस वाले अलग परेशान कर रहे थे। सात महीने का पैसा उन्हें नहीं मिला था। इस कोठे पर उन्होंने सबसे अलग-अलग रकम बांध रखी थी।

लौटकर आने के बाद वह भीतर ही भीतर बड़ी कमज़ोरी सी महसूस करती थी। बदन अब उतना झेल नहीं पाता था। कोई ज़्यादा छेड़ता-छाड़ता तो हलकी खांसी आने लगती थी···और पांच-पांच, सात-सात मिनट के भीतर ही दम फूलने लगता···और लोग थे कि सीने पर ही सारा वज़न रख देते थे···

रह-रहकर अब वैसी ही उलझन होती थी जैसे कि शुरू-शुरू में हुआ करती थी और उसे लगता था कि उसने यह सब जैसे अब पहली बार ही शुरू किया हो।

बालों की एक पुरानी चोटी वह सात रुपए में कलावती से खरीद लाई थी और छातियों पर भी कप्स लगाने लगी थी। हर बार उन्हें निकालने और लगाने में बड़ी उलझन भी होती थी। कलफ-लगी धोतियां पहनने से उसे हमेशा चिढ़ रही थी, पर अब कलफ-लगी ही पहनती थी। बदन गुदाज़ लगता था।

इतना सब करने के बावजूद आमदनी काफी नहीं थी, कोई-कोई रात तो खाली ही चली जाती थी। और अपनी कोठरी में अकेले लेटे हुए वह बहुत घबराती थी···यह पहाड़ सी ज़िंदगी···दिन-दिन टूटता हुआ शरीर···!

नपुंसक लोगों से उसे बेहद परेशानी होती थी। वे हद से ज़्यादा परेशान करते थे ···बोटी-बोटी टटोलते रहते थे और जोश आने के इंतज़ार में बहुत सताते थे। चट-औचट हाथ डालते थे और तरह-तरह की गंदी फरमाइशें करते थे।

इससे अच्छे तो वे थे, जो भरी बंदूक की तरह आते थे···और अपना काम करके चलते बनते थे। न बकवास करते, न ज़्यादा सताते थे। पर आमदनी इतनी भी नहीं थी कि गुज़ारा हो जाए। कर्ज़ा उतरने में नहीं आता था।

नुस्खे के पीछे सबके रुपए नोट थे···पर उन्हें चुकाने लायक पैसा कभी हाथ में नहीं आता था।

आखिर और कोई तरीका नहीं रह गया था। जांघ के जोड़ पर निकला फोड़ा दिखाने के लिए जुगनू जब ज़र्राह के पास जा रही थी, तो रास्ते में मनसू ने टोक दिया था—"बहुत दिन हो गए···अब तो धंधा भी चल रहा है!"

चलते-चलते वे एक तरफ को आ गए थे। तब बहुत मजबूरी में उसने मनसू से कहा था, "एक पैसा नहीं बचता, क्या करूं···तुमने तो आना-जाना भी छोड़ दिया है···"

"हमने तो गंगाजली उठा ली है···रंडीबाज़ी नहीं करेंगे। तुलसी की कंठी पहन ली है, यह देखो!" मनसू बोला तो जुगनू को हलकी सी हंसी आ गई थी और वह आंखें फाड़े देखता रह गया था।

जांघ के जोड़ पर निकले फोड़े के कारण चलने में जुगनू को काफी तकलीफ हो

रही थी। वह टांगें फैला-फैलाकर चल रही थी···मनसू का मन डोल रहा था। गली के मोड़ पर आकर मनसू ने धीरे से कहा था, "तो फिर···बताया नहीं तुमने···कब तक इंतज़ाम करोगी?"

"कुव्वत हो तो वसूल कर ले जाओ!" जुगनू ने अपनी मजबूरी को पीते हुए बनावटी शोखी से कहा था और गली में मुड़ गई थी। अपनी ही बात पर उसे बड़ी शरम आई थी···फिर लगा था कि ठीक ही तो कहा उसने···खामख्वाह की इज़्ज़त का क्या मतलब? और फिर किसी का कर्ज़ा लेकर क्यों मरे? जो उतर जाए सो अच्छा ही है।

ज़र्राह ने बताया था कि अभी फोड़ा पकने में और दिन लगेंगे। बांधने के लिए पुल्टिस दे दी थी। जब वह लौटी तो दोपहर हो रही थी। सब अपने-अपने चबूतरों पर बैठी मिसकौट कर रही थीं। यही वक्त होता है, जब सब जागकर उठ जाती हैं और शाम की तैयारी से पहले मिल-बैठ लेती हैं। गली में से कच्ची उमर के लौंडों का गोल गुज़र रहा था। वे गंदे इशारे कर-करके औरतों को चिढ़ा रहे थे और बापों को दी जाने वाली गालियों का मज़ा ले रहे थे। आवारा लौंडे रोज़ गुज़रते थे···और उनका रोज़ का यही शगल था। ढलती उमर की औरतें गंदे इशारे देख-देखकर उनके बापों को गालियां देती थीं और जवान औरतें मुस्कराती रहती थीं। कभी-कभी हसन, बनवारी या लंगड़ा मातादीन उन लौंडों को दौड़ा भी देता था, तब वे गली के मुहाने पर पहुंचकर गालियां देते थे और नेकर या घुटना उठा-उठाकर अश्लील हरकतें करते थे। लौंडों का यह गोल मस्जिद के पीछे वाली बस्ती से आया करता था···

दोपहर में ही दुःख-सुख की बातें हुआ करती थीं और चुगली-चबाव भी। ज़्यादातर चुगली उनकी हुआ करती थी, जो इस मुहल्ले से उठकर शरीफों की बस्तियों में चली गई थीं···जिन्हें छांट-छांटकर इब्राहीम ले गया था।

शाम होते ही गली गरमाने लगती थी। फूल-हार वाले भी आ जाते थे। पनवाड़ियों की दुकानें सज जातीं और गफूर की दुकान पर आकर एक पुलिस वाला बैठ जाता था···उसके बैठते ही गफूर खुलेआम बोतलें बेचना शुरू कर देता था।

जुगनू शाम को पुल्टिस हटा देती थी और बड़े बेमन से सिंगार करके बैठ जाती थी। फोड़ा गांठ बनकर रह गया था, दर्द बहुत करता था। फिर भी वह जैसे-तैसे एकाध को खुश कर ही देती थी।

बारजे पर बैठे-बैठे जब वह सोच में डूब जाती और बेसहारा पहाड़ सी ज़िंदगी सामने फैल जाती, तब बहुत घबराती थी। आखिर क्या होगा? वह तो दाने-दाने को मोहताज हो जाएगी। लंगड़ी घोड़ी की ज़िंदगी वह कैसे जी पाएगी?···क्या उसे भी

मस्जिद की सीढ़ियों पर बुर्का पहनकर बैठना होगा और अल्लाह के नाम पर हाथ फैलाना होगा? अख्तरी की तरह···बिहब्बो और चंपा की तरह···जी जब बहुत घबराता तो वह ज़हर खाने की बात सोचती···या डूब मरने की।

सैकड़ों मरद आए और गए···पर कोई एक ऐसा नहीं, जिसकी परछाईं तले उम्र कट जाए!

ज़रा ज़्यादा जान-पहचान तो उन्हीं से थी, जिनसे रुपए लिए थे। पर आसरा वहां भी नहीं था। किसका क्या भरोसा···कौन कहां चला जाए! उम्र के साथ सब लौट जाते हैं। जहां बाल-बच्चे बड़े हुए कि उनका आना-जाना बंद। जहां उम्र ढली कि आदमी ने दूसरा शौक और शगल खोजा···तब कौन आएगा? पुरानी पहचानी शक्लें भी नहीं दिखाई देंगी। तब कितना अजीब और अकेलापन लगेगा! ···बीते हुए वक्त में बैठकर जीना कितना तकलीफदेह होगा···!

पिछले दिनों में उसे बस यही एक तस्कीन मिली है कि सभी कर्ज़ेदार अपना पैसा वसूलने के लिए उसके पास आते रहे हैं···उसे उम्मीद थी कि मनसू ज़रूर आएगा, वह अपना पैसा ज़रूर वसूल करेगा···और बस आया था।

मनसू के बदन से वैसा ही भभका उठा था और वह आया भी ग्यारह के बाद ही था और निबट जाने के बाद कमर पकड़कर बैठ गया था। जुगनू भी मस्त पड़ी हुई थी। फोड़े पर दबाव पड़ने की वजह से वह बिलबिला उठी थी। और उसकी हिम्मत नहीं हो रही थी कि मनसू को उठाकर दरवाज़े तक पहुंचा आए ताकि वह हमेशा की तरह जांघें खुजलाता हुआ चला जाए।

मनसू की अकड़ी कमर जब कुछ ढीली पड़ी, तो बोला था, "याद रखना···"

जुगनू ने 'अच्छा' कहा था और मनसू को सहारा देकर उठा दिया था।

रात काफी हो गई थी। वह वहीं पड़ी-पड़ी कोठरी की दीवारों को देखती रही थी। पर उनमें देखने को कुछ भी नहीं था। मटमैली भद्दी दीवारें जिन पर कभी उसने रद्दी रिसालों से काट-काटकर फिल्मी सितारों की तसवीरें चिपकाई थीं। कोने में कील पर एक डोरी में पुरानी चूड़ियों का लच्छा लटक रहा था और दीवार की किनारी के सहारे नेलपॉलिश की खाली शीशी पड़ी थी···

खाट के नीचे गूदड़ था और टीन का बक्सा—बक्से में बारह बरस पहले का एक पर्चा पड़ा हुआ है, जिसके हर्फ भी उड़ गए हैं···अब उस पर्चे का कोई मतलब नहीं रह गया है। मसविदा मुर्दा हो चुका है। और अब कौन जाता है वापस···और कौन बुलाता है वापस···ज़िंदगियों के बीच से वक्त का दरिया किनारे काटता हुआ निकल गया है···कहीं कोई नहीं है···कोई कहीं नहीं है।

सुबह उठी तो बदन टूट रहा था। फोड़े में बहुत दर्द था। जांघ का जोड़ फटा जा रहा था। उसने फिर पुल्टिस बांध ली थी। और शाम को जैसे-तैसे तैयार हो गई थी। कोठरी में जाकर सबका हिसाब जोड़ने लगी थी। अलमारी की दीवार पर उसने निशान लगा रखे थे कि कौन कितनी मर्तबा आया था और कितने रुपए पट गए थे। संतराम फिटर सचमुच बहुत बदतमीज़ी से पेश आया था। बीस रुपए के बदले में वह चार बार हो गया था और पांचवीं बार जब जाने लगा था, तो जुगनू ने बहुत आहिस्ता से कहा था, "यूं ही जा रहे हो?"

"क्यों?" संतराम की निगाहों में शैतानी थी।

"रुपया तो पिछली बार ही पट गया था!" उसने बहुत झिझकते हुए पर साफ-साफ कहा था।

"एक बारी सूद की?" संतराम ने बड़े गंदे लहज़े में कहा था, "फोकट का पैसा नहीं आता, समझी?" और कोठरी से निकलकर सीढ़ियां उतर गया था।

जुगनू हताश-सी देखती रह गई थी। और हमजोलियों की तरह वह झगड़ा भी नहीं कर पाती थी। चीख-चिल्ला भी नहीं पाती थी और आदमी को बेइज़्ज़त करके भेजते नहीं बनता था।

कंवरजीत होटल वाले के सबसे ज़्यादा पैसे चढ़े हुए थे। वह सिर्फ तीन बार आया था। कुल पंद्रह रुपए पटे थे। मनसू के भी बीस उतर गए थे···हलकी राहत मिली थी उसे कि तभी फोड़ा टीस उठा था। वह टांगें फैलाकर वहीं बिस्तर पर लेट गई थी।

दरवाज़े पर आहट हुई तो देखा मदनलाल था। उसे देखते ही एक क्षण को वह भीतर ही भीतर झल्ला उठी थी। जैसे एक और सूदखोर पठान सामने आकर खड़ा हो गया हो···अपनी वसूलयाबी के लिए।

मदनलाल इस बीच नहीं आया था। इस वक्त उसका आना जुगनू को खल गया था। फिर भी बेचारगी में उसने उसे भीतर बुला लिया था···मदनलाल खाट पर बैठ गया था। अपना थैला उसने सिरहाने सरका दिया था। जुगनू खामोशी से थैले को टटोलने लगी थी। उसमें कुछ पोस्टर थे और तह किया हुआ एक झंडा। एकाध पुराने से रजिस्टर भी थे। उसका दिल धड़क उठा कि कहीं वह नकद पैसे की मांग न कर दे। फोड़ा अलग टीस रहा था।

मदनलाल वही पुराने कपड़े पहने हुए था और वही जूते। पसीने की गंध पूरी कोठरी में भर गई थी।

"बहुत दिनों बाद आना हुआ!" जैसे-तैसे जुगनू ने कहा।

"जूते उतार लूं!" मदनलाल ने हलकेपन से कहा था।

"उतार लो···"

"दरवाज़ा बंद कर दूं?"

"आज बहुत तकलीफ है···जांघ के जोड़ पर फोड़ा निकला हुआ है। सीधी तो लेट भी जाऊं पर जांघ मोड़ते जान निकलती है···" जुगनू ने कहा था तो मदनलाल तस्मे खोलते-खोलते ठिठक गया था। मन ही मन वह शरमा भी गया था। जुगनू भी बहुत अटपटा महसूस कर रही थी। पर मदनलाल ने उसे उबार लिया था। वह इधर-उधर की बातें करता रहा था, पर हर क्षण जुगनू को डर लगा रहता था कि घूम-फिरकर बात रुपयों पर न आ जाए···

"अच्छा तो चलता हूं···" मदनलाल थैला लेकर खड़ा हो गया था। उसने बहुत भरी-भरी नज़रों से जुगनू को देखा था···जैसे आज लौटते हुए उसे तकलीफ हो रही थी।

और सारी बातों के बावजूद जुगनू अब दुबारा उससे रुकने को कह भी नहीं सकती थी। बहुत संकोच से उसने कहा था, "वह तुम्हारे रुपए···"

"उनके लिए नहीं···" मदनलाल ने कहा, "तुम्हारे लिए आया था!"

उसकी बगलों के नीचे भरा हुआ पसीना स्याही के धब्बे की तरह चमक रहा था। बांहों की उभरीं हुई नसें पसीजी हुई थीं। उसने पसीजे हाथ से जुगनू का हाथ पकड़ा था, तो लगा था जैसे हथेली में गुदारी रोटी की हलकी-सी तपिश आ गई हो।

"मैं फिर आऊंगा···" कहकर मदनलाल चला गया था। जुगनू सीधी बारजे पर आ गई थी। मन में कहीं अफसोस भी था कि उसे ऐसे ही लौट जाना पड़ा। मदनलाल को वह देखती रही थी···वह गली में तीन-चार घर पार करके खड़ा हो गया था। उसका गली में रुकना जैसे उससे सहा नहीं जा रहा था। फिर वह ऊपर बारजे पर एक नज़र डालकर पांचवें कोठे की सीढ़ियां चढ़ गया था। पता नहीं, कैसी तिलमिलाहट उसे हुई थी। फोड़ा और ज़ोर से टीस उठा था!···फिर धीरे-धीरे जलन शांत हो गई थी। अगर उसने रोका होता तो वह शायद नहीं जाता···आखिर उसे भी तो···जलन बर्दाश्त होने लगी थी। वह तो सिर्फ उसकी तकलीफ का खयाल करके लौट गया था—उसके पसीजे हाथ की गरमाहट में किसी तरह का धोखा नहीं था···

तभी कंवरजीत आ गया था। एकाएक लगा था जैसे कोई पराया घर में घुस आया हो। पर अपने को संभालते हुए उसने मुस्कराकर उसे देखा था।

बिलकीस उधर कोने में खड़ी किसी पहलवान से बात कर रही थी। जुगनू चुपचाप कंवरजीत को लेकर कोठरी में चली गई थी। दरवाज़े भेड़ लिए थे। कंवरजीत ने कुंडी चढ़ा दी थी।

"आज बहुत तकलीफ है···फोड़ा पक गया है।" जुगनू ने जैसे आजिज़ी से उसे

समझाया था।

"अभी तक ठीक नहीं हुआ?" कंवरजीत ने पूछा था।

"हूं, शायद दो-तीन दिन में फट जाए!" जुगनू ने जैसे माफी मांगी थी।

"बिलकुल तकलीफ नहीं होने दूंगा···बहुत आसानी से···" कहते हुए कंवरजीत खाट पर लेट गया था।

"आज···" जुगनू ने कहा, तो उसने बहुत नरमी से उसे अपनी बगल में लिटा लिया था और बोला था, "ज़रा-सी भी तकलीफ नहीं होने दूंगा···"

जुगनू बहुत बेबस हो गई थी। समझ में नहीं आ रहा था कि उसे कैसे समझाए, तभी उसने उसकी छातियों पर हाथ रख लिया था। धीरे से करवट लेकर जुगनू ने लाइट बुझा दी थी और ब्लाउज़ में हाथ डालकर कप्स निकाले और खाट के नीचे सरका दिए थे।

बहुत बार उसने कराह दबाई और कंवरजीत को रोका। आंखों के सामने अंधेरा छा-छा जाता था और ज़ोर पड़ते ही जांघ फटने लगती थी। कंवरजीत तीन-चार बार रुका, फिर जैसे उस पर शैतान सवार हो गया था···

"अरे, रुक तो···" वह चीखा था और जुगनू की टांगें दबाकर वह हावी हो गया था।

"अरी, अम्मा रे···मार डाला···!" वह पूरी आवाज़ से चीखी थी जैसे किसी ने कत्ल कर दिया हो और छटपटाकर बेहोश सी हो गई थी।

"साली!" हाफते हुए कंवरजीत बोला और उसे छोड़कर निढाल-सा बैठ गया था।

कुछेक मिनट बाद जुगनू को होश आया था। दर्द कुछ थमा था तो उसके हाथ-पैर हिले थे। तकिए के नीचे से कपड़ा निकालकर उसने लाइट जलाई थी, तो पूरी जांघ फटे हुए फोड़े के मवाद से भरी हुई थी और कंवरजीत उससे बिलकुल अलग बैठा 'ओं···ओं···' करके डकारें ले रहा था।

"फूट गया न···" वह खड़ा होता हुआ बोला था, तो उसने जांघ पर साड़ी खिसका ली थी।

"ध्यान रखना, चौथी बारी हुई!" कंवरजीत ने कहा और कुंडी खोलकर कोठरी से बाहर निकल गया था।

साड़ी खिसकाकर वह मवाद पोंछने लगी थी। एकाएक मन बहुत घबरा उठा था। उसने धीरे से फत्ते को आवाज़ दी थी। फत्ते आया था, तो उसने घड़े से पानी निकलवाया था और कपड़ा भिगोकर मवाद पोंछते हुए बोली थी, "देख फत्ते···उधर विमला के घर एक आदमी गया है···चला न गया हो तो ज़रा बुला ला। नीली कमीज़ पहने है, थैला है उसके पास।"

"गाहक आदमी है?" फत्ते बोला था।

"नहीं, आपसी का आदमी है!" जुगनू ने कहा, "ज़रा सा पानी और दे दे…"

फत्ते घड़े से पानी निकालकर लाया, तो फिर सोचते हुए बोली, "रहने दे…तू अपना काम कर। वह कह गया है, आ जाएगा कभी…" कहते-कहते उसने फोड़े को हलके से दाबा, तो कुछ और मवाद निकल पड़ा था और दर्द से फिर चेहरे पर पसीना छलछला आया था।

एक थी विमला

पहला मकान—यानी विमला का घर।

इस घर की ओर हर नौजवान की आंखें उठती हैं। घर के अंदर चारदीवारी है और उसके बाद है पटरी। फिर सड़क है, जिसे रोहतक रोड के नाम से जाना जाता है। अगर दिल्ली बस सर्विस की भाषा में कहें, तो इसका नाम है—रूट नंबर सत्ताईस। सत्ताईस नंबर की बस यहीं से गुज़रती है और विमला के घर के ठीक सामने तो नहीं; बाईं ओर कुछ हटकर बस-स्टॉप है। बस-स्टॉप पर बहुत चहल-पहल रहती है। वहां खड़े होने वाले लोग और नौजवान उस सामने वाले घर को आसानी से देख सकते हैं। यह मकान विमला का है यानी विमला इसमें रहती है, वैसे बाहर खंभे पर उसके बाप दीवानचंद के नाम की तख्ती लटक रही है।

विमला की तरफ सभी की आंखें हैं। खास तौर से उन नौजवानों और युवक दुकानदारों की, जो वहीं आसपास रहते हैं। विमला गर्ल्स पब्लिक कॉलेज में पढ़ने जाती है। देखने में सुंदर है और उसकी उम्र यही करीब बीस साल की है। जब वह घर के पास बस-स्टॉप पर उतरती है, तो उसके साथ नौजवानों का एक हुजूम भी उतरता है। पर वह किसी की परवाह नहीं करती और सीधी अपने घर में चली जाती है। उसके वापस आने का वक्त करीब दो बजे होता है। उस वक्त बस-स्टॉप के पास सामने की दुकानों के नौजवान मालिक भी जमा हो जाते हैं। सब आंखें विमला को देखती हैं, उसका पीछा करती हैं, पर वह अपने में मगन सड़क पार कर जाती है।

लोगों का कहना है कि उसने कभी नज़र उठाकर किसी को नहीं देखा। एक दिन बस से उतरते हुए उसकी चप्पल साड़ी में उलझ गई थी और झटके से सब किताबें और कॉपियां बिखर गई थीं, इंतज़ार में खड़े नौजवानों ने फौरन एक-एक किताब उठाकर उसके हाथों में थमा दी थीं और उसकी नज़रों से कुछ पाने की तमन्ना की थी। खास तौर से एक नौजवान ने बड़ी सज्जनता से आगे बढ़कर पूछा था, "आपके चोट तो नहीं आई?"

"जी, नहीं···" विमला ने बहुत शालीनता से कहा था और अपनी किताबें लेकर चली गई थी। दूसरे दिन वही नौजवान खास तौर से विमला के सामने पड़ने के लिए

एक बजे से बस-स्टॉप पर खड़ा था। आखिर एक बस से विमला उतरी··· पहचान को और गहरा बनाने के लिए उस नौजवान ने बढ़कर उससे बात करनी चाही, पर विमला चुपचाप सकुचाती सड़क पार कर गई।

बहुत दिनों से यही हो रहा है। पर विमला है कि उसमें जैसे कोई ज्वार ही नहीं उठता। अगर उठता भी है, तो वह बहुत शालीनता और सफाई से उसे दबा जाती है। किसी ने भी उसे अनजान आदमियों के साथ आते हुए नहीं देखा, बात करते हुए नहीं देखा।

विमला का बाप बहुत पैसे वाला भी नहीं। वह किसी प्राइवेट फर्म में काम करता है और अपने घर का भार उठाए उम्र काटता जा रहा है। हां, विमला को यह एहसास हर वक्त रहता है कि उसका बाप है, और वह बहुत समझदार व मेहनती आदमी है। अपने बाप के संघर्ष को वह जानती है, घर की खस्ता हालत भी उससे छिपी नहीं है, पर वह यह भी जानती है कि बाप के रहते उसे कोई दुःख नहीं हो सकता। पढ़ाई खत्म करने के बाद वह कहीं नौकरी करेगी, छोटे भाइयों को पढ़ाएगी और अगर कोई अच्छा सा नौजवान मिल गया तो बाद में उससे शादी कर लेगी।

इस पहले मकान के आसपास रहने वाले सभी लोगों की यह पक्की राय है कि विमला एक निहायत सुशील और सुसंस्कृत लड़की है। उनकी ज़बानों पर सिर्फ उसकी तारीफ है।

विमला के बाप दीवानचंद का कहना है कि वे सिर्फ विमला की पढ़ाई खत्म होने का इंतज़ार कर रहे हैं। जिस दिन उसने बी.ए. पास किया, वे किसी बहुत अच्छे नौजवान से उसकी शादी कर देंगे। अगर विमला कहीं खुद शादी करना चाहती है, तो भी उन्हें कोई इनकार न होगा, शर्त एक ही है कि लड़का अच्छे घराने का और अच्छी नौकरी या कारोबार में लगा हुआ होना चाहिए।

विमला के घर की तरह शायद हज़ारों घर हैं और उसकी तरह की लाखों लड़कियां भी हैं। उतनी ही सुंदर, सुशील और समझदार। हर लड़की पढ़ रही है। और अपने घर के खस्ता हाल से परिचित है, अपने बाप-भाइयों के संघर्ष की जानकारी उसे है। हर लड़की अपने घर को और अच्छा बनाना चाहती है। हर लड़की यह भी चाहती है कि कोई उसकी तरफ उंगली न उठा सके। सब लोग उसके बारे में बहुत अच्छी-अच्छी बातें सोचें। उसकी खूबसूरती को सराहें और गुणों की प्रशंसा करें। वह अपने घर की इज़्ज़त का जीता-जागता नमूना बने और बाप-भाइयों की नाक उसकी वजह से ऊंची रहे।

शादी के बाद जब जानने वालों को यह संतोष हो कि उसका पति बहुत

इज़्ज़तदार, ओहदेदार और शानदार आदमी है, और वह शादी के बाद भी अपने भाई-बहनों की प्यारी बनी रहे, उनकी मदद कर सके और घर में गौरव प्राप्त करे।

पहले मकान में रहने वाली विमला भी यही चाहती थी और जो वह चाहती थी, वह सब उसके सामने पूरा भी होता जा रहा था। उम्मीद भी यही है कि उसके सब सपने साकार हो जाएंगे क्योंकि जो कुछ वह चाहती है, वह पा लेना बहुत मुश्किल भी नहीं है।

और उस पहले मकान—यानी विमला के घर की यह कहानी यहीं खत्म हो जाती है क्योंकि अभी इससे आगे कुछ हुआ नहीं है। इस तारीख तक घटनाएं यहीं तक पहुंची हैं।

इसलिए यह बात यहीं पर खत्म होती है।

परमात्मा करे सबको विमला जैसी सुशील और समझदार लड़की मिले और किसी की नाक नीची न हो! क्योंकि दुनिया यही चाहती है।

दूसरा मकान—यानी कुंती का घर।

विमला के घर से यह मकान काफी दूरी पर है। यों देखने पर विमला और कुंती का कोई संबंध भी नहीं है। पर न जाने क्यों उसमें विमला की झलक सी दिखाई पड़ती है। विमला कुंती को नहीं जानती और न कुंती उसे। यह भी ज़रूरी नहीं है कि जो लोग विमला को जानते हैं, वे कुंती को जानते ही हों। बहुत से ऐसे लोग हैं जो कुंती को कतई नहीं जानते। इत्तफाक की बात यह है कि कुंती का मकान भी इसी सड़क पर है। मकान क्या, एक कमरा कह लीजिए। कई साल पहले पूरा मकान कुंती के बाप के पास किराए पर था, पर धीरे-धीरे कुंती के बाप मनोहरलाल का हाथ तंग होता गया और मकान के कमरे किराए पर चढ़ते गए। उनके मकान के फाटक पर भी पहले उनके नाम की तख्ती रहती थी, पर फिर उस पर बाकी किराएदारों के नामों की तख्तियां लटक गईं और मकान में हिस्सेदारी के अनुपात का सम्मान करते हुए फाटक पर औरों का हक हो गया। मनोहरलाल की तख्ती वहां से उठकर कमरे की दीवार पर चली गई।

जिस वक्त वह तख्ती कमरे की दीवार पर पहुंची, उस वक्त मनोहरलाल की हालत बहुत खस्ता थी। नौकरी करने के बावजूद खर्चे का पूरा नहीं पड़ता था। कर्ज़ा भी सिर पर चढ़ता जा रहा था। कुंती से बड़ा एक लड़का था तो ज़रूर, पर वह शादी के बाद अलग हो गया था। उसने सभी संबंध तोड़ लिए थे। घर से उसका कोई वास्ता नहीं रह गया था। अब घर के पांच बच्चों में सबसे बड़ी कुंती ही है। एक

छोटी बहन और तीन भाई और हैं। एक दिन दिल का दौरा पड़ने से मनोहरलाल की मौत हो गई। उस वक्त कुंती इंटर में पढ़ रही थी। मनोहरलाल के मरने के बाद घर की देखभाल और खर्चे का पूरा भार कुंती पर ही आ गया था।

दीवार पर लगी हुई तख्ती उतारकर अपनी पुरानी चीज़ों वाले बक्से में आदर से रख दी गई थी क्योंकि जब-जब कुंती बाहर से आती थी, वह तख्ती देखकर उसकी आंखें भर आती थीं।

मरने से पहले मनोहरलाल को यही संतोष था कि कुंती जैसी सुशील समझदार लड़की कम से कम इस ज़माने में मिलना बहुत मुश्किल थी। वे यही सोचते थे कि कुंती के बी.ए. पास करते ही उसकी शादी किसी बहुत अच्छे नौजवान से कर देंगे। ऐसे नौजवान से, जिसका खानदान भी ऊंचा हो और जो खुद ऊंची जगह पर हो। अगर कुंती चाहेगी, तो वे उसकी पसंद के लड़के लिए तैयार हो जाएंगे क्योंकि उन्हें सिर्फ कुंती की खुशी चाहिए थी···

बहरहाल उन्होंने न जाने क्या-क्या सोचा होगा और कुंती ने क्या-क्या मन में तय किया होगा।

जहां से हम उसे जानते हैं, वहां से सिर्फ इतना ही बता सकते हैं कि वह इस वक्त एक नर्सरी स्कूल में मास्टरनी है, जहां से उसे सौ रुपए तनख्वाह के रूप में मिलते हैं जिससे छोटे भाई-बहनों की पढ़ाई का पूरा खर्चा भी नहीं मिलता। नर्सरी स्कूल से लौटने पर वह किसी जगह ट्यूशन के लिए भी जाती थी। वह संघर्षों के बीच से गुज़र रही है और अपने घर की इज़्ज़त को बचाए रखने का भरसक प्रयास कर रही है। जैसे-तैसे वह सारा सामान मुहैया करती है। चींटी की तरह हर वक्त चुपचाप काम और प्रयास में लगी रहती है।

उसी के घर के पास एक सर्राफे की दुकान है और खराद का काम करने वाले सरदार का कारखाना। असल में वह खराद का कारखाना भी उसी सर्राफे का है। उसमें काम करने वाला सरदार उसका नौकर है। उस कारखाने में तमाम पुरानी चीज़ें भरी हुई हैं। अंट-संट तरीके से बोरे भरे हुए हैं, जिनमें पुराना सामान है। सर्राफे की यह दुकान गरीबों को बहुत सहारा देती है। पिछले पांच बरस से कुंती अपनी परिस्थितियों से लड़ती आ रही है, लेकिन कैसे—यह शायद किसी को नहीं मालूम।

बलवंतराय सर्राफ की दुकान में शीशे की अलमारियां हैं, जिनमें चांदी-कांसे का ज़ेवर सजा हुआ है। एक सेफ दीवार में गड़ी हुई है, जिसमें उसके कहने के मुताबिक सोने का सामान और कीमती पत्थर-मोती वगैरह बंद हैं। बलवंतराय है तो सर्राफ, पर उसके कितने कारोबार हैं, इसका ठीक-ठीक पता किसी को नहीं है।

पुराना सामान भी खरीदता है और नए का व्यापार भी करता है। वह नए-नए फैशन के कपड़े पहनता है, पर पेट ज़्यादा निकला होने के कारण हर कपड़ा उसके ऊपर बहुत बेडौल लगता है। वह लोगों की मुसीबत-परेशानी में काम आता है।

इस दूसरे मकान—यानी कुंती के घर से बस-स्टॉप ज़रा दूर पर है। वहां से वह पैदल घर तक आती है। कुंती की उम्र भी करीब बीस-बाईस साल है और देखने में वह भी बहुत सुंदर और सुडौल है। बलवंतराय की दुकान और खराद के कारखाने के सामने से वह रोज़ गुज़रती है। बलवंतराय उसे रोज़ देखता है बल्कि वह इसीलिए खाना खाने देर से जाता है कि ज़रा एक नज़र कुंती को देख ले। लेकिन थोड़ी सी जान-पहचान के बावजूद कुंती न तो उधर देखती ही है और न उसका खयाल ही करती है।

बलवंतराय और कुंती की जान-पहचान सिर्फ एक दुकानदार और ग्राहक की जान-पहचान की तरह है। एक बार जब उसे पैसों की बहुत सख्त ज़रूरत पड़ी थी, तो वह मां की सोने की माला बेचने के लिए दबे पांव उसकी दुकान तक पहुंची थी। बलवंतराय ने एक कुशल दुकानदार की तरह उसकी बहुत आवभगत की थी और मुस्करा-मुस्कराकर हर बात बताई थी। परंतु कुंती सिर्फ माला बेचने आई थी और दुकानदार की अतिरिक्त सज्जनता और नम्रता की तरफ ध्यान देने की कोई ज़रूरत उसने नहीं समझी थी।

माला खरीद लेने के बाद बलवंतराय उस एक दिन की जान-पहचान को और गहरा बनाने के लिए हर तरह की कोशिशों में लगा हुआ था। कुंती के लौटने के समय वह उंगलियों में कीमती मोतियों की चार अंगूठियां पहनकर दुकान के बाहर पटरी पर खड़ा होता था। कुंती हमेशा उसी पटरी से सिर झुकाए गुज़र जाती थी।

कुछ ही दिन बाद कुंती फिर शाम के धुंधलके में उसकी दुकान पर आई थी और मां की पुरानी कीमती साड़ी की सोने के काम वाली किनारी और पल्लू के फटे हुए टुकड़े बेच गई थी। जान-पहचान फिर भी वहीं रुकी हुई थी। बलवंतराय की दुकान और कारखाने में कुंती के घर की बहुत सी चीज़ें पहुंच चुकी थीं। कुछ पुराने भारी-भारी बरतनों को खराद पर चढ़ाकर और नया बनाकर वह बेच भी चुका था। गिलट और पीतल के गुलदस्ते भी वह खरीद चुका था, पर जो वह चाहता था, वह नहीं हुआ था। कुंती से उसने हर बार बातें की थीं, पर उसकी बातों में कहीं कुछ भी ऐसा नहीं था कि बलवंतराय का कोई मतलब निकाल सकता। कुंती से घर की तमाम पुरानी और इस्तेमाल की हुई चीज़ें खरीदने के बाद भी दूरी उतनी ही बनी हुई थी। वह हर बार कोई न कोई शिष्ट मज़ाक करता और चाहता कि कुंती कम से

कम एक बार मुस्कराकर उसकी बात का जवाब तो दे दे, पर कुंती विमला की ही तरह कभी मुस्कराई नहीं। उसने हमेशा सीधी-सीधी बातें कीं, चीज़ दी और कम-ज़्यादा जो भी पैसा मिला, लेकर चली गई।

बलवंतराय ने हमेशा यही ज़ाहिर किया कि वह न सिर्फ कीमत से ज़्यादा पैसा ही देता है बल्कि उन चीज़ों को भी खरीद लेता है, जो उसके काम की नहीं हैं, जैसे चश्मे का पीतल का पुराना फ्रेम, पूजा के छोटे-छोटे बरतन और पुरानी टूटी हुई पतीलियां।

कुंती भी मन ही मन उसकी बहुत कृतज्ञ थी। लेकिन मुस्कराकर बातं करने का सवाल कभी नहीं उठता था, क्योंकि ज़िंदगी के भीरु होते जाने के बावजूद तब तक वह गाड़ी खींच रही थी। कुछ ऐसी आशाएं बाकी थीं, जिन्हें वे संजोकर रखना चाहती थीं और कुछ ऐसे सपने भी शेष थे, जिनके साकार होने की उम्मीद उसे थी। अभी खुशियों के कुछ एहसान बाकी थे, जो उसे मुस्कराने नहीं देते थे। वह अपनी मुस्कराहटों को बचाकर रखना चाहती थी···उस दिन के लिए, जबकि वे खुशियां वापस आएंगी। उसके छोटे-छोटे भाई बड़े होंगे और घर का नक्शा बदलेगा।

आखिर वह दिन आ ही गया, जब उसकी मुस्कराहट होंठों पर आ गई। वह दिन बेहद खुशनुमा था। बरसात का मौसम था। आसमान में काले-काले बादल छाए हुए थे। भीगी-भीगी हवा चल रही थी। दूर से आती हवाओं के साथ मेहंदी के फूलों की महक आ रही थी। रह-रहकर बूंदाबांदी हो जाती थी। पेड़ धुलकर नए हो गए थे। सड़कें साफ हो गई थीं।

उस वक्त शाम के सात बज रहे थे। सूरज डूब चुका था, पर दिन अभी कुछ-कुछ बाकी था। कुंती के घर में अजीब सा सन्नाटा छाया हुआ था। मां को दो दिन पहले बेहोशी का दौरा पड़ा था। घर में इलाज कराने के लिए पाई नहीं थी, इसलिए वह जनाना अस्पताल में पड़ी हुई थी। उसे देखने जाने और तीमारदारी में सब पैसे खत्म हो चुके थे। तीनों भाई और अकेली बहन समझदार और नेक बच्चों की तरह चुपचाप अधपेट खाए बैठे हुए थे। किसी के चेहरे पर कोई शिकायत नहीं थी।

कुंती एक तरफ बैठी हुई बारी-बारी से सब चीज़ों पर निगाह डाल रही थी। लेकिन अब घर में कोई भी ऐसा सामान नहीं था, जो बेचा जा सके या बिक सके। तसवीरों के लकड़ी के फ्रेम बिक नहीं सकते, तवा और आखिरी पतीली बेची नहीं जा सकती। और दो-दो चार-चार आने में दो-तीन चीज़ें बिक भी जाएं, तो कुछ भी हासिल नहीं होता था।

मौसम बहुत सुहावना था। हर तरफ से जैसे खुशियां फूट पड़ रही थीं···पेड़ों

पर अजीब सी ताज़गी छाई हुई थी। और ऐसे खुशनुमा वक्त में कुंती की आंखें रह-रहकर भर आती थीं। दिल में अजीब सी हूक उठती। भाई-बहनों के मासूम चेहरों की तरफ जब वह देखती थी तो मन बैठने लगता था और आंसू नहीं थमते थे।

आखिर वह कमरे के बाहर आकर खड़ी हो गई। कुछ देर पसोपेश में रही, फिर भीतर जाकर उसने कपड़े बदले, अपने बाल ठीक किए और छोटी बहन को समझाकर कि वह अभी आ रही है, वह बाहर निकल आई। उसकी चाल में कोई संकोच नहीं था। मन अजीब सी मजबूरी की अनुभूति और हिचक से भरा हुआ था।

और वह हमेशा की तरह फिर बलवंतराय की दुकान पर खड़ी थी। शाम गहरी हो गई थी। आज वह दिन आ गया था, जब उसका मन बहुत भारी था और दुःखों के बोझ से हलकी सी मुस्कराहट होंठों पर उतर आई थी।

बलवंतराय ने वह मुस्कराहट देखी तो सहसा विश्वास नहीं कर पाया। हकलाते हुए बोला, "आइए, आइए···वहां क्यों रुक गईं?"

कुंती भीतर चली गई। एकाध ग्राहक और बैठे हुए थे। कुंती हमेशा की तरह बेंच पर बैठ गई। बलवंतराय ने ग्राहकों को जल्दी से निपटाकर बिदा किया और कुंती को देखा, तो उसे सिर्फ वह मुस्कराहट ही नज़र आई। इतने दिनों का परिचय सहज सम्मान का रूप ले चुका था। बलवंतराय ने धीरे से कहा, "कहिए, क्या सेवा करूं?"

बहुत सकुचाते और हिचकते हुए कुंती ने मुस्कराने की फिर कोशिश की। उसके होंठों पर मुस्कराहट की लकीर खिंच गई और वह नीची निगाह करके बोली, "आज असल में हमें बीस रुपए की सख्त ज़रूरत थी, चीज़ तो कोई ला नहीं पाई···वह बात यह थी कि···"

बलवंतराय ने और कुछ जानना ज़रूरी भी नहीं समझा। कुंती के घर की हालत का पता उसे था और उसके मन में मदद करने की बात भी थी। उसने फौरन बीस रुपए आगे बढ़ा दिए, तो बहुत संकोच से लेते हुए कुंती ने कहा, "पहली तारीख को दे जाऊंगी···"

"कोई बात नहीं, आ जाएंगे···" बलवंत ने कहा, तो वह जैसे उबर आई थी। मन का बोझ भी कुछ हलका सा लग रहा था। वह हमेशा की तरह ही चुपचाप बाहर निकल आई, पर आज उसने आगे बढ़ने से पहले बलवंतराय के चेहरे पर कुछ भाव पढ़ने की कोशिश करनी चाही। वह हमेशा की तरह ही शालीनता से मुस्करा रहा था। कुंती भी धीरे से मुस्कराई और हमेशा की तरह ही चुपचाप पटरी पर चल दी।

कुंती के घर की तरह शायद हज़ारों घर हैं और उसकी तरह की लाखों लड़कियां हैं, जो आज अपने पैरों पर खड़े होकर कुछ बनना चाहती हैं और अपने घर की

खुशियां वापस लाना चाहती हैं। पर लड़की किसी बहुत खूबसूरत दिन के लिए अपनी सब मुस्कराहटें संजोकर रखना चाहती है।

दूसरे मकान में रहने वाली कुंती भी यही चाहती थी और जो वह चाहती थी, उसके मिलने का विश्वास उसे शायद अभी तक है—आज शाम तक था...।

और उस दूसरे मकान—यानी कुंती के घर की यह कहानी यहीं खत्म हो जाती है क्योंकि अभी इससे आगे कुछ हुआ नहीं है। इस तारीख तक घटनाएं यहीं तक पहुंची हैं।

इसलिए यह बात भी यहीं पर खत्म होती है।

परमात्मा करे ऐसा खुशनुमा दिन कभी न आए और किसी को मुस्कराना न पड़े! क्योंकि दुनिया यही चाहती है।

तीसरा मकान—यानी लज्जा का घर।

लज्जा का घर ठीक उस चौराहे पर है, जहां से बाग के लिए रास्ता कटता है। उसे घर नहीं फ्लैट कहा जाता है। विमला या कुंती से लज्जावती का कोई संबंध नहीं है। फिर भी एक संबंध सा दिखाई पड़ता है। उन दोनों को यह भी नहीं पता कि जहां से बाग के लिए रास्ता कटता है वहां पर कोई ऐसा शानदार फ्लैट भी है और वहां लज्जा नाम की कोई लड़की रहती है। लज्जा भी कुंती और विमला की तरह खूबसूरत है, लेकिन उसके रहन-सहन ने उसे कुछ ज़्यादा ही खूबसूरत बना रखा है। उसके घर में रहने वाले और लोगों के कपड़ों, जूतों और बालों में चमक तो है, पर चेहरों पर धन की ललाई नहीं है। ऐसा लगता है जैसे इन लोगों के दिन फिर गए हैं और ये एकाएक मालदार हो गए हैं।

लज्जा को जब भी लोगों ने देखा है—मुस्कराते हुए ही देखा है। अपनी कोई कार उसके पास नहीं है, पर वह हमेशा या तो किसी कार से जाती है या टैक्सी से। ठीक तो मालूम नहीं, पर सुना यही है कि वह किसी बड़े होटल में रिसेप्शनिस्ट है। कभी-कभी होटल का सामान लाने-ले जाने वाला वैगन भी उसे काफी रात गए घर छोड़ जाता है।

लज्जा को यह संतोष है कि आखिर उसने संघर्ष में हार नहीं मानी और उन दिनों को उसने जीत लिया, जो बहुत ही दुःखदाई और कष्टप्रद रहे हैं। किसी तरह वह परेशानियों के उस जंजाल से उबर आई है, जो आए दिन उसे घेरे रहती थीं। अपने पिछले चार-पांच वर्षों के जीवन पर जब वह निगाह डालती है तो उसे लगता है, जैसे वह एक भयंकर जंगल से बाहर आ गई है और अब तमाम रास्ते सामने

खुले पड़े हैं।

लोग उसे बहुत शक की निगाहों से देखते हैं। उसके फ्लैट के नीचे रहने वाला ब्रोकर बड़े मज़े ले-लेकर उसकी कहानियां सुनाता है—"एक रात तो यह लड़की दो बजे आई। बड़ी आलीशान गाड़ी थी।...और यहीं...यहीं भाई जान...सीढ़ियों वाली जगह में उस आदमी ने इसे प्यार किया और गाड़ी लेकर चला गया। यह कहीं बाहर खड़ी देर तक जाती हुई गाड़ी को देखती रही, फिर लड़खड़ाती हुई ऊपर चली गई। बहुत देर तक इसने घंटी बजाई, तब दरवाज़ा खुला और रास्ते में ही इस लड़की ने चीखना-चिल्लाना शुरू कर दिया। बहुत डांट लगाई घर वालों को कि घंटे-घंटे भर घंटी बजानी पड़ती है! घर में सभी लोग थे, पर किसी ने चूं तक न की।"

"कितनी तनख्वाह मिलती होगी इसे?" एक ने ब्रोकर से पूछा था, तो उसने रस लेते हुए कहा था, "अरे, उसे पैसे की क्या कमी? कार से नीचे तो पैर नहीं रखती...बड़ी लंबी-लंबी दोस्तियां हैं उसकी..."

लज्जा को लेकर सब लोग बात करते हैं और अजीबोगरीब किस्से सुनाते हैं...बेहद मज़ेदार और गंदे किस्से। पर लज्जा इन सबसे बेफिकर है, न वह परवाह करती है। उसके रहन-सहन का ऐसा सिक्का सब पर जमा हुआ है कि उसके आने-जाने के वक्त वे निगाहें लपेट जाते हैं।

लज्जा के होंठों की मुस्कराहट में एक अजीब-सा जादू है, वह जादू जिसका एहसास अभी विमला को अपनी ज़िंदगी में नहीं हुआ है। लज्जा के शरीर में मोहक कमनीयता है और चाल में एक बनावटी खम है। हर रोज़ वह बालों का स्टाइल बदलती है और अंदाज़ में भी बदलाव नज़र आता है। लगता है कि वह बहुत तेज़ी से किसी रास्ते पर बढ़ती चली जा रही है, वह रास्ता खुला हुआ है। वह इतनी तेज़ रफ्तार से भागती चली जा रही है कि कोई आवाज़ उस तक नहीं पहुंचती। वह खुद किसी आवाज़ को सुनने की स्थिति में नहीं है।

पास-पड़ोस में रहने वाले अपनी लड़कियों के लिए खास तौर से चिंतित हैं। लज्जा के साथ वाले फ्लैट में तो कोई गृहस्थ ज़्यादा दिन तक रुक ही नहीं सका। उनकी बीवियों ने वहां उनका रहना मुहाल कर दिया। इसलिए अब उसमें चिट फंड वालों का दफ्तर खुल गया है, जो दिन भर अपना व्यापार करते हैं और शाम को वहीं से बीयर पीकर घूमने के लिए निकल जाते हैं। उन्हें भी लज्जा की मुस्कराने वाली आदत से परेशानी होती है और वे वहीं बैठे-बैठे सुबह वाली मुस्कराहट के बारे में क्या-क्या कहते रहते हैं। आखिर उनकी बात यहीं टूटती है कि लज्जा कम से कम उनकी पहुंच के बाहर की चीज़ है। वे लज्जा को 'चीज़' ही कहते हैं।

लज्जा के घर में सब खुश हैं। उन्हें किसी चीज़ की दिक्कत नहीं है। मामूली और खास—सभी तरह के आराम उन्हें प्राप्त हैं। लेकिन वे सब लोग चोरों की तरह वहां रहते हैं। उसके घर का कोई आदमी नीचे बाज़ार से सौदा नहीं खरीदता और न वहां से लोगों से रब्त-जब्त ही रखता है। वे सब जैसे अकेले-अकेले रहते हैं। खास तौर से लज्जा की मां जब कभी बारजे पर दिखाई पड़ती है, तो एकाध निगाहें फौरन यह बताने लगती हैं कि यही है उस लड़की की मां! उन नज़रों की भाषा को उसकी मां पढ़ लेती है और इस बात का संतोष करती है कि वह अब उस मुहल्ले में नहीं है, जहां तमाम रिश्तेदार रहते थे, नहीं तो वे कुढ़-कुढ़कर ही जान दे देते।

लज्जा अधिकतर तीन आदमियों के साथ दिखाई पड़ती है और एक रात, जबकि मौसम बहुत खराब था, आसमान रुंधा-रुंधा था और धूल भरी आंधी चल रही थी, तो लज्जा दिलीप की कार से उतरी थी। उसका मुंह उतरा हुआ था। आंखों में बड़ा सूनापन-सा था, बाल भी बिखरे-बिखरे से थे।

वह दिलीप को अपने साथ ऊपर ले गई थी और कमरा चारों तरफ से बंद करके उसने वहशियों की तरह उसे ताकते हुए पूछा, "तुम आखिर इनकार क्यों करते हो? क्या नहीं है मुझमें⋯इतने दिनों में क्या बदल गया है?"

दिलीप कुछ देर चुप बैठा रहा था। लज्जा ने उसे फिर कुरेदा था, तो उसने कहा, "मैं जो कह चुका हूं, उसे ही दोहरा सकता हूं⋯"

"लेकिन क्यों?" लज्जा अस्त-व्यस्त सी हो गई थी और दिलीप के कंधे से उसने अपना सिर टिका दिया था। दिलीप ने एक बार बहुत गहरी नज़रों से उसे ताका था, जैसे वह ज़ोर लगाकर अपना निश्चय बदलने की कोशिश कर रहा हो। लज्जा सीधे बैठ गई थी और खामोश निगाहों से अपना उत्तर मांग रही थी।

"इस बात को उठाना ही बेकार है, लज्जा! इस पर बहस नहीं की जा सकती।" दिलीप ने बहुत सोचकर कहा था, "शादी का सवाल नहीं उठता⋯"

कमरे में बड़ी मनहूस खामोशी छा गई थी और कुछ देर बाद दिलीप उठकर चला गया था। लज्जा उसे नीचे छोड़ने नहीं आई थी।

लज्जा के फ्लैट की तरह हज़ारों फ्लैट हैं और उसकी तरह की हज़ारों लड़कियां भी हैं। उतनी ही सुंदर, कोमल और हर वक्त मुस्कराने वाली। हर लड़की अपने हाल से परिचित है और अपनी ज़िंदगी बदलना चाहती है। हर लड़की यही चाहती है कि सब लोग उसे चाहें लेकिन उनमें कोई एक ऐसा हो, जो सिर्फ उसे चाह सके, ताकि उसे यह संतोष हो कि वह ज़िंदगी में हारी बाज़ी जीत गई है।

तीसरे मकान में रहने वाली लज्जा भी यही चाहती है और जो वह चाहती है,

उस ओर जाने वाला रास्ता पहले ही कट चुका है।

और उस तीसरे मकान—यानी लज्जा के घर की कहानी यहीं ख़त्म होती है, क्योंकि अभी इससे आगे बहुत हुआ नहीं है। इस तारीख तक घटनाएं यहीं तक पहुंची हैं। इसलिए यह बात भी यहीं पर खत्म होती है।

परमात्मा करे, लज्जा-जैसी खूबसूरत और दिल रखने वाली लड़कियों को ऐसे रास्ते पर न जाना पड़े, जिससे फिर लौटा न जा सके! क्योंकि दुनिया यही चाहती है।

चौथा मकान—यानी सुनीता का घर।

लज्जा के घर के पास से बाग की तरफ जो रास्ता कटता है, उसी पर थोड़ी दूर आगे सुनीता का घर है। विमला, कुंती या लज्जा में कोई भी सुनीता को नहीं जानती। सुनीता भी उन्हें नहीं जानती। जानने का कोई सवाल भी नहीं उठता। यहां इतने लोग रहते हैं, हर कोई भी किसी को नहीं जानता। किसी को किसी से कोई खास मतलब नहीं है। पर सुनीता को देखने से न जाने क्यों विमला की धुंधली सी आकृति सामने आकर खो जाती है।

सुनीता अपनी एक नौकरानी के साथ उस घर में रहती है। पहले तो उसे मकान मिलने में ही बड़ी मुश्किल हुई क्योंकि किसी आदमी के न होने के कारण मकान मिल ही नहीं रहा था। बमुश्किल तमाम उसे घर यह मिला है और वह बहुत घुटी-घुटी उजड़ी-उजड़ी सी रहती है। उम्र उसकी ज़्यादा नहीं, यही विमला से थोड़ी बड़ी या शायद लज्जा की उम्र की होगी, पर जैसे अकेलेपन के घेरे ने उसे बिलकुल बदल दिया है। पहले वह किसी अच्छी नौकरी पर थी, पर अब उसने नर्सिंग की ट्रेनिंग ले ली है और एक नर्सिंग होम में काम करती है। वह नर्सिंग होम यहां से बहुत दूर नहीं है। एक तो नर्स का पेशा, ऊपर से चारों तरफ मरा हुआ वीरानापन। अंगुली की अंगूठी तक उतारकर रख देनी पड़ी है। और वह अंगूठी जो वह पहनना चाहती थी, वह तो अभी अंगुली में आने का सवाल ही नहीं उठा। आधी ज़िंदगी तक आते-जाते जैसे सब रिक्त हो गया है। उसे उन सबकी याद है, जो कभी उसके साथ थे। अब उनकी धरोहर के रूप में सिर्फ वे तसवीरें हैं, जो सुनीता ने अपने एलबम में लगा रखी हैं। उसके पास ऐसी कोई तसवीर नहीं, जिसे वह फ्रेम में लगाकर रेडियो के ऊपर रखे⋯कुरसी में आराम से बैठकर रेडियो सुने और उस तसवीर से बात करे⋯क्योंकि सभी तसवीरें एक ही आवाज़ में बोलती हैं और अब तो वे आवाज़ें भी बहुत पीछे छूट गई हैं।

वह बाज़ार से एक दिन खूबसूरत सी जापानी गुड़िया खरीद लाई थी, वही उसने

रेडियो पर रख ली है। जब अकेलापन बहुत सताता है, तो वह उसे ताकती रहती है।

वह यहां न आ पाती, तो शायद उसका जी सकना भी मुश्किल हो जाता। पिछली ज़िंदगी अधमरे सांप की तरह पलटे खाती है। उसे लगता है कि अब ज़िंदगी का पूरा अरसा कोई एक जगह गुज़र ही नहीं सकता। दुनिया में कोई ऐसी जगह नहीं है, जहां अपनी ही ज़िंदगी से कटकर रहा जा सके। पर हर जगह कुछ ही दिनों में बदबू देने लगती है और रहना मुहाल हो जाता है। यही उसके साथ भी हुआ है। वह चाहती है कि पिछली ज़िंदगी किसी तरह पीछा छोड़ दे, तो बाकी दिन वह चैन से रह ले। लेकिन वह चैन उसे कहीं नहीं मिलता। बड़े-बड़े लिफाफों में बहुत सी दास्तानें बंद हैं···और अलमारी में लगी किताबों में बहुत सी ऐसी लाइनें बंद हैं, जिन्होंने उसे गुमराह किया है। अब न किताबें पढ़ने को जी करता है और न उन लिफाफों को खोलने का मन होता है। मरीज़ों की सेवा करने के लिए भी तो राहत नहीं मिलती।

उसे सबसे ज़्यादा अगर किसी का खयाल आता है, तो विनय का, पर उसके खयाल से भी कुछ नहीं होता। सब जगह से हारकर उसने विनय मोहन से ही कहा था और वह तैयार भी हो गया था। तब सुनीता ने एक राहत की सांस ली थी। कुछ ही दिनों में उमंगें फिर जैसे पनपने लगी थीं और लगता था कि बीती हुई ज़िंदगी बीत गई···जो बीतने पर भी साथ चल रही थी; वह छूट गई, पर विनय मोहन से जुड़ने के बाद वह फिर लौट आई थी।

तीन साल भी साथ चल सकना मुमकिन नहीं हुआ था। भरेपन के बावजूद हर दिन एक ऐसा क्षण आता था, जिसमें पछतावा होता था। खुश हो लेने पर भी कोई बात कचोटती थी और यही लगता था कि वह भी चलेगा नहीं।

रात बांहों में सोने पर भी जैसे अनजाने ही करवटें बदल जाती हैं, वैसे ही रह-रहकर सब कुछ छूट जाता था, सब बदल जाता था। यही लगता था कि सब रहने और सहारे की यह ज़रूरत भर क्यों है···ज़िंदगी की यह ज़रूरत कोई मजबूरी क्यों नहीं बन जाती···एक बेबसी क्यों नहीं बन जाती? हर दिन उसी तरह और हर रात उसी तरह गुज़रती है। आखिर विनय से तलाक ले लिया था।

और अब सुनीता के पास कोई नहीं आता, वह किसी को बुलाती ही नहीं। नर्सिंग होम का कंपाउंडर कभी आता है, तो नौकरानी से बात करता है, डॉक्टर साहब का संदेशा दे जाता है और चला जाता है।

वह कभी कोई खूबसूरत सी बिल्ली ले आती है या कोई कुत्ता पाल लेती है, फिर उन्हें भगा देती है। और कभी-कभी कमरे के सब परदे खोलकर वह सोचती है

कि ऐसा क्या किया जाए, जिससे यह सारा माहौल बिखर जाए।

एक दिन तो उसके मन में आया था कि धर्म ही बदलकर देखे, शायद तब कुछ बदले। लेकिन उससे भी कुछ होता नहीं दिखाई पड़ता। यह सबका सब एक मज़ाक भर बनकर रह गया है।

सुबह-सुबह डबलसेटी वाला आता है, तो सुनीता से ही बात करता है। नौकरानी चाहे जितना कहे, पर वह सुनीता से बात किए बगैर नहीं जाता। सुनीता भी उसका मन रख लेती है, क्योंकि उसके चेहरे पर अजीब सी निरीहता है और वह लंगड़ा है। एक टांग से साइकिल चलाता हुआ वह आता है और बाहर वाले चबूतरे पर पैर रगड़ते हुए साइकिल रोकता है। पीछे बंधे बक्से के कारण उसकी साइकिल हमेशा डगमगाती रहती है, पर वह गिरता नहीं।

आज सुबह भी डबलरोटी देने आया, तो सुनीता को ही निकलकर लेनी पड़ी। नौकरानी चाय की पत्ती खरीदने गई थी। वह लंगड़ा डबलरोटी वाला मुस्करा-मुस्कराकर सुनीता से बातें करता रहा। आखिर सुनीता ने ही बात तोड़ दी और वह सामने वाली चाय की गुमटी पर बिस्किट वगैरह देने चला गया।

नौकरानी आई, तो उसने शिकायत की, "बीबी जी, ये लंगड़ा बड़ा ऐबी है।"

"क्यों, क्या हुआ?" सुनीता ने यों ही पूछ लिया ताकि उसे तसल्ली हो जाए। बढ़ावा पाकर नौकरानी बोली, "मैं चाय की पत्ती के लिए गुमटी पर पहुंची, तो वह लंगड़ा आपको लेकर मज़ाक कर रहा था...कह रहा था..."

"क्या कह रहा था?" सुनीता ने बड़ी सरलता से पूछा।

"अरे, बड़ी बुरी बात कह रहा था।" नौकरानी की आंखें चौड़ी हो गई थीं और वह चाय वाला भी मज़ाक कर रहा था...वह लंगड़ा कह रहा था कि डॉक्टरनी पर तो अपना दिल...आपके लिए ही कह रहा था।

सुनकर सुनीता हंस पड़ी। नौकरानी रसोई में चली गई तो सुनीता ने शीशा सामने रखकर अपने को एक बार देखा। फिर बाल खोलते हुए सोचने लगी, 'एक लंगड़ा आदमी, डबलरोटी और मज़ाक के सिवा और है ही क्या ज़िंदगी में?'

कुछ देर बाद वह तैयार होकर नर्सिंग होम की तरफ चली गई।

सुनीता के घर की तरह हज़ारों घर हैं और उसकी तरह हज़ारों लड़कियां। उतनी ही सुंदर, समझदार और बिलकुल अकेली। हर लड़की को अपना हाल पता है। हर लड़की इस अकेलेपन से छूटकर भाग जाना चाहती है।

चौथे मकान में रहने वाली सुनीता भी यही चाहती थी और जो वह चाहती है, वह पूरा होकर भी पूरा नहीं होता।

और उस चौथे मकान—यानी सुनीता के घर की यह कहानी यहीं खत्म हो जाती है, क्योंकि इससे आगे अभी कुछ हुआ नहीं है। इस तारीख तक घटनाएं यहीं तक पहुंची हैं।

इसलिए यह बात यहीं पर खत्म होती है।

परमात्मा करे यह लंगड़ी ज़िंदगी किसी को न मिले और यह मज़ाक किसी को न सहना पड़े! क्योंकि दुनिया यही चाहती है।

(दिल्ली : 1962)

खोई हुई दिशाएं

सड़क के मोड़ पर लगी रेलिंग के सहारे चंदर खड़ा था। सामने, दाएं-बाएं आदमियों का सैलाब था। शाम हो रही थी और कनॉट प्लेस की बत्तियां जगमगाने लगी थीं। थकान से उसके पैर जवाब दे रहे थे। कहीं दूर आया-गया भी तो नहीं, फिर भी थकान सारे शरीर में भरी हुई थी। दिल और दिमाग इतना थका हुआ था कि लगता था, वही थकान धीरे-धीरे उतरकर तन में फैलती जा रही है।

पूरा दिन बरबाद हो गया। यही खड़ा सोच रहा था। घर लौटने को भी मन नहीं कर रहा था। आती-जाती एक-सी औरतों को देखकर मन और भी ऊबने लगता था।

भूख···पता नहीं लगी है या नहीं। वह दिमाग पर ज़ोर डालता है—सवेरे आठ बजे घर से निकला था। एक प्याली कॉफी के अलावा तो कुछ पेट में गया नहीं। ···और तब उसे एहसास हुआ कि थोड़ी-थोड़ी भूख लग रही है। दिमाग और पेट का साथ ऐसा हो गया है कि भूख भी सोचने से लगती है।

निगाह दूर आसमान पर अटक जाती है, जहां चीलें उड़ रही हैं और मोज़े की शक्ल में कटा हुआ आसमान दिखाई दे रहा है। उस गंदले आसमान के नीचे जामा मस्जिद का गुंबद और मीनार दिखाई पड़ रही है, उनकी नोकें बड़ी अजीब सी लग रही हैं।

पीछे वाली दुकान के बाहर चोलियों का विज्ञापन है। रीगल बस स्टॉप के नीम के पेड़ों से धीरे-धीरे पत्तियां झड़ रही हैं। बसें जूं-जूं करती आती हैं—एक क्षण ठिठकती हैं—एक ओर से सवारियों को उगलती हैं और दूसरी ओर से निगलकर आगे बढ़ जाती हैं। चौराहे पर बत्तियां लगी हैं। बत्तियों की आंखें लाल-पीली हो रही हैं। आसपास से सैकड़ों लोग गुज़रते हैं, पर कोई उसे नहीं पहचानता। हर आदमी या औरत लापरवाही से दूसरों को नकारता या झूठे दर्प में डूबा हुआ गुज़र जाता है।

और तब उसे अपना वह शहर याद आता है जहां से तीन साल पहले वह चला आया—गंगा के सुनसान किनारे पर भी अगर कोई अनजान मिल जाता तो उसकी नज़रों में पहचान की एक झलक तैर जाती थी।

और यह राजधानी! जहां सब अपना है, अपने देश का है···पर कुछ भी अपना नहीं है, अपने देश का नहीं है।

तमाम सड़कें हैं जिन पर वह जा सकता है, लेकिन वे सड़कें कहीं नहीं पहुंचातीं। उन सड़कों के किनारे घर हैं, बस्तियां हैं—पर किसी भी घर में वह नहीं जा सकता। उन घरों के बाहर फाटक हैं, जिन पर कुत्तों से सावधान रहने की चेतावनी है, फूल तोड़ने की मनाही है और घंटी बजाकर इंतज़ार करने की मजबूरी है।

···घर पर निर्मला इंतज़ार कर रही होगी। वहां पहुंचकर भी पहले मेहमान की तरह कुरसी पर बैठना होगा क्योंकि बिस्तर पर कमरे का पूरा सामान सजा होगा और वह हीटर पर खाना पका रही होगी। उन्मुक्त होकर वह हवा के झोंके की तरह कमरे में घुस भी नहीं सकता और न उसे बांहों में लेकर प्यार ही कर सकता है क्योंकि गुप्ता जी अभी मिल से लौटे नहीं होंगे और मिसेज गुप्ता बेकारी में बैठी गप लड़ा रही होंगी या किसी स्वेटर की बुनाई सीख रही होंगी। अगर वह चला भी गया तो कमरे में बहुत अदब से घुसेगा, फिर मिसेज गुप्ता से इधर-उधर की दो-चार बातें करेगा। तब बीवी खाना खाने की बात कहेगी और खाने की बात सुनकर मिसेज गुप्ता घर जाने के लिए उठेंगी···

और फिर उसके बाद बड़ी खिड़की का परदा खिसकाना पड़ेगा। किसी बहाने खुराना की तरफ वाली खिड़की को बंद करना पड़ेगा। घूमकर मेज़ के पास पहुंचना होगा और तब पानी का एक गिलास मांगने के बहाने वह पत्नी को बुलाएगा, और तब उसे बांहों में लेकर प्यार से यह कह सकने का मौका आएगा—बहुत थक गया हूं।

लेकिन ऐसा होगा नहीं। इतनी लंबी प्रक्रिया से गुज़रने के पहले ही उसका मन झुंझला उठेगा और यह कहने पर मजबूर हो जाएगा, "अरे भई, खाने में कितनी देर है।" सारा प्यार और समूची पहचान न जाने कहां छिप चुकी होगी, अजीब सा बेगानापन होगा। बेकरारी वालों के यहां भर्राई आवाज़ में रेडियो गा रहा होगा और गुलाटी के थके कदमों की खोखली आवाज़ जीने पर सुनाई पड़ेगी।

गली में कोई स्कूटर आकर रुकेगा और उसमें से कोई बिन-पहचाना आदमी किसी और के घर में चला जाएगा। मोटरों की मरम्मत करने वाले गैरेज का मालिक सरदार चाबियां लेकर घर जाने के इंतज़ार में आधी रात तक बैठा रहेगा क्योंकि उसे पंद्रह साल पुराने मैकेनिक पर भी शायद विश्वास नहीं है।

और सामने रहने वाले बिशन कपूर के आने की आहट भर मिलेगी। पिछली

दो साल से उसने सिर्फ उसके नाम की प्लेट देखी है—बिशन कपूर, जर्नलिस्ट…और उसकी शकल के बारे में वह सिर्फ यह जानता है कि सामने वाली खिड़की से जब बिजली की रोशनी छनने लगती है और सिगरेट का धुआं सलाखों से लिपट-लिपटकर बाहर के अंधेरे में डूब जाता है तो बिशन कपूर नाम का एक आदमी भीतर होता है और सुबह जब उसकी खिड़की के नीचे अंडे का छिलका, डबलरोटी का रैपर और जली हुई सिगरेटें, तीलियां और राख बिखरी हुई होती हैं तो बिशन कपूर नाम का आदमी जा चुका होता है।

सोचते-सोचते उसे लगा कि मोज़े की बदबू और भी तेज़ होती जा रही है और अब रेलिंग के पास खड़ा रहना मुश्किल है। जेब से डायरी निकालकर उसने अगले दिन की मुलाकातों के बारे में जान लेना चाहा।

…अंग्रेज़ी दैनिक में पहले फोन करना है फिर समय तय करके मिलना है। रेडियो में एक चक्कर लगाना है। पिछला चेक रिज़र्व बैंक से कैश कराना है और घर एक मनीऑर्डर भेजना है। कल का पूरा वक्त भी इसी में निकल जाएगा क्योंकि अखबार का संपादक परिचित नहीं है जो फौरन बुला ले और खुलकर बात कर ले और कोई बात तय हो जाए। रेडियो में भी कोई बात दस मिनट में तय नहीं हो सकती और रिज़र्व बैंक के काउंटर पर इलाहाबाद वाला अमरनाथ नहीं है जो फौरन चेक लेकर रुपया ला दे। डाकखाने पर व्यापारियों के चपरासियों की भीड़ होगी जो दस-दस मनीऑर्डर के फॉर्म लिए लाइन में खड़े होंगे और एक कागज़ पर पूरी रकम और मनीऑर्डर कमीशन का मीजान लगाने में मशगूल होंगे। उनमें से कोई भी उसे नहीं पहचानता होगा।

एक क्षण की जान-पहचान का सिलसिला सिर्फ पेन होगा, जो कोई न कोई दो हर्फ लिखने के लिए मांगेगा और लिख चुकने के बाद अपना खत पढ़ते हुए वह बाएं हाथ से उसे कलम लौटाकर शायद धीरे से थैंक्यू कहेगा और टिकट वाले काउंटर की ओर बढ़ जाएगा।

और तब उसे झुंझलाहट सी हुई। डायरी हाथ में थी और उसकी निगाहें फिर दूर की ऊंची इमारत पर अटक गई थीं, जिस पर बिजली के मुकुट जगमगा रहे थे। और उन नामों में से वह किसी को नहीं जानता था। इलाहाबाद में सबसे बड़े कपड़े वाले के बारे में इतना तो मालूम था कि पहले वह बहुत गरीब था और कंधे पर कपड़ा रखकर फेरी लगाता था और अब उसका लड़का विदेश पढ़ने गया हुआ है और वह खुद बहुत धार्मिक आदमी है जो अब माथे पर छापा-तिलक लगाकर मनमाना मुनाफा वसूल करता है और कॉर्पोरेशन का चुनाव लड़ने की तैयारियां कर रहा है। यहां कुछ

पता नहीं चलता, किसी के बारे में कुछ भी मालूम नहीं पड़ता।

कनॉट प्लेस में खुले हुए लॉन हैं। तनहा पेड़ हैं और उन दूर-दूर खड़े तनहा पेड़ों के नीचे नगर निगम की बेंचें हैं, जिन पर थके हुए लोग बैठे हैं और लॉन में एकाध बच्चे दौड़ रहे हैं। बच्चों की शक्लें और शरारतें तो बहुत पहचानी सी लगती हैं, पर गोलगप्पे खाती हुई उनकी मम्मी अजनबी है, क्योंकि उसकी आंखों में मासूमियत और गरिमा से भरा प्यार नहीं है। उसके शरीर में मातृत्व का सौंदर्य और दर्प भी नहीं है, उसमें सिर्फ एक खुमार है और एक बहुत बेमानी और पिटी हुई ललकार है, जिसे न तो नकारा जा सकता है और न स्वीकार किया जा सकता है—वह ललकार सब कानों में गूंजती है और सब बहरों की तरह गुज़र जाते हैं।

लॉन पर कुछ क्षण बैठने को मन हुआ पर उसे लगा कि वहां भी कोई ठिकाना नहीं : अभी कल ही तो चोर की तरह दबे पांव घास में बहता हुआ पानी आया था और उसके कपड़े भीग आए थे।

तनहा खड़े पेड़ों और उनके नीचे सिमटते अंधेरे में अजीब सा खालीपन है। तनहाई ही सही पर उनमें अपनापन तो हो। वह तनहाई भी किसी की नहीं है क्योंकि हर दस मिनट बाद पुलिस का आदमी उधर से घूमता हुआ निकल जाता है। झाड़ियों की सूखी टहनियों में आइसक्रीम के खाली कागज़ और चने की खाली पुड़ियां उलझी हुई हैं या कोई बेघर-बार आदमी शराब की खाली बोतल फेंककर चला गया है।

डायरी पर फिर उसकी नज़र जम जाती है···और शोर-शराबे से भरे उस सैलाब में वह बहुत अकेला सा महसूस करता है और लगता है कि इन तीन सालों में ऐसा कुछ भी नहीं हुआ जो उसका अपना हो, जिसकी कचोट अभी तक हो, खुशी या दर्द अब भी मौजूद हो, रेगिस्तान की तरह फैली हुई तनहाई है, अनजान सागर-तटों की खामोशी और सूनापन है और पछाड़ खाती हुई लहरों का शोर भर है जिससे वह खामोशी और भी गहरी होती है।

मोज़े की शक्ल में फटा हुआ आसमान है और जामा मस्जिद के गुंबद के ऊपर चक्कर काटती हुई चीलें हैं। औरतों का पीछा करते हुए फूल बेचने वाले और यतीम बच्चों के हाथ में शाम की खबरों के अखबार हैं।

···और तभी चंदर को लगा कि एक अरसा हो गया, एक ज़माना गुज़र गया, वह खुद अपने से नहीं मिल पाया। अपने से बातें करने का वक्त नहीं मिला। यह भी नहीं पूछा कि आखिर तेरा हालचाल क्या है और तुझे क्या चाहिए! हलकी सी मुस्कराहट उसके होंठों पर आई और उसने हर शुक्रवार के आगे नोट किया—खुद से मिलना है। शाम सात बजे से नौ बजे तक।···और आज भी तो शुक्रवार ही है। यह

मुलाकात आज होनी चाहिए। घड़ी पर नज़र जाती है, सात बजे हैं। पर मन का चोर हावी हो जाता है। क्यों न पहले टी-हाउस में एक प्याला चाय पी ली जाए? न जाने क्यों मन अपने से मिलने में घबराता है। रह-रहकर कतराता है।

तभी उस पार से आता हुआ आनंद दिखाई देता है। वह उससे भी नहीं मिलना चाहता। बड़ा बुरा मर्ज़ है आनंद को। वह उस छूत से बचा रहना चाहता है। आनंद दुनिया में दोस्त खोजता है, ऐसे दोस्त जो ज़िंदगी में गहरे न उतरें पर उसके साथ कुछ देर रह सकें और बात कर सकें। उसकी बातों में अजीब सा बनावटीपन है, वह बनावटीपन जो आदमी किताबों से सीखता है। और उसे लगता है कि वही बनावटीपन खुद उसमें भी कहीं न कहीं है…जब कॉलेज और यूनिवर्सिटी के दर्जों में बैठ-बैठकर वह किताबों से ज़िंदगियों के मरे हुए ब्योरे पढ़ रहा था।

और अब आज उसे लगता है कि वह सारा वक्त बड़ी बेरहमी से बरबाद किया गया है। उसने उन खंडहरों में समय बरबाद किया है जिनकी कथाएं अधपढ़े गाइडों की ज़बान पर रहती हैं, जो हर बार उन मरी हुई कहानियों को हर दर्शक के सामने दोहराते जाते हैं : यह दीवाने-खास है, ज़रा नक्काशी देखिए—यहां हीरे-जवाहरातों से जड़ा सिंहासन था, यह जनाना हमाम है और यह वह जगह है जहां से बादशाह अपनी रिआया को दर्शन देते थे, यह महल सर्दियों का है, यह बरसात का और यह हवादार महल गरमियों का और इधर आइए संभल के, यह वह जगह है जहां फांसी दी जाती थी।

चंदर को लगा, ज़िंदगी के पचीस साल वह उन गाइडों के साथ खंडहरों में बिताकर आया है जिनकी जीवंत कथाओं को वह कभी नहीं जान पाया, सिर्फ दीवाने-खास उसे दिखाया गया, नक्काशी दिखाई गई और जनाने हमाम में घुमाकर गाइड ने उसे फांसी वाले अंधेरे और बदबूदार कमरे में छोड़ दिया, जहां चमगादड़ लटके हुए बिलबिला रहे हैं और एक बहुत पुरानी ऐतिहासिक रस्सी लटक रही है जिसका फंदा गरदन में कस जाता है और आदमी झूल जाता है। और उसके बाद अंधे कुएं में फेंकी गई सिर्फ वे लाशें रह जाती हैं।

उसमें और उनमें कोई अंतर नहीं है।

और आनंद भी उनसे अलग नहीं है। चंदर कतरा जाना चाहता था, क्योंकि आनंद आते ही किताबी तरीके से कहेगा, "यार, तुम्हारे बाल बहुत खूबसूरत हैं, ब्रिलक्रीम लगाते हो? लड़कियां तो तबाह हो जाती होंगी।"

और तभी चंदर को सामने पाकर आनंद रुक जाता है, "हलो, यहां कैसे? क्यों

लड़कियों पर जुल्म ढा रहे हो।" सुनकर उसे हंसी आ जाती है।

"किधर से आ रहे हो?" डायरी जेब में रखते हुए पूछता है।

"आज तो यूं ही फंस गए, आओ एक प्याला कॉफी हो जाए।" आनंद कहता है, फिर एक क्षण रुककर वह दूसरी बात सुझाता है, "या और कुछ...."

चंदर इसका मतलब समझकर न कर देता है। वह ज़ोर देता है, "चलो फिर आज तो हो ही जाए, क्या रखा है इस ज़िंदगी में!" कहते हुए वह झूठी हंसी हंसता है और धीरे से हाथ दबाकर पूछता है, "प्लीज इफ यू डोंट माइंड, कुछ पैसे हैं?" उसके कहने में कोई हिचक नहीं है और न उसे शरम ही आती है। बड़ी सीधी सी बात है, पैसे कम हैं।

"अच्छा पार्टनर, मैं अभी इंतज़ाम करके आया," वह विश्वास को गहराता हुआ कहता है, "यहीं रुकना, चले मत जाना।" और वह जाता है तो फिर नहीं आता।

चंदर यह पहले से जानता है।

कुछ देर बाद वह टी-हाउस में घुस जाता है और मेज़ों के पास चक्कर काटता हुआ कोने वाले काउंटर से सिगरेट का पैकेट लेकर एक मेज़ पर जम जाता है।

"हलो!" कोई एक अधजाना चेहरा कहता है, "बहुत दिनों बाद इधर आना हुआ।" और वह भी वहीं बैठ जाता है। दोनों के पास बात करने के लिए कुछ भी नहीं है।

टी-हाउस में बेपनाह शोर है। खोखली हंसी के ठहाके हैं और दीवार पर एक घड़ी है जो हमेशा वक्त से आगे चलती है। तीन रास्ते बाहर से आने और जाने के लिए हैं और चौथा रास्ता बाथरूम जाता है। बाथरूम के पॉट्स में फिनाइल की गोलियां पड़ी हैं और गैलरी में एक शीशा लगा हुआ है। हर वह आदमी जो बाथरूम जाता है, उस शीशे में अपना मुंह देखकर लौटता है।

गेलार्ड में डिनर डांस की तैयारी हो रही है। कुरसियों की तीन कतारें बाहर निकालकर रख दी गई हैं। उधर बोल्गा पर विदेशियों की भीड़ बढ़ रही होगी।

और तभी एक जोड़ा भीतर आता है। महिला सजी-धजी है और जूड़े में फूल भी हैं। आदमी के चेहरे पर अजीब सा गरूर है और वे दोनों फैमिली वाली सीट पर आमने-सामने बैठ जाते हैं। बैठने से पहले उनमें कोई ताल्लुक नज़र नहीं आ रहा था। सिर्फ इतना भर कि जब महिला बैठने के लिए मुड़ी थी तो साथ वाले आदमी ने उसकी कमर पर हाथ रखकर सहारा भर दिया था। इतना सा साथ था दोनों में।

उनके पास भी बात करने के लिए शायद कुछ नहीं है।

महिला अपना जूड़ा ठीक करते हुए औरों को देख रही है और साथ वाला

आदमी पानी के गिलास को देख रहा है। किसी के देखने में कोई मतलब नहीं है। आंखें हैं, इसलिए देखना पड़ता है। अगर न होतीं तो सवाल ही नहीं था। एक जगह देखते-देखते आंखों में पानी आ जाता है—इसलिए ज़रूरी है कि इधर-उधर देखा जाए।

बेयरा उसकी मेज़ पर सामान रख जाता है और दोनों खाने में मशगूल हो जाते हैं। कोई बात नहीं करता। आदमी खाना खाके दांत कुरेदने लगता है और वह महिला रूमाल निकालकर अंदाज़ से लिपस्टिक ठीक करती है।

अंत में बेयरा आकर पैसे लौटाता है तो आदमी कुछ टिप छोड़ता है जिसे महिला गौर से देखती है और दोनों लापरवाही से उठ खड़े होते हैं। फिर उन दोनों में हलका सा संबंध उसे नज़र आता है—वह आदमी ठिठककर साथ वाली महिला को आगे निकलने का इशारा करता है और उसके पीछे-पीछे चला जाता है।

चंदर का मन और भारी हो जाता है। अकेलेपन का नागपाश और भी कस जाता है। अपने साथ बैठे हुए अनजान दोस्त की तरफ वह गहरी नज़रों से देखता है और सोचता है, अजनबी ही सही, पर इसने पहचाना तो, इतनी पहचान भी बड़ा सहारा देती है···चंदर को अपनी ओर देखते हुए वह साथ वाला दोस्त कुछ कहने को होता है पर जैसे उसे कुछ याद नहीं आता, फिर अपने को संभालकर उसने चंदर से पूछा, "आप···आप तो शायद कॉमर्स मिनिस्ट्री में हैं। मुझे याद पड़ता है कि···" कहते हुए वह रुक जाता है।

चंदर का पूरा शरीर झनझना उठता है और एक घूंट में बची हुई कॉफी पीकर वह बड़े संयत स्वर में जवाब देता है, "नहीं, मैं कॉमर्स मिनिस्ट्री में कभी नहीं था···"

वह आदमी आगे अटकलें भिड़ाने की कोशिश नहीं करता, सीधे-सीधे उस अनजान संबंध को मज़बूत बनाते हुए कहता है, "ऑल राइट पार्टनर, फिर कभी मुलाकात होगी।" और सिगरेट सुलगाता हुआ उठ जाता है।

चंदर बाहर निकलकर बस-स्टॉप की ओर बढ़ता है। मद्रास होटल के पीछे बस-स्टॉप पर चार-पांच लोग खड़े हैं और पुलिस वाला स्टॉप की छतरी के नीचे बैठा सिगरेट पी रहा है।

चंदर वहीं आकर खड़ा हो जाता है। सब जानना चाहते हैं कि बस कब तक आएगी पर कोई किसी से कुछ भी नहीं पूछता। पेड़ के अंधेरे में वह चुपचाप खड़ा है। नीचे पीले पत्ते पड़े हैं जो उसके पैरों से दबकर चुरमुराने लगते हैं और पीले पत्तों

की वह आवाज़ उसे वर्षों पीछे खींच ले जाती है। इस आवाज़ में एक बहुत गहरा अपनापन है, उसे बड़ी राहत सी मिलती है।

···ऐसे ही पीले पत्ते पड़े हुए थे। उस राह पर बहुत साल पहले इंद्रा के साथ एक दिन वह चला जा रहा था, कुछ भी नहीं था उसके सामने—वह खंडहरों में अपनी ज़िंदगी खराब कर रहा था और तब इंद्रा ने ही उससे कहा था, "चंदर, तुम क्या नहीं कर सकते।" वही पहचानी हुई आवाज़ फिर उसके कानों से टकराती है, "तुम क्या नहीं कर सकते।" और यह कहते-कहते इंद्रा की आंखों में अदम्य विश्वास झलक आया था।

और इंद्रा की उन प्यार भरी आंखों में झांकते हुए उसने कहा था, "मेरे पास है ही क्या? समझ में नहीं आता कि ज़िंदगी कहां ले जाएगी इंद्रा। इसीलिए मैं यह नहीं चाहता कि तुम अपनी ज़िंदगी मेरी खातिर बिगाड़ लो। पता नहीं, मैं किस किनारे लगूं, भूखा मरूं या पागल हो जाऊं···"

इंद्रा की आंखों में प्यार के बादल और गहरे हो आए थे और उसने कहा था, "ऐसी बातें करते हो चंदर, मैं तुम्हारे साथ हर हालत में सुखी रहूंगी!"

चंदर ने उसे बहुत गौर से देखा था। इंद्रा की आंखों में नमी आ गई थी। उसकी कंटीली बरौनियों से विश्वास भरी मासूमियत झलक रही थी। माथे पर आई हुई लट छूने को उसका मन हो आया था पर वह झिझककर रह गया था। इंद्रा के कानों में पड़े हुए कुंडल पानी में तैरती मछलियों की तरह झलक जाते थे और तब उसने कहा था, "आओ, उधर पेड़ के नीचे बैठेंगे।"

वे दोनों साथ-साथ चल दिए थे। सिरस के पेड़ के नीचे एक सीमेंट की बेंच बनी थी। राह पर पीली पत्तियां बिखरी हुई थीं। उनके कुचलने से ऐसी आवाज़ आई थी जो अभी-अभी उसने सुनी थी···वही पहचान भरी आवाज़।

दोनों बेंच पर बैठ गए थे और चंदर धीरे से उसकी कलाई पर अंगुली से लकीरें खींचने लगा था। दोनों खामोश बैठे थे, बहुत सी बातें थीं जो वे कह नहीं पा रहे थे। कुछ क्षणों बाद इंद्रा ने आंखें चुराते हुए उसे देखा था और शरमा गई थी, फिर उसी बात पर आ गई थी जैसे उसी एक बात में सारी बातें छिपी हों, "तुम ऐसा क्यों सोचते हो चंदर, मुझ पर भरोसा नहीं?"

तब चंदर ने कहा था, "भरोसा तो बहुत है इंद्रा, पर मैं खानाबदोशों की तरह ज़िंदगी भर भटकता रहूंगा···उन परेशानियों में तुम्हें खींचने की बात सोचता हूं तो बरदाश्त नहीं कर पाता। तुम बहुत अच्छी और सुविधाओं से भरी ज़िंदगी जी सकती हो। मैंने तो सिर पर कफन बांधा है···मेरा क्या ठिकाना!"

"तुम चाहे जो कुछ बनो चंदर, अच्छे या बुरे, मेरे लिए एक-से रहोगे। कितना इंतज़ार करती हूं तुम्हारा, पर तुम्हें कभी वक्त ही नहीं मिलता।" फिर कुछ देर मौन रहकर उसने पूछा था, "इधर कुछ लिखा?"

"हां," धीरे से चंदर ने कहा था।

"दिखाओ।" इंद्रा ने मांगा था।

और तब चंदर ने पसीजे हुए हाथों में डायरी बढ़ा दी थी। इंद्रा ने तुरंत उस डायरी को अपनी किताबों में रख लिया था और बोली थी, "अब यह कल मिलेगी, इस बहाने तो अब आओगे···"

"नहीं, नहीं···मैं डायरी अपने साथ ले जाऊंगा, मुझे वापस दो।" चंदर ने कहा था तो इंद्रा शैतानी से मुस्कराती रही थी और उसकी आंखों में प्यार की गहराइयां और बढ़ गई थीं।

हारकर चंदर वापस चला गया था और दूसरे दिन अपनी डायरी लेने पहुंचा था, तो इंद्रा ने कहा था, "इसमें कुछ मैंने भी लिखा है, पढ़कर ज़रूर फाड़ देना।"

"मैं नहीं फाड़ूंगा।"

"तो कुट्टी हो जाएगी।" इंद्रा ने बच्चों की तरह बड़ी मासूमियत से कहा था और उस वक्त उसके मुंह से वह बेहद बचपने की बात भी बड़ी अच्छी लगी थी।

और एक दिन···

एक दिन इंद्रा घर आई थी। इधर-उधर से घूम-घामकर वह चंदर के कमरे में पहुंच गई थी और तब चंदर ने पहली बार उसे बिलकुल अपने पास महसूस किया था और उसके माथे पर रंग से बिंदी बना दी थी और कई क्षणों तक मुग्ध सा देखता रह गया था। और अनजाने ही उसने होंठ इंद्रा के माथे पर रख दिए थे। इंद्रा की पलकें झंप गई थीं और रोम-रोम से गंध फूट उठी थी। उसकी अंगुलियां चंदर की बाहों पर थरथराने लगी थीं और माथे पर आया पसीना उसके होंठों ने सोख लिया था। रेशमी रोएं पसीने से चिपक गए थे और उन उन्माद के क्षणों में दोनों ने ही प्रतिज्ञा की थी···वह प्रतिज्ञा जिसमें शब्द नहीं थे, जो होंठों तक भी नहीं आई थी।

तब से उसे ये शब्द हमेशा याद रहते हैं, "तुम क्या नहीं कर सकते?"

और तभी एक दूसरे नंबर की बस आती है और ठिठककर चली जाती है। चंदर को एहसास होता है कि वह बस-स्टॉप पर खड़ा है, वह गहरी पहचान···कहीं कोई तो है···और वह बहुत दूर भी तो नहीं।

इंद्रा भी तो यहीं है दिल्ली में···

दो महीने पहले ही तो वह मिला था। तब भी इंद्रा की आंखों में वह चार बरस

पहले की पहचान थी और उसने पति से किसी बात पर कहा था, “अरे, चंदर की आदतें मैं खूब जानती हूं।”

और इंद्रा के पति ने बड़े खुले दिल से कहा था, “तो फिर भई, इनकी खातिर-वातिर करो···”

और इंद्रा ने मुस्कराते हुए चार बरस पहले की तरह चिढ़ाने के अंदाज़ में बयान किया था, “चंदर को दूध से चिढ़ है और कॉफी इन्हें धुआं पीने की तरह लगती है। चाय में अगर दूसरा चम्मच चीनी डाल दी गई तो इनका गला खराब हो जाएगा।” कहकर वह खिलखिलाकर हंस दी थी और इस बात से उसने पिछली बातों की याद ताज़ा कर दी थी···सचमुच चंदर दो चम्मच चीनी नहीं पी सकता।

बस आने का नाम नहीं ले रही थी।

खड़े-खड़े चंदर को लगा कि इस अनजानी और बिन जान-पहचान से भरी नगरी में एक इंद्रा है जो उसे इतने सालों के बाद भी पहचानती है, अब तक जानती है। उसका मन अपने आप इंद्रा से मिलने के लिए छटपटाने लगा, ताकि यह अजनबीपन किसी तरह टूट सके···

तभी एक फटफट वाला आवाज़ लगाता हुआ आ जाता है, गुरद्वारा रोड··· क्रोलबाग गुरद्वारा रोड! चंदर एक कदम आगे बढ़ता है और वह सरदार उसे देखते ही जैसे एकदम पहचान जाता है, “आइए बाबूजी, क्रोलबाग गुरद्वारा रोड।” उसकी आंखों में पहचान की झलक देखकर चंदर का मन हलका हो जाता है। आखिर एक ने तो पहचाना। चंदर सरदार को पहचानता है। बहुत बार वह इसी सरदार के फटफट में बैठकर कनॉट प्लेस आया है।

आंखों में पहचान देखते ही चंदर लपककर फटफट में बैठ जाता है। तीन सवारियां और आ जाती हैं और दस मिनट बाद ही गुरुद्वारा रोड के चौराहे पर फटफट रुकता है। चंदर एक चवन्नी निकालकर सरदार की हथेली पर रख देता है और पहचान भरी नज़रों से उसे देखता हुआ चलने लगता है।

तभी पीछे से आवाज़ आती है, “ऐ बाबूजी, कितना पैसा दिया है?” चंदर मुड़कर देखता है तो सरदार उसकी तरफ आता हुआ कहता है, “दो आना और दीजिए साहब!”

“हमेशा चार आने लगते हैं सरदार जी?” चंदर पहचान जताता हुआ कहता है, पर सरदार की आंखों में पहचान की परछाईं तक नहीं। वह फिर कहता है, “सरदार जी, आपके फटफट पर ही बीसों बार चार आने देकर आया हूं।”

“किसी होर ने लये होणगे चार आने···ते छै आने तों घट नहीं लंदे बादशाहो!”

सरदार इस बार पंजाबी में बोला था और उसकी हथेली फैली हुई थी।

बात दो आने की नहीं थी। चंदर ने बाकी पैसे उसकी हथेली पर रख दिए और इंद्रा के घर की तरफ मुड़ गया।

और इंद्रा उसे मिली तो वैसे ही। वह अपने पति का इंतज़ार कर रही थी। बड़ी अच्छी तरह उसने चंदर को बैठाया और बोली, "इधर कैसे भूल पड़े आज?" फिर आंखों में वही पहचान की परछाईं तैर गई थी। कुछ क्षणों बाद इंद्रा ने कहा था, "अब तो नौ बज रहे हैं, ये आठ ही बजे फैक्टरी बंद करके लौट आते हैं, पता नहीं आज क्यों देर हो गई, अच्छा चाय तो पियोगे?"

"चाय के लिए इनकार तो नहीं किया जा सकता।" चंदर ने बड़े उत्साह से कहा था और कुरसी पर आराम से टांगें फैलाकर बैठ गया था। उसकी सारी थकान उतर गई थी और मन का अकेलापन डूब गया था।

नौकरानी आकर चाय रख गई। इंद्रा ने प्याले सीधे करके चाय बनाई तो वह उसकी बांहों, चेहरे और हाथों को देखता रहा। सब कुछ वही था, वैसा ही था··· चिर-परिचित, तभी इंद्रा ने पूछा, "चीनी कितनी?"

और एक झटके से सब कुछ बिखर गया, उसका गला सूखने सा लगा और शरीर फिर थकान से भारी हो गया। माथे पर पसीना आ गया। फिर भी उसने पहचान का रिश्ता जोड़ने की एक नाकाम कोशिश की और बोला, "दो चम्मच।" और उसे लगा कि अभी इंद्रा को सब कुछ याद आ जाएगा और वह कहेगी कि दो चम्मच चीनी से अब गला खराब नहीं होता?

पर इंद्रा ने प्याले में दो चम्मच चीनी डाल दी और उसकी ओर बढ़ा दिया। ज़हर के घूंटों की तरह वह चाय पीता रहा। इंद्रा इधर-उधर की बातें करती रही पर उनमें उसे मेहमाननवाजी की बू लग रही थी और चंदर का मन कर रहा था कि इंद्रा के पास से किसी भी तरह भाग जाए और किसी दीवार पर अपना सिर पटक दे।

जैसे-तैसे उसने चाय पी और पसीना पोंछता हुआ बाहर निकल आया। इंद्रा ने क्या-क्या बातें कहीं, उसे बिलकुल याद नहीं।

सड़क पर निकलकर वह एक गहरी सांस लेता है और कुछ क्षणों के लिए खड़ा रह जाता है। उसका गला बुरी तरह सूख रहा है और मुंह का स्वाद बेहद बिगड़ा हुआ है।

चौराहे पर कुछ टैक्सी ड्राइवर नशे में गालियां बक रहे हैं और एक कुत्ता दूर सड़क पर भागा जा रहा है। मछलियां तलने की गंध यहां तक आ रही है और पान

वाले की दुकान पर कुछ जवान लोग कोकाकोला की बोतलें मुंह में लगाए खड़े हैं। स्कूटरों में कुछ लोग भागे जा रहे हैं। और शहर से दूर जाने वाले लोग बस-स्टॉप पर खड़े अब भी प्रतीक्षा कर रहे हैं।

कारें, टैक्सियां, बसें और स्कूटर आ-जा रहे हैं। चौराहे पर लगी बत्तियों की आंखें अब भी लाल-पीली हो रही हैं।

चंदर थका सा अपने घर की ओर लौट रहा है। अंगुलियों पर जूता काट रहा है और मोज़े की बदबू और भी तेज़ हो गई है।

आखिर वह थका-हारा घर पहुंचता है और मेहमान की तरह कुरसी पर बैठ जाता है। यह कोई नई बात नहीं है। निर्मला उसे देखकर मुस्कराती है और धीरे से बांहों पर हाथ रखकर पूछती है, "बहुत थक गए।"

"हां।" चंदर कहता है और उसे बहुत प्यार से देखता है। उसका मन भीतर से उमड़ आता है। वह किराए का मकान भी उस क्षण उसे राहत देता है और लगता है कि वह उसी का है।

निर्मला खाना लगाते हुए कहती है, "हाथ-मुंह धो लो···"

"अभी खाने का मन नहीं है।" चंदर कहता है तो वह बहुत प्यार से देखते हुए पूछती है, "क्यों, क्या बात है, सुबह भी तो खाके नहीं गए थे, दोपहर में कुछ खाया था?"

"हां।" वह कहता है और निर्मला को देखता रह जाता है।

निर्मला कुछ अचकचाती है और कुछ देर बाद थकी सी उसके पास बैठ जाती है।

चंदर कुछ देर खोई-खोई नज़रों से कमरे की हर चीज़ देखता रहता है और बीच-बीच में बड़ी गहरी नज़रों से निर्मला को ताकता है। निर्मला कोई किताब खोलकर पढ़ने लगती है और चंदर उसे देखे जा रहा है।

पीछे से पड़ती हुई रोशनी में निर्मला के बाल रेशम की तरह चमक रहे हैं, उसकी बरौनियां मुलायम कांटों की तरह लग रही हैं और कनपटी के पास रेशमी बालों के सिरे अपने आप घूम गए हैं। पलक के नीचे पड़ती हुई परछाईं बहुत पहचानी सी लग रही है। उसने कड़ा आधी कलाई तक सरका लिया है।

चंदर की निगाहें उसके अंग-प्रत्यंग में पुरानी पहचान खोज रही हैं, उसके नाखून अंगुलियां और कानों की गुदारी लवें···

उठकर वह परदे खींच देता है और आराम से लेट जाता है। उसे लगता है कि वह अकेला नहीं है। अजनबी और तनहा नहीं है। सामने वाला गुलदस्ता उसका

अपना है, पड़े हुए कपड़े उसके अपने हैं, उनकी गंध वह पहचानता है।

इन सभी चीज़ों में एक गहरी पहचान है। घोर अंधेरी रात में भी वह उन्हें टटोलकर पहचान सकता है। किसी भी दरवाज़े से बिना टकराए निकल सकता है।

···तभी जीने पर गुलाटी के थके कदमों की खोखली आहट सुनाई पड़ती है और उसे घबराहट सी होती है। वह धीरे से निर्मला को अपने पास बुला लेता है। उसे लिटाकर छाती पर हाथ रख लेता है।

कई क्षणों तक वह उसकी सांस से उठती-बैठती छाती को महसूस करता है···और चाहता है कि निर्मला के शरीर का अंग-अंग और मन की हर धड़कन उसे पहचान की साक्षी दे···गहरी आत्मीयता और निर्बंध एकता का एहसास दे···

अंधेरे ही में वह उसके नाखूनों को टटोलता है, उसकी पलकों को छूता है, उसकी गरदन में मुंह छिपाकर खो जाना चाहता है, धुले हुए बालों की चिर-परिचित गंध उसके रंध्र-रंध्र में रिसने लगती है और उसके हाथ पहचान के लिए पोर-पोर पर थरथराते हुए सरकते हैं। निर्मला की सांस भारी हो जाती है।

वह उसकी मांसल बांहों को महसूस करता है और गोल गुदारे कंधों पर हाथ से थपथपाता रहता है, निर्मला के शरीर का अंग-अंग अनूठे अनुराग से खींचता सा आता है। उसका रोम-रोम उसे पहचान रहा था, जोड़-जोड़ कसाव से पूरित था, तन के भीतर गरम रक्त से ज्वार उठ रहे थे और हर सांस पास खींचती जा रही थी। अंग-प्रत्यंग में, पोर-पोर में गहरी पहचान थी···

तभी बिशन कपूर की खिड़की में उजाला होता है और धुआं सलाखों से लिपट-लिपटकर गली के अंधेरे में डूबने लगता है।

और उसका तनहा मन तनहाइयों को छोड़कर उन परिचित गंध, परिचित सांसों और पहचाने स्पर्शों में डूबता जाता है। उसे और कुछ भी नहीं चाहिए···परिचय की एक मांग है और उस अंधेरे में वह सांसों से, गंध से, तन के टुकड़े-टुकड़े से पहचान चाहता है, पुरानी प्रतीति चाहता है।

चारों तरफ सन्नाटा छा जाता है।

और उस खामोशी में वह आश्वस्त होता है···वह दोनों बांहों में उसे भर लेता है। ज्वार और उठता है। तन की गरमाहट और बढ़ती है और रंध्र-रंध्र में एकता का सागर लहराने लगता है।

धीरे-धीरे निर्मला की तेज़ सांसें धीमी पड़ती हैं और चुंबकीय कशिश ढीली पड़ जाती है। खिंचाव टूटने लगता है और अंगों के ज्वार उतरने लगते हैं···

चंदर कसकर उसकी बांहों को जकड़े रहता है···उतरता हुआ ज्वार उसे फिर

अकेला छोड़े जा रहा है···अनजान तटों पर छोड़ी हुई सीपी की तरह।

निर्मला अपनी दबी हुई बांह निकाल लेती है और गहरी सांस लेकर ढीली सी लेट जाती है।

धीरे-धीरे सब कुछ सो जाता है और रात बहुत नीचे उतर आती है। कहीं कोई आवाज़ नहीं, कोई आहट नहीं।

धीरे से निर्मला करवट बदलती है और दूसरी ओर मुंह करके गहरी नींद में डूब जाती है।

करवट बदलकर लेटी हुई निर्मला को वह अलसाया सा देखता रहता है···और चंदर फिर अपने को बेहद अकेला महसूस करता है···वह निर्मला के कंधे पर हाथ रखता है, चाहता है कि उसकी करवट बदल दे, पर उसकी अंगुलियां बेजान होकर रह जाती हैं। कुछ क्षण वह अंधेरे में ही निर्मला को उधर मुंह किए लेटा हुआ देखता है और हताश-सा खुद भी लेट जाता है। पता नहीं कब उसकी पलकें झपक जाती हैं···

और फिर कुछ देर बाद थाने का घड़ियाल दो के घंटे बजाता है और उसकी नींद उचट जाती है। नींद के खुमार में ही वह चौंक पड़ता है। कमरे की खामोशी और सूनेपन से उसे डर सा लगता है। अंधेरे में ही वह निर्मला को टटोलता है, तकिए पर बिखरे उसके बालों पर उसका हाथ पड़ता है और वह उन बालों की चिकनाई को महसूस करता है···सिर झुकाकर वह उन्हें सूंघता है···

फिर निर्मला पर हाथ रखता है—उसके गोल कंधों को छूता है···वह स्पर्श भी पहचाना हुआ है···धीरे-धीरे वह उसके पूरे शरीर को पहचानने के लिए टटोलता है और उसकी सांसों की हलकी आवाज़ को सुनने और पहचानने की कोशिश करता है।

निर्मला अब भी करवट लिए पड़ी थी। वह धीरे से नींद में कुनमुनाती है। चंदर का दिल धक् से रह जाता है। कहीं निर्मला जाग न जाए, अनजाने ही इस स्पर्श से अजनबियों की तरह चौंक न जाए।

निर्मला सोते-सोते एक बार रुक-रुककर सांस लेती है, जैसे उसे डर-सा लग रहा हो···या कोई भयंकर सपना देख रही हो···चंदर सुन्न सा रह जाता है···क्या वह उसके स्पर्श को नहीं पहचानती?

और फिर निर्मला को झकझोरकर कह उठता है, "निर्मला···निर्मला···" वह बदहवासी में कहता है।

निर्मला चौंककर उठती है और आंखें मलते हुए प्रकृतिस्थ होने की कोशिश करती है।

और बिजली जलाकर वह निर्मला को दोनों कंधों से पकड़कर अपना मुंह उसके सामने करके डरी हुई आवाज़ में पूछता है, "मुझे पहचानती हो? मुझे पहचानती हो निर्मला?"

निर्मला आंखें फाड़े देखती रह जाती है, धीरे से आश्चर्य भरे स्वर में कहती है, "क्या हुआ?"

और वह निर्मला को ताकता रह जाता है। उसकी आंखें उसके चेहरे पर कुछ खोजती रह जाती हैं।

(दिल्ली : 1962)

नीली झील

बहुत दूर से ही वह नीली झील दिखाई पड़ने लगती है। सपाट मैदानों के छोर पर, पेड़ों के झुरमुट के पीछे, ऐसा मालूम पड़ता है, जैसे धरती एकदम ढालू होकर छिप गई हो, लेकिन गौर से देखने पर ऊंचे-ऊंचे पेड़ों के बीच एक बहुत बड़ा शीशा झलकता दिखाई पड़ता है।

यही वह झील है।

और इसी झील पर जल-पक्षियों के शिकार के लिए आए हुए अंग्रेज़ कलेक्टर ने कहा था, "कितनी खूबसूरत है यह झील! जैसे ज़मीन में हीरा जड़ा हो···। झील तक पहुंचने के लिए पक्का रास्ता होना चाहिए।"

यह तीस साल पहले की बात है।

और तब बस्ती से झील तक रास्ता बनाने के लिए आए हुए मज़दूरों की टोली में वह भी आया था और अंग्रेज़ साहब की मेम की आंखों को देखकर उसने कहा था, "कित्ती खूबसूरत है मेम! इसकी आंखें नीली झील की तरह लगती हैं।"

तगड़े और बदसूरत मज़दूरों ने तब आंखें बचाकर गंदे इशारे किए थे। और हरी और भीगी ज़मीन में कार के पहिए फंसते ही वह सबसे पहले दौड़कर उस ओर धक्का लगाने के लिए जुट गया था, जिधर मेम बैठी थी···उसका मन होता था कि बहाने से हाथ डालकर फूल-सी मेम को छूए, पर हिम्मत नहीं पड़ती थी। और मज़दूरों को उसकी इस सीनाज़ोरी पर बड़ा गुस्सा आया था और वे भीतर ही भीतर चाहते थे कि उसकी मरम्मत हो जाए।

रात को जब पेड़ तले बीनी हुई लकड़ियों के साझे चूल्हे जले और उस वीराने में मज़दूरों के मुंह आग की लौ में शैतानों की तरह चमकने लगे, तो भजनू ने कांख से तंबाकू का बटुआ निकालते हुए कहा, "इस साले को मेट से कहकर निकलवाया जाए! मेम जान पाती तो चमड़ी उतर जाती···! साला आसक बनता है!"

"बनने दो, तुम्हारा का लेता है?" भूख से क्लांत और जल्दी-जल्दी बाटियां सेंकते हुए होरी ने बात तोड़ देनी चाही।

"हम सबकी रोज़ी जाएगी।" आग कुरेदते हुए एक और ने जोड़ा।

तभी दूसरे पेड़ तले से बड़ी भद्दी और मोटी आवाज़ में एक गीत का बोल उभरा :

"होए मेमिया तोरी अंखियां बड़ी जुलुम ढायो री···"

और पीतल की थाली ठनक उठी थी और महेसा शैतान की तरह नाच रहा था। बाटियां पकाते साथियों की हंसी और वाहवाही से शोर मच गया था। भूखे और थके मज़दूरों की आंखों में एक वहशी चमक आ गई थी और एक क्षण के लिए वे जैसे तन की पीड़ा भूल गए थे। महेसा गा-गाकर कुछ देर तक नाचता रहा···। पेड़ों की पत्तियां आग की दमक में तांबे की तरह लग रही थीं और उनके काले, पपोटेदार तने अजगरों की तरह झिलमिला रहे थे। आसमान सीप की पीठ की तरह धुंधला और काला था और झील की ओर से अजीब तरह के सूने-सूने स्वर आ रहे थे।

इसी समय तीखी आवाज़ में चीखता एक सारस गुज़र गया। उसके बड़े-बड़े पंखों से निश्वास-सा निकल रहा था। सारस की चीख की प्रतिध्वनि कुछ क्षण तक आती रही और महेसा का स्वांग रुक गया।

"अब सीधा होके बैठ, रोटी खा ले!" काने मेट की आवाज़ थी यह। नाराज़ साथियों को मेट का इस तरह अपनेपन से बोलना अच्छा नहीं लगा। भजनू ने धीरे से कहा, "बदनाम से मेठ को खुस कर लिया है! काना भी ऐबी है न, उसे भी मज़ा आता है!"

गुदारी बाटियों और उड़द की पकी हुई दाल की महक से सबकी भूख चमक आई थी। बड़ी रात तक बतकही के बीच खाना चलता रहा। धीरे-धीरे चूल्हों की आग मझाकर राख में दुबक गई और पेड़ों का अंधियारा घना हो गया।

सुबह काम शुरू होते ही सैलानियों की एक पार्टी वहां आकर रुक गई। कुछ हिंदुस्तानी साहब थे और साथ में कुछ अच्छी-अच्छी औरतें। औरतों के कंधों पर कैमरे लटक रहे थे और साहबों के कंधों पर एयरगन और कारतूसों की पेटियां। खाने-पीने का सामान कंडियों में था और वह बोझ उनसे चल नहीं रहा था। औरतों के खूबसूरत चेहरों पर पसीने का पनीलापन था और साड़ियों के छोर कमर में खुंसे हुए थे। धूल से बचाने के लिए साड़ियां एक तरफ से कुछ ऊंची कर ली गई थीं। उन्हें देखते ही मज़दूरों ने रुकने का मतलब भांप लिया था और वे अपने काम में इतने मशगूल हो गए थे कि जैसे उन लोगों की उपस्थिति का उन्हें अहसास ही न हो। पर महेसा हाथ रोककर, फेंटा कसने के बहाने कनखियों से उन्हें ताक रहा था। वह इसी इंतज़ार में लगता था कि अभी उनमें से कोई औरत सामान उठाने के लिए कहेगी और वह

मेट की मर्ज़ी देखकर निश्चय ही उनकी सहायता के लिए तैयार हो जाएगा।

साहब लोग भी किसी मज़दूर से आंख मिलाने की ताड़ में थे। बाकी सब आंख बचा रहे थे, पर महेसा आंख मिलाने के लिए उतावला था; पर साहबों से नहीं। जैसे उसने यही तय किया था कि नीली साड़ी वाली औरत अगर कहेगी तो वह फावड़ा छोड़कर सामान उठा लेगा। वह बार-बार उसे ही हैरत से ताक रहा था कि नीली साड़ी वाली औरत ने ही मौका पाकर बड़ी मीठी आवाज़ में कहा, "कोई मज़दूर मिल जाएगा यहां?"

महेसा को यह बात नहीं जंची। "मज़दूर ही चाहती हैं तो खोज लें!" उसने ठसक से कहा, "हम लोग सरकारी गैंग के आदमी हैं!" कुछ इस तरह जैसे सरकार से रुपया पाकर मज़दूरी करना कुछ ऊंची बात हो।

"अरे, ज़रा सी मदद के लिए चाहिए... । यह सामान झील तक पहुंचाना है।" उसी नीली साड़ी वाली की मीठी आवाज़ थी।

महेसा का दिल बहक उठा। बड़प्पन और शान से बोला, "मदद मिल सकती है, ऐसे बोलिए!"

महेसा के तुच्छ से गर्व को लक्ष्य करके वह धीरे से हंसी और महेसा एक क्षण के लिए अपलक उसके साफ दांतों को देखता रहा। फिर दौड़कर मेट के पास पहुंचा और सामान उठाने की इजाज़त मांगकर चला आया।

आते ही उसने गर्व से उसका सामान उठाया और नीली साड़ी वाली के कंधे में लटके थर्मस को मांगने के बहाने बोला, "यह बोतल भी दे दीजिए।"

मीठी आवाज़ वाली औरत ने कुछ जवाब नहीं दिया। पर वह ऐसे मानने वाला नहीं था, चलते-चलते उसने फिर पूछा, "आप लोग शिकार के लिए आए हैं? कहां से आए हैं?"

लेकिन वह नीली साड़ी वाली औरत एक आदमी से मुस्करा-मुस्कराकर बातें कर रही थी। महेसा को यह अच्छा नहीं लग रहा था। एक अजीब तरह की परेशानी उसे हो रही थी। कुछ दूर तो उसने बर्दाश्त किया, फिर उसका मन हुआ कि सामान पटककर उसी आदमी से कहे कि उठाइए अपना ताम-झाम! मैं मज़ूर नहीं हूं! पर उनके साथ चल सकना भी उसे कम भला न लग रहा था... । उसे बोलने का फिर मौका मिला, गलत रास्ते पर मुड़ते देख वह लपककर नीली साड़ी वाली के पास पहुंचा और एकदम उनके अज्ञान पर जैसे चीख पड़ा, "आप लोगों को रास्ता नहीं मालूम, हमारे साथ आइए! इधर से दलदल पड़ेगा!"

"दलदल! ओह!" नीली साड़ी वाली कुछ ज़्यादा चौंक गई थी। उसका यह

चौंकना महेसा को बहुत अच्छा लगा था। उसे अनिर्वचनीय सुख-सा मिला था···। कानपुर में मिल से छुट्टी पाते ही वह चौराहे वाले कोने पर रुककर इसी तरह औरतों को देख-देखकर खुश होता था···

झुरमुट के पास पहुंचते ही सब लोग रुक गए। सामान वहीं उतरवा लिया गया। सभी औरतें हवा की डंडक में अपने बालों की लटें ऊपर करती हुई या साड़ियां संभालती हुई बेफिक्री से बैठ गईं।

हलकी-हलकी हवा झील की ओर से आ रही थी और छाया में कुछ सर्दी भी थी। झील के पानी के भीतर बादल तैर रहे थे और नरकुल धीरे-धीरे कांप रहे थे···। दूर से जिधर पानी उथला था; देवहंसों, मुर्गाबियों और पतारी के झुंडों के चुगने और पंख फड़फड़ाने की आवाज़ें आ रही थीं। देवहंस शायद सिवार खा रहे थे और मुर्गाबी घोंघे या केकड़े खोजने में मशगूल थे। पेड़ों पर चिड़ियां चहक रही थीं।

सहसा नीली साड़ी वाली ने झील के पानी की ओर इशारा करते हुए हैरत से कहा, "पानी का सांप! सांप तैर रहा है!"

सभी कौतूहल से देखने लगे। महेसा खिलखिलाकर हंस पड़ा। कैसे समझाए इन साहबों को, वे इतना भी नहीं जानते! वह सिर्फ नीली साड़ी वाली को ही बताना चाहता था। एकदम बोला, "पनिया सांप नहीं है, एक चिड़िया है वह!"

"चिड़िया? बकता है!" नीली साड़ी वाली ने प्यार से कहा।

"न मानें तो देखती रहें!" फिर इधर-उधर नज़र दौड़ाकर बोला, "वह उस पानी में उगे ठूंठ को देख रही हैं···? वह···उस पर जो काली चिड़िया बैठी है, उसी का साथी है यह, सरपपच्छी!"

"वह काली चिड़िया?" नीली साड़ी वाली उससे बात कर रही थी और वह तन्मय होकर बता रहा था, "हां-हां, वही! सरपपच्छी तैरने का बहुत शौकीन होता है। बस, भाले सी काली चोंच निकालकर तैरता रहता है।"

"खाता क्या है?" उसने उत्सुकता से पूछा।

"मछली!" उसकी आंखों में चमक आती जा रही थी। और बात करने के लिए उसने बात जोड़ दी, "अभी जब थक जाएगा तो किसी ठूंठ पर पंख और दुम फैलाकर सुखाएगा।"

"अभी निकलेगा?" नीली साड़ी वाली का मुख खुला रह गया।

और उसके सफेद दांतों को महेसा निहारता रहा···नकवा के सफेद पंखों की तरह धुले हुए, चमकदार! उसका मन जाने को नहीं हो रहा था, पर मेट ने कहा था जल्दी लौटना और फिर साथियों के कलेजे पर सांप लोट रहे होंगे!

तभी एक साहब को बंदूक संभालते देख उसका मन उचाट हो गया। वह नीली साड़ी वाली भी अब बंदूक की ओर ज़्यादा ध्यान दे रही थी।

उनके साथ के एक साहब ने उसे कुछ पैसे दिए और अभी एक क्षण पहले का महेसा अपना सारा आकर्षण भूलकर चल पड़ा। उसका मन भारी हो आया था। रह-रहकर उसकी आंखों के सामने वह बंदूक घूम रही थी और कानों में चिड़ियों का शोर समाया हुआ था। हर आवाज़ वह पहचानता था—उन पक्षियों की भी, जो साल भर इसी झील के किनारे रहते थे और उनकी भी, जो इस ऋतु में, दूर पहाड़ों से उतरकर, कुछ दिनों के लिए मेहमानों की तरह आते थे। उनकी हर आवाज़ का अर्थ वह समझता था···वे लड़ रहे हैं, या आनंद से भरकर गा रहे हैं, या साथियों को खतरे का बिगुल सुना रहे हैं। झील के पानी में किलोल करते हर पक्षी के पंखों की सरसराहट का अहसास है उसे, चाहे वह मुर्गाबी हो, सुरखाब, जंगली बत्तख, चाहे बगुला, सारस, नकटा, रेती, सरपपच्छी, सोनापतारी! उनकी सीटियों की मधुर आवाज़ें उसके कानों में बसी हुई हैं···और तभी उसका मन उस बंदूक की याद से धड़कने लगा!

उधर बंदूक चली थी और गोली की टूटती हुई आवाज़ बादलों में गूंज गई थी। और उसके बाद पक्षियों का कातर शोर! मन पर चोट सी लगी थी। उसका मन उदास हो आया था। दूरी पर साथी मज़दूर काम में लगे दिखाई पड़ रहे थे। एक क्षण ठिठककर उसने पीछे देखा, दलदल खामोश था और ऊपर से उड़कर भागती हुई चिड़ियों की भयातुर आवाज़ को शालीनता से पीता जा रहा था···। मुड़कर वह तेज़ कदमों से लौट आया और अपने काम में जुट गया।

रात को जब पेड़ों के नीचे सांझे चूल्हे जले, तो महेसा नहीं था। गांव से प्याज़ और मसाला लाने वाले चरनसिंह ने बताया, "वह बदमास तो खिल गया···!" पारबती के दांत ठीक वैसे ही थे, जैसे उसने कभी देखे थे, हंस के पंखों की तरह धुले हुए!

पारबती के कहने से उसने कलमें बड़ी-बड़ी रखवाई थीं, चोटी में मोटी सी गांठ बांधता था और मूंछें छोटी करवा ली थीं। मेले-तमाशे पर जाने के लिए बैलों की एक गोई और छोटा सा रब्बा भी खरीद लाया था। बैलों को खूब सजाकर रखता था। उनके गलों में चालीस घुंघरुओं की माला थी और सींगों पर पॉलिश। रब्बे की छत के लिए रंगीन झालर पारबती ने सिली थी और गछियां वह दर्ज़ी से बनवा लाया था। पहियों के ऊपर रथ की तरह हाथा लगवाया था और सन की नहीं, सूत की रंगीन डोरियों से किनारे बुनवाए थे। सतरंगी रब्बा था महेसा का। एक दफा दौड़ में दांव लगा आया था और पारबती के पीछे पड़ गया था, "तुम साथ नहीं बैठोगी तो दौड़ में नहीं

जाऊंगा!" उसने बहुत समझाया था, "हमारा तमासा दिखाओगे? बहुत लड़कपन है तुममें।"

महेसा हंस पड़ा था, "और तुम बूढ़ी हो गई हो न! सरम नहीं आती हमारे सामने कहते···? बतिया बछरी से दांत हैं अभी, बात बड़ी-बूढ़ियों की तरह करोगी!"

और मेले की दौड़ के लिए जाते-जाते जब ऊसर से रब्बा गुज़र रहा था, तो पारबती ने चतुराई से उसे मना लिया था और मन में कोई मलाल लाए बिना महेसा मेला दिखाकर बगैर दौड़ में हिस्सा लिए लौट आया था।

बस्ती में हरदम महेसा और पारबती की बात होती, पर दोनों को किसी की चिंता नहीं थी। पारबती रुपए का लेन-देन करती और सबकी चोटी अपने पांव के नीचे रखती। बस्ती में कौन ऐसा था, जिसे वक्त-बेवक्त चार पैसे की ज़रूरत नहीं पड़ती! इसलिए वे लोग भी जो पीठ-पीछे पारबती और महेसा को कोसते, सामने आकर चिकनी-चुपड़ी बातें करते।

इसका अहसास दोनों को था, पर दोनों इतने मुक्त थे कि कभी उन्होंने मन नहीं जलाया। महेसा अब निश्चिंत हो गया था। काम-धाम करने की उसे ज़रूरत नहीं रह गई थी। पर अब भी, जब वह सैलानी लोगों को झील की ओर जाते देखता और उनके साथ कोई सुंदर औरत होती, तो वह अपने को रोक न पाता; पीछे-पीछे चला ही जाता और चाहता कि वह औरत उससे बात करे। और जब वह औरत उससे बात नहीं करती, तो वह चिड़ियों में मशगूल हो जाता, शांत झील के किनारे-किनारे चक्कर काटता, नरकुलों के बीच साबूदाने की तरह फैले हुए मछलियों के अंडों को देखता और नीलपक्षी के जोड़ों को निहारता···बगुले को ध्यानावस्थित खड़ा देखकर वह सांस रोककर ठहर जाता और उसके शिकार करने की प्रतीक्षा करता, देर हो जाती तो घर की याद आते ही लौट पड़ता।

एक बार वह दिन भर नहीं आया, आधी रात को लौटा। पारबती ने नाराज़ होकर पूछा, तो सीधेपन से कह दिया, "जंगल तक गया था।"

"झील पर घूम के मन नहीं भरता?" पारबती ने उलाहना दिया, तो बड़ी सफाई से उसने बता दिया, "जंगल में तीतर देखने गया था, ससुरे धूल से नहाते हैं!"

"तीतर-बीतर नहीं, तुम कहीं और गए थे। सच-सच बताओ मुझे!" पारबती कुछ कड़ी पड़ गई, "तीतर देखना था तो बलदू के घर देख लेते, वह तो तीतर लड़ाता है।"

"पिंजरे में बंद तीतर को क्या देखना!" महेसा ने कहा, "मुझे कोई पालना तो है नहीं, पता नहीं लोग कैसे चिड़ियों को पालते हैं!"

तभी ऊपर आकाश में कुछ पक्षियों का झुंड उड़ता गुज़र गया। उसकी आंखें आसमान में टंग गईं। एकदम बोला, "यह वाक का झुंड है···देख पारबती, अब रात भर ये मछली का शिकार करेंगे।"

पक्षियों के नर्म पंखों की रेशमी आवाज़ दूर चली गई थी।

"वो कुछ भी करें, तुम हमारी बात का जवाब दो। सच-सच बताओ कहां गए थे?"

"ईमान से बता दिया।"

"लेकिन इत्ती रात तक तीतर ही देखते रहे?" पारबती के स्वर में शंका थी।

"हां-हां, पारबती माना करो···! देखो, पैरों में कितने कांटे चुभ गए हैं! लड़ना है तो सवेरे लड़ेंगे।" कहकर वह आराम से टांगें फैलाकर लेट गया।

पारबती ने बात बदल दी, "रुपया बहुत फैल गया है, वसूल नहीं होता, तुम ज़रा लोगों को डांटो-डपटो।"

"यह हमसे नहीं होगा।"

"अच्छा, सुनो! मेरा मन है कि कुछ रुपया लगा के यहां चबूतरे पर एक मंदिर बनवा दिया जाए···और बन सके तो मुसाफिरों के लिए दो कोठरियां भी बन जाएं। हारे-थके लोगों को आराम मिलेगा और कुछ रुपया धरम के कारज में लग जाएगा।"

"यह धरम-करम तुम्हें कब से सताने लगा?"

"बहुत दिनों की साध है मन में! मिस्त्री को बुला के ज़मीन भी दिखाई थी, फिर कुछ हो नहीं पाया···। मर जाऊंगी तो नाम का एक मंदिर तो रहेगा, दस दिलों से असीस निकलेगी!" पारबती ने बड़ी सच्चाई से बात कही।

"बेबखत यही बात कैसे सूझ गई तुम्हें?" महेसा ने पूछा।

"आज दिन भर यही सब सोचती रही।"

महेसा ने गौर से देखा पारबती को। चांदनी उसके चेहरे पर पड़ रही थी। सचमुच पारबती बहुत बदली सी लगी। आज उसे लगा कि सचमुच पारबती उससे बहुत बड़ी है···। और उसके चेहरे पर नीली लकीरों का जाल बनना शुरू हो रहा है। बांहों में खिंचाव ढीला पड़ गया है, कूल्हों पर भारीपन आ गया है। लेकिन फिर भी उसके पत्तीदार बाल उसे अच्छे लग रहे थे···।

"का देख रहे हो?" पारबती ने आंचल का घूंघट ऊपर सरका लिया।

महेसा चुपचाप देखता रहा, बोला कुछ नहीं। पारबती ने फिर टोका तो महेसा ने यूं ही कह दिया, "मंदिर बनना ज़रूरी है।"

पारबती समझ गई कि उसके मन की बात यह नहीं है। महेसा की आंखों में

अभी जो सूनापन उसने देखा था, वह कुछ और ही कह रहा था। पारबती ने कुछ उदास स्वर में पूछा, "हमसे सादी करके पछताते तो नहीं हो?"

"ऐ?" महेसा इस सवाल के लिए तैयार नहीं था।

"आज सोच-सोच के बड़ा दुःख हुआ···। अपने सुख की खातिर हमने तुम्हें खराब कर दिया।" पारबती की आंखों में पनीलापन था, "पछतावा तो होता होगा, सच-सच बताना!"

"काहे का पछतावा पारबती?" महेसा ने कहा, "हमने कभी ये सब सोचा ही नहीं, ज़रूरत ही नहीं पड़ी।"

"तुमने कभी कुछ नहीं सोचा? सादी की बाबत भी नहीं सोचा था?" पारबती ने जैसे उसे कुरेदा, "अभी तुम अपने को आज़ाद समझते हो, बाल-बच्चे होते तो समझते!" कहते-कहते उसकी आवाज़ भारी हो आई। चांद पर बादल आ जाने से चांदनी मटमैली हो गई थी और पारबती का चेहरा धुंधला पड़ गया था। लालटेन चौखट में कुंडी से लटकी थी और उसकी रोशनी में खाट की अरदावन परछाइयों की सलाखें बना रही थीं।

महेसा को एकाएक लगा कि शादी के बाद सब घरों में बच्चे होते हैं, उसके घर में अभी तक कुछ नहीं हुआ। उसने गहरी नज़रों से पारबती को देखा। इस समय की बात वह समझ नहीं पा रहा था। आखिर पारबती कहना क्या चाहती है? घर में चारों ओर सन्नाटा छाया हुआ था। ऐसे सूनेपन में उसने पारबती के साथ कभी अकेलापन नहीं महसूस किया है, पर आज वह इतनी अलग सी क्यों मालूम हो रही है? हमेशा, रात हो या दिन, अकेलेपन में उसके मन में प्यार ही उमड़ा है, और उसने भी कभी ऐसी उखड़ी बातें नहीं कीं।

"तुम्हें हुआ का है?" महेसा ने शायद आज पहली बार इतना सोचकर कुछ पूछा था।

"पता नहीं का हुआ है! बस्ती का अस्पताल बहुत छोटा है, यहां मेरी देखभाल नहीं हो पाएगी।"

"अस्पताल! लेकिन अस्पताल की का ज़रूरत है?" महेसा और उलझ रहा था।

"तुम्हारी नासमझी के लिए का कहूं! यहां घर पर मेरी देखभाल कौन करेगा? सगे-संबंधी भी नहीं, जो ज़रूरत-बखत पर आ जाते···। सुना है अस्पताल में तकलीफ भी नहीं होती, ऐसी दवा देते हैं डाकदर जी।"

महेसा हंसा। अब समझ पाया था वह। उत्साह से भरकर बोला, "जिला अस्पताल में चली चलना। पैसा सब देखभाल करा देगा, भगवान् का दिया सब

कुछ है।”

लेकिन पारबती उसकी खुशी में हिस्सा नहीं बंटा पाई। उसके मन में जैसे डर समाया हुआ था। बोली, “एक बात कहूं···? हमें बड़ा डर लगता है, लगता है जान चली जाएगी।”

“बेकार डरती हो तुम!”

“बेकार नहीं, न जाने मन में कैसी-कैसी बातें व्यापती हैं! बड़े डरावने सपने दिखाई पड़ते हैं! सांस रुकने लगती है!” पारबती ने बांहें छाती पर कस ली थीं।

“तो हमारे साथ लेटा करो।” महेसा ने उपाय बता दिया।

“कुछ तो सोचा करो।”

“हम कहें कि आजकल तुम कतराई-कतराई काहे रहती हो!···बेकार की बातें मन में मत लाया करो पारबती! आ, खाट टीन में कर लें।”

पारबती ने उठकर खाट पकड़ते हुए कहा, “अब इतना बाहर मत रहा करो, न जाने कब क्या हो जाए!”

महेसा ने खटिया से खटिया मिला ली और पाटी के पास सरकाकर हाथ उसकी बांह पर रख दिया, “अब डर नहीं लगेगा तुम्हें।”

कुछ देर बाद पारबती तो सो गई, पर महेसा को नींद नहीं आई। पारबती का पैर एकाएक हिला और सांस तेज़ हो आई, जैसे वह डर रही हो। महेसा ने उठकर उसके माथे पर हाथ फेरा। बड़ी देर तक बैठा देखता रहा और जब उसे नींद आने लगी, तो लोहे का एक चाकू लाकर उसने पारबती के सिरहाने रखा और लेट गया, जैसे पारबती नन्ही सी बच्ची हो!

इन दिनों उसका मन बहुत भरा-भरा रहता। पारबती इस लायक नहीं थी कि उसे झील तक ले जाता, खुद भी बैठता और उसे भी दिखाता वहां की सुंदरता। इसलिए वह आसपास ही कुछ देर के लिए चला जाता। हाफिज़ जी बिसाती की दुकान पर अगर बैठ जाता, तो पारबती के लिए नाखूनों की लाली, कोई छोटा सा शीशा या ऐसी और कोई चीज़ खरीद लाता जिसे हाफिज़ जी नई चाल की बता देते···। एक दफा हाफिज़ जी ने उसे फोटो-फ्रेम दिखाकर कहा, “इसमें मियां-बीवी की तस्वीर लगती है। बड़े घरों में लोग इसे रखते हैं।” फोटो-फ्रेम तो वह ले आया, पर तस्वीर नहीं थी। तीसरे ही दिन उसने पारबती को तैयार कराया, सारे गहने उसे पहनने को मजबूर किया और खूब तेल लगाकर रामा फोटोग्राफर की दुकान पर जा पहुंचा।

साथ-साथ बैठते हुए उसने पारबती के सिर का पल्ला कानों के पीछे कर दिया

और अपनी कमीज़ की जेब में सतरंगा रेशमी रूमाल रख लिया। अपने गले का तावीज़ भी खींचकर ऊपर कमीज़ पर निकाल लिया, ताकि तस्वीर में सब कुछ दिखाई पड़े। अपने पीछे बाग का पर्दा लगवाया, जिसमें दो चिड़िया चोंच से चोंच मिलाए बैठी थीं। पारबती को भी वह पर्दा पसंद आया था।

लेकिन तस्वीर में और सब तो ठीक आ गया, अफसोस सिर्फ बालों का था।

"ससुरे ने हमें बूढ़ा बना दिया! काहे, पारबती?"

"तुम्हें ही बड़ा शौक चर्राया था। एक रुपया खराब कर दिया!"

पर महेसा को इस बात का मलाल नहीं था। उसने तस्वीर को फ्रेम में लगाकर बरामदे वाली घरोंची पर सजा दिया। ऐसी तस्वीर मुश्किल से किसी के घर निकलेगी···मुख्तार साहब के घर ही हो सकती है।

उस दिन भी वह हाफिज़ जी की दुकान पर बैठकर लौट रहा था। पारबती के बालों में लगाने के लिए विलायती पिन लाया था। पिन के पत्ते पर बनी मेम को वह ताक रहा था कि पारबती ने पूछा, "मंदिर के लिए मिस्त्री से बात हुई?"

"मिस्त्री तो नहीं मिले, पर एक नई बात सुनने में आई है।"

"का?" पारबती ने उत्सुकता से जानना चाहा।

"अपनी बस्ती में बिजली लग रही है; चुंगी वाले बड़ी कोशिश में हैं, पर पैसा पास नहीं है चुंगी के।"

"तो बिजली का लगेगी?"

"सुना, चुंगी अपनी कुछ ज़मीनें बेचने की बात सोच रही है, ऐसी ज़मीनें जो उसके लिए बेकार हैं!" महेसा ने कहा तो पारबती एकदम बोली, "चुंगी अगर बेचे तो अपने चबूतरे के पास वाला कूड़ाखाना हम खरीद लें!···चबूतरे पर मंदिर हो जाएगा और उधर मुसाफिरों के लिए छोटी सी धरमसाला! तुम ज़रा सच्ची बात पता लगाओ!"

"बात तो सच्ची है। हाफिज़ जी का रोज़ चुंगी में आना-जाना लगा रहता है। गलत खबर नहीं लाएंगे, वो ही बता रहे थे।" महेसा ने जैसे उसे इतमीनान दिलाया, "मौका लगा तो खरीद लेंगे।"

"का पता कब तक हो!"

झील की ओर से तभी चिड़ियों का कातर शोर सुनाई पड़ा और उसका मन बहक गया। एकदम बोला, "शायद शिकारी आए हैं।"

ऊपर आसमान से 'आंग-आंग' करते चक्रवाकों के जोड़े गुज़र रहे थे। महेसा का मन ग्लानि से भर आया। बोला, "इन्हें मारने से फायदा! इत्ती सुंदर चिड़िया है,

पर मुर्दा खाती है!"

"आजकल नई-नई चिड़ियां बहुत दिखाई पड़ती हैं, पहचान में भी नहीं आतीं," पारबती ने कहा, "न जाने कहां से इतनी आ जाती हैं!"

"ये चिड़िया मेहमान हैं।⋯कातिक खत्म होते आती हैं और फागुन-चैत तक चली जाती हैं।" महेसा पारबती को बता रहा था, "हमने चिड़ियों के अंडे भी जमा किए हैं, तुझे नहीं बताया, नहीं तो घर से निकाल देती।"

"अब भी निकाल सकती हूं।" पारबती कह रही थी कि 'दिखाऊं' कहता हुआ महेसा उठकर गया और तरह-तरह के सफेद, चितकबरे, हरियाले से अंडे उठाकर ले आया।

"देख पारबती, यह वाक का अंडा है, यह सारस का और यह सोनापतारी का!" महेसा एक-एक अंडा उठाकर दिखाने लगा। वैसे तो पारबती नहीं छूती, पर उसने सोनापतारी का अंडा हाथ में ले ही लिया। घुमाकर देखते ही हाथ से छूटकर वह गिर पड़ा और टूट गया, तो पारबती के मुंह से चीख निकल गई, "हाय दइया!"

"टूट गया तो क्या हुआ?" महेसा ने सरलता से कह दिया।

पर पारबती के चेहरे पर काले बादल से छा गए थे, उसका दिल धक से रह गया था, बहुत धीमे स्वर में बोली, "असगुन हो गया।" और आंचल में मुंह छिपाकर रो पड़ी।

और पारबती उस दिन भविष्य के आशंकामय परिणामों को सोचकर रोई थी⋯ बिलकुल वैसे ही करुणापूर्ण और असहायता से भरी उसकी आवाज़ जच्चा-बच्चा अस्पताल में थी⋯

महेसा को सब कुछ याद आता है। यह कैसे होता है कि आदमी हमेशा एक ही तरह से रोता है⋯! पारबती की वह आवाज़ उसे भूलती नहीं, जब उसने अस्पताल के पलंग पर पड़े हुए महेसा को अपने पास बुलाया था, "इतने दिन चढ़ गए हैं, डॉक्टरनी कहती हैं कि चीरा लगाना पड़ेगा।" पारबती का रोम-रोम जैसे कांप रहा था चीरे का नाम सुनकर। आंखों में आंसू भरकर उसने महेसा की बांह पकड़ ली थी और बड़े ही दर्द भरे स्वर में कहा था, "अब मेरा ठिकाना नहीं, पता नहीं ईश्वर को क्या मंजूर है!"

"दिल छोटा क्यों करती हो पारबती? तुम जीती-जागती घर पहुंचोगी। मैं मंदिर बनवाऊंगा और मुसाफिरों के लिए धरमसाला⋯!"

लेकिन पारबती जीती-जागती घर नहीं पहुंची। बच्चा पेट में मर गया था और

ऑपरेशन के बाद भी उसकी बिगड़ती हालत को अकेली डॉक्टरनी संभाल नहीं पाई थी। सारा शरीर नीला पड़ गया था, पारबती के शरीर में ज़हर फैल गया था।

और महेसा को पारबती का हलका नीलापन लिए शरीर ठीक वैसा ही लगा था, जैसा कि उस दिन चांदनी में उसने देखा था। पारबती की सांसें धीमी पड़ती जा रही थीं, वह एकदम निश्चिंत लग रही थी, और उसने महेसा को पास बुलाकर कहा था, "अब मंदिर ज़रूर बनवा देना, पारबती मंदिर!"

मंदिर! सोचकर ही महेसा का कलेजा फट गया था। आखिरी आस थी उसे, चीखकर बोला था, "ऐसा मत कहो पारबती! बच्चा मर गया तो क्या हुआ, तू तो जीती-जागती है!"

"मुझे देख लो, अच्छी तरह देख लो!" पारबती की आंखों से आंसुओं की धार बह-बहकर कानों के पास से होते हुए नीचे गिर रही थी⋯। फिर⋯फिर उससे देखा नहीं गया, जैसे पारबती के प्राण खिंच रहे थे और फिर पारबती के निचले होंठ सूखकर चटक गए थे⋯।

महेसा की दुनिया वीरान हो गई और वीरानापन देखकर आदमी पगला जाता है।

बस्ती के आदमियों का यही कहना था। महेसा पगला गया। जो आदमी, आदमी का खयाल नहीं करता, वह पागल नहीं तो और क्या है? आदमी के दुःख-दर्द को जो नहीं समझता, उसे और क्या कहा जाए? महेसा, वह मुक्त और निश्चिंत महेसा, एकदम बदल गया था।

उसे सिर्फ पैसे की फिक्र थी। पारबती का फैला हुआ रुपया वह बड़ी कड़ाई से वसूल कर रहा था⋯। घर का अकेलापन उसे काटने दौड़ता। इतना प्यार पाकर अब जैसे उसकी आदत बिगड़ चुकी थी।

लोगों ने कहा, "महेस पंडित, दूसरी शादी कर लो। इतना रुपया-पैसा किस काम आएगा?" आस-औलाद भी तो नहीं।

महेसा ने जवाब दे दिया, "पारबती के बराबर कोई मेरा खयाल करे तो सोचूं भी⋯नहीं, तो भी न सोचूं। गलत बात बोल गया। बेकार का मखौल मत किया करो! अब बूढ़ा हो चला।"

यों पारबती से दस बरस छोटा था महेसा, पर पारबती की मौत के बाद वह उससे दस बरस बड़ा लगने लगा। कनपटियों पर तीन ही बरस में सफेदी आ गई और गर्दन के नीचे की खाल झुर्रियों से भर गई। सचमुच, आदमी बूढ़ा नहीं होता, वक्त उसे बूढ़ा बना देता है।

सूने घर में महेसा आठ-आठ आंसू रोता और उसे पारबती की एक-एक बात याद आती···चीज़ें देखता तो आंखों में आंसू भर आते···वह टीन का बक्सा, जिसमें उसके कपड़े रहते थे···और जिसमें पारबती अपने रुक्के और रुपए भी रखती थी···संदूक के ऊपर वाली कील में किनारी में बंधी चूड़ियों का लच्छा देखकर वह उस दिन रो पड़ा था··· । एक-एक चूड़ी उसने पहचानी थी···कौन सी किस मेले में पहनाई थी उसने और दूसरा जोड़ पहनने के वक्त उसने कब-कब इन चूड़ियों को उतारा था···भरी आंखों से वह देखता रहा··· । घर का सूनापन उसे अब काटने दौड़ता। दीवार पर सगनौती की लकीरें देखकर उसे फिर कुछ याद आया···जब एक बार वह दो दिन के लिए कहकर चार दिन बाद लौटा था। शायद तभी पारबती ने गेरू से यह सगनौती उठाई होगी···वह जो कुछ करती थी उससे सिर्फ उसी के लिए तो सब कुछ था, और कौन था उसका? न पारबती का कोई था और न अब महेसा का कोई रह गया है···!

और जब वह जगन नाई के घर धरना देकर बैठ गया कि आज हिसाब मय मूल-ब्याज के चुकता करके उठेगा, तो उसकी औरत ने भीतर से उकराकर कहा, "पंडित, तुम तो इतने ज़ालिम हो कि किसी की पत नहीं देखते···! पारबती चाची मुंह से चाहे जितना बिगड़ें पर आदमी की मरजाद और इज़्ज़त का तो खयाल करती थीं··· ।"

"ये सब हम नहीं जानते! हम रुपया लेके उठेंगे आज! पूरा सौ रुपया है मय ब्याज के!" महेसा ने कड़कती आवाज़ में कहा और चोटी की गांठ खोल ली।

जगन नाई बहुत गिड़गिड़ाया, "महाराज, घर की नींव खुदवा लो तो भी इस बखत पच्चीस से एक पाई ज़्यादा नहीं निकलेगा··· । थोड़ी सी मोहलत और मिल जाए!"

आखिर चार भले आदमियों ने आकर जब बहुत समझाया तो महेसा किसी तरह राम-राम करके उठा।

कुछ दिनों बाद महेसा, जो अब महेस पांडे के नाम से पुकारा जाता था, बस्ती से चला गया। सुना, चुनार-मिर्ज़ापुर की तरफ पत्थर की तलाश में गया है। कर्ज़दारों ने सुख की सांस ली, पर वह पंद्रह दिन के भीतर-भीतर लौट आया। चौधरी के बाग में बैठकर बता रहा था, "पारबती मंदिर के लिए सामान देखने गया था। सूरत जयपुर से बनवाऊंगा।"

लोगों का कहना था कि सोना-चांदी मिलाकर कुल आठ-दस हज़ार की पूंजी है उसके पास और जो दबा-दबाया हो सो अलग। इस बीच उसने काफी बकाया

रुपया वसूल कर लिया था।

धीरे-धीरे रुपए की उसकी तृष्णा भरती सी लगी। हाफिज़ जी की दुकान से गुज़रता तो आवाज़ सुनकर कह देता, "अब क्या करूंगा बैठ के हाफिज़ मियां···? पहनने-ओढ़ने वाली तो चली गई।"

एक दिन हाफिज़ जी ने उसे हाथ पकड़कर बैठा लिया। बैठे-बैठे बात चल निकली, "सुना है मंदिर बनवाने की फिकर में हो?"

"बस, यही एक काम करना है हाफिज़ जी! किसी तरह मंदिर और एक छोटी सी धरमसाला बन जाए, तो मन को शांति मिले। पारबती यही कहती-कहती मरी थी।"

"यह तो धरम का काम है। बनाने खड़े होंगे तो दस आदमी हाथ बंटाएंगे। तुम शुरू तो करो।" हाफिज़ जी ने उसकी उदास नज़रें देखकर तसल्ली दी, "कभी ज़रूरत पड़े तो दस-बीस रुपए हमसे भी ले लेना।"

"रुपया पूरा नहीं है। लोग समझते हैं मेरे पास खत्ती खुदी है। पर सच हाफिज़ जी, कुल चार हज़ार हैं, इतने में तो सीमेंट भी नहीं आएगा।"

ग्राहक आया देख हाफिज़ जी भी उधर उलझ गए और महेस पांडे उठकर चल दिया। ऐसे ही एक दिन बस्ती की तरफ से घर जा रहा था कि झील वाले रास्ते पर कुछ लोग दिखाई पड़े। उसके पैर उधर ही उठ गए। कुछ सैलानी थे, चार मर्द और दो औरतें। औरतें सुंदर तो नहीं थीं, लेकिन फिर भी वह उनके पीछे-पीछे चल दिया। काफी दिनों बाद आया था वह इधर।

नीली झील खामोश थी। किनारों पर गीली आंखों की तरह नमी थी और घास की टहनियां हवा के साथ धीरे-धीरे पानी को सहला रही थीं। नरकुल की लंबी पत्तियां पक्षियों की कलंगी की तरह कांप रही थीं और पानी में डूबी सिवार के सूतों से मछलियों के बच्चे कतरा-कतराकर निकल रहे थे। वह किनारे आकर बैठ गया। पानी के नन्हे-नन्हे बगूले नीचे से ऊपर सतह तक आए, तो लगा किसी मछली ने मोती उगल दिए हों। जलचरों की बारीक आवाज़ें झील के पानी में गूंज रही थीं और ऊपर पेड़ों पर पक्षियों के पंखों की सरसराहट और सीढ़ियों की मद्धम आवाज़ें थीं।

काले सिर और श्वेत वक्ष वाली गंगाकुररी की हलकी सी सीटी उसके कानों में पड़ी। आंखें उधर अटक गईं। झील के ऊपर वह चक्कर काट रही थी, कुछ इस तरह जैसे उसे चक्कर में उड़ाने वाली अदृश्य डोर किसी के हाथों में हो और वह बस घूमती ही जा रही हो। वह जानता है कि गंगाकुररी पेड़ पर नहीं बैठेगी। तभी वह तीर की तरह पानी के ऊपर गिरी और एक चमकदार मछली उसकी लंबी चोंच में थी।

तभी संगीत की आवाज़ उसके कानों में पड़ी। आए हुए सैलानी लोग कुछ गा-बजा रहे थे। नीली झील के शांत पानी पर उनके स्वर तैरते हुए दूर तक जा रहे थे। उसे बड़ी शांति मिली।

फिर सवनहंसों का एक झुंड अपने राग का स्वर मिलाता हुआ झील के दूसरे किनारे पर उतर पड़ा और दो-चार हंस गेहूं और चने के खेत में घुसकर अंकुर खाने लगे। गरदन उठा-उठाकर वे ऐसे देख रहे थे, जैसे अजनबी हों, और सचमुच वे अजनबी ही हैं। महेस पांडे का मन न जाने क्यों भर आया! वे सवनहंस अब आए हैं, चार-पांच महीने रहकर पारबती की तरह चले जाएंगे या फिर किसी शिकारी का शिकार हो जाएंगे, जैसे पारबती हो गई। इनके धूसर पंख खून की लकीरों से रंग जाएंगे, और इनके पंखों को पकड़कर शिकारी इन्हें ऐसे लटका ले जाएगा जैसे मुर्दा पारबती को अस्पताल के भंगी पलंग से उठाकर उस सूने बरामदे में ले आए थे…।

तभी करकर्रा बोला, कलगी की शान में वह गरदन लपकाता हुआ चला जा रहा था। शायद आरामदेह, रेतीली ज़मीन खोज रहा है करकर्रा। फिर एक भयंकर धड़ाके की आवाज़ से वह चौंक उठा। बाईं ओर फैले दलदल से सारसनी की तुरही सी तेज़ चीख आई और गूंजती रही। वह बार-बार चीख रही थी और सारस अकुलाया सा कुछ ऊपर चक्कर काट रहा था। कभी वह दलदल में उतरकर चीखता, कभी लंबे-लंबे डग भरके इधर-उधर लपकता और वैसी ही तेज़ आवाज़ में चीखने लगता। गिरी हुई सारसनी की आवाज़ फट गई थी और उसकी गरदन कुचले हुए सांप की तरह तड़फड़ा रही थी।

सवनहंसों का झुंड तट से भागकर खेतों में चला गया।…अभी-अभी कुछ क्षण पहले का स्वप्निल वातावरण एकदम भयानक हो उठा था। झील का पानी सीमा में बद्ध जैसे थर्रा रहा था और भीगे किनारों पर निर्जीव स्वर टकरा रहे थे। पेड़ों में अभी-अभी सनसनाहट भर गई थी। दलदल में घायल पड़े सारस को उठाकर लाने की किसी की हिम्मत नहीं पड़ रही थी।

महेस पांडे ने पास आकर उन सैलानियों को देखा। उसे उम्मीद थी कि पारबती की तरह ऐसे क्षण में इन औरतों की आंखों में पानी डबडबा आया होगा, पर उनमें तो शिकारी के निशाने की प्रशंसा भरी थी।

वह घर लौट आया। रात भर उस अकेले घर में उसे बार-बार वही तेज़ आवाज़ सुनाई पड़ती रही। फिर जाने कहां से अस्पताल में चीखती पारबती की आवाज़ें आने लगीं। सुबह होते ही उससे रुका नहीं गया। वह सीधा झील पहुंचा। झील के ऊपर

का धुआं धीरे-धीरे साफ हो रहा था। कांद का जोड़ा किनारे पर बैठा काई खा रहा था। झील के शांत सौंदर्य ने उसे इस क्षण बिलकुल प्रभावित नहीं किया। उसके पैर दलदल की ओर बढ़ रहे थे। उसे सारस दिखाई दिया। वह मृत पड़ी सारसनी के पंखों में चोंच गड़ा-गड़ाकर उसे जगा रहा था शायद, और जब सारसनी नहीं जगी, तो वह विलाप करता झील की ओर चला आया।

वहीं पेड़ के नीचे बैठकर वह देखता रहा—मानसरोवर और कैलास से आए देवहंसों को जो गंधर्वों के देश से प्रवास के लिए आए थे···कोमल और पवित्र पक्षी! हलकी किरणों में सोनापतारी के स्वर्ण-पंख चमचमा उठे। उसका मन उदासी से भर गया। इन परदेसी पक्षियों से क्या नाता जोड़ना! बैठे-बैठे जब वह ऊब जाता, तो बस्ती की ओर चला आता।

बस्ती में नाप-जोख होने लगी तो लोगों को विश्वास हुआ कि अब बिजली लग जाएगी। महेस पांडे ने भी हां में हां मिलाई, "सुना है, उत्तर की तरफ बहुत बिजली पैदा की जा रही है, वहीं से यहां आ रही है।"

तभी मुनादी वाला ऐलान करता सुनाई पड़ा, "ब-हुकुम चियरमन साहब के चुंगी की कुछ ज़मीनों का नीलाम ब-तारीख चार जनवरी सोमार को चुंगी अहाते में सवेरे आठ बजे से होगा···। ज़मीनों के नकसे दफ्तर चुंगी में खरीदारों के लिए लगे हैं···! हर खास व आम खबर दी जाती है कि···" और मुनादी वाले ने तबले पर बांस की खपच्चियों से चोट की और आगे बढ़ गया।

चार जनवरी में अभी बीस दिन थे। महेस पांडे के दिमाग में चबूतरे के पास वाली ज़मीन घूमने लगी। चुंगी को बिजली के लिए रुपए की ज़रूरत है और उसे धर्मशाला के लिए उस ज़मीन की।

मंदिर और धर्मशाला की बात को लेकर वह सभी के पास पहुंचा, "धरम का काम है। सबसे ज़्यादा रुपया हम लगाएंगे, कुछ मदद आप लोग करें। धरमसाला पंचायती कर दी जाएगी। आप लोग दस-दस, बीस-बीस रुपए से भी मदद करें तो यह कारज हो सकता है।"

मारवाड़ी मिल वालों ने एकमुश्त पचास रुपए दे दिए, लेकिन उसका खाता डाकखाने में खुलवा दिया। महेस पांडे ने तीन हज़ार रुपए भी उसी खाते में जमा कर दिए। इन बीस दिनों के बीच वह घर-घर घूमा। मुख़्तारों के पास गया, हलवाइयों और वैद्यों के पास गया, कपड़े के आढ़तियों से लेकर अंग्रेज़ी डॉक्टरों तक पहुंचा और कुल मिलाकर एक हज़ार रुपया और जमा हो गया।

सबकी आंखों में महेस पांडे का रुतबा और सम्मान एकाएक बढ़ गया था।

अब सिर पर वह गेरुआ साफा बांधने लगा था और हाथ में लाठी लेकर चलता था। शरीर कुछ शिथिल हो रहा था।

लेकिन इस ढलते शरीर के साथ भी वह दिन भर घूमता और अपने साफे में किसी चिड़िया का गिरा हुआ सुंदर सा पर कलगी की तरह खोंस लेता। चुंगी दफ्तर में जाकर वह नक्शे भी देख आया था। नीलामी का दिन पास आ रहा था, और जैसे-जैसे वह दिन निकट आता जाता, महेस पांडे की उदासी और बढ़ती जाती।

झील पर शिकार खेलने के लिए आदमियों की बहुत सी टोलियां इस बीच आईं और गईं, और अपने घर पर बैठे या बस्ती में घूमते हुए उसने जब-जब चीत्कारें सुनीं और साहब शिकारियों को नर्म पंख वाली चिड़ियों को लटकाए ले जाते देखा, तब-तब उसे पारबती की याद आई बेतरह। उसकी हालत भी तो उस सारस के जोड़े की तरह ही थी···

घर में लेटता तो उड़ते पक्षियों के नर्म, कोमल पंखों की सरसराहट उसे महसूस होती, जैसे पारबती केलासन की धोती पहने अदृश्य रूप से गुज़र गई हो। पर्वतों से आए मेहमान पक्षियों के सफेद और सेमल की रूई से सजीले पंख और पारबती के सफेद दांत!

सुबह उठा तो मन नहीं लगा और वह शांति पाने के लिए झील की ओर चला।

झील पर पहुंचकर अपनी लाठी से वह काई को छितराता रहा। सिवार के सूतों को उलझाकर उसने निकाला, नन्हे-नन्हे बीज चुनकर मुंह में डाल दिए और उठकर उधर चला गया, जिस ओर जलमंजरी खिली हुई थी। जलमंजरी के पास से ही दलदल शुरू हो जाता था। नारी की बेल पानी में तारों की तरह बिछी हुई थी और गांठों के पास नन्हे-नन्हे घोंघे चिपके हुए थे। सूत सी सफेद नन्ही-नन्ही जड़ें मछली के उजले पंखों की तरह धीरे-धीरे कांप रही थीं। दलदल में घुसकर उसने जलमंजरी के फूल तोड़े और गुच्छा बनाकर लौटने लगा।

सोनापतारी का झुंड रात भर चारा खाकर उड़ने ही वाला था कि एक गोली उस पार से छूटी और उड़ते सोनापतारी के झुंड में से एक पक्षी बिलबिलाकर छप्प से झील के बीचोबीच गिर पड़ा। उसके सोने से पंख पानी पर छितरा गए और नीली झील के खामोश पानी पर एक हलचल हुई। एक क्षण बाद ही लाल खून की एक पतली सी लकीर पानी पर खिंची और सोनापतारी तैरती हुई उस पार जाने की कोशिश करने लगी। उसके नर्म पंख फड़फड़ा रहे थे और पानी पर खून की लकीर उसका पीछा कर रही थी।

झुरमुट में से शिकारी निकले। उन्होंने देखा, मगर वह पक्षी तैरता हुआ उस

किनारे निकलकर किसी झाड़ी में दुबककर खामोश हो गया। शिकारियों ने बहुत खोजा, लेकिन पक्षी नहीं मिला। झील पर मिटती हुई लकीर के बीच एकाध पंख पड़ा था।

उसका मन उचाट हो गया। जलमंजरी के फूलों को वहीं फेंककर वह लौट आया।

पारबती की याद उसे फिर आई और नीलामी वाले दिन उसने तीन हज़ार की बोली लगाकर चबूतरे के पास वाली ज़मीन नहीं, दलदली नीली झील खरीद ली। लोगों की आंखें फट गईं। इसका दिमाग तो खराब नहीं हो गया?

"मंदिर का नाम लेकर इसने धोखा दिया है। रुपया हज़म कर गया है।"

लेकिन उसने किसी को कुछ भी जवाब नहीं दिया, और मन में लगता कि अब तो वह पारबती को भी जवाब नहीं दे सकता। उसके पास जवाब है ही क्या?

फागुन आते-आते मेहमान पक्षी उड़ गए। पवनहंस चले गए, सफेद सुरखाब अपने पुराने घरों में लौट गए। मुअर, संद, करकर्रा और सरपपच्छी भी चले गए… झील बहुत सूनी हो गई थी, पर महेस पांडे को विश्वास था कि ये फिर हमेशा की तरह अपने झुंडों के साथ कातिक-अगहन तक वापस आएंगे।

महेस पांडे लिखना-पढ़ना तो जानता नहीं था, बस झील वाले रास्ते के पहले पेड़ पर उसने एक तख्ती टांग दी थी, जिस पर उसने लिखा था, 'यहां शिकार करना मना है।' और नीचे की पंक्ति थी, 'दस्तखत नीली झील का मालिक—महेस पांडे!'

(नया ज्ञानोदय, अक्तूबर, 2009)

दिल्ली में एक मौत

मैं चुपचाप खड़ा सब देख रहा हूं और अब न जाने क्यों मुझे मन में लग रहा है कि दीवानचंद की शवयात्रा में कम से कम मुझे तो शामिल हो ही जाना चाहिए था। उनके लड़के से मेरी खासी जान-पहचान है और ऐसे मौके पर तो दुश्मन का साथ भी दिया जाता है। सर्दी की वजह से मेरी हिम्मत छूट रही है···पर मन में कहीं शवयात्रा में शामिल होने की बात भीतर ही भीतर कोंच रही है।

चारों तरफ कुहरा छाया हुआ है। सुबह के नौ बजे हैं, लेकिन पूरी दिल्ली धुंध में लिपटी हुई है। सड़कें नम हैं। पेड़ भीगे हुए हैं। कुछ भी साफ दिखाई नहीं देता। ज़िंदगी की हलचल का पता आवाज़ों से लग रहा है। ये आवाज़ें कानों में बस गई हैं। घर के हर हिस्से से आवाज़ें आ रही हैं। वासवानी के नौकर ने रोज़ की तरह स्टोव जला दिया है, उसकी सनसनाहट दीवार के पार से आ रही है। बगल वाले कमरे में अतुल मवानी जूते पर पालिश कर रहा है···ऊपर सरदार जी मूंछों पर फिक्सो लगा रहे हैं···उनकी खिड़की के परदे के पार जलता हुआ बल्ब बड़े मोती की तरह चमक रहा है। सब दरवाज़े बंद हैं, सब खिड़कियों पर परदे हैं, लेकिन हर हिस्से में जिंदगी की खनक है। तिमंज़िले पर वासवानी ने बाथरूम का दरवाज़ा बंद किया है और पाइप खोल दिया है··· ।

कुहरे में बसें दौड़ रही हैं। जूं-जूं करते भारी टायरों की आवाज़ें दूर से नज़दीक आती हैं और फिर दूर होती जाती हैं। मोटर-रिक्शे बेतहाशा भागे चले जा रहे हैं। टैक्सी का मीटर अभी किसी ने डाउन किया है। पड़ोस के डॉक्टर के यहां फोन की घंटी बज रही है। और पिछवाड़े गली से गुज़रती हुई कुछ लड़कियां सुबह की शिफ्ट पर जा रही हैं।

सख्त सर्दी है। सड़कें ठिठुरी हुई हैं और कोहरे के बादलों को चीरती हुई कारें और बसें हॉर्न बजाती हुई भाग रही हैं। सड़कों और पटरियों पर भीड़ है, पर कुहरे में लिपटा हुआ हर आदमी भटकती हुई रूह की तरह लग रहा है।

वे रूहें चुपचाप धुंध के समुद्र में बढ़ती जा रही हैं···बसों में भीड़ है। लोग ठंडी सीटों पर सिकुड़े हुए बैठे हैं और कुछ लोग बीच में ही ईसा की तरह सलीब पर लटके

हुए हैं—बांहें पसारे, उनकी हथेलियों में कीलें नहीं, बस की बर्फीली, चमकदार छड़ें हैं।

और ऐसे में दूर से एक अर्थी सड़क पर चली आ रही है।

इस अर्थी की खबर अखबार में है। मैंने अभी-अभी पढ़ी है। इसी मौत की खबर होगी। अखबार में छपा है—आज रात करोलबाग के मशहूर और लोकप्रिय बिजनेस मैगनेट सेठ दीवानचंद की मौत इरविन अस्पताल में हो गई। उनका शव कोठी पर ले आया गया है। कल सुबह नौ बजे उनकी अर्थी आर्य समाज रोड से होती हुई पंचकुइयां श्मशान-भूमि में दाह-संस्कार के लिए जाएगी।

और इस वक्त सड़क पर आती हुई यह अर्थी उन्हीं की होगी। कुछ लोग टोपियां लगाए और मफलर बांधे हुए खामोशी से पीछे-पीछे आ रहे हैं। उनकी चाल बहुत धीमी है। कुछ दिखाई पड़ रहा है, कुछ नहीं दिखाई पड़ रहा है, पर मुझे ऐसा लगता है कि अर्थी के पीछे कुछ आदमी हैं।

मेरे दरवाज़े पर दस्तक होती है। मैं अखबार एक तरफ रखकर दरवाज़ा खोलता हूं। अतुल मवानी सामने खड़ा है।

"यार, क्या मुसीबत है, आज कोई आयरन करने वाला भी नहीं आया, ज़रा अपना आयरन देना।" अतुल कहता है तो मुझे तसल्ली होती है। नहीं तो उसका चेहरा देखते ही मुझे खटका हुआ था कि कहीं शवयात्रा में जाने का बवाल न खड़ा कर दे। मैं उसे फौरन आयरन दे देता हूं और निश्चिंत हो जाता हूं कि अतुल अब अपनी पैंट पर लोहा करेगा और दूतावासों के चक्कर काटने के लिए निकल जाएगा।

जब से मैंने अखबार में सेठ दीवानचंद की मौत की खबर पढ़ी थी, मुझे हर क्षण यही खटका लगा था कि कहीं कोई आकर इस सर्दी में शव के साथ जाने की बात न कह दे। बिल्डिंग के सभी लोग उनसे परिचित थे और सभी शरीफ, दुनियादार आदमी थे।

तभी सरदार जी का नौकर जीने से भड़भड़ाता हुआ आया और दरवाज़ा खोलकर बाहर जाने लगा। अपने मन को और सहारा देने के लिए मैंने उसे पुकारा, "धर्मा! कहां जा रहा है?"

"सरदार जी के लिए मक्खन लेने," उसने वहीं से जवाब दिया तो लगे हाथों लपककर मैंने भी अपनी सिगरेट मंगवाने के लिए उसे पैसे थमा दिए।

सरदार जी नाश्ते के लिए मक्खन मंगवा रहे हैं, इसका मतलब है वे भी शवयात्रा में शामिल नहीं हो रहे हैं। मुझे कुछ और राहत मिली। अब अतुल मवानी और सरदार जी का इरादा शवयात्रा में जाने का नहीं है तो मेरा कोई सवाल ही नहीं

उठता। इन दोनों का या वासवानी परिवार का ही सेठ दीवानचंद के यहां ज़्यादा आना-जाना था। मेरी तो चार-पांच बार की मुलाकात भर थी। अगर ये लोग ही शामिल नहीं हो रहे हैं तो मेरा सवाल ही नहीं उठता।

सामने बारजे पर मुझे मिसेज वासवानी दिखाई पड़ती हैं। उनके खूबसूरत चेहरे पर अजीब सी सफेदी और होंठों पर पिछली शाम की लिपस्टिक की हलकी लाली अभी भी मौजूद थी। गाउन पहने हुए ही वे निकली हैं और अपना जूड़ा बांध रही हैं। उनकी आवाज़ सुनाई पड़ती है, "डार्लिंग, ज़रा मुझे पेस्ट देना, प्लीज···" मुझे और राहत मिलती है। इसका मतलब है कि मिस्टर वासवानी भी मैयत में शामिल नहीं हो रहे हैं।

दूर आर्य समाज रोड पर वह अर्थी बहुत आहिस्ता-आहिस्ता बढ़ती आ रही है···

अतुल मवानी मुझे आयरन लौटाने आता है। मैं आयरन लेकर दरवाज़ा बंद कर लेना चाहता हूं, पर वह भीतर आकर खड़ा हो जाता है और कहता है, "तुमने सुना, दीवानचंद जी की कल मौत हो गई है।" "मैंने अभी अखबार में पढ़ा है," मैं सीधा सा जवाब देता हूं, ताकि मौत की बात आगे न बढ़े। अतुल मवानी के चेहरे पर सफेदी झलक रही है, वह शेव कर चुका है। वह आगे कहता है, "बड़े भले आदमी थे दीवानचंद।"

यह सुनकर मुझे लगता है कि अगर बात आगे बढ़ गई तो अभी शवयात्रा में शामिल होने की नैतिक ज़िम्मेदारी हो जाएगी, इसलिए में कहता हूं, "तुम्हारे उस काम का क्या हुआ?"

"बस, मशीन आने भर की देर है। आते ही अपना कमीशन तो खड़ा हो जाएगा। यह कमीशन का काम भी बड़ा बेहूदा है। पर किया क्या जाए? आठ-दस मशीनें मेरे थ्रू निकल गईं तो अपना बिजनेस शुरू कर दूंगा।" अतुल मवानी कह रहा है, "भई, शुरू-शुरू में जब मैं यहां आया था तो दीवानचंद जी ने बड़ी मदद की थी मेरी। उन्हीं की वजह से कुछ काम-धाम मिल गया था। लोग बहुत मानते थे उन्हें।"

फिर दीवानचंद का नाम सुनते ही मेरे कान खड़े हो जाते हैं। तभी खिड़की से सरदार जी सिर निकालकर पूछने लगते हैं, "मिस्टर मवानी! कितने बजे चलना है?"

"वक्त तो नौ बजे का था, शायद सर्दी और कुहरे की वजह से कुछ देर हो जाए।" वह कह रहा है और मुझे लगता है कि यह बात शवयात्रा के बारे में ही है।

सरदार जी का नौकर धर्मा मुझे सिगरेट देकर जा चुका है और ऊपर मेज़ पर चाय लगा रहा है। तभी मिसेज वासवानी की आवाज़ सुनाई पड़ती है, "मेरे खयाल

से प्रमिला वहां ज़रूर पहुंचेगी, क्यों डार्लिंग?"

"पहुंचना तो चाहिए।···तुम ज़रा जल्दी तैयार हो जाओ।" कहते हुए मिस्टर वासवानी बारजे से गुज़र गए हैं।

अतुल मुझसे पूछ रहा है, "शाम को कॉफी-हाउस की तरफ आना होगा?"

"शायद चला आऊं," कहते हुए मैं कंबल लपेट लेता हूं और वह वापस अपने कमरे में चला जाता है। आधे मिनट बाद ही उसकी आवाज़ फिर आती है, "भई, बिजली आ रही है?"

मैं जवाब देता हूं, "हां, आ रही है।" मैं जानता हूं कि वह इलेक्ट्रिक रॉड से पानी गर्म कर रहा है, इसीलिए उसने यह पूछा है।

"पॉलिश!" बूट पॉलिश वाला लड़का हर रोज़ की तरह अदब से आवाज़ लगाता है और सरदार जी उसे ऊपर पुकार लेते हैं। लड़का बाहर बैठकर पॉलिश करने लगता है और वे अपने नौकर को हिदायतें दे रहे हैं, "खाना ठीक एक बजे लेकर आना। ···पापड़ भूनकर लाना और सलाद भी बना लेना··· ।"

मैं जानता हूं सरदार जी का नौकर कभी वक्त से खाना नहीं पहुंचाता और न उनके मन की चीज़ें ही पकाता है।

बाहर सड़क पर कुहरा अभी भी घना है। सूरज की किरणों का पता नहीं है। कुलचे-छोले वाले वैष्णव ने अपनी रेहड़ी लाकर खड़ी कर ली है। रोज़ की तरह वह प्लेटें सजा रहा है, उनकी खनखनाहट की आवाज़ आ रही है।

सात नंबर की बस छूट रही है। सूलियों पर लटके ईसा उसमें चले जा रहे हैं और क्यू में खड़े और लोगों को कंडक्टर पेशगी टिकट बांट रहा है। हर बार जब भी वह पैसे वापस करता है तो रेज़गारी की खनक यहां तक आती है। धुंध में लिपटी रूहों के बीच काली वर्दी वाला कंडक्टर शैतान की तरह लग रहा है।

और अर्थी अब कुछ और पास आ गई है।

"नीली साड़ी पहन लूं?" मिसेज वासवानी पूछ रही हैं।

वासवानी के जवाब देने की घुटी-घुटी आवाज़ से लग रहा है कि वह टाई की नॉट ठीक कर रहा है।

सरदार जी के नौकर ने उनका सूट ब्रुश से साफ करके हैंगर पर लटका दिया है। और सरदार जी शीशे के सामने खड़े पगड़ी बांध रहे हैं।

अतुल मवानी फिर मेरे सामने से निकला है। पोर्टफोलियो उसके हाथ में है। पिछले महीने बनवाया हुआ सूट उसने पहन रखा है। उसके चेहरे पर ताज़गी है और जूतों पर चमक। आते ही वह मुझसे पूछता है, "तुम नहीं चल रहे हो?" और मैं जब

तक पूछूं कि कहां चलने को वह पूछ रहा है, वह सरदार जी को आवाज़ लगाता है, "आइए, सरदार जी! अब देर हो रही है। दस बज चुका है।"

दो मिनट बाद ही सरदार जी तैयार होकर नीचे आते हैं कि वासवानी ऊपर से ही मवानी का सूट देखकर पूछता है, "ये सूट किधर सिलवाया?"

"उधर खान मार्केट में।"

"बहुत अच्छा सिला है। टेलर का पता हमें भी देना।" फिर वह अपनी मिसेज को पुकारता है, "अब आ जाओ, डियर!···अच्छा मैं नीचे खड़ा हूं, तुम आओ।" कहता हुआ वह भी मवानी और सरदार जी के पास आ जाता है और सूट को हाथ लगाते हुए पूछता है, "लाइनिंग इंडियन है।"

"इंग्लिश!"

"बहुत अच्छी फिटिंग है!" कहते हुए वह टेलर का पता डायरी में नोट करता है। मिसेज वासवानी बारजे पर दिखाई पड़ती हैं।

अर्थी अब सड़क पर ठीक मेरे कमरे के नीचे है। उसके साथ कुछेक आदमी हैं, एक-दो कारें भी हैं, जो धीरे-धीरे रेंग रही हैं। लोग बातों में मशगूल हैं।

मिसेज वासवानी जूड़े में फूल लगाते हुए नीचे उतरती हैं तो सरदार जी अपनी जेब का रूमाल ठीक करने लगते हैं। और इससे पहले कि वे लोग बाहर जाएं वासवानी मुझसे पूछता है, "आप नहीं चल रहे?"

"आप चलिए मैं आ रहा हूं," मैं कहता हूं पर दूसरे ही क्षण मुझे लगता है कि उसने मुझसे कहां चलने को कहा है? मैं अभी खड़ा सोच ही रहा हूं कि वे चारों घर के बाहर हो जाते हैं।

अर्थी कुछ और आगे निकल गई है। एक कार पीछे से आती है और अर्थी के पास धीमी होती है। चलाने वाले साहब शवयात्रा में पैदल चलने वाले एक आदमी से कुछ बात करते हैं और कार सर्र से आगे बढ़ जाती है। अर्थी के साथ पीछे जाने वाली दोनों कारें भी उसी कार के पीछे सरसराती हुई चली जाती हैं।

मिसेज वासवानी और वे तीनों लोग टैक्सी स्टैंड की ओर जा रहे हैं। मैं उन्हें देखता रहता हूं। मिसेज वासवानी ने फर-कालर डाल रखा है और शायद सरदार जी अपने चमड़े के दस्ताने पहने हैं और वे चारों टैक्सी में बैठ जाते हैं। अब टैक्सी इधर ही आ रही है और उसमें से खिलखिलाने की आवाज़ मुझे सुनाई पड़ रही है। वासवानी आगे सड़क पर जाती अर्थी की ओर इशारा करते हुए ड्राइवर को कुछ बता रहा है।···

मैं चुपचाप खड़ा सब देख रहा हूं और अब न जाने क्यों मुझे मन में लग रहा

है कि दीवानचंद की शवयात्रा में कम से कम मुझे तो शामिल हो ही जाना चाहिए था। उनके लड़के से मेरी खासी जान-पहचान है और ऐसे मौके पर तो दुश्मन का साथ भी दिया जाता है। सर्दी की वजह से मेरी हिम्मत छूट रही है···पर मन में कहीं शवयात्रा में शामिल होने की बात भीतर ही भीतर कोंच रही है।

उन चारों की टैक्सी अर्थी के पास धीमी होती है। मवानी गरदन निकालकर कुछ कहता है और दाहिने से रास्ता काटते हुए टैक्सी आगे बढ़ जाती है।

मुझे धक्का सा लगता है और मैं ओवरकोट पहनकर, चप्पलें डालकर नीचे उतर आता हूं। मुझे मेरे कदम अपने आप अर्थी के पास पहुंचा देते हैं, और मैं चुपचाप उसके पीछे-पीछे चलने लगता हूं। चार आदमी कंधा दिए हुए हैं और सात आदमी साथ चल रहे हैं—सातवां मैं ही हूं। और मैं सोच रहा हूं कि आदमी के मरते ही कितना फर्क पड़ जाता है। पिछले साल ही दीवानचंद ने अपनी लड़की की शादी की थी तो हज़ारों की भीड़ थी। कोठी के बाहर कारों की लाइन लगी हुई थी···

मैं अर्थी के साथ-साथ लिंक रोड पर पहुंच चुका हूं। अगले मोड़ पर ही पंचकुइयां श्मशान भूमि है।

और जैसे ही अर्थी मोड़ पर घूमती है, लोगों की भीड़ और कारों की कतार मुझे दिखाई देने लगती है। कुछ स्कूटर भी खड़े हैं। औरतों की भीड़ एक तरफ खड़ी है। उनकी बातों की ऊंची ध्वनियां सुनाई पड़ रही हैं। उनके खड़े होने में वही लचक है जो कनॉट प्लेस में दिखाई पड़ती है। सभी के जूड़ों के स्टाइल अलग-अलग हैं। मर्दों की भीड़ से सिगरेट का धुआं उठ-उठकर कुहरे में घुला जा रहा है और बात करती हुई औरतों के लाल-लाल होंठ और सफेद दांत चमक रहे हैं और उनकी आंखों में एक गरूर है···

अर्थी को बाहर बने चबूतरे पर रख दिया गया है। अब खामोशी छा गई है। इधर-उधर बिखरी हुई भीड़ शव के इर्द-गिर्द जमा हो गई है और कारों के शोफर हाथों में फूलों के गुलदस्ते और मालाएं लिए अपनी मालकिनों की नज़रों का इंतज़ार कर रहे हैं।

मेरी नज़र वासवानी पर पड़ती है। वह अपनी मिसेज को आंख के इशारे से शव के पास जाने को कह रहा है और वह है कि एक औरत के साथ खड़ी बात कर रही है। सरदार जी और अतुल मवानी भी वहीं खड़े हुए हैं।

शव का मुंह खोल दिया गया है और अब औरतें फूल और मालाएं उसके इर्द-गिर्द रखती जा रही हैं। शोफर खाली होकर अब कारों के पास खड़े सिगरेट पी रहे हैं।

एक महिला माला रखकर कोट की जेब से रूमाल निकालती है और आंखों पर रखकर नाक सुरसुराने लगती है और पीछे हट जाती है।

और अब सभी औरतों ने रूमाल निकाल लिए हैं और उनकी नाकों से आवाज़ें आ रही हैं।

कुछ आदमियों ने अगरबत्तियां जलाकर शव के सिरहाने रख दी हैं। वे निश्चल खड़े हैं।

आवाज़ों से लग रहा है कि औरतों के दिल को ज़्यादा सदमा पहुंचा है।

अतुल मवानी अपने पोर्टफोलियो से कोई कागज़ निकालकर वासवानी को दिखा रहा है। मेरे खयाल से यह पासपोर्ट का फॉर्म है।

अब शव को भीतर श्मशान भूमि में ले जाया जा रहा है। भीड़ फाटक के बाहर खड़ी देख रही है। शोफरों ने सिगरेटें या तो पी ली हैं या बुझा दी हैं और वे अपनी-अपनी कारों के पास तैनात हैं।

शव अब भीतर पहुंच चुका है।

मातमपुरसी के लिए आए हुए आदमी और औरतें अब बाहर की तरफ लौट रहे हैं। कारों के दरवाज़े खुलने और बंद होने की आवाज़ें आ रही हैं। स्कूटर स्टार्ट हो रहे हैं। कुछ लोग रीडिंग रोड, बस स्टॉप की ओर बढ़ रहे हैं।

कुहरा अभी भी घना है। सड़क से बसें गुज़र रही हैं और मिसेज वासवानी कह रही हैं, "प्रमिला ने शाम को बुलाया है, चलोगे न डियर? कार आ जाएगी। ठीक है न?"

वासवानी स्वीकृति में सिर हिला रहा है।

कारों में जाती हुई औरतें मुस्कराते हुए एक-दूसरे से विदा ले रही हैं और बाय-बाय की कुछेक आवाज़ें आ रही हैं। कारें स्टार्ट होकर जा रही हैं।

अतुल मवानी और सरदार जी भी रीडिंग रोड, बस-स्टॉप की ओर बढ़ गए हैं और मैं खड़ा सोच रहा हूं कि अगर मैं भी तैयार होकर आया होता तो यहीं से सीधा काम पर निकल जाता। लेकिन अब तो साढ़े ग्यारह बज चुके हैं।

चिता में आग लगा दी गई है और चार-पांच आदमी पेड़ के नीचे बेंच पर बैठे हुए हैं। मेरी तरह वे भी यूं ही चले आए हैं। उन्होंने ज़रूर छुट्टी ले रखी होगी, नहीं तो वे भी तैयार होकर आते। मेरी समझ में नहीं आ रहा है कि घर जाकर तैयार होकर दफ्तर जाऊं या अब एक मौत का बहाना बनाकर आज की छुट्टी ले लूं—आखिर मौत तो हुई ही है और मैं शवयात्रा में शामिल भी हुआ हूं।

(पुरवाई, जनवरी-मार्च, 2007)

राजा निरबंसिया

"एक राजा निरबंसिया थे," मां कहानी सुनाया करती थीं। उनके आसपास ही चार-पांच बच्चे अपनी मुट्ठियों में फूल दबाए कहानी समाप्त होने पर गौरों पर चढ़ाने के लिए उत्सुक से बैठ जाते थे। आटे का सुंदर सा चौक पुरा होता, उसी चौक पर मिट्टी की छह गौरें रखी जातीं, जिनमें से ऊपर वाली के बिंदिया और सिंदूर लगता, बाकी पांचों नीचे दबी पूजा ग्रहण करती रहतीं। एक ओर दीपक की बाती स्थिर-सी जलती और मंगल-घट रखा रहता, जिस पर रोली से सथिया बनाया जाता। सभी बैठे बच्चों के मुख पर फूल चढ़ाने की उतावली की जगह कहानी सुनने की सहज स्थिरता उभर आती।

"एक राजा निरबंसिया थे," मां सुनाया करती थीं, "उनके राज में बड़ी खुशहाली थी। सब वरण के लोग अपना-अपना काम-काज देखते थे। कोई दुखी नहीं दिखाई पड़ता था। राजा के लक्ष्मी-सी रानी थी, चंद्रमा-सी सुंदर और...और राजा को बहुत प्यारी। राजा राज-काज देखते और सुख से रानी के महल में रहते..."

मेरे सामने मेरे खयालों का राजा था, राजा जगपती! तब जगपती से मेरी दांतकाटी दोस्ती थी, दोनों मिडिल स्कूल में पढ़ने जाते। दोनों एक-से घर के थे, इसलिए बराबरी की निभती थी। मैं मैट्रिक पास करके एक स्कूल में नौकर हो गया और जगपती कस्बे के ही वकील के यहां मुहर्रिर। जिस साल जगपती मुहर्रिर हुआ, उसी वर्ष पास के गांव में उसकी शादी हुई, पर ऐसी हुई कि लोगों ने तमाशा बना देना चाहा। लड़की वालों का कुछ विश्वास था कि शादी के बाद लड़की की विदाई नहीं होगी।

ब्याह हो जाएगा और सातवीं भांवर तब पड़ेगी, जब पहली विदा की साइत होगी और तभी लड़की अपनी ससुराल जाएगी। जगपती की पत्नी थोड़ी-बहुत पढ़ी-लिखी थी, पर घर की लीक को कौन मेटे! बारात बिना बहू के वापस आ गई और लड़के वालों ने तय कर लिया कि अब जगपती की शादी कहीं और कर दी जाएगी, चाहे कानी-लूली से हो, पर वह लड़की अब घर में नहीं आएगी। लेकिन साल खत्म होते-होते सब ठीक-ठाक हो गया। लड़की वालों ने माफी मांग ली और जगपती की

पत्नी अपनी ससुराल आ गई।

जगपती को जैसे सब कुछ मिल गया और सास ने बहू की बलैया लेकर घर की सब चाबियां सौंप दीं, गृहस्थी का ढंग-बार समझा दिया। जगपती की मां न जाने कब से आस लगाए बैठी थीं। उन्होंने आराम की सांस ली। पूजा-पाठ में समय कटने लगा, दोपहरियां दूसरे घरों के आंगन में बीतने लगीं। पर सांस का रोग था उन्हें, सो एक दिन उन्होंने अपनी अंतिम घड़ियां गिनते हुए चंदा को पास बुलाकर समझाया था—"बेटा, जगपती बड़े लाड़-प्यार का पला है। जब से तुम्हारे ससुर नहीं रहे, तब से इसके छोटे-छोटे हठ को पूरा करती रही हूं···अब तुम ध्यान रखना।" फिर रुककर उन्होंने कहा था, "जगपती किसी लायक हुआ है, तो रिश्तेदारों की आंखों में करकने लगा है। तुम्हारे बाप ने ब्याह के वक्त नादानी की, जो तुम्हें विदा नहीं किया। मेरे दुश्मन देवर-जेठों को मौका मिल गया। तूमार खड़ा कर दिया कि अब विदा करवाना नाक कटवाना है।···जगपती का ब्याह क्या हुआ, उन लोगों की छाती पर सांप लोट गया। सोचा, घर की इज़्ज़त रखने की आड़ लेकर रंग में भंग कर दें।···अब बेटा, इस घर की लाज तुम्हारी लाज है। आज जो तुम्हारे ससुर होते, तो भला···" कहते-कहते मां की आंखों में आंसू आ गए, और वे जगपती की देखभाल उसे सौंपकर सदा के लिए मौन हो गई थीं।

एक अरमान उनके साथ ही चला गया कि जगपती की संतान को, चार बरस इंतज़ार करने के बाद भी वे गोद में न खिला पाईं। और चंदा ने मन में सब्र कर लिया था, यही सोचकर कि कुल-देवता का अंश तो उसे जीवन-भर पूजने को मिल ही गया था। घर में चारों तरफ जैसे उदारता बिखरी रहती, अपनापा बरसता रहता। उसे लगता, जैसे घर की अंधेरी, एकांत कोठरियों में यह शांत शीतलता है जो उसे भरमा लेती है। घर की सब कुंडियों की खनक उसके कानों में बस गई थी, हर दरवाज़े की चरमराहट पहचान बन गई थी।

"एक रोज़ राजा आखेट को गए," मां सुनाती थीं, "राजा आखेट को जाते थे तो सातवें रोज़ ज़रूर महल में लौट आते थे। पर उस दफा जब गए, तो सातवां दिन निकल गया, पर राजा नहीं लौटे। रानी को बड़ी चिंता हुई। रानी एक मंत्री को साथ लेकर खोज में निकली···"

और इसी बीच जगपती को रिश्तेदारी की एक शादी में जाना पड़ा। उसके दूर रिश्ते के भाई दयाराम की शादी थी। कह गया था कि दसवें दिन ज़रूर वापस आ जाएगा। पर छठे दिन ही खबर मिली कि बारात घर लौटने पर दयाराम के घर डाका पड़ गया। किसी मुखबिर ने सारी खबरें पहुंचा दी थीं कि लड़की वालों ने दयाराम

का घर सोने-चांदी से पाट दिया है…आखिर पुश्तैनी ज़मींदार की इकलौती लड़की थी। घर आए मेहमान लगभग विदा हो चुके थे। दूसरे रोज़ जगपती भी चलने वाला था, पर उसी रात डाका पड़ा। जवान आदमी, भला खून मानता है! डाके वालों ने जब बंदूकें चलाईं, तो सबकी घिग्घी बंध गई। पर जगपती और दयाराम ने छाती ठोंककर लाठियां उठा लीं। घर में कोहराम मच गया।…फिर सन्नाटा छा गया। डाके वाले बराबर गोलियां दाग रहे थे। बाहर का दरवाज़ा टूट चुका था। पर जगपती ने हिम्मत बढ़ाते हुए हांक लगाई, "ये हवाई बंदूकें इन तेल-पिलाई लाठियों का मुकाबला नहीं कर पाएंगी, जवानो।"

पर दरवाज़े तड़-तड़ टूटते रहे, और अंत में एक गोली जगपती की जांघ को पार करती निकल गई, दूसरी उसकी जांघ के ऊपर कूल्हे में समाकर रह गई।

चंदा रोती-कलपती और मनौतियां मनाती जब वहां पहुंची, तो जगपती अस्पताल में था। दयाराम के थोड़ी चोट आई थी। उसे अस्पताल से छुट्टी मिल गई थी। जगपती की देखभाल के लिए वहीं अस्पताल में मरीज़ों के रिश्तेदारों के लिए जो कोठरियां बनी थीं, उन्हीं में चंदा को रुकना पड़ा। कस्बे के अस्पताल से दयाराम का गांव चार कोस पड़ता था। दूसरे-तीसरे दिन वहां से आदमी आते-जाते रहते, जिस सामान की ज़रूरत होती, पहुंचा जाते।

पर धीरे-धीरे उन लोगों ने भी खबर लेना छोड़ दिया। एक दिन में ठीक होने वाला घाव तो था नहीं। जांघ की हड्डी चटख गई थी और कूल्हे में ऑपरेशन से छह इंच गहरा घाव था।

कस्बे का अस्पताल था। कंपाउंडर ही मरीज़ों की देखभाल रखते। वहां डॉक्टर तो नाम के लिए था या कस्बे के बड़े आदमियों के लिए। छोटे लोगों के लिए कंपोटर साहब ही ईश्वर के अवतार थे। मरीज़ों की देखभाल करने वाले रिश्तेदारों की खाने-पीने की मुश्किलों से लेकर मरीज़ की नब्ज़ तक संभालते थे। छोटी सी इमारत में अस्पताल आबाद था। रोगियों की सिर्फ छह-सात खाटें थीं। मरीज़ों के कमरे से लगा दवा बनाने का कमरा था, उसी में एक ओर एक आरामकुर्सी थी और एक नीची सी मेज़। उसी कुर्सी पर बड़ा डॉक्टर आकर कभी-कभार बैठता था, नहीं तो बचन सिंह कंपाउंडर ही जमे रहते। अस्पताल में या तो फौजदारी के शहीद आते या गिर-गिरा के हाथ-पैर तोड़ लेने वाले एक-आध लोग। छठे-छमासे कोई औरत दिख गई तो दिख गई, जैसे उन्हें कभी रोग घेरता ही नहीं था। कभी कोई बीमार पड़ती तो घर वाले हाल बता के आठ-दस रोज़ की दवा एक साथ ले जाते और फिर उसके जीने-मरने की खबर तक न मिलती।

उस दिन बचन सिंह जगपती के घाव की पट्टी बदलने आया। उसके आने में और पट्टी खोलने में कुछ ऐसी लापरवाही थी, जैसे गलत बंधी पगड़ी को ठीक से बांधने के लिए खोल रहा हो। चंदा उसकी कुर्सी के पास ही सांस रोके खड़ी थी। वह और रोगियों से बात करता जा रहा था। इधर मिनट भर को देखता, फिर जैसे अभ्यस्त से उसके हाथ अपना काम करने लगते। पट्टी एक जगह खून से चिपक गई थी, जगपती बुरी तरह कराह उठा। चंदा के मुंह से चीख निकल गई। बचन सिंह ने सतर्क होकर देखा तो चंदा मुख में धोती का पल्ला खोंसे अपनी भयातुर आवाज़ दबाने की चेष्टा कर रही थी। जगपती एकबारगी मछली सा तड़पकर रह गया। बचन सिंह की उंगलियां थोड़ी सी थरथराईं कि उसकी बांह पर टप से चंदा का आंसू चू पड़ा।

बचन सिंह सिहर सा गया और उसके हाथों की अभ्यस्त निठुराई को जैसे किसी मानवीय कोमलता ने धीरे से छू दिया।

आहों, कराहों, दर्द-भरी चीखों और चटखते शरीर के जिस वातावरण में रहते हुए भी वह बिलकुल अलग रहता था, फोड़ों को पके आम सा दबा देता था, खाल को आलू सा छील देता था···उसके मन से जिस दर्द का अहसास उठ गया था, वह उसे आज फिर हुआ और वह बच्चे की तरह फूंक-फूंककर पट्टी को नम करके खोलने लगा। चंदा की ओर धीरे-से निगाह उठाकर देखते हुए फुसफुसाया, "च···च···रोगी की हिम्मत टूट जाती है ऐसे।"

पर जैसे यह कहते-कहते उसका मन खुद अपनी बात से उचट गया। यह बेपरवाही तो चीख और कराहों की एकरसता से उसे मिली थी, रोगी की हिम्मत बढ़ाने की कर्तव्यनिष्ठा से नहीं। जब तक वह घाव की मरहम-पट्टी करता रहा, तब तक किन्हीं दो आंखों की करुणा उसे घेरे रही।

और हाथ धोते समय वह चंदा की उन चूड़ियों से भरी कलाइयों को बेझिझक देखता रहा, जो अपनी खुशी उससे मांग रही थीं। चंदा पानी डालती जा रही थी और बचन सिंह हाथ धोते-धोते उसकी कलाइयों, हथेलियों और पैरों को देखता जा रहा था। दवाखाने की ओर जाते हुए उसने चंदा को हाथ के इशारे से बुलाकर कहा, "दिल छोटा मत करना···जांघ का घाव तो दस रोज़ में भर जाएगा, कूल्हे का घाव कुछ दिन ज़रूर लेगा। अच्छी से अच्छी दवाई दूंगा। दवाइयां तो ऐसी हैं कि मुर्दे को चंगा कर दें। पर हमारे अस्पताल में नहीं आतीं, फिर भी···"

"तो किसी दूसरे अस्पताल से नहीं आ सकतीं वो दवाइयां?" चंदा ने पूछा।

"आ तो सकती हैं, पर मरीज़ को अपना पैसा खरचना पड़ता है उनमें···" बचन

सिंह ने कहा।

चंदा चुप रह गई तो बचन सिंह के मुंह से अनायास ही निकल पड़ा, "किसी चीज़ की ज़रूरत हो तो मुझे बताना।...रही दवाइयां, सो कहीं न कहीं से इंतज़ाम करके ला दूंगा। महकमे से मंगाएंगे, तो आते-अवाते महीनों लग जाएंगे। शहर के डॉक्टर से मंगवा दूंगा। ताकत की दवाइयों की बड़ी ज़रूरत है उन्हें। अच्छा, देखा जाएगा..." कहते-कहते वह रुक गया।

चंदा ने कृतज्ञता भरी नज़रों से उसे देखा और उसे लगा जैसे आंधी में उड़ते पत्ते को कोई अटकाव मिल गया हो। आकर वह जगपती की खाट से लगकर बैठ गई। उसकी हथेली लेकर वह सहलाती रही। नाखूनों को अपने पोरों से दबाती रही।

धीरे-धीरे बाहर अंधेरा बढ़ चला। बचन सिंह तेल की एक लालटेन लाकर मरीज़ों के एक कोने में रख गया। चंदा ने जगपती की कलाई दाबते-दाबते धीरे से कहा, "कंपाउंडर साहब कह रहे थे..." और इतना कहकर वह जगपती का ध्यान आकृष्ट करने के लिए चुप हो गई।

"क्या कह रहे थे?" जगपती अनमने स्वर में बोला।

"कुछ ताकत की दवाइयां तुम्हारे लिए ज़रूरी हैं!"

"मैं जानता हूं।"

"पर..."

"देखो, चंदा, चादर के बराबर ही पैर फैलाए जा सकते हैं। हमारी औकात इन दवाइयों की नहीं है।"

"औकात आदमी की देखी जाती है कि पैसे की, तुम तो..."

"देखा जाएगा।"

"कंपाउंडर साहब इंतज़ाम कर देंगे, उनसे कहूंगी मैं।"

"नहीं चंदा, उधार खाते से मेरा इलाज नहीं होगा...चाहे एक के चार दिन लग जाएं।"

"इसमें तो..."

"तुम नहीं जानतीं, कर्ज़ कोढ़ का रोग होता है, एक बार लगने से तन तो गलता ही है, मन भी रोगी हो जाता है।"

"लेकिन..." कहते-कहते वह रुक गई।

जगपती अपनी बात की टेक रखने के लिए दूसरी ओर मुंह घुमाकर लेटा रहा। और तीसरे रोज़ जगपती के सिरहाने कई ताकत की दवाइयां रखी थीं, और चंदा की ठहरने वाली कोठरी में उसके लेटने के लिए एक खाट भी पहुंच गई थी। चंदा जब

आई, तो जगपती के चेहरे पर मानसिक पीड़ा की असंख्य रेखाएं उभरी थीं, जैसे वह अपनी बीमारी से लड़ने के अलावा स्वयं अपनी आत्मा से भी लड़ रहा हो···चंदा की नादानी और स्नेह से भी उलझ रहा हो और सबसे ऊपर सहायता करने वाले की दया से जूझ रहा हो।

चंदा ने देखा तो यह सब सह न पाई । उसके जी में आया कि कह दे, क्या आज तक तुमने कभी किसी से उधार पैसे नहीं लिए? पर वह तो खुद तुमने लिए थे और तुम्हें मेरे सामने स्वीकार नहीं करना पड़ा था। इसलिए लेते झिझक नहीं लगी, पर आज मेरे सामने उसे स्वीकार करते तुम्हारा झूठा पौरुष तिलमिलाकर जाग पड़ा है। पर जगपती के मुख पर बिखरी हुई पीड़ा में जिस आदर्श की गहराई थी, वह चंदा के मन में चोर की तरह घुस गई, और बड़ी स्वाभाविकता से उसने माथे पर हाथ फेरते हुए कहा, "ये दवाइयां किसी की मेहरबानी नहीं हैं। मैंने हाथ का कड़ा बेचने को दे दिया था, उसी में आई हैं।"

"मुझसे पूछा तक नहीं और···" जगपती ने कहा और जैसे खुद मन की कमज़ोरी को दाब गया—कड़ा बेचने से तो अच्छा था कि बचन सिंह की दया ही ओढ़ ली जाती। और उसे हलका सा पछतावा भी था कि नाहक वह रौ में बड़ी-बड़ी बातें कह जाता है, ज्ञानियों की तरह सीख दे देता है।

और जब चंदा अंधेरा होते उठकर अपनी कोठरी में सोने के लिए जाने को हुई, तो कहते-कहते यह बात दबा गई कि बचन सिंह ने उसके लिए एक खाट का इंतज़ाम भी कर दिया है। कमरे से निकली, तो सीधी कोठरी में गई और हाथ का कड़ा लेकर सीधे दवाखाने की ओर चली गई, जहां बचन सिंह अकेला डॉक्टर की कुर्सी पर आराम से टांगें फैलाए लैंप की पीली रोशनी में लेटा था। जगपती का व्यवहार चंदा को लग गया था, और यह भी कि वह क्यों बचन सिंह का अहसान अभी से लाद ले, पति के लिए ज़ेवर की कितनी औकात है। वह बेधड़क सी दवाखाने में घुस गई। दिन की पहचान के कारण उसे कमरे की मेज़-कुर्सी और दवाओं की अलमारी की स्थिति का अनुमान था, वैसे कमरा अंधेरा ही पड़ा था, क्योंकि लैंप की रोशनी केवल अपने वृत्त में अधिक प्रकाशवान होकर कोनों के अंधेरे को और भी घनीभूत कर रही थी। बचन सिंह ने चंदा को घुसते ही पहचान लिया। वह उठकर खड़ा हो गया। चंदा ने भीतर कदम तो रख दिया, पर सहसा सहम गई, जैसे वह किसी अंधेरे कुएं में अपने आप कूद पड़ी हो, ऐसा कुआं, जो निरंतर पतला होता गया है···और जिसमें पानी की गहराई पाताल की परतों तक चली गई हो, जिसमें पड़कर वह नीचे धंसती चली जा रही हो, नीचे···अंधेरा···एकांत घुटन···पाप!

बचन सिंह अवाक् ताकता रह गया और चंदा ऐसे वापस लौट पड़ी, जैसे किसी काले पिशाच के पंजों से मुक्ति मिली हो। बचन सिंह के सामने क्षण भर में सारी परिस्थिति कौंध गई और उसने वहीं से बहुत संयत आवाज़ में ज़बान को दबाते हुए जैसे वायु में स्पष्ट ध्वनित कर दिया, "चंदा!" वह आवाज़ थी और निरर्थक होते हुए भी इतनी सार्थक थी कि उस खामोशी में अर्थ भर गया।

चंदा रुक गई।

बचन सिंह उसके पास जाकर रुक गया।

सामने का घना पेड़ स्तब्ध खड़ा था, उसकी काली परछाई की परिधि जैसे एक बार फैलकर उन्हें अपने वृत्त में समेट लेती और दूसरे ही क्षण मुक्त कर देती। दवाखाने का लैंप सहसा भभककर रुक गया और मरीज़ों के कमरे से एक कराह की आवाज़ दूर मैदान के छोर तक जाकर डूब गई।

चंदा ने वैसे ही नीचे ताकते हुए अपने को संयत करते हुए कहा, "यह कड़ा तुम्हें देने आई थी।"

"तो वापस क्यों चली जा रही थी?"

चंदा चुप। और दो क्षण रुककर उसने अपने हाथ का सोने का कड़ा धीरे से उसकी ओर बढ़ा दिया, जैसे देने का साहस न होते हुए भी यह काम आवश्यक था।

बचन सिंह ने उसकी सारी काया को एक बार देखते हुए अपनी आंखें उसके सिर पर जमा दीं, उसके ऊपर पड़े कपड़े के पार नरम चिकनाई से भरे लंबे-लंबे बाल थे, जिनकी भाप सी महक फैलती जा रही थी। वह धीरे से बोला, "लाओ।"

चंदा ने कड़ा उसकी ओर बढ़ा दिया। कड़ा हाथ में लेकर वह बोला, "सुनो।"

चंदा ने प्रश्न भरी नज़रें उसकी ओर उठा दीं।

उनमें झांकते हुए, अपने हाथ से उसकी कलाई पकड़ते हुए उसने वह कड़ा उसकी कलाई में पहना दिया। चंदा चुपचाप कोठरी की ओर चल दी और बचन सिंह दवाखाने की ओर।

कालिख बुरी तरह बढ़ गई थी और सामने खड़े पेड़ की काली परछाईं गहरी पड़ गई थी। दोनों लौट गए थे। पर जैसे उस कालिख में कुछ रह गया था, छूट गया था। दवाखाने का लैंप जो जलते-जलते एक बार भभका था, उसमें तेल न रह जाने के कारण बत्ती की लौ बीच से फट गई थी, उसके ऊपर धुएं की लकीरें बल खाती, सांप की तरह अंधेरे में विलीन हो जाती थीं।

सुबह जब चंदा जगपती के पास पहुंची और बिस्तर ठीक करने लगी तो जगपती को लगा कि चंदा बहुत उदास थी। क्षण-क्षण में चंदा के मुख पर अनगिनत

भाव आ-जा रहे थे, जिनमें असमंजस था, पीड़ा थी और निरीहता थी। कोई अदृश्य पाप कर चुकने के बाद हृदय की गहराई से किए गए पश्चात्ताप जैसी धूमिल चमक?

"रानी मंत्री के साथ जब निराश होकर लौटीं, तो देखा, राजा राजमहल में उपस्थित थे। उनकी खुशी का ठिकाना न रहा।" मां सुनाया करती थीं, "पर राजा को रानी का इस तरह मंत्री के साथ जाना अच्छा नहीं लगा। रानी ने राजा को समझाया कि वह तो केवल राजा के प्रति अटूट प्रेम के कारण अपने को न रोक सकी। राजा-रानी एक-दूसरे को बहुत चाहते थे। दोनों के दिलों में एक बात शूल-सी गड़ती रहती थी कि उनके कोई संतान न थी···राजवंश का दीपक बुझने जा रहा था। संतान के अभाव में उनका लोक-परलोक बिगड़ा जा रहा था और कुल-मर्यादा नष्ट होने की शंका बढ़ती जा रही थी।"

दूसरे दिन बचन सिंह ने मरीज़ों की मरहम-पट्टी करते वक्त बताया कि उसका तबादला मैनपुरी के सदर अस्पताल में हो गया है और वह परसों यहां से चला जाएगा। जगपती ने सुना, तो उसे भला ही लगा। आए दिन रोग घेरे रहते हैं, बचन सिंह उसके शहर के अस्पताल में पहुंचा जा रहा है, तो कुछ मदद मिलती ही रहेगी। आखिर वह ठीक तो होगा ही और फिर मैनपुरी के सिवा कहां जाएगा? पर दूसरे ही क्षण उसका दिल अकथ भारीपन से भर गया। पता नहीं क्यों, चंदा के अस्तित्व का ध्यान आते ही उसे इस सूचना में कुछ ऐसे नुकीले कांटे दिखाई देने लगे, जो उसके शरीर में किसी भी समय चुभ सकते थे, ज़रा-सा बेखबर होने पर बींध सकते थे। और तब उसके सामने आदमी के अधिकार की लक्ष्मण-रेखाएं धुएं की लकीर की तरह कांपकर मिटने लगीं और मन में छुपे संदेह के राक्षस बाना बदल योगी के रूप में घूमने लगे।

और पंद्रह-बीस रोज़ बाद जब जगपती की हालत सुधर गई, तो चंदा उसे लेकर घर लौट आई। जगपती चलने-फिरने लायक हो गया था। घर का ताला जब खोला, तब रात झुक आई थी। और फिर उनकी गली में तो शाम से ही अंधेरा झरना शुरू हो जाता था। पर गली में आते ही उन्हें लगा, जैसे कि बनवास काटकर राजधानी लौटे हों। नुक्कड़ पर ही जमुना सुनार की कोठरी में सुरही फिंक रही थी, जिसके दराजदार दरवाज़ों से लालटेन की रोशनी की लकीर झांक रही थी और कच्चे तंबाकू का धुआं रुंधी गली के मुहाने पर बुरी तरह भर गया था। सामने ही मुंशी जी अपनी जिंगला खटिया के गड्ढे में, कुप्पी के मद्धिम प्रकाश में खसरा-खतौनी बिछाए मीजान लगाने में मशगूल थे। जब जगपती के घर का दरवाज़ा खड़का, तो अंधेरे में उसकी चाची ने अपने जंगले में देखा और वहीं से बैठे-बैठे अपने घर के भीतर ऐलान कर

दिया—"राजा निरबंसिया अस्पताल से लौट आए···कुलमा भी आई हैं।"

ये शब्द सुनकर घर के अंधेरे बरोठे में घुसते ही जगपती हांफकर बैठ गया, झुंझलाकर चंदा से बोला, "अंधेरे में क्या मेरे हाथ-पैर तुड़वाओगी? भीतर जाकर लालटेन जला लाओ न।"

"तेल नहीं होगा, इस वक्त ज़रा ऐसे ही काम···"

"तुम्हारे कभी कुछ नहीं होगा···न तेल न···" कहते-कहते जगपती एकदम चुप रह गया। और चंदा को लगा कि आज पहली बार जगपती ने उसके व्यर्थ मातृत्व पर इतनी गहरी चोट कर दी, जिसकी गहराई की उसने कभी कल्पना नहीं की थी। दोनों खामोश, बिना एक बात किए अंदर चले गए।

रात के बढ़ते सन्नाटे में दोनों के सामने दो बातें थीं···

जगपती के कानों में जैसे कोई व्यंग्य से कह रहा था—राजा निरबंसिया अस्पताल से आ गए! और चंदा के दिल में यह बात चुभ रही थी—तुम्हारे कभी कुछ नहीं होगा···

और सिसकती-सिसकती चंदा न जाने कब सो गई। पर जगपती की आंखों में नींद न आई। खाट पर पड़े-पड़े उसके चारों ओर एक मोहक, भयावना सा जाल फैल गया। लेटे-लेटे उसे लगा, जैसे उसका स्वयं का आकार बहुत क्षीण होता-होता बिंदु सा रह गया, पर बिंदु के हाथ थे, पैर थे और दिल की धड़कन भी। कोठरी का घुटा-घुटा सा अंधियारा, मटमैली दीवारें और गहन गुफाओं सी अलमारियां, जिनमें से बार-बार झांककर देखता था···और वह सिहर उठता था···फिर जैसे सब कुछ तब्दील हो गया हो। उसे लगा कि उसका आकार बढ़ता जा रहा है, बढ़ता जा रहा है। वह मनुष्य हुआ, लंबा-तगड़ा तंदुरुस्त पुरुष हुआ, उसकी शिराओं में कुछ फूट पड़ने के लिए व्याकुलता से खौल उठा। उसके हाथ शरीर के अनुपात से बहुत बड़े, डरावने और भयानक हो गए, उनमें लंबे-लंबे नाखून निकल आए···एक राक्षस हुआ, दैत्य हुआ···आदिम बर्बर!

और बड़ी तेज़ी से सारा कमरा एकबारगी चक्कर काट गया। फिर सब धीरे-धीरे स्थिर होने लगा और उसकी सांसें ठीक होती जान पड़ीं। फिर जैसे बहुत कोशिश करने पर घिग्घी बंध जाने के बाद उसकी आवाज़ फूटी, "चंदा!"

चंदा की नरम सांसों की हलकी सरसराहट कमरे में जान डालने लगी। जगपती अपनी पाटी का सहारा लेकर झुका। कांपते पैर उसने ज़मीन पर रखे और चंदा की खाट के पाए से सिर टिकाकर बैठ गया। उसे लगा, जैसे चंदा की इन सांसों की आवाज़ में जीवन का संगीत गूंज रहा है। वह उठा और चंदा के मुख पर झुक गया।

उस अंधेरे में आंखें गड़ाए-गड़ाए जैसे बहुत देर बाद स्वयं चंदा के मुख पर आभा फूटकर अपने-आप बिखरने लगी। उसके नक्श उज्ज्वल हो उठे और जगपती की आंखों को ज्योति मिल गई। वह मुग्ध सा ताकता रहा।

चंदा के बिखरे बाल जिनमें हाल के जन्मे बच्चे के गभुआरे बालों की सी महक ···दूध की कचाइंध···शरीर के रस की सी मिठास और स्नेह सी चिकनाहट और वह माथा जिस पर बालों के पास तमाम छोटे-छोटे, नरम-नरम से रोएं···रेशम से···और उस कभी लगाई गई सेंदुर की बिंदी का हलका मिटा हुआ सा आभास···नन्हे-नन्हे निर्द्वंद्व सोए पलक! और उनकी मासूम सी कांटों की तरह बरौनियां और सांस में घुलकर आती हुई वह आत्मा की निष्कपट आवाज़ की लय···फूल की पंखुरी से पतले-पतले होंठ, उन पर पड़ी अछूती रेखाएं, जिनमें सिर्फ दूध सी महक!

उसकी आंखों के सामने ममता-सी छा गई, केवल ममता, और उसके मुख से अस्फुट शब्द निकल गया, "बच्ची!"

डरते-डरते उसके बालों की एक लट को बड़े जतन से अपनी हथेली पर रखा और उंगली से उस पर जैसे लकीरें खींचने लगा। उसे लगा, जैसे कोई शिशु उसके अंक में आने के लिए छटपटाकर, निराश होकर सो गया हो। उसने दोनों हथेलियों को पसारकर उसके सिर को अपनी सीमा में भर लेना चाहा कि कोई चीज़ उसकी उंगलियों से टकराई।

वह जैसे होश में आया।

बड़े सहारे से उसने चंदा के सिर के नीचे टटोला। एक रूमाल में बंधा कुछ उसके हाथ में आ गया। अपने को संयत करता वह वहीं ज़मीन पर बैठ गया, उसी अंधेरे में उस रूमाल को खोला, तो जैसे सांप सूंघ गया, चंदा के हाथों के दोनों सोने के कड़े उसमें लिपटे थे! और तब उसके सामने सब सृष्टि धीरे-धीरे टुकड़े-टुकड़े होकर बिखरने लगी। ये कड़े तो चंदा बेचकर उसका इलाज करा रही थी। वे सब दवाइयां और ताकत के टॉनिक...उसने तो कहा था, ये दवाइयां किसी की मेहरबानी नहीं हैं, मैंने हाथ के कड़े बेचने को दे दिए थे···पर···उसका गला बुरी तरह सूख गया। ज़बान जैसे तालू से चिपककर रह गई। उसने चाहा कि चंदा को झकझोरकर उठाए, पर शरीर की शक्ति बह-सी गई थी, रक्त पानी हो गया था।

थोड़ा संयत हुआ, उसने वे कड़े उसी रूमाल में लपेटकर उसकी खाट के कोने पर रख दिए और बड़ी मुश्किल से अपनी खाट की पाटी पकड़कर लुढ़क गया।

चंदा झूठ बोली! पर क्यों? कड़े आज तक छुपाए रही। उसने इतना बड़ा दुराव

क्यों किया? आखिर क्यों? किसलिए? और जगपती का दिल भारी हो गया। उसे फिर लगा कि उसका शरीर सिमटता जा रहा है और वह एक सींक का बना ढांचा रह गया···नितांत हलका, तिनके-सा, हवा में उड़कर भटकने वाले तिनके-सा।

उस रात के बाद रोज़ जगपती सोचता रहा कि चंदा से कड़े मांगकर बेच ले और कोई छोटा-मोटा कारोबार ही शुरू कर दे, क्योंकि नौकरी छूट चुकी थी। इतने दिन की गैरहाज़िरी के बाद वकील साहब ने दूसरा मुहर्रिर रख लिया था। वह रोज़ यही सोचता पर जब चंदा सामने आती, तो न जाने कैसी असहाय सी उसकी अवस्था हो जाती। उसे लगता, जैसे कड़े मांगकर वह चंदा से पत्नीत्व का पद भी छीन लेगा। मातृत्व तो भगवान् ने छीन ही लिया···वह सोचता ही क्या? चंदा के साथ वह यह अन्याय कैसे करे? उससे दूसरी आंख की रोशनी कैसे मांग ले? फिर तो वह नितांत अंधी हो जाएगी और उन कड़ों की मांग के पीछे जिस इतिहास की आत्मा नंगी हो जाएगी, कैसे वह उस लज्जा को स्वयं ही उघारकर ढांपेगा?

और वह इन्हीं खयालों में डूबा सुबह से शाम तक इधर-उधर काम की टोह में घूमता रहता। किसी से उधार ले ले? पर किस संपत्ति पर? क्या है उसके पास, जिसके आधार पर कोई उसे कुछ देगा? और मुहल्ले के लोग···जो एक-एक पाई पर जान देते हैं, कोई चीज़ खरीदते वक्त भाव में एक पैसा कम मिलने पर मीलों पैदल जाकर एक पैसा बचाते हैं, एक-एक पैसे की मसाले की पुड़िया बंधवाकर ग्यारह मर्तबा पैसों का हिसाब जोड़कर एकाध पैसा उधार कर, मिन्नतें करते सौदा घर लाते हैं; गली में कोई खोंचे वाला फंस गया, तो दो पैसे की चीज़ को लड़-झगड़कर चार आने ज़्यादा पाने की नीयत से दो जगह बंधवाते हैं। भाव के ज़रा-से फर्क पर घंटों बहस करते हैं, शाम को सड़ी-गली तरकारियों को किफायत के कारण लाते हैं, ऐसे लोगों से किस मुंह से मांगकर वह उनकी गरीबी के अहसास पर ठोकर लगाए!

पर उस दिन शाम को जब वह घर पहुंचा, तो बरोठे में ही एक साइकिल रखी नज़र आई। दिमाग पर बहुत ज़ोर डालने के बाद भी वह आगंतुक की कल्पना न कर पाया। भीतर वाले दरवाज़े पर जब पहुंचा, तो सहसा हंसी की आवाज़ सुनकर ठिठक गया। उस हंसी में एक अजीब-सा उन्माद था। और उसके बाद चंदा का स्वर–

"अब आते ही होंगे, बैठिए न दो मिनट और!···अपनी आंख से देख लीजिए और उन्हें समझाते जाइए कि अभी तंदुरुस्ती इस लायक नहीं, जो दिन-दिनभर घूमना बर्दाश्त कर सकें।"

"हां···भई, कमज़ोरी इतनी जल्दी नहीं मिट सकती, खयाल नहीं करेंगे तो

नुकसान उठाएंगे!" कोई पुरुष-स्वर था वह।

जगपती असमंजस में पड़ गया। वह एकदम भीतर घुस जाए? इसमें क्या हर्ज़ है? पर जब उसने पैर उठाए, तो वे बाहर जा रहे थे। बाहर बरोठे में साइकिल को पकड़ते ही उसे सूझ आई, वहीं से जैसे अनजान बनता बड़े प्रयत्न से आवाज़ को खोलता चिल्लाया, "अरे चंदा! यह साइकिल किसकी है? कौन मेहरबान···"

चंदा उसकी आवाज़ सुनकर कमरे से बाहर निकलकर जैसे खुशखबरी सुना रही थी, "अपने कंपाउंडर साहब आए हैं। खोजते-खोजते आज घर का पता पाए हैं, तुम्हारे इंतज़ार में बैठे हैं।"

"कौन बचन सिंह? अच्छा···अच्छा। वही तो मैं कहूं, भला कौन···" कहता जगपती पास पहुंचा, और बातों में इस तरह उलझ गया, जैसे सारी परिस्थिति उसने स्वीकार कर ली हो।

बचन सिंह जब फिर आने की बात कहकर चला गया, तो चंदा ने बहुत अपनेपन से जगपती के सामने बात शुरू की, "जाने कैसे-कैसे आदमी होते हैं···"

"क्यों, क्या हुआ? कैसे होते हैं आदमी?" जगपती ने पूछा।

"इतनी छोटी जान-पहचान में तुम मर्दों के घर में न रहते घुसकर बैठ सकते हो? तुम तो उलटे पैर लौट आओगे।" चंदा कहकर जगपती के मुख पर कुछ इच्छित प्रतिक्रिया देख सकने के लिए गहरी निगाहों से ताकने लगी।

जगपती ने चंदा की ओर ऐसे देखा, जैसे यह बात भी कहने की या पूछने की है! फिर बोला, "बचन सिंह अपनी तरह का आदमी है, अपनी तरह का अकेला···।"

"होगा···पर" कहते-कहते चंदा रुक गई।

"आड़े वक्त काम आने वाला आदमी है, लेकिन उससे फायदा उठा सकना जितना आसान है···उतना···मेरा मतलब है कि···जिससे कुछ लिया जाएगा, उसे दिया भी जाएगा।" जगपती ने दीवार पर आंखें गड़ाते हुए कहा।

और चंदा उठकर चली गई।

उस दिन के बाद बचन सिंह लगभग रोज़ ही आने-जाने लगा। जगपती उसके साथ इधर-उधर घूमता भी रहता। बचन सिंह के साथ वह जब तक रहता, अजीब-सी घुटन उसके दिल को बांध देती, और तभी जीवन की तमाम विषमताएं भी उसकी निगाहों के सामने उभरने लगतीं, आखिर वह स्वयं एक आदमी है···बेकार···यह माना कि उसके सामने पेट पालने की कोई इतनी विकराल समस्या नहीं, वह भूखों नहीं मर रहा है, जाड़े में कांप नहीं रहा है, पर उसके दो हाथ-पैर हैं···शरीर का पिंजरा है,

जो कुछ मांगता है···कुछ! और वह सोचता, यह कुछ क्या है? सुख? शायद हां, शायद नहीं। वह तो दुःख में भी जी सकने का आदी है, अभावों में जीवित रह सकने वाला आश्चर्यजनक कीड़ा है। तो फिर···वासना? शायद हां, शायद नहीं। चंदा का शरीर लेकर उसने उस क्षणिकता को भी देखा है। तो फिर धन···शायद हां, शायद नहीं। उसने धन के लिए अपने को खपाया है। पर वह भी तो उस अदृश्य प्यास को बुझा नहीं पाया। तो फिर?···तो फिर क्या? वह कुछ क्या है, जो उसकी आत्मा में नासूर-सा रिसता रहता है, अपना उपचार मांगता है? शायद काम! हां, यही बिलकुल यही, जो उसके जीवन की घड़ियों को निपट सूना न छोड़े, जिसमें वह अपनी शक्ति लगा सके, अपना मन डुबो सके, अपने को सार्थक अनुभव कर सके, चाहे उसमें सुख हो या दुःख, अरक्षा हो या सुरक्षा, शोषण हो या पोषण···उसे सिर्फ काम चाहिए! करने के लिए कुछ चाहिए। यही तो उसकी प्राकृतिक आवश्यकता है, पहली और आखिरी मांग है, क्योंकि वह उस घर में नहीं पैदा हुआ, जहां सिर्फ ज़बान हिलाकर शासन करने वाले होते हैं। वह उस घर में भी नहीं पैदा हुआ, जहां सिर्फ मांगकर जीने वाले होते हैं। वह उस घर का है, जो सिर्फ काम करना जानता है, काम ही जिसकी आस है। सिर्फ वह काम चाहता है, काम।

और एक दिन उसकी काम-धाम की समस्या भी हल हो गई। तालाब वाले ऊंचे मैदान के दक्षिण ओर जगपती की लकड़ी की टाल खुल गई। तख्ती टंग गई। टाल की ज़मीन पर लक्ष्मी-पूजन भी हो गया और हवन भी हुआ। लकड़ी की कोई कमी नहीं थी। गांव से आने वाली गाड़ियों को, इस कारोबार में पैरे हुए आदमियों की मदद से मोल-तोल करवा के वहां गिरवा दिया गया। गांठें एक ओर रखी गईं, चैलों का चट्टा करीने से लग गया और गुद्दे चीरने के लिए डाल दिए गए। दो-तीन गाड़ियों का सौदा करके टाल चालू कर दी गई। भविष्य में स्वयं पेड़ खरीदकर कटाने का तय किया गया। बड़ी-बड़ी स्कीमें बनीं कि किस तरह जलाने की लकड़ी से बढ़ाते-बढ़ाते एक दिन इमारती लकड़ी की कोठी बनेगी। चीरने की नई मशीन लगेगी। कारोबार बढ़ जाने पर बचन सिंह भी नौकरी छोड़कर उसी में लग जाएगा। और उसने महसूस किया कि वह काम में लग गया है, अब चौबीसों घंटे उसके सामने काम है···उसके समय का उपयोग है। दिनभर में वह एक घंटे के लिए किसी का मित्र हो सकता है, कुछ देर के लिए वह पति हो सकता है, पर बाकी समय? दिन और रात के बाकी घंटे···उन घंटों के अभाव को सिर्फ उसका अपना काम ही भर सकता है···और अब वह कामदार था···

वह कामदार तो था, लेकिन जब टाल की उस ऊंची ज़मीन पर पड़े छप्पर के

नीचे तख्त पर वह गल्ला रखकर बैठता, सामने लगे लकड़ियों के ढेर, कटे हुए पेड़ के तने और जड़ों को लुढ़का हुआ देखता, तो एक निरीहता बरबस उसके दिल को बांधने लगती। उसे लगता, एक व्यर्थ पिशाच का शरीर टुकड़े-टुकड़े करके उसके सामने डाल दिया गया है।…फिर इन पर कुल्हाड़ी चलेगी और इनके रेशे-रेशे अलग हो जाएंगे और तब इनकी ठठरियों को सुखाकर किसी पैसे वाले को तौलकर बेच दिया जाएगा।

और तब उसकी निगाहें सामने खड़े ताड़ पर अटक जातीं, जिसके बड़े-बड़े पत्तों पर सुर्ख गर्दन वाले गिद्ध पर फड़फड़ाकर देर तक खामोश बैठे रहते। ताड़ का काला गड़रेदार तना…और उसके सामने ठहरी हुई वायु में निस्सहाय कांपती, भारहीन नीम की पत्तियां चकराती झड़ती रहतीं…धूल-भरी धरती पर लकड़ी की गाड़ियों के पहियों की पड़ी हुई लीक धुंधली-सी चमक उठती और बगल वाले मूंगफली के पेंच की एकरस खरखराती आवाज़ कानों में भरने लगती। बगल वाली कच्ची पगडंडी से कोई गुज़रकर, टीले के ढलान से तालाब की नीचाई में उतर जाता, जिसके गंदले पानी में कूड़ा तैरता रहता और सूअर कीचड़ में मुंह डालकर उस कूड़े को रौंदते…

दोपहर सिमटती और शाम की धुंध छाने लगती, तो वह लालटेन जलाकर छप्पर के खंभे की कील में टांग देता और उसके थोड़ी ही देर बाद अस्पताल वाली सड़क से बचन सिंह एक काले धब्बे की तरह आता दिखाई पड़ता।

गहरे पड़ते अंधेरे में उसका आकार धीरे-धीरे बढ़ता जाता और जगपती के सामने जब वह आकर खड़ा होता, तो वह उसे बहुत विशाल सा लगने लगता, जिसके सामने उसे अपना अस्तित्व डूबता महसूस होता।

एक-आध बिक्री की बातें होतीं और तब दोनों घर की ओर चल देते। घर पहुंचकर बचन सिंह कुछ देर ज़रूर रुकता, बैठता, इधर-उधर की बातें करता। कभी मौका पड़ जाता, तो जगपती और बचन सिंह की थाली भी साथ लग जाती। चंदा सामने बैठकर दोनों को खिलाती।

बचन सिंह बोलता जाता, "क्या तरकारी बनी है। मसाला पड़ा है कि उसकी भी बहार है और तरकारी का स्वाद भी न मरा। होटलों में या तो मसाला रहेगा या सिर्फ तरकारी ही तरकारी। वाह! वाह! क्या बात है अंदाज़ की!" और चंदा बीच-बीच में टोककर बोलती जाती, "इन्हें तो जब तक दाल में प्याज का भुना घी न मिले, तब तक पेट ही नहीं भरता।"

या—"सिरका अगर इन्हें मिल जाए, तो समझो, सब कुछ मिल गया। पहले मुझे सिरका न जाने कैसा लगता था, पर अब ऐसा ज़ुबान पर चढ़ा है कि…"

या—“इन्हें कागज़-सी पतली रोटी पसंद नहीं आती। अब मुझसे कोई पतली रोटी बनाने को कहे, तो बनती ही नहीं, आदत पड़ गई है, और फिर मन ही नहीं करता···”

पर चंदा की आंखें बचन सिंह की थाली पर ही जमी रहतीं। रोटी निबटी, तो रोटी परोस दी, दाल खत्म नहीं हुई, तो भी एक चमचा और परोस दी।

और जगपती सिर झुकाए खाता रहता। सिर्फ एक गिलास पानी मांगता और चंदा चौंककर पानी देने से पहले कहती, “अरे तुमने तो कुछ लिया भी नहीं!” कहते-कहते वह पानी दे देती और तब उसके दिल पर गहरी-सी चोट लगती, न जाने क्यों वह खामोशी की चोट उसे बड़ी पीड़ा दे जाती···पर वह अपने को समझा लेती, कोई मेहमान तो नहीं हैं···मांग सकते थे। भूख नहीं होगी।

जगपती खाना खाकर टाल पर लेटने चला जाता, क्योंकि अभी तक कोई चौकीदार नहीं मिला था। छप्पर के नीचे तख्त पर जब वह लेटता, तो अनायास ही उसका दिल भर-भर आता। पता नहीं कौन-कौन से दर्द एक-दूसरे से मिलकर तरह-तरह की टीस, चटख और ऐंठन पैदा करने लगते। कोई एक रग दुखती तो वह सहलाता भी, जब सभी नसें चटखती हों तो कहां-कहां राहत का अकेला हाथ सहलाए! लेटे-लेटे उसकी निगाह ताड़ के उस ओर बनी पुख्ता कब्र पर जम जाती, जिसके सिरहाने कंटीले बबूल का एकाकी पेड़ सुन्न सा खड़ा रहता। जिस कब्र पर एक पर्दानशीं औरत बड़े लिहाज़ से आकर सवेरे-सवेरे बेला और चमेली के फूल चढ़ा जाती···घूम-घूमकर उसके फेरे लेती और माथा टेककर कुछ कदम उदास-उदास सी चलकर एकदम तेज़ी से मुड़कर बिसातियों के मुहल्ले में खो जाती। शाम होते फिर आती। एक दीया बारती और अगर की बत्तियां जलाती, फिर मुड़ते हुए ओढ़नी का पल्ला कंधों पर डालती, तो दीये की लौ कांपती, कभी कांपकर बुझ जाती, पर उसके कदम बढ़ चुके होते, पहले धीमे, थके, उदास-से और फिर तेज़ सधे सामान्य-से। और वह फिर उसी मुहल्ले में खो जाती और तब रात की तनहाइयों में···बबूल के कांटों के बीच, उस सांय-सांय करते ऊंचे-नीचे मैदान में जैसे उस कब्र से कोई रूह निकलकर निपट अकेली भटकती रहती।

तभी ताड़ पर बैठे सुर्ख गर्दन वाले गिद्ध मनहूस-सी आवाज़ में किलबिला उठते और ताड़ के पत्ते भयानकता से खड़बड़ा उठते। जगपती का बदन कांप जाता और वह भटकती रूह ज़िंदा रह सकने के लिए जैसे कब्र की इंटों में, बबूल के साये-तले दुबक जाती। जगपती अपनी टांगों को पेट से भींचकर, कंबल से मुंह छुपा औंधा लेट जाता।

तड़के ही ठेके पर लगे लकड़हारे लकड़ी चीरने आ जाते। तब जगपती कंबल लपेट, घर की ओर चला जाता···।

"राजा रोज़ सवेरे टहलने जाते थे," मां सुनाया करती थीं, "एक दिन जैसे ही महल के बाहर निकलकर आए कि सड़क पर झाड़ू लगाने वाली मेहतरानी उन्हें देखते ही अपना झाड़ूपंजा पटककर माथा पीटने लगी और कहने लगी, "हाय राम! आज राजा निरबंसिया का मुंह देखा है, न जाने रोटी भी नसीब होगी कि नहीं···न जाने कौन-सी विपत टूट पड़े!" राजा को इतना दुःख हआ कि उलटे पैरों महल को लौट गए। मंत्री को हुक्म दिया कि उस मेहतरानी का घर अनाज से भर दें। और सब राजसी वस्त्र उतार, राजा उसी क्षण जंगल की ओर चले गए। उसी रात रानी को सपना हुआ कि कल की रात तेरी मनोकामना पूरी होने वाली है। रानी बहुत पछता रही थी। पर फौरन ही रानी राजा को खोजती-खोजती उस सराय में पहुंच गई, जहां वह टिके हुए थे। रानी भेस बदलकर सेवा करने वाली भठियारिन बनकर राजा के पास रात में पहुंची। रात भर उनके साथ रही और सुबह राजा के जगने से पहले सराय छोड़ महल में लौट गई। राजा सुबह उठकर दूसरे देश की ओर चले गए। दो ही दिनों में राजा के निकल जाने की खबर राज्य भर में फैल गई, राजा निकल गए, चारों तरफ यही खबर थी···"

और उस दिन टोले-मुहल्ले के हर आंगन में बरसात के मेह की तरह यह खबर बरसकर फैल गई कि चंदा के बाल-बच्चा होने वाला है।

नुक्कड़ पर जमुना सुनार की कोठरी में फिंकती सुरही रुक गई। मुंशी जी ने अपना मीजान लगाना छोड़ विस्फारित नेत्रों से ताककर खबर सुनी। बंसी किराने वाले ने कुएं में से आधी गई रस्सी खींच, डोल मन पर पटककर सुना। सुदर्शन दर्ज़ी ने मशीन के पहिए को हथेली से रगड़कर रोककर सुना। हंसराज पंजाबी ने अपनी नील-लगी मलगुजी कमीज़ की आस्तीनें चढ़ाते हुए सुना। और जगपती की बेवा चाची ने औरतों के जमघट में बड़े विश्वास, पर भेद-भरे स्वर में सुनाया—"आज छह साल हो गए शादी को···न बाल, न बच्चा···न जाने किसका पाप है उसके पेट में। ···और किसका होगा सिवा उस मुसटंडे कंपोटर के! न जाने कहां से कुलच्छनी इस मुहल्ले में आ गई!···इस गली की तो पुश्तों से ऐसी मरजाद रही है कि गैर-मर्द औरत की परछाई तक नहीं देख पाए। यहां के मर्द तो बस अपने घर की औरतों को जानते हैं, उन्हें तो पड़ोसी के घर की जनानियों की गिनती तक नहीं मालूम।" यह कहते-कहते उनका चेहरा तमतमा आया और सब औरतें देवलोक की देवियों की तरह गंभीर बनीं, अपनी पवित्रता की महानता के बोझ से दबी धीरे-धीरे खिसक गईं।

सुबह यह खबर फैलने से पहले जगपती टाल पर चला गया था। पर सुनी उसने भी आज ही थी। दिन-भर वह तख्त पर कोने की ओर मुंह किए पड़ा रहा। न ठेके की लकड़ियां चिराईं, न बिक्री की ओर ध्यान दिया, न दोपहर का खाना खाने ही घर गया। जब रात अच्छी तरह फैल गई, वह हिंसक पशु की भांति उठा। उसने अपनी अंगुलियां चटकाईं, मुट्ठी बांधकर बांह का ज़ोर देखा, तो नसें तनीं और बांह में कठोर कंपन-सा हुआ। उसने तीन-चार पूरी सांसें खींचीं और मज़बूत कदमों से घर की ओर चल पड़ा। मैदान खत्म हुआ...कंकड़ की सड़क आई...सड़क खत्म हुई, गली आई। पर गली के अंधेरे में घुसते वह सहम गया, जैसे किसी ने अदृश्य हाथों से उसे पकड़कर सारा रक्त निचोड़ लिया, उसकी फटी हुई शक्ति की नस पर हिम-शीतल होंठ रखकर सारा रस चूस लिया। और गली के अंधेरे की हिकारत-भरी कालिख और भी भारी हो गई, जिसमें घुसने से उसकी सांस रुक जाएगी...घुट जाएगी।

वह पीछे मुड़ा, पर रुक गया। फिर कुछ संयत होकर वह चोरों की तरह निःशब्द कदमों से किसी तरह घर की भीतरी देहरी तक पहुंच गया।

दाईं ओर की रसोई वाली दहलीज में कुप्पी टिमटिमा रही थी और चंदा अस्तव्यस्त सी दीवार से सिर टेके शायद आसमान निहारते-निहारते सो गई थी। कुप्पी का प्रकाश उसके आधे चेहरे को उजागर किए था और आधा चेहरा गहन कालिमा में डूबा अदृश्य था।

वह खामोशी से खड़ा ताकता रहा। चंदा के चेहरे पर नारीत्व की प्रौढ़ता आज उसे दिखाई दी। चेहरे की सारी कमनीयता न जाने कहां खो गई थी, उसका अछूतापन न जाने कहां लुप्त हो गया था। फूला-फूला मुख। जैसे टहनी से तोड़े फूल को पानी में डालकर ताज़ा किया गया हो, जिसकी पंखुड़ियों में टूटन की सुरमई रेखाएं पड़ गई हों, पर भीगने से भारीपन आ गया हो।

उसके खुले पैर पर उसकी निगाह पड़ी, तो सूजा-सा लगा। एड़ियां भारी, सूजी-सी और नाखूनों के पास अजब-सा सूखापन। जगपती का दिल एक बार मसोस उठा। उसने चाहा कि बढ़कर उसे उठा ले। अपने हाथों से उसका पूरा शरीर छू-छूकर सारा कलुष पोंछ दे, उसे अपनी सांसों की अग्नि में तपाकर एक बार फिर पवित्र कर ले, और उसकी आंखों की गहराई में झांककर कहे—देवलोक से किस शापवश निर्वासित हो तुम इधर आ गईं, चंदा? यह शाप तो अमिट था।

तभी चंदा ने हड़बड़ाकर आंखें खोलीं। जगपती को सामने देख उसे लगा कि वह एकदम नंगी हो गई हो। अतिशय लज्जित हो उसने अपने पैर समेट लिए। घुटने

से धोती नीचे सरकाई और बहुत संयत-सी उठकर रसोई के अंधेरे में खो गई।

जगपती एकदम हताश हो, वहीं कमरे की देहरी पर चौखट से सिर टिका बैठ गया। नज़र कमरे में गई, तो लगा कि पराए स्वर यहां गूंज रहे हैं, जिनमें चंदा का भी एक है। एक तरफ घर के हर कोने से, अंधेरा सैलाब की तरह बढ़ता आ रहा था···एक अजीब निस्तब्धता···असमंजस। गति, पर पथभ्रष्ट! शक्लें, पर आकारहीन!

"खाना खा लेते", चंदा का स्वर कानों में पड़ा। वह अनजाने ऐसे उठ बैठा, जैसे तैयार बैठा हो। उसकी बात की आज तक उसने अवज्ञा न की थी। खाने तो बैठ गया, पर कौर नीचे नहीं सरक रहा था। तभी चंदा ने बड़े सधे शब्दों में कहा, "कल मैं गांव जाना चाहती हूं।" जैसे वह इस सूचना से परिचित था, बोला, "अच्छा।"

चंदा फिर बोली, "मैंने बहुत पहले घर चिट्ठी डाल दी थी, भैया कल लेने आ रहे हैं।"

"तो ठीक है।" जगपती वैसे ही डूबा-डूबा बोला।

चंदा का बांध टूट गया और वह घुटनों में मुंह दबाकर कातर-सी फफक-फफककर रो पड़ी। न उठ सकी, न हिल सकी।

जगपती क्षण-भर को विचलित हुआ, पर जैसे जम जाने के लिए। उसके होंठ फड़के और क्रोध के ज्वालामुखी को ज़बरन दबाते हुए भी वह फूट पड़ा, "यह सब मुझे क्या दिखा रही है? बेशर्म! बेगैरत···! उस वक्त नहीं सोचा था, जब···जब मेरी लाश तले···"

"तब···तब···की बात झूठ है···" सिसकियों के बीच चंदा का स्वर फूटा, "लेकिन जब तुमने मुझे बेच दिया···"

एक भरपूर हाथ चंदा की कनपटी पर आग सुलगाता पड़ा। और जगपती अपनी हथेली दूसरी से दाबता, खाना छोड़ कोठरी में घुस गया और रातभर कुंडी चढ़ाए उसी कालिख में घुटता रहा।

दूसरे दिन चंदा घर छोड़ अपने गांव चली गई।

जगपती पूरा दिन और रात टाल पर ही काट देता, उसी बीराने में, तालाब की बगल, कब्र, बबूल और ताड़ के पड़ोस में। पर मन मुर्दा हो गया था। ज़बरदस्ती वह अपने को वहीं रोके रहता।···उसका दिल होता, कहीं निकल जाए। पर ऐसी कमज़ोरी उसके तन और मन को खोखला कर गई थी कि चाहने पर भी वह जा न पाता। हिकारत-भरी नज़रें सहता, पर वहीं पड़ा रहता। काफी दिनों बाद जब नहीं रहा गया, तो एक दिन जगपती घर पर ताला लगा, नज़दीक के गांव में लकड़ी काटने चला

गया। उसे लग रहा था कि अब वह पंगु हो गया है, बिलकुल लंगड़ा, एक रेंगता कीड़ा, जिसके न आंख है, न कान, न मन, न इच्छा।

वह उस बाग में पहुंच गया, जहां खरीदे पेड़ कटने थे। दो आरे वालों ने पतले पेड़ के तने पर आरा रखा और कर्र-कर्र का अबाध शोर शुरू हो गया। दूसरे पेड़ पर बन्ने और शकूरे की कुल्हाड़ी बज उठी। और गांव से दूर उस बाग में एक लयपूर्ण शोर शुरू हो गया। जड़ पर कुल्हाड़ी पड़ती तो पूरा पेड़ थर्रा जाता।

करीब के खेत की मेड़ पर बैठे जगपती का शरीर भी जैसे कांप उठता। चंदा ने कहा था, "लेकिन जब तुमने मुझे बेच दिया···" क्या वह ठीक कहती थी! क्या बचन सिंह ने टाल के लिए जो रुपए दिए थे, उसका ब्याज इधर चुकता हुआ? क्या सिर्फ वही रुपए आग बन गए, जिसकी आंच में उसकी सहनशीलता, विश्वास और आदर्श मोम-से पिघल गए?

"श···कूरे!" बाग से लगे दड़े पर से किसी ने आवाज़ लगाई। शकूरे ने कुल्हाड़ी रोककर वहीं से हांक लगाई, "कोने के खेत से लीक बनी है, ज़रा मेड़ मारकर नंघा ला गाड़ी।"

जगपती का ध्यान भंग हुआ। उसने मुड़कर दड़े पर आंखें गड़ाईं। दो भैंसा गाड़ियां लकड़ी भरने के लिए आ पहुंची थीं। शकूरे ने जगपती के पास आकर कहा, "एक गाड़ी का भर्त तो हो गया, बल्कि डेढ़ का···अब इस पतरिया पेड़ को न छांट दें?"

जगपती ने उस पेड़ की ओर देखा, जिसे काटने के लिए शकूरे ने इशारा किया था। पेड़ की शाख हरी पत्तियों से भरी थी। वह बोला, "अरे, यह तो हरा है अभी ···इसे छोड़ दो।"

"हरा होने से क्या, उखट तो गया है। न फूल का, न फल का। अब कौन इसमें फल-फूल आएंगे, चार दिन में पत्ती झुरा जाएंगी।" शकूरे ने पेड़ की ओर देखते हुए उस्तादी अंदाज़ से कहा।

"जैसा ठीक समझो तुम" जगपती ने कहा, और उठकर मेड़-मेड़ पक्के कुएं पर पानी पीने चला गया।

दोपहर ढलते गाड़ियां भरकर तैयार हुईं और शहर की ओर रवाना हो गईं। जगपती को उनके साथ आना पड़ा। गाड़ियां लकड़ी से लदीं शहर की ओर चली जा रही थीं और जगपती गर्दन झुकाए कच्ची सड़क की धूल में डूबा, भारी कदमों से धीरे-धीरे उन्हीं की बजती घंटियों के साथ निर्जीव-सा बढ़ता जा रहा था···

"कई बरस बाद राजा परदेस से बहुत-सा धन कमाकर गाड़ी में लादकर अपने

देश की ओर लौटे," मां सुनाया करती थीं, "राजा की गाड़ी का पहिया महल से कुछ दूर पतेल की झाड़ी में उलझ गया। हर तरह कोशिश की, पर पहिया न निकला। तब एक पंडित ने बताया कि 'सकट' के दिन जन्मा बालक अगर अपने घर की सुपारी लाकर इसमें छुआ दे, तो पहिया निकल जाएगा। वहीं दो बालक खेल रहे थे। उन्होंने यह सुना तो कूदकर पहुंचे और कहने लगे कि हमारी पैदाइश सकट की है, पर सुपारी तब लाएंगे, जब तुम आधा धन देने का वादा करो। राजा ने बात मान ली। बालक दौड़े-दौड़े घर गए। सुपारी लाकर छुआ दी, फिर घर का रास्ता बताते आगे-आगे चले। आखिर गाड़ी महल के सामने उन्होंने रोक ली।

" राजा को बड़ा अचरज हुआ कि हमारे ही महल में ये दो बालक कहां से आ गए? भीतर पहुंचे, तो रानी खुशी से बेहाल हो गई।

" पर राजा ने पहले उन बालकों के बारे में पूछा, तो रानी ने कहा कि यह दोनों बालक उन्हीं के राजकुमार हैं। राजा को विश्वास नहीं हुआ। रानी बहुत दुखी हुईं। "

गाड़ियां जब टाल पर आकर लगीं और जगपती तखत पर हाथ-पैर ढीले करके बैठ गया तो पगडंडी से गुज़रते मुंशी जी ने उसके पास आकर बताया, अभी उस दिन वसूली में तुम्हारी ससुराल के नज़दीक एक गांव में जाना हुआ तो पता लगा कि पंद्रह-बीस दिन हुए, चंदा के लड़का हुआ है। और फिर जैसे मुहल्ले में सुनी-सुनाई बातों पर पर्दा डालते हुए बोले, "भगवान् के राज में देर है अंधेर नहीं, जगपती भैया!"

जगपती ने सुना तो उसने गहरी नज़रों से मुंशी जी को ताका, पर वह उनके तीर का निशाना ठीक-ठीक नहीं खोज पाया। पर सब कुछ सहन करते हुए बोला, "देर और अंधेर दोनों हैं!"

"अंधेर तो सरासर है"तिरिया चरित्तर है सब! बड़े-बड़े हार गए हैं," कहते-कहते मुंशी जी रुक गए, पर कुछ इस तरह, जैसे कोई बड़ी भेद-भरी बात है, जिसे उनकी गोल होती हुई आंखें समझा देंगी।

जगपती मुंशी जी की तरफ ताकता रह गया। मिनट-भर मनहूस-सा मौन छाया रहा। उसे तोड़ते हुए मुंशी जी बड़ी दर्द-भरी आवाज़ में बोले, "सुन तो लिया होगा, तुमने?"

"क्या?" कहने को जगपती कह गया, पर उसे लगा कि अभी मुंशी जी उस गांव में फैली बातों को ही बड़ी बेदर्दी से कह डालेंगे, उसने नाहक पूछा।

तभी मुंशी जी ने उसकी नाक के पास मुंह ले जाते हुए कहा, "चंदा दूसरे के घर बैठ रही है"कोई मदसूदन है वहीं का। पर बच्चा दीवार बन गया है। चाहते

तो वो यही हैं कि मर जाए तो रास्ता खुले, पर राम जी की मर्ज़ी। सुना है, बच्चा रहते भी वह चंदा को बैठाने को तैयार है।"

जगपती की सांस गले में अटककर रह गई। बस, आंखें मुंशी जी के चेहरे पर पथराई-सी जड़ी थीं।

मुंशी जी बोले, "अदालत से बच्चा तुम्हें मिल सकता है। अब काहे का शरम-लिहाज़!"

"अपना कहकर किस मुंह से मांगूं, बाबा? हर तरफ तो कर्ज़ से दबा हूं, तन से, मन से, पैसे से, किसके बल पर दुनिया संजोने की कोशिश करूं?" कहते-कहते वह अपने में खो गया।

मुंशी जी वहीं बैठ गए। जब रात झुक आई तो जगपती के साथ ही मुंशी जी भी उठे। उसके कंधे पर हाथ रखे वे उसे गली तक लाए। अपनी कोठरी आने पर पीठ सहलाकर उन्होंने उसे छोड़ दिया। वह गर्दन झुकाकर गली के अंधेरे में उन्हीं खयालों में डूबा ऐसे चलता चला आया, जैसे कुछ हुआ ही न हो। पर कुछ ऐसा बोझ था, जो न सोचने देता था और न समझने। जब चाची की बैठक के पास से गुज़रने लगा, तो सहसा उसके कानों में भनक पड़ी, "आ गए सत्यानासी! कुलबोरन!"

उसने ज़रा नज़र उठाकर देखा, तो गली की चाची-भौजाइयां बैठक में जमा थीं और चंदा की चर्चा छिड़ी थी। पर वह चुपचाप निकल गया। इतने दिनों बाद ताला खोला और बरोठे के अंधेरे में कुछ सूझ न पड़ा, तो एकाएक वह रात उसकी आंखों के सामने घूम गई, जब वह अस्पताल से चंदा के साथ लौटा था। बेवा चाची का वह ज़हर-बुझा तीर, "आ गए राजा निरबंसिया अस्पताल से।" और आज "सत्यानासी! कुलबोरन!" और स्वयं उसका वह वाक्य, जो चंदा को छेद गया था, "तुम्हारे कभी कुछ न होगा⋯।" और उस रात की शिशु चंदा!

चंदा को लड़का हुआ है। वह कुछ और जनती, आदमी का बच्चा न जनती। वह और कुछ⋯और कुछ भी जनती, कंकड़-पत्थर! वह नारी न बनती, बच्ची ही बनी रहती, उस रात की शिशु चंदा। पर चंदा यह सब क्या करने जा रही है? उसके जीते-जी वह दूसरे के घर बैठने जा रही है? कितने बड़े पाप में धकेल दिया चंदा को⋯पर उसे भी तो कुछ सोचना चाहिए। आखिर क्या? पर मेरे जीते-जी तो यह सब अच्छा नहीं। वह इतनी घृणा बर्दाश्त करके भी जीने को तैयार है, या मुझे जलाने को। वह मुझे नीच समझती है, कायर⋯नहीं तो एक बार खबर तो लेती। बच्चा हुआ तो पता लगता। पर नहीं, वह उसका कौन है? कोई भी नहीं। औलाद ही तो वह स्नेह की धुरी है, जो आदमी-औरत के पहियों को साधकर तन के दलदल से पार

ले जाती है···नहीं तो हर औरत वेश्या है और हर आदमी वासना का कीड़ा। तो क्या चंदा···औरत नहीं रही? वह ज़रूर औरत थी, पर स्वयं मैंने उसे नरक में डाल दिया। वह बच्चा मेरा कोई नहीं, पर चंदा तो मेरी है। एक बार उसे ले आता, फिर यहां ···रात के मोहक अंधेरे में उसके फूल-से अधरों को देखता···निर्द्वंद्व सोई पलकों को निहारता···सांसों की दूध-सी अछूती महक को समेट लेता···

आज का अंधेरा! घर में तेल भी नहीं जो दीया जला ले। और फिर किसके लिए कौन जलाए? चंदा के लिए···पर उसे तो बेच दिया था। सिवा चंदा के कौन-सी संपत्ति उसके पास थी, जिसके आधार पर कोई कर्ज़ देता? कर्ज़ न मिलता तो यह सब कैसे चलता? काम···पेड़ कहां से कटते? और तब शकूरे के वे शब्द उसके कानों में गूंज गए, "हरा होने से क्या, उकठ तो गया है···" वह स्वयं भी तो एक उकठा हुआ पेड़ है, न फल का, न फूल का, सब व्यर्थ ही तो है। जो कुछ सोचा, उस पर कभी विश्वास न कर पाया। चंदा को चाहता रहा, पर उसके दिल में चाहत न जगा पाया। उसे कहीं से एक पैसा मांगने पर डांटता रहा, पर खुद लेता रहा और आज ···वह दूसरे के घर बैठ रही है···उसे छोड़कर···वह अकेला है···हर तरफ बोझ है, जिसमें उसकी नस-नस कुचली जा रही है, रग-रग फट गई है। और वह किसी तरह टटोल-टटोलकर भीतर घर में पहुंचा···

"रानी अपने कुल-देवता के मंदिर पहुंची," मां सुनाया करती थीं, "अपने सतीत्व को सिद्ध करने के लिए उन्होंने घोर तपस्या की। राजा देखते रहे। कुल-देवता प्रसन्न हुए और उन्होंने अपनी दैवी शक्ति से दोनों बालकों को तत्काल जन्मे शिशुओं में बदल दिया। रानी की छातियों में दूध भर आया और उनमें से धार फूट पड़ी, जो शिशुओं के मुंह में गिरने लगी। राजा को रानी के सतीत्व का सबूत मिल गया। उन्होंने रानी के चरण पकड़ लिए और कहा कि तुम देवी हो! ये मेरे पुत्र हैं! और उस दिन से राजा ने फिर से राज-काज संभाल लिया···"

पर उसी रात जगपती अपना सारा कारोबार त्याग, अफीम और तेल पीकर मर गया क्योंकि चंदा के पास कोई दैवी शक्ति नहीं थी और जगपती राजा नहीं, बचन सिंह कंपाउंडर का कर्ज़दार था।···

"राजा ने दो बातें कीं," मां सुनाती थीं, "एक तो रानी के नाम से उन्होंने बहुत बड़ा मंदिर बनवाया और दूसरे, राजा के नए सिक्कों पर बड़े राजकुमार का नाम खुदवाकर चालू किया, जिससे राज-भर में उनके उत्तराधिकारी की खबर हो जाए···।"

जगपती ने मरते वक्त दो परचे छोड़े, एक चंदा के नाम, दूसरा कानून के नाम।

चंदा को उसने लिखा था, "चंदा मेरी अंतिम चाह यही है कि तुम बच्चे को लेकर चली आना⋯अभी एक-दो दिन मेरी लाश की दुर्गति होगी, तब तक तुम आ सकोगी। चंदा, आदमी को पाप नहीं, पश्चात्ताप मारता है। मैं बहुत पहले मर चुका था। बच्चे को लेकर ज़रूर चली आना।"

कानून को उसने लिखा था, "किसी ने मुझे मारा नहीं है⋯किसी आदमी ने नहीं। मैं जानता हूं कि मेरे ज़हर की पहचान करने के लिए मेरा सीना चीरा जाएगा। उसमें ज़हर है। मैंने अफीम नहीं, रुपए खाए हैं। उन रुपयों में कर्ज़ का ज़हर था, उसी ने मुझे मारा है। मेरी लाश तब तक न जलाई जाए, जब तक चंदा बच्चे को लेकर न आ जाए। आग बच्चे से दिलवाई जाए। बस।"

मां जब कहानी समाप्त करती थीं, तो आसपास बैठे बच्चे फूल चढ़ाते थे।

मेरी कहानी भी खत्म हो गई, पर⋯

(पुरवाई, जनवरी-मार्च, 2007)

आत्मकथ्य

गर्दिश के दिन

एक अमीर कहे जाने वाले घर में गरीब की तरह रहना, खाना खाकर भी भूखा उठना, तकलीफों में भी हंसना, लड़कपन में भी बड़ों की तरह फैसले लेना—यह मेरी आदत नहीं मजबूरी थी।

एक दिन बैठक में लगी दो तस्वीरों को दिखाते हुए मेरे बड़े भाई सिद्धार्थ ने कहा था—"यह तस्वीर बाबा की है और यह बाबूजी की है—तुझे कुछ याद है बाबूजी की?"

मैंने चुपचाप सिर हिला दिया था—"नहीं।" तब मैं चौथे दर्जे में पढ़ता था। सिद्धार्थ ही ने बताया था—"बाबूजी का हार्टफेल हो गया था···तब तू बहुत छोटा था···बाबा को मैंने भी नहीं देखा···।"

घर में तमाम तस्वीरें थीं···और घर में हरेक व्यक्ति ऐसा था जिसने किसी एक को देखा था—बाकी की सिर्फ तस्वीरें ही देखी थीं।

जब मैं समझदार हुआ तो मुझे सिर्फ वह तस्वीरें ही देखने को मिलीं जो बैठक की दीवारों की कॉर्निस पर लटकी हुई थीं। इन तस्वीरों से ही मुझे अपने परिवार वालों का परिचय मिला था···यादों से उतर जाने वाले परिवार का परिचय!

हर बारिश में वे तस्वीरें धुंधली पड़ती जाती थीं। मेरे बाबा की तस्वीर तो बहुत ही धुंधला गई थी, ठीक भारतेंदु हरिश्चंद्र की तस्वीर की तरह। तब मुझे भारतेंदु हरिश्चंद्र का पता नहीं था। मेरे बड़े भाई सिद्धार्थ ने दीवार से बाबा की तस्वीर उतारकर उसकी सहायता से एक नई तस्वीर बनानी शुरू की थी।

सिद्धार्थ से मेरा जीता-जागता संबंध था लेकिन बाबा से बहुत ही ठंडा, दूर का और श्रद्धा का संबंध था। कई दिनों तक सिद्धार्थ वह तस्वीर बनाते रहे थे, उन्होंने ठीक वैसी ही तस्वीर बना ली थी। और उसे फ्रेम में जड़वाकर फिर दीवार से लटका दिया था।

घर, बीते हुए तथा आने वाले दिनों के बीच जी रहा था—वर्तमान इन्हीं दो धागों के सहारे लटका हुआ था। जो बीत गया वह गौरवपूर्ण था। भविष्य बहुत अच्छा, सुंदर एवं सुखदायक होगा, क्योंकि सिद्धार्थ बहुत होनहार थे।···तभी सिद्धार्थ इस दुनिया

से सिधार गए और अमीर कहे जाने वाले घर में गरीब की तरह रहना, खाना खाकर भी भूखा उठना, मुश्किलों में भी हंस पाना, छोटा होते हुए भी बड़ों की तरह फैसले लेना मेरी मजबूरी बन गई थी।

सिद्धार्थ की भी सिर्फ तस्वीर रह गई थी और भविष्य से हमारा संबंध टूट गया था। सिद्धार्थ से बड़े वाले भाई सुंदर भविष्य की खोज में पहले ही इस छोटे से कस्बे से निकलकर अपने हालात से लड़ रहे थे।

वह दूसरे महायुद्ध का ज़माना था। जागीरदारी का वातावरण खत्म हो रहा था। नौकर-चाकर चले गए थे, गाय-भैंसों को ज़िंदा रखने के लिए गांव में भेज दिया गया था, लेकिन हम लोगों के जीवित रहने की कोई सूरत नज़र नहीं आती थी। मां रात ढाई-तीन बजे उठकर हाथ में कपड़ा लपेट-लपेटकर कुट्टी काटतीं, चक्की चलातीं, बर्तन धोतीं और सुबह होते-होते नहा-धोकर पुराने जमींदार घराने की इज़्ज़तदार मालकिन हो जातीं। मोहल्ले वालों के घावों पर मरहम लगातीं और रात को चुपचाप रोया करतीं।

भविष्य को जीतकर लाने वाले सैनिक सिद्धार्थ के कपड़ों की सीवन मैं खुद बैठकर उधेड़ा करता था, ताकि मां को तकलीफ न हो। होली, दिवाली पर मां अपनी कोई बड़ी संभालकर रखी सिल्क की पुरानी साड़ी निकाल लातीं और घंटों एक-एक कतरन का अंदाज़ लगातीं—"अगर आस्तीन छोटी कर दूं तो दो कुर्ते बन जाएंगे, एक तेरा, एक मन्ना का, मुन्नी की फ्राक का घेर भी निकल आएगा।"

और वर्तमान से उलझने वाले बड़े भाई साल भर बाद जब घर आते थे तब हमें पता चलता था कि बाज़ारों में बहुत सी चीज़ें बिकती हैं…कुछ वह हमारे लिए लाते थे जिन्हें 'कल' के लिए बक्सों में बंद कर दिया जाता था और घर से नौकरी पर वापस जाकर बड़े भाई अपना दूध और अखबार बंद कर दिया करते थे…आखिर खर्च कहां से आएगा!

बाज़ार में जहां मेरे शौक की चीज़ें बिकती थीं, मेरे लिए नहीं थीं। बड़े भाई साहब जब अपना पेट काटकर कुछ रुपया बचाते थे तो उन बाज़ारों की एक बेहद संकरी खिड़की मेरे लिए खुलती थी और फिर साल भर के लिए बंद हो जाती थी।

मंडी में अनाज, घी, गुड़, आलू, कपास—सब कुछ था, पर मां की धोती के आंचल में एक-दो नोट और कुछ सिक्के थे…और जब मैं अनाज लेने जाता था, स्वयं दुकानदार बड़ी तराज़ू पीछे सरकाकर सबसे छोटी तराज़ू से मेरे लिए चीज़ें तोलता था।

दुनिया के इस बर्ताव से मेरा अपमान होता था। मेरी बहुत अच्छी मां और संघर्षरत भाई का अपमान होता था लेकिन वे दोनों दुनियादार थे, मैं नहीं था। सिद्धार्थ के कपड़े पहनकर मैं भविष्य के सपने देखा करता। भविष्य को उज्ज्वल बनाने के इरादे और सपने बहुत मामूली ही थे, जैसे मां के लिए चश्मा, अपने लिए जीन की गेंद और नई किताबें, भाई के लिए नई चप्पल—इस बार आए थे तो जूते बहुत घिस गए थे।

लेकिन मां के वैष्णव विश्वास मुझे विद्रोह से रोकते रहे और यह दबी हुई बगावत बहुत ही अप्राकृतिक ढंग से उभरने लगी। वह एक दुःखदायक प्रसंग था और उस कुसमय में मेरे सहायक थे मेरे सहपाठी। पढ़ाई की ओर से मेरा ध्यान उन मास्टर जी ने हटा दिया था जो मैनपुरी का तंबाकू खाकर गुस्सा होते थे तो मुंह से फव्वारे से निकलने लगते थे और जब पीटते थे तो पीटते-पीटते बेहाल कर देते थे। मैं हमेशा कुर्ते के नीचे छोटी कुर्सी की गद्दी बांधकर जाया करता था और काछी मास्टर को मार डालने की योजना बनाया करता था।

कस्बे के स्कूल में दुश्चरित्र मौलवी और मोहल्ले के चबूतरों पर बैठे बदमाश और आवारा पहलवान थे···मोटर-अड्डों पर बदमाश ड्राइवर और क्लीनर थे और था अंधकार—जो शाम से छाने लगता था। पूरा कस्बा अंधेरे की चादर में लिपट जाता था। लड़ाई के दिनों में पढ़ने के लिए भी तेल नहीं मिलता था। तब हम कुछ दोस्त शीशियां और कुप्पियां लेकर म्युनिसपैलिटी की लालटेनों से तेल चुराने के लिए निकल पड़ते थे। मुझे आज तक दुःख है कि मैं अपने पढ़ने के लिए कभी भी नई किताबें नहीं खरीद पाया। जब मेरे सहपाठी अपने पिता के साथ किताबों की दुकान पर जाकर कोर्स की नई-नई किताबें-कॉपियां खरीदते थे तो मेरी आंखों में आंसू आ जाते थे। मेरे साथ कोई न होता था। चोटें लगतीं तो मैं दर्द से कराहता, घुटना पकड़े बीच रास्ते में उठता-बैठता, अकेला अस्पताल पहुंच जाता था। मुझे अकेला देखकर ज़ालिम कंपाउंडर बड़ी बेरहमी से घाव को दबा दिया करता था। मैं दर्द से बिलबिलाकर सहारे के लिए जब कभी उसके बाज़ू को पकड़ लेता तो वह मेरा हाथ बुरी तरह झटककर डांटता था और मैं अपने आंसू दबाए मरहम-पट्टी करवा लेता था। वहां से निकलकर मैं इमली के पेड़ के नीचे बैठकर रो-रोकर अपना मन हलका कर लिया करता था।

गर्मी की छुट्टियों के बाद जब स्कूल खुलता था तो वहां जाने का उत्साह मन में नहीं होता था। पुरानी पुस्तकें—वह भी पूरी नहीं, कॉपियां खरीदने को पैसे नहीं होते थे, इसलिए भाई साहब के आने की प्रतीक्षा रहती थी कि वह आएंगे तो सरकारी

कागज़ के दस्ते-दो दस्ते साथ लाएंगे और तब मेरी बे-नाप की कॉपियां बनेंगी। मां अपनी फटी धोतियों की किनारियां लपेट-लपेटकर रखती रहती थीं और स्कूल खुलते ही मेरे लिए उन किनारियों का नया बस्ता सी देती थीं। एक आने की रबड़ या स्केल के लिए मां से पैसे मांगते हुए मुझे डर लगता था, क्योंकि इससे मां की निपट गरीबी खुल जाती थी और वे अपनी विवशता में झुंझला जाया करती थीं। तीन-तीन दिन मैं भूगोल की कक्षा में नहीं जा पाता था, क्योंकि रामबाबू जैन की दुकान से दुनिया का नक्शा खरीदने के लिए मां से कहने की हिम्मत नहीं पड़ती थी। जब किसी मनचले साथी ने बताया कि पिछली दीवाली पर रामबाबू जैन पांच सौ रुपए जुए में हार गया तो मुझे राहत मिली।

कस्बे में जो अफसर आते थे, बड़े ठाट से रहते थे। उनके लड़के गुलदस्तों की तरह सजे हुए स्कूल आते थे और सरकारी स्कूल के हमारे मास्टर जी उन्हें हमेशा मॉनिटर बनाया करते थे। यह तब होता था जब मैं अपनी सारी निराशाओं के बावजूद दर्जे में ज़्यादातर अव्वल आया करता था। यह सच्चाई मेरे लिए असहनीय होती थी। रिसेस में सब लड़के प्याऊ के पास लगे रामभरोसे के खोंचे पर पहुंच जाया करते थे और दबाकर चाट-मिठाई खाया करते थे और आलू की सिंकती हुई टिकियां देखकर मेरा जी बहुत ललचाता था, लेकिन प्यास लगी होने पर भी मैं उधर नहीं जाता था। रिसेस के बाद जब टिकियां खत्म हो जाती थीं तो मैं पानी पीने जाता था और खोंचे की बची हुई चीज़ों पर उचटती हुई नज़र डालकर लौट आता था।

दर्जे में मेरे इनाम दूसरों को दे दिए जाते थे और फीस के लिए मुझे बहुत अपमानित किया जाता था। जब तक सिद्धार्थ थे; मेरी फीस आधी हो जाती थी, उनके बाद फीस के लिए फिर कभी मेरी अर्ज़ी मंजूर नहीं हुई। तब सिद्धार्थ ने मेरे मन में एक उद्देश्य को जगाया था और मैंने सालाना इम्तहान में प्रथम आकर वज़ीफा पाने की ठानी थी। मैं छमाही में तो प्रथम आ जाता था, लेकिन सालाना इम्तहान में हमेशा तहसीलदार या जज साहब का लड़का ही प्रथम आया करता था। प्रथम आना मेरे लिए पढ़ाई के नज़रिए से उतना ज़रूरी नहीं था, जितना कि आर्थिक नज़रिए से।

आखिर सालाना इम्तहान में मैं ही प्रथम आया। वज़ीफे के रुपयों के लिए सिद्धार्थ मुझसे मरते-मरते भी पत्र लिखकर पूछते रहे कि मिला या नहीं, लेकिन उनके मरने तक मुझे कुछ न मिला और जब मिला तो 'वार फंड' में आधे रुपए काट लिए गए थे। इन छोटी-छोटी कठिनाइयों ने, जो उस समय मेरे छोटे से अस्तित्व के लिए बहुत बड़ी थीं, मुझे झिंझोड़कर रख दिया था। साइकिल वाले ने मेरी साइकिल छीन

ली थी क्योंकि मैं मरम्मत का पैसा नहीं दे पाया था। मेरी मां उन छोटे-छोटे किराएदारों पर बिगड़ती रहती थीं जो पच्चीस-पच्चीस साल से दो-दो तीन-तीन रुपए मासिक पर मकान या दुकानें लिए बैठे थे, जिन पर दो-दो साल का किराया चढ़ा हुआ था। और जो कमर-तोड़ गरीबी से हारकर हर समय यही कहा करते थे, "मालकिन, अब इस उमर में हम पर दया करो—इसी दरवाज़े से हमारी अर्थी उठेगी।" सभी किराएदार ऐसे थे जिनके लड़के काम की खोज में आगरा, फिरोज़ाबाद या कानपुर की ओर चले गए थे, जिनका अपने मां-बाप से कोई संबंध नहीं रह गया था।

धीरे-धीरे मां की आंखों के आंसू बिलकुल सूख गए थे। वह निपट सूनी आंखों से सपाट दीवारों और अंधेरे सूने कमरों को देखती रहती थीं और उन्हें दिल के दौरे पड़ने लगे थे। फिर भी वह कुछ नहीं कहती थीं। गली-मोहल्ले के हर संकट में दूसरों के साथ खड़ी होती थीं और इलाहाबाद में रहने वाले भाई साहब के बच्चों तथा बहू के लिए धीरे-धीरे चीज़ें जमा करती रहती थीं। जब भाई साहब आते थे तो वह सबके लिए कुछ न कुछ भेजती थीं—"दुल्हन के लिए धोती, मुन्नी के लिए फ्राक, कुछ कचरी-पापड़ हैं—अचार डाल दिया था, यह गद्दा बना लिया है बच्चे के लिए—एक कपड़ा पड़ा था।" भाई का आना बहुत ही खुशी का और उनका लौटकर जाना बहुत दुःखदायी होता था। मैं और भी अकेलापन महसूस करने लगता था लेकिन मां थीं कि सब कुछ चुपचाप झेल लेती थीं। कहीं अपमान न हो, इसका उन्हें हमेशा ध्यान रहता था और अपना पेट काट-काटकर भी वे किसी मुंहबोले पोते या नाती के लिए कुछ भेजती रहती थीं। संक्रांत और दूसरे त्योहारों पर पंडित जी के लिए परात भरकर धान भेजती थीं। और शादी-ब्याह में अपने पुराने घर की मर्यादा के अनुरूप विवाह के जोड़े और नेग के रुपए भिजवाती थीं। सावन में मैके आने वाली मोहल्ले की विवाहित लड़कियों के लिए झूला डालती थीं और उन्हें अपने बच्चों की तरह खिलाती-पिलाती और मेहंदी रचाकर, पैसे देकर विदा करती थीं।

मैं घर में बिलकुल अकेला ही रहता था, कोई मेरी उम्र का नहीं था। अपने निपट अकेलेपन में मुझे सहसा अपने से बड़ी उम्र की एक लड़की की निकटता मिली और मैं चौबीस घंटे उसके ध्यान में डूबा रहने लगा। उसकी कोठी में जाते हुए मुझे हमेशा डर लगता था क्योंकि कोठी के ठीक पीछे जंगली झाड़ियां थीं और सांपों के बिल थे। शाम के उतरते अंधेरे में उससे मिलने जाना, जान पर खेलने के समान था, क्योंकि मुझे सांपों से बहुत डर लगता था, वहां जाते हुए मैं हमेशा चिड़ियों की आवाज़ों पर ध्यान देता था क्योंकि चिड़ियां सांप के होने का जल्दी अनुमान लगा लेती हैं और मिल-जुलकर शोर मचाने लगती हैं। जब-जब चिड़ियां चीखती होतीं,

मैं वहीं नाले वाली पगडंडी पर ठिठक जाता और कुछ देर बाद लौट आता था। तीसरे-चौथे दिन जब भी उससे मिलना होता और वह शिकायत करती तो मैं समाज को बुरा-भला कहता—यह समाज बहुत क्रूर है जो हमें मिलने नहीं देता—तब हमें सिर्फ इतना पता था कि समाज नाम की कोई बेरहम चीज़ होती है जो प्रेमीजनों को नहीं मिलने देती—सांपों का इसमें क्या दखल? और दो-तीन सालों के बाद जब मेरी इस प्रेमिका का विवाह हुआ तो संयोग से मैं इलाहाबाद से मैनपुरी पहुंच गया था। घर पहुंचते ही मां ने नाई को बुलाकर मेरे बाल छोटे करवाए थे क्योंकि उन्हें लंबे-लंबे पट्टों से चिढ़ थी और उस लड़की के चाहने पर भी कि मैं विवाह से पूर्व उससे मिल लूं, मैं अपने नाम मात्र बालों के कारण उससे मिल नहीं पाया था।

"ज़्यादा पढ़ाने से लड़के हाथ से निकल जाते हैं!" यह मेरे सबसे बड़े सौतेले भाई का नारा था, हालांकि वे घर से अलग थे परंतु घर में फिर भी उनका रोब था। मुझे दसवीं के आगे पढ़ाया जाए यह उन्हें मंजूर नहीं था। उन दिनों वे कानपुर छावनी में यूरोपियन इंस्टीट्यूट में मैनेजर थे। वह इंस्टीट्यूट अंग्रेज़ और अमरीकी फौजियों की विलासिता का अड्डा था। दूसरे महायुद्ध का समय था। नशे में धुत फौजी जब आपस में लड़ते हुए बार के गिलास और बोतलें चलाने लगते तो मेरी आत्मा कांप जाती थी और मैं बार-काउंटर के नीचे रखी पेटियों के पीछे दुबक जाता था। अंदर डांस-हॉल में आरकेस्ट्रा बजता रहता था। गैलरियों में 'हौजी' चलती, संगीत, नाच, गालियों-चीखों और कराहों से वह पूरी इमारत गूंजती रहती थी। लड़कियों के साथ वे फौजी जानवरों की तरह पेश आते थे। लड़कियों को अपनी मेज़ों पर नंगा कर देते थे या मैदान में नंगे होकर दौड़ते और लड़कियों का पीछा किया करते थे।

मुझे बारबारा की घटना याद है। वह भारतीय क्रिश्चियन थी और बहुत सुंदर थी। उसे उन फौजियों ने इतना काटा-पीटा था कि वह युद्ध-क्षेत्र से लौटे हुए सैनिक की तरह लगती थी। एक रात किसी टॉमी ने उसकी जांघ पर टूटा गिलास मार दिया था...बहुत खून बहा था—किंतु अगली रात वह फिर मरहम-पट्टी करवाकर नाचने आई थी और मैंने उसे हॉल के बाहर मैदान में लहूलुहान खरगोश की तरह भागते देखा था—तीन टॉमी उसका पीछा कर रहे थे।

रात की काली चादर...आकाश में गूं-गूं करते हुए हवाई जहाज़! छावनी के फौजियों के बूटों की आवाज़ें...सेना के ट्रकों तथा जीपों की जूं-जूं...शराब, संगीत और मांस के समुंदर में गोते लगाते हुए गोरे फौजी...ब्लैक-आउट...भयानक आवाज़ों में चीखते हुए सायरन!

मुझे लगता था कि यह दुनिया मेरी नहीं है। हर रास्ते पर 'नो एंट्री' के बोर्ड थे और पग-पग पर कंटीले तारों के घेरे थे। मैं भाग खड़ा हुआ था अपने छोटे से कस्बे की ओर, जहां तमाम आत्मिक दुःखों के बावजूद लोगों की आंखों में जान-पहचान दिखाई देती थी। ब्रांच लाइन की रेलगाड़ी···छोटे-छोटे उदास स्टेशन और सूखे पेड़, खेत, तारों पर बैठी हुई चिड़ियां···सूने प्लेटफॉर्म पर गाड़ी की प्रतीक्षा करते हुए आवारा कुत्ते और अकेला स्टेशन मास्टर। मैं घर लौट रहा था, ब्रांच लाइन की गाड़ी कूल्हे हिलाती भाग रही थी। खिड़की से सूने प्लेटफॉर्म को देखता हूं, तो एक डिब्बे के बाहर हंसिया-हथौड़े का लाल झंडा लगा दिखाई देता है। प्लेटफॉर्म पर उतरकर मैं जिज्ञासाभरी दृष्टि से डिब्बे के यात्रियों को देखता हूं—मैं लड़ने के लिए उस डिब्बे में घुस जाता हूं। ऊपर पहुंचकर पता चलता है कि वह 'झंडा' क्रांतिकारी सोशलिस्ट पार्टी का है···भगतसिंह और चंद्रशेखर आज़ाद की पार्टी का। उस डिब्बे में योगेश चटर्जी और यू.पी. पार्टी के सेक्रेट्री केशव मिश्र यात्रा कर रहे थे। मैं अनाप-शनाप सवाल पूछता हूं, उनसे झगड़ता हूं। पता चलता है कि वे लोग किसी सभा के सिलसिले में मेरे ही शहर जा रहे हैं। योगेश चटर्जी मुझसे मेरे घर का पता ले लेते हैं और तीसरे दिन मेरे घर पर दस्तक होती है। मुझे लड़ाई का एक मोर्चा नज़र आता है। जिस पर मेरे साथ बहुत से साथी जुटे हुए हैं और इलाहाबाद जाकर मैं इनकलाबी सोशलिस्ट पार्टी का थोड़ा-बहुत काम करने लगता हूं। साथ ही पढ़ाई भी जारी है, तमाम पुस्तकें और पर्चे प्रत्येक दिन मिलते हैं, जिनमें भारत का एक नया रूप है···भारत के बाहर के देशों में चलने वाली लोकतांत्रिक लड़ाई के समाचार हैं···उन अफ्रीकी एवं गुलाम देशों के समाचार हैं, जहां जनता अपनी स्वतंत्रता के लिए लड़ रही है। इलाहाबाद के चौक पर घंटाघर के पास है पार्टी का दफ्तर, जिस पर वह लाल झंडा लहरा रहा है। दूर-दूर से लोग साइकिलों पर आते और पोस्टर-पर्चों, कागज़ों तथा अखबारों के बंडल दबाकर लौट जाते हैं···सबकी आंखों में एक सपना है, एक सफलता की चमक है—मन में आग है। गाजीपुर के किसानों पर अत्याचार किए गए हैं। कानपुर के चमड़ा कारखानों के श्रमिकों की छंटनी हुई है। चुंगी के सफाई दरोगा ने नौजवान मेहतरानी की इज़्ज़त लूटी है, दिल्ली की विदेशी सरकार ने जनता की मर्ज़ी के विरुद्ध आदेश दिया है। नेतागण आज प्रातःकाल बंदी बना लिए गए हैं। दक्षिण अफ्रीका में गोरी सरकार ने गोली चलाई है···और उतनी ही तेज़ी से हमारे प्रस्ताव पारित हो रहे हैं—विरोध, हड़ताल, आंदोलन, भाषण! पार्टी का वह छोटा सा कमरा थरथराता रहता है—'जन-क्रांति' अखबार निकलता है और मैं उसमें क्रांतिकारियों की जीवनियां और जीवन के हालात लिखता हूं। वहीं पार्टी के दफ्तर

में बैठकर तमाम पुस्तकें पढ़ता हूं और अपनी असली लड़ाई को पहचानता हूं। जीवन में जैसे सभी कुछ है, केवल धन नहीं है, लेकिन अब पैसे का अभाव इतना नहीं खलता। इस जीवन में तो ये मुश्किलें झेलनी ही पड़ती हैं। हममें से किसी के पास पैसा नहीं है, कपड़े नहीं हैं, जूते नहीं हैं, बिस्तर भी नहीं है, प्रस्ताव हैं, भाषण हैं, योजनाएं हैं, सपने हैं—इसलिए सब कुछ है।

तभी देश स्वतंत्र होता है और शरणार्थियों की ट्रेनें इलाहाबाद पहुंचती हैं। विभाजन का घाव खाए हुए लुटे-पिटे लोग बदहवास आंखों से चारों ओर देखते हैं। देश में कत्ल होने वालों के दुःख का बोझ मन पर है···सब कुछ खोकर भी वे परास्त नहीं हुए हैं···बाज़ू कट गए हैं, पैर कट गए हैं, आंखों में भयानक रक्तपात की परछाइयां हैं लेकिन ये कैसा विचित्र जीव—आदमी है कि अपने आप से कभी हारता नहीं है।

मैं अन्य स्वयंसेवकों के साथ रात-दिन ट्रकों पर रसद और अन्य सामग्री लदवाकर गंगा पार शरणार्थियों के कैंपों में जाता हूं। वहां फौजियों की वही बैरकें हैं जो कानपुर छावनी में थीं। किंतु अब खाली हैं। बुरी हालत में हैं, उन्हीं में शरणार्थी कैंप खोलते हैं, और उजाड़ भयानक बैरकों में शरणार्थी एक नया जीवन आरंभ करते हैं। वे कंकरीली ज़मीन साफ करके सब्ज़ियों की क्यारियां बना लेते हैं। कोई-कोई जंगली फूलों के पौधे भी लगा लेते हैं। हर सुबह जब हम स्वयंसेवकों के केंद्र मेयो हॉल से ट्रकों पर सामान लादकर चलते हैं तो उन लोगों की शक्लें याद आती हैं, जो वहां वीराने में पड़े हमारी प्रतीक्षा कर रहे होंगे। हमारा ट्रक पहुंचते ही वे आपस में लड़ने लगते थे, किंतु बाद में वही लड़ने वाला हरेक का भाग लड़-झगड़कर खुद उसे दिलवाता था, जिसे नहीं मिल पाया है। वे लोग अपने छूटे हुए घरों और बिछड़े हुए लोगों को याद करके रो पड़ते थे। वे बेचारे मौत का दरिया पार करके आए थे।

एक दिन सामान बांटने के बाद जब हम लौटने लगे तो एक अधेड़ औरत हमारे ट्रक के पास आकर खड़ी हो गई थी। "भ्रा जी, हमें अस्पताल पहुंचा दो, बड़ी कृपा होगी।" उस स्त्री का कोई नहीं था। सब घर वाले मारे गए थे। वह अकेली थी और दूसरे दिन उसने एक बच्चे को जन्म दिया था।

'जन-क्रांति' अखबार बराबर निकल रहा था। उसमें मैं कुछ अधिक ही लिखने लगा था। अपने आदर्शों के प्रति और भी लगाव बढ़ गया था। साथियों का दृढ़ निश्चय मेरे विचारों में परिपक्वता ला रहा था। पार्टी के दफ्तर में एक दिन मैं अकेला था और आज्ञा मिली थी कि मैं वहां से हटकर न जाऊं। हमारी पार्टी के नेता, कांग्रेस के लीडरों से किसी महत्त्वपूर्ण समस्या पर विचार-विमर्श करने दिल्ली गए थे। उसके

बाद कोई लौटकर नहीं आया। पार्टी के ज़िम्मेदार लोगों ने कांग्रेस में मिलना स्वीकार कर लिया था। और मेरे तमाम साथी हताश होकर अपने-अपने गांव लौट गए थे। मैं पार्टी दफ्तर में बैठा लोगों की वापसी की प्रतीक्षा करता रहा। लेकिन कोई वापस नहीं आया। सारे दस्तावेज़, प्रस्ताव, भाषण, सपने—सब बेकार साबित हो गए। और प्रतीक्षा करते रहने के बाद जब घबराकर अपने आदर्शों को लेकर सड़क पर आया तो दुनिया फिर बदल गई थी। एक रक्त-लोलुप दुनिया मुझे भूखे भेड़िये की तरह घूर रही थी।

उधर कॉलेज में गलत आरोप लगाकर दो वर्ष तक कॉलेज से निकाल दिया गया था और मैं अपने से हारने लगा था कि तभी किसी ने बहुत अपनत्व से कहा था, "सिरका, प्याज़ और रोटी भी मिल जाएगी तो भी हम कितने खुश होंगे, घबराने की क्या बात है!"

मैं और मेरा एक साथी तब किसान आंदोलन के सिलसिले में पार्टी ऑफिस में पकड़े गए थे। हमें नैनी जेल में डाल दिया गया—न हम पर चार्जेज़ लगाए गए थे, न हमें अदालत के सामने हाज़िर किया गया था। हम दोनों अभी उम्र से नाबालिग थे, इसलिए उनतीस दिनों बाद जब सुबह जेलर राउंड पर आए तो हम दोनों को छुटकारा देकर जेल से भगा दिया गया था। जमुना का पुल पार करके तब मैं गऊघाट पर पहुंचा था।

जमुना में छलांग लगाकर आत्महत्या करने की सोच रहा था, क्योंकि अब न पार्टी थी, न 'जनक्रांति' अखबार था, न साथी थे, न सपने थे—सब कुछ बिखर गया था, घर भी बहुत पीछे छूट गया था···उस वक्त मेरी पराजय, मेरी हताशा और बुज़दिली ने साथ दिया था और मैं गऊघाट से मोहतशिमगंज वाले घर की तरफ लौट रहा था कि रास्ते में हिंदी साहित्य सम्मेलन का पुस्तकालय पड़ा था। थके और दिशाहीन पैर यों ही रुक गए थे और मैं पुस्तकालय में बेसबब पहुंच गया था। वहां दीवारों पर वैसी ही तस्वीरें लगी हुई थीं, जैसी मेरी बैठक में लगी थीं और क्षण-भर के लिए लगा था कि जैसे इतने वर्षों के बाद सिद्धार्थ उन्हीं तस्वीरों को दिखाते हुए मुझे बता रहे हों—'यह तस्वीर बाबा की है और यह बाबूजी की है···जब बाबूजी का हार्टफेल हुआ था तब तू तो बहुत छोटा था। बाबा को मैंने भी नहीं देखा।' और भारतेंदु हरिश्चंद्र की तस्वीर बाबा की तस्वीर की तरह ही धुंधली सी थी, और थी प्रेमचंद की तस्वीर···जब वह मरे थे तब मैं बहुत छोटा था, और उसी दिन से मेरा परिवार बदल गया था।

मेरी साहित्यिक यात्रा तब से शुरू होती है जब मेरा परिवार बदला था। मैं क्षत-विक्षत जमींदार घराना छोड़कर प्रेमचंद, राहुल, निराला, यशपाल, अमृतलाल नागर के घराने में आ गया था। परंतु मेरे परिवार के बदलने का पता किसी को न था। मां को कुछ आभास हो गया था। वह कभी-कभी पूछती थीं कि प्रेमचंद कौन हैं? मैं उनसे पूछता था कि यह जिनका चित्र बैठक में लगा हुआ है, यह मेरे कौन हैं? मां की आंखें भर आती थीं, साथ ही मेरी भी—यह सोचकर कि बाबूजी का प्यार मिला होता तो शायद मेरे अधकचरे बचपन और जीवन के शुरू का सन्नाटा कुछ कम हो जाता, मुझे कोई बताता कि यह दुनिया क्या है···इस संसार का नियम क्या है···अपने बाबूजी के साथ मेले में जाने से क्या सुख मिलता है···उनसे पैसों की मांग करने में कैसा आनंद आता है।

मैनपुरी का वह बड़ा सा मकान, मई-जून की सांय-सांय करती दोपहर, उड़ती हुई धूल···तपती हुई दुनिया और निपट अकेला मैं। बाबूजी को खोजते हुए मैं उस नुक्कड़ वाले कुएं पर चला जाता था, जिसकी पटिया पर उनका हार्टफेल हुआ था। ऊपर छितरा सा नीम का पेड़···सामने बहता गंदा नाला···बगल से जाती कंकर की सड़क पर जाता हुआ कोई खड़खड़ाता इक्का···हांफता हुआ घोड़ा, देवी के स्थान तक गाती हुई जाने वाली सुहागिनों की टोली—"ऐ! गौरा मैया···ऐ! दुर्गा देवी···माथा टेकूं तुम्हारे द्वार! ऐ मैया मोरी हमको लेउ उबार···"

धीरे-धीरे दूर कंकर की सड़क पर सुहागिनों की टोली, जलती धूप में पारे की भांति कांपकर खो जाती, उनकी आवाज़ डूब जाती। हांफता हुआ घोड़ा अड्डे पर पहुंचकर रुक जाता। फिर सन्नाटा छा जाता। और तब मैं कुएं की तपती हुई जगत पर चढ़कर झिलमिलाते पानी में बाबूजी की छाया ढूंढ़ते हुए आवाज़ लगाता··· "बाबूजी···बाबूजी!" आवाज़ ईंटों के गोल घेरों से टकराती हुई नीचे पतले पाताल से टकराती, पानी की झिलमिलाहट कुछ और तेज़ होती और कुएं से ध्वनि आती—"कौन?"

"बाबूजी···मैं···!"

लेकिन कुआं फिर खामोश हो जाता। नीम की झड़ती पत्तियां चकराती हुई इस अंधेरे कुएं में खो जातीं···फिर कोई ध्वनि लौटकर नहीं आती···। अनेक बार अकेला मैं बाबूजी को आवाज़ लगाने उस कुएं पर गया, लेकिन वे नहीं बोले। तब से अपना दिलोदिमाग अंधा कुआं बन गया है, जिसमें मैं निरंतर आवाज़ लगाता हूं··· 'बाबूजीऽऽऽ।' कोई आवाज़ पूछती है···'कौन?' और जब मैं कहता हूं 'बाबूजी मैं' तो फिर कोई उत्तर नहीं आता।

घोड़े के लिए इक्के वाला था। सुहागिनों की गौरा मैया थीं, पर मेरे लिए तो

कोई नहीं था। मेरे लिए तो बाबूजी सिर्फ सांय-सांय करती हुई दोपहर थे··· । बाबूजी मेरा अकेलापन थे···उड़ती हुई धूल थे···नीम की झड़ती हुई पत्तियां थे···गलियां और कंकड़ की सड़क थे··· । मैं यह भी नहीं सोच पाता था कि कहीं जाना पड़ा तो उनके बिना कैसे जाऊंगा। पतंग के लिए किससे कहूंगा···सवेरे जब बिब्बन के बाबू जलेबियां लाएंगे तो मैं किससे कहूंगा–"बाबूजी···जलेबियां खाऊंगा··· ।"

मुझे अच्छी तरह याद है इम्तहानों के समय रमेश के बाबू श्यामचरण, बिब्बन के बेंचेलाल और मुनुवा के अब्बा मुख़्तार साहब अपने बेटों के लिए पेंसिलों की नोक बना-बनाकर दिया करते थे···और चबूतरे तक पीठ ठोकते हुए उनकी हिम्मत बढ़ाते हुए पहुंचा जाते थे, जहां से हम टोली बनाकर परीक्षा देने स्कूल जाते थे। तब मेरी अंगुलियों में खून से सनी पट्टियां बंधी होती थीं, क्योंकि तेज़ ब्लेड से मैं अपनी पेंसिल खुद छीलता था। धूल-मिला पसीना जब कटी अंगुलियों में चिरचिराता था तो कॉपी पर 'सन ऑफ जगदंबा प्रसाद' लिखते-लिखते आंखें छलक आती थीं···और बाबूजी का लिखा हुआ वह नाम कुएं में झिलमिलाते जल की तरह जागकर चुप हो जाता था।

जब बाबूजी इतने कठोर हो गए तो मैंने अपना दिल कड़ा कर लिया था और उनके संबंध में कभी कुछ नहीं लिखा। एक बार लिखा तो उनसे पूरा बदला ले लिया। 'समुद्र में खोया हुआ आदमी' में उन्हें मैंने अपने बेटे की प्रतीक्षा करते और तड़पते उसी तरह देखा है, जैसे मैं वास्तविक जीवन में उनकी प्रतीक्षा करता और तड़पता रहा हूं।

मुझे ठीक तरह याद है···रामलीला में लंका-दहन हो चुका था। मेरे सब साथी मेले से अपने-अपने घरवालों या पिता के संग घर लौट गए थे। रावण के पुतले की जली हुई खपच्ची से मेरा पैर जल गया था और मैं बिलबिलाता हुआ वहीं गिर पड़ा था, तब उस अंधेरे में एक आवाज़ आई थी--कौन? और मैंने देखा था कुरावली के मोटर-अड्डे पर चाट-मिठाई का ठेला लगाने वाला हलवाई मुझसे कह रहा था– "क्यों बेटा! पैर जल गया···चच्···चच्··· ।" उखड़ते मेले से लौटते हुए उसने अपने थाल को सरकाकर साइकिल-ठेले पर मेरे लिए जगह बना दी थी और उस पर बिठाकर तीन मील चलकर गली के नुक्कड़ तक मुझे छोड़ गया था। रास्ते में उसने मुझसे बहुत सी बातें की थीं। उनमें से एक ही अब तक याद है–"बेटा इस संसार का कोई बाप नहीं है···चाहे जितने रावण जलाओ, चाहे जितने राम जी सजाओ।"

मुझे नहीं मालूम कि मेले में मेरे पैर जल जाने पर मेरे बाबूजी जगदंबा प्रसाद क्या कहते, लेकिन उस बाप ने जो कहा था शायद उस 'कहानीकार पिता' को ही मैं आवाज़ें लगा-लगाकर खोजता रहा था।

मैं अत्यंत विनम्रता से कहना चाहूंगा कि प्रेमचंद की परंपराओं के 'बड़बोलों' से मुझे कोई गुरेज नहीं है, क्योंकि वे प्रेमचंद की परंपराओं के दावेदार हैं और मैं केवल प्रेमचंद के दृष्टिकोण का एक साधारण सा अनुयायी मात्र हूं। जो प्रेमचंद की थाती के उत्तराधिकारी हैं वे वात्स्यायन के लैंगिक दृष्टिकोण को सराह सकते हैं, जैनेंद्र के क्षत-विक्षत और व्यक्तिवादी संसार में अपने संतोष की सामग्री पा सकते हैं, और बड़े भोलेपन से कह सकते हैं—"आंदोलनों से अच्छी कहानी नहीं लिखी जाती। अच्छी कहानी तो गहरे चिंतन एवं मनन के कारण ही जन्म लेती है।" और फिर वही लोग 'सहज कहानी' का मरियल आंदोलन चलाते हैं।

मेरे लिए मेरा प्रेमचंद कुरावली के मोटर-अड्डे का वह हलवाई है जो कहता है, 'इस संसार का कोई बाप नहीं है···चाहे जितने रावण जलाओ, चाहे जितने रामजी सजाओ।' सही साहित्यिक दृष्टिकोण यदि मुझे प्रेमचंद से प्राप्त होता है तो सही जीवन की दृष्टि मुझे चाट-मिठाई लगाने वाले उस हलवाई से मिलती है···मेरा प्रेमचंद वह ठेले वाला है, यही मैंने प्रेमचंद से सीखा है और इसी को मैं उनकी देन मानता हूं।

बहरहाल—ऊपर से कमाल यह है कि वे साहित्यकार जो प्रेमचंद के शुक्रगुज़ार नहीं हैं, बल्कि मोहताज हैं, बड़े भोलेपन से आगे कहते हैं—"किंतु बुराइयां हैं तो बस दो—एक तो यह कि इस धंधे में (यानी आंदोलन में) कहानी बदनाम हो जाती है और दूसरी यह कि जहां दो-चार चतुर खिलाड़ी करतबबाज़ी दिखाकर अपना उल्लू सीधा करते हैं वहां पचासों नए लिखने वाले जिनका साहस बढ़ाया जाता और जिन्हें उचित ढंग से मार्गदर्शन दिया जाता तो वे कुछ रचनाएं भी दे सकते थे। परंतु वे बेचारे सदैव के लिए भटक जाते हैं।" यह वक्तव्य देने वाले उन्हीं निरीह साहित्यकार की यदि याद दिलाऊं तो शायद वे तिलमिला उठेंगे कि जब सन् सत्तावन-अट्ठावन में एक कमलेश्वर नाम के नए साहित्यकार का दूसरा कथा-संकलन 'कस्बे का आदमी' आ रहा था तो उन्होंने अपने पुराने कथा-संकलन 'तिरंगे कफन' का नाम बदलकर 'कस्बे का एक दिन' कर दिया था, यह शायद करतबबाज़ी नहीं थी, बल्कि एक साहित्यिक कर्तव्य था! क्योंकि स्वतंत्र भारत में 'तिरंगे कफन' से खतरा था और साहित्य में, कस्बे की कहानी, गांव की कहानी, पहाड़ी अंचल की कहानी, शहरी कहानी इत्यादि चल निकली थीं। इसलिए 'कस्बे का एक दिन' शीर्षक साहित्यिक

कार्य बन गया था।

ऐसे भटके हुए वामपंथियों के साथ ही दूसरी ओर हमारे वे शाश्वतवादी और सच पूछिए तो कट्टर हिंदूवादी लेखक हैं जो कहते हैं कि—"मानव के मन में ईश्वर से प्रार्थना-याचना करने की आकांक्षा ही परमेश्वर की पहचान है!" ये शाश्वतवादी लोग निरंतर व्यक्तिगत रूप से अपने राजनीतिक आकाओं को पत्र लिख-लिखकर मन में धार्मिक भावना की खोज भी करते रहते हैं, और ऊपरी तौर से अपने 'राजनीतिक परमेश्वरों' को यह भी समझाते रहते हैं कि उनके मन में अपने 'परमेश्वरों' के विरोधियों के विरोध की ज्वाला भी धधक रही है और इस तरह वे बड़ी चतुराई से दो नावों में पैर रखकर एक तरफ इंसानी परंपरा का विरोध करते हुए हिंदूवादी-आत्मवादी सांप्रदायिक साहित्य लिखते रहते हैं और दूसरी तरफ राजनीतिक संरक्षण का सुख पाते रहते हैं। अपने साहित्यिक अस्तित्व को बनाए रखने के लिए इस प्रकार का जो दो-रुखा खेल खेला जाता है, उससे मेरा कोई संबंध नहीं रहा है। साहित्य में जीवित रहने के लिए जो लोग सांसें ले रहे हैं, उन्हें साहित्य और उसका इतिहास मुबारक हो। मैं अपने युग में सभी कठिनाइयों, कुरूपताओं और आकांक्षाओं के साथ जी रहा हूं···। इस कारण न मैं ईश्वर को आवाज़ दे सकता हूं न इंदिरा गांधी तक पहुंचने के लिए कमलापतियों के पैर छू सकता हूं और न दूसरी नावों को साधे रहने के लिए 'जयप्रकाश नारायण' का साथ दे सकता हूं। मैं अपने युग के मानव का साथ छोड़कर कहीं नहीं जा सकता···क्योंकि मेरे युग में प्रत्येक पिता अपने पिता को खोज रहा है। मेरी अकेली खोज कोई महत्त्व नहीं रखती यदि वह हमारे युग की सामूहिक खोज का हिस्सा नहीं है तो! इसलिए मन के अंधे कुएं में अब कमलेश्वर के बाबूजी को ढूंढ़ना निरर्थक लगता है, क्योंकि सामान्य व्यक्ति के दुःख का पता करना अधिक महत्त्वपूर्ण और ज़रूरी है।

यहां से मेरी उन गर्दिश-भरी कहानियों का आरंभ होता है, जिन्हें कुछ वर्षों पश्चात् हिंदी के कथा-साहित्य में 'कस्बे की कहानियां' कहा गया। मेरा घराना उसी समय सहसा बहुत बड़ा हो गया था। पूरा मैनपुरी कस्बा, उसके लोग, उसके पेड़, सड़कें, गलियां, कुत्ते, नाले, घास-पात, कुएं, चौराहे, सबकी दर्दभरी दास्तानें मेरी हो गई थीं। चबूतरे पर बैठकर खांसते हुए सैयद अली पेंटर, चुंगी के चौराहे पर चाय की फटीचर दुकान लगाए चाय बाबू, मैनपुरी का तंबाकू खाते जौहरी वैद्य जी, एटा से आए बस-अड्डे पर काम करते हुए क्लीनर और ड्राइवर, सबकी कहानियां मेरी हो गई थीं। वास्तव में वह समय बड़ा ही दुःख-भरा परंतु अद्वितीय था। मुझे हमेशा लगता था कि उनकी दास्तानें केवल मुझे मालूम हैं···आश्चर्य की बात यह थी कि

उन सब लोगों को चोट लगने का दर्द तो होता था। टी.बी. बुखार, दमा से होने वाली तकलीफ का भी पता था। परंतु उन्हें अपनी विवशता, बदहाली, बेपनाह गरीबी आदि के कारणों का आभास तक न था। उन्हें एक बने-बनाए जीवन का ढर्रा दे दिया गया था जिसमें स्त्री बच्चों को जन्म देने की मशीन और पुरुष की काम-वासना को तृप्त करने का माध्यम थी। भंगी गंदगी साफ करने के लिए थे, मेहरी बर्तन मांजने के लिए थी। संपेरे केवल सांप का खेल दिखाने के लिए थे, नाई पीढ़ी दर पीढ़ी हजामत बनाने के लिए थे। मंडी के आढ़तिए केवल मंडी के लिए थे। चाट वाले बस खोंचा लगाते थे, साइकिल रिपेयर करने वाले केवल साइकिलों की मरम्मत करते थे। चाकू-छुरियों पर धार लगाने वाले जीवनपर्यंत केवल सान चढ़ाने वाला चक्का खींचते थे, मालिक मालिक ही बने रह जाने के लिए थे और मुनीम मुनीम बने रहने के लिए विवश थे।

सभी कुछ रुका हुआ था···जुम्मन को मैंने सवारियों की प्रतीक्षा करते और स्टेशन पर अपना इक्का लगाए बूढ़ा होते देखा था। लगा था कि वह वहीं बैठे-बैठे बूढ़ा हो गया है। वह चाय-बाबू जो शुरू-शुरू में बड़े दमखम से कस्बे में चाय, सोडा, लेमन की दुकान लगाकर बैठे थे, उसी टीन की कुर्सी पर बैठे-बैठे व्यतीत हो गए। करमचंद, छींट और गंजी का कपड़ा नापते-नापते ही पोपले हो गए। डॉक्टर दुबे के कंपाउंडर उस कच्चे घर में सांप काटने से मर गए और रहमान का सौतेला बेटा रामलीला के पुतले बनाने लगा, पर उसका घर वैसा ही और वहीं रहा। सांपों का डर खत्म नहीं हुआ। सांप पकड़ने वाला गफूर लकड़ियां काटते-काटते और ताड़ी पी-पीकर एक दिन कुल्हाड़ी से सिर टिकाए यूं ही सोता-सोता चला गया। रमेश की बुआ जी उसी तरह दरियां बुनती-बुनती आधी पागल हो गईं। कोई लड़का कस्बा छोड़कर भाग गया, कोई भागा हुआ मार खाकर फिर लौट आया था और इमली के पेड़ मौसम पर उसी तरह फूलते रहे···काली आंधियां उसी तरह आती रहीं, तीज-त्योहार अपने-अपने समय पर लौटते रहे, कचहरियों में मुकदमे चलते रहे, पुराने डाक बाबू के स्थान पर नए डाक बाबू आते रहे। फर्रुखाबाद के कोतवाल मैनपुरी में आ गए। मैनपुरी के कोतवाल आगरा चले गए। पैसेंजर गाड़ियों से देर-सवेर लोग आते रहे। बसों से उतरकर लोग सराय और मंडियों में क्रय-विक्रय करते रहे परंतु मेरी मैनपुरी का आदमी वहीं रहा, वैसा ही रहा, उसके लिए कहीं कुछ नहीं बदला, उसे पता ही नहीं था कि कहीं कुछ बदलता है, कहीं कुछ बदलना चाहिए।

इसी वातावरण में मेरी कहानियां, गर्मियों के दिन, राजा निरबंसिया, मुर्दों की

दुनिया, देवा की मां, कस्बे का आदमी, एक सड़क सत्तावन गलियां (उपन्यास), भटके हुए लोग, बेकार आदमी, अपनी-अपनी आंखें खोलने और सांस लेने के लिए विवश थे।

ये दिन क्रांतिकारी और समाजवादी पार्टी के साथ के दिन भी थे। यही दिन मेरे भाई सिद्धार्थ की मृत्यु के दिन थे जिन पर टूटे हुए परिवार की सारी आशाएं लगी हुई थीं क्योंकि सिद्धार्थ के बड़े होते ही हमारे घर की हालत भी सुधर जाती। वह दिन बड़े भाई मन्ना दादा के भयानक संघर्ष के दिन थे, जब वह बारह रुपए माहवार की आमदनी से सारे परिवार का किसी तरह निर्वाह कर रहे थे। यही दिन मेरी मां के दुःखों के दिन थे जब वह मुझे आगे पढ़ाने भेज रही थीं और मेरी मैनपुरी मुझसे छूट रही थी। टीन के छोटे से सूटकेस में मेरी तीन कमीज़ें, एक कुर्ता और तीन पायजामे रखकर मां ने मुझे वनवास दे दिया था और खुद जैसे गांधारी की तरह आंखों पर आंसुओं की पट्टी बांधकर सुख-दुःख से अलग होकर वह उस मैनपुरी वाले घर में बिलकुल अकेली रह गई थीं। जगन्नाथ टेलर-मास्टर को स्टेशन भेजकर उन्होंने पहले ही इलाहाबाद तक का रेल का किराया मालूम कर लिया था जो उन्होंने धीरे-धीरे जोड़ा था। चलते समय रास्ते के खर्च के लिए उन्होंने बारह आने और दिए। इक्के की भी ज़रूरत नहीं थी, पैसे भी नहीं थे, इसलिए बचपन के मित्र बिब्बन अपनी साइकिल लिए खड़े थे। चलते-चलते मां ने मेरी हथेली में तांबे का एक पैसा थमाया और कहा था—"रास्ते में नदी पड़ेगी उसमें चढ़ा देना।"

डगमगाती साइकिल पर जब अपना छोटा सा टीन का सूटकेस संभाले मैं कैरिअर पर बैठकर चला था तो मैंने वही आंसुओं की पट्टी आंखों पर बांधे अपनी गांधारी मां को पलटकर देखा था। वह गली के लोगों से कह रही थीं, "कैलाश आगे पढ़ने जा रहा है।" दाहिने हाथ में टीन का बक्स था। बाएं बाज़ू से जब मैंने आंखें पोंछीं तो बिब्बन की साइकिल डगमगा गई थी। वहीं नाले की नीची दीवार पर पैर टिकाकर बिब्बन ने सांस ली थी, "यार कैलाश! जब तू बी.ए., एम.ए. कर लेगा तो समझूंगा मैंने कर लिया। हमें तो जुलाई में नौकरी मिल जाएगी। तुम इलाहाबाद से आना तो साइकिल की गद्दी के लिए एक कवर लेते आना—यह खाली स्प्रिंग बहुत काटती है।"

बिब्बन ने मुझे स्टेशन पहुंचा दिया था और पैसेंजर गाड़ी से शिकोहाबाद होता हुआ मैं इलाहाबाद पहुंच गया था। मैनपुरी की यादों से भागने के लिए बाहर देखना बहुत आवश्यक था। रास्ते-भर मैं नदी-नाले, खेत-पेड़, तरह-तरह की घासों और चिड़ियों को देखता अपने में डूबता-उतराता चला आया था। फिर तो इतनी बार

इलाहाबाद और मैनपुरी के बीच सफर किया कि लगभग हर शहर आने का पता कोई खास रेलवे की पानी की टंकी, कोई खास पेड़, कोई खास आवाज़, कोई चिड़ियों का झुंड या कोई महक उस आने वाले स्टेशन या बस्ती का पता दे देती थी।

इलाहाबाद पंत, निराला और महादेवी का नगर है। यह पता मुझे बहुत देर बाद चला था। मेरे लिए इलाहाबाद मोहतशिमगंज था। हीवेट रोड था, बादशाही मंडी थी, जीरो रोड था, बहादुरगंज था और चौक था। मेरी दुनिया पंत, निराला और महादेवी की दुनिया नहीं थी। मेरी दुनिया में उस समय बीड़ी बनाने वाले, दूध वाले, पंडे, मोती महल सिनेमा के गेटकीपर, नानबाई, ए.जी. ऑफ़िस में काम करने वाले, अग्रवाल कॉलेज के सामने अखबार बेचने वाले, हंस प्रकाशन के सामने रात को परांठे-सब्ज़ी के खोंचे लगाने वाले और चटर्जी टेलर के ऊपर चौथे माले पर क्रांतिकारी पार्टी में काम करने वाले साथी थे। देशसेवा प्रेस के कंपोज़ीटर थे और राजा आर्टिस्ट जो बाद में माया के लिए स्केचेज़ बनाने लगे थे...और थे यूसुफ भाई जो राजा साइन आर्ट नाम से इलाहाबाद की दुकानों के लिए साइन-बोर्ड पेंट किया करते थे।

इन सबमें लगातार दो बातें नज़र आती थीं—एक तो यह कि ये सभी लोग कहीं न कहीं अपने-अपने विश्वासों और परंपराओं से जुड़े हुए थे। सभी के मन में नदी में पैसा चढ़ाने का दस्तूर था और दूसरे, हरेक की सीट की कोई न कोई स्प्रिंग कहीं पर काट रही थी।

यह सभी लोग बड़े धारदार थे, अत्यंत भले इंसान, लेकिन साथ ही कुकर्मी, मनमौज़ी, बदमाश, क्रोधी, स्वार्थी, उदार एवं कोमल-मना, अजब थी यह दुनिया... हरेक के पास ऐसा कुछ था जो दूसरे के पास नहीं था। लेकिन ऐसा भी कुछ था जो सभी को एक ही तरह से काट रहा था।

साहित्यिक क्षेत्र से तो मेरा परिचय बहुत बाद में हुआ। मैं तो अपना यह संसार लेकर आया था। इसी दुनिया के लिए मुझे लड़ना था, लड़ाई कहीं भी होती, मैं उसी के लिए लड़ता, परंतु हुआ यह कि लड़ाई मुझे साहित्यिक क्षेत्र में लड़नी पड़ी। शक्ति मुझे इस बात से मिली थी कि मुझसे पहले तमाम लोग यही लड़ाई लड़ने का निश्चय कर चुके थे। यह पता मुझे उस समय चला जब मैंने साहित्य का अध्ययन आरंभ किया, वरना मैं तो साइंस का विद्यार्थी था। मुझे साहित्य-वाहित्य से कुछ लेना-देना नहीं था। वास्तव में मुझे यदि यथार्थवादी साहित्यकारों की स्वस्थ तथा प्राणयुक्त परंपराएं न मिलतीं तो मैं रेलवे का गार्ड या इंजीनियर होता और वहां उन लोगों के साथ मिलकर संघर्षरत होता। परंतु मुझे उक्त परंपरा के साथ-साथ मिले दुष्यंत, जितेन्द्र, ओमप्रकाश श्रीवास्तव, अमरकांत, ओंकार, अजित, वीरेन्द्र मेहंदीरत्ता, मारकण्डेय,

सतीश पांडे, रामकुमार वर्मा, धर्मवीर भारती, अमृतराय, उपेंद्रनाथ अश्क, बलवंत सिंह आदि जैसे लोग, जिनसे वाद-विवाद भी हुआ, संघर्ष भी हुए और अपनेपन का अत्यंत सुंदर समय भी बीता।

इसके उपरांत घमासान संग्राम का काल है। नई कहानी का आंदोलन··· इलाहाबाद का साहित्यकार सम्मेलन और प्रगतिशील साहित्यकारों की सभाएं, मोहन राकेश, राजेन्द्र यादव के साथ लंबी-लंबी मुलाकातें और वाद-विवाद। दिल्ली के वे दिन, नरेश बेदी, जयंत गडकरी, परदुमन सिंह और समय-समय पर मिलते रहने वाले अरविंद कुमार, मुकुल, उदयनारायन, बुद्धि भट्ट और तब 'खोई हुई दिशाएं', 'अपने देश के लोग', 'दिल्ली में एक मौत', 'मांस का दरिया', 'बयान', 'जॉर्ज पंचम की नाक', 'नीली झील', 'कुछ नहीं कोई नहीं', 'जो लिखा नहीं जाता', 'पराया शहर', 'डाकबंगला', 'लौटे हुए मुसाफिर', 'तीसरा आदमी'···लिखे जाने के दिन। यह दिन दिल्ली के दिन थे—जब मैं 'नई कहानियां' का संपादन कर रहा था और बाद में 'इंगित' साप्ताहिक का संपादन करने लगा था। इसके बाद मैं बंबई चला गया—दिसंबर, '66 में।

फिर बंबई में समांतर चिंतन का एक विशाल मंच, जिसमें सभी भाषाओं के युवा भारतीय साहित्यकार सम्मिलित हैं···जिन्होंने मुझे शक्ति दी है और दृष्टि भी···। ये सब तो आपके सामने है, इन्हीं दिनों लिखी गईं···जोखिम, रातें, इतने अच्छे दिन, नागमती, मानसरोवर के हंस, लाश, हवा है हवा की आवाज़ नहीं है, कितने पाकिस्तान, काली आंधी, आगामी अतीत इत्यादि।

यह वे वर्ष हैं—जब मैं 'सारिका' का संपादन कर रहा था। यह एक लंबा ग्यारह वर्षों का समय है, सन् 67-78 तक। इस दौर की गर्दिश एक दूसरे स्तर पर मौजूद रही—पैसे की कमी नहीं थी, पर हर दिन टाइम्स ऑफ इंडिया में अपने विश्वासों को दांव पर चढ़ाना पड़ता था। कभी-कभी तो पता ही नहीं चलता था कि कितने रेशमी और महीन तरीके से आपका विश्वास खरीदा जा रहा है। आर्थिक निश्चिंतता, जिसकी सुरक्षा की कोई गारंटी नहीं थी—जो हर महीने तय होती थी—तो मिल गई थी पर अब सामने वह पूंजीवादी दुनिया थी, जिसका जायज़ा लेने की ज़रूरत थी और अपनी वामपंथी लड़ाई जारी रखनी थी। यह एक लंबी लड़ाई थी और इसे लड़ने के लिए ही मैंने अपने युवा साथियों के साथ समांतर साहित्य आंदोलन की भूमिका तैयार की थी। मैं आंदोलन का पक्षधर हूं और हमेशा रहूंगा। 'समांतर' नाम बस नाम था क्योंकि टाइम्स में रहते मैं प्रगतिशील लेखक संघ को पुनर्जीवित नहीं कर सकता था। उस पूंजीवादी दुनिया से टकराने के नए रास्ते खोजना ज़रूरी था। टाइम्स में

और 'सारिका' के संपादन के ग्यारह वर्षों की गर्दिश भरी लड़ाई की कुछ झलक 'मेरा पन्ना' किताब में मौजूद है।

बंबई बहुत प्यारा पर बहुत बेरहम शहर है। समांतर आंदोलन से टाइम्स के मैनेजमेंट के कान खड़े हुए, असल में उसके कान भरे गए—मेरी आर्थिक सुरक्षा का सिलसिला मालिकों की मर्ज़ी का मसला बन गया और अभिव्यक्ति की आज़ादी और वामपंथी मूल्यों की लड़ाई का घमासान, खुला युद्ध शुरू हो गया। लड़ाई का यह बहुत बड़ा फलक था और ज़बरदस्त मोर्चा भी। इस लड़ाई ने मुझे सब कुछ दांव पर लगा देने की शक्ति दी और मेरे वामपंथी विचारों और विश्वासों को जन्म-जन्मांतरों के लिए पुख्ता कर दिया। आखिर मुझे 'सारिका' छोड़नी पड़ी, जो मैंने अपनी शर्तों पर छोड़ी···यह शर्तें आर्थिक नहीं थीं, मैं नेपथ्य में इंतज़ार करते हिंदूवादी-जनसंघी और सांप्रदायिक संपादकों के हाथ में 'सारिका' नहीं छोड़ना चाहता था।

इसके बाद मुझे जीने और अपने विश्वासों के तहत काम करने का मौका पाने के लिए फिल्मों में जाना पड़ा···यह एक निहायत अंधेरी दुनिया थी, पर यह माध्यम ज़बरदस्त था—आम आदमी तक पहुंच सकने का! दूसरी तरफ एक सार्थक माध्यम टेलीविज़न था, कुछ अपने विश्वासों के तहत और कुछ जीने की मजबूरियों के तहत—मैंने दोनों माध्यमों को स्वीकार किया। टेलीविज़न पर 'परिक्रमा' कार्यक्रम मेरा विश्वास है, और फिर भी, डाकबंगला, बदनाम बस्ती, सारा आकाश, आंधी, मौसम, अमानुष, पति-पत्नी और वह, साजन बिना सुहागिन, बर्निंग ट्रेन, राम-बलराम, बरसात की एक रात, बाज़ी आदि तीस-पैंतीस फिल्में मेरा कुछ-कुछ पूरा होता हुआ विश्वास भी और मजबूरी भी!···फिल्मी दुनिया में 'विश्वास' ने पैसा नहीं दिया, बल्कि विश्वास और मूल्यों के लिए किए गए काम ने पैसा लिया, पर फिल्मी दुनिया की 'मजबूरियों' ने मुझे बहुत पैसा दिया। यह पैसा 'कथायात्रा' के प्रकाशन में लगता रहा और अब इस सुविधा को छोड़कर मुझे दूरदर्शन का माध्यम अपनाना ज़्यादा ज़रूरी लगा, इसलिए वह चमक-दमक और लक्ष्मी की दुनिया छोड़कर अब इस तरफ चला आया हूं ताकि जो लिखना और करना चाहता हूं, उसे लिख और कर सकूं!

मुझे तो जो सबसे बड़ा संतोष है वह यह कि मैंने जो कुछ लिखा है वह शब्द-शब्द पूर्णतः पढ़ा गया, इस कारण जीवन छोड़कर इतिहास में जाने की आवश्यकता मुझे अब तक प्रतीत नहीं हुई। अंत में इतना कि—मैं, मैं नहीं हूं, मैं केवल एक व्यक्ति हूं और मेरे समय के लोग—सामान्य लोग और युग के समांतर एवं संबद्ध और प्रतिबद्ध लेखक मुझे निरंतर पूरा करते हैं। जो मैं नहीं देख पाता,

वे देखते हैं, जो मैं नहीं लिख पाता, वे लिखते हैं···और यह सिलसिला मेरी कलम से और आगे आने वाले नए लेखकों की कलम से लगातार चलता रहेगा, तब तक—जब तक आम आदमी का वर्तमान उसे नहीं मिल जाता और उसका भविष्य तय नहीं हो जाता। मेरी गर्दिश, मेरी मौत जो बहुत दूर है, के बाद समाप्त हो जाएगी लेकिन कलमों की गर्दिश तब तक जारी रहेगी, जब तक दुःख, अन्याय, शोषण, अत्याचारों की मौत नहीं होगी···।

मेरा पन्ना : एक सफरनामा

इस 'मेरा पन्ना' की एक रामकहानी है।

'सारिका' ने जब दलित साहित्य को लेकर विशेषांक निकालने शुरू किए तो 'मेरा पन्ना' में दलितों-हरिजनों के सामाजिक-सांस्कृतिक, आर्थिक, राजनीतिक सवाल भी उठाए गए। सदियों से विषमता-पीड़ित इस वर्ग के मानसिक और आत्मिक संताप का विश्लेषण भी किया गया।

इन संपादकीयों से वे राजनीतिक और सामाजिक शक्तियां नाराज़ हुईं जो कांग्रेसी जामा पहने हुए भी मूलतः हिंदू हैं और प्रगतिशीलता-विरोधी हैं।

इसी समय देश में आपात्स्थिति की घोषणा हुई और एक अत्यंत वरिष्ठ केंद्रीय मंत्री के घर पर कुछ उत्साही राजनीतिक लोगों ने यह विचार पेश किया कि 'मेरा पन्ना' सवर्णों के खिलाफ बोल रहा है, अतः यह इल्ज़ाम लगाकर कि 'मेरा पन्ना' द्वारा देश के विभिन्न समुदायों में वैमनस्य फैलाया जा रहा है और इससे सामुदायिक शांति भंग हो सकती है, 'मेरा पन्ना' के लेखक को गिरफ्तार कर लिया जाए। वे सीधे-सीधे ब्राह्मण नहीं कहना चाहते थे और जिस 'रूढ़िग्रस्त ब्राह्मणवाद' पर 'मेरा पन्ना' में चोट थी, उस 'ब्राह्मणवाद' से भी अपने को समरूपित नहीं होने देना चाहते थे, पर अपने ब्राह्मणत्व के दर्प को छोड़ना भी नहीं चाहते थे, इसलिए सवर्णों-अवर्णों का मसला उठाकर उन्होंने 'सामुदायिक शांति भंग हो सकने' का तरीका निकाला था!

वरिष्ठ केंद्रीय मंत्री ने इस बात का समर्थन नहीं किया, पर वे जानते थे कि जो लोग यह 'विचार' सामने रख रहे हैं, वे आपात्स्थिति के लागू होते ही कितने शक्तिशाली हो गए हैं, अतः उन्हें लगा कि उनकी असहमति के बावजूद 'मेरा पन्ना' का लेखक पकड़ा जाएगा।

इत्तफाक से हमारे संस्थान 'टाइम्स ऑफ इंडिया' के जनरल मैनेजर डॉ. राम तरनेजा उस समय दिल्ली में थे और उनकी मुलाकात उन्हीं केंद्रीय मंत्री से हो गई। बातों-बातों में केंद्रीय मंत्री ने उन्हें सूचना दी कि "हमें अफसोस है–पर आपके संस्थान के दो लोगों को हमें भीतर करना पड़ा है···।"

ये दो लोग थे–'मेरा पन्ना' का लेखक और 'टाइम्स ऑफ इंडिया' दैनिक के

प्रख्यात कार्टूनिस्ट श्री लक्ष्मण!

जनरल मैनेजर ने तत्काल बंबई से संपर्क स्थापित करके इन दो लोगों की कुशलता जाननी चाही। उन्हें सूचना दे दी गई कि दोनों फिलहाल कुशलता से हैं।

इस छोटी सी घटना-दुर्घटना के पीछे की भी एक कहानी है। आपातृस्थिति की घोषणा से बहुत पहले देश के साहित्यिक और बौद्धिक फलक पर अखिल भारतीय समांतर लेखक संघ भारत की सभी भाषाओं के युवा लेखकों के सक्रिय मंच के रूप में उभरकर स्थापित हो चुका था। यह सभी लेखक मार्क्सवादी विचारधारा से प्रभावित और चालित थे। समांतर लेखकों के चार वार्षिक सम्मेलन बंबई, कानपुर, मांडू (म.प्र.) और कालीकट (केरल) में हो चुके थे और इन सम्मेलनों में हुए विचार-विमर्श तथा संघर्ष की भूमिका की तैयारी की बातें सरकार तथा सरकार के आसपास फलते-फूलते शक्तिशाली लोगों तक पहुंच चुकी थीं।

पांचवां अखिल भारतीय समांतर लेखक-सम्मेलन श्रीनगर (कश्मीर) में होने वाला था, जिसके संयोजक कश्मीर के युवा लेखक श्री हरिकृष्ण कौल थे। जम्मू-कश्मीर की साहित्य अकादमी ने सहयोग का वचन भी दिया था। लेखकों के आवास आदि की व्यवस्था अकादमी ने अपने ऊपर ले ली थी। पर तभी सरकार की ओर से अड़चनें उठनी शुरू हुईं…।

सबसे पहले यह कहा गया कि सम्मेलन में जो भी विषय चर्चा के लिए उठाए जाएं, उन विषयों के लिए सरकारी सहमति प्राप्त की जाए।

श्रीनगर समांतर के संयोजक श्री कौल ने कहा कि यह मुमकिन नहीं है, क्योंकि भारत-भर से आए युवा लेखकों के ज़हन में क्या प्रश्न उठ रहे हैं और हम अनौपचारिक रूप से कब किस विषय पर चर्चा करेंगे, यह कह सकना कठिन है, क्योंकि हमारे सम्मेलन विषयों से बंधकर नहीं चलते, हम लेखकों के दिमागों में कौंधते प्रश्नों को रूपायित करके अनौपचारिक रूप से चर्चाएं शुरू कर देते हैं। हमारे सम्मेलन सेमिनार नहीं हैं—हमारे सम्मेलन एक तरह की वर्कशॉप हैं।

इस पर सरकार की ओर से यह कहा गया कि ठीक है आप सम्मेलन कीजिए, पर आपकी सभी चर्चाओं में सरकारी सूचना विभाग और इंटेलीजेंस के दो व्यक्ति लगातार उपस्थित रहेंगे, ताकि वे अपनी रिपोर्ट दे सकें!

श्री कौल ने यह सूचना समांतर के केंद्रीय कार्यालय को दी। महामंत्री डॉ. जितेंद्र भाटिया ने यह निर्णय लिया कि ठीक है—सरकार के दो लाग हमारी चर्चाओं में उपस्थित रहें, अगर इसके बिना सम्मेलन करने की इजाज़त नहीं मिल सकती तो, पर वे सरकारी लोग जो रिपोर्टें सरकार में दाखिल करेंगे—उन्हें देख सकने का हक

हमें होगा।

यह बात सरकार ने मंजूर नहीं की और समांतर लेखक सम्मेलन श्रीनगर में नहीं हो पाया। सरकार ने इजाज़त नहीं दी। दंड मिला श्री हरिकृष्ण कौल को, जिनका सरकार ने तबादला करके घर से 200 मील दूर पटक दिया।

यही वो वक्त भी था जब अखिल भारतीय प्रगतिशील लेखक संघ का पुनर्गठन हो रहा था और बांदा तथा गया के सम्मेलन संपन्न हो चुके थे।

देश-भर में मार्क्सवादी-प्रगतिशील लेखकों का दौर-दौरा था! प्रगतिशील लेखक संघ अपने पुराने लेखक साथियों को संगठित कर रहा था और समांतर लेखक संघ देश के युवा मार्क्सवादी लेखकों को एक मंच पर संगठित कर चुका था।

इस स्थिति और देश की बदली हुई बौद्धिक हवा से कांग्रेस पार्टी और सरकार आगाह और आतंकित थी, क्योंकि साहित्यिक और बौद्धिक स्तर पर यह देश का प्रतिवाद का स्वर था, जो आधारभूत परिवर्तन की मांग कर रहा था और संघर्ष की व्यावहारिक दिशाएं भी खोज रहा था।

ऐसे माहौल में प्रगतिशील शक्तियों और उनके स्वर को दबाने के लिए कांग्रेस पार्टी ने 'आल इंडिया राइटर्स फोरम' की स्थापना की।

'आल इंडिया राइटर्स फोरम' का घोषित उद्देश्य प्रगतिशील मार्क्सवादी विचारधारा को उखाड़ फेंकना था। इस मुहिम में कांग्रेसी शक्तियों के साथ वे शक्तियां भी शामिल थीं जो राजनीति के स्तर पर कांग्रेस-विरोधी थीं, पर सांस्कृतिक स्तर पर कांग्रेस के इसलिए साथ थीं कि वे वामपंथी विकल्प को दबाना चाहती थीं। इस मुहिम में जनसंघ, समाजवादी पार्टी और कांग्रेस की इच्छाओं में कुछ भेद नहीं था।

'आल इंडिया राइटर्स फोरम' को स्थापित करने के लिए और साहित्य में वामपंथी रुझान को रोकने के लिए कांग्रेस की ओर से जी-तोड़ कोशिशें शुरू हुईं—जिसमें दिल्ली के कुछ संप्रदायवादी लेखकों ने पूरा-पूरा योगदान दिया। आज जनता सरकार बन जाने के बाद वही लेखक जनता सरकार की विरुदावली गा रहे हैं और इस सच्चाई से इनकार कर रहे हैं कि वे कभी कांग्रेसी शासन से भी सांठगांठ करते रहे हैं और अपने हितों के लिए कांग्रेसी सरकार द्वारा प्रचारित विकास के विज्ञापनों को अपनी पत्रिकाओं के लिए (खास तौर से ऊंची दरों पर) प्राप्त करके अपनी अस्मिता को बेचते रहे हैं।

इसी दौर में दिल्ली से श्रीकांत वर्मा बंबई आए। श्रीकांत वर्मा को आज लांछित करना कुछ लोगों के लिए ज़रूरी हो सकता है, पर श्रीकांत के अपने विश्वासों के

लिए उन्हें लांछित करने वालों का चरित्र तो हमेशा से संदिग्ध रहा है।

श्रीकांत वर्मा चाहते थे कि 'मेरा पन्ना' का लेखक 'आल इंडिया राइटर्स फोरम' का उपाध्यक्ष बने। उन्होंने यह सूचना भी दी थी कि यह इच्छा मात्र उनकी नहीं, बल्कि तत्कालीन प्रधानमंत्री श्रीमती इंदिरा गांधी तथा अन्य संबंधित लोगों की भी है और वे इसी कार्य के लिए बंबई आए हैं। 'मेरा पन्ना' के लेखक ने उपाध्यक्ष बनने से तो इनकार किया ही था, श्रीकांत वर्मा से यह भी कहा था कि वे भी इस तरह के वामपंथी-विरोध में शामिल न हों...।

इस समय तक वामपंथी बुद्धिजीवी आंदोलन को कुचलने के लिए, आपातूस्थिति को इस्तेमाल करने वाली चांडाल-चौकड़ी का फायदा उठाने वाले लोगों ने केंद्रीय भाषा आयोग के एक सदस्य को कठपुतली बना लिया। भाषा आयोग के सदस्य श्री रामकृष्ण शुक्ल ने तत्कालीन प्रधानमंत्री श्रीमती इंदिरा गांधी को 'सारिका' के जुलाई 75 अंक के 'मेरा पन्ना' के विरुद्ध एक शिकायती पत्र 1.8.75 को लिखा, जिसमें यह कहा गया था "कि 'मेरा पन्ना' का लेखक समुदायों (सवर्णों-अवर्णों) के बीच भयानक वैमनस्य फैला रहा है, अतः उसकी जांच की जाए और यदि जांच में वह दोषी पाया जाता है तो उसे दंड दिया जाए।"

श्रीमती इंदिरा गांधी ने वह पत्र तत्कालीन गृहमंत्री श्री ब्रह्मानंद रेड्डी को उचित कार्रवाई के लिए भेजा और गृहमंत्री ने वह पत्र, जांच शुरू करने के लिए, महाराष्ट्र के मुख्यमंत्री को भेज दिया।

आपातूस्थिति के दौरान यह जांच चलती रही। 'मेरा पन्ना' के अंतर्गत प्रकाशित सारे संपादकीयों के अंग्रेजी अनुवाद हुए और रिपोर्ट तैयार कर दी गई कि 'मेरा पन्ना' द्वारा भयानक सामुदायिक वैमनस्य फैलाया जा रहा है, अतः उसके लेखक के विरुद्ध 'उचित कार्रवाई' कर दी जाए!

जिस समय 'मेरा पन्ना' को लेकर 'उचित कार्रवाई' की बात तय हो गई थी, उस समय महाराष्ट्र सरकार के दो वरिष्ठ सूचना-निदेशकों को इस फैसले की जानकारी मिली और उन दो सूचना-निदेशकों ने वह फाइल फिर से खुलवाकर, लिए गए फैसले को उचित संदर्भों में देखने की सिफारिश सरकार से की। अंततः कुछ नरम निर्णय लेकर वह फाइल गृह-मंत्रालय को दिल्ली भेज दी गई और वहां के समुंदर में वह लुप्त हो गई, क्योंकि तब तक गृह-मंत्रालय के सामने ज़्यादा महत्त्वपूर्ण व्यक्तित्वों का मसला पेश था और मामूली आदमी होने के नाते 'मेरा पन्ना' का लेखक बच गया। उसे केवल यह आदेश दिया गया कि वह 'मेरा पन्ना' लिखना बंद कर दे।

आपातृस्थिति और सेंसरशिप का मसला सिर्फ इतना ही नहीं था। 25 जून, '75 को आपातृस्थिति की घोषणा हुई और सेंसरशिप लागू हुआ। 26 की सुबह टाइम्स ऑफ इंडिया संस्थान के हम सभी संपादक टेलिप्रिंटरों के सामने खड़े सरकारी आदेशों की सूचनाएं पढ़ रहे थे—डिस्पैचेज़ आ रहे थे और हम सब लोग चिंता और उद्विग्नता के साथ आदेशों की व्याप्ति और सरकारी इरादों को समझने की कोशिश कर रहे थे।

टेलिप्रिंटरों के सामने जमा संपादकों और पत्रकारों की वह भीड़ सहज ही एक सभा में बदल गई। संपादकों के भाषण होने लगे। गुस्सा और इनकार सब के चेहरों पर था। करीब-करीब एकमत से सबने यही कहा कि हम पत्र बंद कर देंगे। हम इस सेंसरशिप को मंजूर नहीं करेंगे, जिसे नौकरशाही द्वारा हम पर लागू किया जाएगा। यहां पर यह बात ध्यान में रखने की है कि उस तात्कालिक सभा में अधिकांश ने जो यह प्रतिवाद व्यक्त किया था, वह राजनीतिक असहमति के कारण नहीं किया था (सिवा एक साहसी वरिष्ठ पत्रकार श्री सुंदरराजन के), यह प्रतिवाद अपने संपादक-पत्रकार होने के व्यक्तिगत अहं को ठेस लगने के कारण किया गया था। लगभग सभी संपादक-पत्रकार नाराज़ी में कह रहे थे—'क्या अब हमें सरकार के सूचना-निदेशक यह बताएंगे कि क्या छापा जाए या न छापा जाए? हम इन नौकरशाहों को बर्दाश्त नहीं करेंगे। नौकरशाही के आदेशों पर चलना हमारे लिए लांछन है और अपमानजनक भी।'

'मेरा पन्ना' के लेखक से भी उस तात्कालिक सभा में बोलने के लिए कहा गया। 'मेरा पन्ना' का लेखक साथी संपादकों और पत्रकारों की परेशानी से सहमत था, पर उनके बचकाने फैसले से नहीं। यह फैसला निहायत बचकाना ही था कि पत्र-पत्रिकाएं न निकाली जाएं। आज़ादी और जनतंत्र की सबसे ज़्यादा ज़रूरत कमज़ोर तबकों को ही है, इस सच्चाई को ध्यान में रखते हुए ही मैंने यह कहा था कि जो भी, और जितनी सी भी आज़ादी हमारे लिए छोड़ी गई है उसका हमें इस्तेमाल करना चाहिए।

28 जून को कानूनी राय देने के लिए कंपनी के विधि-विशेषज्ञ, श्री सी.सी. शाह बुलाए गए। सारे संपादकों के सामने श्री शाह ने यह स्पष्ट किया कि आपातृकाल और सेंसरशिप के दौरान जिस पत्र में जो छपता है, उसके लिए संपादक ज़िम्मेदार होगा। कंपनी केवल पत्रों को छापने तथा वितरित करने के लिए ज़िम्मेदार है। पत्र-पत्रिकाओं की पॉलिसी और प्रकाशित सामग्री की कोई ज़िम्मेदारी कंपनी की नहीं है। उसकी मात्र तकनीकी ज़िम्मेदारी है, क्योंकि कंपनी प्रकाशक भी है।

यानी उस भयानक काल में खतरा उठाने, न उठाने, यशगान करने या प्रतिकार

करने का दायित्व संपादकों का था। कंपनी उसके लिए अपने को ज़िम्मेदार नहीं पाती थी। यानी हम आज़ाद थे।

हमने उस आज़ादी का इस्तेमाल किस तरह किया—इसका गवाह 'सारिका' का जुलाई, '75 अंक है जो सेंसर द्वारा काला किया गया और लाखों पाठकों तक यह संदेश लेकर पहुंचा कि 'सेंसरशिप' क्या है और क्या सेंसर किया जा रहा है। बचकाने उत्साह में जिन संपादकों ने अपने एक-एक अंक नहीं निकाले—वही संपादक अपने अगले अंक लेकर बाज़ार में आए और ताज्जुब तो यह है कि वही 'साहसी' संपादक लोग इंदिरा गांधी, बंसीलाल और संजय गांधी के परचम फहराते हुए बेशर्म कायरों की तरह कूल्हे मटकाते हुए विरुदावलियां गाने लगे। दुःखद बात यह है कि वे तटस्थ भी नहीं रह सके। इमरजेंसी के दौरान सामने आई पत्रकारिता और चाटुकार पत्रकारिता के भेद को समझना ज़रूरी है। वही 'साहसी' जो बंद कमरों में बहुत भड़क रहे थे—सबसे ज़्यादा कायर और अवसरवादी साबित हुए।

मुझे 'मेरा पन्ना' लिखना बंद करना पड़ा, पर लेखकों की वे रचनाएं—जो 'सारिका' में छपती रहीं—इस बात का सबूत हैं कि उनके स्वर को या चयन को सत्ताधारियों के हित में नहीं मोड़ा गया बल्कि असंतोष और प्रतिवाद के स्वर को और प्रखर किया गया—इसका ज्वलंत प्रमाण है आपातकाल के दौरान प्रकाशित दुष्यंत कुमार स्मृति अंक—मई 1976।

दुष्यंत की ये लाइनें किस 'मेरा पन्ना' से कम थीं—

तेरा निज़ाम है सिल दे ज़ुबान शायर की
ये एहतियात ज़रूरी है इस बहर के लिए।

कहां तो तय था चिरागां हरेक घर के लिए,
कहां चिराग मयस्सर नहीं शहर के लिए।

कैसी मशालें लेके चले तीरगी में आप
जो रोशनी थी वो भी सलामत नहीं रही।

दुकानदार तो मेले में लुट गए यारो
तामशबीन दुकानें लगा के बैठ गए।

भूख है तो सब्र कर रोटी नहीं तो क्या हुआ
आजकल दिल्ली में हैं ज़ेरे बहस ये मुद्दआ।

इस अंगीठी तक गली से कुछ हवा आने तो दो
जब तलक खिलते नहीं ये कोयले देंगे धुआं।

दुष्यंत कुमार की ऐसी सैकड़ों लाइनें उसी अंक में उसी दौरान छपी हैं। इतना ही नहीं—तमाम प्रगतिशील-समांतर-दलित लेखकों की रचनाओं का स्वर कहीं भी कम तीखा और आक्रोश-रहित नहीं हुआ था।

आपात्काल तक 'मेरा पन्ना' के शून्य को साहसी रचनाकारों की रचनाएं भरती रहीं।

'मेरा पन्ना' मात्र मेरा पन्ना नहीं था। 'सारिका' के हज़ारों लेखकों और पाठकों की रचनाओं और ज़हनों में उबलते प्रश्नों, विचारों और सपनों का यह समरूपित स्वर था। मैं जब हर महीने आने वाली (सभी भाषाओं की) सैकड़ों कहानियों और पाठकों के हज़ारों पत्रों को रात-रात भर पढ़ता था, तो उन कहानियों और पत्रों में जो कुछ जलता और कौंधता हुआ सुनाई पड़ता था—उसी यातना, निराशा, आशा और साहस के स्वरों से 'मेरा पन्ना' में उठाए गए सवालों की आधारभूमि तैयार होती थी। विनम्रतापूर्वक मैं यह कहना चाहूंगा कि 'सारिका' हमारे मैनेजमेंट के लिए मात्र कागज़ पर छपने वाली एक पत्रिका रही है, पर हज़ारों-लाखों भारतीय लेखकों और पाठकों के लिए एक संस्था रही है। हम 'सारिका' को लेखकों की ख्याति की दौड़ से निकालकर बाहर ले आए थे। 'सारिका' रचनाकारों की प्रतियोगिता और स्पर्धा का मंच न होकर उनके प्रश्नों, विचारों और सपनों का पूरक माध्यम बन चुकी थी। मद्रास से लिख रहे किसी लेखक की कहानी में झिलमिलाता सपना सुदूर असम में बैठे कथाकार की किसी कहानी के पात्र की आशंकाओं का अगला कदम बन जाता था...सिक्किम से किसी पाठक द्वारा उठाए गए जलते प्रश्न का जवाब कच्छ के लेखक की कहानी दे जाती थी। कच्छ के बियाबान में चीखती किसी मां का आर्त्तनाद जम्मू-कश्मीर में बैठे लिख रहे लेखकों की कहानियों में उभर आता था। उत्तरप्रदेश-दिल्ली में रचनारत लेखकों की कहानियों में उभरते प्रश्नों का अमली जवाब राजस्थान-पंजाब के किसी कथाकार की कहानियों में आए मामूली आदमी अपनी ज़िंदगी की किताब खोलकर दे जाते थे। बंबई के मज़दूर मध्यप्रदेश के आदिवासियों के साथ कंधे मिलाकर खड़े हो जाते थे। बिहार, बंगाल, नेपाल, उड़ीसा के लेखकों की रचनाओं में छटपटाता संसार मध्यप्रदेश से छपती किसी प्रगतिशील पत्रिका के किसी लेख में नज़र आने लगता था। पटना, देहरादून, जबलपुर से छपती पत्रिकाओं के संपादकीयों में उठाए गए प्रश्न मलयाली, उड़िया या असमिया की रचनाओं में संघर्ष करते आदमी

का जामा पहनकर आ जाते थे। कन्नड़-तमिल के किसी लेखक द्वारा लिखा गया कोई पत्र और उस पत्र में व्यक्त की गई चिंताएं दलित-समांतर लेखकों के उपन्यासों, कहानियों और कविताओं की चिंताओं में वाणी पाकर बोलने लगतीं। आम आदमी के प्रति और पक्ष में लिखी गई कहानियों में छटपटाता और चीखता घर-परिवार या रुके हुए लोग गुजराती या तेलुगु की रचनाओं में समाहित होकर एकीकृत हो जाते थे।

कहने का मकसद यह कि भाषाओं से निकलकर 'सारिका' भारत की नई रचनाशीलता के एक सम्यक् 'भारतीय अनुभव' को रूपायित कर रही थी।

साहित्य का यह भारतीय उद्घोष नई पीढ़ी का उद्घोष था जिसे कोई सत्ता, कोई व्यवस्था मान्य नहीं कर सकती। यही हुआ भी—'मेरा पन्ना' इन तमाम परिचित-अपरिचित लेखकों की रचनाओं में चमकती, उभरती और जलती चिंताओं के सामूहिक स्वर को पेश करता था। यह 'एक व्यक्ति का चिंतन' नहीं था। यह रचना के माध्यम से जीवित मनुष्य के विषमता-पीड़ित अस्तित्व का खुलासा था और इसके पीछे कार्यरत थी—भारत के युवा लेखकों की अपनी अनुभव-परीक्षण से तपी हुई रचनात्मक शक्ति।

यदि गर्वोक्ति न मानी जाए तो यह लिख देना भी मैं अनिवार्य समझता हूं कि 'समांतर-दलित' रचनाशीलता से सत्ता, व्यवस्था, रूढ़ तत्त्वों और रोमांटिक कलमकारों के कान खड़े हो गए थे···रचना की सार्थकता की जो क्षति रोमांसवादियों और पच्चीकारों ने की थी, उस क्षति को समाप्त कर 'रचना' एक खुली चुनौती के रूप में इन राजनीतिक, सांस्कृतिक, आर्थिक, साहित्यिक सत्ताधारियों के सामने खड़ी थी और सदियों के दौरान सौंदर्यवादी और वर्णवादी बना दी गई मानसिकता पर प्रहार कर रही थी।···यह वह भारतीय साहित्य था, जिसके उद्घोष को सुनने के लिए राजनीतिक-सांस्कृतिक सत्ताएं बाध्य हुई थीं—पूंजीवादी संस्थाएं सचेत हुई थीं। यानी साहित्य एक 'कारगर अभिव्यक्ति' बना था···। इसी 'कारगर अभिव्यक्ति' पर आपातकाल के दौरान अंकुश लगाया गया। जब मैं 'मेरा पन्ना' लिखना चाहता था तो कहा गया—'मेरा पन्ना' लिखना बंद करो।

यह कानूनी आपातकाल था।

आपातकाल के बाद जब जनता सरकार सत्ता में आई तो मुझसे कहा गया—'मेरा पन्ना' लिखना शुरू करो।

तब मैं लिखना नहीं चाहता था।

जब मैं बोलना चाहता था, तब सत्ता द्वारा कहा गया कि खामोश रहो! जब मैं खामोश रहना चाहता था तो सत्ता द्वारा कहा गया—बोलो। सत्ताओं की क्रूरता की इससे बड़ी मिसाल और क्या हो सकती है? जब लेखक बोलने की आज़ादी चाहता है तो उसे बोलने नहीं दिया जाता, जब वह खामोश रहने की आज़ादी चाहता है तो उसे खामोश नहीं रहने दिया जाता। यानी एक लेखक-पत्रकार-संपादक की आज़ादी सत्ता-सापेक्ष है।

जनता सरकार द्वारा बोलने का हुक्म इसलिए नहीं दिया गया था कि वे बोलने देना चाहते थे, या कि उन्होंने अभिव्यक्ति की आज़ादी सत्ता-निरपेक्ष कर दी थी, बल्कि यह आदेश-निवेदन इसलिए था कि 'मेरा पन्ना' का लेखक आपातूकाल का 'सताया' हुआ व्यक्ति है, इसलिए वो आपातूकाल के संरक्षकों की खाल उधेड़ेगा। उनकी नीयत एक लेखक को बोलने की आज़ादी देने की नहीं थी, बल्कि एक लेखक की आज़ादी को अपने लिए इस्तेमाल करने की थी।

यह नीयत 'मेरा पन्ना' का पहला अंश छपते ही स्पष्ट हो गई। जुलाई 1975 में 'मेरा पन्ना' बंद करना पड़ा था और ठीक दो वर्ष बाद (जून-जुलाई 1977) जब 'मेरा पन्ना' (जो कायर थे वे कायर ही रहेंगे) शुरू किया गया तो सबसे पहले अवसरवादी लिखाड़ी और पूंजीवादी प्रकाशन संस्थान नाराज़ हुए। नक्सलवादियों की आज़ादी का प्रश्न जब 'मेरा पन्ना' में उठाया गया तो पहला धमाका हुआ—हमारे संस्थान 'टाइम्स ऑफ इंडिया' के अन्य सहयोगी संपादक लंच टेबल पर व्यवस्थापकों को समझाने लगे कि यह खतरनाक है…।

इसी के साथ सी.बी.आई. के एक असिस्टेंट कमिश्नर 'यों ही' दफ्तर में मिलने आए। चाय पीकर चलते-चलते वे इतना ही कह गए—"कमलेश्वर साहब! मैं 'सारिका' पढ़ता रहा हूं। आप तो समझदार आदमी हैं—लोग बदले हैं…वक्त नहीं बदला है।"

बाद में वे सज्जन मेरे दोस्त हो गए और उन्होंने खुलकर एक दिन बताया कि वे 'सारिका' के पाठक या प्रशंसक नहीं हैं…चूंकि वे हिंदी प्रदेश के हैं इसलिए उन्हें 'सारिका' के संपादकीयों की जानकारी रखने के लिए आदेश दिया गया था। उन्होंने फिर वही बात दुहराई—"कमलेश्वर साहब! इमरजेंसी में जो फाइल थी, फाइल तो वही है…कागज़ तो उसी में नत्थी हो रहे हैं!"

इन्हीं दिनों दफ्तर में अजनबीपन बढ़ने लगा। इस बात की देखरेख और जानकारी रखी जाने लगी कि मैं कहां और किस सभा या गोष्ठी में क्या बोलता हूं। व्यवस्थापकों से मुलाकात होने पर ग्यारह-बारह बरसों की जानी-पहचानी मुस्कराहट

कुछ नपी-तुली दिखाई देने लगी। मालिकों ने पहचानना बंद कर दिया। वे कमलेश्वर को अब नहीं जानते थे—वे 'सारिका' के संपादक कमलेश्वर को पहचानने लगे। संस्थान में काम करने वाला लेखक कमलेश्वर एकाएक संस्थान का नौकर कमलेश्वर हो गया।

इसी समय तक कलकत्ता से प्रकाशित 'संडे' साप्ताहिक में कवर-स्टोरी छप चुकी थी। Can the R.S.S. be trusted? Balasaheb Deoras says–Yes! Kamleshwar says–No!

और यहीं से विरोध का खुला तूफान खड़ा हुआ।

आर.एस.एस. के साप्ताहिक 'ऑर्गनाइज़र' ने भयानक अभियान शुरू किया। यहां यह बात ध्यान में रखने योग्य है कि आपात्काल के बाद 'ऑर्गनाइज़र' का दुबारा प्रकाशन शुरू हुआ था और 'ऑर्गनाइज़र' हमारे टाइम्स ऑफ इंडिया प्रेस दिल्ली में छपता था। छपने की बात मात्र व्यावसायिक मान भी ली जाए तो बड़ी बात नहीं है—पर उस समय 'ऑर्गनाइज़र' को प्रचार और प्रसार की वे सब सुविधाएं भी टाइम्स संस्थान द्वारा दी गई थीं जो टाइम्स के अन्य पत्रों को उपलब्ध थीं, जिनमें 'सारिका' भी थी। 'ऑर्गनाइज़र' पर टाइम्स के दिल्ली कार्यालय का पता दिया जाता था, ताकि एजेंट्स को लगे कि इसका प्रकाशन टाइम्स द्वारा ही किया जा रहा है।

'संडे' में आर.एस.एस. के खिलाफ छपते ही मुझे बुलाया गया और स्पष्ट शब्दों में (दोस्ताना) आदेश दिया गया कि मैं आनंद बाज़ार पत्रिका ग्रुप ('संडे' के प्रकाशक) के प्रकाशनों में न लिखूं···। 'रविवार' (उसी ग्रुप का हिंदी प्रकाशन) में धारावाही प्रकाशित हो रहे अपने उपन्यास 'वही बात' का प्रकाशन तत्काल रोक दूं। इतना ही नहीं, मुझे यह राय भी दी गई कि मैं टेलिविज़न पर जो 'परिक्रमा' कार्यक्रम पेश करता था—उसे भी छोड़ दूं, क्योंकि कंपनी के चेयरमैन साहब यह चाहते हैं।

सरकारी नौकरशाही जब कोई सख्त आदेश देती है तो बड़े से बड़ा नौकरशाह भी अपनी लाचारी ज़ाहिर कर देता है, पर पूंजीवादी नौकरशाह के आदेश में शालीन ठंडापन और आदमी को तोड़ डालने की चतुराई-भरी क्रूरता होती है। पूंजीवादी नौकरशाह एक ज़ालिम डॉक्टर की तरह होता है जिसे इलाज के लिए नहीं, हत्या के लिए रखा जाता है। वह अपने काम में बहुत तेज़ होता है। वह जानता है कि जिसका 'इलाज' किया जाना है उसे दोस्ती और सम्मान का कितना डोज़ देना है, औपचारिकता की कितनी गोलियां देनी हैं और उसके बाद दिमाग के किस हिस्से को शून्य करके, कहां पर, किस वक्त, कितना नश्तर लगाना है।

जिस समय आर.एस.एस. और जनसंघी अखबार हल्ला बोल रहे थे, ठीक उसी

समय हमारे अपने टाइम्स संस्थान के अखबारों के हमले भी शुरू हुए। और इन हमलों की पहली बौछार के बाद कंपनी के चेयरमैन ने मुझे बुलाया। शायद यह देखने के लिए कि मैं कितना क्षत-विक्षत हूं! उन्हें मुझसे मिलकर निराशा हुई। पैसे की ताकत से मारक शक्ति बढ़ाई जा सकती है—अक्ल की सर्जनात्मक शक्ति नहीं। मुझे ताज्जुब तब हुआ जब चेयरमैन ने मुझसे साहित्य पर चर्चा शुरू की। उन्होंने 'समांतर', 'जन साहित्य' आदि शब्दों-आंदोलनों का अर्थ पूछा। मेरा ताज्जुब उस समय समाप्त हो गया जब मैंने देखा—उनके हाथ में कागज़ की एक पतली चिट थी, जिस पर 'सारिका' की पॉलिसी से संबंधित प्रश्न लिखे हुए थे और चेयरमैन नकल करने वाले विद्यार्थी की तरह उस चिट को 'परीक्षक' की नज़र बचाकर बार-बार देखकर और अटक-अटककर बातें कर रहे थे। यह मुलाकात 'साहित्य' की जानकारी पर समाप्त हो गई।

इसी समय आर.एस.एस. के सर-संघचालक श्री बालासाहब देवरस का बंबई आगमन हुआ। बंबई टेलिविज़न ने मुझसे कहा कि मैं अपने 'परिक्रमा' कार्यक्रम में श्री बालासाहब देवरस का इंटरव्यू लूं। मैंने इस बिना पर इंटरव्यू लेने से इनकार कर दिया कि मेरे कार्यक्रम में गरीब, बदहाल, सताए हुए लोगों के इंटरव्यू ही लिए जाते हैं—व्यक्तित्वों के नहीं, अतः श्री देवरस मेरे कार्यक्रम के लिए उपयुक्त व्यक्ति या विषय नहीं हैं।

मेरे इस जवाब को सांप्रदायिक तबकों द्वारा श्री देवरस की तौहीन माना गया, और मुझे 'सीधा' कर देने की बात तय कर ली गई। उसी दौरान एक अंतरंग गोष्ठी में श्री देवरस ने अपने सेनापतियों से विचार-विमर्श किया। जनता पार्टी का राज स्थापित हो जाने के बाद आर.एस.एस. के स्वयं-सेवक देश में उन सैनिकों की तरह घूम रहे थे, जो आक्रमण करके विजय हासिल करने के बाद 'दुश्मनों' की बची-खुची पॉकेट्स को समाप्त करते हैं। यह ज़िम्मेदारी आर.एस.एस. ने खुद अपने ऊपर ले ली थी, शायद जनता पार्टी के शक्तिशाली घटक जनसंघ ने उसे सौंप दी थी। बहरहाल, वामपंथियों को खदेड़ बाहर करने की मुहिम बहुत तेज़ हो गई थी। श्री देवरस की मीटिंग में बंबई के सब पत्रकारों के 'चरित्रों' का अध्ययन करके निष्कर्ष निकाले गए। कमलेश्वर के बारे में उनका निष्कर्ष था—इसे मोड़ा नहीं जा सकता, अतः तोड़ देना चाहिए! (इस अंतरंग गोष्ठी और वार्ता के गवाह मेरे साथी और सहयोगी ही हैं जो अभी कुछ दिनों पहले ही टाइम्स संस्थान से बाहर आए हैं)।

जून, '77 में जब 'दिनमान' के विशेष संवाददाता श्री श्रीकांत वर्मा से 'नर्वूज़' का मारक खेल खेलकर और दफ्तरी अड़चनों का घेरा डालकर टाइम्स के शालीन व्यवस्थापकों ने ज़बरदस्ती इस्तीफा ले लिया था, उस वक्त राज्यसभा में श्री विट्ठल गाडगिल ने प्रश्न उठाया था कि क्या सरकारी दबाव के तहत डॉ. महावीर अधिकारी और कमलेश्वर भी टाइम्स से निकाले जाने की राह पर हैं?

राज्यसभा में उठाए गए इस प्रश्न से जनता पार्टी के जनसंघी घटक, आर.एस.एस. और टाइम्स के मालिकों पर थोड़ी देर के लिए ठंडा पानी पड़ गया। टाइम्स ऑफ इंडिया जैसे इजारेदार घराने की मुश्किल यह है कि उसे हमेशा अपने अखबारी संस्थान के स्वर को सत्ता में आसीन राजनीतिक पार्टी के हित में बदलना ही होगा। पूंजीवाद इस 'सह-अस्तित्व' को मंजूर करता है, क्योंकि इसी से उसकी इजारेदारी की शक्ति और क्षमता बढ़ती है। वामपंथियों और समाजवादियों के खिलाफ पूंजीवाद, आर.एस.एस. और जनसंघ के मंसूबे एक ही हैं और उनका कार्यक्रम भी एक ही है। इसीलिए टाइम्स के मालिकों के घनघोर प्रयत्नों और इन राजनीतिक शक्तियों की शह पर टाइम्स ऑफ इंडिया के कामगारों-पत्रकारों की उस यूनियन को तोड़ा गया जो मार्क्सवादी कम्युनिस्ट पार्टी के नेता श्री कोलहटकर के नेतृत्व में बरसों से सक्रिय थी।

इसी समय 'मेरा पन्ना' में बोहराओं का सवाल उठाया गया और जयप्रकाश नारायण जी की साहसहीनता को उन्हीं के अंतर्विरोधी पत्रों के द्वारा स्पष्ट किया गया।

इससे जनता पार्टी का वह घटक भी भड़क उठा जो अपने को समाजवादी कहता है।

और यहीं से 'अभिव्यक्ति की आज़ादी' का मूलभूत प्रश्न स्पष्ट होकर सामने आ गया। सरकार और सत्ता में कार्यरत कुछ सही शक्तियां यह भूल गईं कि वे किन हाथों में खेल रही हैं—कि वे जनता पार्टी के शक्तिशाली घटक भारतीय लोकदल और जनसंघ (आर.एस.एस. से जो अपनी नाभि हर बार काटकर दिखाता है) के हाथों की लाचार कठपुतलियां बनकर रह गई हैं।

सूचना-प्रसारण मंत्रालय से आदेश आया कि टेलिविज़न पर कमलेश्वर का कार्यक्रम 'परिक्रमा' बंद किया जाए और फरवरी, '78 से दूसरा कार्यक्रम निर्धारित किया जाए। टाइम्स ऑफ इंडिया से ऑर्डर आया—'सारिका' का तबादला दिल्ली कर दिया गया है, पहली फरवरी, '78 से आप दिल्ली ज्वाइन करें। इन तारीखों की पारस्परिकता दर्शनीय है!

यानी कमलेश्वर को जन-संपर्क और जन-प्रसार के माध्यमों से काट दिया

जाए। जो बात वह कहता है उसे दूसरों तक न पहुंचने दिया जाए। उसे शून्य में लटका दिया जाए।

सवाल उठता है कि इसमें ऐसी क्या बात थी—कमलेश्वर यदि दिल्ली चला जाता तो 'मेरा पन्ना' लिख सकता था। उसे कौन रोकता था? पर इस फैलाए जा रहे झूठ का जवाब वह 'मेरा पन्ना' है (तीसरी आज़ादी की तैयारी-2, जो इन खंडों में संकलित है), जिसे कंपनी ने मेरे संपादक रहते रोका है। यह 'मेरा पन्ना' मार्च, 78 के अंक में गया था—उस छपे हुए अंक को कंपनी ने बाज़ार में क्यों नहीं भेजा और क्यों उस पूरे अंक को नष्ट किया गया—यह इस बात का सबूत है कि दिल्ली में 'मेरा पन्ना' के लेखक के लिए 'अभिव्यक्ति की आज़ादी' की क्या सुविधाएं उपलब्ध की जाने वाली थीं।

यानी अब मुझे वही लिखने के लिए मजबूर होना था, जो सत्ता के साथ गठबंधित पूंजीवादी संस्थान सत्ता के लिए लिखवाना चाहता था। या अपने लेखन पर विराम लगाकर समझौता कर लेना था। 'मेरा पन्ना' समझौते का पन्ना नहीं था।

आपात्काल के दौरान अपने लेखन के लिए खतरा उठाने की ज़िम्मेदारी हमारी थी, पर इस तथाकथित दूसरी आज़ादी के अलमबरदारों के राज में अभिव्यक्ति की आज़ादी पत्रकारों-संपादकों-लेखकों से स्थानांतरित करके मालिकों को दे दी गई। अब पत्र-पत्रिका के चिंतन और लेखन के स्वर का दायित्व पूंजीवादियों को दे दिया गया। और संपादक की हैसियत नौकरों की हो गई, जो पत्रों के लिए नियुक्त किए गए हैं।

हमारे टाइम्स ऑफ इंडिया के ही एक वरिष्ठ व्यवस्थापक ने साफ-साफ कहा था—"कमलेश्वर जी! अब बात 'मेरा पन्ना' के लिखने न लिखने से बहुत आगे बढ़ चुकी है···हमारी मजबूरी हज़ार प्रतिशत राजनीतिक है और दिल्ली में हम 'नवभारत टाइम्स' के लिए वरिष्ठ पत्रकारों का इंटरव्यू करते वक्त एक ऐसे व्यक्ति को इन इंटरव्यूज़ के बहाने बुलाकर करीब-करीब तय कर चुके हैं, जो किसी भी समय किसी 'पत्रिका' का भार संभाल सकता है। चेयरमैन ने बड़ी समझदारी से उस नाम को पत्रिका के लिए उपयुक्त स्वीकार करके पैनल पर रखा हुआ है। अब आप यह बता दीजिए कि आप कहां त्यागपत्र देना चाहेंगे? बंबई में त्यागपत्र दे दें तो हम 'सारिका' का तबादला दिल्ली नहीं करेंगे!"

मैंने तब इतना ही कहा था—"कृपया उन राजनीतिक शक्तियों या व्यक्तियों की जानकारी आप मुझे दे दीजिए और ख्वामखाह के इस तबादले के नाटक को बंद कीजिए···मैं त्यागपत्र दे दूंगा (यानी 'मेरा पन्ना' समाप्त हो जाएगा)!"

वरिष्ठ व्यवस्थापक धीरे से मुस्करा दिए थे—"राजनीतिक शक्तियों या व्यक्तियों की जानकारी देना संपादकों-पत्रकारों का काम होता है—हम व्यवस्थापकों की नैतिकता के कोड में यह बात वर्जित है। पूछकर ही आपको क्या हासिल हो जाएगा!"

बात यहीं पर समाप्त हो गई थी और यहीं से संघर्ष की शुरुआत हुई थी—'दूसरी आज़ादी' में आज़ादी निरपेक्ष है या सापेक्ष? तय यह होना है कि यह आज़ादी सबकी है या मात्र सांप्रदायिक शक्तियों और उनका साथ देने वाले अवसरवादियों और समझौता-परस्तों की है, या कि उन करोड़ों लोगों की भी है जो प्रतिवाद का हक नहीं छोड़ना चाहते?

एक दौर था जब कानूनी आपातकाल लागू था।

अब दूसरा दौर है—सवर्ण-सामंती हिंदू आपातकाल का।

लेखक की आज़ादी उस दौर में यदि कानूनन बाधित थी तो इस दौर में उससे ज़्यादा बाधित है, क्योंकि अब उससे भी जघन्य और प्रच्छन्न तरीके अपनाए जा रहे हैं—प्रतिवाद और प्रतिरोध के स्वर को दबाने या साफ करने के लिए।

सवर्ण-सामंती आपातकाल चालू है।

इस आपातकाल में जब 'मेरा पन्ना' के लेखक ने श्री अटलबिहारी वाजपेयी को पत्र लिखकर पूछा—"कि आपके भारत में मुझ जैसे लेखक के सांप्रदायिक पार्टियों की गंदी राजनीति और गुलामी से आज़ाद रहकर कहने, बोलने और अपने लोगों से मानसिक संपर्क बनाए रखने का अधिकार है या नहीं? मुझे 'सारिका' जैसी पत्रिका से दलितों-वंचितों-शोषितों की आवाज़ को साहित्य की केंद्रीय आवाज़ बनाए रखने का अधिकार है या नहीं? मुझे इतना बता दीजिए कि इस देश में मुझ वामपंथी को अपने समय में घुटते, यातना सहते आम आदमी के लिए चीख सकने का हक है या नहीं?"

तो सवर्ण-सामंती हिंदू आपातकाल के निर्माताओं की तरफ से कोई उत्तर, कोई आवाज़ नहीं आई।

एक गहरा शून्य व्याप्त है!

जनता पार्टी के अध्यक्ष श्री चंद्रशेखर को एक पत्र लिखकर पूछा—"...पर क्या मात्र राजनीतिक ज़रूरतों के कारण (आप जैसे समाजवादी तत्त्वों को) इस देश के आम आदमी के लिए जद्दोजहद करने वाले लेखकों के साथ हो रहे इस जघन्य अत्याचार पर आप और आपकी पार्टी के चेतना-संपन्न लोग खामोश रहना ही पसंद करेंगे?

क्या आपातूकाल के बाद यह हिंदूवादी आपातूकाल जारी रहेगा और लेखकों-पत्रकारों की यह साज़िश-भरी खामोश हत्याओं का सिलसिला चलता रहेगा?"

तो जनता पार्टी के छाते के नीचे सवर्ण-सामंती हिंदू आपातूकाल को पलने-बढ़ने का मौका देने वाले नेता की तरफ से कोई आवाज़ नहीं आई।

एक गहरा शून्य व्याप्त है!

दूसरी आज़ादी के जनक, लोकनायक, लोकतंत्र के संस्थापक श्री जयप्रकाश नारायण के पास जब प्रतिवाद का यह पत्र भेजा गया तो लोकतंत्र के संस्थापक-संरक्षक ने पत्र लेने से इनकार कर दिया।

यानी अपनी आवाज़ अपने तक लौट आई।

एक गहरा शून्य यहां भी व्याप्त है!

कायरों, वर्णवादियों, सामंतों, सांप्रदायिक तत्त्वों की आज़ादी कितनी भयानक हो सकती है—इसके लहूलुहान प्रमाण पंतनगर, आगरा, कानपुर, बेलछी, बेलाडीला मौजूद हैं।

अपने देश में मात्र आर्थिक पूंजीवाद ही अपने चरित्र-दोष के कारण अंधी गली में नहीं पहुंच चुका है, बल्कि सामाजिक और सांस्कृतिक पूंजीवाद भी अंधे कुत्ते की तरह आर्थिक पूंजीवाद की गली में भौंक रहा है। इस देश के सामाजिक और सांस्कृतिक सवर्ण अब और सवर्ण बन सकने की क्षमता से खाली हो चुके हैं—वे समाज और संस्कृति को (व्यक्ति के रूप में भी) कुछ भी नया या अधिक मूल्यवान अब नहीं दे सकते। इस देश के आर्थिक सवर्ण भी अब ऐसी जगह पहुंच चुके हैं जहां वे और अधिक सवर्ण बन सकने की क्षमता से खाली हो चुके हैं—वे अब कुछ भी नया या अधिक मूल्यवान अपने लिए भी उत्पादित नहीं कर सकते। मफतलाल की साड़ियां, टाटा के साबुन, गोदरेज की अलमारियां, उषा के पंखे, एटलस की साइकिलें, बजाज के स्कूटर, लैक्मे की क्रीमें, पार्ले के बिस्कुट और विल्स की सिगरेटें और ग्वालियर की सूटिंग अब उत्पादन के उस स्तर तक पहुंच चुके हैं और बिक्री की उस रेखा को छू चुके हैं—जहां नव-धनाढ्य तबका इन्हें खरीद-खरीदकर सामाजिक सवर्ण बन चुका है। आर्थिक शोषण का जो निर्बाध दुष्चक्र चलता रहा, उसने नए-नए तबकों को 'अमीर' नहीं होने दिया, क्योंकि उनकी गरीबी पर अमीरी को टिकाया गया। अब नव-धनाढ्य वर्ग अपनी ज़रूरतों के लिए कमोबेश संतुष्ट हो चुका है। उसके घरों में शानदार परदे लग चुके हैं, पार्लर में शराब की बोतलें सज चुकी हैं, बच्चों के नाम

शेयर खरीदे जा चुके हैं। बीवियां कीमती हीरे और सिल्क की साड़ियां पहने, नेल पॉलिश और लिपस्टिक लगाए सामाजिक कुलीनता का शो-केस बन चुकी हैं। संतानें अमरीका पढ़ने पहुंच चुकी हैं। राजनीतिक शक्ति लेकर आने-जाने वाले नेता उनके ससुर, समधी या बहनोई बन चुके हैं! यानी सामाजिक-सांस्कृतिक-आर्थिक रूप से यह वर्ग पूरी तरह सवर्ण बन चुका है और भारतीय पूंजीवाद के उत्पादनों का खरीदार नहीं रह गया है। जो वर्ग खरीदार बनते, वे वर्ग निरंतर गरीब होते गए हैं—उनके पास भारतीय पूंजीवाद के उत्पादनों को खरीदकर कुलीन बनने की शक्ति नहीं है। ऐसी स्थिति में आज भारतीय पूंजीवाद 'अटका' हुआ है। इसीलिए भारतीय पूंजीवाद की गिद्ध-दृष्टि (इस दूसरी आज़ादी में) दो तरफ है—एक तो भारतीय ग्रामीण संपदा के शोषण की तरफ और दूसरी बहुराष्ट्रीय (multinationals) धंधों में शिरकत करके अपने बाज़ार को बढ़ाने की तरफ!

भारतीय आर्थिक-सामाजिक-सांस्कृतिक पूंजीवाद जिस तरह आज अटका हुआ है, वहां से न तो कीमतें गिराई जा सकती हैं, न उत्पादन बढ़ाया जा सकता है (उत्पादन बढ़ाकर वे क्या करेंगे जब ज़रूरतों का बाज़ार ही आर्थिक विपन्नता के कारण नहीं बन पाया है)।

'दूसरी आज़ादी' बड़ी चतुराई से चोर दरवाज़ों की चाबियां इन सामाजिक-सांस्कृतिक-आर्थिक कुलीनों को थमा चुकी है और मुख्य दरवाज़ों पर राजनीतिक पहरेदारों के रूप में हिंस्र सांप्रदायिक शक्तियों को तैनात कर चुकी है।

ऐसे में तीसरी आज़ादी के सिवा विकल्प क्या है?

ऐसे में मनुष्य के लिए लड़ने के अलावा चारा क्या है?

मैं जानता हूं, सिर्फ 'मेरा पन्ना' ही नहीं—साहित्य के तमाम पन्ने इस आधारभूत संघर्ष में शामिल हैं—एक-दूसरे से स्पर्धा करते हुए नहीं, बल्कि एक-दूसरे के पूरक बनते हुए।

मनुष्य की सम्यक् मुक्ति के संघर्ष में शामिल होने के सिवा साहित्य की अपनी कोई नियति न कभी थी, न है, न होगी। इसलिए 'मेरा पन्ना' किसी न किसी रूप में जारी रहेगा, तमाम पन्ने किसी न किसी रूप में लिखे जाते रहेंगे…ताकि भाषा और संप्रदाय के विषैले अनुभवों की जगह साहित्य एक सम्यक् 'भारतीय अनुभव' दे सके…।

(बंबई, 23-5-78)

मैं लेखक के रूप में ज़िंदगी में दर्शन तलाशता हूं

मेरी दिक्कत यह है कि आप लोगों के बीच बैठने के लिए मुझे यह सब पढ़ना पड़ता है जिसके बारे में बातें की गईं। लेकिन मेरी दुनिया कतई दूसरी है एक लेखक के रूप में। अगर आप चाहें तो चलिए इस पर बहस कर लेते हैं कि पोस्ट-मॉडर्निज़्म क्या है! सवाल यह है कि आप दर्शन में ज़िंदगी खोजते हैं, मैं लेखक के रूप में ज़िंदगी में दर्शन तलाशता हूं। मेरा फर्क यह है। हालांकि यह सब पढ़ा मैंने भी है। लेकिन जब मैं लिखता हूं तो देरिदा को पढ़कर नहीं लिखता। मैं ज़िंदगी को पढ़कर लिखता हूं।

हमारे तमाम समकालीन उसको पढ़ते हैं। जैसे डॉक्टर साहब (नारंग जी) ने जो बात कही कि भई सिर्फ आप मन की आंखों से देख रहे हैं, लेकिन मुझे यह लगता है कि इससे भी बढ़कर कहीं न कहीं हम अपने-अपने वक्त को निश्चित रूप से अपने अनुभवों की आंखों से भी देखते हैं। और तब हमारे नतीजे निकलते हैं। वे नतीजे किसी भी पार्टी के दफ्तर में बैठे हुए लोगों के द्वारा समर्थन पाते हैं या नहीं पाते हैं, इससे हमें कोई लेना-देना नहीं। लेकिन आपने जो भूमिका दी और जिस तरह की स्थितियां आज आईं, हम अस्तित्ववादी हो गए। एक-दूसरे को पहचानना छोड़ दिया। यह दर्शन फ्रांस से आया था``इसके चलते हम एक-दूसरे को पहचानना बंद कर चुके थे।

नामवर जी ने जिसे साठोत्तरी लेखन कहा था उसमें आप देखिए कि कितना कुछ विरूप आया। एंटीलिटरेरी ट्रेंड्स आए थे। अकविता, अकहानी, बुभुक्षावाद, भूखी कविता, श्मशानी पीढ़ी; ये सब सारा का सारा तमाशा जो आया था साठोत्तरी पीढ़ी में, इससे लगता है कि एक आदमी कहीं न कहीं आत्महत्या के लिए सुविधाजनक जगह तलाश रहा है।

तो इस तरह की चीज़ें आईं, एकाएक प्रतीक बदले साहित्य में, हालांकि अमेरिका का पीएल-480 गेहूं बहुत पहले आ चुका था हमारे यहां और उसके साथ ही देश में अकहानी के काकरोच, तिलचट्टे उलटे हुए पड़े थे। उसी तरह कुछ कुत्ते पूंछ दबाए हुए, भागते हुए, रिरियाते हुए निकल गए। कुछ नीले अंधेरे आए। नीले

अंधेरों में बैठकर लोग क्या बातें कर रहे थे। कुछ समझ में नहीं आती थी।

तो क्या हुआ कि हमारे साहित्य में इन तमाम दार्शनिक सिद्धांतों के बावजूद ज़िंदगी में से दर्शन की धारा फूट रही थी। उस दर्शन के तहत यह लग रहा था कि हमारे सामान्य आदमी की या औसत आदमी की जो चिंताएं थीं, वे प्रकट हो रही थीं। इसे आप नेहरू का दर्शन कहते हैं, मैं कहता हूं कि यह उस समय के हमारे सामान्य आदमी का दर्शन था, जिसे हम सुविधाजनक रूप से नेहरू का स्वप्न कह देते हैं। तो आज़ादी के तत्काल बाद वह एक बनता हुआ स्वप्न था सबके मन में। लेकिन उसी के साथ-साथ जिस तरह से शीतयुद्ध चल रहा था, जिस तरह की स्थितियां थीं, जिस तरह से हमने कहीं न कहीं अपने लिए सिद्धांतों को तय किया था, वे सिद्धांत बहुत ज़बरदस्त परेशानी में आए। हालांकि उनका कॉमन आदमी से सीधा लेना-देना नहीं था लेकिन सवाल इस बात का था कि हमें यह देखना पड़ता था कि उनका क्या असर पड़ता है। आप देखें कि जिस समय हमारे यहां पब्लिक सेक्टर का बनना शुरू हुआ तो वे कहां बने? वे सारे के सारे बड़े शहरों में नहीं हैं। शहरों से निकलकर कस्बे और दूरदराज जगहों में वे स्थापित किए गए। गांव की आबादी उनके लिए कामगार मुहैया कराने के लिए निकलने लगी। तो उनकी सच्चाइयां बदल रही थीं और सच्चाइयां यह थीं कि कहीं न कहीं उन्हें लग रहा था कि इनमें शामिल होने से हमारा सपना साकार होता है। फिर उसके बाद एक मोहभंग की स्थिति आती है।

वर्चस्व की भाषा

अंग्रेज़ी की अनपढ़ विधवाओं का विलाप-पर्व

संस्कृति और साहित्य के मसले भी कभी-कभी बहुत तीखे हो उठते हैं। पिछले दिनों भारत की सांस्कृतिक संबंध परिषद् (आई.सी.सी.आर.) ने एक भव्य साहित्य समारोह आयोजित किया था। वैसे तो यह भारतीय साहित्य का महोत्सव था, पर भारतीय सांस्कृतिक संबंध परिषद् मूलतः विदेशों में भारतीय साहित्य और संस्कृति का परिचय देने वाली संस्था है। यह संस्था विदेश-विभाग के अधीन है। इसका कार्य-क्षेत्र विदेशों में भारतीय संस्कृति और साहित्य के उन्नयन का है, जिसे यह भारतीय दूतावासों के सूचना और सांस्कृतिक सचिवों के ज़रिए परिपूर्ण करती है। इसके निदेशक हैं एक सरकारी नौकरशाह श्री हिमाचल सोम।

तो, इस बार हिमाचल सोम ने भारत को विदेश मानते हुए भारतीय साहित्य का महोत्सव भारत में ही आयोजित कर डाला। और उन्होंने इस आयोजन द्वारा यह भी बताने की कोशिश की कि 'भारतीय भाषाओं के साहित्य और देशज संस्कृति की औकात क्या है।' वैसे तो यह संदिग्ध है कि हिमाचल सोम साहब जैसे भूरे साहब की अपनी क्या औकात है, लेकिन उन्होंने भारत के उन भाषायी लेखकों को बहुत अपमानित किया है जो अपनी भाषाओं में लेखन करते हुए भी अंग्रेज़ी भाषा और भारतीय अंग्रेज़ी-लेखन में भी दखल रखने का हौसला रखते हैं। इस महोत्सव में नोबेल पुरस्कार विजेता, भारतीय मूल के अंग्रेज़ी लेखक सर विद्याधर शिवसागर नॉयपाल ही मुख्य आकर्षण थे, पर उनके साथ वे सारे भारतीय अंग्रेज़ी लेखक भी जुटे हुए थे, जिन्हें यत्किंचित् अंग्रेज़ी-भाषी विदेश तो शायद थोड़ा-बहुत जानता हो, पर उन्हें भारत बिलकुल नहीं जानता। तो ऐसे भारतीय अंग्रेज़ी लेखकों को बेहूदी बातें करने का जो अंतर्राष्ट्रीय अवसर और मंच भारतीय सांस्कृतिक परिषद् के हिमाचल सोम साहब ने तैयार किया वह कितना गर्हित, गैर-मौजूं और भारतीय भाषाओं के साहित्य को अपमानित करने वाला था, इस पर मैं अशोक वाजपेयी की बेलाग और बेलौस टिप्पणी को रेखांकित करना चाहूंगा। भारतीय साहित्य के इस अपमान-पर्व पर अशोक वाजपेयी कहते हैं कि 'ऐसा नहीं कि बड़े लोग मूर्खताएं नहीं करते; करते हैं और खूब करते हैं और उनका दुष्परिणाम हम-आप जैसे छोटे (?)

लोग भुगतते हैं। पर उनके (सर विद्याधर शिवसागर नॉयपाल) बड़प्पन की चकाचौंध ऐसी होती है कि कोई उनसे कह नहीं सकता कि आप यह मूर्खता कर रहे हैं!'

यह एक साहसिक टिप्पणी है

इसके लिए अशोक वाजपेयी के साहस की दाद देते हुए, भारतीय सांस्कृतिक संबंध परिषद् के हिमाचल सोम से यह पूछा जा सकता है कि क्या उन्होंने यह टिप्पणी पढ़ी है? यदि पढ़ी है, तो उनके पास भारतीय भाषाओं के साहित्य और इस देश की देशज संस्कृति के इस अपमान-पर्व को आयोजित करने का क्या औचित्य था?

इस समारोह में भारत के अंग्रेज़ी के सभी तथाकथित अर्ध-लेखक, वंचित और पीड़ित लेखक शामिल हुए थे जो अपनी जड़ें इस देश में नहीं तलाश पा रहे हैं। भारत में उन्हें केवल हिमाचल सोम जैसे नौकरशाह पहचानते हैं, पर भारतीय अंग्रेज़ी पाठक भी उन्हें नहीं पहचानता। यह एक बहुत बड़ी सच्चाई है कि आर्थिक संपन्नता की वजह से भारत का मध्यवर्ग भारतीय अंग्रेज़ी साहित्य को खरीदता तो है, पर वह उसे पढ़ता नहीं। वे किताबें फैशन के तहत उनकी बुक-शेल्फ में लगी रहती हैं, पर पढ़ी नहीं जातीं। जबकि भारतीय भाषाओं के विपन्न पाठकों की सच्चाई यह है कि वे अपनी मनपसंद पुस्तक खरीद तो नहीं पाते, पर मांगकर या पुस्तकालयों से प्राप्त कर उन्हें पढ़ते हैं। यह एक मिथ है कि हिंदी साहित्य पढ़ा नहीं जाता। वह उसी तरह पढ़ा जाता है, जैसे मराठी, बंगला या मलयालम में पढ़ा जाता है, पर वह उतना खरीदा नहीं जाता जितना इन भारतीय भाषाओं में खरीदा जाता है। मैं नहीं समझता कि हिंदी में कोई सार्थक रचना बेपढ़ी रह जाती हो।

इसी के साथ हिंदी की एक विशेषता और भी है कि उसने अपनी रचना-परंपरा को लगातार स्थायी रूप से जीवित रखा है। हिंदी ने अपने वैचारिक प्राण-बिंदुओं को हमेशा रेखांकित किया है। नहीं तो इस सच्चाई को क्या कहेंगे कि नितांत अपने साधनों से डॉ. महावीर अग्रवाल जैसा नौकरीपेशा लेखक 'सापेक्ष' पत्रिका का एक हज़ार पृष्ठों का अत्यंत महत्त्वपूर्ण अंक निकालता है? वही लेखक हिंदी के वरिष्ठ लेखक-संपादक पदुमलाल पन्नालाल बख्शी पर विशेषांक निकालकर उनकी रचना-स्मृति को विलुप्त नहीं होने देते। अपनी लोक-संस्मृतियों को उसी छत्तीसगढ़ क्षेत्र के लेखक परदेशीराम वर्मा महत्त्वपूर्ण पुस्तकें लिखकर लगातार सुरक्षित करते जा रहे हैं। बख्शी साहित्य पीठ को सतीश जायसवाल जैसे रचनाकार निरंतर संगत बनाए हुए हैं और उनके माध्यम से युवा रचना का एक कारगर अध्याय शुरू कर चुके हैं।

माधवराव सप्रे जैसे रचना-मनीषी और दिग्गज साहित्यकार को जर्जर पड़ती, एक सदी की पुरानी फाइलों में से देवीप्रसाद वर्मा–बच्चू जांजगीरी जैसा खोजी साहित्यकार चुपचाप तलाश लाता है और हिंदी गद्य-विधाओं और आधुनिक हिंदी कहानी के आदि-स्रोत को प्रामाणिक तरीके से स्थापित कर देता है। उसी क्षेत्र से लोक-चेतना को रेखांकित करती अद्वितीय पत्रिका 'मड़ई' निकलती है, जिसे उसके संपादक डॉ. कालीचरण यादव ने हिंदी चेतना का आवश्यक अंग बना दिया है। आदिवासी जीवन के समाजशास्त्र और समाज-संरचना के जैसे जीवंत और गंभीर दस्तावेज़ी आलेख 'मड़ई' जैसी पत्रिका लगातार देती है, वैसा तो क्या, उसका पासंग बराबर लेखन भी भारतीय सांस्कृतिक संबंध परिषद् की धनाढ्य पत्रिका 'गगनांचल' भी नहीं दे पाती। पूरे भारत के लोकभाषी अंचलों की रचना-परंपरा और लोक-चित्त को लगातार रेखांकित करने वाली ऐसी कोई पत्रिका 'विश्व भाषा अंग्रेज़ी' में देख पाना दुर्लभ है।

यह तो सिर्फ छत्तीसगढ़ जैसे छोटे से हिंदी प्रदेश की सक्रियता है

यदि विराट् हिंदी संसार की रचनात्मक जिजीविषा का आकलन किया जाए तो हिंदी-रचना का वह चमत्कारिक निःसीम आकाश फैला दिखाई देता है जिसे दृष्टि-सीमा में बांधा नहीं जा सकता। मूल्यवत्ता और रचनात्मक उत्स का यह साहित्य स्वतःस्फूर्त है। यह प्रकाशक और बाज़ार को देखकर नहीं लिखा जाता। यह अंग्रेज़ी लेखन-परंपरा का प्रायोजित और कमीशंड लेखन नहीं है। हिंदी साहित्य लिखवाया नहीं जाता, लिखा जाता है। यह वित-पोषित सब्सिडी वाली सोयाबीन की खेती नहीं है, जो बाद में भी मुनाफा कमाती है। यह मन की घाटी में खिलने वाली फूलों की वह फसल है जो प्रकृति की जन्मना शक्ति से हर वैचारिक मौसम में अपने इंद्रधनुषी रंग और सुगंध के साथ लहलहाती दिखाई देती है!

इसलिए ज़रूरी है कि हिंदी-रचना और साहित्य की मूल आधारभूमि को पहचाना जाए और ज़ुबान पर चढ़ गए इस मिथ को अस्वीकार किया जाए कि हिंदी में पाठक नहीं हैं। हमने अंग्रेज़ी अखबारों और पत्रिकाओं को रद्दीबाज़ार में बिकते हुए देखा है, पर हज़ारों की संख्या में प्रकाशित होने वाली हिंदी की लघु पत्रिकाओं को कभी पटरी बाज़ार में बिकते नहीं देखा है। कोई भी सर्वेक्षक दिल्ली के संडे बाज़ार और मुंबई के पटरी-पुस्तक बाज़ार में जाकर इस तथ्य की तसदीक कर सकता है। मुंबई के पटरी बाज़ार में मराठी पुस्तकें और पत्रिकाएं और दिल्ली के संडे बाज़ार में हिंदी की पुस्तकें-पत्रिकाएं बमुश्किल-तमाम दिखाई पड़ेंगी, जबकि ये बाज़ार अंग्रेज़ी

पुस्तकों और पत्रिकाओं से अटे पड़े रहते हैं और इनमें पांच-दस रुपयों में अंग्रेज़ी साहित्य के 'हीरे' भी उपलब्ध हो जाते हैं। हिंदी की साहित्यिक संस्कृति सदानीरा है, वह अंग्रेज़ी की साहित्यिक संस्कृति की तरह विद्युतधर्मी और 'बरसाती' नहीं है।

इस संदर्भ में मैं फिर अशोक वाजपेयी की टिप्पणी को ही पेश करना चाहूंगा, क्योंकि मुझे भी बात वही कहनी है।

भारतीय साहित्य महोत्सव का शुभारंभ

तो, अशोक वाजपेयी के ही शब्दों में 'उन्होंने (सर विद्याधर शिवसागर नॉयपाल) अंग्रेज़ीतर भारतीय भाषाओं के साहित्य को लेकर अनेक मूर्खतापूर्ण वक्तव्य दिए। नॉयपाल हमारे दूसरे मसखरे (बड़े लेखक) खुशवंतसिंह की ही तरह शायद कोई भारतीय भाषा जानते हों, जो कि अपने-आप में कोई बुरी बात नहीं है। वे अपने इस अज्ञान के बावजूद बड़े हैं। लेकिन बिना जाने उनका भारतीय साहित्य का अतार्किक और अनावश्यक रूप से मूल्यांकन करना लगभग अभद्रता है। पहली बात नॉयपाल ने यह कही कि भारतीय भाषाओं के पाठक नहीं हैं। यह झूठ और गलत है। बंगला, मराठी, कन्नड़, मलयालम (यहां हिंदी को भी शामिल करना ज़रूरी है) आदि में साहित्य के पाठकों की बहुत बड़ी संख्या है। वहां समाज के अनेक तबकों में, जिनमें साधनहीन तबके भी शामिल हैं, लेखकों का बहुत सम्मान और स्थान है। दूसरी बात उन्होंने कही कि जब पाठक ही नहीं हैं तो भारतीय साहित्य में आलोचना भी नहीं है। नॉयपाल को पता नहीं है कि हिंदी, बंगला, मराठी, मलयालम आदि में प्रखर आलोचक हैं, जिनकी तुलना संसार की किसी भी भाषा के, जिनमें उनकी एकमात्र भाषा अंग्रेज़ी शामिल है, आलोचकों से की जा सकती है···सच तो यह है कि भारत के ज़्यादातर अंग्रेज़ी लेखक (जितना जमावड़ा नीमरापा हैरिटेज रिज़ोर्ट में हुआ) न सिर्फ भारतीय भाषाओं के साहित्य के बारे में कम जानते हैं, वे अंग्रेज़ी के अलावा संसार के अन्य साहित्य के बारे में काफी कम जानते हैं। फ्रेंच, पोलिश, इतालवी, स्पेनिश, डच, जर्मन समकालीन साहित्य की जितनी जानकारी इस समय भारतीय भाषाओं के लेखकों को है, वह बहुतों के लिए ईर्ष्या का विषय हो सकती है।'

नॉयपाल ने फारुख ढोंडी के साथ इंटरव्यू में यह भी कहा कि 'मुगल कला भारतीय कला नहीं है, क्योंकि उसे भारतीय लोगों ने देखा या इस्तेमाल नहीं किया, क्योंकि वह आभिजात्य वर्ग तक सीमित थी।' उसी कुतर्क से क्या यह नहीं कहा जा सकता कि अधिकांश अंग्रेज़ी साहित्य भी भारतीय नहीं है, क्योंकि भारत की जनता का बहुलांश उसे पढ़ नहीं सकता!'

यह एकदम सही और सटीक विश्लेषण अशोक वाजपेयी ने किया है। इससे भी आगे बढ़कर भारतीय मूल के प्रख्यात अंग्रेज़ी लेखक सलमान रुश्दी ने 'वाशिंगटन पोस्ट' में नॉयपाल की मानसिक बुनावट पर प्रहार करते हुए लिखा है कि भारत में चल रहे गुजरात-नरसंहार को देखा जाए, जिसके लिए भारत की सांप्रदाायिक पार्टी विश्व हिंदू परिषद् सरासर दोषी है, उसी आलेख 'स्लॉटर इन द नेम ऑफ गॉड' में सलमान रुश्दी ने यहां तक लिखा है कि नॉयपाल ने खुद को इन भारतीय सांप्रदायिक फासिस्ट ताकतों का सहयात्री बना लिया है और यह नोबेल पुरस्कार जैसे उच्चतम पुरस्कार के पाने वाले के लिए शर्म की बात है।

इसी आयोजन पर टिप्पणी करते हुए पंकज बिष्ट के 'समयांतर' में साहित्य के इस महोत्सव की साज़िश को बेनकाब किया गया है। और यह सही भी है कि सरकार-पोषित भारतीय सांस्कृतिक संबंध परिषद् ने आखिर किस सांस्कृतिक प्रयोजन के तहत यह आयोजन किया था? स्पष्ट है कि हिमाचल सोम साहब ने इसे भारतीय अंग्रेज़ी भाषा की हिंदूवादी सोच को रेखांकित करने के लिए आयोजित किया था, क्योंकि भारत के हिंदुत्ववादियों को भारत की किसी भी भाषा में अपने सहयात्री नहीं मिल पा रहे हैं।

इसीलिए अपनी हिंदू-तलाश में भटकते नॉयपाल को दुलहिन बनाकर भारतीय साहित्य का यह विधवा-विवाह संपन्न कराया गया जो उनकी मूर्खताओं के कारण सांस्कृतिक विलाप का पर्व बन गया!

(भास्कर ब्यूरो, 18.3.2002)

- नई कहानी की भूमिका
- आधुनिकता और प्रामाणिकता के संदर्भ में नई कहानी

नई कहानी की भूमिका

स्वतंत्रता-प्राप्ति के साथ ही देश का वैचारिक पुनर्जन्म हुआ था। आज़ादी केवल राजनीतिक मूल्य के रूप में स्वीकृत नहीं हुई थी, बल्कि विचारों की एक नवक्रांति का सपना भी उससे जुड़ा हुआ था। लोकतंत्र ने जब व्यक्ति-व्यक्ति को मतदान का अधिकार दिया, तो वैयक्तिक सत्ता (व्यक्तिगत नहीं) ने अपनी गरिमा का अनुभव किया और पुरातन विधि-विधान, विचार-पद्धति, समाज-संरचना और नैतिक प्रतिमानों के आगे अपने-अपने प्रश्न-चिह्न लगा दिए। उधर इतिहास के क्रम में जो कुछ झूठा, विगलित, कुंठित और रूढ़ था, उसे अस्वीकार किया गया और भारतीय संविधान ने नए समाज की संरचना की वैचारिक नींव डाली। दिनकर जी के एक लेख (आधुनिकता और भारत धर्म) में इस स्थिति और वैचारिक संक्रमण का विशद विवेचन है और उन्होंने यह सही ही कहा है कि मनु, शंकराचार्य और तुलसीदास आदि के वर्णाश्रम धर्म को समाज की आधारभूमि न मानकर नए भारत ने बुद्ध, कबीर और राजा राममोहन राय आदि के जीवन-दर्शन और विचार-स्रोत से अपने मानस का निर्माण किया है और देश का संविधान इस बदली हुई मनःस्थिति को ही रेखांकित और उद्घोषित करता है। समाज-संरचना के धरातल पर यह बात जितनी सही है, उतनी ही यह साहित्य के संबंध में भी प्रासंगिक है।

आज़ादी के निकट आते जाने के साथ-साथ ही अपनी विचार-संपदा का पुनर्मूल्यांकन शुरू हो गया था और उस गंभीर मंथन में कहीं तुलसी की आस्तिकतावादी साकार भक्ति, अपने तमाम सामाजिक संकेतों और संबंधों की महान् आदर्शात्मकता और ईश्वरीय भय के बावजूद अप्रासंगिक होती दिखाई दे रही थी···और उससे कुछ अधिक प्रामाणिक स्वर सूरदास की नितांत सौंदर्यवादी भक्ति का था और सबसे अधिक प्रामाणिक स्वर उभरा था आस्थावादी और विद्रोही कबीर का। यह सब एकाएक नहीं हुआ था। पूरे इतिहास के परिप्रेक्ष्य में भारतीय सांस्कृतिक विरासत के पुनर्मूल्यांकन का यह क्रम निरंतर चला आ रहा था और एम्फेसिस बदलती आ रही थी। भारत का बहुसंख्यक हिंदू-समाज अपने प्रत्यक्ष सामूहिक सामाजिक आचरण में तुलसी की परंपरा का पोषक दिखाई देता था, परंतु उसका मानस कबीरपंथी होता

जा रहा था। परंपरा की जड़ता का इससे अधिक प्रामाणिक उदाहरण और शायद कहीं नहीं मिल सकता कि भारत का बहुसंख्यक समाज तन से परंपराबद्ध था और मन से परंपरा-विरुद्ध। यह अंतर्विरोध एक बहुत बड़े शून्य को जन्म दे रहा था।

आस्तिकता और आस्था का यह अंतर्संघर्ष हमें अपनी विरासत में बराबर दिखाई देता है और ये दोनों ही लक्षण भारतीय व्यक्तित्व के अंग रहे हैं। आस्तिकता जिस अंधआहुति की मांग करती है, वह विकसित अधिकांश भारतीय चेतना को स्वीकार नहीं थी और आस्था जिस बुद्धिसम्मत सधन समर्पण को तरजीह देती है, वह बहुत हद तक अस्वीकार्य नहीं थी। शायद इसीलिए हम साहित्य में भी भारतेंदु के स्वर को आस्था से सुनते आए हैं और हरिऔध को परंपरा से। मैथिलीशरण गुप्त को परंपरा के अधीन स्वीकारते आए हैं और निराला को अपनी आस्था का अंग मानते आए हैं।

इतिहास की परंपरा में जब आधुनिक गद्य ने फिर कबीरवादी करवट ली, तो हमें प्रेमचंद मिले और छायावाद की परिधि को तोड़कर जब निराला ने अपनी बांहें जीवन की ओर फैला दीं, तो एक बार फिर जैसे कबीर का व्यक्तित्व ही साकार खड़ा हो गया। यह आकस्मिक नहीं है कि हम अपनी परंपरा में भारतेंदु, प्रेमचंद और निराला के स्वर को अपनी आस्था देते आए हैं। इसका यह मतलब नहीं कि साहित्य में अन्य बड़ी प्रतिभाएं नहीं रहीं, पर इसका सीधा संबंध इस बात से ज़रूर है कि हमारी चेतना अपने पुरातन में से भी उसी को फिर-फिर रेखांकित करती आई है और जो समकालीन संदर्भों में भी जीवित और स्पंदित दिखाई देता है।

यह सही है कि नदी निरंतर बहती है, उसका प्रवाह अनवरत है, परंतु ऋतु के अनुसार उसके पानी की सार्थकता है। संपूर्ण जल-प्रवाह हमारे काम का नहीं होता। तैयार फसलों के वक्त वह फसलों से असंपृक्त मात्र सतत प्रवाह का साक्षी होता है—परंतु व्यर्थ। उसकी यही स्थिति है कि वह सततता को बनाए रखे और अपने में व्यर्थ चला जाए। यह भी एक महत्त्वपूर्ण क्रम है, पर निरर्थकता की नियति से अभिशप्त भी।

वैचारिक पुनर्जन्म के साथ ही एकाएक विभाजन का अभिशाप जुड़ जाता है और तब, जबकि हमारी चेतना एक स्वर्णिम भविष्यवाद से स्पंदित हो ही रही थी कि शरणार्थियों के काफिले आते और जाते दिखाई देने लगे···और उस भयंकर रक्तपात के बीच आंतरिक रूप से एक विघटन समा गया, जो कहीं हमें हमारे दिमागों और दिलों में शरणार्थी बनाता चला गया। आज़ाद होते ही व्यक्ति अपने आप में शरणार्थी बनता चला गया···फिर भी नए समाज की रचना का आश्वासन बना

रहता है''' ।

न्याय, आज़ादी, समता और बंधुत्व—ये विदेशी मानसिकता के शब्द नहीं थे, बल्कि हमारे इतिहास ने इन्हें जन्म दिया था। कबीर ने जिस सामाजिक न्याय और बंधुत्व की बात की थी और व्यक्ति को संघबद्ध धर्म से मुक्ति दिलाई थी, वे सब हमारे लिए जीवन-मूल्यों की बातें बन गई थीं। भारतेंदु ने जिस विद्रोह का स्वर मुखरित किया था और भारतीयता की जो मांग की थी, वह भी हमारी जीवनगत अपेक्षाओं की वाणी थी। प्रसाद जैसे आनंदवादी ने भी इतिहास के परिप्रेक्ष्य में अपने कहानी-साहित्य में व्यापक मानवतावादी दृष्टि को ही अपनाया था, और प्रेमचंद ने सामाजिक-राजनीतिक न्याय, आज़ादी, समता और बंधुत्व जैसे विचारों को पूरी तरह जीवनाकांक्षाओं में बदल दिया था।

चूंकि गुलामी हमारी ज़िंदगी का सबसे बड़ा अवरोध था, अतः स्वतंत्रता-प्राप्ति तक न्याय, समता और बंधुत्व आदि के प्रश्न स्वाभाविकतया स्थगित हो गए थे। आज़ादी की प्राप्ति के बाद ही इन रिश्तों का नया फैसला होना था।

तमाम अवरोधों और वर्जनाओं के बावजूद प्रेमचंद तक समय की यथार्थ आकांक्षाओं की अभिव्यक्ति ही प्रमुख रही। प्रथम विश्वयुद्ध के बाद से जिस भारतीय मध्यवर्ग का भयानक विघटन प्रारंभ हुआ था, उसकी अनुगूंजें ही नहीं, रोमेंटिक व्यामोह की तरह हावी भी रहता है, जिसे अपनी बाद की कहानियों में वे झटककर फेंक देते हैं और 'पूस की रात', 'कफन', 'शतरंज के खिलाड़ी' जैसी कहानियों में उनकी दृष्टि यथार्थ का तीसरा आयाम अन्वेषित करती है। यह तीसरा आयाम मनुष्य को उसके परिवेश 'में' अन्वेषित करने का था (परिवेश 'सहित' प्रस्तुत करने का नहीं, जो कि उनकी कहानियों में पहले होता रहा है)। इसीलिए प्रेमचंद की वे कहानियां, जिनमें मनुष्य अपने परिवेश में अन्वेषित हुआ है, गहनतम मानवीय संकट की कहानियां हैं, जिसका तीसरा अध्याय है सामाजिक इतिहास की पीठिका (जो वर्तमान को जन्म देती है)।

कबीर का विद्रोह; सामाजिक न्याय की मांग और बंधुत्व का आग्रह, भारतेंदु की भारतीयता और आज़ादी का हक, प्रसाद की मानवतावादी मूल्यों के पुनर्निर्धारण की आकांक्षा और उत्तरवर्ती प्रेमचंद द्वारा यथार्थ का ग्रहण और मानवीय संकट की व्याख्या—यह था वह क्रम, जो नई विचार-संपदा की विरासत थी।

परंतु प्रेमचंद द्वारा अन्वेषित इतिहास-क्रम की यथार्थ परिस्थितियों में से निकलकर आया हुआ मनुष्य, जब अपने पूरे वज़न और व्यक्तित्व की समग्रता के साथ स्थापित हो रहा था, तब एकाएक अंधड़ आया।

प्रेमचंद का वह तीसरा आयाम, जो निश्चय ही इतिहास के क्रम से संबद्ध था, सहसा कुछ लेखकों के लिए आंतरिक यात्रा का पाथेय बन गया, क्योंकि वे प्रेमचंद की तरह अपने समय और यथार्थ में 'इन्वॉल्व्ड' नहीं थे।

और यहीं से हिंदी कहानी का घोर व्यक्तिगत (पर्सनल, वैयक्तिक नहीं) स्वर उभरता है, और कहानी में 'रीतिकाल' शुरू होता है। एकाएक वे औरतें, जो प्रेमचंद तक ज़िंदगी को वहन करने वाली केंद्रीय इकाइयां थीं, प्रेम-विदग्ध प्रेयसियों में बदलने लगती हैं, पुरुष श्रीकांत की तरह नपुंसक होने लगते हैं और बिना जड़ों के लेखक की अपनी दमित वासनाओं और कुंठाओं से ग्रस्त, उपजीवी पात्र अवतरित होने लगते हैं। इतिहास-क्रम से उद्भूत, अपने परिवेश में सांस लेता सामाजिक जड़ों वाला मनुष्य वहीं रुका रह जाता है और दीदी तथा भाभी या बहन जी के रिश्ते वाले व्यक्तियों में कामुकता कसमसाने लगती है। भाभीवाद और दीदीवाद का वह युग बीते अभी बहुत दिन नहीं हुए।

पूरा परिदृश्य सहसा बदलने लगता है, भाषा 'पर्सनल लैंग्वेज' बन जाती है और कहानियां 'पर्सनल डायरी' की स्वप्न-प्रेयसियों के इर्दगिर्द घूमने लगती हैं। शायद हिंदी कहानी के इतिहास में प्रेमी-प्रेमिकाओं के आंसुओं के इतने महानद, आहों के इतने महामेघ और सिसकियों के इतने महास्वर कभी नहीं गूंजे, क्योंकि तमाम भाभियां और तमाम दीदियां (अपने जीवन-पुरुषों को बिसराकर) सिर्फ अपने प्रेमियों के लिए जी रही थीं, यहां तक कि एक-एक प्रेम-सने वाक्य के लिए अलग-अलग 'लोकेल्स' चुने गए। झीलों के किनारे पहली मुलाकात के लिए तय हुए, तो प्रेम-निवेदन के लिए एकांत घाटियां चुनी गईं···डूबते हुए सूरज की पृष्ठभूमि 'समर्पण के क्षणों' को दी गई और 'व्यथा के क्षणों' को शेष ज़िंदगी सौंप दी गई। कुछ क्रांतिकारी (पात्र) सहसा आए—अपनी झूठी शहादत की महिमा से मंडित, और अपने लिए नारियों की मांग करने लगे...मध्यवर्ग की नारी उसके मानसिक-बौद्धिक अत्याचार और दैहिक नपुंसकता की शिकार होकर दुःख के क्षणों को 'भोगने की नियति' से आबद्ध हो गई···पर यह कभी पता नहीं चला कि कथा-साहित्य के वे क्रांतिकारी पात्र कब और कहां क्रांति करने में संलग्न रहे थे? उनकी सामाजिक जड़ें कहां थीं और उनकी क्रांतिकारी पार्टियां कहां क्रियाशील थीं और उनमें स्वयं उन पात्रों की भूमिकाएं क्या थीं? भारतीय क्रांतिकारी आंदोलन के महान् इतिहास और व्यक्तित्वों की रोमेंटिक परछाइयां ही साहित्य में आईं, जो अपनी कुंठित और दमित वासनाओं की तृप्ति खोज रही थीं। कोई दबंग, हाड़-मांस का क्रांतिकारी साहित्य में नहीं घुस पाया। जीवन को झेलने वाले केंद्रीय पात्रों की जगह लिज़लिज़े, संदर्भों से

कटे, कुंठाग्रस्त उपजीवी पात्र सामने आ गए, जो ज़िंदगी को वहन करने वाले व्यक्तियों को अपदस्थ कर स्वयं उनकी जीवन-पूंजी के साथ भोग और मानसिक विलास में रत हो गए—और अपरिग्रह, वेदना और दुःखवादी दर्शन का ढोंग रचने लगे।

ऐसा नहीं है कि हिंदी कहानी के इस 'रीतिकाल' में कुछ पृथक् स्वर नहीं थे—'अश्क' का निम्न-मध्यवर्ग और भगवती बाबू की कुछ कहानियों में उभरा परिवेश ('मुगलों ने सल्तनत बख्श दी', 'दो बांके' आदि) और यशपाल के 'विचारों के आग्रही' प्रवृत्तिमूलक पात्र इसी समय सामने आए···और पता नहीं कहां से भटकती, संघर्ष करती मात्र एक 'बुआ' सामने आई, जो बाद में न जाने कहां खो गई!

इतिहास-क्रम की यथार्थ परिस्थितियों से निकलकर जो मनुष्य आते-आते रुक गया था, वह भारतीय विचार-संपदा और जीवन-परंपरा का केंद्रीय व्यक्ति था···पर कथा-साहित्य में उस पर पर्दा पड़ गया।

ऐसा नहीं था कि समय रुक गया था, समय की महत्त्वपूर्ण भूमिका में वह व्यक्ति अग्निपरीक्षा से गुज़र रहा था···निम्न-मध्यवर्ग और मध्यवर्ग '42 की क्रांति में अपनी महत्त्वपूर्ण भूमिका अदा कर रहा था। किसान और ज़मींदार के संबंध दिमागों में तय हो रहे थे। मज़दूर और मालिक के रिश्ते नए संतुलन की मांग कर रहे थे। टूटता परिवार अपने भावात्मक स्रोतों को खोज रहा था और महायुद्ध की विकराल छाया के अंतर्गत भीषण अवसाद, निश्चय और विपन्नता भरी हुई थी···साथ ही प्रखर होते स्वाधीनता-संग्राम का प्रचंड रोष, शक्ति और क्रियाशीलता भी नज़र आ रही थी···।

पर हिंदी कथा-साहित्य या रीतिकालीन पात्र अपनी व्यक्तिगत क्रूरता से समस्त सामाजिक संदर्भों को नकारकर, अपने मनोलोक में प्रेयसियों के संग टहल-टहलकर वेदना और दुःख पर भाषण दे रहा था···अपनी कुंठाओं को सही साबित कर अपने व्यक्तित्व के चारों ओर प्रभामंडल निर्मित कर रहा था और अपनी व्यक्तिगत विसंगतियों के लिए पृथक् चरित्रशास्त्र गढ़ रहा था।

और इस 'रीतिकाल' द्वारा निर्मित मानसिकता को अंगीकार न कर पाने वाले लेखकों ने एक वैचारिक-राजनीतिक अभियान शुरू किया। चूंकि यह राजनीतिमूलक अभियान था, अतः राजनीति की तरह ही इसमें सामूहिकतावाद का उदय हुआ··· शुरू-शुरू में इस विचार-आंदोलन ने निश्चय ही जीवनपरक मूल्यों को रेखांकित

किया। वैज्ञानिक दृष्टि से इसने मानवतावाद का पुनर्परीक्षण किया और सभ्यता की अगली यात्रा के मूल बिंदु निर्धारित किए। रूढ़ियों, वर्जनाओं, गलत मान्यताओं और जड़ आचारसंहिता पर इस प्रगतिशील विचारधारा ने प्रहार किए और मनुष्य को उसकी स्थिति-परिस्थिति का परिचय दिया।

चूंकि यह वैचारिक आंदोलन राजनीतिप्रसूत था, अतः साहित्य के मूल्यों और प्रतिमानों का निर्धारण भी राजनीतिक व्यक्तित्वों द्वारा होने लगा और तब वह 'केऑस' उपस्थित हुआ, जिसका साक्षी हमारे साहित्य का इतिहास है। अधिकांश कथा-साहित्य में व्यक्ति तो भारतीय थे, स्थितियां भी अपनी थीं, पर उनके स्वर पराए थे, और उनका भविष्य पराया था, जो हमारे इतिहाससम्मत निष्कर्षों का प्रामाणिक प्रतिफलन नहीं था। ऐसे में कुछ लेखकों (बहुत हद तक यशपाल, नागार्जुन, अमृतराय, चंद्रकिरण सौनरिक्सा, अमृतलाल नागर, रांगेय राघव आदि) ने सही दृष्टिकोण को अख्तियार करते हुए, राजनीति को अंगीकार करते हुए भी, उसकी प्रवृत्तिमूलकता और अत्याचार का विरोध रचनात्मक स्तर पर किया। उन्होंने लाल सुबहों का उद्घोष करने वाले अशक्त पात्रों और लाल परचम फहराने वाले राजनीतिक निरंकुशों को अस्वीकार किया और साहित्य पर छाए राजनीतिज्ञों के प्रभाव को नकारा, पर तब तक राजनीति का दबदबा पूरे देश पर छा चुका था··· आज़ादी मिलते ही राजनीतिक नेता और कार्यकर्ता पूरे सामाजिक परिवेश में सबसे आदृत व्यक्ति बन गए थे, अतः कथा-साहित्य में समूहवादी-प्रचारवादी प्रवृत्तियां मज़बूत बन गई थीं और हमारे साहित्य में इतिहास की प्रक्रिया से उद्भूत होने वाला सर्वांगसंपन्न व्यक्ति, कंधों तक आकार पाकर रह गया, उसका भारतीय सिर कंधों पर नहीं रखा जा सका। इसीलिए वह व्यक्ति रोबोट की तरह काम करने लगा, जिसका बटन राजनीतिक दिशादृष्टि देने वाले कतिपय मस्तिष्कों के हाथ में था, जो पार्टी-प्रोग्राम तय करने के साथ-साथ साहित्य में उठाई जाने वाली समस्याओं और अभिव्यक्त किए जाने वाले पात्रों और क्षेत्रों का प्रोग्राम भी तय करते थे।

इसी समय राष्ट्रीय क्षितिज पर अंधेरे की रेखाएं खिंचने लगती हैं। संविधान ने जिस समाज-रचना का सपना सामने रखा था, वह मिटता दिखाई देता है, क्योंकि वे नेता, जो देश का भविष्य निर्माण करने के लिए उपस्थित थे, भ्रष्ट हो गए थे।

मेला उठने के तत्काल बाद ही जैसे झंडियां, सुतलियां, बल्लियां, तोरण और अल्पनाएं बिखर और फैल-छितरा जाती हैं, वैसे ही आज़ादी का यह मेला उठते देर नहीं लगी और चारों तरफ बिखराव, अव्यवस्था और छितराव नज़र आने लगा।

धर्मगुरुओं की तरह बड़े नेता अपने शीशमहलों में जा घुसे और आवारा छोकरों की तरह स्थानीय और क्षेत्रीय नेताओं ने ध्वंस शुरू किया। यह एक चकित कर देने वाला तथ्य है कि आज़ादी से पहले के सत्याग्रही नेता एकाएक भ्रष्टाचार, अनाचार और अत्याचार के पक्षधर और भागी कैसे बन गए!

महकमों और दफ्तरों के स्तर पर वास्तविक रूप से गुलाम पीढ़ी का सामना करना पड़ा। वह पीढ़ी देश के सभी कामकाजी दफ्तरों पर छाई हुई थी, जो सचमुच अपने पूरे अस्तित्व से गुलाम बन चुकी थी। अंग्रेज-परस्त हुक्कामों की यह गुलाम पीढ़ी आज भी कर्ताधर्ता बनी हुई है और उसका सहज फल देश को भोगना पड़ रहा है।

राजनीतिक क्षेत्र में व्याप्त भ्रष्टाचार, स्वार्थपरता, भाई-भतीजावाद, जातिवाद, प्रांतवाद जैसे फोड़े राष्ट्र के शरीर में एकाएक फूट पड़े और चारों ओर मवाद, सड़ते मांस और गंदे खून की महक भर गई।

यह मोहभंग की स्थिति थी। एक ओर साहित्यिक स्तर पर कथा-साहित्य का रीतिकाल और सामूहिकतावाद अड़ा खड़ा था, जहां व्यक्तिगत कुंठाएं जीवन-यथार्थ को नकार रही थीं, या समूहगत प्रचारवाद व्यक्ति की सत्ता को दबोच रहा था···दूसरी ओर राजनीतिक स्तर पर सड़ांध, वैमनस्य, गुटबाज़ी और अंधेरगर्दी थी और प्रशासनिक स्तर पर वास्तविक गुलाम पीढ़ी हावी थी···।

इस सबका मूल्य चुकाना पड़ रहा था मध्य और निम्न-मध्यवर्ग को, जो खुद अपनी समस्त मान्यताओं के संदर्भ में कहीं टूटा, कहीं अधबना, कहीं बिखरा और कहीं उजड़ा हुआ था···जो जीवन को वहन करने के लिए समर्पित था, समस्त क्रूरताओं को सहन करने के लिए मजबूर था, क्योंकि स्वयं उसी के नेता भ्रष्ट हो गए थे।

विभाजन, मोहभंग, यांत्रिकता, विसंगतियां, परिवारों का विघटन, राजनीतिक भ्रष्टाचार और व्यापक असंतोष के बीच जो मनुष्य सांस ले रहा था, जिसका समकालीन साहित्य जवाबदेही से कतरा रहा था···या जिसके आंतरिक और बाह्य संकट को अभिव्यक्ति नहीं दे पा रहा था, वह मनुष्य इतिहास के क्रम में अपने पूरे परिवेश को लिए-दिए एक अवरुद्ध राह पर संभ्रमित और चकित खड़ा था।

इसी समय नई कविता का आंदोलन आता है, उसकी चेतना के अवरुद्ध स्रोतों को खोलने के लिए और लगभग उसी के आसपास नई कहानी एक गतिवान प्रक्रिया को जन्म देती है और जीवन को झेलने वाले केंद्रीय पात्रों की ओर अभिमुख होती

है। इतिहास-क्रम की यथार्थ परिस्थितियों से निकलकर आया हुआ मनुष्य फिर कहानी का केंद्र बनता है और उपजीवी रीतिकालीन पात्रों का दौर-दौरा खत्म होता है। भारतीयता की तलाश शुरू होती है और इसीलिए अपने अनुभूत प्रामाणिक यथार्थ की ओर दृष्टि जाती है :

'मलबे का मालिक', 'गुल की बन्नो', 'ज़िंदगी और ज़ोंक', 'भाग्यरेखा', 'बदबू', 'कर्मनाशा ही हार', 'तीसरी कसम', 'सात बच्चों की मां', 'जहां लक्ष्मी कैद है', 'भैंस का कट्या', 'चौदह कोसी पंचायत', 'शुतुर्मुर्ग', 'बबूल की छांह', 'ढिबरी', 'कालसुंदरी', 'समय', 'रेवा' आदि तमाम प्रामाणिक और अनुभूत यथार्थ की रचनाएं उस गतिरोध को तोड़ती हैं, जो कथा-साहित्य में व्याप्त हो गया था। हरिशंकर परसाई, शरद जोशी, केशवचंद्र वर्मा आदि व्यंग्य के कोण से अपने समय की विसंगतियों को वाणी देते हैं⋯।

कथानक, चरम बिंदु, चरित्र-चित्रण, वातावरणीयता आदि क्रैफ्टमैनशिप की बातें पीछे पड़ जाती हैं और नई कहानी परिभाषा का एक नया संकट पैदा कर देती है। लेखक स्रष्टा, द्रष्टा और भविष्यवक्ता होने के खोल उतारकर फेंक देता है, क्योंकि वह सीधे-सीधे मानवीय संकट का सामना करता है और अपनी हर कहानी में यथार्थ को खोजता और अभिव्यक्त करता चलता है। वह किसी भी प्रकार के आरोपण को अस्वीकार करता है और आधुनिकता के संक्रमण को वहन करते भारतीय व्यक्ति को उसकी नितांत भारतीय परिस्थितियों और समय में संप्रेषित करता है। वह आरोपित, झूठी और खोखली मर्यादा तथा नैतिकता को भंग करता है और व्यक्ति की नैतिकता को प्रश्रय देता है, जो काले और सफेद की धार्मिक मान्यताओं को अस्वीकार कर मनुष्य के उन नए मूल्यों को प्रश्रय देता है, जो उसके अस्तित्व की अनिवार्य शर्त बन गए हैं। वह धार्मिक मानवतावाद से पृथक् न्याय और समता पर आधारित व्यापक मानवीय मूल्यों को अंगीकार करता है⋯।

और नया कहानीकार यह सब धर्म, दर्शन, तंत्र या मतवाद के मातहत नहीं, परिवेश में आकंठ डूबे मनुष्य की आकांक्षाओं और अपेक्षाओं के मातहत ही स्वीकार करता है। नई कहानी इसीलिए मानव-मानव के नए उभरते और शक्ल लेते या टूटते संबंधों को सबसे पहले रेखांकित करती है, क्योंकि वह अपने 'मैं' से निकलकर 'वह' या 'उसकी' प्रामाणिक अभिव्यक्ति करती है, और अपने 'मैं' से निकलकर जैसे ही वह दूसरे से संबद्ध होती है, लेखक प्रतिबद्ध हो जाता है। नए कहानीकार की प्रतिबद्धता का अर्थ इसीलिए जीवन से प्रतिबद्धता का है, मत-मतांतरों, फैशनों या वादों से आक्रांत होने का नहीं।

प्रामाणिकता और कथ्य का कालांकित (डेटेड) होना, दो विशेष बातें हैं, जो नई कहानी के संदर्भ में उठती हैं। प्रामाणिकता, अर्थात् झूठ और असंगत को कहानी के शिल्प और कथ्य के स्तर पर बराबर तराशते जाना, यानी सहजता की खोज। यह सहजता इकहरेपन का पर्याय नहीं है, बल्कि संलिश्ष्ट यथार्थ को उसके सभी आयामों में से खोजकर बिना किसी तनाव या अतिरिक्त रोमेंटिक लगाव के अभिव्यक्त कर सकना है। प्रामाणिकता एक ओर अनुभव की सचाई की शर्त है तो दूसरी ओर सचाई को प्रौढ़ता से झेलकर अर्थों तक पहुंचाने की पहचान भी है।

इसीलिए नई कहानी मात्र जीवन-खंडों या घनीभूत क्षणों का संप्रेषण न होकर, उनमें निहित अर्थों या मूल्यों की कहानी है, जो अनेक स्तरों पर घटित होती है; अभिधात्मक रूप में वह स्थिति-विशेष, जीवन-खंड या घनीभूत क्षण की सच्ची प्रस्तुति है, तो व्यंजनात्मक रूप में वही मानवीय संबंधों, घटना या क्षण को नए अर्थों तक ले जाती है। ये अर्थ उस यथार्थ से ही फूटते हैं, जिसे लेखक कहानी के लिए चुनता है। अतः आज कथ्य के चुनाव का दृष्टिकोण महत्त्वपूर्ण है; और इसीलिए अर्थगर्भा स्थितियों की महत्ता सहज ही बढ़ गई है, और नई कहानी परिवेश से उद्‌भूत प्रामाणिक अनुभव की गंभीर संवेदनशील प्रतीति है, घटनाक्रम का वाचाल चलचित्र नहीं।

अपने समय का उल्लंघन नई कहानी में नहीं है, इसीलिए वह कालांकित (डेटेड) है। अपने समय की केंद्रीय स्थितियों की अभिव्यक्ति और बदलते परिदृश्यों के साथ निरंतर बदलते जाने की अपेक्षा से ही 'नए होते रहने' की बात जुड़ी है···यानी इसका कोई स्थिर रूप या प्रतिमान नहीं है; इसीलिए यह हमेशा अपरिभाषित रहने की नियति से आबद्ध है। किसी एक लेखक की अपनी रचना भी स्वयं उसके लिए प्रतिमान नहीं है, वह एक और नई शुरुआत की पीठिका बनती जाती है। यह प्रक्रिया ही नई कहानी की वास्तविक रचना-प्रक्रिया है। इसीलिए नए यथार्थ को खोजने वाली कहानी नई है, बीते हुए की नए ढंग से खोज करने वाली कहानी नई नहीं है। यह शिल्प-प्रयोगों का प्रयास नहीं, कथ्य के प्रयोगों का प्रयास है।

और कथ्य वही है, जिसकी अधिक या कम (यानी आनुपातिक) महत्ता सबके लिए है···वह सबसे कमोबेश रूप में जुड़ा हुआ है। कथ्य की यह सहभागिता या सबके अनुभवों (या विचारों) से आनुपातिक समरूपी संबंध-परकता ही नई कहानी की तादात्म्य की स्थिति है। भावुकता या मनोरंजकता या मनोवैज्ञानिक सत्याभास अब संप्रेषणीयता के सेतु नहीं हैं। भाषा का चमत्कार, मुहावरों की छटा, या शैली की विशिष्टता अब कहानी के शृंगार नहीं हैं—शैली अब एक आरोपित रूपवादी मान्यता

नहीं रह गई है। अब हर कहानी का कथ्य ही अपनी शैली निर्धारित करता है। पत्र शैली, डायरी शैली, संस्मरण शैली जैसी बनावटी और झूठे रूपवाद से मुक्ति प्राप्त कर यथार्थ को आमने-सामने देख सकने की चुनौती बेहद महत्त्वपूर्ण हो गई है।

और बदले हुए यथार्थ के स्तर पर यदि हम देखें तो नई यानी समकालीन कहानी में एक ओर वे पात्र हैं जो अपने प्रगाढ़ भारतीय संस्कार लिए जीवन के दृश्यपट से विलीन हो रहे हैं—यानी पिता, बुजुर्ग और उम्र के साथ मिटते हुए लोग—'आद्रा' की मां, 'गुलरा के बाबा' के बाबा, 'चीफ की दावत' की माताजी, 'बिरादरी बाहर' के बाप, 'वापसी' के पिता या 'पिता' के पिता और 'रक्तपात' की मां।

आधुनिक नारी अब अपनी पूरी गरिमा, देह-संपदा और वास्तविक सम्मान के साथ आई है। 'यही सच है', 'मित्रो मरजानी', 'लाल परांदा', 'ज़िंदगी और गुलाब के फूल' आदि बहुत सी कहानियों की नारियां नितांत प्रामाणिक संदर्भों और जीवन-प्रसंगों से जुड़ी हुई हैं, जो पुरुष के 'माध्यम' से जीवन-मूल्यों या उसके अर्थों की खोज में तृप्त नहीं हैं, वे अपने पूरे व्यक्तित्व के साथ सहयोगी जीवन-पद्धति की भागीदार हैं, या स्वयं ज़िम्मेदार। सेक्स अब पाप-बोध देने वाली क्रिया नहीं, एक वास्तविक और अनिवार्य आवश्यकता के रूप में स्वीकृत और समादृत है। वह लेखक की कुंठा का चटखारा नहीं, पात्रों की भौतिक और दैहिक अनिवार्य आवश्यकताओं की सहज मांग है। औरतें अब औरतें हैं, वे झूठी सती या वेश्याएं नहीं हैं, इसीलिए नई कहानी खलनायिकाओं से शून्य है, जिनकी पहले हर कदम पर ज़रूरत पड़ती थी। अब संबंधों के ध्रुव दो हैं—स्त्री और पुरुष—जो सारी संगतियों और विसंगतियों के साथ अपनी प्राकृतिक अपेक्षाओं से सीधे-सीधे संबद्ध हैं। संशयग्रस्त संबंधों के बिजबिजाते दलदल अब नहीं हैं। नारी की देह अब उसके अपने निर्णय की वस्तु है। धोखाधड़ी, बलात्कार या दीदीवादी-भाभीवादी विकृत परंपरा का मानसिक अत्याचार अब लेखकीय सहानुभूति का विषय नहीं रह गया है।

अकेलापन जहां पोज़ के रूप में आया है या एक नई रोमेंटिक भंगिमा में, वह साहित्यिक कृतित्व का अंग नहीं है। वह नकली और झूठा है। पर अपनी वास्तविक स्थितियों, यथार्थ परिस्थितियों, वर्जनाओं, विघटनवादी अंधड़ों और भ्रष्टाचारजनित वातावरण में क्या कभी-कभी मनुष्य अकेला नहीं हुआ है? हमारे सामान्य जन का अकेलापन फालतू (सर्प्लस) होने की नियति से उद्भूत है। 'मिसफिट' या फालतू (सर्प्लस) होते जाने की यह समस्या नौजवानों या अवकाश-प्राप्त लोगों के सामने है,

वे जो ज़िंदगी को दसों उंगलियों से पकड़ पाने का जायज़ अवसर नहीं पा रहे हैं, या जिनकी दसों उंगलियां अशक्त हो गई हैं, समकालीन समाज में अकेले रह जाते हैं। पर यह संत्रास मृत्युभय या किसी सर्वशक्तिमान के अभिशाप का फल नहीं, सामयिक विघटनवादी परिस्थितियों की देन है, जिनमें ऊबता या घबराता हुआ मनुष्य मौजूद है। यांत्रिकता और परिवारों के विघटन से सताया हुआ मनुष्य, संबंधों की प्रत्यक्ष निरर्थकता के बावजूद मृत्युवादी या भाग्यवादी नहीं हुआ है—वह घृणा, आक्रोश और नकार के 'निगेटिव' अस्त्रों से एक बहुत 'पॉज़िटिव' भंगिमा अख्तियार कर रहा है।

समकालीन कहानी का मुख्य पात्र निम्न-मध्यवर्गीय मनुष्य ही है, जो अपने परिवेश से संपृक्त और सामाजिक जड़ों द्वारा अपने अस्तित्व की खुराक पा रहा है। वह प्रवृत्तिमूलक या अहंमूलक व्यक्ति नहीं—जीवन के घात-प्रतिघातों को सहता, हारता-हराता, क्षुद्रता और मनुष्यता को सहेजता-नकारता, अपनी निर्णय-शक्ति को बचाता-लुटाता, इसी दुनिया और इसी जीवन के अस्तित्व में विश्वास करता, सुख-दुःख उठाता, जाने-अनजाने नए क्षितिजों को उद्‌घाटित करता और नए संबंधों-संतुलनों को जन्म देता ज़िंदगी को वहन कर रहा है।

और आज का लेखक जीवन की इसी समग्रता को यथासंभव रूपायित करने के प्रयास में संलग्न है—वह स्वयं सहभागी है इस सारे वाङ्मय का। इसीलिए वह किसी बात का दावा नहीं करता, वह सिर्फ चिंतन की स्वतंत्रता लेकर अपने परिवेश 'से' आए हुए मनुष्य और उसके मानवीय संकट तथा यथार्थ को यथासंभव प्रामाणिकता से प्रस्तुत करने और निरंतर नई होती स्थितियों को आत्मसात् करने का विनम्र प्रयास करता है। इसीलिए उसके सामने प्रश्न अपनी उपलब्धियों का नहीं, उपलब्ध चुनौतियों से सामना करने का है।

ये कुछ बातें रचनाधर्मी संलग्न लेखकों के संदर्भ में ही उठाई गई हैं—लाखों की पृष्ठ-संख्या में मुद्रित व्यावसायिक लेखन के प्रसंग में नहीं; क्योंकि ज़िम्मेदार लेखन और चालू लेखन का अलगाव किए बगैर किसी भी बात का कोई अर्थ नहीं रह जाता।

आधुनिकता और प्रामाणिकता के संदर्भ में नई कहानी

आधुनिकता को धारणाओं या लक्षणों के रूप में ही समझा जा सकता है, क्योंकि यह एक गत्यात्मक प्रक्रिया है, मूल्य नहीं, जिसे स्थिर कर लिया गया हो।

आज आधुनिकता को केवल एक देश-विशेष की भौगोलिक परिसीमाओं में भी नहीं बांधा जा सकता, क्योंकि अंतर्राष्ट्रीय स्थितियों ने किसी भी देश को अकेला नहीं रहने दिया है। इसलिए जब हम आधुनिकता की बात करते हैं तो एक तरह से दोहरी स्थिति से गुज़रने के लिए मजबूर हैं; एक स्थिति स्वयं हमारे देश-समाज की है और दूसरी स्थिति विश्व-समाज की है। इस संबंध को दृष्टि में रखे बिना आधुनिकता की धारणाओं को स्पष्ट कर सकना संभव हो ही नहीं सकता।

इसी के साथ एक प्रश्न और उठता है—आधुनिक की अवधि क्या है? या उसका प्रसार किस काल-खंड से कहां तक है? विश्व के स्तर पर पश्चिम या इंग्लैंड के पुनर्जागरण (रिनेसां) तक आधुनिक युग की सीमा है, जिसमें फ्रांस की क्रांति से एक मोड़ आता है और रूसी क्रांति से दूसरा मोड़ आता है, जिन्होंने मिलकर हमारे आधुनिक विचारों के इतिहास को जन्म दिया है।

राष्ट्रीय स्तर पर सामाजिक पुनर्जागरण की शुरुआत हम राजा राममोहन राय और राजनीतिक पुनर्जागरण की शुरुआत महात्मा गांधी से मान सकते हैं—या ज़्यादा से ज़्यादा बालगंगाधर तिलक से। आर्थिक और औद्योगिक पुनर्जागरण का कोई उन्मेष हमारे यहां नहीं है, यदि है भी तो कुछ पारिवारिक इकाइयों ने इस उन्मेष का श्रीगणेश ज़रूर किया, पर उसकी कोई परंपरा भारत में नहीं बन पाई। साहित्य में हम भारतेंदु से आधुनिक युग की शुरुआत मान लेते हैं, जोकि साहित्यिक विधाओं के जन्म और भाषागत संक्रमण का काल है और वैचारिक रूप से नई चिंतनधारा का सूत्रपात भी कुछ-कुछ वहां से होता है।

यह सब भी तीन काल-खंडों पर निरंतर घटित होता है—युग, वर्तमान और समकालीन या तात्कालिक काल-खंडों पर यानी जब हम आधुनिकता की बात करते

हैं तो सहज ही वह इन तीनों से संबद्ध होती है। यानी जो हमारे युग में हो रहा है, जो वर्तमान समय में हो रहा है और जो तत्काल घटित हो रहा है। आधुनिकता के लक्षणों या धारणाओं को व्यक्त कर सकने के लिए तब ऐसे शब्दों की ज़रूरत पड़ती है, जो तीनों कालावधियों के लिए अर्थपूर्ण हों। लेकिन यह एक बेहद उलझी हुई स्थिति है और कोई भी शब्द शायद इतना खरा और अर्थगर्भित न हो जो इस विस्तृति को नाप सके। अतः बेहतर यही है कि हम 'विचारों के इतिहास' के सहारे ही चलें, ताकि राष्ट्रीय और अंतर्राष्ट्रीय अंतर्विरोध पैदा न होने पाए, नहीं तो फिर वही सवाल उठने लगेगा कि क्या पश्चिम का बोध ही आधुनिक है और क्या हमारी भारतीय विचारधारा में आधुनिक कुछ भी नहीं है? वास्तविकता यह है कि भारतीयता और अंतर्राष्ट्रीयता में आध्यात्मिक स्तर पर (कृपया इसे धार्मिक के पर्याय रूप में न लें) अंतर्विरोध ज़्यादा नहीं है और वे एक-दूसरे के पूरक हैं, पर एक तात्त्विक अंतर है और वह यह कि सभ्यता के विकासक्रम में अविकसित, विकासशील और विकसित—इन तीन मंज़िलों पर समस्त देश हैं। और तीनों मंज़िलों वाले ये देश एक ही समय में साथ-साथ उपस्थित हैं। चूंकि यह भेद है, अतः बोध का भेद भी है। पर बोध के भेद के लिए यह ज़रूरी नहीं है कि विकासशील देश का बोध मध्यस्थिति में ही हो और अविकसित का बोध बिलकुल पिछड़ा हुआ ही हो।

आज विश्व में चाहे जितना भी व्यवस्थापकीय तथा आर्थिक भेद हो, पर विचारों के स्तर पर यह भेद नहीं रह पाया है। अविकसित और विकासशील देशों में विचार भी सार्वजनीन संपदा हो पाए हैं और जनता विचारों की मंज़िलों से भी गुज़र रही है—पर जैसे आर्थिक और भौतिक सुविधाएं बहुत से देशों के लिए अनुपलब्ध हैं, उस तरह विचार अनुपलब्ध नहीं हैं।

चूंकि आधुनिकता भी इतिहास-चेतना ही है, अतः वह पुरातन और भविष्यत् से भी जुड़ी हुई है। यह इतिहास-चेतना ही परिवर्तन की एक अनिवार्य स्वीकृति है। इसीलिए जब हम आधुनिकता की बात करते हैं तो अनिवार्य रूप से परिवर्तित या परिवर्तनशील तत्त्वों को रेखांकित करते हैं, जहां से हम एक युग विशेष से अलग होते हैं।

मध्ययुग से अलग करने वाले लक्षणों के आधार पर ही बीसवीं सदी के साहित्यिक उन्मेष को 'आधुनिक' की संज्ञा दी गई थी और आज तो यह आधुनिक युग भी इतिहास-क्रम में आधुनिक नहीं रह गया है, क्योंकि सन् '47 तक आते-आते साहित्यिक उन्मेष का वह काल भी संदर्भ से दूर जा पड़ा है। चूंकि स्वातंत्र्योत्तर साहित्य की वाणी ही बदल गई है, अतः उसे नए नाम की भी ज़रूरत पड़ी और उसने

आधुनिक कहे जाने वाले उस उन्मेष से अपने को अलग पाया, इसलिए 'नया' शब्द प्रचलित हुआ, जोकि आधुनिक के संदर्भ में अत्याधुनिक की ध्वनि देता है। पर अत्याधुनिक में परंपरा के अधिकांश के होने का आभास भी था, अतः इस शब्द को छोड़कर 'नया' शब्द ही अपनाया गया, क्योंकि उसमें दृष्टिभेद का स्वर भी था।

स्वातंत्र्योत्तर नवलेखन में संशोधन कम, परित्याग और पुनर्मूल्यांकन ही ज़्यादा था, इसलिए ज़रूरी हुआ कि इस परित्याग को ध्यान में रखते हुए नाम की खोज की जाए। पुनर्मूल्यांकन के आधार पर भी जो कुछ संग्रहणीय था, वह इस नए की दृष्टि में बहुत क्षीण और विरल था। परिवर्तन और उससे उद्भूत बोध की गति इतनी तीव्र और संक्रामक थी कि यह सारा परिवर्तन, परंपरा का पुनर्मूल्यांकन के आधार पर किया हुआ विकास नहीं लगता, बल्कि सर्वथा नई उद्भावना ही ज़्यादा लगती है।

इस दृष्टि से यदि हम देखें तो हिंदी साहित्य के आधुनिक युग (भारतेंदु के समय से शुरू होने वाले) के बोध से हम आज का आधुनिक बोध पृथक् पाते हैं। सुधारवाद, पुनरुत्थानवाद, सांस्कृतिक संघटनवाद, शुद्धिवाद, सौंदर्यवाद और पवित्रतावाद के उस आधुनिक युग से आज के नए साहित्य की कोई संगति नहीं बैठती।

इसलिए स्वातंत्र्योत्तर आधुनिक दृष्टिकोण को 'नए' के संदर्भ में ही देखा जा सकता है, यदि हम शब्द-परंपरा के मोह में पड़ेंगे तो निश्चय ही एक अमूर्त सी व्याख्या को जन्म देंगे, जो समन्वय करती-करती अर्थहीन और धारहीन हो जाएगी। सुविधा के लिए भी और सही नतीजों तक पहुंच सकने के लिए भी यह ज़रूरी है कि हम आधुनिकता के लक्षणों को स्वातंत्र्योत्तर नए साहित्य के संदर्भ में खोजें और साथ ही उसकी पूरी परिव्याप्ति को ध्यान में रखें, ताकि धारणाएं गलत रूप अख्तियार न करने पाएं।

आधुनिक के साथ पहला और अनिवार्य रूप से जुड़ा हुआ शब्द है—विज्ञान।

'विज्ञान' शब्द से हमारा बहुत काम नहीं चल पाता। विज्ञान ने हमें तथ्य दिए हैं पर वे तथ्य व्यावहारिक जीवन में जब फलीभूत होते हैं, तो उनका रूप भौतिक हो जाता है। यानी विज्ञान ने हमारे बौद्धिक और आध्यात्मिक सीमांतों को तो विस्तृत किया है, पर व्यावहारिक स्तर पर उसका जो रूप हमें प्रभावित और पुनर्निर्मित करता है, वह टेक्नोलॉजी का है। विज्ञान ने हमें नियम दिए हैं, पर उन्हीं नियमों की सार्थकता को जीवन में उतार देने का काम मशीन ने किया है। और इस मशीन के अस्तित्व के कुछ अपने नियम भी हैं, जो उसके जन्म के बाद पैदा होते हैं, जिनका अध्ययन (मनुष्य और उसके समाज के संदर्भ में) समाजशास्त्र कर रहा है और मशीन

के उत्पादन तथा उसके अस्तित्व में आने से पैदा हुई स्थितियों का नियमन और दिशा-निर्देश का काम व्यवस्थापकीय स्तर पर राजनीतिशास्त्र कर रहा है। हमारे यहां ये तीनों शक्तियां अभी प्रारंभिक रूप में हैं—यानी हम अभी पूर्ण औद्योगिक राष्ट्र की स्थिति में नहीं, पूर्व-औद्योगिक राष्ट्र की स्थिति में हैं और इसी के साथ हमारी अपनी सभ्यता और संस्कृति की विपुल धारा टकरा रही है। यह इसलिए कि वर्तमान विज्ञान, टेक्नोलॉजी, समाजशास्त्र और राजनीतिशास्त्र को हमने उत्पन्न नहीं किया है—जो हमने उत्पन्न किया है, उसका संशोधन यदि हो भी रहा है तो बहुत कम अंशों में; उसके पुनर्मूल्यांकन की प्रक्रिया चल रही है और परित्याग हो रहा है। विकासशील देश होने के नाते हम मध्य-स्थिति में हैं और यदि सही बात कहने की इजाज़त दी जाए तो हमारा स्वतंत्रता-पूर्व का बोध वास्तविक आधुनिक बोध नहीं है, उसकी प्रतीति-भर है। इसके मूलभूत कारण इस समय की स्थितियों में मौजूद हैं और इसके लिए वह युग दोषी भी नहीं है। परतंत्रता में जो पीठिका तैयार हो पाई, वह भी बड़ी उपलब्धि है।

पर आज सहसा हम देखते हैं कि जो कुछ हमारे पास पुराना है—चाहे वह भौतिक साधनों के रूप में हो या आध्यात्मिक-धार्मिक विरासत के रूप में—हमारी ज़िंदगी के साथ चल नहीं पा रहा है, चाहे किसी भी क्षेत्र में दृष्टि डालिए। शिक्षा के क्षेत्र में गुरुकुल या गुरु-शिष्य परंपरा अब मृत हो चुकी है। हमारे रहने के आवास अब बदली स्थितियों में अपना रूप बदलने के लिए बाध्य हैं। अब उन पुराने मकानों या हवेलियों या पर्णकुटियों में हम रह नहीं पा रहे हैं। 'जंगल जाना' भी नहीं हो पा रहा है, यदि है भी तो हम खुद उसे घृणा से देखते हैं। हमारी नगर-रचना अब व्यर्थ सिद्ध हो चुकी है। पुरानी दिल्ली का दृष्टांत सामने है (और यही संकट सब नगरों के लिए उपस्थित होगा)। समाज-व्यवस्था परिवर्तन मांग रही है और काफी अंशों में परिवर्तित हो भी गई है। उत्पादन-व्यवस्था की आधारभूत शिलाएं रखी जा रही हैं। उठने-बैठने के तौर-तरीके बदल रहे हैं। संबंधों का नया संतुलन खोजा जा रहा है। अध्यात्म हमें कुछ दे नहीं पा रहा है। धर्म और उसकी धारणाएं हमें कहीं नहीं पहुंचा रही हैं। कहने का मतलब यह कि जो कुछ हमारे पास था, उसमें से अधिकांश की हमारे आज के जीवन से संगति नहीं बैठ रही है। वह अव्यावहारिक हो गया है।

यहां यह दलील हमेशा दी जाती है कि भारतीय गांवों में ऐसी स्थिति नहीं है, और वहीं अधिकांश भारत रहता है...यह सही है पर, फिर भी इस वस्तुस्थिति से इनकार नहीं किया जा सकता (यशपाल जी के शब्दों में) कि "भारत में ही सभ्यता, संस्कृति और शक्ति के केंद्र गांव नहीं, नगर ही रहे हैं। नागर सभ्यता ही हमारे समाज

की सभ्यता रही है जिसमें ग्रामीण अंचल भी शामिल रहे हैं। गांवों ने कभी भी भारतीय सभ्यता पर आधिपत्य नहीं रखा है।" भारतीय सभ्यता का ज्ञात इतिहास, नागर सभ्यता का इतिहास है। इस दृष्टि से यदि देखें तो जो कुछ नगरों में होता दिखाई दे रहा है, वही कल की भूमिका है--कम से कम तब तक, जब तक कि भारत में कृषक-क्रांति नहीं हो जाती। लेकिन हमारा कृषक समाज बहुत धैर्यवान और भाग्यवादी है, इसलिए वह शायद ऐसा कदम फिलहाल नहीं उठा पाएगा।

तो वह वर्ग, जो शहरों में रह रहा है, हमारी आज की नब्ज़ है और वह जिस तरह के अंतर्विरोध में फंसा हुआ है, वही उसकी संक्रांति है। जब पुरातन हमें व्यावहारिक दिशा-ज्ञान नहीं देता या उसकी संगति वर्तमान से नहीं बैठ पाती, तभी संक्रांति पैदा होती है। डॉ. रमेश कुंतल मेघ के शब्दों में, "इसका मतलब यह हुआ कि स्वयं मनुष्य के आभ्यंतर में और उसके वातावरण में जो पुराने आदर्श और पुराने प्रारूप (मॉडल्स) थे, वे अब लागू नहीं हो पा रहे हैं। आधुनिक मनुष्य मानो मानवता की विशाल बौद्धिक परंपरा से कट सा गया है। संक्रांति का मतलब यही है। आदर्शों और प्रारूपों के धूमिल हो जाने की वजह से इतिहास के प्रति हमारी अंतर्दृष्टि और बहिर्दृष्टि मुंद गई है। मानवीय इतिहास का हमारा संदर्शन (विजन) लापता हो गया है जो हमें व्यापक, अनंत, मानवता, संसार और प्रकृति से संबद्ध करता (रहा) है। हमारी संक्रांति को पुराने आदर्श और प्रारूप सुलझा नहीं पा रहे हैं। उनकी उपयोगिता और प्रामाणिकता के आगे प्रश्नचिह्न लग गए हैं।"

यानी दृश्य और अदृश्य जगत् के प्रति हमारी मूलभूत धारणाओं में कहीं ज़बरदस्त परिवर्तन हुआ है, जिसके कारण पुरानी जीवन-व्यवस्था के निष्कर्ष हमारे नहीं बन पा रहे हैं। पुरातन दृष्टि ईश-केंद्रित रही है, पर मशीन के आगमन और विज्ञान की प्रगति ने हमें तर्कसम्मत सत्य को मानने के लिए बाध्य कर दिया है—यानी हम वास्तविकता या उससे आगे बढ़कर तर्कसम्मत वास्तविकता को स्वीकार करने की ओर बढ़े हैं। ईश-केंद्रित संस्कृति से हम मानव-केंद्रित संस्कृति और धारणाओं की ओर बढ़े हैं।

इस संक्रमण के साथ ही शब्द अपने पुराने संदर्भों से दूर जा पड़े और उनका नया संस्कार हुआ। यह नया संस्कार सिर्फ कहने से नहीं हो जाता। यह काम साहित्य ही करता है और समस्त आधुनिक संसार के साहित्य ने अपने शब्दों को नए संदर्भों में नई अर्थ-गरिमा दी। यह नया अर्थ निश्चय ही लोकमानस के नए उद्वेलनों से मिला।

लोक-मानस के इन नए उद्वेलनों की खोज ही नवलेखन की खोज की दिशा

है। और यह खोज तब तक सही नहीं हो सकती, जब तक कि मनुष्य के प्रामाणिक संदर्भों में ही उसे अन्वेषित न किया जाए। डॉ. कुंतल मेघ के ही शब्दों में, "प्रामाणिकता–जो हमारे विचारों और इतिहास के संदर्शन को केवल हवाई महल ही न रहने दे, बल्कि हमारी परीक्षा की घड़ियों में उन्हें सार्थक सिद्ध करे, हमारे लिए उपयोगी भी हो और हमारी संभावनाओं को सक्रिय रूप में विकसित कर सके।"

तो जिसे हम आधुनिकता कहते हैं वह आज के संदर्भ में 'संकट-बोध' ही है, यानी पुरानी जीवन-प्रणाली और व्यावहारिक दृष्टि तथा नई जीवन-प्रणाली और नई जीवन-दृष्टि ने हमारे सामने चुनाव की समस्या या संकट खड़ा कर दिया है। और इस संकट-बोध को झेल सकने का एकमात्र माध्यम प्रामाणिकता ही है–यानी इतिहास और वर्ममान में से प्रामाणिक की खोज, जिससे हमें आधारभूमि प्राप्त हो सकती है–आज की और कल की भी।

हमारा विकासशील देश जिन भंवरजालों में फंसा है, उनमें से उसे अधिकांश देशीय को अस्वीकारना है और अधिकांश अंतर्राष्ट्रीय को स्वीकारना है। स्थिति यह है कि राजनीतिक स्तर पर एक ओर विकसित पूंजीवाद का पतनोन्मुख व्यक्तिवाद है और दूसरी ओर मार्क्सवादी समाजवाद है। पूंजीवाद ने जो व्यक्तिवाद हमें दिया है, उसमें से इस बात की चेतना ही लुप्त हो गई है कि व्यक्ति कोई सार्थक इकाई है...कि वह अपने अस्तित्व को स्वीकार करते हुए इतिहास और संस्कृति की उत्पादक इकाई है। इस बोध का लोप होते ही मनुष्य अपने को नितांत अकेला, संत्रस्त और भयग्रस्त पाता है। वह मात्र अपनी अस्तित्व-रक्षा के लिए सन्नद्ध हो जाता है–जब मनुष्य इस मुद्रा में दिखाई पड़ता है तो ज़्यादा वास्तविक होने का भ्रम पैदा करता है, जबकि सचमुच वह वास्तविकता से बहुत दूर और अपने प्रामाणिक संदर्भों से एकदम विलग होता है, क्योंकि तब वह इतिहास-बोध से संपृक्त नहीं होता–व्यक्ति की निजी धारणाओं का शिकार होता है।

आधुनिकता या संकट-बोध को इतिहास के द्वंद्वात्मक परिप्रेक्ष्य में ही हल किया जा सकता है, क्योंकि यह संकट, जिसे आज का मानव भोगने के लिए अभिशप्त है, इतिहास की उन शक्तियों ने ही पैदा किया है, जो अपने समय में सही रही होंगी, पर जो हमारे समय तक आते-आते अपनी व्यावहारिकता या संगति खो चुकी हैं। इस संकट की बात बार-बार की जाती है, इसे धारणाओं के रूप में समझने के लिए जरूरी है कि जो आधुनिक नहीं रह गया है, उसे समझ लिया जाए।

जीवन-व्यवस्था में पिता और पुत्र, पति और पत्नी, संबंधी और नातेदार अब अपनी पुरानी मान्यताओं के सहारे नहीं चल पा रहे हैं। पुत्र अब परलोक के लिए

नहीं, इहलोक के लिए ज़रूरी हो गया है, क्योंकि वृद्धावस्था की कोई सुरक्षा आज के वृद्ध के पास नहीं है। वह अपमानजनक स्थितियों में भी किसी पर निर्भर रहने के लिए विवश है—इससे संबंधों में अनवरत तनाव और जीवन की व्यर्थता का बोध ही आज की पुरानी पीढ़ी का बोध है। पुत्र के लिए पुरानी आचरण-संहिता बेमानी हो चुकी है। वह कुछ संवेदना और कुछ दया से भरकर ही परिवार के वृद्ध को स्वीकार करता है।

पति और पत्नी के संबंधों में आमूल परिवर्तन हुआ है। नारी अब कानूनी तरीके से भी ज़्यादा (पहले से) सुरक्षित है और आर्थिक रूप से भी स्वतंत्र सत्ता प्राप्त करती जा रही है। इन दोनों कारणों ने पति-पत्नी संबंधों को बहुत ज़्यादा बदला है जिससे विवाह की परंपरागत संस्था के सामने प्रश्नचिह्न खड़ा हो गया है। आज हर जगह विवाह की यह संस्था परिस्थितिजन्य संतुलन मांग रही है। पुरुष अधिक स्वतंत्र सेक्स जीवन की मांग कर रहा है और स्त्री विवाह-संस्था के पक्ष में होते हुए भी उसे अपनी स्वतंत्र मान्यताओं के अनुकूल चलाना चाहती है। वह पुरुष को छूट देने के पक्ष में नहीं है। लेकिन इसके बावजूद जन्म-जन्मांतर के संबंधों की कोई कल्पना अब उसके मानस में भी नहीं रह गई है। स्त्री ने अपना व्यक्तित्व प्राप्त किया है और वह इसी जीवन-अवधि में सम्मानजनक शर्तों पर रहना चाहती है। इन आवश्यकताओं ने विवाह की संस्था के पुनर्मूल्यांकन का प्रश्न पैदा कर दिया है, क्योंकि नारी के परिपूर्ण व्यक्ति को पुरुष अभी मन से स्वीकार नहीं कर पा रहा है। यानी वह अपनी सुविधा, संग और तृप्ति के लिए अब पत्नी नहीं, एक सहयोगिनी चाहता है, जिसके साथ जीवन का क्षण-क्षण बिताने की मजबूरी न हो। इसका अर्थ यह नहीं कि वह कई-कई स्त्रियों को सहयोगिनी के रूप में चाहता है, बल्कि यह है कि पुरुष 'एक औसत कामचलाऊ घर' चाहता है, जो सामाजिक रूप से स्थायी भी हो, पर परंपरागत बोझ से मुक्त हो। पति-पत्नी संबंधों की पवित्रता का स्वयं पुरुष हामी है, पर वह केवल नारी से ही इसकी मांग करता है, अपनी ओर से कोई आश्वासन नहीं देना चाहता। पुरुष की इन सब मनःस्थितियों ने 'पत्नी' नामक धारणा को खंडित कर दिया है और उनके संबंधों में कहीं शून्य व्याप्त हो गया है। चौबीस घंटे निर्भर रहने वाली स्त्री के प्रति पति के दृष्टिकोण में हिकारत है और उसे अब मात्र बोझ की तरह ढोता है—घर-गृहस्थी में लिप्त मनुष्य की तरह नहीं। इस स्थिति ने पति और पत्नी की इकाई को दो अर्द्ध-इकाइयों में बदल दिया है और अब ये अर्द्ध-इकाइयां अपने परिवेश से जीवन के संगत मूल्यों और पद्धतियों को चुनकर (साथ-साथ रहते हुए) स्वतंत्र और परिपूर्ण इकाई बन सकने की दिशा में

अग्रसर हैं।

धार्मिक व्यवस्था के बारे में विश्वास से कहा जा सकता है कि वह मर गई है। इसके अवशेष अभी मौजूद हैं, पर वे मरणासन्न हैं। धर्मप्राण भारत अब सच्चाई नहीं है—एक तथ्य मात्र है और वह तथ्य भी इसलिए कि हमारे यहां सामुदायिक जीवन के लिए और कोई मंच नहीं था। धर्म का मंच ही सामुदायिक सम्मिलन का मंच रहा है। यह बहुतों से जुड़े होने का विश्वास भी देता रहा है। परलोक-कल्पना अब मृत है। पुनर्जन्म केवल एक विलक्षण अनुभूति-भर रह गई है, आस्था नहीं। ईश्वर की मृत्युशैया को घेरकर पूरा भारत खड़ा है। पश्चिम में वह मर गया है, पर उसे अभी बहुत सी मृत्युएं मरनी हैं और हर देश में वह अपनी मौत मरता जाएगा।

धर्म अब गति देने वाली शक्ति नहीं रह गया है। इसलिए एक अजीब तरह की निःधर्मता पैदा हुई है। जीवन-पद्धति के मूल्यों को तय करने का काम भी धर्म अब नहीं करता और न हमारे ज़माने के सवालों के जवाब देता है।

वर्ण-व्यवस्था अब समाज की नियामक नहीं है, न वह मनुष्य को कर्मरत करती है। उसके उत्तरदायित्वों और अधिकारों का बोध भी नहीं देती। समाज के संतुलन को भी प्रभावित नहीं करती। जाति-प्रथा एक अभिशाप की तरह उग्र और प्रचंड रूप में हमारे सामने है, पर यह भी आधुनिकता के विपरीत है, यद्यपि हमारे समय की वास्तविकता भी है। जातिवाद का स्थान सिर्फ स्वार्थप्रेरित राजनीति में है, अन्य क्षेत्रों में वह निर्णायक नहीं है और न सामाजिक विभाजन की रेखा।

आध्यात्मिक जीवन-व्यवस्था में उपस्थित जीवन और मृत्यु का प्रश्न अब दर्शन का विषय नहीं रह गया है—यानी उसकी दार्शनिक व्याख्याएं मूल्यहीन और अव्यावहारिक हो गई हैं। आत्मा और चेतना के प्रश्नों का संदर्भ बदल गया है। वे अब ईश-केंद्रित नहीं, मानव-केंद्रित हो गए हैं। जीवन और मृत्यु की शक्तियां बदल गई हैं—अब मनुष्य प्राकृतिक मृत्यु के प्रति उतना चिंतित नहीं है जितना कि अप्राकृतिक मृत्यु के प्रति। वह इस अप्राकृतिक मृत्यु के कार्य-कारणों की दुश्चिंताओं में ज़्यादा निमग्न है।

इस अप्राकृतिक मृत्यु-भय ने मनुष्य को सामूहिकता की चेतना दी है और अब आत्मा की शुद्धता से वह स्वर्ग-प्राप्ति की कल्पना में निमग्न नहीं है, बल्कि शांति की रक्षा से जीवन-प्राप्ति की यथार्थता में आबद्ध है।

और इस संक्रांति या संकट-बोध के सीमांत पर खड़ा मनुष्य चिंताग्रस्त है। पश्चिम का मनुष्य अपने अस्तित्व के शाश्वत संकट से ग्रस्त है...जीवन का भार उसके लिए

नियति की एक मजबूरी है, क्योंकि पश्चिम का मनुष्य दो महायुद्धों के बाद अपना सारा जीवन खंडित पाता है। राज्य ध्वस्त हो गए, परिवार उजड़ गए, समाज विशृंखलित हो गया। इतिहास ने अप्रत्याशित नतीजों तक पहुंचाया। विचार और दर्शन अव्यावहारिक सिद्ध हो गए...और इस विकराल ध्वंस में वहां का आदमी संपर्क-सूत्रों से हीन हो गया है—वह भौतिक शक्तियों का नियमन नहीं कर पाया, इसलिए वह अब और भी ज़्यादा असुरक्षित महसूस करता है। संपर्क-सूत्रों के अभाव में व्यक्ति अपने ही अस्तित्व की चिंता और उसकी असुरक्षा से भयग्रस्त हो उठा। यह उन देशों के मनुष्य की आधुनिक मुद्रा है जो पूर्णतः विकसित थे और जिनके पास भौतिक शक्तियों से पैदा हो रहे नए संबंधों का पुनर्मानवीयकरण करने का वक्त नहीं था, या दृष्टि नहीं थी।

पर भारतीय मनुष्य या विकासशील देशों के मनुष्य की ठीक यही आधुनिक मुद्रा नहीं है। दो महायुद्धों ने मानव इतिहास का पूर्णतः नवीनीकरण किया है और आज का भारत नवीनीकृत इतिहास से लाभ उठा सकने की स्थिति में है।

दोनों ही महायुद्ध साम्राज्यवादी-उपनिवेशवादी शक्तियों के आपसी युद्ध थे। ये दो जीवन-व्यवस्थाएं या विचार-पद्धतियों के युद्ध नहीं थे—बावजूद इसके कि इन्हें डेमोक्रेसी और फासिज़्म का युद्ध कहा जाए। जनवादी सोवियत संघ के युद्ध में शामिल हो जाने से युद्ध के स्वरूप के बारे में फासिज़्म-विरोधी एक कोण और उभर पाता है, पर मूल रूप से इन युद्धों की शुरुआत साम्राज्यवादी शक्तियों के अपने स्वार्थों की टकराहट से ही होती है और इनका अंत फासिज़्म-विरोधी रूप अख्तियार कर लेता है।

कहने का मतलब यह है कि ये महायुद्ध विकासशील और विकसित देशों के युद्ध नहीं, विकसित देशों के आपसी युद्ध थे, जिनमें सब देशों को अपनी आहुति का अंश भी देना पड़ा। इस हालत में भारत या अन्य विकासशील देश उसी मनःस्थिति के अंग नहीं हैं, जिस मनःस्थिति में आज के युद्ध-ध्वस्त देश हैं।

हमारे देश की चिंता, चुनने की प्रक्रिया की चिंता है। वहां की चिंता चुनाव न कर सकने की नियति की चिंता है। यहां का व्यक्ति पूरक तत्त्वों की तलाश करके अस्तित्व की संरचना में संलग्न होने की कोशिश में है, वहां का व्यक्ति अपने खंडित अस्तित्व की सुरक्षा-असुरक्षा के प्रति चिंतातुर है। वहां का व्यक्ति परंपराओं के बोझ से ग्रस्त नहीं, बल्कि स्वनिर्मित परंपराओं की मृत्यु से संपर्क-शून्य हो गया है, यहां का व्यक्ति परंपराओं के बोझ से टूटता हुआ संपर्कों की अति से क्षुब्ध है।

इन्हीं मनःस्थितियों के कारण पश्चिम का अस्तित्ववादी प्रतिबद्धता की बात

करता है और विकासशील देशों का नया साहित्य भी प्रतिबद्धता की बात करता है, ताकि वैयक्तिक वास्तविकता और परिवेश के नए यथार्थ का क्षय न होने पाए।

इस भेद के बावजूद यह भी सत्य है कि यह पश्चिम की मुद्रा का एक पहलू है—यह संपूर्ण सत्य नहीं है। स्वयं पश्चिम में ही ऐसी समाज-व्यवस्थाएं मौजूद हैं जिनके लिए यह चिंताग्रस्त, भयग्रस्त, संत्रस्त और अजनबी मनुष्य ही अजनबी है।

साथ ही, जनवादी देशों में मनुष्य का नवीनीकरण हुआ है। टेक्नोलॉजी ने वहां मनुष्य की शक्ति को भी प्रस्फुटित किया, क्योंकि उत्पादित संपदा पर मज़दूरों का हक हुआ। मार्क्सवाद ने मनुष्य की खोज उसकी समग्रता में की और मार्क्सवाद के दिए हुए नियम आज की जीवन-पद्धति में लागू भी होते हैं। कठिनाई सिर्फ यह है कि मार्क्सवाद को लागू करने के जो तरीके आज चीन अपना रहा है, वे सुसंस्कृत मनुष्य के गले नहीं उतरते और एक तरह का आतंक जन्म लेता है, जिसको भारत के साथ-साथ अन्य देश भी महसूस कर रहे हैं।

जब भारत स्वतंत्र हुआ तो उसने भी 'विचारों के इतिहास' में जो कुछ आधुनिक था, उसे ही अपना आधारभूत स्वर घोषित किया। स्वतंत्रता, समानता, प्रजातंत्र, समाजवाद, राष्ट्रीयता, अंतर्राष्ट्रीयता, शांति, धर्मनिरपेक्षता और तटस्थता को ही उसने अंगीकार किया।

देश में पंचायत व्यवस्था का संशोधन किया गया और धर्मवाद का परित्याग करते ही एक नई जीवन-व्यवस्था की नींव पड़ी। सबको समान अवसर और व्यक्ति-स्वातंत्र्य देकर मानव-केंद्रित दृष्टि को रेखांकित किया गया। पौराणिक, मध्यकालीन, सामंतकालीन और ज़मींदारी-युगीन संस्कारों से युक्त दृष्टि को समाजवादी व्यवस्था का रूप दिया गया।

और उसी के साथ औद्योगीकरण शुरू हुआ, जिसने बहुत हद तक सामाजिक संबंधों को अव्यवस्थित कर दिया। जातिमूलक आबादी औद्योगिक संस्थानों में पहुंचते ही अपने जाति-संस्कारों से विलग होकर मनुष्यों के वर्ग में बदलने लगी। विश्व-स्तर पर यह बिरादरी भी आज एकसे मानसिक उद्वेलनों से गुज़र रही है, जिसने आधुनिकता की अपनी परंपरा भी कायम की है।

देश में 'विचारों के जिस इतिहास' को स्वीकारा गया है, वह आधुनिक तो है ही, साथ ही वह हमें विश्वपरक भी बनाता है। इस विश्वपरकता से भारतीयता का कभी भी विरोध नहीं रहा। विरोध की स्थितियां पैदा होती हैं घरेलू मोर्चे पर—जहां स्त्री-पुरुष की अर्द्ध-इकाइयों के परिपूर्ण इकाइयों में संतरित होने के रास्ते में हमारे

संस्कार आड़े आते हैं, जहां रहन-सहन बदलने के रास्ते में हमारी गरीबी और बड़ी इज़ारेदारियां अड़ंगा बनी हुई हैं। औद्योगीकरण की गति तीव्र न होने के कारण जहां धर्मवाद के अवशेष अब भी शक्तिशाली बने हुए हैं, जहां ईश्वर की मृत्युशैया के पास अब भी करोड़ों की भीड़ जमा है, जहां गोरक्षा के नाम पर अब भी दृष्टिविहीन आंदोलन होते हैं, जहां प्रजातंत्र के नाम पर अब भी सांप्रदायिक पार्टियां क्रियाशील हैं। सामुदायिक जीवन के लिए कोई मंच न होने के कारण जहां अब भी (धर्म-निरपेक्ष राज्य में) सड़कों पर रात-भर हिंदू कीर्तन करते हैं और मुसलमान पटाखे छोड़ते और ताशे बजाते हैं। केंद्रीय मंत्री और प्रधानमंत्री सांप्रदायिक उत्सवों में शामिल होते हैं या विभिन्न धर्मपीठों में जाकर आशीर्वाद ग्रहण करते हैं और उसे राष्ट्रीय स्तर पर प्रचारित किया जाता है। जहां अब भी हिंदू और मुस्लिम विद्यापीठ विद्यमान हैं। जहां भाषाएं अब भी जातिवाद की वाहक बनी हुई हैं और उसी दृष्टि से भाषागत झगड़ों को जातिवादी स्तर पर सुलझाया जाता है।

बहरहाल, इन सब चीज़ों के होते हुए भी आधुनिक दृष्टि एक बड़े वर्ग में समा चुकी है। अंतर्राष्ट्रीय स्तर पर उसकी धारणाएं हैं—स्वतंत्रता की कामना, प्रजातंत्रवाद, तटस्थता, शांतिपरकता, समाजवाद और सहिष्णुता, राष्ट्रीय स्तर पर जातिहीन मनुष्य-केंद्रित दृष्टि, धर्मनिरपेक्षता, समाजवादी व्यवस्था में समानता और समान अवसर की अनिवार्यता, स्त्री-पुरुष संबंधों का नया संतुलन, इकाई के रूप में उभरती स्त्री की स्वीकृति, परिवार का विघटन, नई पीढ़ी की केंद्रीय व्यक्ति के रूप में स्थापना, धर्मवादी संस्थाओं का परित्याग, चरित-नायकों की अनुपस्थिति, साधारण जन की स्वीकृति, निर्णय की स्वतंत्रता, धर्म-आचरण की जगह व्यक्तिमूलक नैतिकता का उदय, एक-दूसरे के जीवन में हस्तक्षेप की अनुपस्थिति, तर्क-सम्मत निष्कर्षों की स्वीकृति, पुरातन का संशोधन, पुनर्मूल्यांकन और साहसपूर्ण परित्याग, अप्राकृतिक मृत्यु के प्रति प्रतिवाद, वर्तमान स्वीकृति और अपनी नवनिर्मित सामाजिक-राजनीतिक संस्थाओं के प्रति 'कन्सर्न', अपने समय की कटु वास्तविकता को स्वीकार करने का साहस, किसी भी तरह के अंधानुकरण के प्रति विराग, सम्मिलित शक्ति में विश्वास और राष्ट्रीय तथा अंतर्राष्ट्रीय परिवर्तनों के प्रति सतत जागरूकता, एक सांस्कृतिक इकाई के रूप में मनुष्य की प्रतिष्ठा।

इन तमाम धारणाओं और लक्षणों में से बहुत से तो हमें कार्यरत दिखाई पड़ते हैं और बहुत से केवल शब्द-भर लग सकते हैं। परंतु आज भारत की मानसिक दुनिया विशेषतः इन्हीं धारणाओं के उद्वेलनों का प्रतिफलन है। यदि विश्व-स्तर पर देखा जाए तो भारत बहुत जागरूक और जीवंत देश है।

यहां के मनुष्य की जो मानसिक उपज है, वह उन्नत देशों के आधुनिक चिंतन से कहीं हेय नहीं है, पर जैसे गरीब की उदारता, उदारता नहीं लगती, वैसे ही आज विश्व-समाज में, इन धारणाओं को रखते हुए भी, इस देश की सम्मानजनक स्थिति नहीं है।

भारतीय मनुष्य की मानसिक उपज अपने में व्यर्थ पड़ी हुई है, क्योंकि देश में जिस तेज़ी से परिवर्तन और विकास की उम्मीद की जा रही थी, वह नहीं हुआ, भौतिक संपदा ने वैचारिक संपदा की पूर्ति नहीं की। यदि भौतिक संपदा के उत्पादन की क्रिया पूरी गति से शुरू होती तो यह वैचारिक संपदा भी व्यावहारिक बन गई होती। अब यह हमारे पास केवल निर्जीव सिद्धांतों, धारणाओं और निष्कर्ष के रूप में अवरुद्ध पड़ी है। राष्ट्रीय संपत्ति और विकास की हलचल से पैदा हुए अनिवार्य परिवर्तन ही इन धारणाओं को जीवन की अनिवार्य आवश्यकताओं में बदल सकते थे।

हमारे यहां आज़ादी के बाद शुरू होने वाली क्रांति को छुटभइए क्षेत्रीय नेता-वर्ग और केंद्र में स्थापित अंग्रेज़ीपरस्त नौकरशाही ने रोक रखा है। इस स्वार्थी वर्ग ने प्रजातंत्र के नाम पर सारे राष्ट्रीय निर्णयों को कुंठित कर दिया है। आज़ादी के बाद जो कुछ भौतिक संपन्नता आई है, उसे भी इन दो वर्गों ने अपने तक महदूद कर रखा है। आज़ादी के कुछ दिन बाद राष्ट्रीय पैमाने पर जो लूट-खसोट और बंटवारा हुआ है, उसमें साधारण जन का कोई हिस्सा नहीं था, बल्कि साधारण जन की आंतरिक शक्ति और रक्त की ऊर्जा को इस्तेमाल में ही नहीं लाया गया है। उसकी शक्ति का प्रस्फुटन ही नहीं हुआ है जो कि देश को भौतिक संपन्नता से भर देती। एक बहुत बड़ा वर्ग बेरोज़गारी और साधनों के अभाव में अपंग पड़ा हुआ है, आर्थिक स्रोतों के बिना सूख रहा है। सभी राज्यों में काम चाहने और करने वालों की करोड़ों की लिस्ट है, पर उन्हें उत्पादक इकाइयों में बदलने का कोई कार्यक्रम किसी सरकार के पास नहीं है। करघे हैं तो सूत नहीं है, खाद है तो बीज नहीं है। बीज है तो सिंचाई के साधन नहीं हैं। मशीन है तो कच्चा माल नहीं है। कच्चा माल है तो ईंधन नहीं है। तकनीशियन हैं तो उद्योग नहीं है। उद्योग हैं तो तकनीशियन नहीं है। इंजन है तो डिब्बे नहीं हैं। डिब्बे हैं तो रेलवे लाइनें मज़बूत नहीं हैं। अणुशक्ति है तो उसके उपयोग का कार्यक्रम नहीं है। मतलब यह है कि जिस आर्थिक क्रांति की पूरी संभावना थी, वह नहीं हुई।

और इस बोध ने हमें प्रतीक्षा की स्थिति में फंसा दिया है—एक ऐसी प्रतीक्षा, जिसका कोई अंत नज़र नहीं आता। इस बोध ने ही हमें असमंजस और निराशा दी

है। एक अजीब तरह की उदासीनता ने पूरे मानस को भर दिया है। अंतर्राष्ट्रीय स्तर पर हम बौने हो गए हैं और देशीय स्तर पर खोखले—जहां हमारे पास केवल शब्द और आश्वासन हैं, विदेशी सहायता और अपनी निरर्थकता है।

ऐसे समय में जो लक्षण उभर रहे हैं, वे सहज ही अनुमानित किए जा सकते हैं। आज मनुष्य अपने पर से विश्वास खोया हुआ लगता है। वह एक ओर पुरातन के परित्याग में व्यस्त है, पर दूसरी ओर नूतन की कोई तात्कालिक साकार कल्पना उसके पास नहीं है। वह हर चीज़ और स्थिति के प्रति संशय से भरा हुआ है और शब्दों पर अब उसकी आस्था नहीं रह गई है। विदेशी प्रभाव के अंतर्गत वह देश के निर्णय की स्वाधीनता को भी संकटग्रस्त देख रहा है, अतः वर्तमान राजनीतिक नीतियों के प्रति भी उसकी आस्था नहीं रह गई है। वह अपने भविष्य या प्रारब्ध का निर्माता होने के विश्वास से कटता जा रहा है। सही नेतृत्व के अभाव में वह अपने श्रम का उपयोग न कर पाने से क्षुब्ध है। आर्थिक क्रांति के अभाव में पनपती क्षुद्र व्यावसायिकता से वह बुरी तरह ग्रस्त है।

आधुनिक धारणाओं के होते हुए भी, आधुनिक औसत विवेकशील भारतीय की मनःस्थिति के यही लक्षण हैं। लेकिन यह कहना गलत है कि औसत विवेकशील भारतीय इन लक्षणों का शिकार हो गया है—ये मात्र लक्षण हैं जो रोग की सूचना दे रहे हैं, पर अब भी आधुनिक औसत विवेकशील भारतीय उन्हीं धारणाओं से परिचालित है जो राष्ट्रीय और अंतर्राष्ट्रीय स्तर पर विश्व-बोध के समकक्ष हैं। उसके लक्षण अभी बद्धमूल होकर चरित्र में नहीं बदले हैं। इसलिए आधुनिक भारतीय चरित्र चिंताग्रस्त होते हुए भी आवेश और उदासीनता की द्वंद्वात्मक स्थिति में है। प्रतीक्षा की उदासीनता में अकुलाहट के लक्षण अभी शेष हैं, क्योंकि वह विश्व की वैचारिक प्रगतिशील शक्तियों से निरपेक्ष नहीं है।

ऐसे समय और ऐसी मनःस्थिति में नई कहानी ने मनुष्य की मानसिक उपज का प्रतिनिधित्व किया। नई कहानी के सामने अपने कथ्य का चुनाव ही प्रमुख था। जिस समय नई कहानी का उदय हुआ उस समय कथा-साहित्य जिन व्यक्तित्वों से प्रतिष्ठित था, वे व्यक्तित्व 'अपने में' जीने के हामी थे। वे परिवेश से निरपेक्ष, अपनी व्यक्तिगत कुंठाओं और अहं के दर्प से भरे, वैयक्तिक आवश्यकताओं और सुविधाओं की दृष्टि से ही 'कथ्य' का चुनाव कर रहे थे। व्यक्ति की नितांत व्यक्तिगत सीमा ही कथा-साहित्य की भी सीमा बन गई थी, उसमें भी प्रामाणिकता का भ्रम था और आज भी यह कहा जाता है कि युद्ध-पूर्व के इस व्यक्तिवादी साहित्य में अपनी

प्रामाणिकता है। स्त्री-पुरुष के वैयक्तिक संबंधों की पूर्ण प्रामाणिकता है।

जब नई कहानी में प्रामाणिकता की बात उठाई जाती है तो उस व्यक्तिमूलक कथा-साहित्य की प्रामाणिकता को एक समानांतर 'नयेपन' के रूप में पेश किया जाता है। यह कितना भ्रामक है, इसकी ओर सहसा दृष्टि नहीं जाती, क्योंकि व्यक्ति के वास्तव और ऑथैंटिसिटी (प्रामाणिकता) की प्रतीति वहां भी है। जो कुछ कहा गया है (वह चाहे व्यक्ति के ही संदर्भ में क्यों न हो) वह प्रामाणिक लगता है और है भी। पर नई कहानी में प्रामाणिकता मात्र ऑथेंटिसिटी नहीं है, वह 'वैलिडिटी' (validity) भी है। अर्थात् नई कहानी की प्रामाणिकता मात्र वास्तविकता या यथार्थ की सही-सही अभिव्यक्ति ही नहीं, यथार्थ का सत्यपरक चुनाव भी है। कथ्य में यथार्थ के इसी सत्यपरक चुनाव का दृष्टिकोण निहित है। प्रत्येक 'यथार्थ' कहानी का कथ्य बन सकने का हकदार नहीं है। जो 'वैलिड' है, वही कहानी का कथ्य बन पाया है। 'वैलिड' का यह चुनाव ही कहानी की (या अनुभव की) प्रामाणिकता है। यह यथार्थ अभिव्यक्ति का पर्याय नहीं है, या तर्कसम्मत परिणतियों का यथातथ्य और मात्र अनुभूति-मूलक संप्रेषण भी नहीं है। कहानी के कथ्य के चुनाव की यह दृष्टि ही नई और पुरानी कहानी का मौलिक भेद है। 'वैलिड' (परिवेश और समय-संगत) कथ्य को उसकी अविच्छिन्न इतिहास-धारा में से चुनकर अनुभव की सच्चाई के दाह-सहित अभिव्यक्ति देना ही नई कहानी की प्रामाणिकता है।

नई कहानी में अनुभव का यह दाह कहीं व्यंग्य के रूप में है, कहीं गहरी उदासीनता या विक्षोभ के रूप में, कहीं गहन यथार्थवादी अभिव्यक्ति के रूप में, कहीं लोककथा की सहजता के रूप में और कहीं जटिल तकनीकी प्रयोग के रूप में, कहीं सपाट कथन के रूप में और कहीं संश्लिष्ट मिथक (mythic) भूमिका के रूप में।

जहां इसे व्यंग्य के रूप में देखना है वहां अमरकांत, हरिशंकर परसाई, शरद जोशी, कृष्णबलदेव वैद और मनोहरश्याम जोशी की कहानियों में यह मौजूद है। गहरी उदासीनता का कोण रामकुमार, निर्मल वर्मा और कृष्णा सोबती में उपस्थित है। गहन यथार्थवादी अभिव्यक्ति के लिए मोहन राकेश, मन्नू भंडारी और धर्मवीर भारती की कहानियां हैं। लोककथा की सहजता के लिए फणीश्वरनाथ रेणु, शिवप्रसाद सिंह, केशवप्रसद मिश्र और मार्कंडेय की रचनाएं हैं। जटिल तकनीकी प्रयोग के लिए राजेंद्र यादव, रमेश बक्षी और वैद की कहानियां हैं। सपाट कथन में भीष्म साहनी, अमरकांत, शानी की कृतियां हैं। विक्षोभ के दाह का संस्कार लगभग सभी में है—चाहे वे मोहन राकेश की कहानियां हों या शेखर जोशी की, उषा प्रियंवदा की हों या मन्नू भंडारी की, राजेंद्र यादव की हों या अमरकांत की। संश्लिष्ट मिथक की भूमिका में

रेणु, राकेश, राजेंद्र यादव, शिवप्रसाद सिंह और बहुत ही आभिजात्य स्वर में निर्मल वर्मा की कहानियां भी हैं। दूधनाथ सिंह की कहानियां गहन यथार्थवादी दाह से संपृक्त हैं। गंगाप्रसाद विमल, विजयमोहन सिंह, काशीनाथ सिंह और अवधनारायण सिंह की कहानियों में जीवन की संश्लिष्टता का दंश मौजूद है। ज्ञानरंजन में वही स्थिति सहजता में परिणति प्राप्त करती है।

जब नया कहानीकार परिवेश और समय में संगत कथ्य को चुनता है (यानी वैलिड का चुनाव करता है) तो उसकी दृष्टि उन्हीं तत्त्वों की ओर होती है जो भविष्यत् इतिहास के लिए आज के चरण होंगे। भविष्यत् का (निष्कर्ष या आदर्श रूप में) आरोपण नई कहानी नहीं करती, वह अपने कथ्य के चुनाव के कोण से ही भविष्यत् से संबद्ध है। इसलिए जो कहानी में 'संदेश' चाहते हैं, उन्हें निराशा ही होगी। नई कहानी संदेश नहीं, अनुभव देती है—वह अनुभव, जो आने वाले कल के संदर्भ में (बहुत हद तक) आज की दृष्टि से संगत होगा। व्यावहारिक अनुभव के रूप में नई कहानी पाठक को सही मनुष्य से परिचित कराने का एक माध्यम है। वह मनुष्य चरितनायक नहीं बल्कि एकदम साधारण जन है।

यहीं पर नई कहानी मानव-केंद्रित है और प्रतिबद्ध भी—यानी वह 'हमें वैयक्तिक और सामाजिक मूल्यों के प्रति काल अक्ष में आस्थावान' बनाती है, क्योंकि उसका औसत पात्र जीवन की केंद्रीय स्थितियों से जुड़ा हुआ पात्र है, जिसकी अपनी जड़ें हैं। यह प्रतिबद्धता किसी राजनीतिक मतवाद से प्रेरित नहीं बल्कि उसी केंद्रीय मनुष्य से प्रेरित है। जितना राजनीतिक यह केंद्रीय मनुष्य है, उतनी ही राजनीतिक कहानी भी हो सकती है—उसके आगे राजनीतिमूलक नतीजे निकालना, लाल परचम फहराना, आर्योदय का स्वप्न देखना आदि कहानी को प्रगतिवादी (प्रगतिशील नहीं) या हिंदूवादी या गांधीवादी बनाता है। उससे नई कहानी का कोई लेना-देना नहीं है। नई कहानी के कथ्य की यह सतही परिव्याप्ति नहीं है।

नई कहानी में आधुनिकता का समावेश नहीं है—वह स्वयं आधुनिकता से जन्मी है। यह पुरानी कहानी का संशोधित रूप नहीं, पुरानी कहानी की विरल नई उद्भावनाओं की शृंखला में एक विपुल कृतित्व की धारा का उन्मेष और प्रयाण है।

इस कहानी की पूरी विचारधारा ही मनुष्य-केंद्रित है और इसमें आया मनुष्य केवल मनुष्य है—वह धर्म के वर्गों में बंटा हुआ आदमी नहीं है। यह आदमी धर्म-निरपेक्ष, केवल मनुष्य-धर्मी है। घोर धार्मिक संस्थानों में रहता हुआ वह व्यक्ति ही इस कहानी ने संप्रेषित किया है और जो रूढ़ सीमाओं से उठ गया है। धार्मिकतावाद के विरुद्ध तों कहानी में प्रखर स्वर मुखरित हैं—किसी भी तरह के

धर्मांधतावाद या भाग्यवाद या ईश्वरवाद की सहमति इस पूरी धारा में नहीं है। जहां-जहां धर्म-बद्ध धारणाएं थीं भी, वहां उनके खंडन और अस्वीकार की भंगिमा ही मिलती है। सही अर्थों में 'सेक्युलर' साहित्य का संस्कार इस धारा में मौजूद है। कहानीकार भी इन क्षुद्र सीमाओं से अलग है और इस कहानी का पात्र भी। किसी भी तरह के धर्मवादी अनुभव से दूर केवल मानुषिक प्रवृत्तियों (या अमानुषिक भी) का आस्वाद ही इस कृतित्व में है।

स्त्री-पुरुष संबंधों को लेकर जितना कुछ इस दौर में लिखा गया, उतना शायद कभी भी नहीं लिखा गया हो। स्त्री-पुरुष के सर्वांगीण संबंधों को इस कहानी ने केंद्र बनाया और बदलते संबंधों की पीठिका में उनका चित्रण किया। परिपूर्णता की ओर अग्रसर स्त्री की इकाई की भूमिका भी नई कहानी में मौजूद है। सेक्स-संबंधों का पाप-बोध या 'गिल्ट' भी अब नहीं रह गया है। नारी और पुरुष के संबंध अब विलक्षण न रहकर बहुत सहज और वास्तविकता के धरातल पर आ गए हैं। अब नारी अपने में परिपूर्ण है—वह न सती है, न वेश्या—वह केवल नारी है।

चरितनायकों की अनुपस्थिति के कारण नई कहानी शुरू-शुरू में सूनी-सूनी लग रही थी और इस अंतर को बहुत जल्दी पहचाना भी गया था। चरित्रवादी कहानियों का लोप इस दौर की विशेषता है, जहां न सुपरमैन है न देवत्व से भरा हुआ विशिष्ट व्यक्ति। नई कहानी में मात्र सामान्य मनुष्य ही अवतरित हुआ है, अपनी सारी खामियों, कमियों और अच्छाइयों के संदर्भ में। चरितनायक की अनुपस्थिति से कहानी के लिए जो खतरा पैदा हुआ था, वह व्यर्थ सिद्ध हुआ। विशिष्ट चरित्रों का न होना ही यह सिद्ध करता है कि नई कहानी का केंद्रीय व्यक्ति जन-सामान्य ही है। नई कहानी का व्यक्ति 'व्यक्तित्व-संपन्न' है, व्यक्तिवादी या व्यक्तित्वहीन नहीं। यानी न वह अपने अहंकार को ढोने वाला व्यक्तिवादी है और न दूसरे के विचारों को ढोने वाला व्यक्तित्वहीन।

और इस जन-सामान्य को हीन या हेय भी नहीं माना गया। वह केंद्रीय व्यक्ति स्वयं अपनी सत्ता-सहित आता है—वह लेखक के विचारों का वाहक नहीं है। वह अपने मानस और बुद्धि का स्वयं प्रतिनिधि है। वह आरोपित निष्कर्षों या निर्णयों को ढोने वाला व्यक्ति नहीं, बल्कि कहानी में अपने विचारों और धारणाओं का वाहक है। उसी के माध्यम से यथार्थ की खोज संपन्न होती है—लेखक द्वारा खोजे हुए यथार्थ का वह प्रवक्ता नहीं है, बल्कि लेखक उसके यथार्थ का तटस्थ प्रवक्ता है।

नई कहानी के तमाम पात्र सामाजिक आचरण-संहिता के नमूने नहीं, अपने में से उद्भूत नैतिक-अनैतिक की धारणा से चालित व्यक्ति हैं। यानी वे ज़्यादा सही

और सच्चे व्यक्ति हैं, वे स्वयं अपने नियामक हैं। व्यक्तिमूलक नैतिकता और समाज द्वारा आरोपित दिखावटी नैतिकता का अंतर्संघर्ष इस काल की कहानियों में बराबर नज़र आता है। व्यक्ति चूंकि स्वयं सामान्य है और वह जीवन की केंद्रीय स्थितियों से जुड़ा हुआ है, अतः वह व्यक्तिवादी नैतिकता का शिकार नहीं है, पर वह आरोपित नैतिकता का विरोधी है। इस संदर्भ में भी वह असामाजिक नहीं है, क्योंकि उसकी नैतिक धारणाएं नई नैतिकता का बीज-बिंदु हैं—बदले हुए संबंधों के परिप्रेक्ष्य में जो नैतिक धारणाएं नया संस्कार चाहती हैं, वह उन्हीं का वाहक है। इस प्रक्रिया में नैतिक व्यवस्था चरमराती नज़र आती है और लगता है कि इस मनुष्य ने सभी स्थापित मूल्यों को तहस-नहस कर डाला है। इस मनुष्य ने समस्त नैतिक मान्यताओं को अपने सामने खंडित और व्यर्थ होते हुए देखा है, अतः वह सहज अस्वीकार की मुद्रा में है, वह एक नई नैतिकता के लिए छटपटा रहा है जो उसे व्यावहारिक संबंधों में समुचित संतुलन दे सके। यह मनुष्य न स्वयं किसी की दुनिया में हस्तक्षेप करता है और न हस्तक्षेप को बर्दाश्त करता है। इस संश्लिष्ट जीवन में हस्तक्षेप बहुत तरह के हैं, कुछ ऐसे भी हैं, जिनसे वह बच नहीं सकता। ऐसे हस्तक्षेपों के प्रति वह विक्षुब्ध है।

यह मनुष्य काफी सतर्क भी है। अणु और हाइड्रोजन बमों तथा अन्य साधनों द्वारा या व्यबस्था द्वारा पैदा की गई अप्राकृतिक मृत्यु का प्रतिरोध भी इस आदमी में है। यह व्यक्ति शांति का पक्षधर और युद्ध का विरोधी है, क्योंकि वह स्वयं सैकड़ों तरह के युद्धों में घिरा हुआ है। यह मनुष्य अपनी सामाजिक और राजनीतिक संस्थाओं के प्रति जागरूक और सचेत है, क्योंकि वह जानता है कि जो जीवन वह चुनना चाहता है, उसमें ये संस्थाएं ही सहायक या विरोधी हैं। प्रजातंत्र को वह किसी भी कीमत पर कायम रखना चाहता है। विश्व की शक्तियों के प्रति उसका दृष्टिकोण बहुत स्पष्ट है—वह साम्राज्यवाद-विरोधी है और स्वतंत्रता का समर्थक है।

कहानी में ये सारे कोण और आकांक्षाएं जगह-जगह बिखरी हुई हैं। पूरी नई कहानी का अध्ययन यह सहज ही स्पष्ट कर सकता है कि उसमें खड़ा व्यक्तित्व-संपन्न मनुष्य अपने विविध रूपों में इन धारणाओं वाला मनुष्य ही है। हां, यदि इस रूप में प्रश्न रखा जाए कि हिंदी कहानी में साम्राज्यवाद-विरोधी रचना बताइए या उस पात्र का नाम लीजिए जो साम्राज्यवाद का विरोध करते हुए शहीद होने वाला हो, तो यही कहना पड़ेगा कि इस तरह के सपाट सवाल साहित्य से नहीं पूछे जा सकते। पूरे नए कथा-साहित्य में ये सारे स्वर अनुगुंजित हैं और इन्हीं स्वरों के साथ है इस आपदग्रस्त मनुष्य की अपनी पूरी दुनिया। नई कहानी समस्याओं के समाधान की

कहानी नहीं है—वह एक व्यापक जागरूकता की कहानी है, जिसमें हमारे समय का यथार्थ ध्वनित है। यह यथार्थ यदि भोंड़ा, खुरदरा और असुंदर भी है, तो है। उसे बिना लाग-लपेट के उठाया गया है। मनुष्य को उसके परिवेश में अन्वेषित करने का अर्थ ही यही है कि वह अपनी सारी कुरूपता और पूरी सुंदरता के साथ मौजूद है। उसमें कुंठाओं की अभिव्यक्ति भी है, वर्जनाओं और विघटित मूल्यों की भी। अच्छे और बुरे मनुष्य का कोई आरोपित विभाजन नहीं है—परिस्थितिजन्य कारणों में सांस लेता और उन्हें अपने अनुरूप ढालता या उनके अनुरूप ढलता हुआ व्यक्ति ही आज का सच्चा व्यक्ति है। जहां परिस्थितियों ने उसे तोड़ दिया है, वहां कहानी तटस्थ विक्षोभ से भरी हुई है। हर वास्तविक नई कहानी में अनुभव का यह दाह मौजूद है।

और इन्हीं के साथ जुड़ी हैं आज की दारुण परिस्थितियां—जहां व्यक्ति असमंजस में घिरा हुआ है। स्वतंत्रता के बाद की निराशामूलक स्थितियों ने ही व्यक्ति के वे लक्षण भी दिए हैं, जो उसकी मुद्रा में अभिव्यक्त हो रहे हैं। व्यापक गरीबी और बेरोज़गारी, कमरतोड़ मूल्यवृद्धि, अवमूल्यन से उत्पन्न निराशाजनक भविष्य, झूठे वादे, गलत बयान, जातिवाद के आधार पर चुने जाते जनता के प्रतिनिधि, उन प्रतिनिधियों का निहायत स्वार्थी व्यवहार, चारों ओर अनियोजित पड़ी शक्ति, बढ़ती हुई भीड़ और उस भीड़ में खोई हुई दिशाएं···

जब वह धारणाओं वाला मनुष्य आज़ादी से कुछ दिनों बाद हर चीज़ को निरर्थक और खोखला पाता है तो सहसा बौखला उठता है। चीनी आक्रमण के समय समाजद्रोही तत्त्वों पर निर्भर रहने का नतीजा देखता है···इस हार से वह तिलमिला उठता है और सहसा यह भी पाता है कि अपने ही प्रजातंत्र में वह सम्मिलित नहीं है। इजारेदारों और सुविधाभोगी वर्गों ने उसके देश के भीतर ही एक और निजी देश कायम कर रखा है तो वह हताश भी होता है। हर बार उसे बताया गया कि अगले पांच वर्षों में उसका भाग्य उदय होगा, पर बार-बार झूठे निकलते आश्वासनों से अब वह ऊब चुका है। यह ऊब आज की कहानी के व्यक्ति की एक खास मुद्रा है और इस ऊब में वह निष्क्रिय दिखाई पड़ता है। तब लगता है कि वह विश्वास खो रहा है, जीवन की नई परिस्थितियों में उसने पुरातन का अस्वीकार शुरू कर दिया था, क्योंकि वह बोझ उससे उठ नहीं रहा है···और उसकी धारणाओं को रूपाकार प्राप्त करने के लिए भौतिक साधन उपलब्ध नहीं हो रहे हैं, अतः वह नूतन की कल्पना कर सकने में भी समर्थ नहीं हो रहा है।

लाज़िमी तौर पर वह भीतर ही भीतर संदेह से भर उठा है। स्वाभाविकतया वह अपनी स्वाधीनता के संबंध में पूरी तरह से निश्चित नहीं हो पा रहा है।

आज़ादी के तुरंत बाद जो धारणाएं उस व्यक्ति ने संजो ली थीं, वे सगुण-साकार नहीं हो पा रही हैं और ऐसी हालत में वह व्यक्ति अपने को गहरे शून्य में पाता है, इसीलिए अब वह बहुत-कुछ उदासीन भी लगता है। लेकिन इस गहन उदासीनता और चिंताग्रस्तता में भी औसत विवेकशील भारतीय अभी जिजीविषा से संपन्न है।

वह जिजीविषा कहानी के उन अधिकांश पात्रों में मौजूद है जो केंद्रीय जीवन से जुड़े हुए हैं और अपने सीमित साधनों में अपनी असीम शक्ति को सहेज बैठे हैं। शायद इस प्रतीक्षा में कि वे भी अपनी संस्कृति और अपने इतिहास के निर्माण में शामिल हो पाएंगे। कहीं-कहीं यह प्रतीक्षा मृत नज़र आती है—वह यथार्थ की अतिरंजना है, जो तटस्थता के अभाव में पैदा होती है।

नई कहानी का व्यक्ति (या मनुष्य) इन सब विविध अनुभवों के संदर्भ में ज़्यादा प्रौढ़ और संयत है, ज़्यादा सही और सच्चा औसत आदमी है।

यह आदमी कभी-कभी निष्क्रिय इसलिए लगता है कि वह खुद उद्घोषणाओं में विश्वास नहीं करता और न नया कहानीकार अद्भुत निष्कर्ष निकालने वाला रचयिता है। वह सामान्य को सामान्यतः ही प्रस्तुत कर रहा है···वह सामान्य दिखाई देने वाली घोर संश्लिष्टता में से चमत्कार नहीं, यथार्थ की खोज कर रहा है। इसीलिए इस दौर की कहानियां विलक्षण या विशिष्ट व्यक्तित्वों, अनसुनी उत्तेजनात्मक घटनाओं या अनुभवशून्य क्षणों की कहानियां नहीं हैं। ये आधुनिक संकट-बोध के उद्वेलनों में जी रहे आज के केंद्रीय व्यक्तियों की सह-अनुभूति की कृतियां हैं।

इस संकट-बोध को झेलने वाला मध्यवर्ग ही है, जिसकी प्रामाणिक मुद्राएं कहानी की आधारभूमि हैं। यह मध्यवर्ग उस मृत्यु का साक्षी नहीं है, जिसकी बात एक फैशन के रूप में कुछ लोग उठा रहे हैं। मृत्युबोध और अजनबीपन हमारी जड़ों की उपज नहीं है। अकेलापन धीरे-धीरे समा रहा है, पर वह अतिपरिचय से उद्भूत अपरिचय की भावना और टूटते संबंधों में समाए शून्य का प्रतिफलन है।

भारतीय व्यक्ति चिंताग्रस्त है, विक्षुब्धता और उदासीनता के द्वंद्व में ग्रस्त है, प्रतीक्षा से ऊबा हुआ है। अवसंगति (मिसफिट होने) का शिकार है। भीड़ में फालतू है (क्योंकि यह अपनी रचना में सम्मिलित नहीं है), भयावह स्थितियों का साक्षात्कर्ता है। अप्राकृतिक मृत्यु के प्रति सचेत है। इस व्यक्ति की चेतना में यह भी व्याप्त है कि यह संकट का क्षण केवल उसके लिए नहीं, उस जैसे करोड़ों का संकट-क्षण है, इसलिए इस आपातकाल में भी वह निस्संग नहीं है···और इन समस्त उद्वेलनों-सहित वह नूतन के स्वीकार और पुरातन के अस्वीकार की मुद्रा में माथे पर प्रश्नचिह्न अंकित किए, कुछ-कुछ अनाश्वस्त और कुछ आश्वस्त सा खड़ा है। और उसका स्वर

है—'अब और नहीं''नाउ नो मोर!' उस सबको बर्दाश्त नहीं करेगा जो असंगत और व्यर्थ है।

आधुनिक धारणाओं का स्वर यही है और आज़ादी के बीस बरसों में पैदा हुई परिस्थितियों के औसत लक्षण भी यही हैं। आज़ादी के बाद संपन्न न हो सकने वाली सामाजिक-आर्थिक क्रांति ने जो व्यवधान पैदा किया है, वह उन धारणाओं की मृत्यु का कारण बन सकती है और तब ये लक्षण शायद और भी ज़्यादा घनीभूत होकर धारणाओं में बदल जाएं। यह भी एक नूतन संक्रांति है, कि धारणाएं विकास की गतिहीनता के कारण पूरी तरह लागू नहीं हो पा रही हैं। यदि यह निकट भविष्य में न हो पाया तो सर्वस्तरीय क्रांति के अलावा शायद कोई रास्ता न रह जाए। तब फिर मनुष्य बदलेगा और उसकी कहानी भी, जिसके प्रामाणिक तत्त्वों की खोज फिर कहानीकार ही करेगा, क्योंकि वह निरंतर नए होते रहने की प्रक्रिया का जीवित अंग है।

अपने समकालीन

राही मासूम रज़ा : सफर ही जिसकी मंज़िल है

राही की रचना का सौंदर्य उनके विचारों में मौजूद है। यह राही की ऐसी पहचान है, जो बहुत कम लेखकों को नसीब होती है। राही अपने अंदाज़े-बयां के लिए नहीं, अचूक बात कहने के लिए सराहे जाते हैं। बड़े अनकहे लेकिन बड़े पुख्ता तरीके से राही ने आज़ादी के बाद के संक्रमण को समझा है और उसके तर्कपूर्ण संवेदनात्मक आयामों को मनुष्य के संदर्भ में उद्घाटित किया है। भारतीय इतिहास के उस संधिकाल पर हमारा यह लेखक खड़ा है जहां राष्ट्र और राष्ट्रीयता, न्याय और अन्याय, भाषा और साहित्य, मनुष्य की मनुष्यता, समाज और संस्कृति की परिभाषाएं तय हो रही थीं—विश्वयुद्ध और विभाजन जैसी भयानकतम मानवीय त्रासदियों के बाद। और यह आकस्मिक नहीं है कि राही जैसे सर्वांगीण साहित्यकार का वैचारिक और रचनात्मक कद हर दशक के बाद बढ़ता जा रहा है और भारतीय मनुष्य के चौतरफा प्रसंगों को लेकर उनके लेखन की प्रासंगिकता के कारगर पहलू उजागर होते जा रहे हैं।

यहां डॉ. कुंवरपाल सिंह को धन्यवाद देना ज़रूरी है कि उन्होंने राही की तमाम बिखरी रचनाओं को तरतीब से संवारा है, जिसके कारण राही जैसे बड़े भारतीय लेखक की सोच और रचना के समन्वित आयाम सामने आए हैं, फलतः राही मासूम रज़ा जैसा लेखक अब अपनी सोच की समग्रता में हमारे सामने जीवंत और संगत रूप में मौजूद है। डॉ. कुंवरपाल सिंह ने एक बड़ी विरासत का हमें हकदार बनाया है।

राही मासूम रज़ा का यह कथन उनके क्लासिक उपन्यास 'आधा गांव' में मौजूद है कि 'जंग के मोर्चे पर जब मौत मेरे सामने होती है तो मुझे अल्लाह याद आता है, लेकिन उसके फौरन बाद मुझे काबा नहीं, अपना गांव गंगौली याद आता है क्योंकि वह मेरा घर है...अल्लाह का घर काबा है, लेकिन मेरा घर गंगौली है...'

मैं नहीं समझता कि इससे बड़ी राष्ट्रीय अस्मिता की कोई घोषणा की जा सकती है। यह साहित्य की घोषणा है, जिसे अकबर के 'दीने-इलाही' में भी नहीं बांधा जा सकता, क्योंकि यह घोषणा बीसवीं सदी के उस साहित्यकार की है जो आज़ाद भारत

के संविधान की आत्मा को आत्मसात् करके भारत के नए समन्वित इतिहास को लिखना चाहता था। यह राही का सपना नहीं बल्कि एक हकीकत है जो कि हिंदुत्ववादी गुजरात के नरसंहार के बाद आज भारत—जहां शर्मिंदगी के साथ खड़ा है, को रेखांकित करके धर्मों के सह-अस्तित्ववाद का दर्शन रच रहा था। अमेरिकी विचारक हटिंगटन की तरह यह सभ्यताओं (इस्लामी और ईसाई) का संघर्ष नहीं, बल्कि धर्मों के कट्टरवाद से मुक्त करके उनके सह-अस्तित्व की भावना को स्थापित कर रहा था। यही भारतीय यथार्थ की पहली ज़रूरत और शर्त थी। राही ने इस ज़रूरत को मात्र पहचाना ही नहीं, बल्कि स्थापित भी किया…राही भरपूर लोकतंत्रवादी था, इसलिए उसने साहित्य को साहित्यवादियों से मुक्त करने की मुहिम भी चलाई और एक बिलकुल नया विचार बुद्धिजीवियों के सामने रखा।

वह विचार था कि 'भारतीय सिनेमा' को पाठ्यक्रम में शामिल किया जाए। यह एक क्रांतिकारी मांग है, जिसे हिंदी के सभी वरिष्ठ और गरिष्ठ प्राध्यापक खारिज करते हैं, लेकिन यह एक महत्त्वपूर्ण प्रस्ताव है, जिसे टालना मुनासिब नहीं है। यह विचार राही ने अलीगढ़ विश्वविद्यालय के छात्रों और प्राध्यापकों के सामने लिखित भाषण के रूप में 25 नवंबर 1991 को रखा था। इस पेशकश से राही के लेखकीय चरित्र की एक बड़ी विशेषता सामने आती है, वह यह कि यह लेखक व्यक्तिगत मान-अपमान के पार जाकर हमेशा कुछ नए सवाल उठाता रहा है। दिलो-दिमाग पर हमेशा कोई न कोई दस्तक देता रहा है। उस भाषण का यह प्रारंभिक अंश मैं यहां रख रहा हूं :

'आज का दिन मेरे जीवन में विशेष महत्त्व रखता है, क्योंकि विश्वविद्यालय ने आज मेरे दिल के पच्चीस साल पुराने घाव पर मरहम लगाया है। कुछ बड़े लोगों की 'कोशिश' के परिणामस्वरूप मुझे पच्चीस वर्ष पूर्व उर्दू-विभाग से अलग कर दिया गया था। और आज (उसी) विश्वविद्यालय के निमंत्रण पर मैं आपसे मुखातिब हूं। इस आदर के लिए मैं उपकुलपति महोदय और विश्वविद्यालय के दूसरे पदाधिकारियों को धन्यवाद देता हूं।' राही ने इसके बाद अपने मान-अपमान पर एक शब्द नहीं बोला, कोई हिसाब नहीं चुकाया। और यह तब जबकि राही अपनी ख्याति और यश के उच्चतम शिखर पर थे और आज़ादी के बाद यह देश और हिंदी भाषा उन्हें इस देश की बनती हुई राष्ट्रीयता के सांस्कृतिक प्रतीक-पुरुष के रूप में देखने और मानने लगी थी। एक विलक्षण चमत्कार राही मासूम रज़ा जैसा भारतीय लेखक ही कर सकता था कि उसने 5000 वर्ष पुरानी भारतीय साहित्य और संस्कृति की परंपरा को 'महाभारत' जैसा सफलतम टीवी सीरियल लिखकर यह साबित कर दिया था कि

संस्कृति और साहित्य एक पुरातन सभ्यता के संवेगों, उसके जातीय आवेगों को धर्म या मज़हब के कटघरों से मुक्त करके किस तरह उसे एक बनती, विकसित होती हुई आधुनिक राष्ट्रीयता का पर्याय बना देता है। महाभारत सीरियल की स्क्रिप्ट लिखकर यह करिश्मा राही ने कर दिखाया था। महाभारत की कथा और पात्रों से पहले राही मासूम रज़ा का नाम भारत के हर घर में अवतरित होता था। दुनिया के किसी देश की संस्कृति में यह चमत्कार आज तक नहीं हो सका है। समन्वित संस्कृति की ऐसी और इससे बड़ी मिसाल कहीं मौजूद नहीं है। असहिष्णु और संकीर्ण माने जाने वाले समुदायों ने भी अपनी इस पौराणिक महागाथा को गहरी श्रद्धा के साथ ग्रहण किया था।

इस अवांतर प्रसंग की तरफ संकेत करना इसलिए ज़रूरी है क्योंकि छोटे पर्दे के इस सीरियल को फिल्म के फॉरमेट में भी पेश किया जा रहा है। तो, अब मूल मुद्दे पर आ जाते हैं। अलीगढ़ मुस्लिम यूनिवर्सिटी के पदाधिकारियों द्वारा निमंत्रण दिए जाने का शुक्रिया अदा करते ही राही सीधे अपने विषय पर आ गए। उन्होंने कहा–'बहस का विषय है कि क्या सिनेमा को साहित्य के पाठ्यक्रम का हिस्सा बनाना उचित और आवश्यक है?'

इस प्रस्तावना को राही ने जिस अकाट्य और विचारशील ढंग से आगे बढ़ाया, वह आधारभूत दलील थी पाठक या दर्शक की। उन्होंने पाठक या दर्शक की अहमियत को शुरू में ही मंजूर किया कि साहित्य जब तक पाठक तक नहीं पहुंच जाता, तब तक उसके साहित्य होने में ही संदेह है। और इसका अर्थ यह भी निकलता है कि पाठक बड़ी हद तक साहित्य-सृजन में साहित्यकार का सहभागी होता है। फिर वे कहते हैं कि अगर यह मान लिया जाए कि साहित्य-सृजन में पाठक साहित्यकार का सहभागी है तो लिखे हुए शब्द की अपेक्षा सिनेमा की अहमियत बढ़ जाती है, क्योंकि सिनेमा उन लोगों तक पहुंचता है जो लिखना-पढ़ना नहीं जानते। ज़ाहिर है कि भारत जैसे अशिक्षित देश में सिनेमा की कला के महत्त्व को अनदेखा नहीं किया जा सकता। भाषाओं की विविधता ने भी सिनेमा के वाचिक शब्द की व्याप्ति और महत्त्व को बढ़ाया है।

राही ने सिनेमा और दर्शक की सहभागिता के महत्त्व को अपनी विदग्ध और विलक्षण शैली में पेश किया है–

'इस नई लोक-कलावादी चेतना को आत्मसात् करने के लिए हमें सिनेमा को पाठ्यक्रम में शामिल करना ही पड़ेगा, क्योंकि सिनेमा एक ऐसा आर्ट है…जो सुनी-सुनाई को आंखों-देखी बना देता है, और इसलिए वह अधिक विश्वसनीय हो

जाता है··· जो कहानी फिल्म के जरिए दिखाई जा रही है, उसके लिए किसी प्रस्तावना की ज़रूरत नहीं है, क्योंकि जो कुछ हो रहा है वह देखने वाला खुद ही देख रहा है। फिल्म तो खुद दर्शक की आंखो-देखी है। उसके सामने चरित्र बनते-बिगड़ते हैं, उसके सामने ही वे जुल्म से लड़ते या उसे सहन करते हैं। और बड़ी हद तक वह खुद भी उस लड़ाई का हिस्सा बन जाता है। उसे चरित्रों के साथ रोना आता है, हंसी और गुस्सा आता है, यानी सिनेमा की परछाइयां पर्दे से उतरकर उस तक आ जाती हैं और वह उन परछाइयों से अपने दुःख-दर्द की तुलना करता है, या फिर वह स्वयं एक परछाईं बनकर उन चरित्रों में शामिल हो जाता है।

'सिनेमा की एक दूसरी विशेषता यह है कि उसका दर्शक, दर्शकों का हिस्सा भी है और अकेला दर्शक भी है। वह सामूहिक रूप से भी फिल्म देख रहा है और व्यक्तिगत रूप से भी। वह सबके साथ हंसता और सबके साथ तालियां बजाता है, सबके साथ विलेन को गालियां देता है। दुनिया की कोई किताब उससे तालियां नहीं बजवा सकती, उससे कहकहा नहीं लगवा सकती, उससे गालियां नहीं बकवा सकती। ये चीज़ें सामूहिक प्रतिक्रिया का हिस्सा हैं!'

ज़ाहिर है कि दलील पठित और अपठित वर्गों के अंतर को मंजूर नहीं करती। इसमें एक समग्र सार्वजनिक दृष्टि का आग्रह है। इसे साहित्य के पाठ्यक्रम का हिस्सा बनाया जाए या नहीं, इसमें कुछ आग्रह भी है और दुराग्रह भी। सभी नई विधाओं के साथ यही होता है। साहित्य में भी यह 'वर्णवाद' चलता रहा है। काव्य के अलावा साहित्य में किसी को जगह ही नहीं दी गई। पूरा शास्त्र काव्य के आधार पर ही निर्मित हुआ, व्याख्यायित हुआ। उसी के मानदंडों पर गद्य को परखा गया। यहां तक कि नाट्यशास्त्र तक में गद्य की अस्मिता को गौण ही रखा गया। अपने अस्तित्व के लिए गद्य को लंबा संघर्ष करना पड़ा है और यह भी सही है कि संस्कृत से लेकर हिंदी तक रचना की सार्वजनीनता का सिद्धांत या विचार गद्य ने ही स्थापित किया है, क्लासिकल कविता या नाट्य-कविता की साहित्यिक एकांतिकता से गद्य-रचना ने ही साहित्य को मुक्त किया है; नहीं तो संस्कृत की सारी कविता, वेदों से लेकर उपनिषदों तक अनुभव की नहीं, आदेशों की कविता है, जहां साहित्य वर्चस्ववादी ब्राह्मण की राजाज्ञा नहीं, परंतु कुलीनतावादी साहित्याज्ञा का गुलाम है। संस्कृत-साहित्य की इस कुलीनतावादी साहित्याज्ञा को शूद्रक और कालिदास ने तोड़ा था। इन दोनों नाटककारों ने साहित्य को पौराणिकता की अलौकिक सार्वजनीनता की आवश्यकता को पहचाना था।

पूरी वैदिक कविता और साहित्य में आर्षवचन हैं, प्रकृति की महिमा और पूजा

है, समर्पण-भाव है, श्रद्धा है, आश्चर्य है, अलौकिक के प्रति आस्थामय समर्पण है, मानवमात्र और प्रकृति के शुभ की कामना है, सब-कुछ महान् और वरेण्य है; परंतु वहां, उस पूरे लेखन में (जिसे मैं साहित्य नहीं परिभाषित कर सकता) 'संवेदना' नहीं है! पूरा संस्कृत साहित्य लगभग आदेशों का साहित्य है, यदि उसे साहित्य कहा जाए तो।

मैं आधिकारिक रूप से तो नहीं कह सकता, क्योंकि मैंने उस काल का विधिवत् अध्ययन नहीं किया है; परंतु जितना जो कुछ पढ़ा और आत्मसात् किया है, वह मुझे इस निष्कर्ष पर पहुंचाता है कि संस्कृत साहित्य की आदेशात्मक वर्चस्वता को संवेदनात्मक और वैचारिक चुनौती शूद्रक के नाटक 'मृच्छकटिकम्' ने दी थी। और साथ ही कालिदास ने पहली बार संवेदनात्मक नाट्य-रचना की थी, जिसमें अलौकिक नहीं बल्कि लौकिक प्रश्नों को सुलझाया या प्रस्तुत किया गया था।

अलौकिक से लौकिक तक की यह यात्रा हमारे साहित्य की जीवन-यात्रा है—जो साहित्य में सार्वजनिक सहभागिता को रेखांकित करती है। अगर संस्कृत साहित्य की शुद्ध वैदिक कविता को एकांतिकता से मुक्त होने की ज़रूरत न पड़ती तो उस साहित्य में नाटक क्यों लिखे जाते? संस्कृत साहित्य के समस्त नाटककारों की रचनाएं यह बताती हैं कि वे वैदिक साहित्य की एकांतिक अलौकिकता से मुक्त होकर सार्वजनिक सहभागिता की लौकिकता की ओर महाभिनिष्क्रमण करती हैं। संस्कृत साहित्य में नाटकों के स्वर्णयुग का यह दौर प्रमाणित करता है कि सार्वजनिक सहभागिता के लिए नाटक को एक अहम माध्यम माना गया था, नहीं तो कालिदास, भास और अश्वघोष नाटक क्यों लिखते? वे कविता लिखकर भी अपनी रचनात्मक प्रतिभा का प्रदर्शन कर सकते थे।

संस्कृत साहित्य में जनसामान्य की सहभागिता की ज़रूरत ने ही नाटक-विधा को जन्म दिया था और आदेशात्मक संदेशों से अलग लौकिक संवेदना के मानवीय आख्यानों को साहित्य का प्राणबिंदु बनाया था।

और शायद उसी परंपरा की नब्ज़ पर उंगली रखते हुए इन तमाम सदियों के बाद राही मासूम रज़ा यह कहता है कि सिनेमा सार्वजनिक संवेदना को रेखांकित और एकत्रित करने वाला एक सशक्त और अपरिहार्य माध्यम है, तो गलत क्या कहता है? शूद्रक, कालिदास, भास, अश्वघोष आदि बिना दर्शक के अपने नाटकों को फलित होते नहीं देख सकते थे…आखिर उनके ज़माने में भी तो संस्कृत भाषा न पढ़ सकने वाले अधिकांश दर्शक रहे होंगे, पर उन्हें खारिज तो नहीं किया जा सकता। संस्कृतकालीन दौर के उस दृश्य माध्यम की यह जनाभिमुख सच्चाई ही

आज के सिनेमा की वकालती तार्किकता को सपोर्ट करती है।

सिनेमा शास्त्रविहीन कला-माध्यम नहीं है। कविता का काव्यशास्त्र और नाटक का नाट्यशास्त्र यदि हमारे शास्त्रीय रचना-विज्ञान को व्याख्यायित करता है तो सिनेमा का भी अपना एक सिनेशास्त्र है जो नाट्यशास्त्र से अधिक वैज्ञानिक, यथार्थपरक और संवेदनशील है। इसमें कलात्मक त्रुटियों को संवार सकने का अवसर और त्रिधान भी है। यह नाटकों से अधिक मोबाइल भी है जो कला को भौगोलिक सीमाओं से मुक्त करता है। जो काम नाटक नहीं कर सकता उसे सिने-कला अपने दृश्य-विभाजन और शॉट-विभाजन द्वारा संपन्न करती है। रंगमंचीय प्रस्तुतियों में आप मोटे हावभाव तो देख सकते हैं, पर सूक्ष्म से सूक्ष्मतर मनोभावों और संवेगों को कैमरा कैद करके दर्शक को दे देता है, जो नाटक में संभव नहीं है। नाटक की सूक्ष्म भावनाओं को शब्दों में व्यक्त करना पड़ता है, इस रचनात्मक मजबूरी को भी सिनेमा के शास्त्र ने पार कर लिया है।

और सबसे बड़ी बात जो सिनेमा के पक्ष में मौजूद है वह यह कि एक समय में एक नाटक एक ही जगह मंचित किया जा सकता है, पर सिनेमा के सैकड़ों-हज़ारों प्रिंट एक ही समय में भूगोल की मजबूरियों से मुक्त होकर अपने सिने-कथ्य को लाखों-करोड़ों दर्शकों के अनुभव का अविभाज्य अंश बना सकता है, बना देता है। यह मामूली उपलब्धि नहीं है।

ठीक है, काव्यशास्त्र और नाट्यशास्त्र हमारी कला-संस्कृति के गौरव-ग्रंथ हैं, लेकिन सिनेशास्त्र के भी तो ब्रैसों, त्रूफे और सत्यजित राय जैसे अन्य अनेक विश्वविख्यात सिनेकार हैं, जिन्होंने सिनेमा का व्याकरण लिखा है। आखिर सिनेशास्त्र के लेखक सत्यजित राय को नाट्यशास्त्र के लेखक भरत से कैसे कम करके आंका जा सकता है?

यदि संस्कृत-साहित्य के नाटकों से लेकर जयशंकर प्रसाद और मोहन राकेश आदि के नाटकों को पाठ्यक्रम में शामिल किया जा सकता है, जो कि उचित भी है, तो साहित्य में सिनेमा की ज़रूरी उपस्थिति को कैसे खारिज किया जा सकता है?

सिनेमा को साहित्य से खारिज किए रहने की एक बौद्धिक मानसिकता है, और कुछ हद तक वह विसंगत भी नहीं है। खुद राही ने इसे इन शब्दों में स्वीकारा है—'ज्ञात रहे कि मैं हिंदी की (बुरी और घटिया) फिल्मों की तारीफ (और वकालत) नहीं कर रहा हूं। इस समय (सिनेमा) अपने बौद्धिक और सौंदर्यबोध के मूल्य-स्तरों पर दीवालिया है, मगर इसके कुछ कारण हैं, जिन पर बाद में कभी विचार किया

जाएगा।' तो राही घटिया सिनेमा के पक्षधर नहीं हैं, पर घटिया मसाला और फॉर्मूला फिल्मों के साथ ही वे सैकड़ों फिल्में भी तो हैं जो अपने यथार्थबोध, समयबोध और कथ्यबोध के कारण अप्रतिम कला-मूल्यों को रूपायित और स्थापित करती हैं। आखिर सैकड़ों की संख्या में घटिया और रद्दी नाटक भी तो लिखे जाते हैं, वे सब तो पाठ्यक्रम का हिस्सा नहीं हैं। बहुत सी फिल्में नितांत अश्लील और समाज-विरोधी भी हैं, तो मराठी के प्रदीप दलवी के नाटक 'मी नाथूराम गोडसे बोलतोय' भी तो इसी देश में मौजूद है जो गांधी जी की हत्या वाली जघन्य हिंसा को अपना समर्थन देता है। इस और ऐसे मूल्य-विरोधी नाटकों के कारण सभी नाटकों और नाट्य-रचना की विधा को खारिज तो नहीं किया जा सकता। यही तर्क सिनेमा पर भी लागू होता है। फिल्मों की व्यावसायिकता, अश्लीलता आदि के कारण अच्छे कथ्य और अच्छी सिने-विधा वाली फिल्मों को नज़रअंदाज़ करते रहना एक बहुत बड़ी सांस्कृतिक गलती होगी।

मैं राही के एक और तर्क को अनुमोदनीय समझता हूं। वे कहते हैं : 'जिस तरह हम साहित्य की दूसरी विधाओं को परिभाषित करते हैं, उसी तरह सिनेमा को भी (हमें) परिभाषित करना पड़ेगा तथा उसके विशेष व्याकरण और तकनीक का अध्ययन करना पड़ेगा। आज जिस तरह हमारे शिक्षक गज़ल, कसीदा, मसनवी, कहानी या नॉविल पढ़ना सिखाते हैं, उसी तरह सिनेमा देखना और समझना सिखलाना पड़ेगा।···लेकिन सबसे पहले हमारे कथित बुद्धिजीवियों को फिल्म के प्रति अपना दृष्टिकोण बदलना पड़ेगा। वो फिल्म नाम सुनते ही नाक-भौं चढ़ाते हैं जैसे कि फिल्म शब्द और फिल्मों से संबंधित लोग इस सभ्य समाज में अभद्र हों। ···उनका यह रवैया अवैज्ञानिक और अशिक्षित है। और मैं यह कड़वी बात इसलिए कह रहा हूं कि ये लोग अपनी ठहरी हुई (जड़तावादी) काबलियत के गुलाम हैं। 'शोले' फिल्म का नाम सुनते ही ये लोग कह देंगे कि 'शोले' एक पलायनवादी (Escapist) फिल्म है। जी नहीं, यह फिल्म बयान दे रही है कि कानून और पुलिस पर से लोगों का भरोसा उठ गया है।'

डॉ. राही मासूम रज़ा ने जो प्रस्तावना रखी है, वह अत्यंत महत्त्वपूर्ण मुद्दा है। यदि फिल्मों को पाठ्यक्रम का हिस्सा बनाया जाता है, जिसे साहित्य या समाजशास्त्र जैसे विभागों में पढ़ाया जा सकता है, तो निश्चय ही फिल्मों को लेकर एक बेहतर माहौल बनाया जा सकता है। इससे फिल्मों का भी संस्कार होगा।

आखिर सिनेमा इस दौर का एक आधुनिक लोककला-माध्यम है। इसकी जड़ें लोक-संस्कृति से जुड़ी हुई हैं। इसका प्रभाव-क्षेत्र असीमित है। लोकगीतों को बाज़ारू

गानों में बदला जा रहा है। उन्हें अश्लील और उत्तेजक बनाया जा रहा है। लोकधुनों का बेजा इस्तेमाल बाज़ारू विज्ञापनों में हो रहा है। इन प्रतिकूल बाज़ारू प्रभावों के बावजूद लोककलाओं और लोकसंस्कृति की रक्षा करना हमारा फर्ज़ होना चाहिए। हिंदी साहित्य हिंदी-भाषियों तक सीमित है, पर हिंदी सिनेमा राष्ट्रीय और अंतर्राष्ट्रीय उपक्रम बन चुका है। इससे वीतराग रहना लगभग अपराध जैसा है, अतः ज़रूरी है कि सिनेमा के संगत यथार्थ और उसके प्राणतत्त्व को पहचाना जाए। उसकी सामाजिकता और कलात्मक क्षमता को रेखांकित किया जाए।

राही ने इस क्षेत्र में केवल वैचारिक हस्तक्षेप ही नहीं किया है, बल्कि रचनात्मक योगदान से सिनेमा और इलेक्ट्रॉनिक मीडिया की साहित्यिक, सांस्कृतिक और सामाजिक भूमिका को भी परिपुष्ट किया है। साहित्य में तो उनका अन्यतम स्थान है ही, फिल्म और टीवी मीडिया में बेपनाह भीड़ के बावजूद डॉ. राही मासूम रज़ा का नाम बहुत आदर के साथ अलग से पहचाना जाता है। इसका मूल कारण है उनकी समन्वित संस्कृति की दृष्टि, भारतीयता की गहरी और धर्मनिरपेक्ष लोकतांत्रिक पहचान और वह भाषा जो किताबों में बंद नहीं रहती बल्कि अपने समय से संवाद करती है। इसी समन्वित सांस्कृतिक दृष्टि को रेखांकित करते हुए राही ने कहा है कि 'दृष्टिकोण के बिना कला की रचना संभव ही नहीं है।'

(9.5.2002)

पहला उपन्यास

बदनाम बस्ती

उर्फ

एक सड़क सत्तावन गलियां

भूमिका

यह मेरा पहला उपन्यास है। लिखा सन् '56 में गया था। यह उसी समय पूरा का पूरा 'हंस' में छपा था। भाई अमृतराय ने छापा था। उसी समय श्री कृष्णचंद बेरी ने इसे हिंदी प्रचारक पुस्तकालय, वाराणसी से पुस्तक रूप में प्रकाशित किया। फिर सन् 68-69 या शायद इसके बाद श्री प्रेम कपूर ने इस पर फिल्म बनाई—'बदनाम बस्ती।'

इस फिल्म के बनने से पहले मैं दिल्ली में रहता था। वे दिन बहुत तकलीफ के दिन थे। ज़िंदा रहने और आत्महत्या न करने की ज़िद के दिन थे। उन्हीं दिनों मजबूरी में मुझे इस उपन्यास को बेच देना पड़ा। पंजाबी पुस्तक भंडार के श्री अमरनाथ ने कृपा करके 800 रु. में इसके सारे अधिकार खरीद लिए। इस उपन्यास पर लेखक के रूप में मेरा नाम रह गया पर इस पर मेरा कोई हक नहीं रह गया।

मेरे लिए यह उपन्यास उतना ही प्रिय है जितनी प्रिय मेरे लिए मेरी मां और मेरी जन्मभूमि मैनपुरी रही थी। इसे बेचकर करीब 20 साल मेरी आत्मा दुखती रही—लगता रहा, जैसे मैंने अपनी जन्मभूमि या मां बेच दी हो!

तब यह उपन्यास 'बदनाम बस्ती' के नाम से हिंदी, पंजाबी और उर्दू में छपा और बिकता रहा।

20 साल बाद मेरी इस तकलीफ को मेरे अभिन्न दोस्त जवाहर चौधरी ने समझा और उन्होंने श्री अमरनाथ से बात की। श्री अमरनाथ को भी इस जानकारी से दुःख हुआ और उन्होंने इस उपन्यास के सर्वाधिकार मुझे बेहद शालीनता और अपनेपन से वापस कर दिए। मेरा शहर मैनपुरी तो मुझसे छूट गया पर श्री अमरनाथ ने मेरी मैनपुरी मुझे लौटा दी, तो मैं फिर से जीने लगा। जब से उपन्यास बेच दिया था, मैनपुरी जाते अपराध-बोध होता था। इन्ही अपराध-बोध के दिनों में मेरी मां को बहुत कष्ट हुआ कि मैं मैनपुरी क्यों नहीं आता। आखिर उन्होंने मैनपुरी से बाहर निकलना शुरू किया और वे बड़े भाई साहब के पास इलाहाबाद जाने लगीं या मेरे पास दिल्ली-मुंबई आने लगीं!

मैं मैनपुरी नहीं जा पाया। गया भी तो रुक नहीं पाया—अपराध-बोध के इन्हीं

दिनों के बीच मेरी मां और मेरे बचपन के दोस्त बिब्बन (श्यामस्वरूप श्रीवास्तव) का देहांत हो गया। मेरे लिए मेरा शहर पराया हो गया।

जब श्री अमरनाथ ने इसके सर्वाधिकार वापस दे दिए तो मन को कुछ राहत मिली। उन्होंने प्रकाशकीय उपकार तो किया ही—कितना गहरा मानवीय उपकार मुझ पर किया—इसका उन्हें नहीं पर जवाहर चौधरी को पता है।

तो मेरी ही तरह गर्दिश में चकराता हुआ यह उपन्यास इसके बाद अपने मूल नाम से विश्वनाथ जी के यहां राजपाल एंड संज़ से छपा : 'एक सड़क सत्तावन गलियां'।'

करीब 45 वर्षों के बाद, प्रूफ देखते हुए मैंने अपने इस उपन्यास को फिर पढ़ा, कॉपीराइट बेच देने के बाद हिंदी, उर्दू और पंजाबी (तीनों भाषाओं) में इसके लगभग 30 संस्करण हुए। यह मैं इसलिए लिख रहा हूं कि प्रूफरीडिंग के दौरान इसके मूल-पाठ के साथ इतना और इतनी बार दुर्व्यवहार हुआ कि कई जगह मेरे लिए अपने ही पाठ, भाषा और संदर्भों को समझना कठिन हो गया। वाक्य-विन्यास को तो प्रूफरीडरों ने इतना बदला (सुधारा!) कि मेरी अपनी भाषा और लहज़ा मेरा नहीं रह गया। यह बहुत ही व्यथित करने वाली स्थिति थी।

मैं अपने सभी प्रकाशक बंधुओं से अपील करता हूं कि वे प्रूफरीडरों से रचना की रक्षा करें, कोई भी पुस्तक या उसका संस्करण छापने से पहले मूल लेखक का सहयोग लें और प्रूफरीडर द्वारा प्रूफ पढ़े जाते समय कॉपी-होल्डर की परंपरा का पालन अवश्य करें···मुझे अब 45 वर्षों के बाद नहीं मालूम कि इस उपन्यास के कितने अंश या पंक्तियां तिरोहित हो चुकी हैं। बहरहाल···

जितना और जिस हद तक मैं मूल पाठ को संभाल सकता था, उतना मैंने संभाला है।

यह उपन्यास मेरी आरंभिक और मौलिक लेखकीय स्मृतियों का प्रथम स्रोत है। मेरे अपने छोटे से कस्बे का आख्यान। यह मुझे अभी भी बहुत प्रिय है···

एक सड़क सत्तावन गलियां

मयन देवता की बसाई हुई इस बस्ती की ज़िंदगी की धुरी है—यह रिकटगंज की सराय, झम्मनलाल की मंडी और मोटरों के अड्डे। औरतों के अपने तीज-त्यौहार, मनौती-पूजा के ठिकाने हैं—शीतला देवी, गमा देवी, सैयद की मज़ार, बाबा का थान और नीम के नीचे पड़ी मयन देवता की मूरत। दो-चार मौके ऐसे ज़रूर आते हैं, जब मर्द-औरतों का सम्मिलित रूप दिखाई देता है—सदानंद आश्रम में साधु-समागम हो या मंडी में रामलीला शुरू हो।

ज़िले की पांच तहसीलों में सिर्फ दो को रेल जोड़ती है, बाकी तहसीलों के लिए आवागमन के ज़रिए दो ही हैं—मोटर और इक्के। बरसात में जब मौसमी नदियां और नाले इतराने लगते हैं तो रास्ते कट जाते हैं, कच्चे रास्ते दलदलों में बदल जाते हैं, इक्के वाले हाथ पर हाथ रखकर बैठ जाते हैं और घोड़े; उनके सिर्फ दो ही काम रह जाते हैं—पूंछ से मक्खियां उड़ाना और हिनहिनाना।

नदियां घहरा उठती हैं, पर आदमी का आना-जाना नहीं रुकता। नदियों में कड़ाह पड़ जाते हैं और इन छोटी-छोटी बस्तियों के दिलेर लोग उन कड़ाहों में बैठकर बड़ी-बड़ी भंवरें, हाथी-डुबाऊ गहराइयों और चौड़े पाट पार कर जाते हैं। जानवरों तक को लंघा ले जाते हैं। खास तौर से अषाढ़ में मंडी की नाड़ी धीमी पड़ जाती है··· पूरी बस्ती पर उदासी छा जाती है। सब कामों के सिलसिले टूट जाते हैं। नाज की लदाई बंद हो जाती है। पल्लेदार और तौला बेकार हो जाते हैं। सौदागरों का आना-जाना बंद। और फिर आढ़तियों की अपनी तिकड़म। बरसात के लिए जिन दिनों अन्न की बेहद खींचातानी पड़ती है, गोदाम भर लिए जाते हैं। थोक बिक्री में तब उनका मन नहीं रमता···ब्याने के वक्त भला कोई अपनी गाय बेचता है! यह तो पाप का भागी होना हुआ। कोई हिम्मत वाला सौदागर मंडी में आ ही गया तो टका सा जवाब मिल जाता है—अपने शहर के लिए भी कुछ रखेंगे सेठ जी, बरसात बाद आना।

मंडी की नाड़ी धीमी पड़ते ही पूरी बस्ती उदास हो जाती है। सच पूछा जाए तो शहर के मध्य में स्थित यह मंडी ही इसका दिल है। इसी की धड़कनों के साथ

जीवन की गति बंधी है। सड़कें वीरान हो जाती हैं, गलियों का उछाह मूर्छित हो जाता है। तहसील-कचहरी के बाबू लोग पैजामा-कुरता में—छतरी लगाए या तौलिए डाले झमझमाते पानी में भी निकल पड़ते हैं, बाकी लोगों के गोल के गोल बैठते हैं।

कव्वाली, गज़ल, रसिया के शौकीन मोटर के अड्डों पर; और आल्हा के शौकीन तंबाकू वाले आढ़तियों के यहां जमा हो जाते हैं। मोटर अड्डों पर खासा मजमा रहता है। दर्जी और दफ्तरी का काम करने वाले आंखों में सुरमा डालकर पान की गिलौरी मुंह में भरे आलाप लेते हैं—ए···ए···जी आहें न भरीं। और तालियों की चटक मस्ती का समां बांध देती है। ढोलक की हुमक के साथ मजलिसी लोगों की कमर थाप देती है।

और उधर, सरौते का एक हत्था पैर से दबाए, दूसरा हत्था मशीन की तरह चलता रहता है, रेशम-से बारीक सुपारी के दोहरे कटते जाते हैं। निगाह अपना काम करती है···घुटने के पास रखी आल्हा से 'सुनवां का गौना' गाया जाता है।

हर साल एक-सी मुसीबत सहते-सहते अब लोग अभ्यस्त हो गए हैं। इसलिए अजीब उदासी भरी बेफिक्री के दिन होते हैं ये। बड़े उदास, पर बड़े मोहक। छतनार इमली के पेड़ों से पानी झरता रहता, उसी के नीचे भुट्टे भुंजते। बरसते पानी की पेंगों पर किसी अल्हैत का पौरुष भरा स्वर आता—बांध सिरोही दोनों भिरि गए, खटखट चलन लगी तलवार।···और बादलों की सेना गड़गड़ाकर जूझ जाती। सन्नाती हवा के झोंके पानी की धार को दानों की तरह बिखेर देते। आल्हा की तलवार की तरह बिजली चमककर कड़कती चली जाती। इमली के फूल, पिलछहें सफेद नन्हे फूल, पारिजात की तरह झर-झर बिखर जाते।

गोबर से लिपे-पुते घरों के आंगनों में वर्षा के प्रकोप को कम करने के लिए लोढ़े से बढ़नियां दब जातीं और देवियों की मनौतियां होतीं। मंडी के फड़ निर्जीव नज़र आते। बादल का रुख देखकर गल्ले का भाव घटता-बढ़ता रहता···

बरसात खत्म होते-होते दिवाली-दशहरे की धूम शुरू होती। घरों को बहुरिया की तरह सजाया जाता। फूली और सूजी कच्ची दीवारों को खरोंच-खरोंचकर मिट्टी से लेप लेते। मुंडेरों की काली पड़ी हुई घासें साफ हो जातीं। दरवाज़े गेरू से पुत जाते। द्वार और ताखों पर अनगढ़ हाथों से बेल-बूटे बनते। कोई दरवाज़े पर तिरंगा झंडा बनाकर और 'जै हिंद' लिखकर सजावट पूरी कर लेता। फिर रौनक के दिन। रामलीला की धूम। मंडी का धर्मादा साल भर इसीलिए इकट्ठा होता था। मंडली आती और झम्मनलाल की मंडी में स्टेज बनता।

शाम से ही रामलीला की धूम थी। भीड़ जमा हो चुकी थी। दर्शकों में शोर मच रहा था।

पर्दा उठने में देर होती देख पंडित जी करतालें लेकर मंच पर आ गए। दाईं ओर पुरुष-समूह था, बाईं ओर नारियों का। बीच की पतली राह पर झगड़े-फसाद और औरतों के साथ छेड़खानी करने वालों की हरकतें रोकने के लिए जगह-जगह बजरंग मंडली के स्वयंसेवक खड़े थे। पंडित जी ने एक निगाह जन-समूह पर दौड़ाई और कुछ बोले, जो जनरव में उभर नहीं पाया। करतालें बजाईं तो निकट का भक्त-समुदाय शांत हुआ, लेकिन पीछे वालों का शोर ऊंचा हो गया। पैर वाले हारमोनियम पर बाजा मास्टर दर्जी की तरह बैठे थे। उन्हें पंडित जी के इंगित का इंतज़ार था, पंडित जी पूरी आवाज़ से चीखे–"सज्जनो और देवियो!" अपनी आवाज़ का असर न होते देख उन्होंने बाजा मास्टर को इशारा किया।

बाजा मास्टर ने हारमोनियम पर रखे हुए फूलों को सामने रखी रामायण की पोथी पर बिखरा दिया और कुंजियों पर मकड़े की टांगों की तरह उंगलियां टिका दीं। पैरों में हरकत हुई और धुन फूट पड़ी–"रघुपति राघव राजाराम···" पंडित जी की करतालें ऐसे बोल पड़ीं जैसे कोई गंवार गांव की वधू लच्छे और झांझों के साथ पैरों में खड़ाऊं पहने धीर गति से चली जा रही हो। तबलची भीतर मूर्तियों का शृंगार कर रहे थे। पुरुषों में थोड़ी शांति छा गई; लेकिन औरतों की मजलिस बदस्तूर बातों में मशगूल थी! एकाध आवाज़ें आकर मंच से टकराईं–"लीला शुरू करो··पर्दा उठाओ!"

शृंगार में देर थी। कुछ परेशान होते हुए पंडित जी ने करतालें बजाना रोकते हुए बाजा मास्टर से कहा–"फिल्मी बजाओ··फिल्मी।" कहते हुए वे किनारे पर खड़े हो गए, जैसे यह शोर उनकी सामर्थ्य को चुनौती हो।

बाजा मास्टर ने बाल झटके और हारमोनियम से एक बड़ी दर्द-भरी सदा उठी–"जब तुम्हीं चले परदेस लगाकर ठेस···" बाजा मास्टर के हारमोनियम से उठती स्वर-लहरियां वातावरण पर छाने लगीं और जब एक चीत्कार के साथ गीत की धुन समाप्त हुई तो फुसफसाहट उभरने लगी। कातर होकर पंडित जी ऊंची आवाज़ में बोलने लगे–"माताओ और बहनो! आप लोगों से विशेषकर एक बात कहनी है। आप देवियां मरियादा पुरुषोत्तम भगवान् रामचंद्र की लीलाएं देखने के हेतु आती हैं, लेकिन अपनी घरेलू चर्चा यहां भी चालू रखती हैं। सो ऐसी माताओं और बहनों के लिए उपेदस है कि···" पंडित जी अपनी मोटी-पतली आवाज़ में इस तरह बोले जा रहे थे जैसे कोई उनकी चाबी कम-ज़्यादा करता जा रहा हो। तभी शोर और बढ़ गया।

पंडित जी लाल-पीले होकर चीखे—"जो इन उपदेसों पर कान नहीं देंगी···मैं कहता हूं कि जो इन उपदेसों पर कान नहीं देंगी···भगवान् की लीला में हर तरह के विघन डालेंगी सो अगले जन्म में छछूंदर की योनि पाएंगी।" शाप देकर पंडित जी पर्दा सरकाकर एकदम अंतर्धान हो गए। पर शोर बढ़ता गया और स्वयं भगवान् के लिए यह आवश्यक हो गया कि वे स्थिति को काबू में लाएं। इसलिए गोला दगा और तबले पर पड़ती थापों के साथ हारमोनियम के मंद स्वर के सहारे पर्दा धीरे-धीरे उठने लगा।

वनवासी राम, लक्ष्मण और पराक्रमी पवनसुत के दर्शन होते ही जनता ने भक्ति से घोर जयघोष किया—"बोल रजा रामचंद की जै···बोल लखन लाल की जै···!"

"रामचंद कृपालु भजु मन हरन भव भय दारुनम्" के साथ आरती होने लगी। शांति में सदैव पवित्रता का बोध होता है···चारों ओर पावनता बरसने लगी। संगीत, स्वर और श्वासें तक संयम में बंध गईं। रोते बच्चों के मुंह में माओं ने स्तन दे दिए। रामचंद्र जी कहीं बीड़ी पीते न देख लें, इसलिए बीड़ियों की चिनगारियां धरती से रगड़कर बुझा दी गईं।

आरती समाप्त होते ही पवित्र ज्योति दो थालों में स्थानांतरित हो गई। नारियों के समूह में आरती का थाल ले जाने वाले कई मुरीद थे। लेकिन धोती-कुर्ता और बास्कट पहने हुए शिवराज के हाथों में थाल थमाते हुए पंडित जी ने पूछा—"डिराइवर साहब आए हैं?"

"आए होंगे···"

"तुम्हें नहीं मालूम?"

"आखरी मोटर लेके आने वाले थे, आ गई होगी तो आए होंगे··· ।"

कहते हुए उसने थाल लिया और नारियों वाले भाग में जा घुसा। जाते-जाते मास्टर की ओर उसने देखा था, आंखें मिलते ही किसी साज़िश की परछाईं उनमें भर गई थी। बाजा मास्टर ने मुस्कराकर भीड़ के एक कोने पर दृष्टिपात किया। अपनी गलती समझकर उसकी गर्दन झुक गई, अंगुलियां हारमोनियम के तारों के पिंजर वाले हिस्से में कुछ सुधारने लगीं। शिवराज को औरतों में आरती घुमाते देखकर पाकड़ के नीचे बैठे जवानों के जमघट में कानाफूसी शुरू हुई—"बड़ा हरामी है साला···!"

"बड़े बुल्ले से रहता है···डिराइवरों का माल खाता है।"

"जनखा है ससुरा···सरनामसिंह के बल पै कूदता है··· ।"

"कोई कह रहा था, सरनामसिंह का रिस्तेदार··· ।"

"रिस्तेदार नहीं तो··· । वह ठाकुर ये ब्राह्मण, अरे उसने पाल रखा है।"

"देख···देख···" एक ने जल्दी से दूसरे की बांह पकड़ते हुए दिखाया, "शांती से बात कर रहा है, निकल के इधर आए तो साले की कुटम्मस कर दी जाए।"

"अच्छा-अच्छा लीला देखो···।" एक ने कहा। उधर मंच पर न जाने कब मेघनाद-लक्ष्मण-युद्ध शुरू हो चुका था।

बाजा मास्टर और तबलची अपने संगीत से उसके प्रभाव को गहन कर रहे थे। दर्शक उत्सुकता से सांस रोके देख रहे थे कि औरतों वाले हिस्से में कोहराम कच गया। जैसे नीचे से ज़मीन धसक गई हो। बचने के लिए वे दिशा-ज्ञान भूलकर ही इधर-उधर भागने लगीं। स्वयंसेवक एकदम भाग पड़े। जनता उठकर खड़ी···मंच पर सन्नाटा छा गया। मेघनाद मंच से उतरकर घबराए-से उधर भागे। कमेटी के लोग उधर पहुंच गए थे। स्थिति का पता चलते ही हंसी का फव्वारा फूट पड़ा। और लोगों ने फौरन फाटक की तरफ देखा—रंगीले पेड़ से उतरकर अपनी धोती का फेंटा कसते हुए बाहर भाग जा रहा था···।

"इसी की बदमाशी है···और कोई नहीं हो सकता···।"

"यह सब तुम्हारा सर चढ़ाया हुआ है सरनामसिंह, नहीं तो मजाल है कोई विघ्न डाल दे लीला में इस तरह···।" मंडी के जगदंबा कह रहे थे।

सरनामसिंह को हंसी आ गई, "दद्दा, तुम भी बस लड़कों की तरह बतियाने लगते हो, वह जब तक कोई बदमाशी नहीं कर लेगा, मानेगा नहीं···मैं डांट दूं, पर कोई फायदा नहीं, मनमौजी है ससुरा···।"

तब तक एक स्वयंसेवक अपने पौरुष का प्रदर्शन करते हुए गनगौरी सांप लटकाए सामने आ गया।

"फेंको उधर···।" हरीचंद बोले, "औरतों की भीड़ में डाल गया बदमाश। कल से निगाह रखो, घुसने मत दो साले को यहां···।"

"अच्छा, अच्छा···सब ठीक हो जाएगा," सरनामसिंह ने कंधे से लोगों को बैठाते हुए कहा। फिर वहीं से चीख के नाटक वालों से बोले—"शुरू करो···शुरू करो लीला···भूचाल नहीं आया था।" कहते-कहते उसे फिर हंसी आ गई। नई बात तो थी नहीं, न जाने रंगीले कौन सा नया तमाशा खड़ा कर देता। उसके लिए कोई मुश्किल है। होली, दिवाली, मेले-तमाशों में जब तक यह सब न हो, सूना-सूना लगता है।

"रंगीले तुम्हारी मोटर पर नौकर था, अब नहीं है क्या?" हरीचंद पूछे जा रहे थे।

"सेठ के मुकदमे में गवाही देने से इनकार कर गया, फिर कहीं नौकरी चलती है। हमने भी ज़ोर नहीं दिया, नहीं तो गवाही दिलवा देना कोई मुश्किल नहीं

था···"

तभी सरनामसिंह की बात काटकर जगदंबा बोल पड़े—"गुड़ खाय गुलगुले से परहेज। तुम भी ठाकुर साहब बस···वह साला पेशेवर गवाह है, कोई ईमान है उसका। पैसे का डौल नहीं होगा सेठ के यहां, जिसने चार पैसे से हथेली गरमा दी उसी तरफ हो जाता है ये··· ।"

ये बातें चल रही थीं कि लक्ष्मण जी को शक्ति लग गई। जनसमूह अवसाद की भावना में डूब गया। चारों ओर नीरवता छा गई। जैसे यह अप्रत्याशित घटना आज ही हुई हो, सबके लिए नई हो।

लीला के साथ-साथ रामायण बांचने वाले गुरु जी चुप हो गए थे। रण-संगीत थम चुका था। आसन्न भय और शोक की खामोशी चारों ओर छा गई। तभी उस गहन उदासी और अवसाद से भरे क्षणों के बीच पृष्ठभूमि से सूत्रधार की ढाढ़स बंधाती हुई आवाज़ उभरने लगी···"बंधुओ! यह कौतुक जानहिं जन सोई, जापर कृपा राम की होई···जगत आधार श्री लक्ष्मण जी मूर्छित होते भए हैं, उनके शक्ति लगी है। पर ये ही स्थल संग्राम की शोभा है। रघुनाथ जी के कौतूहल चरित्तर कौन सांसारिक जान सकै है, परंतु इस चरित्तर को वो ही जानेगा जिस पर रघुनाथ जी की कृपा होगी ···तो सज्जनो! संध्या होती भई है। सेनाएं विश्राम के हेतु लौट जाती भई हैं। महावीर जी गोदी में लक्ष्मण जी को लिए आते भए हैं। यह दशा देख रघुनाथ जी ने बड़ा दुःख माना··· ।"

लक्ष्मण जी रामचंद्र जी की गोद में सिर रखे मूर्छित पड़े थे। जामवंत के बताने पर सुषेण वैद्य को जब हनुमान जी खटिया समेत उठा ले आए, तब कहीं दर्शकों की जान में जान आई। सुषेण वैद्य को सुप्तावस्था में उठा लाने पर पहली हंसी फूट पड़ी, मूर्छित लक्ष्मण के अधरों पर। हंसी फूटती देख, पंडित जी ने विंग से निकलकर घुड़कते हुए उन्हें चादर से ढक दिया।

हनुमान जी बूटी लाने के लिए प्रस्थान कर चुके थे। रात ढलती जा रही थी। राम दल के वानर शोक-संतप्त चारों ओर घेरे खड़े थे। और जब रामचंद्र ने रुंधे हुए गले से कहा—"सुत वित नारि भवन परिवारा, होहिं जाहिं जग बारहिं बारा। अस विचारि जिय जागहु ताता, मिलहिं न जगत सहोदर भ्राता।" तब सुनते-सुनते न जाने कितनों की आंखों के बांध टूट गए। सिसकियां फूट पड़ीं। समस्त जग, चराचर व्याकुल था, शोक-संतप्त था। हिचकियां बंध गईं। सरनामसिंह अपनी आंखों को बार-बार पोंछते जा रहे थे, पर आंसू नहीं थमते थे। पास बैठे लोगों की सिसकियों के बीच हर एक का मन डूबता जा रहा था। कोई ढाढ़स बंधाने वाला नहीं था। जैसे

सबके मन में यही था कि सूर्योदय से पूर्व हनुमान जी संजीवनी जड़ी लेकर आ जाएं···यह अनर्थ न हो। पर समय जैसे उड़ा जा रहा था। सूर्योदय की वेला निकट आती जा रही थी। रामचंद्र जी व्याकुल आकाश-मार्ग की ओर निहार रहे थे। और तब बाजा मास्टर का हारमोनियम मंद स्वर में गुनगुनाया और रामचंद्र जी ने विलाप करते-करते ज़रा खंखारकर गाया–"आ जाओ कि मूर्छित है लक्ष्मण···अब रात गुज़रने वाली है···अब रात गुज़रने वाली है··· ।"

भीड़ में से एक हाथ उठा और उस हाथ की धरोहर विंग में खड़े पंडित जी के पास पहुंच गई। एकदम मंच पर आकर पंडित जी ने आभार प्रदर्शन किया–"श्री रामचंद्र जी के विलाप पर प्रसन्न होकर सेठ बदामीलाल ने भगवान् जी के श्रीचरनों में पांच रुपए अर्पण किए हैं···हम उनका मंडली की ओर से शुक्रिया अदा करते हैं।" फिर तो तांता लग गया। वाकई लक्ष्मण शक्ति वाली लीला ऐसी निकली, जैसी पहले कभी नहीं हुई। भक्तों का समुदाय उदारता से उमड़ पड़ा। मंच पर भक्त-समुदाय की भीड़ लग गई, लोग जा-जाकर खुद रुपए देने लगे। जगह कम पड़ी तो तबलची थोड़ा विंग में सरक गए। राम जी की चढ़ौती देखने के लिए मूर्छित लक्ष्मण जी ने चादर सरकाकर देखने भर के लिए मुंह खोल लिया। तब तक एक भक्त ने अपने लिए जगह बनाते हुए विंग का पर्दा उलट दिया तो हनुमान जी बगल में गत्ते का द्रोणगिरि पर्वत रखे, बड़ी मौज से बीड़ी पीते हुए अपने प्रवेश के इंतज़ार में बैठे नज़र आए।

मंच पर भीड़ बढ़ती देख कमेटी के लोगों ने पहुंचकर इंतज़ाम अपने हाथ में ले लिया। तभी आरती का थाल लेकर शिवराज भीतर आया। पंडित जी ने चढ़ौती की रकम गिनने का काम शिवराज को सौंपते हुए सरनामसिंह की ओर इस तरह देखा, जैसे उसके लिए शिवराज सबसे महत्त्वपूर्ण है। सरनामसिंह ने पास जाते हुए कहा–"शिवराज, पहले जाके खाना खाओ···यह सब होता रहेगा। पंडित जी इसे संभालिए।" कहते हुए उसने शिवराज को बांह पकड़कर उठा दिया।

"अभी चले जाएंगे।" कहता हुआ शिवराज बाजा मास्टर की ओर चला गया। पर्दा गिर चुका था। बाजा मास्टर हारमोनियम से उठ चुके थे। वे दोनों नीचे उतरने ही वाले थे कि सरनामसिंह ने ज़रा डांटते हुए कहा–"ये क्या लड़कपन है! सीधे जाओ और खाना खाकर घर पहुंचो··· ।"

"वहीं जा रहे हैं···मास्टर साहब भी उसी होटल में खाते हैं।" शिवराज बोला और दोनों उतरकर चले गए।

दर्शक घरों को लौट रहे थे।

शिवराज और बाजा मास्टर पटरी के एक घने पेड़ के अंधियारे में आकर रुक गए। दूर से आती परछाइयों को उनकी आवाज़ से पहचानने की कोशिश करते। उनकी बातें रुक जातीं, असंबद्ध व्यक्तियों के गुज़रते ही बातें फिर शुरू हो जातीं, पर सतर्कता और भी बढ़ जाती। बाजा मास्टर ने फुसफुसाकर कहा—"आज भी फूल आए थे।"

"तुम्हारा बाजा कमाल कर देता है। किसी फिल्म कंपनी में होते तो चमक जाते।" शिवराज ने बड़े उत्साह से कहा।

"यहां इन लोगों के साथ टिकूंगा!" बाजा मास्टर ने कहा। निकट आते स्वरों को सुनकर दोनों सतर्क हुए। शिवराज फुसफुसाया—"वही है···।" और इस परिचित-अपरिचित 'वही' का अनुभव होते ही दोनों ऐसे अलग-अलग से खड़े रह गए, जैसे साथ उगे हुए ताड़ के पेड़ जिनके पत्ते लहराकर भी एक-दूसरे को नहीं छू पाते।

औरतों और लड़कियों की वह टोली हंसती-खिलखिलाती आगे बढ़ गई। राह के अंधेरे में दूर जाते हुए स्वर और भी मोहक हो गए। बाजा मास्टर बोले—"बाजे के बोल और इस बोल में कितना फरक है! मन में आता है यह गाना-बजाना सब छोड़ दूं। काठ की आवाज़ पर तुम रीझ जाते हो···।" कहते-कहते बाजा मास्टर किसी भीतरी व्यथा से उदास हो आए। शिवराज ने हाथ पकड़ते हुए कहा—"आओ तो, थोड़ी दूर तक···।"

सड़कों-गलियों के चक्कर काटकर जब दोनों वापस आए, तब सराय के बाहर वाले होटल के महाराज सोने का इंतज़ाम कर रहे थे। भुनभुनाते हुए उठे और खाने का इंतज़ाम करने लगे।

शिवराज ने बाजा मास्टर की ओर टूटी हुई बात का क्रम जोड़ने के लिए देखा। बाजा मास्टर ने होटल की बुझती हुई अंगीठी की ओर देखकर कहा—"आज बड़ी-बड़ी संगीत सभाओं में जाता होता तो कदर और ही होती; लेकिन यह सब अपने बस का नहीं, जब तक यों ही घूमता-फिरता हूं, तब तक लगता है यह सब बेकार है, न इज़्ज़त न पैसा, न दोस्त न हमदर्द। बाजे से उठते ही दूसरा आदमी हो जाता हूं। लेकिन जाने कैसा नशा चढ़ता है बजाते वक्त। फिर कहीं भी बैठा दो। नरक में बैठ सकता हूं। इन छोटे-छोटे शहरों में घूमते-घूमते जी भर गया। नौटंकी वालों का साथ किया, कितनी ड्रामा कंपनियों के साथ घूमा, संगीत की ट्यूशनें कीं, पर कहीं भी कुछ ऐसा नहीं मिला, जिससे मन को संतोष मिलता। यार सब बेकार है···"

शिवराज उसका मुंह ताक रहा था, जैसे उसके लिए यह समझ सकना दुष्कर

हो।

तभी दो-तीन आदमियों की उधर आती छायाएं दिखाई दीं। चौराहे की गैस बुझकर कांटे में फंसी निर्जीव मछली की तरह लटक रही थी। सरनामसिंह के साथ सूबेदार और ज़ाकिर मियां थे। दोनों दड़े की दलाली और मोटर-अड्डे की रखवाली करते हैं। उन्हें साथ देखकर शिवराज हमेशा की तरह कुढ़ गया।

"कमीशन का हिसाब साफ हो गया। सबको दे दिया···यह तुम्हारे···।" कहते हुए सूबेदार ने सौ रुपए के दो नोट सरनामसिंह के हाथ में थमा दिए। उन्हें अपनी मुर्री में लगाते हुए सरनामसिंह बोला, "उस कुंभकरन को तड़के जगा के गाड़ी सफा करवा देना।"

"पहली से जाना है?" सूबेदार ने पूछा।

"क्या कहें सेठ के बच्चे को, रोज़ ड्यूटी बदलती है, ड्राइवर न हुए कोचवान हो गए, जब चाहा तब जोत दिया। पहली गाड़ी से जाऊंगा, शाम की गाड़ी से वापसी है···भूलना मत।"

"सबेरे नंबर खुलना है···तुम्हारे बगैर दद्दा···।" सूबेदार ने दड़े के नंबर की ओर इशारा किया।

"अब खोलना!" झुंझलाते हुए सरनामसिंह ने कहा, "ऐसे मुंह ताकोगे तो हो लिया काम। तुम दो आदमी नहीं संभाल सकते।" फिर शिवराज से बोले, "चल भई चल, बहुत रात हो गई।"

सूबेदार और ज़ाकिर मियां अड्डे की ओर चले गए। बाजा मास्टर कुछ दूर तक साथ आकर मंदिर की ओर मुड़ गए। सरनामसिंह और शिवराज अब अकेले रह गए तो सरनामसिंह ने कहा—"यह तुम्हारा आधी-आधी रात तक घूमना मुझे पसंद नहीं···रामलीला जाने से पहले खाना खाओ, खत्म होने पर सीधे घर पहुंचो, दोहरी चाबी है, एक अपने जनेऊ में बांध के रखो···।" कुछ बिगड़ते-बिगड़ते शिवराज की बास्कट देखकर एकदम बात बदलकर—"वह नई वाली किस दिन के लिए है? मेरी पसंद की चीज़ तुम्हें कांटे की तरह काटती है। ठीक है, पड़ी रहने दो।" कहते-कहते सरनामसिंह तरल हो आया।

शिवराज इस तरलता से परिचित था। यह नई भी नहीं। ऐसे क्षणों में वह हमेशा घुटता था। लेकिन वह यह घुटन अकेले में पी जाता था। भूलकर या अपनी रौ में कभी सरनामसिंह किसी अन्य के सामने स्नेह जताने लगता तो शिवराज अपनी पिटी हुई पुंसकता के बावजूद फुफकार उठता। अपने को खुद-मुख्तार और निर्बंध घोषित करने के रोष में यहां तक कह जाता—"मैं अपना देख-समझ लूंगा। तुम

अपना देखो।"

सरनामसिंह तब संकुचित हो जाता। अपनी गलती को बड़ी चतुराई से दबाकर कहता, "आखिर बामन का बेटा है।" और उपस्थित आदमियों को जैसे सफाई देने लगता, "इसके तो पैर तक छूना पुन्न है।"

और शिवराज!

बड़ी-बड़ी बातें फैली थीं उसे लेकर। इस बस्ती का मुंह, शिवराज ने चार साल हुए, गुरु पूर्णिमा से एक महीना पहले देखा था। इन बाज़ारों में घूमते हुए साधु, संन्यासी, तांत्रिक, योगाभ्यासी देखे होंगे लोगों ने। ऐसे ही एक महात्मा इधर आ गए थे। ईश्वर भक्ति से अधिक वे बस्ती की महत्ता पर बात करते और एक आश्रम बनाने का स्वप्न देखते।

कई बरस पहले, धंटा बजाते, उनकी फेरी शाम को होती थी–"बद्रीधाम यात्रा की प्रतिज्ञा है महाराज जी···एक मन आटा, दस सेर घी, बीस सेर चावल और पांच सौ रुपए का सवाल है भगवान् जी···भेजो श्रीकृष्ण जी महाराज!" और इसके बाद उनका घंटा गलियों में गूंजता रहता। किसी ने उन्हें दान प्राप्त करते नहीं देखा, पर सुना कौल पूरा हो गया और सर्वदानंद जी बद्रीधाम की यात्रा पर चले गए।

यात्रा पर जाने से पूर्व उन्होंने निवास के लिए सुनसान में, बस्ती से दूर, एक कुटिया छवा ली थी। न जाने कहां से तैंतीस कोटि देवताओं में से किसी एक की प्रतिमा भी आ गई थी और पीपल का बिरवा भी उग आया था।

'भगवान् की महिमा है! जिस ऊसर पर दूब नहीं होती, वहां मूरती के परताप से पीपल उग आया।' लोग कहते।

ऊपर वाले की महिमा फैलती गई और सर्वदानंद जिले-भर में मशहूर हो गए। भगवान् की कृपा वे दोनों हाथ उलीचने लगे कि एक चमत्कार हो गया। जयकरन मिठाई वाले को बुढ़ापे में पुत्र-लाभ हो गया। चार ब्याह किए उसने, पर वंश नहीं चला। आखिर चौथी से कुल का दीपक चमका। सर्वदानंद का जगह-जगह बखान होने लगा। और तब से जयकरन की घरवाली तो उन्हें गुरु मानकर दासी हो गई। सर्वदानंद जी ने सेवा स्वीकार कर ली, यही क्या कम था? नारी तो नारी! पाप का मूल। लेकिन उस पाप के मूल में ऐसा पानी लगा कि हर साल फूलने-फलने लगी। और सर्वदानंद जी के आश्रम की नींव पड़ गई। जयकरन भगत हो गए। उनके तो ऐसी लौ लगी कि दुकान नौकर के सुपुर्द कर उन्होंने सिर मुड़ा लिया और गले में कंठी डालकर आश्रम की इमारत के लिए चंदा करने निकल पड़े। आखिर आश्रम

बनना शुरू हुआ और दस बरस पहले गुरु पूर्णिमा के दिन उत्सव, कीर्तन आदि के साथ विधिवत् उद्घाटन हो गया। तब से एक लीक बन गई। हर बरस गुरु पूनो पर सत्संग होने लगा। दूर-दूर के साधु-महात्मा पधारने लगे।

चार बरस पहले बड़ा भारी उत्सव हुआ। सर्वदानंद जी के चेले गांव-गांव, बस्ती-बस्ती गए। एक महीना पहले से गुरु पूनो के लिए तैयारी प्रारंभ हुई। आश्रम में अब तक, दस-बीस बाबा और आ चुके थे, और सर्वदानंद जी की मंडली बन चुकी थी। प्रधान शिष्य थे···आत्मानंद, जात के ब्राह्मण। बाकी चार जात के हलवाई थे···गुणानंद, ज्ञानानंद, वेदानंद और शिवानंद।

गुरु पूनो का आयोजन शुरू हुआ। चार-पांच महीने पहले आयोजन और भंडारे का इंतज़ाम करने के लिए साधु जिले-भर में टिड्डी की तरह फैल गए। भक्तों ने अपने आवारा लड़के आश्रम को अर्पित करते हुए गुरु जी के सुपुर्द कर दिए। पर शिवराज की बात दूसरी थी। उसके पिता उस समय जीवित थे। उन्होंने गुणानंद जी के चरणों में बालक को अर्पित करते हुए बड़े दीन भाव से कहा था–"आज आपके सिरी चरनों में ही इसका उद्धार है। हम पातकियों के घर में इसका विकास कैसे होगा महाराज! इसे अपने चरनों में सरन देकर विद्या दान दें···संस्कृत पढ़ जाए, वेद शास्त्र··· ।"

शिवराज तब तेरह बरस का था। अपने पर्यटन से लौटते हुए स्वामी जी उसे साथ लेते आए थे। तीन-चार लड़के और भी थे, जो सब निर्बोध हिरनों की तरह एक-दूसरे को चकित भाव से देख रहे थे··· ।

आश्रम पहुंचकर शिवराज को अन्य अनेक साथी मिले जो और साधुओं के साथ आए थे। ब्रह्मचारी व्रत के लिए करीब तीस किशोरों की जमात जमा हुई, महीना-भर पहले से अन्न-त्याग हुआ और लड़कों को नियमावली दे दी गई।

शिवराज का नया जीवन आरंभ हुआ। सिर मुड़ाकर चोटी रखा दी गई, पैरों में खड़ाऊं और शरीर पर पीतांबर। नासिका से लेकर मस्तक तक शिव तिलक और महीने-भर का मौन।

रामायण की महिमा अपार है। गूंगे का साधन बन गई। कोई आवश्यकता होती तो केवल रामायण की चौपाई से व्यक्त की जाती। मौन खंडित होने का दंड था। गायत्री मंत्र का मन ही मन बीस बार जाप। सचमुच ऐसी आराम की ज़िंदगी की कल्पना उन बालकों को न थी। अधिकांश ब्राह्मणों के बेटे थे। ब्राह्ममुहूर्त में उठकर भगवद्-स्मरण, सूर्य-नमस्कार, मध्याह्न में भागवत-गीता पाठ और संध्या समय उच्चरित कीर्तन।

रोज़ कीर्तन होता था। कीर्तन के समय ब्रह्मचारी सबसे आगे बैठे थे, उनके पीछे भक्तों का समुदाय था। मृदंग और हारमोनियम पर कीर्तन हो रहा था। कीर्तन पूरे ज़ोर पर था। स्वामी ज्ञानानंद रस-विभोर होकर प्रतिमा के सामने नाचने लगे और इधर रंगीले ऐसा लवलीन हुआ कि गश खाकर चित्त हो गया···। झूमते हुए लोगों ने देखा, कीर्तन थम गया और भीड़ एकदम झुक पड़ी—"भगवान् की अनुकंपा हुई है : कुपढ़ा है तो क्या, प्रेम तो सबके मन में एक जैसा है।" एक भक्त ने बेहोश रंगीले के मस्तक पर भगवान् की चरण-रज लगाते हुए कहा—"ऐसे में पंछी उड़कर स्वर्गलोक को जाता है···गणिका, अजामिल के वृत्तांत सामने हैं। कौन ऐसी मृत्यु नहीं चाहेगा!"

स्वामी जी को खबर हो गई। "हरे राम, हरे कृष्ण" जपते हुए स्वामी जी अपनी कुटिया से निकलकर आए। रंगीले को चित्त देखकर विह्वल हो गए। आंखों में अश्रु छलक आए। गद्गद कंठ से बांहें पसारते हुए बुदबुदाए—"हे प्रभु! तेरी माया अपरंपार है।" और रंगीले को जैसे अपने से बड़ा स्वीकार करते हुए बोले—"यही समाधि की प्रथमावस्था है!"

जो ब्रह्मचारी छींटे देने के लिए पानी लाया था, वह शिवराज था। सरनामसिंह ने उसके हाथ से लोटा लेकर झाड़-फूंक करने वाले की तरह मुंह पर छींटे दिए। एक लोटा पानी पड़ गया, पर रंगीले की दांती नहीं खुली। कुछ और उपचार के बाद उसने आंखें खोलीं और सामने खड़े शिवराज की ओर एक क्षण देखा, फिर टांगें पकड़कर उसके पैरों पर लोटने लगा—"यही रूप है···हाय···हाय···"

"ब्रह्मचारी के रूप में भगवान् का रूप देख रहा है।" सरनामसिंह ने कहा और रंगीले को संभालने लगा। सब आश्चर्यचकित से देख रहे थे। रंगीले शिवराज के पैर छोड़ता ही नहीं था—"सरन दो···इन चरनों में सरन दो···मुक्त करो···।" शिवराज घबराया सा पैर छुड़ाने की कोशिश कर रहा था। कई मिनट बाद रंगीले शांत हुआ।

"बिलकुल यही रूप था।" आधी रात को मोटर वालों के संग लौटते हुए शिवराज की ओर इशारा करके रंगीले अपनी अवस्था का वर्णन कर रहा था—"हाथों में धनुष-बान, सर पर मुकुट। न जाने कैसा तेज फूट रहा था। आंखें मुंद गईं···चारों ओर वही रूप, वही छवि...सच्ची दद्दा!" सरनामसिंह की बांह पकड़ते हुए उसने समझाया—"सन्नाटा छा गया। भीतर रोशनी जग गई···साक्षात् भगवान् खड़े थे सामने! फिर नहीं मालूम क्या हुआ···बड़ा जुल्म किया तुमने, राम कसम···बेहोशी नहीं थी···।"

उस रोज़ से ब्रह्मचारियों में शिवराज की और भक्तों में रंगीले की प्रतिष्ठा बढ़

गई। दोनों में भगवान् का 'अंस' प्रवेश कर गया था···काया पवित्र हो गई भाई! रंगीले निकलता तो लोग ज़बरदस्ती रोककर बैठा लेते। घंटों उससे बातें करते और उसका प्रवचन सुनते–"इसी तरह सुभाष बाबू के मन में भारत माता पैठ गई थीं। वैसे वे विक्टोरिया को बहुत चाहते थे, पर माता तो माता! भेष बदलना पडा उन्हें, वन-वन घूमे और जाके अलख जगाई। इसी से आज़ादी मिली। उन्हीं के परताप से गांधी बाबा और नेहरू जी ने बागडोर संभाली।" फिर भंगेड़ियों की तरह आंखें चढ़ाकर शून्य में देखते हुए कहा–"हमें भी भेष बदलना है, वन-वन घूमकर अलख जगाना है···।"

"काहे के लिए रंगीले बाबा!" पनवाड़ी पूछ लेता।

जवाब न देकर रंगीले मुस्कराता हुआ उठ जाता। सरनामसिंह के पास जाकर कुछ उगाहता और फल-फलारी लेकर आश्रम की ओर मुंह करता। ब्रह्मचारी शिवराज के लिए रंगीले रोज़ कुछ न कुछ लेकर जाता। आश्रम के ब्रह्मचारी ऐसे दान को स्वीकार करते थे।

तीन-चार रोज़ शिवराज, रंगीले का फलाहार स्वीकार करके स्वयं भंडारे में दे आता था, पर बाद में उसे कुछ खलने लगा। रंगीले उसे अपने पास बैठा लेता, तरह-तरह की बातें करता–"तुम्हारे हाथ कित्ते मुलायम हैं! धन्य हैं तुम्हारे मां-बाप। भइयन, कभी चला करो, शहर घुमा लाया करें," पर मौन व्रत के कारण शिवराज 'हां-हूं' में उत्तर देता। एक रोज़ किसी ब्रह्मचारी ने स्वामी जी से शिवराज की शिकायत कर दी–"ये मौनव्रत का पालन नहीं करता।" तभी से शिवराज रंगीले से कतराने लगा।

आखिरी लारी शाम तक वापस आ जाती थी और वैसे भी इन रास्तों पर रात में सवारियों के माल-असबाब से भरी लारियां लाना कम खतरनाक न था। न जाने कब लुट जाएं। उस रोज़ सरनामसिंह एटा के बाज़ार से गेरुआ सिल्क की धोती खरीद लाया, रंगीले को देते हुए बोला–"सुन, उस ब्रह्मचारी के लिए है। कैसा कोमल लड़का है, किसी अच्छे घराने का मालूम पड़ता है!"

एकाएक शिवराज की ओर सरनामसिंह को आकर्षित होते देख रंगीले ने आंखें फाड़कर देखा। गुरु पूनो पर ब्रह्मचारियों का मौनव्रत टूटने के बाद रंगीले का समय अधिकतर वहीं बीतने लगा। उसे चोला बदलने की धुन थी।

एक रोज़ सहसा दोपहर वाली लारी पर शिवराज को आया देख सरनामसिंह देखता रह गया। लारी छूटने में देर थी। अड्डे पर खामोशी छाई थी। इमली की घनी छांह के नीचे ड्राइवर और अन्य कर्मचारी टांगें फैलाए पड़े थे। सूबेदार ने शिवराज

को देखकर सरनामसिंह को निशाना बनाते हुए कुछ मज़ाक कर दिया। ज़ाकिर मियां खिलखिलाकर हंस पड़े। बोले—"इधर बुला ला बिरंभचारी को···"

"ऐ मियां, गड़बड़ मत मचाओ, सुनने दो। हां सिंह जी, दूसरी तान छिड़े।"

"उधर जाओ खटिया पर···।" सरनामसिंह ने कहा और खुद अपना बैंजो उठाकर उधर चला गया। सारे लोग उठकर खटिया के इर्द-गिर्द जमा हो गए। टूटे हुए ब्लेड के टुकड़े से सरनामसिंह ने बैंजो के तारों को जगाया। एक ध्वनि झनझनाती हुई बिखरने लगी।

उस ध्वनि के साथ इमली के नन्हे-नन्हे फूल अलसाए से झर रहे थे।

छप्पर पड़े मोटर अड्डे के दफ्तर में टिकिटों का हिसाब करते हुए दो-तीन व्यक्ति निकले और आकर खड़े हो गए। लाल रंगी हुई लारी नंबर पर लगी हुई है। चार-पांच सवारियां उसकी खिड़कियों से सिर टिकाए ऊंघ रही हैं। तीन तहसीलों में जाने के लिए सवारियों को यहीं आना है।

मील-भर दूर से कंकड़ की सड़क पर लोहे की हाल चढ़े इक्के के पहियों की खड़खड़ाहट गूंजने लगती। यह आवाज़ सूबेदार को सतर्क कर देती है। जितनी सवारियां उतना कमीशन। पर इस वक्त सब खामोश हैं। सड़कों पर धुएं की तरह धूल के बादल घहरा रहे हैं।

अड्डा शहर के छोर पर था, फरलांग-भर बाद श्मशान फैला पड़ा था और उसके बाद झुके हुए नीमों की दोहरी कतार के बीच यह लंबी सड़क दौड़ती चली गई थी। चुंगी पार करते ही बस्ती की सीमा समाप्त हो जाती। यह सड़क ही रीढ़ थी, जिसमें पसलियों की तरह सत्तावन गलियां इधर-उधर से आकर मिलती थीं। बड़े शहरों को मिलाने वाली यह चौड़ी सड़क, जिसके दोनों ओर यह छोटी सी बस्ती बस गई थी···मील-भर की लंबाई और उतनी ही चौड़ाई। उत्तर-पश्चिम से दक्खिन-पूरब की ओर रुख था इसका। पश्चिम सिरे पर ज़्यादातर वकील-मुख्तार और जमींदारों के मकान थे, पूरब की ओर छोटी जाति और छोटे व्यापारियों, काम-धंधे वालों का बोलबाला था। आबादी बढ़ने के साथ-साथ अड्डा निरंतर पूरब की ओर खिसकता जाता। ये मोटर वाले ठीक इसी तरह बर्दाश्त किए जाते थे, जैसे घरों में अपने आप जड़ें फोड़ लेने वाला पीपल का पेड़।

"उखाड़े कौन···सर पर सनीचर सवार है जो घर बैठे विपत मोल ले लें। लेकिन घर में रखे भी कौन···भूतों का डेरा।"

जैसे पीपल वाले भुतहे मकान वीरान हो जाते, वैसे ही अड्डे के आस-पास का हिस्सा हमेशा वीरान रहता। 'मोटर वाले पैदाइशी बदमाश होते हैं साहब। चोर, डकैत,

पियक्कड़, फर्रास⋯ज़ालिम, बेरहम लोग⋯।'

पर सरनामसिंह के उस बैंजों से न जाने कैसा मीठा, उदास राग फूट पड़ता था। किसी के ज़ुल्म से कराहते हुए उसके तार कंपकंपाकर थक जाते, फिर उस पैने ब्लेड के टुकड़े का स्पर्श उन तारों को अनवरत झनझनाता जाता और वे उंगलियां कोमल पगों की तरह, लय के साथ उन कीलों पर नाचने लगतीं।

कच्चे मकान की बांस वाली खिड़की पर पड़े हुए टाट के पर्दे से एक चेहरा झांकता और झुंझलाकर सिर भीतर कर लेता। सरनाम बैंजो की कीलों पर से निगाह हटाकर इमली के झरते हुए फलों की ओर देखकर गुनगुनाता–

"नदिया के ईरी-तीरे दुय घन रुखवा एक रे महुलिया एक आम रे।
नगर अजोध्या में दुय वर सुंदर इक लछमन इक राम रे।"

बैंजो का झनझनाता स्वर और भरी हुई सांस की आवाज़⋯

"बेर-बेर बेटा तोकों मैं बरजौं वृंदावन मति जाउ रे।
उतैं वृंदावन बाघ-बघनियां जा देस में कामिनि तुम्हार रे।"

बैठे लोगों के सिर झूमने लगते, और अपने में डूबा सरनाम पागलों की तरह तार झनझनाता हुआ ऊंची हुंकार में गाता–

"देउ न मोरी मैया ढाल तरवरिया वाहि वृंदावन जाऊं रे।
बघवा कौ मारौं औ लावौं अपनी कामिनियां बचाय रे।"

और टाट के पीछे खड़ी कुढ़ती हुई बंसिरी सोचती–"मुझे सुनाता है⋯बड़ा जुझारू बना है। शराबी-कबाबी⋯डरपोक।" अपने पर दृष्टि दौड़ाती–"इस तन पर पड़े हुए इतने दाग, इतने घाटों का पानी और यह मन की जलन, कहां ले जाएगी तुझे! यह हाय तुझे राख करके छोड़ेगी। यह हाय न होती तो तू आज फलता⋯किसी कच्चे घर के आंगन में बैठकर गाता, कोई सुनता। इमली के सूखे फूल नहीं, काजल लगी आंखों से रसधार झरती। धूल के उड़ते हुए बवंडर नहीं, गोबर-लिपी ठंडी धरती होती⋯महावर रंगे पैर होते और लिखना से भरी ऐपन की दीवारें⋯हर तीज-त्यौहार होता, रास-रंग होता। जीने⋯मरने वाला कोई साथ होता। पर तू अकेला मरेगा⋯ अनजाने आदमियों के बीच। किसे अपना कहेगा? किसी दिन मोटर में बैठा-बैठा मर जाएगा, कोई पेट्रोल छिड़ककर जला देगा या भागते-भागते किसी घहराती नदी में घड़ियाल, कछुओं के बीच फेंक आएगा। यही होगा तेरे साथ⋯एक दिन मैं सुनूंगी।

तेरी खबर मुझ तक आएगी सरनाम! उस दिन घी के दीए जलाकर रात-भर दिवाली मनाऊंगी। तेरी उस दिन की खुशी…कौड़ियों की तरह चमकती हुई आंखें भूल नहीं पातीं। कितना बड़ा एहसान किया था मुझ पर। शरम नहीं आई थी कहते हुए–'सौदा खतम। मगन मिस्त्री नहीं ले सकता इस औरत को।' औरत को! किधर से औरत थी मैं तेरे लिए! औरत समझकर अहसान कर रहा था…तेरी मैं कोई नहीं थी। बाजारू समझा था। 'जब तक ये रुपया पूरा नहीं चुका देगा, तब तक तू रख इसे।' कहते हुए तेरी जीभ नहीं गिर गई।…ढाल-तलवार मांगता है…कामिनी को बचाएगा…मेहरा!"

बंसिरी की आंखें क्रोध से जलते-जलते न जाने क्यों रुआंसी हो गईं…जैसे आंख और धुएं के बीच झिलझिलाती हुई तरल सी चिकनी लहरियां। जलती हुई लकड़ी में सुनसुन करती, बची हुई एकाध रस-बूंद किसी रेशे को छलछलाकर निकल आई। तप्त रस-बूंद, जिसे आग की जलन क्षण-भर में सोख लेती है…सचमुच सब तेरे कारन हुआ…तू, सरनाम…तू। सरनाम…सरदार…सरताज…किसने रखा था नाम तेरा? "तेरा ये ताज जिस दिन गिरेगा, उसी दिन को देखने के लिए जिंदा हूं। औरत कहता है न मुझे। तेरे कारन औरत हुई...नहीं तो किसी की घरवाली होकर चैन से मर जाती। तूने अपनी समझ से घरवाली बनाया है, पर तेरे लिए औरत रहूंगी... औरत!"

दूर स्टेशन से आती सड़क पर इक्कों के पहिए गड़गड़ा उठे। सूबेदार उड़ती धूल के पार देखता चीखने लगा। हाथ में लिए मोटर के भोंपू को बीच-बीच में भों-भों बजा देता। उसे सुनकर छूटती हुई लारी के लिए मरियल घोड़ों की पीठ पर सड़ासड़ चाबुक पड़ने लगते और खड़र…खड़…खड़र…खड़…करते भागते हुए इक्कों पर हिचकोले खाती सवारियां डर के मारे, रक्षा के लिए पीछे मुंह घुमा लेतीं। फेन से सने मुंह और लगाम चबाते हुए घोड़े जब रुकते, तब पता चलता–पीछे बंधा टीन का बक्सा रास्ते में गिर गया या गौने का घड़ा दोंची में भट्ट से टूट गया।

अड्डे पर हंगामा मच गया। पीछे आते हुए इक्केवान चाबुक की डंडी पहिए में घुसेड़े किड़र…किड़र…किड़र…करते, अपने आगमन की सूचना देते भागते आ रहे हैं–"सन्नाम सिंह डिलाइवर की लारी घड़ी देखके छूट जाती है।…फौज का डिलाइवर रहा है सन्नाम सिंह। मोटर चलाएगा तोफान मेल की तरह, पर मजाल है एक पिल्ला तक दब जाए...टकराने की तो बात दूर रही…।"

"काहे असगुनिया बोल बोलते हो भाई।"

पर सगुन, असगुन से दूर सरनाम का मन जब उचाट हो जाता, तब उसे लगता कहीं कुछ हो न जाए। कौन जाने हाथ न सधे और किसी पेड़...पुलिया या पुल से...लड़ाई में किन-किन जगहों पर नहीं दौड़ाई मोटर...मौत के मुंह में जा-जाकर निकल आया, पर ऐसा तो कभी नहीं लगा। जब मन उचाट होता है, तब यह बैंजो और कोई बहुत ही बेहूदा सा गीत। लेकिन यह बैंजो और भी तोड़ देता है। उसका मन तब कहीं नहीं लगता। भरती हुई सवारियों पर एक निगाह डालकर वह सूबेदार से पूछता—"चौकस!" और उत्तर की परवाह किए बगैर छप्पर वाली कोठरी में घुस जाता। मोटरों की फटी हुई गद्दियों के नारियल वाले ढेर में हाथ डालता। एक बोतल हाथ में आती। गट-गट...एक-दो-तीन-चार दस-ग्यारह-बारह घूंट। और अपने दांतों को चूसता हुआ वह अपनी सीट पर आ जाता।

सूबेदार घड़ी देखकर बोला—"बीस मिंट हैं।"

जैसे एकाएक सरनाम को खयाल आया। उतरकर शिवराज के पास पहुंचा, पूछा—"चल रहे हो पंडित!"

"हां, गांव तक जाना है...।"

"आगे की सीट पर बैठ जाओ...," फिर सूबेदार से बोला, "एक ड्योड़े का काटना।" कहकर खुद शिवराज की बांह पकड़कर लाया और खिड़की खोलकर अपने बराबर वाली सीट पर बैठा लिया।

मोटर ठीक समय पर छूट गई। सरनाम की बांहें शिथिल थीं आज। जब भी वह बैंजो बजाता है, तब बाद में ऐसा अहसास होता है, पर शिवराज की उपस्थिति जैसे उसे प्रकृतिस्थ किए थी। पूछा, "अरमसराय उतरोगे, जा क्यों रहे हो?"

"पिताजी की तबीयत खराब है, अरमसराय उतरकर नौ मील दक्खिन जाना है।" शिवराज ने कहा।

"और कौन-कौन है घर पर?" सरनाम ने फिर पूछा।

"बस पिताजी हैं, दो सौतेले भाई अलग रहते हैं।"

"और मां?"

"नहीं हैं।"

शिवराज को उदास देख वह चुप हो गया। उसके चेहरे पर अभी रेखें फूट रही थीं। गालों पर रेशम-से रोएं थे। आंखों में शरारत-भरी चपलता और होंठों पर निर्बोध होने की चमक। मोटर में पहली बार इस तरह बैठा था। अरमसराय में बज़ार का दिन था। मवेशियों का बज़ार। शिवराज को गांव के एकाध लोग मिल गए और वह उतरकर चला गया।

"आना तो मिलना···वापस आओगे?" सरनाम ने पूछा।

"पता नहीं···अच्छा ड्राइवर साहब नमस्ते।" और वह बज़ार की भीड़ में खो गया। सरनाम उसे जाते हुए देखता रहा।

क्लीनर ने हैंडिल मारा और लारी चल पड़ी।

अपने पिता की मृत्यु के बाद शिवराज एक टीन का बक्सा लेकर वापस आश्रम लौट आया था। आश्रम में वह बदले हुए व्यवहार का अनुभव कर रहा था। यह आश्रम अब उसके लिए अनाथालय सा हो गया। स्वामी जी की पुचकार और स्नेह चुक गया। अब घर से दान-दक्षिणा जो नहीं आती! पहली बार पिताजी दो बोरी गेहूं, एक बोरी गुड़ पहुंचा गए थे। एकाध कपड़े बनवा गए थे, लेकिन यह सब अब कहां? रात में बाहर चबूतरे पर लेटता तो आकाश का सूनापन देखकर उसे रुलाई आती।

गांव का खुला-खेला किशोर···अब आश्रम में दिन-भर काम करते-करते थक जाता। रात में स्वामी जी के पैर दबाने की 'ड्यूटी' उसी की थी।

एक रोज़ वह बज़ार में निकल गया। पर जाए भी कहां, कोई पहचानता भी नहीं। बहुत देर इधर-उधर घूमता-घामता, फिर मोटर अड्डे की तरफ चला गया···कुछ देर बैठकर लौट जाएगा। सरनामसिंह को देखते ही उसे बल मिल गया। शतरंज की बिछी हुई बिसात पर सरनाम झुका हुआ था। उसने पास जाते हुए कहा, "डिराइवर साहब, नमस्ते।"

सरनाम उसे देखकर अवाक् रह गया। कहां तीन महीने पहले का शिवराज और कहां यह—"पिताजी नहीं रहे क्या?"

पीड़ा से भरी शिवराज की आंखें छलछला आईं। सरनाम बिसात छोड़कर उठ बैठा। शिवराज को लेकर छप्पर में चला गया। कुछ देर बाद एक बड़े ब्रह्मचारी के साथ शिवराज के दो-तीन साथी उसे खोजते हुए उधर पहुंच गए। मोटर वालों के साथ शिवराज को बैठा देखकर उनकी भौंहें टेढ़ी हो गईं।

"अच्छा यहां जमे हैं!" व्यंग्य से उन्होंने कहा, जिसमें सरनाम के लिए प्रकट अपमान का स्वर था। शिवराज एक क्षण के लिए स्तब्ध रह गया। सरनाम ने ब्रह्मचारी जी को गहरी निगाहों से घूरा। तब तक ब्रह्मचारी जी फिर बोल पड़े—"यहां क्या हो रहा है?" क्षणभर पहले के भयातुर शिवराज में अपना ग्रामीण खुलापन फूट पड़ा—"बैठे हैं।" सरनाम ने शांति की सांस ली और उसे साहस देने के लिए दृष्टि मिलाई।

"आश्रम चलो, स्वामी जी की आज्ञा है—जहां मिले पकड़ लाओ। हम

खोजते-खोजते परेशान हो गए…।"

"मैं नहीं जाऊंगा आश्रम…" सुनकर सरनामसिंह हंस पड़ा। ब्रह्मचारी कुंठित हो गए और अपने चेलों को भेड़ों की तरह हांकते हुए बोले—"चलो…तुम लोग चलो। नहीं जाएगा न जाए, चल के स्वामी जी से...।" और न जाने क्या-क्या बड़बड़ाते हुए वे चले गए।

उस रोज़ शिवराज सरनाम के संग ही रहा। लारी पर उसके साथ गया और दूसरे दिन साथ ही आकर उसके घर रुक गया। छोटी सी बस्ती में बात फैल गई—सरनामसिंह ड्राइवर ने आश्रम के एक लड़के को बरगला लिया…आश्रम छुड़वा दिया…।

"सरनामसिंह में यह गुन भी है?"

"शराबी-कबाबियों में कौन से गुन नहीं होते। फांस लिया उस छोकरे को। बताओ, आश्रम का लड़का…ज़िंदगी खराब करके छोड़ेगा।"

"वह रंगीले उसके पीछे बहुत दिनों से पड़ा था…।"

"अब तो सरनाम ने उसे सर कर दिया…अब जेबें कतरवाएगा…बाद में गिरोह में शामिल कर लेगा।"

"सुना लड़का भी लफंगा है।"

"नहीं-नहीं, ब्राह्मन का बेटा है…।"

और तब से शिवराज वापस आश्रम नहीं गया। कुछ दिनों सरनाम के घर के बाहर वाले कमरे में रहा, फिर उसके घर और जीवन का अंग बन गया। पर धर्ममंडली की कोप-दृष्टि सरनाम पर टिक गई। आध्यात्मिक जीवन जीने वाले धर्मपुरुषों ने बड़ा सांसारिक प्रचार किया, पर सरनाम अपने में मस्त था। जब कभी बात आती तो स्वामियों के कच्चे चिट्ठे खोलने लगता। इस प्रश्न को लेकर फक्कड़ों और पुजारियों में खासी अनबन और दुश्मनी हो गई। यह दुश्मनी पिछले चार सालों से चली आ रही थी।

सुबह शिवराज की आंखें खुलीं तो देखा सरनामसिंह उसी की चारपाई पर पड़ा है और उसका एक हाथ उसके सीने पर है। यह कोई नई बात नहीं थी। उसे अभ्यास हो जाना चाहिए था। चार साल गुज़र गए, इसी वातावरण में रहते। पहले बेहद उलझन होती थी…सरनामसिंह कहता—"तुम्हें देखकर मुझे अपनी जवानी याद आ जाती है...बस यही समझ लो, जो तुम आज हो, वही मैं सोलह साल पहले था। यही तेज़ी, यही तेवर और यही मासूमियत। तुम्हें देखकर अपने उन दिनों की याद कर लेता हूं।" ठंडी सांस खींचकर कहता—"कहां अब लौट के आएंगे गुज़रे हुए दिन।"

उसका हाथ अपने हाथों में लेकर बड़ी हसरत से नाखूनों को देखता, पोरों को दबाता, बांह पर एक उंगली फेर-फेरकर रोओं को कोमलता से छूता, फिर जैसे स्वप्न टूटने की तरह एकदम चौंक जाता–"भाग जाओ मेरे सामने से!"

कभी सरनाम उसे बदहवास की तरह बांहों में दबोच लेता। उसके बालों में अपना मुंह गड़ाकर लंबी सांसें खींचता। ठोड़ी उठाकर कहता–"मेरी तरफ देखो।" असहाय पक्षी की तरह शिवराज ताकने लगता और उसका शरीर पकड़ से छूटने के लिए कसमसाता। अपने को ढीला करते हुए सरनामसिंह कहता–"शिबू! पिछले जन्म में तू मेरा कौन था? एक दफा अम्मा को ऐसे ही पकड़ लिया, सांस फूल आई। गुस्से में एक तमाचा जड़ दिया। फिर प्यार करते-करते रो पड़ीं···" और वह इस तरह खयालों में डूबता, जैसे उसकी मां उसे कहीं दिखाई पड़ रही हो।

शिवराज का एक क्षण पहले ग्लानि से भरा हुआ मन तरल हो आता। इसी तरह अपने सब बिछुड़े हुए साथी-संगियों की भाव-भंगिमाएं, रूप, हाव-भाव और चेष्टाएं वह जब-तब शिवराज में देखा करता। कभी उसके बैठने में, उसे अपने किसी साथी का साम्य दिखाई पड़ता, जिसे वह बहुत चाहता रहा था। या उसके पहन-ओढ़ लेने पर उसकी आंखों में अपने यौवन की तस्वीर खिंच जाती, जिसे एक बार फिर महसूस करने के लिए वह शिवराज की दोनों बांहें पकड़कर अपने सामने घुमा लेता। अपनी प्रत्येक चेष्टा का औचित्य या उससे संबंधित भावानुभूति और उसकी पवित्रता का बोध वह शिवराज को अवश्य करा देता। इसके साथ ही सारी सुविधाएं, शौक और फैशन की समस्त वस्तुएं उसके लिए उपलब्ध रहतीं। शिवराज को फलानी चीज़ की ज़रूरत है, यह मालूम-भर हो जाए, दूसरे दिन वह चीज़ सामने होती।

और शिवराज इसी सोच में पड़ा रह जाता कि आखिर यह स्नेह, यह प्यार कैसा है, इसमें दुर्गंध क्यों आती है? इसकी सीमा कहां तक है? किस बिंदु के बाद यह सड़ने लगता है? वह कहां तक इसे स्वीकार करे, कौन-सी सीमा बना ले? यह सब वह सोचता, कुछ तय करता पर इरादे रोज़ बनकर टूट-फूट जाते।

धीरे से सरनाम का हाथ खिसकाकर वह उठा और भीतर चला गया। अभी उजाला अच्छी तरह फैला नहीं था। तीन दिन पहले की बातें उसे कुरेदने लगीं। सुबह उठकर उसका पहला काम यही होता था···उन पत्रों को उलटना-पलटना जो हेम उसे भेजती थी। एक-एक पंक्ति को बार-बार पढ़ना और समझना। किताबों के पीछे से उसने हेम का पत्र निकाला···

परम पूजनीय,

नमस्कार।

परचा आपका शन्नो से मिला। समाचार ज्ञात हुए। आपने मुझे बहुत ही लज्जित और दुखी किया, यह लिखकर कि मैं लोफर और आवारा हूं। प्राणधन, अगर आप लोफर होते तो इतने पुरुष आपके पीछे न फिरते, अपनी लड़कियों के रिस्ते को। लोफर आप जानते नहीं कौन हैं, हरी, ओम, दयानाथ आदि ही लोफर हैं। प्राणधन, अब से कभी न लिखना, वरना न जाने हेम को इस बात से कितना दुःख पहुंचे। कल मैं और अम्मां मास्टर साहब के यहां गए थे। आप अपने कमरे में थे। मैंने देख लिया था, आपने नहीं देखा था। कल रात एक बड़ी वैसी बात हो गई···हाथ की मोमबत्ती गुलदस्ते में लग गई···आपका वो गुलाबी रूमाल वहीं रखा था, वह भी जल गया। उसे बचाने के लिए मैं हाथ से आग बुझाने लगी। हाथ में लपटें लग गईं, और धोती में आग लगने से बच गई। पर रूमाल नहीं बचा, अचानक मेरे मुंह से निकला—

क्या मिल गया भगवान् मेरे दिल को दुखा के।
अरमानों की नगरी में मेरी आग लगाके···
मत पत्रों से दिल तोड़ ओ जीवन बचाने वाले
क्यों तोड़ते हो दिल को ओ प्रेम बढ़ाने वाले।
तू (आप) दिल से मिलाता दिल के तार चला चल
हेम के प्रेम के बंधन में बना हार चला चल।

तुम्हारी दासी—हेम

पैरों की आहट सुनकर शिवराज ने एकदम पर्चा मोड़कर किताबों के पीछे डाल दिया। वह बंसिरी के यहां जाने के लिए कपड़े भी पहन चुका था, सरनाम ने देखा तो कुढ़ गया—"सुबह हुई नहीं कि तुम्हारा पैर बाहर···। दो-चार घंटे घर में भी बैठा करो···जानते नहीं हो किस तरह की औरत है वह।"

हमेशा की तरह वह चुपचाप सुनता रहा। सरनाम ने कुछ डांटते हुए कहा—"दूध पीकर जाना और लारी छूटने से पहले मेरा खाना भिजवा देना।"

"मैं अभी होटल की तरफ नहीं जाऊंगा।" शिवराज बोला और अपने बालों में लहरें बनाने लगा, जो हेम को बहुत पसंद थीं। तभी बाहर से पुकारने की आवाज़ आई। पहचानकर सरनामसिंह ने भीतर बुला लिया। दोनों एक-दूसरे को देखकर आंखों-आंखों में मुस्कराए, आने वाला मंगल था, बोला—"पुरी बंट गईं। मंगलवार का

सिद्ध, सोमवार की चाला···"

"कुर्रावाला पासी है?"

"है, दो और, सब कुल ग्यारह," मंगल बोला।

"कित्ते लैसंस हैं गांव में।"

"दो, जिनमें एक बाहर है।"

बातें सुनकर शिवराज अटककर काम करने लगा। जाने दो जल्दी नहीं रह गई। तीसरे-चौथे महीने इस तरह की बातों की भनक उसके कान में पड़ती थी और वह सब जानता था। उसकी भाषा समझता था, लेकिन हर बार उसके कान खड़े हो जाते, पता नहीं इस बार क्या हो जाए? सरनाम ने शिवराज को टरकाना चाहा—"अड्डे पर जाकर कह आओ, अभी आ रहा हूं···बखत का खयाल है, गाड़ी भर लें।"

शिवराज अड्डे की ओर चला गया।

"हथियार करारे किराए पर मिले हैं। इत्ता रुपया कहां था? पेशगी की मांग थी, देना पड़ा।" मंगल ने कहा।

"सब हो जाएगा, इस बार चुनाव पर अपने लैसंस लिए जाएं, जो लैसंस दिलवाएगा सो वोट पाएगा।" सरनाम ने आगे की बात कही।

"एक बात है ठाकुर···" कानाफूसी के अंदाज़ में मंगल ने सरनाम से कहा, "किसी तरह बनवारी धानुक को फंसवा दो, जब से एमेले हुआ है, दिमाग नहीं मिलता, तीन सौ पर दी है इस बार···"

"किराए के कितने हथियार हैं?"

"तीन, दो पुराने वालों के, एक दुनाली बनवारी धानुक की···"

"चलते वक्त वहीं छोड़ दो दुनाली, अपने आप फंस जाएगा ससुरा···फिर देख लिया जाएगा आगे, पता लगते ही रपट करेगा कि मेरी लैसंस की बंदूक चोरी हो गई, चक्कर में तो आ ही जाएगा।" सरनाम की इस बात पर सर हिलाते हुए मंगल ने बात दूसरी तरफ मोड़ दी···"बोतलें नहीं हैं, लौटने पर कम से कम दस का इंतज़ाम करना!"

"ये साला चोरी-बट्टे का काम करते गुस्सा आता है, उस दिन साली रास्ते में एक फूट गई, बड़ी परेशानी उठानी पड़ी, हां, ज़रा नक्शा बताओ···" सरनाम ने जल्दी की।

मंगल ने समझाना शुरू किया—"भेदिया उसी गांव का सुनार है। साल पीछे मुसम्मात का पचास तोला सोना खुद उसने गलाया है, चांदी की इंतिहा नहीं, सामने-सामने मकान पक्का है, भीतर सब कच्चा है। दढ़ा फरलांग-भर की दूरी पर

है, सीधी सड़क पर पहुंचता है। दक्खिन ढाक का वन है। पश्चिम बस्ती है, पूरब में खेत और उत्तर तरफ मठिया। तीन तरफ से खुला है, घर में पांच प्राणी हैं, तीन मर्द, दो बैयरबानी···पश्चिम बस्ती में दो लैसंस हैं, एक गांव के बाहर गया है, महीना-खांड में आएगा, एक से निपट लेंगे। सात गांव बाद तहसील का थाना-कचहरी है!"

"अच्छा ठीक है।" सरनाम ने कहा पर उसका दिल अनायास किन्हीं पुराने खयालों में डूब गया···सबसे पहली डकैती के कचहरी के वे दिन याद आते, जब मुकदमा सेशन सुपुर्द हुआ था और बंसिरी बयान देने आया करती थी। सात आदमी गिरफ्तार हो चुके थे, एक फरार था और सरनाम ने खुद अपने को जाकर अदालत के सामने पेश किया था। उसे यह कभी मंजूर न था कि वारंट से पकड़ा जाए और जेल में अपनी हड्डियां तुड़वाए। कबूल तो नहीं ही करना था। वह खुद कुछ दिनों फरार रहा था और मुकदमा शुरू होते ही उसने अपने को पेश किया था।

बंसिरी उसे देखती रह गई थी। बाकी सब मुलज़िमों की पांच-पांच, चार-चार ज़मानतें थीं, मामला टेढ़ा होता जा रहा था, और फिर घर की औरतों की शिनाख्तें, जिससे कोई बचत नहीं। बंसिरी की आंखों में बदले की जो परछाईं थी, उससे लगता था, कि कोई बचत नहीं हो पाएगी।

थानेदार ने अदालत में शिनाख्त करवाई—"इस आदमी को पहचानती हो?" बंसिरी से पूछा गया था, और बंसिरी ने पैरों से सिर तक बड़ी गहरी नज़रों से उसे ताका था, उसकी आंखें उसे भीतर तक भेद गई थीं···वह अच्छी तरह पहचानती थी, जैसे रोम-रोम से परिचित हो, सरनाम का शरीर थरथरा गया था और कमर से पसीने की धारें छूट पड़ी थीं, बंसिरी ने उसे अच्छी तरह देखकर थानेदार की तरफ निःसंकोच भाव से देखा था—भला इसे पहचानने में भूल कर जाऊंगी···इसी ने तो मेरी बांह पकड़ी थी···भूत की तरह खूनी आंखों से मुझे देखा था और इसकी अंगुलियों की फौलादी पकड़ से मेरी बांह पर तीन नील पड़े थे···मेरी बांह पर पड़े हुए तीनों नील आज भी इसकी निशानी हैं। पर इसकी आंखों की वह आग आज नहीं है, वे फड़कते हुए नथुने मुर्दा हैं···पर आदमी तो यही है। इसकी आवाज़ मेरे कानों में घुसी हुई है, जब ये अपने साथियों पर शेर की तरह गुर्राया था···हूं···इसे खूब पहचानती हूं, अच्छी तरह जानती हूं।

"इसे पहचानती हो?" थानेदार ने सवाल दुहराया।

सरनाम ने माथे का पसीना पोंछने के बहाने मुंह ढक लिया था, कटघरे की बाड़ से टेक ले ली थी, और तब बंसिरी ने कहा—"मैं इसे नहीं पहचानती।"

सुनकर उसका शरीर खोखला हो गया था। प्रतिहिंसा की शक्ति और दुश्मन को सामने देखकर आने वाली हिम्मत के उबाल पर ठंडा छींटा पड़ गया था। उसके पैर और बुरी तरह से कांपे थे और वह बैठने के लिए लाचार हो गया था। खड़ा रहता तो गिर पड़ता।

बड़ी बुरी डकैती थी, न जाने कौन सी सायत से गए थे, भेदिया साथ में था। खड्डों में लारी चलाते-चलाते पसली-पसली हिल गई थी। एक मुकाम किया था तेली के घर में। अंधेरिया रात, कब पानी बरस पड़े, इसका कोई ठिकाना नहीं। पखवारे पहले हथियार ठिए पर पहुंच गए थे। कुछ खेत में गड़े थे। शराब पी-पीकर कारतूसों की पेटियां डाल ली गई थीं और आनन-फानन उस घर के सामने उतर पड़े थे। पहला फ़ायर सरनाम ने किया था। लगा जैसे किसी पहाड़ी घाटी में गोला दगा हो, गूंजता चला गया। देखते-देखते चार आदमी ऊपर छत पर चढ़ गए थे। सरदार ऊंची छत पर खड़ा चारों तरफ से हिफाज़त कर रहा था, तीन आदमी ऊपर से कूदे थे और दरवाज़ों के खुलते ही बाकी भीतर दाखिल हुए थे। ऊपर सरदार और नीचे खास दरवाज़े पर सरनाम। भीतर कुहराम मचा, मुसम्मात का बड़ा बेटा एक लाठी की मार से चित्त हो गया था, पर वाह री औरत। अंगुलियां तोड़ दी गईं, आग लगाने की धमकी दी, पर मुंह बंद। एक अक्षर नहीं। "मुंह में बंदूक डाल दो···नंगा कर दो हरामज़ादी को।" सरदार चीखा था। पर टस से मस नहीं। ऊपर का माल हाथ में आ गया था···तब एक ने बांह मरोड़ दी थी पर उफ़् तक नहीं, बज्जर थी···बारह बरस के लड़के को उसकी आंखों के सामने गिरधारी ने सर तक उठाकर पक्के फर्श पर दे मारा, पर एक आह तक नहीं। सरदार ने कड़ककर कहा था—"आग लगाकर इसकी टांगें भून दो, जब तक चाबियां न दे, मरने मत दो ससुरी को!"

और आग की लपटें देखकर डरी हुई हिरनी की तरह बंसिरी निकलकर आई थी···"मैं देती हूं चाबी। मैं बताती हूं···" इतना कहने के बाद जैसे वह सहम गई थी और ज़ुबान पर ताले पड़ गए, आंखें फटी-फटी रह गई थीं। वह बुरी तरह डर गई थी। सरनाम एक फायर करके भीतर घुस आया था। आग की लपट में चमकता हुआ बंसिरी का कुंदन-सा तन···रस से सराबोर···एक आंच लगते ही जैसे रंध्रों से सुगंधित रस रिस आएगा, चिकनी खाल भी पके टमाटर की तरह फूट जाएगी। "नंबर तीन, तू बुढ़िया को तपा, मैं इस लौंडिया की खबर लेता हूं!" कहता हुआ गिरधारी बंसिरी की तरफ लपका था और उसकी छातियों पर हाथ डालकर वहशी तृप्ति का अनुभव करता हुआ अपने को कार्यरत प्रकट कर रहा था—"इस लौंडिया को सताओ, तब यह कबूलेगी···।" कहते हुए उसने उस अधेड़ औरत की तरफ

देखा। पर गिरधारी की हिंस्र पाशविकता में कहीं एक बेहद कमज़ोर इंसान उभर रहा था, जैसे किसी भौंकते हुए कुत्ते के सामने गोश्त का टुकड़ा आ गया हो। बंसिरी शिला की तरह खड़ी थी और गिरधारी उसे परेशान करने के बहाने उसके गाढ़े स्पर्श के लिए ललकता जा रहा था। बाल खींचकर उसने बंसिरी का मुंह ऊपर कर लिया था। "नायक!" सरनाम की आवाज़ गिरधारी के कानों में पड़ी, पर उस पर एक दूसरा ही खुमार था, एक भद्दी गाली देते हुए गिरधारी चीखा—"माल नहीं बताती तो इस लौंडिया को मोटर में डाल लो..."

सरनाम उछलकर पास पहुंचा था, बंसिरी बुरी तरह चीखी थी। उसकी बांह को फौलादी पंजे से जकड़कर सरनाम ने अपनी ओर खींच लिया और गिरधारी पर बरस पड़ा था—"बेधर्मी नहीं होगी गिरधारी...जाओ संदूक संभालो।" गिरधारी देखता रह गया और सरनाम बंसिरी को अपने पास बाहर की चौखट तक घसीट लाया और उसे एक कोने में ढकेलकर मुहाने पर तैनात हो गया। उसे नहीं पता वह कब अचेत हो गई, क्योंकि पश्चिम बस्ती से शोर उमड़ता हुआ उधर ही आ रहा था...।

एकाएक एक धड़ाके के साथ ऊपर खड़े सरदार की लाश नीचे आ गिरी थी ...सीने पर पड़ी कारतूसों की पेटी के सारे कारतूस फूटकर छाती में घुस गए थे...फौज से छुट्टी आए गांव के किसी सिपाही ने अचूक निशाना साधा था। गोली सीने पर लगी थी और सरदार का बदन छार-छार हो गया था। बस्ती की तरफ से दो बंदूकें लगातार फायर कर रही थीं, और उस अंधेरे में सैकड़ों आदमियों का शोर नज़दीक आती रेलगाड़ी सा निरंतर बढ़ता जा रहा था। आखिरी संकट सामने आया। डकैतों ने बराबर गोलियां दागीं, पर बचाव नहीं था। सरदार की लाश ठिकाने लगानी थी। गांव वालों ने तीन तरफ से चकिया सी डाल दी और चौथा रास्ता था तालाब का। हारकर बचे हुए लोग सरदार की लाश के साथ तालाब में कूद पड़े थे और गिरते-पड़ते किसी तरह भाग खड़े हुए थे। भेदिया को वहीं गोली मार दी गई...दो बंदूकों का नुकसान हुआ और एक आदमी मारा गया...गिरधारी कुनज़र न डालता तो कुछ न होता। धरमशील के हौसले से काम होते हैं...चोर-लफंगे नहीं हैं हम! उस दिन से गोल ढीला पड़ गया। सरनाम ने गिरधारी के साथ शिरकत करना बंद कर दिया और सरदार मारा जा चुका था।

दूसरे दिन डकैती की रपट हुई और पुलिस ने नाम रखकर वारंट जारी कर दिए। वह इधर-उधर बचता-छिपता रहा, फिर उसने खुद को अदालत के सुपुर्द कर दिया था। वकील की यही राय थी।

मुकदमा चला, बंसिरी रोज़ हाज़िर होती। इजलास शुरू होते ही कैदी ज़ेल से लाए जाते, बैठकर मिसकौट होती। गिरधारी कहता—"सब गुड़-गोबर कर दिया तूने सरनाम। गर्दन फंसी और कौड़ी हाथ न आई।···हज़ार रुपए की तो अकेली लौंडिया है...मटर की तरह भरी हुई!" इजलास से बाहर पेड़ों और वकीलों के तख्तों के आस-पास मजमा इकट्ठा रहता। सरनाम उसे रोज़ देखता, पर बंसिरी की आखों में कोई भी ऐसी बात न दिखाई पड़ती, जिससे वह अपने लिए कुछ मतलब निकाले ···और वह सोचता—बंसिरी, तेरी मेहरबानी मेरे किस काम आएगी? डकैती साबित हुई तो तेरे शनाख्त न करने पर भी साल-साल की सज़ा नहीं बचती। तेरी यह मेहरबानी किसलिए थी मुझ पर? रोज़ाना की एक दुश्मनी भरी मुलाकात। गिरधारी दांत किटकिटाकर कहता—"शहर जाते हो तुम तो, सराय या धर्मशाले में टिकी होगी, कितनी देर लगती है···" कहते हुए वह चुटकी बजाता और उसके मुख के भाव कुछ इस तरह बदलते कि सरनाम का दिल कुढ़ने लगता, क्योंकि गिरधारी जानता है कि उस लड़की ने जानबूझकर सरनाम की शनाख्त नहीं की, तब उसे चुप रहना चाहिए···उसे समझना चाहिए कि वह सरनाम और बंसिरी का अपना मामला है। न जाने क्यों बंसिरी सरनाम से आंख न मिलाकर उसके माथे पर पड़े हुए घाव के निशान को ताकती थी, इसे सरनाम ने भी महसूस किया था। पर बात नहीं हुई। जो कुछ होती, वह अदालत में···बस।

फैसले वाले दिन डकैतों ने जब भरी इजलास में नारे लगाए···"बोल सच्चे दरबार की जै" तो लोगों ने समझ लिया कि डकैती छूट गई। बंसिरी के साथ वाले पैरवीकारों के मुंह पर लानत बरस रही थी, लेकिन बंसिरी स्वयं निरपेक्ष थी। वे लोग बैलगाड़ियों में बैठकर उसी दिन अपने गांव लौट गए। एक नाटक खतम हो गया था। पर सरनाम के दिल में बंसिरी की अजीब सी अनुभूति थी—एक सताई हुई दयावान नारी की, एक नासमझ लड़की की, एक हारे हुए दुश्मन की, एक जीते हुए साथी की, वह कुछ भी ठींक-ठीक न सोच पाता।

फिर एकाएक कई सालों का व्यवधान है। उसे लगता कि न जाने कितने ऐसे व्यवधान उसके जीवन में हैं, जिन्होंने उसकी ज़िंदगी के रूप को निश्चित किया है। कहां से कहां आ लगा वह! ज़िंदगी के बनते हुए रूप को अस्वीकार करके वह भरी जवानी में फौज में चला गया था, हिंदुस्तान से बाहर जाना नहीं हुआ, पर कौन सी ऐसी सड़क है, जिस पर उसके मिलिटरी ट्रक के जूं-जूं करते हुए टायर नहीं गुज़रे। आसाम से रावलपिंडी, रावलपिंडी से पूना, पूना से मद्रास और फिर इम्फाल। दो वर्ष

की इस तूफानी ज़िंदगी के बाद वह यहां आया था। पर प्राइवेट मोटरों की ड्राइवरी में वह निःशुल्क तूफानी रवानी कहां थी, वह उत्तेजना कहां थी⋯मौत से टक्कर लेने की ललकार कहां थी⋯और तब उसने अपने को इन लोगों के साथ पाया था⋯और इन लोगों के साथ में एकाएक बंसिरी को पाया था। उसे देखकर उसकी पशुता अचानक मर गई थी, अद्‌भुत प्रभाव था बंसिरी में।

और जब उसका चेहरा-मोहरा सरनाम के खयालों से उतर रहा था कि उसे एक भयानक धक्का लगा। दो साल बाद सोरों के मेले में ताड़ी पीकर वह एक नौटंकी में घुस गया था। उसे शक हुआ—लैला की सखियों में बंसिरी थी। सीधी-सादी लड़की कूल्हे मटकाना सीख गई थी। आंख मारती थी।⋯उइ दइया कहकर लजाती थी और खुले हुए गंदे मज़ाक करती थी। सरनाम ने गिलट का एक रुपया स्टेज पर फेंका था, पर नगाड़ों की किड़िम-धिन्न, किड़िम-धिन्न में वह बेकार चला गया। उसे लगा वह बंसिरी नहीं है। देखने वालों के इशारों का जवाब वह अपना पार्ट अदा करते-करते दे रही थी। उसकी निगाह हमेशा सरनाम पर बिछल जाती। पर उसका जी नहीं माना।

रात दो बजे जब नौटंकी खत्म हुई तो वह नटों के डेरों के इर्द-गिर्द घूमता रहा। सचमुच जब बंसिरी उसके लायक हुई है, तब तो वह इतनी पाक लगती थी कि फब्ती कसते अपने पर शरम आती थी। पांच नटनियां दो तंबुओं में थीं। नट उन्हीं की अगल-बगल थे। एक नट ने कुछ कहा था तो बंसिरी एकदम बिफर उठी थी—"जा जा⋯अपने तबेले में सो, इधर का रुख किया तो जान सलामत नहीं⋯"

"नई है, ढर्रे पर आ जाएगी..." दूसरे ने पहले नट को तसल्ली से काम लेने की हिदायत दी थी और एक गंदा इशारा करता हुआ बड़े भद्दे ढंग से बैठ गया था। सरनाम लौट आया था। सुबह तक के तीन-चार घंटे बड़ी पसोपेश में गुज़रे। उजियाला होते ही वह उधर गया, पर नटों के डेरों में जगर नहीं हुई थी। एक रोज़ मेले में नौटंकी शुरू होने से पहले बंसिरी मिली थी। देखते ही बोली, "डाका मारना है?" सरनाम हंस दिया। बोला—"अब तेरे यहां रह क्या गया?" और उसने बेहद गहरी नज़रों से बंसिरी को ताका था।

"तेरे लायक सब कुछ है। है दम?" बंसिरी ने कहा और खिलखिला पड़ी⋯ पान से रंगे दांत सरनाम को भा गए। कितनी मुंहफट हो गई है। हया-शरम खोकर औरत बनी है अब।

"चल के देख, चलेगी⋯" सरनाम ने कहा। तब तक उसके साथ वाली नटनी ने मनिहार से लड़ाई शुरू कर दी और बंसिरी उसमें उलझ गई। सरनाम कुछ देर तक

देखता रहा, शायद उधर से फुर्सत पाकर वह फिर इधर मुंह मोड़े, पर वह झगड़ा निपटाकर हंसती-हंसाती दूसरी दुकान की तरफ बढ़ गई। सरनाम को खल गया। रात नौटंकी में वह फिर गया और सबसे आगे जाकर नगाड़े वालों के पास उसने जगह खोज ली। बंसिरी बंदियों की तरह नाचती-कूदती रही···और सरनाम का पौरुष उबाल खाकर सिराता रहा। पर वह जानता था, अब यह हाथ नहीं आने की। पर्दा गिरते-गिरते बंसिरी उससे कहती गई–"बाहर रुके रहना।"

भीड़ छंटते ही वह आई और उसे लेकर देवियों की मठिया की ओर इमलियों के नीचे चली गई, यह रथों का बाज़ार था–रथ, लहडू, रब्बा···

"कहां है आजकल···कुछ काम-धंधा?" बंसिरी ने पूछा।

"वहीं हूं···मोटर लेके आया था, मेले की दुकानें ढो रहा हूं। कैसे आ गई यहां···?"

बंसिरी ने ऐसे देखा, जैसे सब तेरा किया तो है, और उसकी आंखें डबडबा आईं। बोली–"बस आ गई···तू निठल्ला है, समझता है सब इसी तरह रह लेते हैं। कितनी डकैतियां मारीं? हमारी नौटंकी के लकड़े ढोएगा?" बंसिरी इस तरह बात कर रही थी, जैसे वह निपट नादान बच्चा हो। सरनाम को लगा, निकटता जता रही है। उसने कंधे पर हाथ रख लिया, बंसिरी कुछ नहीं बोली।

सरनाम उसे उत्तर वाले भूड़ के मैदान की ओर ले आया, जहां लदाई के लिए और ट्रकों के साथ उसका ट्रक खड़ा था। उन दिनों रंगीले उसके साथ क्लीनर था। वह ताड़ी पिए, ट्रक के खुरदरे फर्श पर नंगे बदन लेटा था। सरनाम ने सीट की गद्दी निकाली और जहां ट्रक की परछाईं से अंधेरा और भी घनीभूत था, बिछाकर खुद बैठ गया, हाथ पकड़कर उसे भी बैठा लिया।

"पौडर-लाली लगाकर पटरों पर कूदते-कूदते हाड़ टूट जाते हैं, नगाड़े से कान के पर्दे फट जाते हैं···पर देखना···लैला बनके रहूंगी एक दिन।" बंसिरी बोली।

"लैला!" सरनाम ने हाथ दबाकर पूछा।

"हां, रियाज की बात है। सत्तार तो कहता था इसे ही स्टेज पर लैला बनाकर उतारो, पर मास्टर नहीं माने···"

"कौन सत्तार?"

"अरे, वही जो मजनूं बनता है। असल में मास्टर की श्यामा से आसनाई है। जो वह कहती है, वही होता है। सत्तार का मुंह नोच लिया कलमुंही ने···पर कित्ते दिन। पौडर लगाती है, तब भी लकीरें नहीं जातीं···लैला तो जवान थी।" बंसिरी ने कहा। उसकी आंखें अंधेरे में भी लौ की तरह चमक रही थीं। गर्वीली गहरी सांस उसने

खींची थी।

सरनाम ने उसे अधलेटा कर लिया था। मेले का शोर खामोश हो चुका था। टूरिंग सिनेमा का भोंपू बहुत पहले बंद हो गया था। सर्कस वालों का तंबू पिचके गुब्बारे की तरह ढीला पड़कर ज़मीन पर लोट रहा था। दूर, जहां खास मेला था, वहां दुकानों के आगे पर्दे तन गए थे, जिनके पीछे से टिमटिमाती हुई लालटेनों का मटमैला प्रकाश छन रहा था। चरख चुप थे। मेला अफसरों के तंबुओं की गैस की रोशनी में एकाध अरदली चिलमें फूंकते नज़र आ रहे थे। दो-चार आदमी इधर-उधर थके से आते-जाते, पर भूड़ मैदान में टिके हुए सारे क्लीनर और ड्राइवर नशे में धुत्त थे। सरनाम ने एक नज़र चारों ओर डाली…उसके सामने फौजी पड़ाव घूम गए। युद्ध से लौटे थके-हारे जवान और उनकी एकाकी बस्ती…किसी घाटी की कोख में या किसी नदी के किनारे खड़े हुए खेमे और उनमें सोते हुए थके और भूखे इंसान।

"गद्दी तो इतनी पतली है, तुझसे सीधी तरह बैठा भी नहीं जाता…" बंसिरी कह रही थी कि उसका कंधा गद्दी के नीचे आ रहा था। बोली—"ये भी नहीं देखता, इधर कांटे हैं…खाल छिल गई। हट, अरे हट…"

और बंसिरी जब गई तब उसके सचमुच एक कांटा ऐसा चुभ गया था, जो न उसे अंधेरे में दीखता था और न टटोलकर बाहर ही खींचा जा सकता था। उसके थके हुए शरीर में कुछ ऐसी सनसनाहट भर गई थी, जो उसे आपे से बाहर किए दे रही थी। इतनी टूटन, थकन और हारी हुई झनझनाहट। सरनाम ने उसे मरोड़ दिया था। मांस कसकता था…कितनी गहरी नींद आती है ऐसे में। चैन और भुलावे की नींद, बेफिक्री की नींद, मदहोशी की नींद।

"राउटी तक पहुंचा आऊं…?" सरनाम ने पूछा था।

"चली जाऊंगी, तू सो।" उसने कहा और निश्चिंत सी उठकर चली गई। किसी दूसरी मोटर के क्लीनर ने टोका तो गुर्राती हुई निकल गई। सरनाम उसकी छाया को देखता रहा, एक मोटर इंजिन की बगल से मुड़कर वह ओझल हो गई।

मेला उठते-उठते यह तै हुआ था कि जिस दिन नौटंकी यहां से उखड़ेगी, बंसिरी सरनाम के साथ चलेगी। नौटंकी के मालिक से पूछने या कुछ कहने की ज़रूरत नहीं। मेला उखड़ते ही सरनाम लकड़ी वालों की खेपें ढोने लगा। जिस दिन वह खाली मोटर लेकर आने वाला था, नहीं आया। रंगीले की थोड़ी सी असावधानी के कारण ठर्रे की बोतलें पकड़ी गईं और दोनों बंद हो गए थे। ज़मानत देर से हुई, वह सीधा सोरों के मेले पहुंचा। नौटंकी की बल्लियों के गहरे-गहरे गड्ढे अब भी उस ज़मीन

पर मौजूद थे, दस-बीस फटे हुए बांस पड़े थे।...बस, और कुछ नहीं। धरती की छाती में बने हुए वे गहरे गड्ढे वह देखता रहा, जिनके मुहानों पर मकड़ियों ने जाला भी पूर लिया था...जब तक सूरज तपेगा तब तक ये गड्ढे ऐसे ही बने रहेंगे। शायद तपन से दरककर एक-आध पर्त उचट जाए...बरसात में पानी सोखकर धरती के ये घाव पुर जाते हैं...भूमि नई नवेली हो जाती है, जैसे यहां कुछ था ही नहीं, पर निशान मिट जाता है, तब तक के लिए, जब तक कि दुबारा फिर मेला नहीं जुड़ता।

बंसिरी की आहट के लिए उसके कान हमेशा खड़े रहते...ज़िले का कोई मेला उसने नहीं छोड़ा। हर नौटंकी और रास मंडली में उसने रातें गुज़ारीं, पर वह नहीं मिली। मास्टर की नौटंकी भी दिखाई पड़ी, मालूम हुआ, वह सत्तार के साथ किसी सर्कस में चली गई थी। कुछ दिन पहले सर्कस के काफी जानवर किसी बीमारी से मर गए, इसलिए सब तितर-बितर हो गया। अब पता नहीं कहां है। सरनाम माल ढोने वाली फॉरवर्डिंग कंपनी से नौकरी छोड़कर सवारी वाली लारियों की कंपनी में आ गया था। पूंछ की तरह रंगीले साथ था। मसखरा आदमी। सरनाम के रोब-दाब के कारण उसकी भी निभ जाती थी। अपने पेट-भर को वह कमा ही लेता था।

और रंगीले। बड़ा रंगा हुआ आदमी था। इस बस्ती में रंगीले का बचपन किसी ने नहीं देखा। चौड़ी काठी पर सिलबिल दिमाग। इस आदमी की शोहरत सबसे पहले टूरिंग सिनेमा के आसपास फिल्मी गाने की किताबें बेचने वाले और पोस्टर उठाकर चलने वालों के बीच फैली थी। बात ही ऐसी थी। कोई खेल ऐसा न जाता, जिसे रंगीले न देखे। चाहे अछूत कन्या, कंगन या बंधन हो, चाहे हंटर वाली या गुलबकावली। गाना गाने का नहीं, सुनने का शौक था। देविका रानी ही नहीं, लीला चिटनिस का ज़माना भी लद चुका था और बेस्ट टूरिंग टाकीज़ के रुपहले पर्दे पर उन दिनों सुरैया चमक रही थी। शहर में सुरैया की शोहरत के साथ-साथ रंगीले का नाम भी उजागर हुआ। अभी तक रंगीले बस्ती के हर आदमी के काम आता रहा था। अपने में मस्त होकर फक्कड़पने से जीता था, न किसी से लड़ना न झगड़ना। आवारा कहे जाने वाले लोगों के साथ उठता-बैठता ज़रूर था, पर उनकी बदमाशियों से दूर, इसलिए उसकी सबसे दोस्ती थी। दुश्मनी और रंगीले से, यह कोई सोच ही नहीं सकता था।

लेकिन एक रोज़ लोगों को यह जानकर ताज्जुब हुआ कि रंगीले किसी का जानी दुश्मन हो गया है और हर वक्त एक ही रट लगाए रहता है। "ज़िंदगी में किसी से दुश्मनी नहीं की, पर ये देवानंद जब तक जीता है और तब तक मैं जीऊंगा, तब तक यह दुश्मनी इसी ज़ोर-शोर से चालू रहेगी। बेईमान!" यह गाली देकर वह ज़मीन

पर बड़ी हिकारत से थूक देता था।

इस दुश्मनी का राज़ एक दिन खुला। रंगीले की जेब में सुरैया की तस्वीर थी और जूते में फिल्म एक्टर देवानंद की, क्योंकि रंगीले को फिल्मी गीतों की किताब बेचने वाले ने बताया था कि देवानंद और सुरैया का इश्क इस हद तक पहुंच गया है कि देवानंद उससे शादी करने की बात सोच रहा है। यह खबर रंगीले को गोली की तरह लगी, उसके सपनों की रानी को कोई और इस निगाह से देखे। पर्दे पर सुरैया का गीत सुनकर जब उसकी अगल-बगल बैठे लोग पैसे खनखनाते तो उसकी त्योरियां चढ़ जातीं—'ज़रा भी तमीज़ नहीं इन लोगों को, शोहदे हैं शोहदे।'

रंगीले की अपनी अलग महफिल थी, सुबह वह मोटर अड्डे पर रहता, दोपहर में कचहरियों में दौड़ता और शाम को सराय के गलियारे में कलिया पराठे वाले की दुकान पर बैठता, क्योंकि उसके साथ वाले अधिकतर वहीं खाना खाते थे। मिशन स्कूल के पास लगा बाइस्कोप जब आवाज़ देता—"आइए, आइए,...रामराज जिसमें परेम अदीब, शोभना समरथ जैसे नामी सितारों ने काम किया है। खेल शुरू होने जा रहा है—भगवान् का दरसन कीजिए।"

तब रंगीले अपने संगी-साथियों के साथ उठकर सिनेमा-घर पर पहुंचता। आधी रात वहीं बीत जाती।

बड़ा लोकप्रिय था रंगीले। लोगों में भी और पुलिस महकमे में भी। वह अधिक पढ़ा-लिखा तो नहीं था, फिर भी हाज़िरजवाबी में पढ़े-लिखों के कान कतरता था। सबसे बड़ी वजह थी उसका रुसूख। महकमा पुलिस का वह बंधा हुआ गवाह था। वैसे भी यह उसका पेशा था—पुलिस को किसी भी मामले में गवाह की ज़रूरत पड़ती तो रंगीले को हाज़िर कर दिया जाता। क्या मजाल कि दूसरे पक्ष का वकील एक भी फालतू बात उसके मुंह से निकलवा ले या गलत कहलवा ले। दीवान जी से वह पूरा मामला समझकर यह जान लेता था कि उसकी गवाही किस पहलू के लिए है, फिर तो ऐसे बोलता, जैसे सारा वाकया उसकी नज़रों के सामने हुआ हो।

किसी के घर चोरी हो जाए, किन्हीं दो में फौजदारी हो जाए, और चश्मदीद गवाह की ज़रूरत पड़े तो रंगीले की मांग बढ़ जाती थी। जो पहले आ जाता, उसे रिज़र्व कर लेता। चौथाई पैसा पेशगी, कचहरी तक का भाड़ा। आधा पैसा गवाही के वक्त और बाकी काम खत्म होने पर। कभी-कभी इस काम के लिए वह दूसरी तहसीलों में जाता। खास ज़रूरत पड़ने पर ज़िला पार भी चला जाता। और सरकार को दुआ दिया करता था—बड़ी उमर हो इस सरकार की, हाकिम को टिकने नहीं देती। हाकिमों के तबादलों के साथ उसके रोज़गार में नई जान आती थी, दीवानी

कचहरी से लेकर लेबर ऑफिस तक के इजलास उसके घूमे हुए थे। कौन सी ऐसी अदालत थी, जिसमें उसने गंगाजली उठाकर कसम न खाई हो।

वह कहा करता था—"मैं तो पैसे का गुलाम हूं, और भाई, सबसे बड़ा अपनापा ...आदमी आदमी के काम आता है। मुझसे किसी का काम निकल जाए, समझो सुरग की एक सीढ़ी चढ़ी। बद्दुआ नहीं लेता, दुआ लेता हूं, दुआ देता हूं!"

पुलिस वालों से जान-पहचान के कारण रंगीले निर्भय होकर घूमता था। कोई ऐसी चौकी नहीं, जिसके दीवान जी की किसी मुसीबत में रंगीले ने हाथ न बंटाया हो। सरनाम यह बात जानता था, इसीलिए उसने रंगीले का साथ पकड़ा था, लेकिन उसी पर एहसान करके।

उन दिनों एक जज बहुत दिनों टिक गया। रंगीले की साख बिगड़ गई। जब फैसले में जज ने लिखा कि रंगीले वल्द जोगनराम पेशेवर गवाह मालूम पड़ता है, क्योंकि मेरी इजलास में पेश हुए पिछले दो मुकदमों में यह गवाह बनकर हाज़िर हुआ। और उन्होंने ज़ुबानी रंगीले से कहा था—"अगली बार तुम्हें गवाह की तरह न देखूं। या अपना मुकदमा लड़ने आना या चोरी-चकारी के जुर्म में हाज़िर होना।"

जब तक वह हाकिम रहा, किसी ने भी रंगीले को न पूछा। उन दिनों वह नौकरी भी छोड़ चुका था; इसलिए हाथ एकाएक तंग हो गया। पर फक्कड़ आदमी...उसके चेहरे पर शिकन दिखाई न दी। कुछ ऐसे काम करने लगा, जो कोई न कर पाए—जैसे महूक तोड़ना, कुएं में गिरी हुई डोल-बाल्टी निकाल देना, सांप पकड़ना आदि। बेकारी के समय में चौराहे वाले शिव मंदिर के बाबा लोगों के साथ बैठा करता, गांजे का दम लगाता और पिनक में पड़ा रहता। उसकी खामोशी से चौराहा, सराय और अड्डे सूने लगते थे।

इन दिनों तीन-चार ही नहीं, सैकड़ों ऐसी बातें हैं जिन्हें रंगीले ने जन्म दिया। इस पतली और अंधेरी गलियों वाले शहर की सामाजिक और सांस्कृतिक परंपराओं में उसका प्रभावशाली हाथ रहा है। यहां के लोग सचमुच उसके ऋणी हैं...जो लोग बाहर से पढ़-लिखकर आते, वे अपने आप यहां के जीवित स्रोत से कट जाते...पर इन बेपढ़े ज़िंदादिल लोगों की पीढ़ियां कभी नहीं मिटीं; ऐसी पीढ़ियां, जो हमेशा अतीत की गरिमा और वर्तमान की आवश्यकता पर जीती रहीं। इससे आगे उन्होंने कुछ नहीं देखा, देखना सीखा ही नहीं। शायद इसीलिए मानवता के इस खंड का आधा मुंह काला था, आधा सफेद। टुच्चे काम करके भी बड़े काम करने का हौसला रखने वाले। शाम को नृशंस की तरह गोद-गोदकर हत्या करने वाले और सुबह किसी अपरिचित की प्राण-रक्षा में स्वयं मर जाने वाले। रात में वेश्याओं की गलियों में

दंगा-मारपीट करके सुबह गहरी निष्ठा से भरे हुए देवी मंदिर पर शीश नवाने वाले···अद्‌भुत लोगों की बस्ती है यह। बड़ी-बड़ी नैतिकताओं के खंड-खंड कर छोटी-छोटी नैतिकताओं के लिए जागृत रहने वाले। और रंगीले! वह हमेशा बच्चों की तरह वर्तमान में जीता था, पश्चात्ताप और परिताप से दूर।

उन दिनों रंगीले बड़े कष्ट में था। शिव मंदिर के बाबा लोगों से उसका झगड़ा हो गया था। मंडी में जाकर पल्लेदारी करना उसे मंजूर न था। उन दिनों वह किस तरह पैसे का जुगाड़ करता, यह किसी को पता न हो, ऐसी बात नहीं थी···

सरनाम सिंह कुछ दिन पहले सवारियां ढोने वाली एक लारी पर आ गया था। कुछ दिन पहले रंगीले भी उसके साथ क्लीनर रहा था, पर जब सरनाम ने दूसरी जगह नौकरी की तो वह अपने पुराने धंधे में लगा, यानी बेकार हो गया।

उन दिनों लड़ाई वाले राशनिंग का ज़माना था। कारबार बुरी तरह चौपट हो चुके थे। कड़ी से कड़ी रीढ़ वाला भी झुक गया था। जिसे देखो वह काम-धंधे और रोज़ी की तलाश में दूसरे शहरों की ओर भाग रहा था।

सरनाम को रंगीले की फिक्र भी थी, आड़े वक्त काम आने की बात थी। जोड़-तोड़ लगाकर उसने अपनी लारी के क्लीनर को भगा दिया। रंगीले की तलाश में मठिया पर गया, पर वह नहीं मिला। सराय गया, वहां पता चला कि अभी-अभी उसका दिमाग चल गया था···अपनी रमक में था। अफसरों के घर की कुछ औरतें वापस डाकबंगले की तरफ जा रही थीं, वह बैठा उनकी चाल-ढाल और सिंगार-पटार पर फबतियां कसता रहा। फिर सराय के कोने पर से कोरी का गधा खोल लाया और उसकी पूंछ में टूटा हुआ डोल बांधकर उसने उन लोगों के पीछे दौड़ा दिया। हंगामा मच गया, ऊंची एड़ी की सैंडिल पहने एक अफसरानी के पैरों में मोच आ गई। अचानक गधे से बचने के लिए जब वे संकरी सड़क पर घबराई सी चीखीं-चिल्लाईं तो रंगीले वहशियों की तरह ताली पीट-पीटकर हंसा, एकाध गंदे मज़ाक उसने किए और सिनेमा की तरफ भाग गया।

सरनाम उसकी हालत समझ रहा था। जब वह उसके साथ था तब उसने उसे पास से देखा था···औरों की तरह वह भी बुरी तरह भूखा था। हर तरफ से भूखा ···मन से, तन से, जेब से। इसलिए औरतों के प्रति उसके व्यवहार में यह तिक्तता थी, अमीरों के प्रति घृणा थी और अपने पुरुखों के प्रति क्रोध। बनी-ठनी औरत देखते ही उसका दिमाग कीली पर से उतर जाता था, कोई ऐसी हरकत कर बैठता जिससे उसके मन को जंगली तृप्ति मिलती, उन्हें परेशानी में पड़ा देखकर वह दांत निकालकर ठट्ठा लगाता। जानवरों के जोड़ों को परेशान करता। बिल्लियां और

कबूतर आदि पकड़कर उनके अंगों का निरीक्षण करता। जाते हुए सांड को किसी गाय पर हुलकार देता और चौराहे पर जब कभी गांव की बेड़नियां आ जातीं तो वह बीच-बाज़ार दिनभर हुड़दंगा मचाता···यह ज़ाहिर करता कि वह पिए हुए है, उन्हें छेड़ता, मज़ाक करता। तंबाखू लाकर खिलाता, पानी पिलाता और उनके साथ ऐसा घुल-मिल जाता, जैसे उसी मंडली का सदस्य हो। रात-रात भर सूनी गलियां उसके कदमों की आहट और बेसुरे गानों से गूंजती रहतीं। लेकिन ऐसा कुछ भी नहीं था, जिससे बस्ती के लोग उससे डरते···बस्ती वालों के लिए वह विषहीन सांप था।

इन्हीं दिनों शहर में एक अनोखे संघर्ष ने जन्म लिया।

सनू बयालीस में कुछ खास तरह के लोग यहां आए थे। उनकी वजह से शहरों के नौजवानों में तरह-तरह की बातें फैली थीं···कई निशान चालू थे···तिरंगा पहले भी था, पर उसने इस बार ज़ोर पकड़ा था और हंसिया-हथौड़े वालों से उसकी आए दिन हाथापाई होती रहती थी। बस्ती में नारे गूंजते रहते। तरह-तरह की टोपियां दिखाई पड़तीं। स्कूलों के लड़के गोल बांधकर सड़क और गलियों का चक्कर लगाते रहते, गांधी बाबा की जै के नारे लगते। इन दिनों बड़ी सरगरमी थी। सरेशाम दुकानें बंद हो जातीं।

पनवाड़ी रमेसुर इस सरगर्मी का कारण समझता था—"विक्टोरिया महारानी के मंतरी लोग बेइमान हो गए, गांधी बाबा ने ऐलान करवाया है कि राज अब हमको देके देखो, हम चलाएंगे।"

रंगीले, जो बातें सुन रहा था, बोला, "सुभाषचंद्र बोस का इंतज़ार करो···उन्हीं के साथ दिल्ली जाएंगे, उन्हें कोई रोक नहीं सकता। बड़े महात्मा हैं, अंग्रेज़ फौज लेकर लड़ने गए तो अंतर्ध्यान हो गए और मय अपनी फौज-फाटे के आसाम में आकर उतरे। उनके लिए कोई मुश्किल नहीं, हो सकता है कल यहां दिखाई पड़ें···बराबर दिल्ली की तरफ बढ़ रहे हैं।"

"बंगाल का जादू उनकी मुट्ठी में है। जो भी उनका सामना करने जाता है, वह बकरी-बकरा होके लौटता है···" जगनू ने मार्के की बात बताई, फिर धीरे से कहा, "आज रात सब लोग जमा हो रहे हैं, तैयार होने का हुकुम मिलेगा, पता नहीं कब दिल्ली चलना पड़े···।"

और रात की मीटिंग के इकरारनामों के मातहत सबसे अधिक काम रंगीले ने किया था। दिन-दहाड़े उसने डाकघर में दस-पंद्रह साथियों के साथ आग लगा दी। डाकघर के बाबू खड़े तमाशा देखते रहे। उन दिनों रंगीले 'नेता जी' हो गए थे। एक

ही नारा उसकी ज़ुबान पर था…"अपने देश में अपना राज!"

जगह-जगह जाकर उसने आग भड़काई थी। कचहरी पर छापा मारने वालों के दल में शामिल हुआ था। स्कूलों में हड़ताल करवाने के लिए वह आगे-आगे झंडा लेकर गया था। खिड़कियों और दरवाज़ों पर पत्थर बरसाए। लड़कों को ज़बरदस्ती बाहर खींच लाया…यहां तक कि अकेले उसने एक आंदोलन खड़ा कर दिया, पर किसी पार्टी ने उसे अपने साथ नहीं लिया, पता नहीं कल क्या कर बैठे? धड़ाधड़ गिरफ्तारियां हो रही थीं, पर रंगीले सिंह बस्ती की गलियों में घूमता जगह-जगह सुभाष बोस के किस्से सुनाता…"उन्होंने पाताल लोक से यात्रा की और जब धरती पर फिर परगट हुए तब बलोची का बाना धारण किया, जब वरदान पाय गए, तब अब देश लौटे हैं। भारतमाता की आज़ादी का वरदान मांगा, तब से बराबर आकाशबानी होय रही है—नेता जी भारत माता को आज़ाद करने के वास्ते पूरब से आय रहे हैं, सूरज देवता के साथ, सात घोड़ों के रथ पै। वो रथ दिल्ली जायके रुकेगा, वहीं राजतिलक होगा उनका, जैसे दशरथ जी ने राम जी को वनवास दिया था वैसे ही गांधी जी ने सुभाष जी को देशनिकाला दिया है, बड़ा-बड़ा करतब है इसमें। अवतारी पुरुष हैं नेता जी… ।"

इस तरह के अवतारों पर रंगीले हमेशा से विश्वास करता आया था। वह दिन बीत गए, और आज सरनाम, रंगीले, रमेसुर, लछमन और बाबा सराय में कलिया पराठे वाले की दुकान पर बैठे थे…वहां गर्मागर्म खबर थी—"भगवान् किसन ने कलंकी अवतार लिया है…दीन-दुखियों की कातर पुकार सुनकर आखिर भगवान् जी को अवतार लेना पड़ा।"

"कहां की बात है? कौन कहता था?"

"भगीरथ ज्योतिषी से पूछो, बगैर नक्षत्र इतनी बड़ी आत्मा जन्म लेगी।"

"अवतारी के जनम पर नछत्तर सब बदल जाते हैं… ।"

"इसमें कोई धोखा है।"

"पापी तो वैसे भी उनके दर्शन नहीं कर पाएगा…भगवान् सामने होंगे; पर उसकी दिरिष्टी पर पर्दा पड़ जाएगा। दर्शन नहीं होने पाएगा।"

"हां, हां, सो तो है ही।"

"पर खबर कौन लाया है?"

"खबर कौन लाएगा, अघौरी बाबा को सपना दिया है, छन, पल , दिवस सब बतलाया है सपने में, स्थान तक…नदी पर देवी मंदिर के पास वाली कोठी के अहाते में। बात फैलाने की ज़रूरत नहीं है।"

बात फैलाने का यही गुरु-मंत्र है। गली-गली, बस्ती-बस्ती, गांव-गांव कलंकी अवतार की खबर हवा की तरह फैल गई। महकमा पुलिस के कान खड़े हुए। रंगीले ने सारी जान-पहचान एक तरफ कुनियाते हुए ऐलान किया—"अगर कोतवाल और कलेक्टर की सी.आई.डी. ने धर्म के मामले में टांग अड़ाई, तो तोड़ दी जाएगी···।"

"कोतवाल और कलक्टर दोनों मुसलमान हैं। इसलिए विघ्न डालना चाहते हैं···!" भभूत लगाए लछमन बाबा ने अपनी जटाओं पर हाथ फेरते हुए कहा।

कलंकी अवतार के लिए धर्मप्राण जनता सजग हो गई। आखिर किसन जी की यही लीला-भूमि रही है, मथुरा-वृंदावन न सही, अब की इस तरफ किरपा हुई है। ज़िले की पांचों तहसीलों के साधु, वैरागी जुटने लगे। धर्मशाला में उनका सत्संग हुआ। देवियों के पास वाली कोठी के अहाते के चारों ओर धुज और पताकाएं फहराने लगीं। यज्ञ होने लगा। बस्ती के पंडितों ने आंखें टेढ़ी कीं। कृष्णावतार हो और बाहर के ब्राह्मण उसका जस लूटें! अजीब शंका और रहस्य व्याप्त हो गया। दुलारे पंडित ने कहा—"बकवास है···"

तभी शिवराज बाजा मास्टर के साथ उधर आ निकला। वह उन्हें बता रहा था—"मास्टर जी, उससे मिल सकना इतना आसान नहीं। रामलीला, नुमायश पर हो भी जाता था···सिनेमा में मार-काट की फिल्में आ रही हैं, कोई भक्ति की आए तो शायद उससे मिलना हो सकता है।"

"कलंकी अवतार देखने वह ज़रूर आएगी। वहीं मिल के बात कर लेना। दो-तीन दिन भीड़-भाड़ ज़रूर होगी···।" मास्टर ने सुझाया।

कोठी के मैदान में रोज़ भंडारे हो रहे थे। जनता तिथि से पहले पहुंचने लगी। बाबा लोगों ने जगह घेर रखी थी। एक-एक फरलांग तक आदमी बाहर रह जाता। आखिर वह दिन भी आया। शाम होते-होते हज़ारों की भीड़ झुक पड़ी···लाठियां और चिमटे ले-लेकर बाबा लोग इंतज़ाम कर रहे थे—आज केवल माताओं के वास्ते।

रंगीले उलझ पड़ा—"इतना इंतज़ाम हमने किया और परथम दरसन का लाभ तक नहीं।"

"आज केवल माताओं के वास्ते···।" एक ही उत्तर वहां था। भीड़ झुकती जा रही थी, पर साधुओं के चिमटों ने पुलिस की संगीन से ज़्यादा असर दिखाया। "तो पिता लोग कल दरसन पाएंगे।" रंगीले ने कह ही दिया। हंसी का फव्वारा फूट पड़ा और एक चिमटा उसकी पीठ पर पड़ा। गलती महसूस करने का दिखावा करते हुए उसने जीभ दांतों से काट ली।

नारियां भीतर जा रही थीं। कृष्ण जी गोपियों के साथ एक पलंग पर बैठे थे, हाथ में बांसुरी और सर पर मोर-मुकुट। अद्‌भुत रूप था, औरतें देखतीं और निहाल हो जातीं। फूल-मालाओं और भेंट से इर्द-गिर्द की जगह भर गई। कृष्ण जी की बगल में गोपियों के साथ बलराम भी थे। बाहर खड़ी जनता घोर जयनाद कर रही थी। नारियां दर्शन के लिए टूटी पड़ती थीं। सहसा कृष्ण जी ने चंवर डुलाने वाली गोपी की बांह पकड़ ली, "मातु···मातु···माता।" भगवान् बालक रूप धारण कर रहे थे। पलंग से उतरकर घुटनों के बल चलने लगे···। "मातु···मातु···" उनके पैरों की पैजनियां खनकने लगीं···झुन झुन झुन झुन···और बालकृष्ण ने युवती के गोद में सिर घुसा दिया···"मातु···" दोनों हाथों से स्तन पकड़कर बछड़े की तरह मुंह रगड़ने लगे उन पर···

"दया हुई···भगवान् की मां! जनम सफल हुआ···बालकृष्ण ने स्तनपान किया। धन्य हो गई। धन्न···धन्न···" आवाज़ें गूंज उठीं। युवती मदहोश होकर अधलेटी हो गई, बालकृष्ण उसे छोड़कर घुटनों के बल चलने लगे, "मातु···मातु!" औरतों की श्रद्धा उमड़ पड़ी···

"बड़ी भागवान है छतरपुर वाले की बिटिया, साच्छात भगवान् जनम लेंगे उसकी कोख से···। देवकी माई का दर्जा मिल गया, इसे कहते हैं ऊपर वाले की किरपा!" कोई कह रही थी।

कृष्ण जी की बांसुरी कूक उठी। गोपियां भावविभोर हो गईं। बीच में कृष्ण ···चारों ओर गोपियां। नारियों ने गोल बांधकर कृष्ण-धुन शुरू कर दी थी—"देवकी का लाला देखो, गोपियन संग रास खेले! गोपियन संग रास खेले···।"

कृष्ण जी बांह पकड़-पकड़कर दो-तीन को पकड़ लाए, पैरों की थाप के साथ बांसुरी की लय और चटकती तालियों की ताल। कृष्ण उन्मत्त हो गए थे, जगह-जगह छेड़ देते, चिबुक पकड़कर मुंह उठा देते। निर्लिप्त होकर बांसुरी बजाने लगते। जिसने एक दरस पाया, जनम सफल हुआ। बाहर हरिकीर्तन हो रहा था। मर्दों की भीड़ छंट रही थी, पर औरतें चींटी की तरह वहीं चिपकी थीं। बड़ी रात तक रासलीला होती रही, तब कहीं बलराम ने कहा—"गोपीनाथ! शयन कीजिए···!"

छतरपुर वाले की बिटिया रम्मी अपनी लाज किसी से नहीं कह पाई। साथ वाला भी कोई नहीं। सीधी हेम के पास पहुंची, "हेमा दिदिया···।" कहते-कहते उसने हेम के दोनों हाथ अपने वक्ष पर कसकर दबा लिए। रम्मी बौराई हुई थी। "नशा चढ़ा हेमा। तन की सुध-बुध न रही, आंखें मुंद गईं···ऐसा तेज था। बेहोशी सी होने लगी।"

"ऐसी भला क्या बात थी?" हेम ने पूछा तो रम्मी ने पिछली रात कृष्ण के स्तनपान वाली घटना बतला दी। हेम का रोआं-रोआं भभर आया···रोमांच सा हो आया। दौड़ी-दौड़ी वह गई और भगवान् के सिंहासन के सामने माथा टेक दिया। प्रकृतस्थ होकर बोली–"रम्मी, मुझमें भी तेज समा गया है। न जाने कैसा लगने लगा था अभी। सचमुच बेहोशी छाई जा रही थी।"

मन में बड़ा अरमान लेकर हेम शाम को दरस-परस के लिए गई, मां साथ में थी, फिर भी वह आगे बढ़ गई। लेकिन आज आदमियों की अटूट भीड़ थी। उस भीड़ में जब हेम ने शिवराज को अपने ठीक पीछे देखा तो पसीना छूट गया। पर ऐसा मौका कहीं बार-बार मिलता है? बाबा लोगों के डेरों के पीछे नदी की ढलान में वे उतर गए। अंधेरा गहरा था। दोनों इतनी निकटता पाकर खो गए। हेम आंखें झुकाए खड़ी थी और शिवराज थर-थर कांप रहा था। बाजा मास्टर की हिदायतें उसके दिमाग में गूंज रही थीं, पर हिम्मत नहीं पड़ती थी। कैसे छुएं···किधर से, कहां से···कैसे? ऊपर सड़क पर गैस चमकी, रोशनी से बचने के लिए वह और नीचे खिसका, तब एकाएक उसका हाथ हेम की बांह पर था···उसे बाजा मास्टर की हिदायत याद आई–अपने सामने करके आंखों में झांकना–उसने हेम की दोनों बांहें पकड़कर उसे सामने कर लिया···प्यार से कुछ पूछना। वह धीरे से बुदबुदाया–"हेम!" और हेम की क्वांरी सांसों की महक ने भाप की तरह उसके अस्तित्व को पूरी तरह से ढक लिया···सांस भारी हो गई और दोनों के बोल सूखे गले में अटक गए। हेम के पैर उखड़ गए···।

शरीर तनी तांत की तरह झन्ना रहा था···रम्मी के अनुभव से कहीं गहरा अनुभव। अपने को संभालते-संभालते वह शिवराज के पैरों में बैठ गई। उसके चरणों पर उसकी हथेलियां थीं···तपती हथेलियों का स्पर्श! ऊपर सड़क पर फिर गैस की रोशनी चमकी। शिवराज ने तब पहला खत उसके हाथों में थमा दिया था, जिसमें एक तस्वीर लिपटी थी।

सचमुच वह कितना ऋणी था बाजा मास्टर का! हेम और शिवराज को पास ले आने का सारा श्रेय उसे ही था। बाजा मास्टर ने जीत की हुंकार भरकर कहा, "देखा, पहले मंत्र में चरनों में आ गई! अब आगे अपना समझो-बूझो! दो दिन गोता लगा जाओ, देखो तब कैसे मछली की तरह तड़पती है···!" शिवराज को यह राय पसंद नहीं आई थी। दो दिन! कैसे रहेगा वह बिना हेम को देखे! पर बाजा मास्टर की बात उसे माननी पड़ी थी। वही तो सबसे बड़ा सहायक था, और फिर जिस स्कूल में वह संगीत मास्टर था, उसी के पिछवाड़े हेम का मकान पड़ता था। छिपकर

आया-गया या चक्कर काटेगा तो ज़रूर पकड़ा जाएगा।

उन दिनों बाजा मास्टर संगीत वाले गुरु जी कहलाते थे, आज से चार साल पहले। अच्छी तरह दिन गुज़र रहे थे, पर कन्या विद्यालय के अधिकारियों ने एक सूरदास खोज लिए, बूढ़े और ज़रूरतमंद। बाजा मास्टर की नौकरी छूटी तो सबसे अधिक सदमा शिवराज को हुआ था। इस बीच बाजा मास्टर ने न जाने कहां-कहां की खाक छानी; आखिर करम ने फिर यहीं ला पटका। इस बार वह रामलीला मंडली के साथ आए तो शिवराज ने इन्हें बहुत बदला हुआ पाया—और बाजा मास्टर ने शिवराज को। चार साल पहले का शिवराज कितना बदल गया था! वह आदमी हो रहा था। बांहों के रोएं काले पड़ रहे थे, अंग-अंग में कड़ापन आ रहा था। बाजा मास्टर जैसे उतार पर था। अब एक ही धुन थी—"एक नाटक मंडली!"

"ऐसी नाटक मंडली शिवराज, जो अपने पैरों पर खड़ी हो सके! सब देख चुका हूं···फाहिशाओं के चौबारों पर भी गाया-बजाया···नरक में रहा, पर जब भी हारमोनियम की कुंजियों पर अंगुलियां पड़ीं, सब भूल-बिसर गया। इसकी आवाज़ न जाने कहां उठा ले जाती है शिवराज!" बड़ी गहराई से बाजा मास्टर कहता।

"नाटक मंडली बन सकती है।" शिवराज सहारा देता।

"बन नहीं सकती बनाना है···बनाऊंगा! उस नरक से एक यही वरदान या शाप लाया हूं शिवराज! लीला कहती थी—मैं ठीक हो जाऊं, तब हम दोनों मिलकर चला लेंगे नाटक कंपनी। वह जानती थी कि मेरा यह सपना है···पर तब वह लाचार हो चुकी थी। कहने को तो लीला वेश्या थी पर मेरे हारमोनियम को दोनों बांहों में समेटकर, माथा टिका देती थी···उसके बाल ढक लेते थे कुंजियों को। लीला कहती थी—'तुम इतना अच्छा बजाते हो, फिर कोई नहीं आता!' और मैं उसकी हताश प्रशंसा का जवाब देता था—'तुम इतना अच्छा गाती हो, फिर भी कोई नहीं आता!' तब वह दूर अंधेरे आकाश को ताकती हुई कहती थी, "यह गाना-बजाना ढोंग है सब, सीधा व्यौपार करना चाहिए···, तभी उसने सोचा था, हम नाटक कंपनी कभी तो खोल सकते हैं···रूखा-सूखा खा लूंगी पर यह व्यौपार नहीं करूंगी, और कौन-सा धंधा है हमारे लिए···लेकिन वह हार गई—एक तरफ भूख और मौत खड़ी थी, दूसरी तरफ ज़िंदगी और खुशहाली। उसने तन का सौदा करके ज़िंदगी को ही चुनना मंजूर किया। क्या बुरा किया उसने शिवराज! कितनी बड़ी सौगात होती है, ज़िंदगी! पर खुशहाली की जगह भयंकर रोग ने उसे डस लिया। अपनी भरी जवानी के आखिरी खोखले दिनों में वह मुझसे भजन सुना करती थी···मीरा और सूरदास के भजन।

घबराकर पूछा करती थी—"मैंने गलती तो नहीं की, ज़िंदा रहने के लिए किया था···यह सब। तुम तो गवाह हो। कंपनी बन सकती तो मैं सिर्फ तुम्हारी होकर रहती ···बोलो, मुझ पर विश्वास करते हो···बोलो, चुप क्यों हो···?" कौड़ी की तरह निकली हुई उसकी आंखें मुझे हमेशा घूरती हैं। बार-बार कहती हैं—कंपनी बन सकती तो मैं सिर्फ···" कहते-कहते बाजा मास्टर चुप हो गया—"सिर्फ···एक नाटक कंपनी!" फिर एक गहरी सांस खींचकर उसने बताया—"इसीलिए इस रामलीला मंडली में चला आया···वह सूरदास और मीरा के भजन सुनते-सुनते मरी थी। मेरी मीरा मर गई थी शिवराज! मेरी मीरा विष नहीं झेल पाई—हंसते-हंसते उसने विष का प्याला पिया था···अब मन नहीं लगता शिवराज! मीरा···लीला···"

बाजा मास्टर के बारे में जब भी शिवराज सोचता है तो उसके सामने वही दृश्य सबसे पहले नाच जाता है—हेम उसके पैरों पर हथेलियां रखे है···और बाजा मास्टर नदी के पुल पर उसका इंतज़ार कर रहे हैं।

कलंकी अवतार के समय बंसिरी तीसरी बार दिखाई पड़ी। सरनाम देखकर अवाक् रह गया। कितनी निखर आई थी बंसिरी; गजरों से लदी, बनी-ठनी बंसिरी। उसकी चाल में मद था। सरनाम ने देखा, आंखें मिलीं, लेकिन वह आंखें चुरा गई—उसकी काजल रची आंखें सरनाम के दिल में उतरती चली गईं। कृष्ण की गोपियों में सबसे ज़्यादा जंच रही थी, चंवर डुलाते समय उसकी गोरी बांह मुड़ती तो जैसे रोशनी बिखरती थी। एक क्षण के लिए सरनाम का माथा झुक गया, उसे लगा वह बंसिरी नहीं···और अगर है भी तो अब बेहद दूर चली गई···मोबिलआइल, ठर्रा और पेट्रोल में बसी उसकी काया उस चंदन की सुगंध को सह नहीं पाई। बंसिरी कितनी दुर्लभ···दुर्लभ और दूर हो गई। उसकी आंखों में कोई परछाईं तक नहीं उभरी।

चंवर रखकर उसने कृष्ण जी का पीतांबर संभाला, उनकी ओर देखकर धीरे से मुस्कराई···सरनाम भीड़ चीरकर और आगे बढ़ा। भ्रम तो नहीं, पर नहीं, उसकी आंखें धोखा नहीं खा सकतीं। कई बार उसने कोशिश की; पर बंसिरी ने नहीं देखा। उसके लिए खड़े रह सकना संभव नहीं था। जिस पुरानी मोटर पर वह रंगीले, छदामी और भगीरथ जोतिषी के साथ आया था, उसी पर अकेला लौट गया!

पलटन में धर्म-गुरु शिक्षा दिया करते थे—वह कभी मन में नहीं समाई पर आज सहसा उसे लगा कि वह कहां पहुंच गया है। डकैतियां, दड़ा, नाजायज़ शराब और शिवराज···पड़ा-पड़ा वह यही सोचता रहा—शिवराज से कहेगा, तू अपने घर जा अब, बस, बहुत हो लिया। युद्ध के बाद जब वह लौटा था तब ज़िंदगी बिताने की तस्वीर

उसके सामने थी, पर सब बदल गया, सब बिगड़ गया। आज उसे लगा कि बंसिरी औरत होकर भी कितनी ऊंची उठ गई, और वह!

तभी गालियां देता हुआ रंगीले भीतर दाखिल हुआ। सरनाम चुपचाप लेटा था, "क्यों कुछ तबीयत खराब है! हम मर गए पदते-पदते, वहीं छोड़ आए''कहके चले आते''"

"इक्के-रिक्शे तो थे!"

"पैसा तो नहीं था''हुआ क्या? वह जोतिषी जी अड्डे पर खड़े रो रहे हैं तुम्हारे नाम को''"

"सुबह देखा जाएगा।"

"सुनो, एक मतलब की बात है। उन्हें इस सबमें गोलमाल नज़र आ रहा है''"

"शक हमें भी है!"

बिजली की तरह एक विचार सरनाम के दिमाग में कौंध गया—बंसिरी और गोपी! यह बात दिमाग में आई ही नहीं''वह तो बस, बंसिरी को देखता रह गया था।

अगर-धूप की सुगंध में बसी बंसिरी। वृंदावन की ग्वालिन बंसिरी''कुछ सोच ही नहीं सका। चंदन सा रंग और पवित्र हंसी''काजल लगी कजरारी आंखें, मन में बसे कृष्ण की सहचरी''जैसे सपना हो और उसी सपने की हालत में वह घर लौट आया था। रंगीले की बात से उसकी आंखें चमकीं—घर में ताला मारकर अड्डे पहुंचा। भगीरथ ज्योतिषी, छदामी, बारेलाल, लखनवा, ताहिर और लड्डन मिसकौट में शामिल थे। बड़ी रात तक रहस्यमय ढंग से बातें चलती रहीं—सरनाम आश्रम वालों से कुछ ही दिन पहले जूझा था, बोला, "यह सब ढोंग है। हिम्मत करो तो अभी कलई खोल दी जाए सालों की''" कहते-कहते उसके सामने बंसिरी थी, वह उसे नंगा कर देगा, उन काजल लगी आंखों में मिर्च की बुकनी छिड़क देगा, कृष्ण की पीठ पर हंटर चटकाता हुआ लाएगा और बंसिरी को''

"कल छतरपुर वाले की लड़किनी के दूध पकड़ लिए। अम्मा-अम्मा कह के''" छदामी ने बताया।

"यह सब घोर अन्याय है धर्म के नाम पर''" ज्योतिषी जी ने लूकी लगाई।

"आसरम वाले महंतों का हाथ है इसमें''" सरनाम को पानी पर चढ़ाने के लिए ताहिर को जोड़ा। पर सरनाम के सामने सिर्फ बंसिरी थी''उसने उसकी बांह मरोड़ दी है''सिल्क की अंगिया फाड़कर उसके शरीर को नाखूनों से चींथ डाला है, उसका

बदन नीला पड़ गया है…निस्सहाय बंसिरी उसके सामने टूटी हुई खड़ी है। केवल विध्वंस…

और कलंकी अवतार वाले अहाते की इमली पर सात आदमी छुपे हैं…जनता वापस जा चुकी है। कृष्ण-मंडली सामान बटोर रही है। आज भगवान् अंतर्धान हो रहे हैं। वह करेगा अंतर्धान। अंधेरी रात और इमली के झाड़ में छुपे सातों लोग। तने की ओट में तेल-पिलाई लाठियां टिकी हैं, वह देख रहा है—बलराम बंसिरी से ठिठोली कर रहा है, देखते ही एकदम चीखा, "कूद पड़ो…"

सबर किसे था। गद-गद सातों ज़मीन पर थे। इमली थराई और कृष्ण-मंडली के गोपों पर लाठियां बरस पड़ीं। बाबा लोग चिमटा लेकर कूद पड़े, चार-पांच बाबा खड़े दूर शांति-शांति पुकारते रहे—सब तितर-बितर हो गया। चढ़ौती लूट ली गई। पुलिस के आने तक कृष्ण-मंडली के लोग भाग खड़े हुए थे। कृष्ण और गोपियां नदारद थे—सिर्फ बलराम ज़मीन पर पड़े कराह रहे थे। पुलिस आने की बात सुनकर सरनाम और बाकी साथी जेल वाली सड़क से घूमकर शहर पहुंच गए। बाद में बलराम की शनाख्त हुई—निकट के एक गांव का कोरी था, जो बहुत दिन पहले किसी रास-मंडली के साथ गांव छोड़ गया था।

बंसिरी का कोई पता सरनाम को नहीं लगा। शायद उसे धोखा ही हुआ हो। अगर वह होती तो मिलती ज़रूर—कम से कम उससे पूछती कि सोरों वाले मेले में कहां रह गया था? बात देके क्यों नहीं आया? कितना इंतज़ार किया मैंने…वह ज़रूर मिलती…अवश्य ही उसे धोखा हुआ है…

इस घटना का शोर बस्ती में मच गया, लेकिन कोई गिरफ्तारी नहीं हुई। कृष्ण-मंडली के कुछ बाबा लोगों ने आश्रम वाले महंतों से मिलकर मामले को आगे बढ़ाने की कोशिश की; पर सफल नहीं हुए। बलराम अस्पताल से छूटकर यहीं बस गए। सरनाम के पास उठना-बैठना हो गया उनका…

…चाय वाली दुकान पर शतरंज की बिसात बिछी थी। रंगीले मठिया पर से गांजे का दम लगाकर आया था—"बम…बम…क्या लपट उठी कि चिलम मशाल हो गई…"

शतरंज में मशगूल खिलाड़ियों ने नहीं सुना। तब तक बगल वाली दुकान के सामने खंजड़ी खनक उठी—एक बगल में झोला लटकाए, सिर पर गंजी की सफेद टोपी और माथे पर तिलक—घुटनों तक धोती और बदन पर एक फतोई...इन्हें लोग

अच्छी तरह पहचानते। दो-एक बार यहां दिखाई पड़े थे। सुना, बड़े भक्त आदमी हैं। साधु समागम में विश्वास रखते हैं और 'सतसंग माला', 'नारी प्रबोधिनी माला' के लेखक-कवि हैं। ज़िले-भर में होने वाली सभी सतियों पर इनके कवित्त मशहूर हैं। सरसुती जिह्वा पर बिराजती है। खंजड़ी पर ज़ोर की थाप देकर कवि जी ने झोले से किताबें बाहर निकालीं, उन्हें बाएं हाथ में पकड़ा और दाहिने हाथ को कान पर रखकर अलाप किया—आं···आं···

सतियां ही इस देश की, हैं अनमोल विभूति।
जिनकी शक्ति न आज तक, मिली किसी को कूति।

फिर राधेश्याम की रामायणी चौपाई की लय में उन्होंने 'अगला हवाल' प्रस्तुत किया—

हमने यह कवित्व खुद जाकर ले सच्चा हाल बनाई है।
आशा है इसमें झूठ बात रुपए में एक न पाई है।

सज्जनो! गौंद, ज़िला मैनपुरी की सती शांती देवी के सतीत्व का सच्चा चमत्कार! यह घटना बिलकुल सच्ची है, इसका किस्सा खुद गौंद जाकर दरियाफ्त किया गया है और शेष समाचार सरस्वती जी की कृपा से खुद आंखों देखा जैसा लिखा गया है···तो हे धर्म के मानने वालो! बिलकुल सरल भाषा में, अरु राधेश्याम तर्ज़ में सुनिए—

फर्रुखाबाद अरु मैनपुरी, यू.पी. के हैं मशहूर ज़िले।
या यों कहिए तंबाकू के अच्छे सच्चे मज़बूत किले।
है इन्हीं ज़िलों की यह घटना जो आगे मित्र सुनाता हूं···

चारों तरफ भीड़ जुटने लगी थी और कवि जी कान पर हाथ रखे अलाप ले-लेकर एक-एक छंद गा रहे थे—

सत्ती के पद पाने हित बीए की कुछ न ज़रूरत है।
हो अगर पढ़ी तो हर्ज नहीं, यह और भी अच्छी सूरत है।

जुटी हुई भीड़ के सर कवि जी की बात के अनुमोदन में हिल गए, "सच्ची बात है, सत्ती के लिए बिलकुल ज़रूरी नाई!"

कवि जी का हौसला बढ़ आया था, पूरे गले से वे सती शांती देवी की गाथा सुना रहे थे। गले की नसें फूल आई थीं। भीड़ दत्तचित्त सती-कथा सुन रही थी···

'सत्ती जी की जै...गौंद की सत्ती की जैऽऽऽ''' भीड़ ने अंत में गेंदा कवि की आज्ञा का पालन किया और उनका आखिरी बयान सुनने के लिए उत्सुक-से ताकने लगी। गेंदा कवि ने छपी हुई दुअन्निया पुस्तक को जनता की आंखों के सामने करते हुए गाया—

असली की दरकार है, अगर आपको मित्र।
तो पुस्तक पर देख लो 'गेंदा जी' का चित्र।
कीमत दो आने, सिर्फ एक दुअन्नी और भाइयो।
पढ़कर लो जन्म सुधार सत्ती की सत्य कहानी।
सत्ती की सत्य कहानी, सतियों की मान बढ़ानी।।

गेंदा कवि ने हांक लगाई—

"प्यारी माताओं और बहनों के वास्ते ले जाइए। उन्हें पढ़ाइए!" दस-बीस किताबें हाथो-हाथ बिक गईं। तर्ज़-बहर में प्रचार गान का बड़ा असर पड़ता है। पैसे जमा करके गंदा कवि ने जेब में डाले और एक बार फिर लोगों की ओर ताका—अब बिक्री का कोई डौल नहीं, कंधे की डोरी में झूलती खंजड़ी उनके हाथों में थी और अंगुलियां तर्ज़-बहर का राग छेड़ रही थीं। खंजड़ी में पड़ी झुनकियां धीरे-धीरे बजती जा रही थीं। चौराहे पर आकर गेंदा कवि खंजड़ी बजाना रोककर किसी के इंतज़ार में खड़े हो गए थे। एक ने गेंदा कवि को देखते हुए मोहरा हाथ में पकड़कर कहा—"आज सराय में जशन होगा कोई''क्यों?"

"कैसे!" दूसरे ने मोहरा चलने का इशारा करते हुए पूछा।

"गेंदा कवि आए हैं, सराय में ही ठहरे हैं आकर, कोई चमूना''माल, बेटा '''माल!"

तब तक अड्डे से सरनाम आया। वह शतरंज वालों के पास ठिठक गया। उधर से मगन मिस्त्री रुककर गेंदा कवि के पास अटक गया। सरनाम को कुछ खला, मगन ने उसे देखा था, जैराम तक नहीं। रंगीले दुकान की पटिया पर अधलेटा एक मुर्गी की टांगों के बीच आंखें गड़ाए न जाने क्या खोज रहा था। "मर जाएगा साला एक दिन।" सरनाम बोला। सुनकर एक ने जोड़ा, "पगला जाएगा, ज़रा गर्मी और बढ़ने दो'''" अपनी हरकत पर कसे हुए जुमले सुनकर रंगीले बत्तीसों दांत निकालकर हंस पड़ा।

मगन मिस्त्री ने गेंदा कवि से केवल दो-तीन क्षण कुछ फुसफुसाकर बात की और कुछ रहस्य-भरा इशारा करके इधर चला आया। सरनाम को जैराम

किया और बैठ गया। बैठते ही एक ने पूछा—"कोई डौल है?" मगन मिस्त्री मुस्करा दिया। सरनाम ने बात भांप ली, रंगीले की ओर देखा और मन ही मन कुछ तै किया।

"देखा है?" सरनाम ने मगन मिस्त्री से पूछा।

"हूं···आज ही आई है।" मगन ने कहा।

"कहां की है?" इसका उत्तर मगन ने हाथ के इशारे से दिया—पता नहीं।

"जाओगे···" उत्तर में मगन ने अनिच्छा जताई। पर सरनाम जानता था, वह जाएगा ज़रूर। मगन मिस्त्री भला चूक जाय। मगन ने कहा, "बड़ा घड़ियाल व्यौपारी है। पंजाब तक व्यौपार करता है, पचासों निकाल दीं···"

"शकल से नहीं लगता।" सरनाम ने कहा।

"एक से एक अव्वल लाता है···किस्मत जबर है, इंदर का अवतार है कविराज। हर वक्त दरबार भरा रहता है। कहता था—इस बार मेनका है मेनका।"

शाम को सरनाम जब सराय पहुंचा तो मगन मिस्त्री कुएं वाली कोठरियों की ओर जाता नज़र आया।

गेंदा कवि भी बाहर निकल आए थे। सरनामसिंह का व्यक्तित्व देखकर उन्होंने प्रशंसा-भरी नज़रों और मीठी ज़ुबान से राम-राम किया। बात करने की सुविधा के लिए वे दोनों पजावे की ओर चले गए। गेंदा कवि उसे समझा रहे थे—"खतरा नहीं है सिंघ जी, मन से आई है। इसमें व्यौपार की बात नहीं, असलियत है। किसी भी तरह का झगड़ा-टंटा नहीं, मन-माफिक रखिए···सुंदरपन के लिए, क्या पूछना, अहा हा···देख भर लें सिंघ जी। किस्मत की बात है जो इस तरह आ गई। ठाकुर जमींदार के ही लायक है सिंघ जी, लेकिन सबसे ऊपर पैसे का ज़ोर चलेगा। मैं खुद ऐरे-गैरे के हाथ नहीं देना चाहता, आप ही अपने चरनों में डाल लें···उद्धार हो जाए बिचारी का।" कहते-कहते गेंदा कवि भावुक हो आए थे। जैसे उनके भीतर दया का समुद्र उमड़ आया हो और उनकी परोपकारी वृत्तियां कुछ उपयोगी कर सकने के लिए अकुला रही हों।

"देखा जाएगा।" कहकर सरनाम चुपचाप चला आया। और वह सोच रहा था—यह एक तरीका हो सकता है···रंगीले जनम-भर के लिए गुलाम हो जाएगा। पुलिसवालों की तरफ से भी कुछ राहत मिलेगी और फिर साथ में एक आदमी बढ़ता है। मान तो फौरन जाएगा, भूखा घूमता है...सुनकर बौरा जाएगा···सर के बल चलकर आया करेगा। पर एक तस्वीर—एक अधूरा महल उसके सामने उभरता है।

स्वयं उसका महल जो बनते-बनते रह गया। अच्छा ही हुआ। ये सब झंझट उसके बस के नहीं। फकतदम सबसे अच्छा। न मौत का डर न होनी-अनहोनी का। और फिर जहां पैसा डाला, वहां सब है। कमी क्या है? बंध के रह सकना उसके स्वभाव में नहीं; यही सब करना होता तो मां-बाप के जीते-जी करता। उनकी आंखें भी सिरा जातीं···छोटा सा एक घर बनाता, वहीं गांव में रहता और जीवन काट लेता। पर जो नहीं होना था, उसके लिए चिंता या अफसोस कैसा, उसे किसी ने रोका तो नहीं था, आज भी वह चाहे तो सब कुछ हो सकता है। उसका अपना घर। गोबर-लिपीं दीवारें और घर की शीतल छांह। हर वक्त किसी की दो आंखों का पहरा—कम से कम एक बार तो जी लेता ऐसे। एक बार..दोषी भी कौन है, स्वयं उसके सिवा। ये लड़की···नहीं, बिलकुल नहीं···बिक्री बाज़ार में आई है···न जाने किस-किसके साथ ···और फिर बांहों में बल होगा तो खुद भगा लाएगा। ऐसे नहीं···

दूसरे दिन सराय के बड़े फाटक के नीचे सब शौकीन जमा हुए थे। इस सराय में न जाने कितने काम होते हैं। मगन मिस्त्री धारीदार पैजामा और तंजेब का बेलबूटेदार कुरता पहने था···आज ही बाल कटवाए थे—कलाई में बेले का हार और आंखों में दारू की मस्ती। संगमलाल तमाखू वाले, अपने को गुप्ता कहते थे—आंखों में सुरमा डाले, सैंचुरी की लकदक धोती पहने, खस के इतर से महक रहे थे। दीनानाथ तारकशी वाले इन लोगों की तड़क-भड़क देखकर तारों से छिली हुई अपनी अंगुलियां देख रहे थे। और अमजद अली किसी पैसे वाले की पैरवी करने के लिए बारी-बारी से एक-एक का मुंह ताक रहे थे, क्योंकि मुसलमान होने के कारण उनका सिप्पा नहीं बैठ सकता था।

रंगीले सरनामसिंह के साथ एक ओर उकडूं बैठा था। आखिर सब शौकीन एक-दूसरे को अपनी दरियादिली दिखाते हुए कलिया पराठे वाले की बेंचों पर जम गए···गेंदा कवि खुद इधर आएंगे, यही कहलवाया है। मगन मिस्त्री ने कच्ची शराब की एक बोतल सामने रखी और दौर चल पड़ा···खाने-पीने के दौर के बाद सभी शौकीन अंधेरा होते ही सराय में दाखिल हुए। कोठरी में एक दीया जल रहा था···कोने में पड़े तखत पर दीये की मटमैली रोशनी में एक स्त्री काया गठरी बनी बैठी थी। सिसकियों से उसकी पीठ कुछ हिल रही थी। खुले पैरों की अंगुलियों में बिछुए थे, पैर महावर से रंगे थे, एक लड़ी की पायलें पैरों में पड़ी थीं। देखते ही रंगीले ने सरनाम के कानों में फुसफुसाकर कहा—"ये झंझट का सौदा लगता है, ब्याहता है शायद···"

"अकल नहीं है तो चुप रहा कर।" सरनाम ने प्यार से डांटा।

गेंदा कवि ने आए लोगों की ओर देखा और बोलने लगे, "बिटिया देख! इन लोगों से सरम कैसी''सब अपने हैं। मुसीबत में काम आने वाले कहां मिलते हैं! ये सब हमारे दुर्दिन के साथी हैं'''" कहते-कहते उन्होंने एक नज़र सभी पर कुछ इस तरह डाली जैसे वे लोग परोकार करने आए हों और सबसे ऊपर वह खुद इसी से प्रेरित होकर इतनी मुसीबत उठा रहे हों। फिर बोले, "एक नज़र उठाकर देख बिटिया, ये सब अपने हैं''मगनलाल मिस्त्री, दीनानाथ, ठाकुर साहब''पराया कौन है? देख तो एक बार'''"

सरनाम ने एक गहरी नज़र उस लड़की पर डाली, जिसकी सिसकियां अभी तक बंद नहीं हुई थीं। उसका मन उचट गया—पत्थर-सा दिल पसीज आया''मन हुआ रंगीले से कहे, "उठ चल'''" पर रंगीले की आंखें उधर ही गड़ी हुई थीं''उनमें भूख अपना मुंह फाड़े बैठी थी।

मोटर इंजन की तरह उसका माथा जलने लगा। सब बकवास है। यह सब क्या है? जैसे कसाई बकरी खरीद रहे हों। लेकिन और होगा भी क्या इसके साथ। बिक्री न हुई तो यहीं किसी कोठरी में पेशा करेगी''या दर-दर भटकना''जब तक जवानी है, तब तक''और उसके बाद? कल्पना मात्र से उसे रोमांच हो आया। आखिर किसी के साथ तो पड़ेगी''शायद मगन के ही, जेब से वही कर्रा है''पिछली औरत की तरह उसका भी हाल करेगा। ताड़ी पी-पीकर पीटेगा और किसी दिन ये भी पेट में बच्चा लिए ज़हर खाकर या फांसी लगाकर जान दे देगी'''

तब तक भीतर से सब लोग बाहर आ गए। रंगीले बांह पकड़कर सरनाम को दूर अंधेरे में खींच ले गया और कुछ भी कहने की बजाय सिसक-सिसककर रोने लगा। सरनाम भौचक्का रह गया''सचमुच रंगीले रो रहा था, उसकी आंखों से लगातार बूंदें टपकती जा रही थीं। सरनाम ने हाथ पकड़कर पूछा तो केवल इतना कह पाया--"चलो दद्दा''बाहर चलो'''" सरनाम के लिए कुछ भी समझ सकना मुश्किल हो रहा था, और रंगीले सिसकता जा रहा था, उसके सामने थी वह लड़की'''।

गेंदा कवि उसकी टांगों में हाथ डालकर घुसा हुआ मुंह ज़बरदस्ती ऊपर उठा रहा है''पर बार-बार वह चेहरा घुटनों में धंस जाता है। हलकी सी एक झलक उन लोगों को दिखाई पड़ी, गोरा रंग''सिसकियां'''"इनसे सरम कैसी!" गेंदा कवि के शब्द, पुचकारना-मनाना। "नखरे दिखा रही है''ज़रा मेरे साथ अकेला छोड़ दो''दो मिनट में हरा कर रख दूं'''" मगन मिस्त्री की बात उसके कानों में चुभ रही है, फिर थोड़ी ज़बरदस्ती''सर से पल्ला सरक गया है''पसीने में भीगे हुए बाल और माथे

पर बहकर आई खून की तरह सिंदूर की लकीर···इधर-उधर चिपके हुए रोएं और भौंहों की नोक से टपकती हुई पसीने की बूंदें, आंखों से बेबसी में ढरके हुए आंसू···पपड़ाए ओंठ और भरा हुआ चेहरा···दोनों हाथों से उसने अपना मुख छिपा लिया है। वे अंगुलियां कांतर की तरह चेहरे पर चिपक गई हैं। गेंदा कवि नहीं खिसक पाया···जैसे अंगुलियों की उन छड़ों के पार वह सुरक्षित हो..उसका मुर्दा रूप सुरक्षित हो···और जलती हुई मोमबत्ती की तरह उन आंखों से बूंदें अब भी टपक रही हैं···अब भी···अब भी···

और रंगीले रोए जा रहा है। सरनाम खड़ा असमंजस से देख रहा था।

“बोलता क्यों नहीं, कुछ बोलेगा कि यूं ही रोता जाएगा?” सरनाम ने झिड़कते हुए कहा।

“मुझे वह नहीं चाहिए···मैं नहीं चाहता, बस वापस चलो घर।” रंगीले बोला।

“आदमी की तरह रह, इस बखत देवताई सूझ रही है···शाम को फिर पागलों की तरह ताक-झांक करेगा।” सरनाम ने बड़प्पन के लहज़े में कहा और बाहर लौट आया।

कोठरी के उड़के हुए दरवाज़े के पीछे खड़ी छाया अपने भाग्य का फैसला सुन रही थी। दीए की रोशनी की लकीरें जो दरवाज़े की सधों से फूटकर बाहर ज़मीन पर पड़ रही थीं, वे भी उसकी छाया ने सोख ली थीं, उसी तरह जैसे अभी तक अपने पथ का प्रकाश वह स्वयं ढकती आई है। इस क्षण वह अपने को न जाने कितना हताश महसूस कर रही थी। उसकी सारी चेतना उन लोगों की बातों की ओर उन्मुख थी···

“अच्छा लो! पांच सौ पर तोड़ होता है?” सरनाम ने कहा। गेंदा कवि भी सरनाम के लिए ज़्यादा ढुरक रहे थे।

चार सौ के नोट रंगीले के हाथ में देते हुए सरनाम ने कहा था, “चुका रुपए रंगीले!” फिर गेंदा कवि से बोला था, “एक सौ कम हैं, जब तक ये रुपया पूरा नहीं चुका देता तब तक तू रख इसे।” कहकर सरनाम उठ खड़ा हुआ था। गेंदा कवि ने फुरसत की सांस लेते हुए कहा—“ठीक है ठाकुर साहब! इसमें कोई हर्ज नहीं।” फिर कोठरी की ओर देखकर उसने बड़े हर्ष से पुकारा था, “बंसिरी बिटिया! किस्मत खुल गई तेरी···”

बंसिरी का नाम सुनकर सरनाम के पैर काठ हो गए। बंसिरी, कौन बंसिरी! और दूसरे ही क्षण उसे लगा कि उसने क्या कर डाला है? और कौन होगी उसके सिवा! लेकिन न जाने क्यों मन खट्टा हो आया। नौटंकी की बंसिरी और सत्तार। और

फिर कृष्णमंडली के साथ बलराम से आंखें लड़ाती हुई बंसिरी···जो उसे पहचानकर भी नहीं पहचानना चाहती थी। और फिर गेंदा कवि के साथ रही हुई बंसिरी···न जाने कितने गेंदा, बलराम और सत्तार! और उस दिन का वह घमंड! और उसका मन प्रतिहिंसा की वहशी खुशी से भर गया। एक अभिमान भरी तृप्ति और एक अनूठे संतोष से, पर मन में कहीं कसक भी थी। बंसिरी से भला हार-जीत क्या? और फिर औरत से!

लेकिन चलते-चलते उसे लग रहा था जैसे भीतर सब खाली हो, खोखला··· एक खाली मकान जैसा···ऐसा मकान, जिसमें रहने वाला सुधि का पाहुन एकाएक चला गया हो और सांय-सांय करती गरम हवा के थपेड़ों से घर के दरवाज़े और खिड़कियों के पल्ले भटाभट दीवार से टकरा रहे हों···

और रंगीले पांच सौ रुपए का कर्ज़दार होकर बंसिरी को ले आया। मोटर अड्डे के सामने वाले कच्चे मकान में उसने अपनी गृहस्थी जमाई। सरनाम हमेशा यही सोचता रहता···उसने अच्छा किया, नहीं···नहीं, उसने बुरा किया···शायद कुछ भी नहीं किया, न अच्छा न बुरा।

पर बड़ी मुश्किल से आई थी बंसिरी···रंगीले की बात जानकर उसने गेंदा कवि से इनकार कर दिया था, कहा था···"मैं ज़हर खाऊंगी, मैं भाग जाऊंगी। रात में गला घोंट दूंगी तेरा।" पर गेंदा कवि पुराने घाघ थे; सब जानते थे कि कितनी देर का उफान है···डेढ़ दिन कोठरी बंद किए यूं ही पड़ी घुटती रही, उस गर्मी और अंधेरे में।

और उसी रात पुलिस के एक दीवान जी सराय में आए थे; तब उसने जाना था कि वह क्या है, उसकी क्या औकात है। इससे अच्छा है उस सरनाम की हिकारत सह लेना···उसके सामने नीची निगाह करके जीवन-भर एक सहारे जी लेना···कभी कुछ कह तो पाएगी और कर भी क्या सकती है?

दीवान जी ने शहर की पूरी मिल्कियत उसे सौंपते हुए बड़ी इज़्ज़त से कहा—"बेखटके रहिए शहर में, जब तक जाहिद दीवान है तब तक परिंदा पर नहीं मार सकता ; मौज कीजिए···वक्त ज़रूरत याद फर्माइएगा।" पर उसके मुंह से आती हुई दारू की महक ने उसकी सांस रोक दी थी और सचमुच मुर्दा बंसिरी ने वह रात बड़ी मुश्किल से गुज़ारी थी···तब एक विचार कौंधा था—अपने को बड़ा अफलातून समझता है सरनाम। बेईमान···दगाबाज़···इज़्ज़त से खेल गया कमीना। कैसे-कैसे सब्ज़बाग दिखाए थे मेले में, कितना इंतज़ार किया था उसने, दगा देकर भागा था···और आज पहचानकर भी···जब सबने कोठरी में देखा था तब उसने भी देखा

होगा···तब भी दूसरे के हाथ बिकवाकर ज़लील करना चाहता था। खुद पैसे लगाए···और···जब तक रुपया पूरा नहीं चुका देता तब तक तू रख इसे। इज़्ज़त का ठेकेदार बन गया था। औरत पुकारता था, जैसे उसकी कभी कुछ भी नहीं रही।··· औरत! अभी जानता नहीं औरत कितनी खूंख्वार होती है? अब औरत बनके रहेगी और एक दिन देखेगी उसे···बताएगी उसे कि वह सिर्फ औरत है।

और उस रात उसने जाहिद दीवान को खुश कर लिया था—कुछ इस तरह उसे घेरने की कोशिश की थी कि वह हाथ में रहे···चलते-चलते जब उसने कहा था, "बेखटके रहिए शहर में!" तब उसकी छाती भविष्य में होने वाली जीत के गर्व से फूल आई थी। वह सरनाम को सिखाएगी, उसे एक सबक देगी···

पर निडर सरनाम उसकी आंखों के सामने घूम जाता है। बलिष्ठ सरनाम पत्थर की लाट की तरह खड़ा होता है···सीने पर कसी हुई कारतूसों की पेटी, बंदूक से खिलौने की तरह खेलता हुआ—धांय···धांय···दस-बीस-तीस···धांय···धांय···अविचलित सरनाम। खतरे में भी सरदार की लाश को चादर की तरह कंधे पर डाले हुए वह ओझल हो जाता है और तब हाथी-डुबाऊ तालाब में झम्म। सरनाम नहीं, कोई चट्टान तालाब की छाती पर गिरी थी···गांव-भर गूंज गया, चार सौ आदमियों का घेरा, पर वह यह गया, वह गया···रोआं तक न छू पाया कोई, दिलेर सरनाम।

अंधेरी रातों में घुरघुराते इंजन के ऊपर बैठा सरनाम। खाई-खड्ड···ऊबड़खाबड़ सड़क···पर उसकी बांहें हैं कि ट्रक उछलता चला जाता है। उसकी बांहों की उभरी हुई नसें, पसीने से चिपकी हुई कमीज़ और थरथराती हुई मांसपेशियां—पथरीला शरीर ···पिस गई थी वह···रग-रग निचुड़ गई थी, हड्डी-हड्डी चटक गई थी, और उस हड़फूटन का अनिर्वचनीय सुख! कैसे लड़ेगी वह उससे! मन क्यों डूब-डूब जाता है—उस पत्थर के शरीर को संभालने का मन होता है, बनाए रखने को जी करता है। उसे छुए, उस पर हाथ पटके और चट्टानी सीने के नीचे दबकर मर जाए··· कुचलकर मर जाए; पर उसे न बिखरने दे। उस चट्टान पर एक खरोंच तक न आने दे।

और वह पागल हो जाती है। बदहवास सी इधर-उधर ताकती है। अभी-अभी गुस्से में तोड़े हुए मिट्टी के प्याले के टुकड़े बटोर लेती है···कितना बड़ा पागलपन था···वह कभी नहीं तोड़ सकती उसे, और अगर तोड़ा भी तो फिर बटोर लेगी इसी तरह। पर यह होता क्या है? क्यों वह कुछ तय नहीं कर पाती? शायद सरनाम कभी आए···अड्डे पर वह रोज़ उसे देखती है—टाट का पर्दा हटाकर वह खड़ी देखती रह जाती है···और करे भी क्या? घर में और कौन है जिसके लिए कुछ करे। पूरा दिन

यूं ही जाता है। सौ-पचास बार सरनाम की आंखें उससे मिली हैं और पलकें झुकाकर वह या तो इमली की ओट हो गया या भीतर छप्पर में घुस गया। कभी भर आंख ताका नहीं···ताकेगा किस ताकत से? अपनी गलती महसूस करता है, पर साथ ही उस दिन शाम को वह कह रहा था, इनसे—"जा···जा घरवाली की हिफाज़त कर, बुत्ता दे जाएगी···" तब उसका मन हुआ था कि जाकर मुंह नोच ले उसका! चमकती आंखों में सूजे भोंक दे! वह बुरी तरह चिढ़ जाती थी।

रंगीले सरनामसिंह के बारे में कुछ भी सुनने को तैयार न होता। अकेला शिवराज ऐसा था जिससे उसकी पटती थी। आदमियों के बीच में रहकर शिवराज किसी नारी की छांह के लिए तरस जाता···और बंसिरी में उसे सभी रूप एक साथ मिल गए थे—मां, बहिन और मित्र! शिवराज उमर में छोटा पड़ता, फिर भी वह सब तरह की बातें कर लेता, हर बात बंसिरी से कहता और राय लेता। बंसिरी के लिए भी शिवराज बहुत बड़ा सहारा था, सरनाम के बारे में वह लगातार पूछती रहती और वह बताता रहता।

···सरनामसिंह अपनी बात खतम करके मंगल के साथ अड्डे पर आया।

शिवराज अड्डे पर खबर लेकर नियमानुसार बंसिरी के पास चला गया। आते ही बोला, "चाची, आज फिर तैयारी हो रही है···वो मंगल आया है, घर पर सब तय हुआ है, मुझे ज़बरदस्ती अड्डे की तरफ टरका दिया···"

"मेरे पास आने को टोका होगा?" बंसिरी ने सबसे पहले यही बात पूछी क्योंकि वह जानती थी कि सरनाम, शिवराज का उसके पास आना-जाना पसंद नहीं करता। एक बार उसने रंगीले से भी कहा था—कुछ मेरा भी खयाल करो···क्या तुमने सबकी खुराफातों में साथ देने का पट्टा लिख दिया है! तुम्हारे सरनामसिंह तो अकेले फकद्दम हैं, पर तुम्हें कुछ हो गया तो मैं कहां की रह जाऊंगी? और उसी रात जब कच्ची शराब की बोतलें छुपाकर रंगीले ने घर पर रखी थीं, तो उसने तूफान उठा लिया था।

इसी तरह के न जाने कितने झगड़े-टंटे रोज़ लगे रहते। बंसिरी सरनाम को ज़रा भी नहीं सह पाती। उसकी बात आई नहीं कि उसकी भौंहें टेढ़ी हुईं। और रंगीले इस कशमकश से परेशान रहता। समझ में नहीं आता कि वह आखिर क्या करे जो सब कुछ ढर्रे पर आ जाए।

शिवराज ने कहा, "उनके टोकने से क्या होता है। जहां मन होगा जाऊंगा। देखो चाची, उधर देखो···" खिड़की का टाट वाला पर्दा हटाते हुए शिवराज ने मंगल को पहचनवाया था, 'यही आदमी है! पिछली बार भी यही था!"

"कब जा रहे हैं ये लोग?" बंसिरी ने जानना चाहा, पर शिवराज को तारीख नहीं मालूम थी। नीचे अड्डे पर सरनामसिंह इंजन का हुड खोले कुछ देखभाल कर रहा था। मंगल पास खड़ा बीड़ी धौंक रहा था। थोड़ी देर बाद लारी छूटने का वक्त हुआ तो रंगीले दौड़ा-दौड़ा घर आया और छुपाकर रखी हुई बोतलें एक बोरी में लपेटकर फुर्ती से वापस चला गया। भुर्र···भुर्र करके लारी स्टार्ट हुई और धूल के बादल छोड़कर सीधी सड़क पर खड़खड़ाती हुई चली गई।

"सुना दड़े में इस बार घाटा हुआ है?" बंसिरी ने मालूम करना चाहा।

"कल ही चार सौ कमीशन के मिले हैं, घाटे का सौदा भैया नहीं करते। पर सुना है इस बार पुलिस पीछे पड़ गई है। आजकल चोरी-छिपे नंबर लगते हैं और छिपाकर ही भुगतान होता है।" शिवराज ने कहा तो बंसिरी से न रहा गया, "तुम आदमी हो रहे हो···पर लड़कपन अभी नहीं गया—मेरी बात मानो शिवराज! जैसे भी हो अपने को अलग कर लो इन लोगों की मंडली से, पढ़-लिख लिया है, तुम्हें कुछ और करना है। जजी-कलक्टरी में नौकरी तलाश करो···अपने भाई-भौजाइयों को छोड़े पड़े हो···आखिर वे ही काम आएंगे! कोई ठिकाना है सरनामसिंह का? ज़िले में रोज़ नई वारदातें होती हैं, आज यहां डकैती तो कल वहां कतल, इस तरह कब तक खैर मनाएंगे ये लोग अपनी! आखिर एक रोज़ पकड़ा जाएगा, तब क्या इज़्ज़त रह जाएगी!"

"मेरा भी मन अब ऊबता है, लेकिन जब तक अपने पैरों पर न खड़ा हो जाऊं तब तक तो बड़ी मुश्किल है! मुझे खुद लिहाज़ लगता है इस तरह रहते, लेकिन अभी कोई रास्ता नहीं···!"

"लिहाज की बात करते हो! तुम्हें नहीं मालूम, लोग कैसी-कैसी बातें करते हैं तुम्हारे लिए! मेरा भाई होता तो जहर दे देती, पर इस तरह की बात न सुनती···" बंसिरी का इशारा समझकर शिवराज लज्जित हो गया। शिवराज चुपचाप सुन लेता है। कहे भी क्या? जब-जब बंसिरी उसे इस तरह धिक्कारती, तब उसका किशोर पौरुष भीतर से हुंकार उठता है, और वह अपने को आदमी महसूस करने की कोशिश करता है। सचमुच उसे क्या बना रखा है सरनामसिंह ने!

और सरनामसिंह उसे हमेशा सिखाया करता है—"औरत से बड़ी खाई इस दुनिया में नहीं। आम की तरह चूस लेती है। आदमी वही है जो औरत से अपने को बचा जाए। कभी उसके फंदे में न फंसे। अपनी ज़िंदगी जीना हो तो औरत को कोसों दूर रख···तन-बदन, धन-दौलत, ऐश-आराम की दुश्मन है औरत। और फिर ऐसा क्या है जो पैसे से नहीं मिलता···औरत कब धोखा दे देगी, कब प्यार

करते-करते तुम्हारी जान की दुश्मन हो जाएगी, कोई ठिकाना नहीं।"

लेकिन शिवराज को बंसिरी की बात ही ज़्यादा जंचती है। जब उसके सामने हेम खड़ी हो जाती है, तब सरनाम की सारी बातें बड़ी उथली और बेमानी लगने लगती हैं। सारहीन, बेतुकी। और बंसिरी के पास बैठकर उसे एक अजीब सी तृप्ति मिलती है, अद्भुत सलोनी सी अनुभूति होती है—अपने सारे स्नेह के बावजूद बंसिरी कभी-कभी बड़ी रहस्यमयी हो जाती है। वह चाहता है कि बंसिरी के तन और मन में छुपे गुह्य भेदों को जान सके···उसके तन को वह देखता रह जाता। तरह-तरह की कल्पनाएं करता। और बंसिरी के तन के एक-एक रूपाकार की कल्पना से वह हेम के शरीर का अनुमान लगाता।

कई बार वह हेम के विषय में बताते-बताते रुक गया। एक रोज़ जब सरनाम ने उसे लड़कियों के पीछे घूमने की हरकत पर डांटा, तो वह आया था और हिचकते-हिचकते बंसिरी को सब कुछ बता दिया था, उस दिन से बंसिरी ने उसे और भी सहारा दिया था। और सचमुच बंसिरी इस बात से दुखी होती थी कि सरनाम अपनी बिगड़ी हुई आदतों के कारण शिवराज को बिगाड़े डाल रहा है। उसकी स्वाभाविक गति को रोके हुए है, उसे गलत रास्ते पर डाल रहा है। जब भी मौका मिलता, वह शिवराज को ताने दिया करती, उकसाती और उसे अहसास कराती कि उसकी दशा एक गई-गुज़री औरत से भी बदतर है। और वह बड़े गौर से देखती रहती कि शिवराज में स्त्रैणता के गुण आते जा रहे हैं। शौकीनी बढ़ती जा रही है···आज भी उसने शिवराज को तर्जनी में अंगूठी पहने देखा तो कटाक्ष कर बैठी—"ये लड़कियों की तरह क्या अंगूठी पहन रखी है···" छंगुनी के नाखून पर नेलपॉलिश देखी तो चाकू लेकर लगी छुटाने, "तुम लड़की हो जाओ शिवराज!" और इससे पहले कि बंसिरी चाकू से उसे छुटाए, उसने खुद अपने दांतों से उसे खरोंच डाला।

बात करते-करते बंसिरी अपने गांव के जवानों के किस्से लेकर बैठ गई···"बड़ा बांका जवान था अद्दा। तेल-फुलेल नहीं, मिट्टी से रचा रहता था। गांव-भर की लड़कियां जान देती थीं उस पर—शेर की तरह घूमता था खेत-खलिहानों में। नीम वाले सैयद बाबा की दाढ़ी नोंच लाया था, तब से गांव के सैयद बाबा को किसी ने नहीं देखा···लोगों ने कहा—'अब खिला-खिला के मार डालेगा!' पर अद्दा हट्टा-कट्टा घूमता रहा। बाल-बांका नहीं हुआ उसका।

बंसिरी जब ऐसी बातें सुनाती तो शिवराज अपने में सिमट जाता। उसे पछतावा होता कि क्यों हेम के बारे में वह सब कुछ बता गया। थोड़ी देर इधर-उधर की बातें करके वह उठता। सराय के होटल पर खाना खाता और बाजा मास्टर के पास जा

बैठता या शाम को घूमता-घामता अड्डे पर जा बैठता···आजकल हेम कहीं किसी रिश्तेदार के यहां कुछ दिनों के लिए बाहर गई हुई थी। अड्डे पर खासा मजमा रहता। मोटर की छतों पर ड्राइवर और क्लीनर गद्दियां बिछा-बिछाकर मोमबत्तियों के सहारे फ्लश खेलने में मशगूल रहते। या किसी मोटर की छत पर किसी विरही ड्राइवर, क्लीनर या कमीशन एजेंट का किस्सा छिड़ा होता और ऊंची आवाज़ में गाना चलता—

गोरी मोहे जमना के पार मिलना··

गाता एक, पर ताल सब देते और फ्लश खेलते लोगों की गरदनें भी उसकी ताल पर झूमती रहतीं। आखिरी मोटर आने तक अड्डे पर जगह रहती थी, उसके बाद नशे में धुत्त लोग इस तरह सोते जैसे सांप सूंघ गया हो।

दूर सड़क पर आती हुई लारी की रोशनी चमक उठी थी। अड्डे में थोड़ी जान आई, पर ज़्यादातर लोग अपने-अपने सोने का इंतज़ाम कर रहे थे। मंगल फ्री स्कूल की कॉर्निस पर इंतज़ार में बैठा था। मोटर रुकते ही वह सरनाम के पास पहुंचा, उसका पारा चढ़ा हुआ था। रंगीले सवारियों का सामान उतारने के लिए ऊपर छत पर चढ़ गया।

हाथ झाड़ते हुए, थकन से चूर सरनाम जाकर तख्त पर बैठ गया।

शिवराज को आज अकस्मात् अड्डे पर देखकर आश्चर्य हुआ, बोला, "क्यों··· कोई बात है?" शिवराज ने कहा कि यूं ही चला आया तो सरनाम को थोड़ी खुशी हुई। उसे लेकर वह होटल को चल दिया। रास्ते में बोला, "आज कितने दिन बाद तुम्हें हमारे साथ खाने की फुर्सत मिली है!" सुनकर शिवराज चुप रहा। होटल में पहुंचा तो डॉ. लालचंद जमे हुए थे। सरनाम इन्हें पहचानता था, इसलिए कि ये खद्दर पहनते थे और सन् बयालीस के बाद जब वह लड़ाई से वापस आया तो लोग इन्हें नेताजी-नेताजी कहकर पुकारते थे। बीच में डॉ. लालचंद कहां रहे, यह कोई नहीं जानता। डॉ. लालचंद ने सरनाम को देखते ही पुकारा, "कहिए सरनामसिंह जी, क्या हाल हैं?"

"सब ठीक है डॉक्टर साहब!" कहकर वह खाने के लिए बैठने ही जा रहा था कि डॉ. लालचंद ने कहा, "आपसे मिलना था मुझे, यहीं मुलाकात हो गई···" और उन्होंने अपनी योजना सरनाम के सामने पेश कर दी—"शहर में चार अड्डे हैं। कम से कम तीस ड्राइवर और इतने ही क्लीनर होंगे, और बाकी काम करने वाले मिलाकर सौ-सवा सौ के करीब हो जाएंगे। इतनी बड़ी ताकत के होते हुए हमारे ज़िले में एक

भी मोटर यूनियन नहीं। आप सब लोगों के सहयोग से एक कर्मचारी यूनियन बन जाए। मोटर-मालिक यूनियन मालिकों ने अपने स्वार्थों के लिए बना रखी है, लेकिन असली काम करने वाले बिखरे हुए हैं। जितना काम लिया जाता है उतना पैसा नहीं मिलता। नौकरी की मुस्तकली का कोई ठिकाना नहीं। जब जिसे जी चाहता है, मालिक निकाल बाहर करता है···सच पूछिए तो मज़दूर और मालिक का झगड़ा हर जगह है। मुश्किल यह है कि मज़दूर संगठित नहीं होते, इसीलिए उनका शोषण होता है। वे नहीं जानते कि उनकी लड़ाई क्या है? कहां है?"

"यह सब मैं नहीं जानता। मैं आदमी–मज़दूर आदमी की लड़ाई हमेशा दूसरी जगह देखता हूं–जिस लड़ाई की ओर आपका ध्यान है वह फैक्टरियों से भरे कानपुर, बंबई या अहमदाबाद में हो सकती है, यहां नहीं। यहां सब जीने के लिए संघर्ष कर रहे हैं। मालिक और मज़दूर, वकील और मुहर्रिर, दुकानदार और नौकर–सभी एक नाव में हैं, और उस नाव के चारों ओर एक तरह का तूफान उमड़ रहा है।" सरनाम ने तलखी से कहा।

"ठाकुर साहब! असल में लड़ाई की बात···" बीच ही में डॉ. लालचंद की बात सरनाम ने काट दी, "इन धर्म-मंडलियों से लड़िए डॉक्टर साहब, जो यहां के मेहनतकश लोगों को सोचने-समझने का मौका नहीं देतीं। इन ओझा और पाखंडियों से लड़िए जो मज़दूर के पसीने की कमाई चाट जाते हैं–इन ऊंची जात के कहे जाने वाले लोगों से लड़िए जो आदमी को आदमी नहीं बनने देते। इन मंडी वालों से लड़िए जो मुनाफे के लिए बरसात में गल्ले को गोदामों में बंद करके बाहर भेजने के लिए रोके रखते हैं। जिला बोर्ड के उन अमलाओं से लड़िए जो स्कूल के बनने के नाम पर पैसा खा जाते हैं। चुंगी के अफसरों से लड़िए जो हैजे की रोकथाम के लिए नालियों पर सिर्फ चूना डलवाकर दवाइयों का पैसा हजम कर जाते हैं। अस्पताल के डॉक्टरों से लड़िए जो गरीबों के लिए मिलने वाले इंजेक्शनों को बेच लेते हैं, दवाओं में पानी मिलाकर रोग का इलाज करते हैं।"

इससे पहले कि डॉ. लालचंद कुछ बोलें, कुछ रुककर सरनाम कहता ही गया–"उन पीडब्ल्यूडी अफसरों से पूछिए जो सीमेंट की बोरियां बनियों को बांटकर खत्म कर देते हैं। उन ठाकुरों से लड़िए जो अहिंसा और गांधी जी के नाम पर ज़िला कमेटी के सभापति पद के लिए दस-बीस के सर तुड़वा देते हैं···उन नेताओं से लड़िए जो जातिवाद के नाम पर वोट बटोरते हैं···भूदान कमेटी के अधिकारियों से लड़िए जो रिश्वत ले-लेकर ज़मीनें बांटते हैं। उन अफसरों के बंगलों पर धरना दीजिए जो नशाबंदी कानून के नोटिस पर दस्तखत करके अंग्रेज़ी शराब की चुस्कियां

लेते हैं, उन काली टोपी वाले संघियों से लड़िए जो घृणा फैलाकर मुसलमानों को चैन की नींद नहीं सोने देते। उन पाखंडी गांधीवादी नेताओं से लड़िए जो नेतागीरी के नाम पर पचासों घरों की लड़कियों को बरबाद कर रहे हैं।" कहते-कहते सरनाम का मुंह तमतमा आया था, "कितनी लड़ाइयां हैं डॉक्टर साहब! आंखें खोलकर देखिए डॉक्टर साहब! लड़ाई कहां है? ये सेठों-अमीरों और पूंजीपतियों की बस्ती नहीं, हर गली वीरान है इसकी···हर गली में किरॉसिन के लैंप टिमटिमा रहे हैं, हर गली में धूल उड़ रही है, हर गली अंधेरी और सुनसान पड़ी है। हर गली में इन लड़ाइयों के मुकाम हैं···यहां किसी मालिक की छत ऊंची नहीं, किसी सेठ का मकान चमचमाता हुआ नहीं। पर यहां हर ब्राह्मण की इज़्ज़त ऊंची है, हर कायस्थ का माथा चमचमाता हुआ है, हर क्षत्रिय की नाक ऊंची है। इस झूठी इज़्ज़त को धूल में मिलाइए, उन चमचमाते खोखले माथों को झुकाइए, उन ऊंची नाकों को काटिए—तब बराबरी होगी डॉक्टर साहब! बराबरी···" जैसे उसके मुंह से कोई कड़वा शब्द निकल आया हो, और उसके मुंह का स्वाद बिगड़ गया हो! कितनी पीड़ा होती है इस सबको सोचकर, बोलकर···

डॉ. लालचंद अवाक् सुनते रह गए, मन में आया, कहें 'ठाकुर सरनामसिंह जी, और आपकी ज़िंदगी?' पर सरनाम की आंखों में जो आग धधक रही थी, उसकी आंच ने सारा साहस भस्म कर दिया, लेकिन कहीं मन में अपने स्वयं के खोखलेपन से वे घबरा उठे···लगा, कितने बड़े झूठ में जी रहे हैं···सचमुच इस बस्ती का संघर्ष उस किताबी संघर्ष से कितना अलग है! डॉ. लालचंद अपने खयालों में डूबे हुए थे, तभी सरनाम का स्वर फिर उनके कानों में पड़ा···ऐसा स्वर जो किसी पवित्र आत्मा के मुंह से फूट रहा हो—"और मुझे ही देखिए डॉक्टर साहब! क्या मैं नहीं जानता कि मैं खुद क्या हूं? क्या आप मेरी असलियत नहीं जानते होंगे? लेकिन आप मेरे मुंह पर नहीं कह सकते। क्यों, इसे आप भी जानते हैं और मैं भी···लेकिन मैं जो कुछ हूं, उसके लिए सिर्फ मुझे अफसोस हो सकता है, ऐसा कुछ भी नहीं; जिस पर दुनिया अफसोस कर सके। एक आदमी के नाते मैं बुरा भी हूं—पर सिर्फ अपने लिए। मेरी बुराइयां दूसरों का बुरा नहीं कर सकतीं, क्योंकि मैं अकेला होकर जीता हूं। लेकिन जो सबके लिए लिए जीते हैं···जो यह कहते हैं कि वे दूसरों के लिए जी रहे हैं, उनकी बुराइयां छूत के रोग की तरह फैलकर तबाह कर देती हैं। इस तबाही को रोकने के बाद ही एक-एक आदमी को संभाला जा सकता है। अपने चारों तरफ एक अच्छी दुनिया देखकर बुरा आदमी खुद संभलेगा, उसकी हिम्मत नहीं कि वह बुरा रह सके।"

"लेकिन भाई! जब तक आदमी खुद अपनी बुराइयां दूर नहीं करता तब तक···" डॉ. लालचंद कह ही रहे थे कि सरनाम ने बात काट दी, "ऐसा आप इसलिए सोचते हैं कि आप आदमी को आरंभ से बुरा मानकर चलते हैं···आदमी को अच्छा मानकर चलिए। इस ज़माने के आदमी ने बुराइयों के बीच आंखें खोलीं, उसने अच्छाई देखी ही नहीं, और जो कुछ अच्छा इस ज़माने ने प्राप्त किया उसकी रोशनी से ज़बरन उसे दूर रखा गया, उसे अच्छाई से दूर रखकर बुराइयों के बीच खाली वक्त दे दिया गया, तब वह क्या करता? आदमी है कि कुछ करेगा···बगैर किए वह ज़िंदा नहीं रह सकता। इसीलिए जो राहें उसे मिलीं, उस पर वह चल पड़ा···" कहते-कहते सरनाम दार्शनिक की भांति गंभीर हो आया था, "मुझे जो राह मिली, मैं भी उसी पर चल पड़ा, हर वह आदमी जिसे आप खराब समझते हैं, उसकी यही कहानी है!···" सरनाम एकदम चुप हो गया। शिवराज लगातार उसे ताके जा रहा था। उसके मन से सारी ग्लानि जैसे धीरे-धीरे बहती जा रही थी।

डॉ. लालचंद हाथ धोने के लिए उठे तो सरनाम ने कहा, "आप मिलिएगा डॉक्टर साहब, वहीं अड्डे पर ज़्यादातर रहता हूं!"

होटल से घर तक का रास्ता खामोशी के बीच कट गया। शिवराज अपनी खाट बिछाकर सरनाम का बिस्तर लगाने लगा। सरनाम ने देखा, पर कुछ बोला नहीं। शिवराज़ ने नया काम किया था। कपड़े उतारकर सरनाम कमरे में घुस गया। बोतल खुलने की आवाज़ शिवराज ने सुनी थी···कई बार आंख खुली पर सरनाम बिस्तर पर नहीं दिखाई पड़ा। कमरे में लालटेन की हलकी रोशनी थी–सरनाम पीते-पीते लस्त होकर दीवार के कोने से सिर टिकाए धुत्त पड़ा था। बोतलें और गिलास पास लुढ़क रहे थे। शिवराज भयभीत-सा देखता रह गया। बड़ी मुश्किल से रात गुज़री···वह समझ नहीं पाया कि यह कौन सा सरनाम था। वह इसे प्यार करे या घृणा···

सबेरे ही शराब की बोतलों के लिए मंगल आ गया। सरनाम और मंगल जब अड्डे की तरफ चले तब धूप काफी निखर चुकी थी। रंगीले का पता लगाया गया, पर वह लापता था। इधर-उधर पूछने से पता लगा कि रंगीले किसी की मिट्टी में गया है।

अगले चौराहे पर हंगामा सुनकर उधर देखा तो एक अर्थी चली आ रही थी। हाथ-डेढ़ हाथ की अर्थी, आगे रंगीले उठाए था, पीछे बिरजू। शव पर लाल अबीरी कपड़ा था और छोटी सी अर्थी में झंडियां वगैरह लगी थीं। आगे-आगे बाजे वाले किसी फिल्मी गीत की धुन बजाते हुए चले आ रहे थे।

चंदे के लिए अर्थी अड्डे पर रोक ली गई।

"कैसा चंदा?"

अर्थी उतारकर रंगीले ने बताया, "बानर भगवान् स्वर्गलोक सिधारे हैं···मन भर लकड़ी काफी होगी!" अर्थी के जुलूस में शामिल होने वालों के माथे पर महावीरी टीका लगा था। असलियत जानकर मंगल बिगड़ा, "बंदरों को मुर्दाघाट पहुंचाते रहोगे कि उसका इंतज़ाम होगा?"

"आज जजी-कचहरी में गवाही के लिए हाज़िर होना है, श्मशान से नहा-धोकर उधर जाना है, शाम तक या कल तुम्हारा सामान आ जाएगा।" रंगीले ने कहते हुए बाजे वालों को इशारा किया और अर्थी मुर्दाघाट की ओर चली गई।

शिवराज पिछले कई महीनों से बहुत भावुक होता जा रहा था। हेम की शादी तय हो गई थी। उसे लगता था जैसे वह एक अत्याचारी समाज के बीच आ गया है। उम्र अभी अठारह की होगी, पर न जीवन का उछाह, न उद्दंडता। रह-रहकर अनजान चेहरों की याद सताया करती—मन करता, किसी स्वप्नलोक में उड़ जाए, ऐसा लोक जहां कोई न हो—वह हो और उसकी कल्पना। दूर कहीं बजते ग्रामोफोन से गीत का स्वर आ रहा है—"जब तुम्हीं चले परदेस लगाकर ठेस ओ प्रीतम प्यारे!" उसकी आंखें भर-भर आती हैं और हेम सदा-सदा के लिए जैसे पराई होकर चली जाती है। और शिवराज उस भविष्य के दुःख और विरह की कल्पना में सोचता है—अब तुम्हारी सुधि को प्यार करूंगा रानी! सुधि तो नहीं छीन सकता यह क्रूर समाज···और वह रात-रातभर रो-रोकर एक गीत की पंक्तियां जोड़ता रहता है, बार-बार वही ग्रामोफोन का गीत उसकी स्मृति में आकर उलझता है और उसके भग्न हृदय से पुकार फूटती है—

तू मेरा दुःख जान न सकती!
संभव सुख के अश्रु समझ ले।
मगर समझ दुःख, गान न सकती!

रात-भर वह सो नहीं पाया और हेम के विवाह की काल्पनिक बातें उसे कचोटती रहीं, पर कविता बन गई थी। आज वह समझ पाया था कि कविता के लिए विरह की क्या महत्ता थी।

आखिर बड़ा भरा हुआ दिल लेकर हेम को पत्र लिखने बैठ गया—

हृदय की रानी हेम!

निठुर नियति के हाथों बार-बार प्रताड़ित होने पर भी तुम्हारा पीछा नहीं छोड़ता ···सुना तुम्हारा विवाह तय हो गया है···यह देव-दुर्विपात ही है मेरी रानी! मेरे आंसू नहीं थमते। मेरे हृदय को तुमने कभी समझा ही नहीं, जो तृप्त होते हुए अतृप्त था, उसमें शायद अब भी पिपासा है जो आमरण शांत न हो सकेगी···तुमने तो आशाओं पर निराशा की काली चादर डाल दी। तुम्हें भी किसी शलभ को अपने जीवन-दीप की आंच से जलाने की खूब सूझी और सफल भी हुईं, अतएव उस शलभ की बधाई स्वीकार करो। एक प्रार्थना है, भूलना मत उस शलभ को, जिसने अपने अरमानों की चिता में आग लगा दी···

महरूमे तरब है, दिले दिलगीर अभी तक
बाकी है तेरे इश्क की तासीर अभी तक!

और मेरी रानी, ये मेरी कविता लो···टूटे हुए दिल की पुकार सुन पाओ तो सुनना—

तू मेरा दुःख जान न सकती!
संभव सुख के अश्रु समझ ले,
मगर समझ दुःख, गान न सकती! तू···
इस जीवन की और न आशा
लौट रहा प्यासा का प्यासा
करा मुझे विषपान जो सकती! तू···

अभागा—शिवराज

पत्र को जेब में डालकर शिवराज सीधा बाजा मास्टर के पास पहुंचा। बाजा मास्टर कुछ लोगों के साथ बैठे अपने भावी कार्यक्रम के बारे में बातें कर रहे थे, नाटक होकर रहेगा। पर चंदा कैसे जमा होगा, स्टेज कैसे बनेगा और सारा इंतज़ाम कैसे किया जाए। बात करते समय उनका चेहरा एकबारगी चमककर बुझ जाता···। शिवराज उदास सा उनके पास बैठ गया। रुक-रुककर अपनी बातें सुनाता रहा तो बाजा मास्टर ने सुझाया—'चलो कार्नीवाल की तरफ चलें, कुछ मन बहल जाएगा, मेरा मन भी बहुत ऊबता है···

शहर में कार्नीवाल को आए दो-तीन दिन हुए थे। एक तरफ सरकस था, एक तरफ जुए का अड्डा और एक तरफ ज़िंदा नाच-गाना। न जाने क्यों जब से शिवराज का

प्रेम टूटा था, वह अपने को आदमी समझने लग गया था--एक बेपरवाह भूला-भूला सा बिगड़ा हुआ आदमी···बड़ी खुली आवाज़ में निःसंकोच भाव से बाजा मास्टर से बोला–"चलो एकाध दांव आजमाया जाए, जीत गए तो नाच देखेंगे···"

"एक नाचने वाली से मेरी जान-पहचान है, कमला नाम है उसका। मिलोगे उससे?" बाजा मास्टर ने पूछा।

"किसी से भी मिलवा दो मास्टर, गम भूल जाऊं···बस।" बड़े टूटे हुए दिल से शिवराज ने कहा और वे दोनों नंबर लगाने के लिए जुए की मेज़ों की ओर बढ़ गए।

एक नई दुनिया का नक्शा उनके सामने खुल गया···वह भरमाया-भूला देखता रह गया···सरनाम का चला जाना जैसे उसके लिए वरदान बन गया···वह मुक्त था, निर्बंध!

बंसिरी बेहद परेशान थी इधर, शिवराज भी कई दिनों से नहीं आया। सरनाम भी अड्डे पर नहीं दिखाई दिया, न जाने कैसी बात थी--जब वह आंखों के सामने होता, उसका होना अनुभव में होता तो प्रतिहिंसा धधकती रहती और आंख ओट होते ही व्याकुलता-भरी छटपटाहट कुरेदने लगती। न उसका जीना सह पाती थी, न मरना। जब-जब वह इस तरह ओझल होता तो उस एकाकी व्यक्ति की एकांतिक व्यथा और दुःखों की गोपनीयता दिल में कसक-कसक जाती···चंचल सम्मोहन सा रबर की तरह खींचता और उसके आते ही जब वह रबर एकाएक छूटकर चपेट मार जाती तो मन बौखला उठता– न जाने वह कहां होगा···किस बीहड़ जंगल में···काली नदी या चंबल के भीटों में···किसी अस्पताल में या न जाने शायद किसी बंजर-वीरान ऊसर में उसका निर्जीव शरीर···जीभ दांतों से कट जाती है···'हे देवी! उसकी कुशल तेरे हाथ है माई! उसने किसी का क्या बिगाड़ा है, खुद बिगड़ गया है माई! दया करना ···उसे क्षमा करना, सब पापों का बदला इस तन से ले ले दयावती!' मुंदी आंखों से आंसू झरने लगते हैं। किसके लिए जिए वह! 'परछाईं का ही सहारा है मेरे भगवान्! उसकी कुशलता की ओट यह बिरवा पनपा है!' रंगीले पर आया हुआ उसका सारा गुस्सा खत्म हो जाता है, मन करता, उसे ही मन से चाह ले, वह उसके पास उठते-बैठते हैं, उसकी बातें करते हैं···कितने भाग्यवान हैं ये कि उसका दुःख-सुख जानने के भागीदार हैं···सचमुच किसी के दुःखों का भागीदार बन सकने में कितनी तृप्ति मिलती है! जब आदमी, आदमी की पीड़ाओं को एकाकार होकर सुनता और अनुभव करता है तो न जाने किन ऊंचाइयों पर पहुंचकर सुनहरी भावनाओं से भर

जाता है…व्यथा न जाने कितने रंगों में फूट-फूटकर सम्मोहित कर लेती है…व्यथा का संतोष सार्थकता दे जाता है और जीवन की उपयोगिता उजाकर होकर दिग-दिगंत में व्याप्त हो जाती है! किसी व्यथित-पीड़ित के अंतरवासी रहस्यों को जानकर अपने अस्तित्व का गौरव जागता है। वह संतोष, वह सम्मोहन और उस गौरव का भोक्ता कोई बन पाए, तब न! उसने तो अपने से ऐसा काट दिया कि जुड़ने का प्रश्न ही नहीं उठता, और जिससे जोड़ा–वह…

वह इमली वाले चौराहे पर चरही बनवाने में मशगूल था…"ये जानवर भटकते फिरते हैं…इन्हें प्यास नहीं लगती क्या?" लदे हुए गदहों की पीठ से ईंट उतरवाते हुए रंगीले कह रहा है–"अब से गोपाष्टमी पर कंस के मैदान में जानवरों का मेला लगेगा…बिरजभूम की गइयां मैला खाती फिरती हैं, खत्ताखानों में मुंह डालती फिरती हैं…"

"चुंगी की जमीन है, पूछताछ भी लिया है?" खिन्नी के पेड़ के नीचे हंसिया कूटते हुए लुहार ने जानना चाहा।

"ये जो कांगरेस का झंडा बीच चौराहे पर चौतरा बनाकर गाड़ा गया है इसके लिए भी किसी से पूछा था!" रंगीले जानता था कि चतुरी लुहार कांगरेस वालों के साथ उठता-बैठता है, चुनाव के ज़माने में दो बैल वाला बिल्ला लगाकर दौड़-धूप कर रहा था।

"ये तो देस का झंडा है, देस का नाम करने वाले नेता लोगों ने गड़वाया है…"

"तो ये भी देस का काम है! जानवर मर जाएंगे तो आदमी भी नहीं बचेंगे! गऊ माता के सींग पर पिरिथवी सधी है इसको तुम्हारे नेता लोग भूल गए हैं…" रंगीले ने रौब से व्यंग्य करते हुए कहा।

मठिया की मूर्ति के पास बैठे बाबा जी ने चरस की लपट उठाते हुए साथ दिया–"ज्ञान की बात है बच्चा! लेउ रंगीले बच्चा, दम मार के काम करो…अहाऽ हा…लपट उठी है कि मशाल जगी है…"

गदहों की पीठ पर लदी ईंटों का चट्टा लगता रहा, एक दम मारकर रंगीले ने चतुरी लुहार को सुनाया–"पच्छी-जानवर के लिए मन से प्यार-स्नेह उठ गया इसीलिए आफत टूट पड़ी! रामजी ने जटाऊ को गले से लगाया था…शहर भर में घोड़ा-बैल को पानी नसीब नहीं होता! यहां इमली की छांह में सुस्ताएंगे और पानी पिएंगे…चुंगी क्या करेगी, हम कोई अपना घर बनवा रहे हैं या छाती पर ज़मीन धरकर ले जा रहे हैं!"

कांग्रेसियों के साथ उठने-बैठने से चतुरी पैंतरे से बात करना सीख गया था—"यह दया-धर्म-अहिंसा की बात है, और जब आदमी अहिंसा करेगा तब उसे डरना नहीं चाहिए! और आदमी डरेगा नहीं तो जीतेगा और जीत तुम्हारी नहीं सत्त की होगी!" चतुरी लुहार ने कस्बे के कांग्रेसी नेताओं का लहज़ा कुछ ऐसा पकड़ा था कि अहिंसा, डर, जीत और सत्ता उसकी हर बात में दखल जमा लेते थे और ज़ुबान एक बात दूसरे से ऐसे जोड़ती जाती थी कि लगता था, दर्शन समझा रहा है। पर मन ही मन वह इस ताड़ में था कि कैसे वह चुंगी वालों तक इसकी खबर पहुंचा दे, क्योंकि यही ज़मीन वह अपने साले के रोज़गार के लिए प्राप्त नहीं कर पाया था। मिस्त्री साहब के आते ही बातचीत का सिलसिला टूट गया।

बेचू मिस्त्री पांचों तहसीलों में मशहूर हैं—कानून से लड़ना जानते हैं—यही खास पेशा है। लड़ाई-झगड़े की इमारतें बनवाने और खसाने में इन्हें ही याद किया जाता है। किसी की ज़मीन दबाना हो, बेचू मिस्त्री रातोरात चहारदीवारी खड़ी कर देने का दांव जानते हैं। सरकारी ज़मीन पर कुआं, मंदिर, धर्मशाला खड़ी कर देना बाएं हाथ का खेल है, विश्वकर्मा के वंशज हैं।

ज़मीन नापकर चरही बन गई रातोरात। सबेरे लोगों ने देखा तो कुछ ने बनवाने वाले को शाबाशी दी, कुछ ने नाक-भौं सिकोड़ी। प्लास्टर अभी गीला था इसलिए रंगीले दिन-भर देखभाल के लिए तैनात रहा। और उसके बाद रंगीले के लिए एक काम और बढ़ गया—चरही को भरना ठट्ठा नहीं था! कुएं से पानी खींचता। पचास कनस्तर पानी पड़ता था, पर कोई दिन ऐसा नहीं गया जब पानी न भरा गया हो। कुएं की चरखी सबेरे-सबेरे खड़खड़ाती तो जगहर होती—रंगीले चरही भरने आए हैं। लस्त हो जाता है वह, बांहों की नसें फूल आतीं, पेट धौंकनी की तरह चलता पर खड़···खड़···खड़ा खड़ खड़र···खड़र···किसी पुराने भजन की एक पांत या फिर गांधी जी का वह प्रिय गीत—"उठ जाग मुसाफिर भोर भई अब रैन कहां जो सोवत है···" बड़ा प्रिय था रंगीले को यह गीत।

चरही भरकर कपोए हुए हाथ चिरचिरा उठते और जब वह मठिया पर बैठकर चिलम की दम लगाता तो सांस बैठती। पर उन क्षणों का संतोष—जब कचहरी तक की लंबी दौड़ लगाकर, मुंह से फेन टपकाते घोड़े चरही में मुंह घुसेड़ देते या सड़कों पर घूमती गइयां पानी पीकर वहीं सुस्तातीं या मंडी के लिए गाड़ियां ढोने वाले बैल हांफकर पानी पीते···तो उसकी आंखों में बच्चों की तरह भोलापन उभर आता, मुंह ऐसा खुल जाता कि चेहरे पर सैकड़ों झुर्रियां पड़कर उसकी उमर दूनी कर जातीं।

···दड़े वाले कमीशन एजेंट इधर कई दिनों से सरनामसिंह की पूछताछ कर रहे थे, पर रंगीले क्या उत्तर देता? कैसे बताए कि कहां गया है, जब पांच रोज़ हो गए तो उसे चिंता भी हुई, आखिर हुआ क्या? मोटर-मालिक से तो कह गया है–रिश्तेदारी में जा रहा हूं–तीन दिन बाद वापस आ जाऊंगा। पर अभी तक···कहीं कुछ हो गया तो···और कौन ठिकाना···हिस्सा-बांट में कहीं आपस में ही···पर सरनाम ऐसा-वैसा नहीं, बाल-बांका नहीं हो सकता उसका। शिवराज का रंग-ढंग भी वह परख रहा था। कार्नीवाल वाली पतुरिया के डेरे में पड़ा रहता है···कल पौडर खरीद रहा था–उसी के लिए खरीदता होगा–छैला हो रहा है। अभी क्या हुआ–जूती गठवाएगी···

बंसिरी कैसे सहन करती यह सब, उसने कहा, "उसे पकड़ लाओ इधर, मैं समझा दूंगी।"

"मेरे बस का नहीं है वह लड़का। नाच-गाने में जी लगता है उसका।"

"तुम कह देना मैंने बुलाया है। नाच-गाने में जी लगाने का दोष तो तुम्हारे सिंह जी का है। कौन सा ऐसा काम है जो बाकी बचा है उनसे। किसी दिन दड़ा पकड़ गया तो जेल में सड़ेंगे···"

"तुम्हारी तो हर बात निराली होती है, हर दोष सरनामसिंह के सर। जो कुछ दुनिया में बुरा होता है, सब उसी की करनी है।"

"शिवराज को और किसने बिगाड़ा है? उसके घरवालों से जुदा कर दिया, आसरम से भगा लाया और उसे मेहरा बना के···"

"तुम्हें इससे क्या? वह करता है सो करे!"

"पर एक की ज़िंदगी बिगाड़ दे! कैसा प्यारा लड़का है, पर ढकेल दिया उसे भी कीचड़ में। अभी क्या है, डाकू बनाकर दम लेगा।"

"बंसिरी!" रंगीले ने कुछ क्रोध में कहा।

तभी एकाएक बाहर से आवाज़ सुनाई पड़ी–"रंगी, रंगी!" सरनाम की आवाज़ थी। बंसिरी का पारा एकदम चढ़ गया। कान सतर करके एक-एक बात गौर से सुनती रही और जब रंगीले त्रिपाल के एक टुकड़े में लपेटे हुए हथियार भीतर छुपाने के लिए लाया तो वह बिफर उठी–"ये यहां नहीं रखे जाएंगे! चाहे भगवान् उतर आएं, पर मैं कहती हूं इन्हें ले जाओ···नहीं मानोगे तो मैं निकालकर फेंक दूंगी और सब बता दूंगी···"

रंगीले को बातें चुभ रही थीं, सरनाम बरोठे में खड़ा है, सुन रहा होगा, क्या सोचेगा–औरत भी डांटकर नहीं रखी जाती। और वह भी बंसिरी को ऐसा नहीं समझता था। मुसीबत के समय में उलझेंटा नहीं डालना चाहिए इसे। देखती नहीं,

मिनट-भर में क्या से क्या हो सकता है। रंगीले के आते ही सरनाम बिगड़ पड़ा– "बहुत सर चढ़ा लिया है तुमने इसे, वरना औरत की मजाल है कि इस तरह···"

काली माई का रूप धारण किए बंसिरी सारी शरम-लिहाज़ छोड़कर सामने आ गई, सरनाम पर आंख पड़ते ही प्रतिहिंसा की ज्वाला में उसका रोम-रोम झुलस उठा, "डकैती तुम करो, खतरा हम उठाएं···"

"धीरे बोल···धीरे!" सरनाम ने हिकारत से कहा, जैसे अभी हुकुम-अदूली पर गला ही दाब देगा, उसकी आंखों में चिनगारियां फूट रही थीं–"चुप होके बैठ भीतर! कहीं ब्याहता होती तो अब तक चबा गई होती···" मुंह में आए हुए कड़वे थूक को निगल न पाने के कारण उसने वहीं थूक दिया। रंगीले भौचक्का-सा हतबुद्धि की भांति बस देखता भर रहा।

"थूक तू अपनी करनी पर! अपने करमों पर चांडाल! डाकू! लुटेरा···" न जाने कितनी गालियां बंसिरी के मुंह से निकलती चली गईं और आग बरसाती आंखों से सरनाम और रंगीले की तरफ देखा। एक ही झपाटे में रंगीले बंसिरी को लेता हुआ भीतर चला गया। सरनाम नाज़ुक वक्त जानकर, एकदम बाहर निकलकर अड्डे की तरफ चला गया।

गुज़रते हुए चतुरी लुहार ने ठिठककर एक मिनट तक माजरा समझने की कोशिश की। सरनाम को अंधड़ की तरह जाते हुए देखकर सहम गया, जैराम करने की सुध भी नहीं रही। पर बंसिरी की चीखें सुनने के लिए वह कान लगाए खड़ा ही रहा···.जब बातें धीमी पड़ गईं तो वह अपने मुहल्ले की तरफ चला गया।

···कोतवाली में दूसरे दिन डकैती की रपट के साथ-साथ सरनाम सिंह फरार हो गया। शिवराज से वह थोड़ी देर के लिए मिल पाया था, कुछ रुपए देकर चला गया था, फिर पता नहीं किधर गया।

शहर में सनसनी थी, और रंगीले का कलेजा भीतर ही भीतर कांप रहा था, अब क्या होगा? सरनाम इतना ही बता पाया था उसे–"महूरत बिगड़ गया, जिस जगह का तै था वहां कुछ भी नहीं हो पाया। भेदिया दगा दे गया···उस साले से निबटना है। पकड़वाने के सारे इंतज़ाम थे, वह तो कहो किस्मत थी कि ऐन बख्त फरेब सूंघ लिया, नहीं तो दो-एक की जान जाती और बाकी पुलिस की गिरफ्त में आते। दो दिन ढाक-जंगल में भूखे-प्यासे पड़े रहे। वापसी पर चलते-चलाते दूसरी जगह मौका लगा, खर्चा तो निकालना ही था। पांच सौ पर रायफिल आई थी और सौ-दो सौ ऊपर–शेर के शिकार में गीदड़ मारना पड़ा। पर वह भी नहीं मरा साला, चार सौ कुल मिले,

वह भी एक की बांह तोड़कर···हथियार संभालकर रखना, मैं आऊंगा, मुकद्दमा चलने दो। वारंट से पकड़ा गया तो बड़ी दुर्गत करेगी पुलिस। गिरफ्तारियां हो जाएं तो खुद जाकर कोर्ट में हाज़िर हो जाऊंगा, फिकिर मत करना···"

···शिवराज इधर एकदम खुदमुख्तार हो गया। बंसिरी के पास भी नहीं आता। बाजा मास्टर के साथ नाटक कंपनी के निर्माण के लिए वहशियों की तरह घूमता है; रात-रात भर कुप्पी के प्रकाश में उसके साथ बैठकर 'वीर अभिमन्यु' नाटक का मसौदा देखता है, संवाद लिखता है और राधेश्यामी तर्ज़ में गीत बनाता है! "मास्टर यह गीत···तुम्हारा हरमुनियम और कमला का गला···इधर युद्ध वेष में जाने को तैयार अभिमन्यु और इधर उत्तरा का यह दर्द-भरा गीत!" और तब उसकी आंखों के सामने चित्र उभरता है–वह अभिमन्यु ही तो है और कमला आंखों में आंसू भरे उसे विदाई दे रही है, जाओ प्राणनाथ! जाओ···क्षत्राणी का यह कर्तव्य नहीं कि वह योद्धा को आंसू की ज़ंजीरों में बांध ले! और वह चला जाता है, व्यूह भेदने। सचमुच कितने व्यूह! उन्हें वह भेदेगा···अभिमन्यु की तरह, वीर की तरह···उत्तरा की अश्रु-पुलकित आंखों का आशीर्वाद लेकर! बड़ी हसरत थी मन में, एक बार यह नाटक हो पाता ···शायद यही उसके जीवन का पुण्य है–यही वह राह है, जिसके लिए वह भटक रहा था। बाजा मास्टर की बातें उसे कभी जागृत न कर पाईं, पर कमला ने उस दिन कहा था–"तुम मेरे साथ स्टेज पर उतरो तो मास्टर की कंपनी में चली जाऊं!"

सोलह बरस की लड़की, पर कैसी बात करती है, जैसे सब देख-समझ चुकी हो! कहती थी–"इस कार्नीवाल में क्या रखा है शिवराज, मैं तार पर नाचने वाली लड़की हूं। यह पतला सा तार और हर पल डगमगाते हुए कदम···कब तक साध पाऊंगी अपने को। आखिर एक दिन···एक दिन यही तमाशा करते-करते नीचे आ गिरूंगी। सत्तार को गेंद उछालते देखा है, दस-दस, बीस-बीस गेंद उछालता है एक साथ। कितना बड़ा जादू है! है न? और वे रंगीन गेंदे! उछलती रहती हैं···मैं तार पर चलती रहती हूं···"

"ब्याह करके घर बसा लो!" शिवराज ने मज़ाक किया था।

"तुम करोगे?" उसने एकाएक कहा, जैसे मन की उठती हुई बात क्षण-भर के लिए उन्मुक्त हो जाए···पर सहसा उसकी व्यर्थता का बोध करते कमला ने 'अरे छोड़ो' कहके बात को मज़ाक का जामा पहना दिया था। पर वह क्षण-भर पहले की चमक उसकी आंखों में तैरती रही थी···बाजा मास्टर वह चमक देखकर एकाएक घबरा गया था–आंखों की यह दीप्ति! अचरज-भरी, उत्कंठा-भरी, प्यार-भरी पर

कितनी उदास! हसरत की ऐसी चमक···सोलह बरस की अभागी कमला! शोखी से झिड़क देने वाले आंखों के ये दिन···जैसे तिरस्कृत जीवन की खोई हुई कामना के दिवस मांगते हों। उफ् यह क्षण-भर की चमक उसे मार जाएगी, इसे भूल जा कमला ···लीला याद आती है! वह भी कामना करती थी, ऐसी ही चमकती थीं उसकी आंखें ···अपना खोया हुआ कुछ मांगती थीं! तू न मांग, उस लाचारी की तस्वीर न खींच! नहीं तो कुछ नहीं कर पाऊंगा मैं···तू तार पर चल···तू उत्तरा नहीं उतरन है और तेरा अभिमन्यु···शिवराज! उस चक्रव्यूह में मारा जाएगा···यह क्षणिक वरण! यह भावावेश ···अभिमन्यु का यह नाटक मैं नहीं होने दूंगा। लीला मुझे क्षमा करना। यह नाटक होते तुम भी नहीं देख पातीं, यह ज्वार न जाने कब उतर जाए; इस ज्वार के बाद कमला के पैर कितने कमज़ोर हो जाएंगे! तार पर चल सकने की शक्ति भी छिन जाएगी उससे, तुम तो गवाह हो लीला···कितनी बार तुमने ऐसे सपने देखे थे! तुम्हारी आंखों की चमक और इस कमला की दृष्टि-ज्योति!

और शिवराज ने कैसा भयानक सपना देखा था—"मास्टर! ऐसा देखा कि क्या बताऊं! स्टेज सजा है, भीड़ खचाखच भरी है। वही सीन चल रहा है—अभिमन्यु उत्तरा को वक्ष से चिपकाए समझा रहा है, इस जन्म में नहीं तो अगले जन्म में प्रिये! यह जन्म-जन्मांतर का साथ···तभी बिजली चटकती है, घड़घड़ाती है, बादल उमड़ते हैं और देखते-देखते तूफान आता है? भयानक तूफान धरती का कलेजा कंपाता है और आसमान फट पड़ता है...चीख-पुकार···तूफान और पानी, बादल का समुद्र फट पड़ा हो···सब तहस-नहस हो गया···पर्दे चिथड़े हो गए, बल्लियां चरचराकर टूट गईं और स्टेज के तख्त उस सैलाब में बह गए।—वहां कोई नहीं था। पानी का सैलाब और डूबे हुए जहाज़ की तरह चमकते हुए स्टेज की बल्लियों के मस्तूल! न तुम, न कमला!—कण-कण बिखरा हुआ। नष्ट-भ्रष्ट। और मैं बुरी तरह चीख पड़ता हूं मास्टर! आंख खुलती है, मेरे रोंगटे इस वक्त भी भर आए हैं उसे याद करके।"

बाजा मास्टर माथा पकड़कर बैठ गए, "हम इस ड्रामे को न ही स्टेज पर करें तो अच्छा है!"

"नाटक कंपनी नहीं बनाओगे? और लिखना छोड़ दूं? कमला क्या कहेगी, मज़ाक करते थे!"

"मज़ाक समझ लेगी तो बुरा नहीं होगा। तुम पर नशा सवार है शिवराज! इस नाटक के बाद फिर क्या होगा?"

"दूसरा खेलेंगे।"

बाजा मास्टर के ओठों पर अनुभव की हंसी फैल गई, "हम तो कहीं न कहीं

से मार-तोड़कर खाते-पीते रहेंगे पर कमला क्या करेगी? कौन सा आसरा है जो उसका सहारा बनेगा!"

सहारा! शिवराज की आंखों में कमला का चेहरा घूम जाता है, यही तो उसने पूछा था उस दिन कमला से। बोली थी, "बेसहारा को इतना ही सहारा काफी है कि कोई सहारे की बात करे और धोखा दे जाए। हर तिनके से पतवार की उम्मीद होती है शिवराज! इतना काफी नहीं है कि नाटक कंपनी का बहाना मिल जाए और तुम छूट जाने वाले तिनके की तरह उम्मीद का झूठा आसरा बन जाओ···और तब उनकी आंखों के समुंदर में भटकती हुई अनगिन कश्तियां उसने देखी थीं। अपने रूमाल से उसकी आंखें पोंछकर वह खुद रो पड़ा था और कमला अपनी छाती में उसका मुंह दबाकर बालों को चूमती रही थी—"मैं कहीं नहीं जाऊंगा कमला! जहां तुम रहोगी वहीं साथ रहूंगा, ऐसे ही जीवन-भर···"

"मैं उससे शादी कर लूंगा।" शिवराज ने कहा, "भूखा मरूंगा तो वह भी मरेगी, मैं जिऊंगा तो उसे भी जिलाऊंगा। यह मैंने सोच लिया है मास्टर!"

"सच!" बाजा मास्टर ने पूरी आंखें खोलकर कहा। शिवराज की नज़रों में निश्चय था और बाजा मास्टर क्षण-भर के लिए चुप रह गया था, फिर बोला था, "अब लीला सुख से मर पाएगी शिवराज! आज उसकी आत्मा मुक्त हो गई। अब तूफान नहीं आएगा शिवराज···"

पर तूफान आया···

शिवराज बड़ी लगन से काम में जुट गया था। बाजा मास्टर स्टेज की सजावट का सामान इकट्ठा कर रहे थे—बांस-बल्लियां, रोगन, धनुष, तूणीर, कवच। इसी बीच वे पर्दों और पोशाकों के लिए इटावा की एक कंपनी के पास भी हो आए, जो धार्मिक नाटक खेलने में मशहूर थी। पहली बार मांग-जांच के काम चला लिया जाए, फिर आमदनी से अपनी कंपनी के पर्दे-पोशाकें बनवा ली जाएंगी। नाम रखा गया 'लीला नाटक कंपनी' जिसका कपड़े वाला साइनबोर्ड बनाने के लिए मास्टर आगरा गए थे। नीले रंग का साइनबोर्ड—लीला को पसंद था नीला रंग, नीला समुद्र, नीलाकाश, नीलपंखी मयूर···जैसे वह कोई मंदिर बनवा रहा हो—ऐसी अगाध श्रद्धा! पर कमला कैसे आएगी रिहर्सल में! रात-भर कार्नीवाल में, दिन-भर निकलने, पब्लिक से मिलने की छुट्टी भी नहीं। बड़ा खूंखार आदमी है मैनेजर, मेढक की तरह निकली-निकली आंखें और छिली हुई खूबानी की तरह डोरेदार पीत लालिमा लिए नशे में डूबी पुतलियां! कमला तो सहम जाती है, उन्हें देखकर।

···शिवराज जैसे तूफान में बहा जा रहा हो। दिन-रात उसी के तंबू में पड़ा रहता। अभी तक उसे किसी ने टोका नहीं था। वहीं बैठकर नाटक का मसौदा देखने में मन लगाता, जैसे कमला के होने का आभास भर सारी बातों को निश्चयात्मक रूप देने में सहायक होता हो। खर्चा जोड़ता, हिसाब लगाता और जब कमला रात स्टेज पर मिले इनाम के रुपए उसके सामने रख देती तो उसका हृदय भर-भर आता—"तन-मन-धन सब दे डालेगी कमला इसके लिए। इन्हें अपने पास रखा कर।" प्यार से वह कहता और कमला सोचती—कल और ज़्यादा कमाएगी। शिवराज चाहता मना कर दे। ये ले लेगा तो वह और इनाम पाने के लिए उन मधुर चितवनों को लुटाएगी, जो वह अपने लिए संजोना चाहता है। सोचता है तो घूंसा सा लगता है छाती पर, कितनी जल्दी वह इस नरक से निकाल ले जाए इसे। पर कह कुछ भी नहीं पाता...बाजा मास्टर को दौड़ते-धूपते देखती है तो सहा नहीं जाता उससे—"एक वक्त का खाना छोड़कर कितने पैसे बचा पाएंगे मास्टर जी!" वह उन्हें मास्टर जी ही तो कहती है। "उनसे कहो, तन का खयाल रखें, स्टेज पर हंसी करवानी है क्या? छाती दरक जाती है जब पब्लिक तक आवाज़ पहुंचानी पड़ती है। ऐसे कमज़ोर हो जाएंगे। मैंने उन्हें रोते देखा उस दिन, क्या बात है···?"

शिवराज बात टाल जाता है। उसे एक ही बात सालती है—कमला कैसे बाहर आएगी इस कार्नीवाल से। कमला को भी दिन में मैनेजर कई बार बुलाता है। कुछ न कुछ कहता तो ज़रूर होगा, पर वह हमेशा कोई छोटी सी बात बताकर उसे शांत कर देती है। अपनी मजबूरी छिपाती तो नहीं! उसका मन कड़वा हो जाता है। यह कार्नीवाल···जुए का अड्डा! जब भी मौका मिलता, वह लोगों को भड़काता—"शहर के लोगों को जुआरी बनाने का तरीका है! वैसे भी जिले में ज़रायमपेशा लोगों की कमी नहीं है, इससे और क्या होगा···लोग आएंगे, हारेंगे, फिर चोरियां करेंगे···मारपीट, दंगा मचाएंगे···"

रंगीले ने आकर बंसिरी को बताया, "मैं तो समझता था शिवराज कार्नीवाल वाले जुआरियों के फेर में पड़ गया, पर वह तो कार्नीवाल उखड़वाने के लिए इधर-उधर दौड़ रहा है! तुम कहती थीं सरनाम उसे बिगाड़ रहा···!"

"उसका नाम मत लिया करो मेरे सामने।" बंसिरी बोली तो रंगीले चुप हो गया। पिछले कुछ दिनों से जादू कर लिया है बंसिरी ने उस पर। जब से उसे पता चला है कि खुशी होने वाली है···काश! आज अम्मा होतीं, वह सुनतीं तो न जाने कितने उत्सव अभी तक शुरू हो जाते।

"क्या सोच रहे हो, नाराज हो गए मेरी बात से!" बंसिरी ने उसे टोका। रंगीले मुस्करा दिया, एक और सुनी हुई खबर उसने बंसिरी को दी—"सुना है सरकार सब मोटर-बसों को अपने कब्ज़े में ले रही है। सरकारी देख-रेख में इस अड्डे से बसें चलेंगी। ड्राइवर-क्लीनर सब सरकारी आएंगे, पता नहीं इन ड्राइवरों का क्या होगा?"

"मैं तो कहती हूं हो जाए, कल होता हो सो आज हो आए। कम से कम सिंह जी से तो तुम्हारा पिंड छूटे। नौकरी नहीं रहेगी तो झक मार के जाएंगे कहीं···ये गुल-गपाड़ा तो बंद होगा, यहां अड्डे का!···" और उसकी आंखों के सामने एक चित्र उभर आता है···

अड्डा वीरान पड़ा है···दूर तक जाती निर्जन सड़क, जिसे पेड़ों की परछाइयों ने काला रंग रखा है। शाम का धुंधलका छा गया है, ऐसे में यह दूर अंतरिक्ष तक जाती हुई धुएं की लकीर सी सड़क कितनी उदास लगती है! एक छाया उस अनंत सड़क पर अकेली चली जा रही है। पेड़ों की काली परछाइयां उसे देर-देर तक अपने में छुपाए रहती हैं। फिर कहीं खुले में वह छाया दीख जाती है—जैसे अथाह जल में डूबता-उतराता कोई लकड़ी का टुकड़ा! आसमान चुप है, उसके जाते पैरों की आहट तक नहीं आती, जैसे निस्तब्ध गगन में उड़ता कोई अकेला पंछी···निःस्वप्न-निरपेक्ष! सहसा छाया ठिठकती है और जैसे हारकर कोई वस्तु बड़ी पीड़ा से फेंककर आगे बढ़ जाती है। एक स्वर उभरता है, शायद गगन के पंछी का स्वर फूटा था, संगीतमय स्वर···पर यह क्या? यह तो बेंजो पड़ा है, जिसके तार टूटने के बाद भी थरथरा रहे हैं···यह स्वर किसका था? उन्हीं टूटे तारों का? संगीत की यह अंतिम चीत्कारें बोझिल, उदास, अवसाद भरी...क्या वह सचमुच चला जाएगा? वह छाया चली गई···अब कभी नहीं आएगी! और ये घुंघराले बालों की तरह लिपटे हुए तार···

रंगीले तीसरी खबर देता है—"सरनाम सिंह वाली डकैती के चार लोग गिरफ्तार हो गए हैं, बड़ी मार पड़ रही है। कबुलवाने के लिए सुना है, जोड़-जोड़ तोड़ दिया है पर सुराग नहीं देते। बज्जर हैं ससुरे। यह डकैती चलेगी जरूर। बर्र के छत्ते में हाथ डाल दिया! बड़ा मुकद्दमेबाज़ आदमी है, जिसके यहां मोर्चा लिया था इन लोगों ने।" फिर कुछ डरते हुए कि कहीं बंसिरी भभक न पड़े उसने बताया था—"सरनामसिंह की पूछताछ के लिए दीवान जी आए थे हमारे पास। शिवराज को भी कोतवाली जाना पड़ा। अब हम क्या बताएं सरनाम कहां है?" कहकर उसने बंसिरी की तरफ देखा।

बंसिरी चुप थी, एकदम चुप। न जाने उसकी आंखों में कैसी व्यथा बादलों की तरह घुमड़ रही थी : रंगीले ने बात बदली, चौथी खबर सुनाई—"परसों, एक रोज़ के लिए बाहर जाना है, फर्रुखाबाद जजी में पेशी है। दोनों तरफ का किराया और पचास

रुपया नज़राना!" रंगीले गवाही देने के लिए तय की गई रकम को नज़राना कहता था।

"जाना ज़रूरी है?" बंसिरी ने पूछा, "काहे का मुकद्दमा है?"

"अब यह पता नहीं, ये तो वकील साहब बताएंगे और गवाही रटाएंगे। वैसे शायद मिल्कियत का कोई झगड़ा है!"

"लेकिन तुम्हारी गवाही का क्या असर पड़ेगा, तुम्हारा ज़िला दूसरा है और फिर यहां की बात भी नहीं!" उसने यों ही पूछ लिया।

"जिस गांव का झगड़ा है, उसमें चौदह-पंद्रह बरस पहले मैं रहता था, वहीं के एक खानदान का घरेलू झगड़ा वगैरह हुआ। अब तुम नहीं समझोगी यह सब।"

बंसिरी ने हुंकारी भरी। रंगीले ने आगे सुनाया—"आज और लोग भी पकड़ में आ गए होंगे। मुकद्दमा चालू होते ही वह भी खुद इजलास में पेश हो जाएगा!"

"कौन?" बंसिरी ने पूछा, रंगीले ने बताया—"सरनाम शायद कल-परसों तक आ जाए। एकाध दिन छुपा-छुपाया रहेगा, फिर पेश हो जाएगा।" बंसिरी का दिल अदेखी आशंका से धड़क उठा···

तीसरे दिन वह अकेली रह गई। रंगीले गवाही देने के लिए चला गया। रोज़ ऐसी ही शाम उतरती थी, ऊंची-ऊंची इमलियां आसमानी साड़ी में सुरमई किनारी की तरह टंक जाती थीं, पर आज शिवराज आया था—सरनाम ने भेजा था उसे, रंगीले को बुला लाए, ज़रूरी काम है। बड़ी देर बैठा रहा, वह तो चौंक गई थी शिवराज को देखकर। महीने-भर पहले देखा हुआ उसका चेहरा···और आज का चेहरा! जैसे किसी प्रगाढ़ विश्वासमय प्रेम की उद्दीप्त छाया पड़ गई हो उस पर, पीलाई अनोखे सांवलेपन में बदल गई थी। भवें घनी हो गई थीं और आंखों में निश्छल मंथरता समा गई थी। बहुत बातें करता रहा—कार्नीवाल को महीने-भर का नोटिस मिल गया है···डेरा-डंबर उखड़ जाएगा। गरीब लोगों को चूस डाला कमबख्तों ने।

"सुना, बड़ी दौड़-धूप की थी तुमने भी···"

"करनी पड़ती है, मुहल्ले वालों का साथ देना ज़रूरी होता है, सरकस और नाच-गाना तो नाम के लिए है। जुए का अड्डा है यह। वैसे कोई जुआ खेले तो पकड़ लिया जाए, पर यहां खुलेआम खेलने की इजाज़त है, बेरोकटोक। यह भी कोई बात हुई भला? और ये जनता की सेवा का ढोंग करने वाले सब पूंछ दबाए बैठे रहे, बल्कि कांग्रेस के नेता मुसद्दीलाल सिफारिश करने पहुंचे थे कि नोटिस रद्द कर दिया जाए। पर वह हुआ नहीं।" शिवराज की आंखों में लोनी चमक आ गई, बोलता गया—"हम

एक ड्रामा खेल रहे हैं…"

"फिर वही नचकइयों-गवइयों की सोहबत में पड़ गए? मैं पड़ी थी, उसे अभी तक भुगत रही हूं…" बंसिरी बोली, पर सचमुच उसके मन के भीतर अभी भी कहीं बड़ा गहरा लगाव था स्टेज से। सोचते हुए बोली—"इस पेशे का आदमी न जाने कैसा हो जाता है, हम जिनका पार्ट खेलते हैं, उनका दर्द, उनकी खुशी से हममें कोई अच्छी बात पैदा होने की बजाय बुरी आदतें घर कर जाती हैं। इसीलिए लोगों की नज़रों में गिर जाते हैं। लेकिन एक बात है शिवराज, जब तक स्टेज पर आदमी रहता है, बहुत ऊंचा उठ जाता है, जो लैला का पार्ट करती थी…मन करता था, उसके हाथों को चूम लूं। पैरों को माथे से लगा लूं, पर उसके बाद जब वह कहीं बाहर आती और जिस तरह उठती-बैठती, जिन फेलों में पड़ती, उन्हें देखकर मन होता—इस पर थूक दूं…"

"यह तो अपने आपको सुधारने की बात है, इसके लिए ज़िम्मेदारी नाटक कंपनियों पर नहीं है।"

"हां, यह ठीक है…" बंसिरी ने जैसे भूले-भूले कह दिया—"दुनिया के भीतर एक छोटी सी दुनिया बनाने की चाह हरेक में होती है…और नाटक सचमुच ऐसी ही एक न्यारी दुनिया है। पर्दों, लट्ठों, तख्तों की दुनिया—लाली, सफेदी और रंग-बिरंगी पोशाकों की दुनिया। मन को बड़ी शांति मिलती है उसमें, सब भूल-बिसर जाता है, बाजों की आवाज़ में…ढोलक, हारमोनियम, नगाड़ा, तबला, सारंगी, मजीरा, घुंघरू! अनोखी आवाज़ें हैं सबकी…मन मचलने लगता…हम स्टेज के पीछे मुंह पर लाली-सफेदी लगाती ही होतीं कि स्टेज पर तबले की थाप सुनाई पड़ती…सारंगी की दर्द-भरी सदा और झूमते हुए हरमुनिया की आवाज़ और टीस की तरह तपकता हुआ मजीरा…कौन लड़की लैला न हो जाती शिवराज! अपना वश चलता है ऐसे में कहीं…"

सचमुच वश नहीं चलता…जब से सरनाम गया है, वह पचासों बार पर्दा हटाकर अड्डे की तरफ झांक आई है…पर वह नहीं दिखाई दिया। उस दिन की लड़ाई के बाद वह विराना हो गया…शायद छुपा बैठा हो…पर अपने कल-पुर्ज़े, अंगड़-खंगड़ देखने ज़रूर आएगा, उस पास वाली कोठरी में। उन्हें जोड़े-तोड़े बगैर उसे चैन कहां! खाली कहां बैठता है, कुछ नहीं तो लोहे के भारी-भारी पुर्ज़ों को कूटेगा-रेतेगा और उन्हें इधर-उधर फिट करेगा…मोटर स्टार्ट करके सर के बल इंजन में डूब जाएगा—तब यहां से सिर्फ उसकी पीठ दिखती है—चट्टान सी पीठ! टंकी पर मोमबत्ती चिपकाकर मशीन से सर मारता है, भूख-प्यास सब बिसर जाती है। बांहों तक कमीज़

सरकाए—मोबीआइल में लिथड़ी बांहें-टांगे, काली चीकट अंगुलियों से माथे के मोती ज़मीन पर टपका देता है···उन मोतियों को पी लेती, मछली की भांति···पवनपुत्र के स्वेद-बिंदु!

पर सरनाम अपनी उन टूटी-फूटी मशीनों के पास भी अभी तक नहीं आया। इमली की जड़ों से अंधेरा फूट-फूटकर ऊपर आसमान की तरफ बढ़ता जा रहा है। देखते-देखते ये छतनार पेड़ काली पहाड़ियों में बदल जाएंगे और आसमान पर कालिख पुत जाएगी, पर वह इधर नहीं आएगा···अड्डा सुनसान पड़ा है, दिन-भर दौड़ने वाली लारियां थकी हुई खड़ी हैं, भभूत रमाए।

कच्ची पटरी में पहियों की गहरी-गहरी नालियां बन गई हैं। एजेंटों वाला तख़्त खाली पड़ा है। छप्पर पर निकली हुई बल्ली में एक फटा टायर लटक रहा है, जैसे अजगर गोल-मटोल हो गया हो—ऊपर चढ़ पाने के लिए। सरेशाम अड्डा वीरान हो जाता है इन दिनों···कैसा अकेलापन छा जाता है इस कार्नीवाल के मारे, आजकल वहीं जमाव लगता है।

बंसिरी भीतर चली जाती है, पर यह आवाज़ कैसी? अड्डे की बंद कोठरी में से स्वर सा फूटता है—घुटा-घुटा, फिर रुक जाता है। क्षण-दो क्षण बाद फिर तिन्··· तिन्···तिनन्···तिनन्···जैसी पथरीली ज़मीन पर हौले-हौले पानी बह रहा हो···कि एक धुन फूटती है—सरनाम का बेंजो···गाएगा नहीं, मन खिंचता है···कैसा अटकाव है इसमें! मंत्रशक्ति···! आ जा तुझसे माफी मांग लूं! मुझे क्या पता था कि बारूद का खेल खेलने वाली तेरी अंगुलियों में इतना रस भरा है···अभी तो सजी-संवरी भी नहीं, कैसे आऊं स्टेज पर···

तभी कोठरी के किवाड़ खुले, सरनाम बाहर निकला और ताला बंद करके अपने घर की ओर चला गया। जाते हुए उसने देखा, ठीक वैसे ही चला जा रहा था जैसे वह तीन-चार दिन पहले एक एकाकी छाया उस अनंत सड़क पर अपना बेंजो फेंककर चली गई थी···वैसी ही अनुभूति···कोई रोककर पूछे—कहां? क्यों? अभी निकट है वह छाया, क्या हुआ है उसे? नहीं बताएगा किसी को। किसी को भी नहीं। अपनी आंखों को आंचल से सुखा लेती है वह। अब कोई भी नहीं है, अड्डा एकदम निर्जन है, सभी स्वर डूब चुके हैं।

पर आजकल बाजा मास्टर घंटों बैठकर रियाज़ करते हैं। हाथ उतर गया है, न जाने अंगुलियों की चपलता कहां खो गई, स्वर उभरते हैं पर हाथ शिथिल हो जाते हैं···

कमला से नहीं देखा जाता। शिवराज से कहती है बार-बार—"मास्टर जी को समझाओ।" पर मास्टर पर पागलपन सवार है—लीला नाटक कंपनी का नाटक ऐसा हो कि पहली बार में पैर जम जाएं। हारमोनियम ऐसा बजे कि लोगों के दिल में और सुनने का मलाल रह जाए। बाजा मास्टर जिस मुहल्ले में रहते हैं, उसमें बात सुनसुना रही थी। मिलने-जुलने वाले आते रहते हैं, पर हबीब साहब का आना कुछ माने रखता है।

सफेद रेशमी सी दाढ़ी, अधपकी मूंछें और भवें, छोटे-छोटे कटे हुए दूध से सफेद बाल—पतले ओठों में पान की लकीर और शरीफे के गूदे में चमकते बीज की तरह गंदली आंखें। लंबा-इकहरा शरीर, जो बांस की तरह ऊपर से कुछ झुक आया है। अलीगढ़ी पैजामा और लंबा कुरता—बुर्राक पर शुद्ध खद्दर का। चांदी की चेन में बंधी पुरानी गोल घड़ी और एक मोटा बेंत। यह हैं हबीब साहब—शहर के बुजुर्ग प्रगतिवादी। पर यहां भला क्या चलता—प्रगतिवादी और वह भी मुसलमान! करेला और नीम चढ़ा! अछूत से भी बदतर हालत कर दी फिरकापरस्त और मज़हबपरस्तों ने। पर जैसे बांस टूटता नहीं, हबीब साहब का रेशा-रेशा अभी तक लड़ रहा है, पर टूटा नहीं। गवर्नमेंट स्कूल में इतिहास के मास्टर होकर आए थे, निकाले गए तब से यहीं बस गए हैं। बस, उमर ने मरोड़ दिया है—खपांचे-खपांचे चटककर अलग हो गई हैं। 'इप्टा' का बड़ा काम किया था हबीब साहब ने ज़िले में, और उनकी मर्दानगी दंगों के सामने आई थी। हबीब साहब को हिंदू-मुसलमान कंधों पर उठाए थे और 'इप्टा' के सिलसिले में बाजा मास्टर उनके नज़दीक आए थे, पर उस वक्त हिंदुत्व का ज़ोर उन्हें अलग कर ले गया। अब हबीब साहब उनसे मिलते हैं तो उन्हें अपनी गलती का अहसास होता है—क्योंकि वह ऐसी जगहों में रह आया है जहां मज़हब का फरक ज़िंदगी की कशमकश में सर नहीं उठा पाता, उसकी अहमियत ही नहीं रह जाती, और ज़हर का वह दांत अपने-आप टूट जाता है। उन सस्ती वेश्याओं के चौबारों पर हर मज़हबपरस्त बदन को एक ही नज़रिए से देखता आता है...

हबीब साहब अपनी फटी हुई आवाज़ में उससे बातें कर रहे थे—"मास्टर साहब! ज़रूर खेलिए नाटक। ऐक्टरों की कमी पड़ेगी, मैं इंतज़ाम कर दूंगा। दो गैसें अपने यहां हैं, मंगवा लीजिएगा। एक पुराना सैट पड़ा है जंगल के सीन का, उसे बाग में भी तब्दील किया जा सकता है। बल्लियां वगैरह इमारती काम के लिए आई थीं, उन्हें इस्तेमाल में ले आइए।"

फिर हबीब साहब आगे कहते, "और क्यों न हम लोग मिल-जुलकर एक

मज़बूत कदम उठाएं। अब मज़हबपरस्ती के छिलके उतर चुके हैं और इंसान अपनी असली लड़ाई पहचान चुका है। हम उसे ताकत दें, दिमागी तंदुरुस्ती दें। एक हिंदी स्टेज कायम करें, जिस पर अवाम की रोज़मर्रा की ज़िंदगी की जीती-जागती तस्वीरें पेश करें··· हम आदमी में जज़्बात पैदा करें। उसे दर्द से पसीजना सिखाएं, मैं कहता हूं रोना सिखाएं··· ताकि वह कल हंस सके, ताज़े फूल की तरह नई पौध मुस्करा सके!" लंबे बांस की तरह हबीब साहब का बदन कांपता है और उनकी ऊंचाई के सामने मास्टर, शिवराज बरसाती घास की तरह लगते हैं।

शिवराज के दिल पर असर हुआ था, मास्टर से बोला था—"सचमुच किसी ऊंचे आदर्श से अपने को जोड़े बिना हम सूख जाएंगे, घास की तरह, या ये जानवर हमें रौंदकर खा जाएंगे। हम यह भी सोचें कि हम यह सब क्यों कर रहे हैं? किसी लक्ष्य के लिए जिएं-मरें।"

"जो चाहे करो भइया!" बाजा मास्टर बोले, "हमारा लक्ष्य लीला है, लीला। उसकी बात पूरी कर सकूं··· मेरे लिए वही अंत है। मेरी समाप्ति। हर आदमी हर मंजिल तक नहीं पहुंचता। मेरी मंज़िल यही है, आगे का रास्ता तुम्हारा है शिवराज! मुझे यहीं छोड़ देना पर तुम आगे जाना। मेरा मन इससे आगे जाने को नहीं होगा, मैं जानता हूं। तुम इन बुराइयों से लड़ो। मैं पैर तले से ज़मीन नहीं खिसकने दूंगा—स्टेज की ज़मीन।"

पर बवंडरों को किसने देखा था···

सरनाम इधर-उधर से पुलिस की कार्रवाई की सुनगुन लेता रहता। उसे अपनी चिंता उतनी नहीं थी, जितनी कि मंगल की। मंगल भी अपनी गिरफ्तारी बचाता हुआ घूम रहा था, आखिर वह भी सरनाम के पास आ लगा। पुलिस सरनाम के घर के चक्कर लगा रही थी। रंगीले से अधिक मातवर आदमी भी कौन था? पर वह बंसिरी! ऐसा बैर मान गई कि हाथ नहीं रखने देती। मंगल को कहां ठहराए? सबसे सुरक्षित उसी का घर है, पुलिस वालों से रंगीले की राह-रसूक भी है, कोई बात भी नहीं उठेगी। शिवराज से उसने रंगीले को बुलवाया और सारी स्थिति समझा दी। बंसिरी इधर शांत थी, और फिर सरनाम के अहसान··· मंगल जैसे खुराफाती से दुश्मनी हो जाने का डर भी··· यह तो करना ही पड़ेगा उसे, सरनाम के आड़े वक्त काम न आया तो वह क्या सोचेगा? जन्म-भर के लिए दुश्मनी हो जाएगी।

बाहर बैठक के दरवाज़े बंद करके तीनों बैठे थे, रंगीले हर क्षण सतर्क था, कहीं कुछ हो न जाए। बंसिरी पगला न जाए, उसने पूछा तो रंगीले ने बड़ी आसानी से

समझा दिया, "मेरा एक दोस्त है, आज रात यहीं रुक के सुबह गांव चला जाएगा।"

"और दूसरा कौन है?" बंसिरी के प्रश्न को सुनकर किसी भावी आशंका से वह सिहर उठा। आज अगर इसने सर की टोपी उतारने की कोशिश की तो निबट लेगा। साफ-साफ कह दिया; "सरनाम है!" पर बंसिरी चुप रही। रंगीले ने राहत की सांस ली।

मंगल भला कब मानता! बोतल सामने रख ली, "पी लो सिंह जी, कहीं जमानत न हुई तो बूंद-बूंद के लिए तरस जाएंगे।" "यह धीरे बात क्यों नहीं करता," बंसिरी ने जान-भर पाया कि आसमान फटा। सरनाम ने कहा—"एक कांस्टिबल घर के लगातार चक्कर काट रहा है। मन में आता है टंटा अलग करूं..."

सुबह दीवान जी डकैती वाली तहसील के सर्किल इंस्पेक्टर के साथ आए थे। केस बनाना था। डकैतों के नाम रख दिए गए थे, पर गवाही? गवाही अजड़ चाहिए भाई। उसी पर सारा दारोमदार है। दीवान जी ने कहा था, "रंगीलाल जी मदद करेंगे दरोगा जी आपकी, ये चाहें तो सब हो सकता है। और इनकी गवाही! अकाट होगी। मैंने कहा था कि ऐसा गवाह दिलवाऊंगा कि बिगड़ता केस बन जाए।" और सर्किल इंस्पेक्टर ने घाघ की तरह रंगीले को निहारा था। पीते-पीते रंगीले ने कह ही दिया, "दीवान जी बारदात वाली तहसील के दरोगा जी के साथ आए थे, चाहते थे मैं गवाह बन जाऊं..."

"किसमें, हमारे मुकद्दमे में?" सरनाम ने पूछा।

"हां।" रंगीले ने कहा तो सुनकर सरनाम ने एक ठहाका लगाया, "खूब रही भाई!! मेरा जूता मेरे ही सर!..." और गिलास चढ़ाता हुआ वह उन्मादी की तरह देर तक हंसता रहा।

रात गए सरनाम चला गया, पर मंगल लगातार पीता रहा और अनाप-शनाप बकता रहा। बंसिरी ने सब भांप लिया था, भीतर ही भीतर वह क्रोध से भुनी जा रही थी। यह दगाबाज़ी और मुझसे!...सरनाम की खातिर इतना बड़ा झूठ! मंगल ने बैठक में कै कर दी, कच्ची शराब की बदबू सारे घर में व्याप्त हो गई। रंगीले ने नींद में हुक्म चला दिया, "ज़रा इसे साफ कर जाना!" जल ही तो गई। पानी की बाल्टी और झाड़ू लिए वह जब पहुंची तो पहली बात बोली, "निकालो इसे घर से अभी...इसी वक्त!"

"ऐसी हालत में! तुम..." रंगीले कुछ कहना चाहता था।

"मैं कहती हूं वह करते हो या नहीं...या मैं खुद करूं? निकालो इस शोहदे-बदमाश को घर से!"

"आधी रात को भला···"

बंसिरी चीख पड़ी, "कहीं जाए, नाली में पड़ा रहे, पर यहां नहीं रुक सकता। एक मिनट भी नहीं···"

मंगल ने आंखें तरेरकर देखा और खुद चुपचाप बैठक के बाहर लड़खड़ाता हुआ निकल गया। पर हालत उसकी ठीक नहीं थी। रात गश्त वालों ने उसे बेहोशी की हालत में थाने पहुंचा दिया और सुबह होते-होते खबर फैल गई कि एक डकैत और पकड़ा गया।

सरनाम का खून खौल उठा। दो कौड़ी की औरत की यह मजाल! मुझसे लड़ेगी! और इस तरह? रंगीले ने सब सुना, सफाई दी, पर सरनाम के सिर पर खून सवार था—"वह औरत मुझसे दुश्मनी निभा रही है! उसे सबक सिखाने के लिए निशाना तुम बन जाओगे···मेरी भलाइयों का यह नतीजा मिलेगा मुझे? तुम इतने दब्बू और बेकार साबित होगे, यह मैं नहीं जानता था! मेरी औरत होती तो देख लेता···उसकी यह हस्ती···"

सब सुनकर भी बंसिरी नीतिज्ञ की तरह चुप रही, पर यह उसने जान लिया था कि अब इस तरह नहीं चल पाएगा—जानवर हो गया है वह! उसके साथ आदमियत का बर्ताव! अब नहीं सहेगी, बहुत हो लिया। सांप का ज़हर नहीं मरता। इतना विष है इसके काले दिल में...। बेईमान, दगाबाज़, बेवफा! एक बार भी बीते हुए दिन याद नहीं आते? हर जगह मेरी इज़्ज़त इसके लिए खिलौना रही है—इसके लिए औरत ही हूं मैं! सराय में बिकी हुई औरत—'जब तक पूरे रुपए नहीं चुकाता यह, तब तक तुम रखो इसे!' क्या समझा था—घास-पात! रहम किया था मेरे ऊपर! तेरे रहम का बदला···सड़-सड़कर मरेगा···कैसा डरावना हो गया है! शक्ल से मनहूसियत टपकती है।

और शाम जब चरही में पानी भरकर रंगीले लौट रहा था तो मंगल के लोगों ने उसे सबक दे दिया—और करेगा दगा! पीठ में छुरी भोंकने का नतीजा है यह! गली से गुज़रते हुए किसी आदमी ने बेहोशी की हालत में उसे घर पहुंचाया था। बंसिरी के तो हाथ-पैर फूल गए। क्या करे—कहां ले जाए, हाय राम, मार डाला बदमाशों ने! रंगीले का शरीर जगह-जगह लाठियों की मार से सूज आया था, पूरे शरीर पर नील पड़ गए थे। खून निकल जाता तो इतनी हड़फूटन न होती, वह बेकल पड़ा था। बंसिरी रुई के फाहे बनाए सेंकती रही, पर कुछ भी असर नहीं हुआ। सिर की चोट से नकसीर फूट गई थी···

सरनाम ने सुना तो अवाक् रह गया—यह क्या कर दिया! शिवराज से हाल

मंगवाता रहा। उसे चैन नहीं था, पर यह सब उसे मालूम भी नहीं था कि मंगल के साथियों ने बदला लिया था। एक-एक को देख लेगा, पर रंगीले भला क्या सोचेगा? आखिर किसकी करतूत समझेगा···?

बंसिरी निश्चित मत थी—यह और कौन करेगा उसके सिवा! बड़ा विश्वास करते थे उस पर। अब यह दुश्मनी चलेगी, खतरा भी वह उठाएगी। मन में आता है, घायल रंगीले को लेकर शहर छोड़ जाए। पर जाए भी कहां···और इस तरह भागना! अब ज़रूर वह उस मेले वाले किस्से को खोलेगा। मेरी इ़ज़्ज़त पर दाग लगाने की कोशिश करेगा! क्या बिगाड़ा था मैंने इसका? पर इस तरह जिए? नामुमकिन है यह। घृणा की लहर उसके भारी-भरकम शरीर में दौड़ रही थी। प्रतिहिंसा की अकुलाइट में जैसे रोम-रोम धधक उठा हो, पा जाती तो बोटी-बोटी काट डालती···कोंच-कोंचकर मारती। वह अच्छी तरह जान गई थी कि सरनाम का कोप अब उस पर टूटेगा।

गवाही के लिए रंगीले को पुलिस वाले चाहते थे। एकदम चौकस गवाही पड़ेगी। दुनिया जानती है कि सरनाम और रंगीले का साथ है, एक-दूसरे के काम में हिस्सा बांटते हैं। दीवान जी ने फिर चक्कर लगाया—उनके मन में कहीं सरनाम के लिए आक्रोश छिपा बैठा था। दड़ा चोरी-छुपे चलता है, इसे पुलिस भी जानती है, पर जब से अफसरों ने कड़ा रुख अपनाया है तब से नीचे वाले दीवान-अमलाओं का कमीशन बंद हो गया है। यह सरनाम की ही करतूत है, लेकिन बचके कहां जाएगा? जल में मगर, थल में पुलिस! दीवान जी से बंसिरी ने खुद बात की, रंगीले खाट पर पड़ा कराह रहा था। फौजदारी की रिपोर्ट नहीं कराई गई, साबित तो यही करना था कि डकैतों और रंगीले की मिलीभगत है, दीवान जी ने आंचा-पांचा समझाकर रपट लिखवाने से उसे रोक लिया। बंसिरी बड़ी देर बात करती रही। दीवान जी के चले जाने के बाद रंगीले ने कहा—"यह ठीक नहीं है। सरनाम ने मेरे साथ बहुत बुरा किया है, फिर भी मैं उसके खिलाफ गवाही नहीं दे सकता···गुस्से में आदमी सब कुछ कर सकता है। तुमने भी तो गुस्से में मंगल को आधी रात घर से खदेड़ दिया था।"

बंसिरी ने आखिरी अस्त्र फेंका—आंखों में पानी, सिसकियों में होने वाली संतान की सूचना—एक क्षण बाद ही उसकी आंखें अजीब घृणा से भर आईं। किसी अदेखे अत्याचार की सूचना उसके चेहरे पर मंडराने लगी, उसने धीरे से कहा—"मैं अब तक चुप थी, लेकिन अगर तुम सारी बात जान पाते···" मन में घृणा का तूफान आया हुआ था, उसका बस चल पाता। कैसे भी! उसे अब यह करके रहना है, यह होगा ही, नहीं तो वह चली जाएगी कहीं भी, पर इस स्थिति को बर्दाश्त नहीं करेगी, रंगीले

की आंखों में विस्मय भर आया। वह बोली–"मैं तुम्हारी औरत हूं न!"

रंगीले ने हुंकारी भरी।

"लेकिन अगर···" जैसे उसकी जबान रुकती हो–"अगर तुम यह सोचते हो कि मुझे छोड़ दोगे···तब सब ठीक है..." आंखों का बांध टूट गया, आंसू थमते ही नहीं थे, "मैं कहीं भी चली जाऊंगी, इस होने वाले बच्चे को लेकर, पर इस तरह रहना नहीं हो पाएगा···"

"किस तरह!" रंगीले पहेली में उलझा है।

"क्या उसने मेरी शादी तुमसे इसीलिए कराई है कि वह..."

"साफ-साफ कहो···" रंगीले सब कुछ एक सांस में सुन लेना चाहता है।

"कितनी बार उसकी ऐसी कोशिशें रही हैं कि मैं···इसीलिए वह मुझसे दुश्मनी मानता है।"

"किसकी सरनाम की!" रंगीले की आंखें फटी रह गईं।

"यह मुझसे नहीं होगा···" आंसुओं और सिसकियों के सैलाब में सब खो गया। रंगीले की आंखों से चिनगारियां फूटने लगीं।

"देख लूंगा उस हरामज़ादे को! उठाए आंख! एक मिनट में उसकी हस्ती राख कर दूं!"···आंसू, सिसकियां–आग, प्रतिहिंसा! उबाल, घृणा और कुछ कर डालने की बलवती–दुर्दमनीय शक्ति। अपने टूटे शरीर को लिए वह खाट पर बैठा धधक-धधककर हांफता रहा और बंसिरी घुटनों में सिर दिए सिसकती रही···

···बाजा मास्टर शिवराज को समझा रहे हैं···"एकदम नई तरह से ओपिन होगा ड्रामा। नटराज की आरती...दस लड़कियां थाल लेंगी, पांच एक विंग से, पांच दूसरे विंग से आएंगी, संगीत रचना में दक्षिणी प्रभाव रहेगा···लीला की तस्वीर पर फूल चढ़ाकर दसों लड़कियां इसी तरह श्रद्धा का भाव-प्रदर्शन करती विंग से चली जाएंगी···कैसा रहेगा?"

लीला की तस्वीर एक फ्रेम में जड़ी अभी से तैयार है, शिवराज ने देखा है, उस पर रोज़ नई माला पड़ती है। उसे यह कुछ-कुछ पागलपन लगता है। हबीब साहब रोज़ आते हैं, बांस की तरह सर झुकाए और उनकी गंदली आंखों से थोड़ी देर में रोशनी फूटनी लगती है। बाजा मास्टर की आंखें अनोखे नशे में झूमती रहती हैं। नाटक में पार्ट करने वाले दिलाराम, बंशीधर, रामप्रसाद, शौक, लक्ष्मी, सुशीला की आंखों में उल्लास-भरा अचरज है; और कमला! उसकी आंखों में संतोष की परछाईं ···स्नेह-डूबी तृप्त आंखें! स्थिर, एक पथ पर टिकीं···

पर सरनाम की भवों में तनाव है। किसी आने वाले तूफान की प्रतीक्षा करते

आकाश सा निस्तब्ध सूनापन! कमला पोशाकें सिल रही है, ठीक कर रही है··· अभिमन्यु की पोशाक। उत्तरा के सुहाग चिह्न में मोती टांक रही है। बाजा मास्टर उसे अपने घर ले आए थे, कार्नीवाल उखड़ चुका था। कमला ने साफ-साफ कह दिया था, 'मैं अब नौकरी नहीं करूंगी, भूखी मर जाऊं पर नहीं···'

भीतर-भीतर पकती खिचड़ी की महक सरनाम को लग गई, एक तो अपना चक्कर, दूसरा यह···क्या करे? शिवराज से साफ कह दे—"यही सब करना है तो अपना रास्ता लो?" पर कह भी नहीं पाता! और ऊपर से मोटर-बसों के राष्ट्रीयकरण की लटकती हुई तलवार। रोज़ नई-नई खबरें सुनाई पड़ती हैं। इस लाइन पर भी सरकारी बसें चलेंगी—नहीं-नहीं, यह झूठी खबर है, इस पर नहीं चलेंगी। मोटर-मालिकों की यूनियन की बैठक रोज़ सुबह से शाम तक होती है, कुछ पता नहीं चलता। सुना है दो-चार दिनों में मालिकों की ओर से कुछ लोग लखनऊ जाकर परिवहन मंत्री जी से मुलाकात करने वाले हैं—एक एम.एल.ए. साथ जा रहे हैं। वह कुछ ठीक-ठीक नहीं सोच पाता। कुछ भी साफ नहीं दिखाई पड़ता है। शिवराज ही सामने पड़ा तो उबल उठा—"यही सब नंगई करनी है तो मुझे मार के करो। चार दिन और सबर करो, रास्ता छोड़कर खुद चला जाऊंगा। काहे को अति कर रखी है, मुकद्दमे भर की देर है, तुम सब लोग जो चाहते हो, हुआ जा रहा है।"

शिवराज चुप रहा। सरनाम की आंखों में उजाड़ सूनापन व्याप्त है, जैसे इस वक्त कोई सहारा चाहता हो। बोला, "मैं जानता था, मेरे साथ यही होगा, सब आंखें फेरकर बैठ जाएंगे एक दिन···तो तुमने सब कुछ तै कर लिया है?"

शिवराज चुप है। सरनाम भभक उठा, "मैं मर गया था क्या? मैं कोई भी नहीं था? तुम्हें अपनी ज़िंदगी बिगाड़नी है तो बिगाड़ लो···एक दिन पछताओगे कि मैं क्या चाहता था और तुम क्या कर बैठे?"

"कुछ बुरा तो नहीं है इसमें!" शिवराज ने कहा।

"एक बाज़ारू औरत के पीछे इस तरह बरबादी के रास्ते पर लग जाना जवानी का नशा है। आंखें खोलकर देखो, मैं चाहता था तुम कॉलिज तक जाओ, बी.ए., एम.ए. करो और इज़्ज़त की ज़िंदगी बसर करो। पर तुम्हारे दिमाग पर भूत सवार है, अगर तुम आंखें खोलकर देखने से लाचार हो तो मैं अपनी आंखें बंद नहीं कर सकता, समझे!"

"मेरी आंखें बंद नहीं हैं।"

"लेकिन यह सब नहीं होगा!" सरनाम चीखा, "किसी भी कीमत पर नहीं! मेरा हक है तुम पर···बच्चे की तरह पाला है तुम्हें!"

"लेकिन मैं तय कर चुका हूं···"

"उससे कुछ नहीं होता!" सरनाम चीखता जा रहा है, "तुम्हारी वजह से मैंने आश्रम वालों से बैर मोल लिया, तुम्हारे भाइयों से झगड़ा किया। शहर-भर की हिकारत उठाई और अब तुम्हारी आंख देखूं! वह भी उस बाज़ारू लड़की के लिए···" कहते-कहते उसकी सूनी आंखों में बादल घुमड़ आए, गला भर आया–"तुम भी यही करोगे शिवराज! मैंने अपने लिए कभी कुछ नहीं सोचा, कोई मेरे लिए सोचता, मेरे लिए जीता-मरता। कितना अभागा हूं मैं! पर तुम्हारे लिए सोचकर मैं तुम्हें कभी भूल जाता हूं। मेरा रास्ता गलत ही सही, शिवराज! पर मैं किसी रास्ते पर अपनी तरह चलाना चाहता था, मेरे लिए तुम्हारे मन में भी···" उसकी आंखें डबडबा आईं।

शिवराज को उसका प्यार चुंबक की तरह खींचता है।

बंसिरी ने जब से शिवराज के इस निर्णय को सुना है, खुश है। उस सरनाम से पिंड छूटेगा। अकेलेपन की मार से वह बेहाल हो जाएगा, घबराएगा और सोचेगा। तब कभी उसे बंसिरी की याद आएगी। दिल में हूक उठेगी। तड़पेगा, पछताएगा। और तब वह लस्त पड़े शेर को देखेगी। कितना अनिर्वचनीय आनंद होगा उस दृश्य में। हारा हुआ आदमी! औरत बेबस हो सकती है तो आदमी हार सकता है! पर वह कैसे देख पाएगी–टूटा हुआ खंडित आदमी! दिल कड़ा करके एक बार देखेगी ज़रूर। अगर आंख भर आई तो चुराकर रो लेगी, पर देखेगी ज़रूर। परास्त शक्ति को भी देख सकने की एक अनोखी उत्कंठा होती है। वह उत्कंठा पूर्ति मांगती है। शिवराज को वह रोज़ समझाती है, उसे ताकत देती है, "तुम कमला को लेकर यहां चले आओ, किसी की फिकर मत करो···"

और शहर में हंगामा मचा है! हबीब साहब का मुर्दा कब्र से उठकर आया है–म्लेच्छ नास्तिक! वीर अभिमन्यु नाटक के पीछे राजनीति की चालें खोजी जाने लगीं। गीतानंद के सत्संगी अखबार की तोप पर पलीते चढ़ गए। रोज़ सुबह एक गोला दगता है–

"कम्युनिस्टों के ज़हरीले दांत अभी टूटे नहीं हैं!"

"शहर को वेश्यालय बना देने की नई साज़िश!"

"सन् बयालीस के गद्दार हबीब की हैरतअंगेज़ हरकतें।"

पर बाजा मास्टर और हबीब साहब निश्चिंत थे।

लेकिन शिवराज के सामने दुर्लंघ्य दीवारें निरंतर उठती जा रही थीं। सरनामसिंह

अभी भी अपनी गिरफ्तारी बचाता हुआ वकीलों से मिल-जुल रहा था, पर उसके सामने था शिवराज।

"ऐसी लड़की का कोई ठिकाना है जो बाजा मास्टर के घर में रहे, अकेली। मैं तुम्हारी सारी ज़रूरतें पूरी कर दूंगा, और क्या चाहिए तुम्हें?"

और उन गलियों में सरनाम रात झुके खुद शिवराज को ज़बरदस्ती लेकर गया। शिवराज चलता जाता, पर उसका मन ऊबता जाता। सरनाम बात छेड़े हुए था—"यही सब करना है तो करो, खुलकर करो मेरी तरह। झूठे दिखावे में मत फंसो, ये गलियां बदनाम हैं, पर इनमें निडर होकर आओ—घूमो, देखो, रुको, पर अपने को पहचानते रहो। जानबूझकर धोखे में मत पड़ो···तुम्हें औरत चाहिए। इसके सिवा और कुछ नहीं, मैं जानता हूं। इस गली से नफरत करना सीखो, ऐसी नफरत जो बार-बार तुम्हें खींच लाए। जब तक इन गलियों से नफरत करना नहीं सीख पाओगे, तब तक इन्हें जानोगे कैसे! आज जिसे तुम प्यार कर रहे हो, वह प्यार कल मुलम्मे की तरह उतर जाएगा, उसके साथ तुम्हारे दिल की चमक भी खो जाएगी।" सुनकर शिवराज चुप रहा।

"मुझे देखो शिवराज! उसी चमक के लिए मैं भटकता रहा, लेकिन फिर वह हाथ नहीं आई···"

गंदी नालियों, बदबूदार दरबों, झनकते घुंघरुओं और बेगाने लोगों से भरी गलियों में वह सरनाम के साथ घूमता रहा···सरनाम की बातों का कोई विशेष असर उस पर नहीं पड़ा, वहां के वातावरण ने उसे विरक्ति ही दी। मन उचट गया, अजीब सी बातें उठने लगीं भन में—यह सब क्या देख रहा है? एक बहता हुआ गंदा नाला और उसमें नहाते, गोते खाते सैकड़ों लोग! ध्वस्त मानव-खंडहर और उसमें बसेरा लिए हुए अनगिन पक्षी—विकलांग, परास्त, पराधीन···

और उस रात वापस लौटकर सरनाम ने फिर बोतलें खाली कीं और शिवराज के माथे पर अपना सर टिकाए रोता रहा। उसके रोम-रोम पर अंगुली फेरता रहा। आंखें गड़ाए उसकी कोमल गर्दन को देखता रहा। उसका मन रोता था—अपने निपट अकेलेपन को सोच-सोचकर। ऐसे क्षणों में हमेशा शिवराज की ममता, घृणा की पर्त भेदकर ऊपर आती है। सब कुछ सही पर आदमी का घबराना वह नहीं देख पाता···

सरनाम ने कहा था—"शायद एक-दो महीने में यहां सरकारी बसें आ जाएंगी, मेरा भी कोई ठिकाना नहीं, कहां जाऊं, क्या करूं? मेरी बातों पर ध्यान मत देना, ठीक समझना सो कर लेना···"

शिवराज जैसे परास्त हो गया। रात की उदासी और भी गहरी हो गई थी। तब उसे लगा कि सरनाम जब इतने झंझटों में से गुज़र रहा है, तब कुछ मदद देना ज़रूरी था, कम से कम पूछता ही रहे।

आखिर डकैती का मुकद्दमा अदालत में पहुंचा और सरनाम ने अपने को इजलास के सामने हाज़िर कर दिया।

और इकबाली गवाह के रूप में सरनाम के सामने ज़बर्दस्त शह की तरह रंगीले खड़ा था! मोहरा चलाने वाले हाथों को उसने देखा—चूड़ियों से भरे, मेहंदी रंगे हाथ ···आंखों में प्रतिहिंसा लिए बंसिरी!

मन उचाट है। जो भी होना हो, हो जाए। "सात साल की जेल।" छुटकारा तो पाएगा इस सबसे। और फिर सोरों के मेले में इन्हीं हाथों ने उसके माथे के बाल हटाकर कहा था—"कितना चौड़ा माथा है!" और वही हाथ उसके पथरीले शरीर पर पानी की धार से फिसलते रहे थे। इन्हीं हाथों का मोह है बंसिरी···याद अभी बाकी है। यही हाथ रक्षा के लिए उठे होते तो हार जाता आज···चुनौती स्वीकार करूंगा, पर होगा अनर्थ ही। मेरी जीत सुख नहीं दे पाएगी मुझे···

इजलास में भीड़ जमा रहती। शहर के जाने-पहचाने आदमियों पर डकैती का केस है और सरनाम का लंगोटिया यार रंगीले खिलाफ शहादत दे रहा है। माज़रा कुछ समझ में नहीं आता। बड़ा गहरा केस है, हाकिम बड़ा काबिल है। सेशन कोर्ट में लड़ने की तैयारियां अभी से हो रही हैं, जिसके यहां डकैती पड़ी, वह भी बड़ा जबर है भाई! इलाहाबाद से बालिस्टर आ रहे हैं, कहता है—"जड़ उखाड़कर छोड़ूंगा···"

तीन से कम किसी की भी शनाख्तें नहीं। जनानी शनाख्तें, पुख्ता सबूत हैं। चेहरों पर चिप्पियां लगवाकर पहचनवाया गया। एक-एक पहचान में आ गया। और भरी इजलास में सरनाम को छह दिखवइयों ने पहचाना। तीन शनाख्त वाले को शर्तिया जेल, तब भला छह वाला क्या बचेगा? गनीमत यह हुई कि हाकिम ने ज़मानत मंजूर कर ली।

रंगीले ने अपनी हिफाज़त की अर्ज़ी दी थी, सरकारी गवाह था वह। पुलिस को हुकुम मिला था। एक कांस्टिबल दिन-रात घर के बाहर तख्त पर बैठा तंबाखू पीता रहता।

पहले रोज़ जब वह कोतवाली से लौटा तो सीधा वह सरकारी वकील के साथ मौका देखने गया था। सर्किल इंस्पेक्टर साथ थे। बड़ी खातिर हुई रंगीले की, और दरोगा जी ने नकद तीन सौ रुपए उसे चौधरी से दिलवाए थे—"तुम्हारी खातिर

रंगीलाल ने यह खतरा उठाया है चौधरी साहब!"

"लेकिन ये कैसे गवाह बन पाएंगे?" चौधरी को अपना रुपया डूब जाने की फिक्र थी।

"रंगीलाल का नाम डकैतों में शामिल किया जाएगा, वारंट कटेगा, तब ये पकड़े जाएंगे और कोतवाली में जुर्म का इकबाल करेंगे, बयान देंगे···तब ये इकबाली गवाह बनेंगे···" दरोगा जी ने समझाया।

रंगीले ने मौका-जगह देख ली, नक्शा अपनी आंखों में उतार लिया, बयान समझकर बुद्धि में रख लिया, और सबसे ऊपर वे तीन सौ रुपए, बाद मुकद्दमा बाकी तीन सौ—कुल छह सौ का सौदा था।

इधर नाटक की तैयारियां ज़ोर-शोर पर थीं। शहर में विरोध भी बढ़ता जा रहा था। आधी-आधी रात तक रिहर्सल होते, दूसरे दिन ग्रांड रिहर्सल की तैयारी थी। युधिष्ठिर का पार्ट करने वाले जगमोहन तिवारी ने ऐन दिन अपनी मुश्किल हबीब साहब के सामने रखी—"आज हमारे हेडमास्टर साहब ने बुलाकर कहा कि अगर आपको नाटक ही खेलना है तो स्कूल से इस्तीफा दे दीजिए···।"

"यह सरासर ज़्यादती है!" हबीब साहब ने अपनी छड़ी रखते हुए कहा—"आपने इसका सबब नहीं पूछा?"

"सबब? स्कूल कमेटी वाले मौका देख रहे हैं, हम तीन मास्टरों ने पूरी तनख्वाह पाने के लिए बात उठाई है। और फिर मैं लंका में अकेला विभीषण हूं न!" जगमोहन तिवारी ने कहा। "भीतरी बात और है। हर स्कूल में अपना-अपना चल रहा है। असल में सरकारी स्कूलों को छोड़कर कौन सा स्कूल है ज़िले में, जो किसी जाति विशेष के आधिपत्य में न हो! ब्राह्मणों के अपने स्कूल हैं, कायस्थों के अपने, अहीरों के अलग, अग्रवालों के अलग···हर जगह जाति का सर्प फन फैलाए बैठा है! इस बार मैं उसका शिकार बन रहा हूं!"

"क्यों, पूरी तनख्वाह नहीं मिलती?" हबीब साहब ने पूछा।

"यह किससे छुपा है! कौन सा प्राइवेट स्कूल है, जिसमें पूरी तनख्वाह मिलती है। चाहे वह मेरा स्कूल हो, चाहे अग्रवाल विद्यालय, चाहे आर्यसमाजी हाई स्कूल। सौ देते हैं, एक सौ पचास की रसीद लेते हैं। ज़रूरतमंदों को सब स्वीकार करना पड़ता है। न करें तो बाल-बच्चे कहां से पालें?" जगमोहन ने कहा तो हबीब साहब ने कहा, "सोच लो भाई, नुकसान न हो आपका!"

पर तिवारी भला कब मानता। बोला, "निकाल के देखें! बगैर नोटिस निकालें

तो भला, मैं देख लूंगा। हेडमास्टर कहते हैं, विद्यार्थियों पर आपके इस आचरण का बुरा असर पड़ेगा, स्कूल की बदनामी होती है इसमें। पचहत्तर रुपए देकर एक सौ बीस की रसीद लेते हैं और आचरण का नुस्खा पिलाते हैं?"

हबीब साहब और बाजा मास्टर एक-एक अभिनेता की देखभाल अंडे की तरह कर रहे हैं। एक भी टूटा तो सब चौपट!

स्टेज बनाने का काम हबीब साहब ने उठा लिया। बाजा मास्टर को फुर्सत कहां? लाली, पाउडर, कालिख¨दुर्योधन की धोती का इंतज़ाम, और मुकुट। जल्दी मोती टांककर तैयार करो भाई। अभिमन्यु का तरकस। क्या कहा? कागज़ नहीं चढ़ा उस पर! फौरन करो, नहीं तो कब सूखेगा और सलीम तुम्हारे तीर-कमान तैयार हैं? ऐसे कैसे चलेगा, ऐन वक्त पर क्या होगा? कर लो मेरे भाई¨कृष्ण का पीतांबर अभी तक नहीं आया? पैसे कहां हैं! कमला की साड़ी फाड़कर पीली रंग लो¨काम चलाओ किसी तरह¨

कौंधती बिजली की तरह बाजा मास्टर अभी यहां दिखाई पड़ते हैं, अभी वहां—प्रॉम्पटर के सहारे रहोगे तो सब चौपट हो जाएगा! रटो, पार्ट रटो¨प्रॉम्पटर भूल संवारने के लिए रहेगा! नगाड़ा¨इलाही बैंड वाले के यहां से आना है, अभी लाकर रखो।

हबीब साहब सर पर रूमाल रखे अपनी गंदली आंखों से ऊपर बंधती बल्लियों को ताक रहे हैं—पुल्ली यहीं रहेगी, गांठ लगाओ भाई, खड़े मत रहो,पर्दा चढ़ाओ। एक बार टेस्ट करके देखना है। उधर नहीं¨और थोड़ा इधर। नौ फुट, नापकर¨हां¨हां तख्त नीचा पड़ता है तो ईंट लगाओ¨

ऐक्टर अपना-अपना पार्ट याद कर रहे हैं—कमरे से अजीब-अजीब आवाज़ें गली में आती हैं¨दुर्योधन रिरिया रहा है—"गुरुदेऽऽव!" अभिमन्यु की ओजस्वी आवाज़—मैं चक्रव्यूह भेदूंगा¨माता के गर्भ में¨बीच-बीच में हंसी¨फबतियों भरे वाक्य!

और यह सब आखिर अपनी पूर्णता को प्राप्त हुआ। शहर में मुनादी से खबर दी गई। मेले-तमाशों के लिए बड़ा उत्साह होता है, काफी भीड़ जमा हुई थी। टिकट दर थी सात पैसा¨सबकी पहुंच के भीतर। तिवारी अपने हेडमास्टर की आज्ञा का उल्लंघन करके युधिष्ठिर बन रहा था! बाजा मास्टर ने 'आपेनिंग सीन' बड़ी मेहनत से तैयार करवाया था—दस नर्तकियां हाथों में आरती के थाल लिए विंग में खड़ी थीं, पर्दा उठने को था। बाजा मास्टर बीच स्टेज पर लीला का चित्र लगा रहे थे, आंखों में आह्लाद

के आंसू···शिवराज कमला को उत्तरा के वेष में देखता ही रह गया—इतना रूप! प्रॉम्पटर हाथों में कापियां लिए अपनी-अपनी जगह खड़े हो गए थे। दूसरे सीन वाले लोग टाट के पर्दे से घेरकर बनाए हुए मेकअप रूप में तैयार हो रहे थे।

हबीब साहब ने विंग में से पूछा, "रेडी!" बाजा मास्टर ने लीला के चित्र पर माला डाली और माथा नवाकर स्टेज से हट गए···

विंग में खड़ी नर्तकियों ने घुंघुरुओं की समवेत झनकार की···वातावरण शांत हुआ और हबीब साहब ने मुस्कराती हुई आंखों से सबको आशीष देते हुए पर्दा उठाया—दोनों विंग से आरती के थाल लिए घुंघरुओं की झनक के साथ थिरकते हुए पैर स्टेज पर आए···श्वेतवस्त्रा नर्तकियां, जैसे दो दिशाओं से सारसों की पांत चम-चम करते सितारे लिए उतर रही हों···दर्शकों ने तालियों की गड़गड़ाहट से स्वागत किया। आरती के थाल लिए श्रद्धामय भाव से नृत्य चल रहा था···

कि आग! आग! की आवाज़ें नेपथ्य से आईं···क्षण दो क्षण का असमंजस—तभी स्टेज के पीछे लपटें उठती दिखाई दीं और घबराए अभिनेता इधर से उधर भागने लगे—पानी लाओ...पानी लाओ···मिट्टी डालो···पर धू-धू करती लपटें पर्दों और लकड़ियों को निगलती जा रही थीं···हंगामा मच गया, दर्शकों में भगदड़ मच गई और पचास-साठ आदमी स्टेज पर पिल पड़े···

बाजा मास्टर बदहवास से इधर-उधर दौड़कर पर्दे गिरा रहे थे···हबीब साहब चीख रहे थे—'उधर के कपड़े खींच लो, न बढ़ने पाए आग···' पर भीड़ ने गैस के हंडे तहस-नहस करके उन्हें अंधेरे की चादर में डुबो दिया।

···भाग-दौड़, आग से लड़ाई और कुछ लोगों की मार-पीट···बल्लियां उखाड़ ली गईं। 'मारो···मारो सालों को! एक भी भागने न पाए!' यह अचानक हमला कैसा? कोई पहचाना भी नहीं जाता—आखिर यह हुआ क्या? बाजा मास्टर लीला की तस्वीर उठाने के लिए स्टेज पर भागे कि सर पर जैसे चट्टान आ गिरी हो, आंखों के नीचे अंधेरा···हबीब साहब के घुटने चलते ही नहीं, यह क्या किया किसी ने? तिवारी और शिवराज किसी तरह लड़कियों को लेकर टीन में खड़ा कर आए, वे डर से चीख रही थीं···

थोड़ी देर बाद तमाशाइयों की कुछ भीड़ उस जले-बिखरे नज़ारे को देखने लिए खड़ी रह गई थी—"यह बदमाशी है किसकी!"

"जानबूझकर आग लगाई है, और हमला किया गया···"

हबीब साहब घुटने पकड़े एक तरफ बैठे हैं। बाजा मास्टर बेहोश हैं—सर से थोड़ा खून आया है, एक प्रॉम्पटर का हाथ बुरी तरह जल गया है। लपटों ने बाजा

मास्टर को झुलसा दिया है। जले हुए पर्दों की राख पड़ी है, बल्लियों के जले हुए टुकड़े इधर-उधर पड़े हैं··· दो-चार बल्लियां ज़मीन में बुझी हुई मशाल की तरह गड़ी हैं। पोशाकों का कहीं पता नहीं, टीन के संदूक अधजले लुढ़क रहे हैं—और लीला की तस्वीर का फ्रेम भर रह गया है।

बेहोशी से उठकर कराहते हुए बाजा मास्टर ने वह फ्रेम देखा—बीच की तस्वीर मुक्त आत्मा की तरह लुप्त है। शरीर पड़ा है। ठीक वैसे ही जैसे उस दिन लीला का पिंजरा निस्पंद होकर उसकी गोद में पड़ा था। तब आकृति थी, आज वह भी नहीं, आंखें फाड़े बाजा मास्टर देखते हैं—क्षार-क्षार हुई सृष्टि को··· ध्वस्त सपने उनकी पुतलियों में फड़फड़ाते हैं, पर-कटे पक्षी की तरह···

एक विकराल हंसी··· जैसे श्मशान में कोई हंसा हो! भयातुर से लोग बाजा मास्टर को देखते रह जाते हैं। लड़कियां टीन से इधर आ गईं, शिवराज उन्हें संभाल रहा है। हबीब साहब आवाज़ लगाते हैं—“यहां से उठाओ मुझे। लोगों को अस्पताल पहुंचाओ···” पर बाजा मास्टर में अजीब सी शक्ति आ गई है, जैसे कुछ हुआ ही नहीं। आंखें फाड़कर कहते हैं—“युद्ध...कुरुक्षेत्र का युद्ध··· चक्रव्यूह··· हबीब साहब मारे गए··· मारे गए!” उसकी चीख डरावनी लगती है···

और तब से बाजा मास्टर की यह चीखें बस्ती की किसी न किसी गली में वक्त-बेवक्त सुनाई पड़ती हैं··· कमला उन्हें घर में रोककर रखती है, कोठरी में ताला बंद करके सताती है। हां, सताती है वह। शिवराज से हमेशा कहती है, “इनके लिए कुछ करो, मुझसे देखा नहीं जाता, कोठरी में बंद करके सताना पड़ता है···”

“अकेले डर भी लगता होगा?”

“डर नहीं, दुःख होता है, कभी-कभी बड़े घबराकर रोते हैं मास्टर जी···”

और शिवराज देख रहा है—उसके पैरों तले की ज़मीन खिसक गई है। लक्ष्य भ्रष्ट तो नहीं हुआ; पर अवरोध तो है। कितनी ज़िम्मेदारियां एकदम ऊपर आ गईं। हबीब साहब चलने-फिरने से लाचार हैं। बाजा मास्टर नीमपागल हो गए हैं, अर्धविक्षिप्त! तिवारी को स्कूल कमेटी से नोटिस मिल गया, अगली पहली को उसकी नौकरी खत्म हो रही है। विभीषण रावण का शिकार हो गया। सरनाम उलझा-उलझा रहता है, बंसिरी अब अस्पताल में है—जाए भी कहां। और कमला तो जैसे बिलकुल पथरा गई। उसकी हंसी न जाने कहां खो गई! शिवराज से लिखा भी नहीं जाता, कुछ लिख पाता तो शायद यह घुटन कम होती। ज़िंदगी की इतनी उलझनों में प्यार-स्नेह की बातें भी करने को जी नहीं चाहता, हर वक्त एक आग धधकती है···

···रंगीले पिछले दिनों मुकदमे की चाल से समझ रहा था कि सचमुच जीवन में ज़रूरत सबकी पड़ती है। ऐसे पलटे खा रहा था मुकदमा कि उसकी समझ के बाहर होता जा रहा था। घर आता, चुप पड़ा रहता–बंसिरी की हालत नाज़ुक थी, दिन-रात घंटा-मिनट लगा था। अस्पताल में ही प्रसव का इंतज़ाम हुआ था, और क्या होता? सुबह उठकर निकल जाता। चरही में हांफ-हांफकर पानी भरता, भजन भी नहीं गुनगुनाता। खामोशी से चरही भरता और घर लौट आता, जैसे दुनिया से कट गया हो, बंसिरी परेशान होती, पर उसे एक ही संतोष था–वह सरनाम को सात साल के लिए जेल जाते हुए देख पाएगी···देख भी पाएगी या नहीं, मन कैसा होगा? पछतावा तो नहीं होगा? पछतावा कैसा···

रंगीले इधर कहीं से बिल्ली के बच्चे पकड़ लाया था, उन्हीं से उलझता रहता, बंसिरी पर उसे कभी-कभी गुस्सा भी आता। किस झंझट में डलवा दिया! जनने का समय सर पर और यह मुसीबत पीछे लगी है, दिमाग को फुर्सत ही नहीं मिलती।

बंसिरी ने सहारा खोजा, गेंदा कवि को चिट्ठी डाली कि वह कुछ दिनों के लिए यहां चला आए। अभी तक कोई जवाब भी नहीं आया। रमते जोगी का कौन ठिकाना···

सरनाम के सर पर दोहरी तलवार लटक रही है! हाकिम के रुख का कुछ पता नहीं चलता, न जाने ऊंट किस करवट बैठे। और इस लाइन के मोटरों के राष्ट्रीयकरण की खबरें ज़ोर पकड़ती जा रही हैं। अपनी बसें चलाकर पिछले दिनों सरकार को बहुत फायदा हुआ है, वह अपना फायदा देखती है, मज़दूर का पेट नहीं। आखिर क्या इंतज़ाम होगा इन ड्राइवरों और क्लीनरों का, जो बेकार होकर बैठ जाएंगे! सरकारी ड्राइवर आएंगे, तब इन्हें कहां काम मिलेगा भला!

मोटर-मालिक यूनियन के मालिकान लखनऊ की दौड़-धूप में लगे हैं, धड़ाधड़ प्राइवेट कैरियरों के लैसंस बनवा रहे हैं, दस-दस, पांच-पांच हज़ार देकर, जैसा सौदा पट जाए। पर इन मज़दूरों का पेट कट जाएगा! मालिक भी क्या करें? भागते भूत की लंगोटी पर संतोष कर रहे हैं। सरनाम के मोटर-मालिक–जैन बाबू लखनऊ जाते हुए थोड़ी देर के लिए रुके थे, बड़ा अफसोस था उन्हें, उन्होंने ही खबर दी थी–"अगली पहली से सरकारी बसें चलने का ऑर्डर हो गया है। क्या करें भाई। बहुत कोशिश की पर कुछ हुआ नहीं···लैसंस मिलने वाली बात दबा गए। कहते थे–क्या बताएं, तुम लोगों से प्रेम-मुहब्बत हो गई थी, पर मजबूरी है। मेरा बस चलता तो अपने एक भी आदमी को बेकार न होने देता, लाचारी है अब तो?"

सरनाम पिछले दिनों से छुट्टी पर था। फैसले की तारीख बढ़ती जा रही थी। शिवराज के रंग-ढंग समझ में नहीं आते! रंगीले से वह मिलना चाहता था, पर वह मुंह चुराए था। सामने ही नहीं पड़ता। बड़ा मन करता, एक बार बात तो कर ले--फैसले के बाद ये सब शक्लें समय की लंबी दीवार की ओट हो जाएंगी, लंबे सात साल–कौन जिए, कौन मरे···कौन भटक जाए! मन की बात तो कर लेता···और···और उस बंसिरी को एक बार देख तो लेता, जिसका शाप धारण करके वह चुपचाप चले जाने को तैयार है! मन बेहद डूबता है। हर तरफ खंडहर नज़र आते हैं, हर इमारत ध्वस्त है, बरबादी...टूटन और अकुलाहट। पर मन न जाने कैसा हो गया है। बैर, घृणा, द्वेष से ऊपर उठ गया है। दुश्मन-दोस्त सब बराबर हो गए हैं। जी करता है, हरेक से लिपट-लिपटकर रोए...आंखों से ओझल होने वाली इन गलियों, सड़कों, बाज़ारों को अच्छी तरह देखकर अपनी आंखों में अंकित कर ले! वे छूटती हुई राहें-पगडंडियां! ये गलियां, ये सड़क! चेहरे···दुःख-सुख···ज़िंदगी की गति। घने इमली वृक्षों की छांह और गुरगुराकर भागने वाली मोटरें···पेट्रोल और मोबिलआयल की महक, कालिख से पुती श्रमशील अंगुलियां···चौराहे, चाय की दुकानें! और वह मशीनों की दुनिया, टूटे कलपुर्ज़ों का संसार···और उसकी एकांतिक वेदना का साथी बेंजो!

सोचकर मन को धक्का लगता है–इस अड्डे का सब कुछ बदल जाएगा! धूल में दौड़ती खड़खड़ाती मोटरें खामोश हो जाएंगी। शाम को जमने वाली ताश पत्तों की महफिल वीरान हो जाएगी! ये दिलेर लोग बिखर जाएंगे। एक ज़िंदगी ही खत्म हो जाएगी! कैसे देखेगा यह सब! अच्छा होता, पहले फैसला सुनाई पड़ता और वहीं से अपनी सूनी राह पर चला जाता···यह सब न देखता, इन आंखों से। सचमुच यह सब उससे देखा नहीं जाएगा! वह कचहरी से सीधा चला जाएगा, इधर आएगा ही नहीं। सरकारी बसें पहली तारीख से चलेंगी और फैसले की तारीख है तीन! बोतल···बोतल···होशोहवास गुम कर देने वाली दवा!

और उसने यही तय किया था। वह कल ही बाहर चला जाएगा! बस तीन तारीख की सुबह स्टेशन पर उतरकर सीधा कचहरी जाएगा और वहीं से सीधा उस अंत, सुनसान राह पर! उन सीखचों के पीछे, जो अपने सिवा और कुछ देखने नहीं देते।

जाने से पहले रंगीले और बंसिरी को देखने का मन करता था···

रात की गाड़ी से उसे जाना था। भीतर ही भीतर कुछ छटपटाता है···उसके पैर उठते जाते हैं और वह रंगीले के मकान वाली गली में है। वह कैसे आ गया यहां? दूर खड़ा होकर मकान देखता है–टाट के पर्दे से लालटेन की रोशनी छन रही

है···एकटक देखता है—कोई छाया गुज़रती है उस पर्दे के पीछे—शायद बंसिरी···ज़रा टाट हटाकर झांक तो लेती एक बार! नहीं, शायद रंगीले होगा···मेरे दोस्त! तेरे कंधे पर सर रखकर रो लूं आज। मैंने कुछ भी बुरा नहीं माना—सच बंसिरी···सच रंगीले! यही तो मुझे पाना था एक दिन। तुमने क्या किया है?

वह घर के सामने से कई बार गुज़रता है—प्यासी आंखों से ताकता है, हर बार···अब तो रोशनी भी नहीं, क्या करेगा मिलकर···विदा! मुझे माफ करना तुम दोनों···

चलती गाड़ी से सर निकाले हुए सरनाम अपने उस छोटे से स्टेशन को पीछे छूटते देखता रहा···गाड़ी चलती गई···दूर बस्ती की बत्तियां टिमटिमाती रहीं···अंधेरी रात में यादों की लौ से जलते चिराग! बस्ती बिरानी हो गई—अब यह मोहक, नशे में डूबी उदास रातें वह कहां देख पाएगा! डबडबाई आंखों के पास सब कुछ एकाएक डूब गया···

बाजा मास्टर अपने चेहरे पर खड़िया पोतकर स्टेज पर जाने के लिए तैयार होते हैं, कपड़े बदलते हैं, और अभिनेताओं की तरह हाथ फटकार-फटकार कर कहते हैं—"हबीब साहब मारे गए! हा···हा···हा···" उनकी हंसी सुनकर कमला डर जाती है। फिर वह फुसफुसाकर कहते हैं—"देखा लीला! तुझे ज़िंदा कर दिया मैंने···" कहते-कहते नाखूनों से अपना मुंह नोच डालते हैं···खून की धारियां त्वचा पर उभर आती हैं, शक्ल और भी डरावनी हो जाती है। कमला उन्हें पकड़कर कोठरी में बंद कर देती है और खुद देहरी पर बैठकर घंटों रोती है, आंखें सुजा लेती है।

शिवराज से नहीं देखा जाता यह सब। एक दिन उसकी सूजी आंखों को देखकर बोला—"कमला, रोओगी तो मैं सब तहस-नहस कर डालूंगा, मेरी तरफ देखो···"

कमला ने देखा, उसकी उदास आंखों में ममता भरी थी। बहुत बोझ से वह बोला था—"अगर तुम्हें दुःख होता है तो चलो हम आज शादी कर लें, जो होगा देखा जाएगा···"

कमला बोली—"मुझे गलत मत समझा करो!" आंखें झुकाए-झुकाए ही वह आगे बोली थी, "मैं कब कुछ कहती हूं। कुछ छिपा तो नहीं मुझसे।"

शिवराज का गला रुंध आया था, "ज़रा पैर जमा लूं कमला, वैसे तुम्हें आज बंसिरी दीदी के पास ले चलता; पर वह अस्पताल में जाने वाली हैं।"

"मैं मास्टर जी को ऐसे छोड़कर जाती भी नहीं, इन्हें कौन देखेगा!" कमला ने

कहा।

बाजा मास्टर की हालत का प्रसंग आते ही शिवराज घबरा सा जाता था, पर बोला, "सब ठीक होगा···ठीक होगा कमला!"

कमला उसके कंधे पर सर रखे बड़ी देर संतुष्ट-सी खड़ी रही थी। अपनी लिखी हुई कविताएं कमला को दिखाकर वह तिवारी के पास चला गया। स्कूल कमेटी के निर्णय के खिलाफ तिवारी की अर्ज़ी ज़िला विद्यालय निरीक्षक के पास पहुंचानी थी—उसे मौका देखकर निकाला गया है। सर्विस बुक उसकी मेहनत और ईमानदारी की गवाह है, पर वह कोई देखता नहीं। उसके स्थान पर एक कायस्थ मास्टर की नियुक्ति भी हो गई, पर अभी तक कोई सुनवाई नहीं हुई···

बाजा मास्टर वैसे ठीक रहते हैं, पर कुछ दिन ठीक रहने के बाद अकस्मात् न जाने क्या हो जाता है और वे कभी-कभी कमला की आंख बचाकर बाहर निकल जाते, गलियों में ठहाके लगाते—"लड़ाई···बम्-बम्···बम्म!" कभी दार्शनिक हो जाते। तंबाकू वालों की दुकान पर बैठकर लोगों को समझाते—"सीधी सड़क है एक! पर···हर गली में आदमी घूमता है!" ज़मीन पर थूककर पहियों की तरह हाथ चलाते हुए छुक-छुक करते वे किसी गली में दौड़ जाते हैं, शोर मचाते हैं, गालियां बकते···दो दिन कमला इंतज़ार करती। फिर कभी अपनी रौ में वह कमला को पुकारते हुए लौटते हैं और घर आकर पड़ जाते हैं···सोते हैं, हंसते हैं, रोते हैं!

···बस्ती का जीवन बोझिल उदासी से भर गया था। कोई मेला-तमाशा नहीं, ऋतु के त्यौहार नहीं, शादी-ब्याह नहीं, राजनीतिक हलचल नहीं। जैसे घूमता हुआ चरख थककर स्थिर हो गया हो। वही चिर-पहचाने कामकाज—धीरे-धीरे रेंगती ज़िंदगी। कुछ ऐसी खामोशी छाई थी शहर पर कि चौराहे पर होने वाले लड़ाई-झगड़े भी नहीं सुनाई पड़ते थे। सड़क पर कोई गाय-बकरी को भी नहीं हुलकारता। वक्त से मोटरें आतीं, अड्डे पर खड़ी जो जातीं, भरती चली जातीं। स्टेशन से इक्के कंकड़ की सड़क पर खड़-खड़ करते आते और किसी पेड़ की छांह में रुक जाते। घोड़ों के मुंह में रातब की बाल्टियां लटकाकर इक्के वाले बेकारी की नींद सोते या घोड़े की मालिश करते।

और यह सब था मंडी की वजह से—जहां सारा कारोबार अगली फसल तक के लिए लगभग ठप था। मंडी के फड़ों पर तौला लोग बैठकर रामायण बांचते और मुनीम पुराना हिसाब मिलाकर रोकड़-बही ठीक करते···एकाध पनचक्कियों की पुक्-पुक् की तीखी आवाज़ बस्ती की धड़कन की सूचना देती···

ज़िंदगी ऐसे बह रही थी, जैसे उतार पर आई नदी। आसमान पर न बादल

आते, न धुंध छाती। अबाबीलों के झुंड जो आसमानी ऊंचाइयों पर उड़ा करते थे, न जाने कहां खो गए थे! ऊंघता हुआ पिंजर सा शहर, रीढ़ की हड्डी सी अकेली सड़क और उसमें पसलियों की तरह जुड़ी सत्तावन गलियां! जब सड़क पर हलचल होती तो गलियां भी थरथरातीं!

और रंगीले अपने मुदकमे का फैसला सुनने के लिए बेचैन था। उदासी ने उसे बांध रखा था–फैसले का दिन! बंसिरी के दर्द उठ रहे हैं। वह सुबह उसे अस्पताल में छोड़ता हुआ कचहरी चला गया। गेंदा कवि का आसरा देखता रहा, शायद आ जाए, पर नहीं आए, अभी तक। मन में हज़ार शंकाएं थीं–न जाने क्या हो जाए···

और स्टेशन पर सुबह की गाड़ी से सरनाम उतरा। परदेसी की तरह। शिवराज को देखने का मन था, उसे बुलवा लिया था। शहर की तरफ आया भी नहीं। सीधा कचहरी चला गया था···

कचहरी के अहाते में खासी भीड़ थी। बाबू लोग भी अपना-अपना काम छोड़कर डकैती का फैसला सुनने के लिए जमा थे। गिरफ्तार मुजरिमों को जेल से लाया गया था। सरनाम ऐसे घूम रहा था, जैसे किसी को पहचानता तक नहीं। उसकी आंखें रंगीले को खोजती रहीं; पर वह जज के आने पर इजलास में दिखाई पड़ा। और घोर सन्नाटे के बीच जब डकैती के मुजरिमों की रिहाई का फैसला सुनाई पड़ा तो कमरा गूंज उठा। 'बोल सच्चे दरबार की जै! बोल सच्चे कानून की जै!' गूंज-अनुगूंज और पचासों कंठों का तुमुल कोलाहल! मुजरिमों के रिश्तेदार और साथियों ने कमरा सिर पर उठा लिया और उस हर्ष और मुक्ति-आह्लाद में किसी ने आगे की बात नहीं सुनी···

रंगीले का कलेजा धक् से रह गया। सब उलट गया–झूठी गवाही देने के जुर्म में उसे तीन साल की सख्त कैद की सज़ा हुई! आंखों के नीचे अंधेरा छा गया···यह क्या हुआ मेरे भगवान्! अब क्या होगा? सर पकड़कर वह वहीं बैठा रह गया। बेहोशी सी आ रही थी···और पुलिस की हथकड़ियां उसके कानों के पास हज़ार-हज़ार घंटियों की तरह घनघना रही थीं···

चाहकर भी सरनाम उसके पास सांत्वना देने नहीं जा पाया। कटे पर नमक छिड़कना हो जाएगा अब तो! पर उसका मन चीत्कार करता रहा–अभी भी कोई उसे बंद करके रंगीले को छोड़ दे···

शिवराज मिला तो रंगीले ने आंखें पोंछते हुए कहा–'भगवान् की यही मर्ज़ी थी।

परबस हो गया मैं तो। भइया, ज़रा बंसिरी का खयाल रखना, अस्पताल में देखते रहना, तुम्हारे ऊपर ही छोड़े जाता हूं उसे, ज़रूरत पड़े तो उसका एकाध ज़ेवर बेच लेना, पर गड़बड़ न होने पाए···' कहते-कहते उसका स्वर डूब गया था।

शिवराज ने आश्वासन दिया, 'बिलकुल चिंता की बात नहीं है। मैं पूरी देखभाल रखूंगा, सिर्फ पांच दिन नहीं, हमेशा! हमेशा! कमला को उनके साथ कर दूंगा। अस्पताल से जब वह घर आएंगी, तो मैं वहीं रहने लगूंगा···

रंगीले की आंखों में याचना-भरी कृतज्ञता थी। देखा नहीं गया शिवराज से। सैकड़ों चिंताएं, अभिलाषाएं उसके मन में घुमड़ रही थीं; बहुत कुछ कहना चाहता था, पर कुछ भी नहीं कह पाया। बोला—"गेंदा कवि को ज़रूर बुला लेना···" फिर मुंह नीचे झुकाकर बोला था—"और सरनाम भइया से कहना···मुझे माफ करें···"

इसके बाद वह कुछ भी नहीं बोल पाया। दो सिपाहियों की हिरासत में जेल वाली सड़क पर सर झुकाए चलता चला गया था···

सरनाम का मन बेहद उदास था। घूमता-घामता जब घर की तरफ आया तो अड्डे पर जाकर बैठने को जी हुआ···बिलकुल भूल गया था कि यहां नई सृष्टि होगी···

देखकर बड़ी चोट पहुंची मन को—वे तख्त जिन पर ड्राइवर और क्लीनर लस्त होकर पड़े रहते थे, अब नहीं थे। वहां सरकारी बसों का टिकट घर खड़ा था। छप्पर वाली कोठरी की जगह टीन का शेड पड़ा था और नीली-नीली बसें शान से खड़ी थीं···वर्दीधारी ड्राइवर और कंडक्टर, इधर-उधर आ-जा रहे थे। सवारियां एक तरफ कायदे से बैठी थीं, जैसे विदेश में यात्री खड़े हों! वह अपनापन, वह मेल-मुहब्बत, जान-पहचान, सब खो गई थी। परिचित चेहरे न जाने कहां छुप गए थे! उजड्ड किसानों की नज़रों में खौफ सा समाया था! टूटी बॉडी वाली लारियां···इमली के नीचे खड़ी होने वाली बीमार मोटरें—सब लापता थीं। वह हंगामा नहीं था···वह ज़िंदगी नहीं थी···सब कुछ नया था, अच्छा था, पर सब अच्छाइयों के बीच कुछ ऐसा था जो नहीं था—रीता-रीता उजड़ा-उजड़ा! सिर्फ एक पुराने इंजन की मशीन पड़ी थी, जहां की तहां, उसकी चिर-पहचानी; उसी के पास जाकर सरनाम बैठा रहा, अपनापन था उसमें, उसके लिए भी मन में कहीं कोई जगह थी···

पहले दिन सरनाम ने स्वयं शिवराज को अस्पताल भेजा था—"कोई तकलीफ न होने पाए उसे। जिस चीज़ की ज़रूरत हो मुझे बताना।"

दूसरे दिन वह खुद गया था, पर कैसे देखे उसे? सुख-दुःख कैसे पूछे? नर्स से चुपचाप हाल पूछकर चला आया। सुबह-शाम मन ही नहीं मानता। उसके पैर

उसे अस्पताल के फाटक पर लाकर खड़ा कर देते हैं। हर बार हिचक होती है। तरह-तरह के खयालों में डूबा वह फाटक के आस-पास घूमता रह जाता। लौटने को होता है, पर अनजाने-अनचाहे ही भीतर घुसकर नर्स से हाल पूछकर वापस चला आता है···शिवराज पूरी देखभाल करता है, जाकर बंसिरी के पास कुछ देर बैठता है, बंसिरी और बच्चे का हाल जानने की उत्सुकता देखकर उसे सरनाम पर आश्चर्य होता है···

गेंदा कवि आ गए थे इस बीच--शिथिल तन, शिथिल मन! गेरुआ वस्त्र, गले में कंठी और हाथ में चिमटा। आंखों में वैराग्य और कंठ में कबीर : धीरे-धीरे चिमटे पर गुनगुनाते हैं--"कबिरा गरब न कीजिए कबहुं न हंसिए कोय···अपनी नाव समुद्र में ना जाने का होय!" मन को शांति मिलती है इससे, माया-मोह का जंजाल कटता है···

शहर में सन्नाटा है--जैसे घंटे बजाता हाथी गुज़र गया हो! सड़क पर आवारा जानवर घूमने लगे हैं। रंगीले के बिना चरही सूखी पड़ी है, प्यासे जानवर भटकते हैं और कमला पागल बाजा मास्टर को कोठरी में बंद किए उस दिन की राह देख रही है, जब शिवराज अपने पैरों पर खड़ा हो पाएगा।

लेकिन जानने वालों को यही अफसोस था कि अस्पताल में बच्चे के लिए पड़ी बंसिरी का क्या होगा? कौन देगा सहारा उसे···

शाम हो गई थी। गेंदा कवि चौराहे वाली मटिया पर अफीम की पिनक में लेटे नीम और इमली की गहरी पड़ती कालिख को देखकर दार्शनिक की तरह कह रहे थे, "दुनिया में कोई किसी का नहीं! कोई किसी को सहारा नहीं देता, सब मतलब के यार हैं···"

किसी ने बात जोड़ दी, "दोस्त दुश्मन हो जाता है महाराज!"

"सरनामसिंह के खिलाफ रंगीले गवाही देगा, यह भी किसी ने कभी सोचा था···उलटी धारा बह रही है। अब सरनाम बदला लेगा उसके बाल-बच्चों से!"

तभी सड़क से दो छायाएं गुज़रती दिखाई पड़ीं। एक आदमी जिसकी गोद में छोटा सा बच्चा था और पीछे-पीछे आती हुई एक औरत! गेंदा कवि ने आंखें फाड़कर देखा और पुकारा--"कौन सरनामसिंह!"

"हां, गेंदा महाराज! क्या बात है?" सरनाम ने रुककर जवाब दिया।

"साथ में कौन है, कोई रिश्तेदार आ गया क्या···?"

"बंसिरी है गेंदा महाराज!" कहते हुए वह आगे बढ़ गया, "अस्पताल से ले आया हूं इसे···वहां कब तक पड़ी रहती···"

बंसिरी के बच्चे को गोद में लिए आगे-आगे सरनाम चला जा रहा था और उसकी चट्टान सी पीठ को निहारती पीछे-पीछे चली आ रही थी बंसिरी। सड़क पार कर गली में रंगीले के घर का ताला खोलकर बच्चे को देकर सरनाम बोला, "घर में दीया-बत्ती जला ले। मैं चल रहा हूं। रंगीले नहीं है तो अकेला मत समझना अपने को। कुछ ज़रूरत हो तो मुंह खोल के कह देना···जा···भीतर जा···"

और अपनी गली के लिए मुड़ते हुए सरनाम ने हलकी सी रोने की आवाज़ सुनी थी···पता नहीं बंसिरी क्यों रो पड़ी···यह सोचता हुआ वह अपने सुनसान घर की तरफ लौट पड़ा था।

नई कहानी और संत्रस्त लोग

नई कहानी के संदर्भ में बार-बार कुछ बातें गूंजती रहती हैं। कभी यह कहा जाता है कि यह कुछ लेखकों के दायरे में सिमट गई है, कभी कहा जाता है कि नई कहानी व्यावसायिकता का एक नारा है, कभी कहा जाता है कि यह विशेष राजनीतिक मतवादियों की कहानी है और कभी यह प्रश्न उठाया जाता है कि नई कहानी में नया क्या है? और अगर नया कुछ है तो वह पुराने से अलग कहां है? फिर यह भी उसी सांस में कहा जाता है कि कहानी में नयापन आया है कि कहानी अब एकदम बदल गई है···कहानी ने कथ्य और भाषा के स्तर पर अपने को पुरानी कहानी से एकदम अलग कर लिया है···कि नए कथाकारों ने निश्चय ही कुछ उत्कृष्ट नई कहानियां लिखी हैं···कि नई कहानी एक आंदोलन है···कि नई कहानी में कुंठा, निराशा, घुटन और एकरसता है...कि नई कहानी ने अपने समय की ज़िंदगी को बहुत ईमानदारी और प्रामाणिकता से प्रस्तुत किया है···कि नए कहानीकार अपनी परंपरा से विद्रोह कर बैठे हैं···कि नए कहानीकार ज़िंदगी को मुक्त होकर जीने के हामी हैं···कि यह प्रगतिवादियों का आंदोलन है···कि यह 'पैटी बुर्जुआ' लेखकों से आक्रांत है···और यह···और वह··· ।

पिछले दस-पंद्रह वर्षों में चायघरों, कहवाखानों, गोष्ठियों, सभाओं, समारोहों आदि में बराबर यह और हज़ार तरह की बातें गूंजती रही हैं। सन् '65 भी इन्हीं चर्चाओं के साथ समाप्त हुआ और पता नहीं कब तक यह सब चलता रहेगा। 24-25-26 दिसंबर, '65 को कलकत्ता में भारतीय संस्कृति संसद ने एक बृहद् आयोजन किया था। और उसमें भी बात आकर नई कहानी पर टिक गई थी। तीनों दिन लगातार नई कहानी की चर्चा ही होती रही और उद्घाटन-गोष्ठी से जो बात उठी निर्धारित विषयों को छूती हुई समापन गोष्ठी तक एक लंबी अनवरत बहस के रूप में चलती गई। कथा-समारोह की समाप्ति के बाद पत्र-पत्रिकाओं में उसकी रिपोर्टें भी प्रकाशित हुईं और 'ज्ञानोदय' जैसे प्रतिष्ठित पत्र ने तो एक विशेषांक ही निकालने की घोषणा की, जिसमें कथा-समारोह का विस्तृत विवरण ही प्रमुख होगा।

विभिन्न पत्र-पत्रिकाओं में जिन व्यक्तियों ने इस कथा-समारोह की रिपोर्टें पेश

की हैं, उनमें उन्हीं के दर्शन होते हैं। इतना अधिकार तो रिपोर्टर को मिलना भी चाहिए...यही तो उसकी एकमात्र उपलब्धि हो सकती थी।

बातें अगर बहुत खुलकर और बिना लाग-लपेट के कही जाएं तो सही यह है कि इस कथा-समारोह ने एक ऐतिहासिक दायित्व पूरा किया है। ऐसा नहीं था कि यह समारोह अपने में कोई एकांतिक घटना थी बल्कि इसके पीछे पंद्रह वर्षों की महत्त्वपूर्ण पीठिका है, और इन पिछले पंद्रह वर्षों में जो कुछ फुसफुसाकर और छिपा-छिपाकर कहा जाता रहा है, वह सब एक बार में ही उद्घाटित हो गया।

और इस 'उद्घाटन' से बहुतों को तकलीफ हुई और कुछ लोग ऐसे नज़र आए जो नई कहानी से संत्रस्त लगे। ऐसे संत्रस्त लेखकों की दशा अजीब थी क्योंकि शायद वे यह मानकर चले थे कि नई कहानी नाम की जो चीज़ है, वह उन्हें भी मिलनी चाहिए। और अगर वह उन्हें नहीं मिलती तो वह नई नहीं है, उसमें जो नयापन है, वह समय के साथ आता ही है, और चूंकि वे भी इसी समय में 'रह' रहे हैं, इसलिए उनमें भी 'वह' है जो नई कहानी में है।

जब कुछ लेखक इस दृष्टि से सोचते हुए दिखाई देते हैं, तो उन पर रहम आता है...क्योंकि नई कहानी से जुड़े रहने की आकांक्षा के बावजूद, वे जब उसकी आंतरिक प्रक्रिया को समझ पाने में अपने को असफल पाते हैं, तो आक्षेपों की भाषा में छिप-छिपकर बोलने लगते हैं। नई कहानी किसी एक लेखक, लेखकत्रय या लेखकों के समूह की अपनी थाती नहीं है और न वह ऐसा कोई प्रतिमान है, जो हिंदी साहित्य में पुरानी कहानी के बाद गढ़ दिया गया है।

किसी भी साहित्यिक विधा के 'नए' होने का प्रमाण ही यह है कि वह अपने से पूर्ववर्ती लेखन के सामने एक ज्वलंत प्रश्नचिह्न लगा देती है और परिभाषा का संकट पैदा कर देती है। कथा-समारोह में यही बात इत्तफाक से सबसे पहले सामने आई।

उद्घाटन-गोष्ठी में बोलते हुए जैनेंद्र ने अपनी दार्शनिक शब्दावली में जीवन-दृष्टि की महत्ता से इनकार करते हुए बड़ी मासूमियत से प्रश्न किया—"यह 'नई कहानी' है क्या? और अगर है तो कहां है?" और उनके मन में शायद यह प्रश्न घुमड़ रहा था कि यह 'नई कहानी' है ही क्यों? और अगर है तो उनसे पूछकर क्यों नहीं है?

इस पूरे समारोह में सबसे ज़्यादा संत्रस्त अगर कोई एक व्यक्ति दिखाई पड़ा, तो वे जैनेंद्र थे। 'नई कहानी' के विरोध की सन् '65 तक जैनेंद्र ने एक महत्त्वपूर्ण भूमिका अदा की थी और इसी भूमिका में वे कथा-समारोह में भी उतरे थे। यह बात उनके पहले भाषण से ही स्पष्ट हो गई थी। अपने लंबे भाषण में उन्होंने केवल

दो-एक ही बातें ऐसी कहीं, जिनका कुछ मतलब निकल सकता था, शेष उनका अपना शब्दजाल था। उन्होंने स्वयं कहानी-विधा का विश्लेषण करते हुए कहा–"जब कहानी का विश्लेषण होने लगता है तो अवरोध उत्पन्न होता है!"

विश्लेषण से घबराने की उनकी बात इसलिए विचारणीय बन जाती है क्योंकि लेखन के संदर्भ में इसका एक गंभीर पहलू है। कृतित्व के विश्लेषण से कतराना एक तरह का नैतिक अपराध है···और इससे वे ही कतराते हैं, जो स्वयं को कुछ ज़्यादा महत्त्वपूर्ण साबित करने की मजबूरी के मारे हुए हैं। विश्लेषण की स्वतंत्रता न देने के पीछे किसी भी लेखक का मंशा यही होता है कि जो कुछ वह कह रहा है वही सिद्ध सत्य है और उसे ज्यों का त्यों स्वीकार किया जाना चाहिए। इस धारणा के पीछे एक तरह के अंधवाद की मांग है। आज के वैज्ञानिक युग में, जब मनुष्य ने हर चीज़ को जांच-परखकर स्वीकार करने की स्वतंत्रता प्राप्त की है, तब उससे विश्लेषण न करने की मांग करना एक निहायत पुरानी बात है। हर पीढ़ी पिछली पीढ़ियों का विश्लेषण करेगी और स्वयं भी विश्लेषित होगी। यह एक आवश्यक प्रक्रिया है, क्योंकि यही अंधवाद से मुक्ति का रास्ता है।

'नई कहानी' के लेखकों और कथा-समीक्षकों का 'अक्षम्य अपराध' यही रहा है कि उन्होंने अपने पूर्ववर्ती साहित्य का विश्लेषण किया और उसमें जो कुछ व्यर्थ, सड़ा हुआ और झूठा था, उसे खुलकर अस्वीकार किया। झूठा, विगलित और व्यर्थ का जो भी अंश रचना में आ जाता है, उसे बार-बार और हर बार अस्वीकार करते जाना ही 'नए' होने का द्योतक है। नई कहानी इसीलिए किसी स्थिर तत्त्व की पोषक नहीं है, अपने प्रतिमानों पर भी वह आश्रित नहीं है। स्वयं अपने में से (यानी सर्जनात्मक साहित्य में से) भी व्यर्थ को छांटते जाने की दृष्टि ही नई कहानी की वास्तविक प्रक्रिया को जन्म देती है, इसीलिए नया शब्द न विशेषण है और न संज्ञा, वह मात्र उस प्रक्रिया का द्योतक है, जो सतत प्रवहमान है और हर बार नई होती चलती है।

इसी संदर्भ में अगली गोष्ठियों में सन् '60 के बाद के महत्त्वपूर्ण लेखकों दूधनाथ सिंह, गंगाप्रसाद विमल और ममता अग्रवाल ने अपनी बातों को सही परिप्रेक्ष्य में रखा था। दूधनाथ सिंह ने कहा था, "हमारी चेतना पर सदियों का बोझ लदा हुआ है···यह बोझ हमें संघर्ष करने की प्रेरणा देता है।···हम अपने चारों ओर के वातावरण की उपेक्षा नहीं कर सकते; इसीलिए हम रचनाशीलता के संदर्भ में प्रामाणिक अनुभूति की बात को महत्त्वपूर्ण मानते हैं और अपने समय के साथ चलते रहने के लिए 'नए' होते रहना ही जीवंतता का लक्षण है।···नई कहानी इसीलिए

स्वयं अपने में विकसित होती आई है और आज सन् '60 के बाद के महत्त्वपूर्ण कुछ लेखकों की कहानी भी नई ही है!"

और गंगाप्रसाद विमल ने भी इस 'नई' की प्रक्रिया को समझकर ही कहा था, "नई पीढ़ी प्रेम के (या किसी भी प्रसंग के) घिसे-पिटे रूप को स्वीकार नहीं करती ···यह समकालीनता की विरोधी स्थिति है। हम रहस्य के स्थान पर युग-यथार्थ को जानना और समझना चाहते हैं। समकालीन बोध भोगे हुए यथार्थ से ही प्राप्त होता है···इसलिए हम जीवन के साक्षात् बोध को स्वीकार करते हैं···यह बोध कोई स्थिर वस्तु नहीं है, इसके लिए सच्चे अर्थों में 'जीना' पड़ता है!"

ममता अग्रवाल ने 'कथा-शिल्प : प्रयोग की प्रक्रिया' के अंतर्गत बोलते हुए कहा था, "कहानी का कथ्य ही प्रमुख है और कथ्य को चुनने की दृष्टि ही नई होती है। कहानी की भाषा ही कथ्य और बोध के अनुरूप होगी, शिल्प के पीछे दौड़ना हमारा उद्देश्य नहीं।"

नवीनतम लेखकों में से इन तीनों लेखकों की बातों में विचारणीय तत्त्व थे। जब ये तीन 'समय के साथ चलते रहने' और 'बोध के स्थिर न होने' और 'कथ्य को चुनने की दृष्टि ही नई होने' की बात कहते हैं, तो यह और भी स्पष्ट हो जाता है कि हमारे नवीनतम लेखकों में इस 'नए' को वास्तविक रूप से आत्मसात् करने की क्षमता है और नए होते रहने की प्रक्रिया के प्रति उनमें एक सहज आसक्ति है।

'नई कहानी' की इस निरंतर नए होने की प्रक्रिया को जो लेखक नहीं समझ पाते, उनके लिए विशिष्ट नामों की कुछ रचनाएं ही 'नई कहानी' बनी रहती हैं, जबकि वे लेखक स्वयं अपने बनाए वृत्त छोड़कर ही आगे बढ़ जाते हैं और नए प्रयोग में संलग्न हो जाते हैं। नए कहानीकार के लिए स्वयं अपनी या अपने समकालीनों की भी कोई रचना सांचा नहीं है···और न ही 'नई कहानी' का कोई कटा-छंटा-तराशा हुआ कीर्तिमान, क्योंकि जब तक किसी एक लेखक की कोई कहानी किसी नई दृष्टि से कथ्य को उठाती है, और उस पर विचार-विमर्श होता है, तब तक किसी और लेखक की कोई और कहानी नए प्रयोग की ताज़गी लेकर आ जाती है।

आज लोगों को आश्चर्य होता है कि सन् '60 के बाद कहानी के क्षेत्र में एक और नई पीढ़ी आ गई···और वे बड़े संत्रस्त भाव से कहते हैं–"यह अजीब बात है, इसका मतलब है कि अब आगे हर साल नई पीढ़ी आया करेगी···इतनी जल्दी कहानी फिर बदल गई!"

हां, बदल गई। सन् '50 के आसपास की कहानी से सन् '65 की कहानी बदल गई है और यह प्रक्रिया ही नई कहानी की मौलिक और आधारभूत शक्ति और

यह विविधता ही उसका वास्तविक स्वरूप है। जिस दिन 'नई कहानी' किसी स्वरूप-विशेष को अंगीकार करके स्थिर और परिभाषित हो जाएगी, वही उसकी मृत्यु का दिन होगा। अगर कोई व्यक्ति किसी एक लेखक या लेखकत्रय या लेखक-समूह की कहानी को 'प्रतिनिधि' मानकर लिखने बैठ जाता है, तो वह चाहे जितना लिखता चला जाए, उसमें 'नए' की न तो गरिमा होगी और न वह 'नए' की प्रक्रिया से उद्‌भूत होगी।

मुझे इस संदर्भ में एक दिन की घटना याद आती है। उन दिनों मैं 'नई कहानियां' में था। एक बंधु 'नई कहानी' के बारे में तमाम जिज्ञासाएं लेकर आए और काफी देर बाद उन्होंने अपना असली प्रश्न किया—'तो साहब यह बताइए कि नई कहानी का नेता कौन है···आप या अमुक या अमुक या अमुक···?' तब मैंने बहुत विनम्रता से निवेदन किया था—"नेता! जनाब, यह बिच्छुओं की पांत है···सब चले जा रहे हैं, जिस पर आप अंगुली रख दें वही बता देगा।"

और सचमुच यही कथा-समारोह में हुआ भी। नई कहानी के जितने भी लेखक थे, वे सब अपने विचारों से संपन्न थे; उनके पास कहने के लिए अपनी अनुभूत बातें थीं, इसीलिए उनकी बातों में तेज़ी और खरापन था। यह खरापन ही कुछ लोगों के लिए संत्रास का कारण बन जाता है।

उद्‌घाटन-गोष्ठी में ही जीवन-दृष्टि का मसला पेश हो गया था। जैनेंद्र ने 'जीवन-दृष्टि' जैसी किसी चीज़ को मानने से इनकार कर दिया था। भगवती चरण वर्मा ने शायद जीवन-दृष्टि की जगह भावात्मकता को तरजीह दी थी और उसे गति-संपन्न माना था। चूंकि उद्‌घाटन-गोष्ठी में विचार-विमर्श का मौका नहीं था, सिर्फ औपचारिक भाषण ही होने थे, अतः मैंने एक औपचारिक-सा भाषण दिया था। पर उसमें इस बात को ज़रूर उठाया था कि जीवन-दृष्टि ही वह प्रमुख बिंदु है, जिसके बदलने से कहानी का प्ररिदृश्य बदला है। पुराने लेखकों का रास्ता साहित्य से जीवन की ओर बढ़ा, पर नई कहानी ने इस रास्ते को बदला है और अब यह रास्ता ज़िंदगी से साहित्य की ओर है।

उद्‌घाटन के बाद पहली गोष्ठी 'समकालीन कथा साहित्य में बदलती जीवन-दृष्टि' पर ही थी, इसलिए उद्‌घाटन-गोष्ठी में उठाई गई जीवन-दृष्टि की चर्चा ही गोष्ठी में हुई और वह भी नई कहानी और पीढ़ियों के संदर्भ में। इसी संदर्भ में अमृतलाल नागर ने कुछ महत्त्वपूर्ण बातें कही थीं···उनके विचार में 'जीवन दृष्टि' का मसला महत्त्वपूर्ण था, "जीवन के संघर्षों के बीच ही बोध होता है, जो जीवन-दृष्टि का निर्धारण करता है।" इसी के साथ उन्होंने पीढ़ियों के संघर्ष को सामने रखते हुए कहा था, "हर नई

पीढ़ी विद्रोह करती है और उसे करना चाहिए। पीढ़ियों का विरोध साहित्य को अग्रसर करता है।" अमृतलाल नागर के ये शब्द बहुतों को सन्नाटे में छोड़ गए थे, क्योंकि कुछ नई पौध के लेखक, जिनके पास अपने विचार नहीं थे, वे एक अजीब-सी बनावटी श्रद्धा लिए घूम रहे थे और अमृतलाल नागर के ये वाक्य सुनकर उन्हें एकाएक लगने लगा था कि यह बात भी कही जा सकती है।

पीढ़ियों के संघर्ष से आंखें मूंदना एक सचाई से छिपकर भागना है। पीढ़ियों का यह संघर्ष बराबर रहा है और पुरानी तथा नई कहानी को लेकर भी है, यह भी बहुत साफ-साफ दिखाई देने लगा था। यह संघर्ष जैनेंद्र कुमार के लिए व्यक्ति-व्यक्ति का था, पर नई पीढ़ी के लिए इसका स्वर वैचारिक था। अमृतलाल नागर की बात ही जैसे नई पीढ़ी की बात थी। और यह प्रश्न भी कुछ व्यक्ति-लेखकों तक सीमित नहीं था, इसका सीधा संबंध भी 'नई कहानी' के उस प्रयाण से था, जिसका उद्घोष सन् '50 के आसपास हुआ था। यह प्रयाण रचनाशीलता और विचारों के स्तर पर था, व्यक्ति-लेखकों के स्तर पर नहीं, क्योंकि नई कहानी के लेखक उस समय अनजान-अपरिचित लेखक-व्यक्ति के थे।

स्व. डॉ. देवीशंकर अवस्थी ने भी पीढ़ियों के इस वैचारिक संघर्ष को स्वीकारते हुए सन् '60 के बाद की कहानी के कुछ सूत्र स्पष्ट किए थे। उन्होंने बहुत ज़ोरदार शब्दों में सन् '60 के बाद की कहानी में 'सृजन के दौरान खोजते रहने' की बात की थी और एक महत्त्वपूर्ण बात जो उन्होंने कही, वह शायद किसी भी रिपोर्टर ने लिखना उचित नहीं समझा, क्योंकि वह एक विचारणीय बात थी। स्व. डॉ. अवस्थी ने कहा था कि " 'आधुनिकता' या 'नया' एक प्रक्रिया है, जिसकी चेतना ने ही हमारी समकालीन कहानी को एकदम बदला है। इससे कौन इनकार कर सकता है कि पुरानी कहानी में प्रयोग की वह दृष्टि नहीं थी, जो नई कहानी में दिखाई देती है! सन् '60 के बाद की कहानी उससे भी बदल गई है।"

मेरे विचार से स्व. डॉ. अवस्थी की यह बात आधारभूत तत्त्व की ओर संकेत करती है और उन संत्रस्त लोगों के लिए विचारणीय होनी चाहिए, जो 'नए' के नाम पर कभी घबराते, कभी पसीना छोड़ते और कभी आक्रोश-अंध होते या समझौता करते दिखाई पड़ते हैं। यह हालत उन संत्रस्त लेखकों की ही होती है, जो साहित्य में नवचिंतन और नवलेखन की बात को समझ पाने में असमर्थ हैं...ऐसे संत्रस्त लोगों में हर उम्र का आदमी है; इसलिए यह बार-बार कहना पड़ता है कि 'नवलेखन' के मूल्यों और धारणाओं का प्रश्न उम्र में बंटी हुई पीढ़ियों का नहीं, दो तरह से सोचने वाली पीढ़ियों का है।

इसी बीच पाश्चात्य प्रभाव का सवाल भी उठ खड़ा हुआ था और ये आरोप लगने शुरू हो गए थे कि नया साहित्य पाश्चात्य चिंतन से आक्रांत है, इसीलिए उसमें कुंठा, निराशा और मृत्युवाद का बोलबाला है। इस प्रश्न का उत्तर डॉ. शिवप्रसाद सिंह ने बड़ी सूझ-बूझ और सफाई से दिया था। उन्होंने कहा था कि पाश्चात्य संस्कृति में से कुछ ग्रहण करना गलत काम नहीं है। जब संस्कृतियां इतनी निकट आती हैं तो यह आदान-प्रदान एक सहज स्थिति बन जाती है···नया साहित्य जहां तक प्रभावों को ग्रहण करता है वहां तक उसे सही ही माना जाएगा। अंधानुकरण करना घातक होता है···और यह अंधानुकरण अधकचरे लेखकों में ही होता है।

इसी प्रसंग में श्रीकांत वर्मा ने अंतर्राष्ट्रीयता की चर्चा की थी और साहित्य की सार्वजनीन मानवीय अपील को ही प्रमुख ठहराया था। विघटन और बिखराव के संदर्भ में उन्होंने 'आज के बोध' को ही मान्यता दी थी।

कथा-समारोह में शुरू की गोष्ठियों में यह चर्चा बराबर 'नए' के विविध पक्षों के विवेचन पर आश्रित रही और जब 'समकालीन बोध और दायित्व' पर चर्चा आरंभ हुई तो एकाएक विस्फोट हुआ। मोहन राकेश ने चर्चा का आरंभ करते हुए इस बात पर ज़ोर दिया कि "चिंतन का नया धरातल खोजने का काम एकेडेमिक स्तर पर नहीं हो सकता, उसके लिए जीवंत साहित्यकार ही अपनी सतत जिज्ञासा लेकर प्रस्तुत हो सकता है।" और यहीं लेखक के अनुभवों की प्रामाणिकता का प्रश्न आता है, और "सामाजिक संदर्भों की अनुभूति ही प्रामाणिकता की आधार-भूमि है।" नई कहानी के संदर्भ में बोध के प्रश्न को उठाते हुए उन्होंने साहित्य के सवालों को ज़िंदगी के सवालों के रूप में परखना चाहा, इसीलिए मनुष्य की बदली हुई संवेदनाओं और निरंतर बदलते समय-प्रसंग को उन्होंने रेखांकित किया।

दायित्व को लेकर मैंने प्रतिबद्धता के कोण से बात उठाई थी और कहा था कि "यह प्रतिबद्धता कोई आरोपित मंतव्य नहीं है। रचनाकार की प्रतिबद्धता ही उसे जीवन के संगत या विसंगत प्रसंगों से जीवंत रूप में जोड़े रखती है। एक कहानीकार के नाते लेखक प्रत्यक्षतः ज़िंदगी को झेलता है और सामान्य व्यक्ति के रूप में जो कुछ भोगता है, उसे ही अभिव्यक्ति देता है। सन् '60 के बाद की कहानियों को लेकर या नई कहानी के संदर्भ में जो कुंठा, निराशा, मृत्यु या संत्रास की बात की जाती है, वह भी नितांत प्रासंगिक है, क्योंकि चारों ओर का विघटन आज के नए से नए लेखक के लिए एक मानसिक संकट पैदा करता है और सन् '60 के बाद की कहानी भी उसी अनुभूति की प्रामाणिकता पर टिकी हुई है। नई पीढ़ी नीलम देश की राजकन्याओं और प्रसंगहीन व्यक्तियों की कहानियां लिखने में विश्वास नहीं

करती, क्योंकि जो ज़िंदगी वह झेलती या भोगती है, उसी को वह सच्चाई से अभिव्यक्त कर सकती है।"

जैनेंद्र कुमार इसी बीच मंच पर आए और उन्होंने अपना आक्रोश निहायत व्यक्तिगत स्तर पर प्रकट किया··उन्होंने श्रोताओं को संबोधित करते हुए कहा, "अभी आपने देखा कि नई कहानी क्या है? यह भोगवाद की कहानी है। नई कहानी वाले कहते हैं कि वे 'भोग' कर लिखते हैं। सिगरेट और शराब पीना और औरत के साथ भोग करना ही इनका अनुभव है। इन्होंने औरत को 'मादा' बना लिया है, उसे मां और सीता के आसन से उतार दिया है!" (वे कह ही रहे थे कि एक श्रोता कहीं फुसफुसाया–'सुनीता माता को!' इसके बाद जैनेंद्र कुमार ने अपने एक मित्र का किस्सा सुनाया कि वे मित्र उसके पास आए और बोले कि 217 औरतों को तो मैं भोग चुका अब 218वीं चल रही है! "यह नई कहानी का 'भोग दर्शन' है। एक शादी करो, दूसरी करो, तीसरी करो और चाहो तो चौथी भी कर लो–तब देखिए, जीवन का अनुभव प्राप्त होता है··यही है नई कहानी की प्रामाणिकता की खोज!" उसके बाद जैनेंद्र कुमार ने बड़ी खूबी और नाटकीयता से मुझे याद किया (क्योंकि उनकी एक कहानी का ज़िक्र मैंने पहले किया था, जिसमें एक प्रेमी-प्रेमिका के प्रेम को प्रेमिका का पिता बर्दाश्त नहीं करता। पिता उन दोनों को एक कमरे में बंद कर देता है और कुछ समय बाद खोलकर उन दोनों को निकालता है, तो लड़की अपने पिता से कहती है, 'आज से यह व्यक्ति मेरा भाई है!') और श्रोताओं से कहा, "कमलेश्वर को दुःख यह है कि उस लड़की के साथ उन्हें क्यों बंद नहीं किया गया! यही कुंठा है नई कहानी की!··पुराना साहित्य शाश्वत मूल्यों का साहित्य है और वह आत्मानुभूति का साहित्य है। उस परंपरा से अलग होना ही भ्रष्ट होना है। नई कहानी की यथार्थ की पुकार भोगवाद की पुकार है, जो महिमामंडित स्त्री को भ्रष्ट करने पर तुली हुई है··।"

हरिशंकर परसाई, जो इस समय श्रोताओं में बैठे थे, कहते हुए सुने गए–"हे श्रोताओ! जितना धर्म, ज्ञान और दर्शन था, वह सब जैनेंद्र ने अपने प्रधान भाषण में आपको दे दिया था। ईर्ष्या और द्वेष अपने लिए रख लिया था।"

पर अपने भाषण में परसाई ने जैनेंद्र कुमार की 'आत्मानुभूति' की चर्चा करते हुए कहा, "यह शब्द बुरा नहीं है। लेकिन लेखक को यह फर्क करना चाहिए कि कहां पर आत्मा बोल रही है और कहां पर अवसरवाद! होता यह है कि बोलता अवसरवाद है, पर हमारा यह लेखक समझता है कि आत्मा बोल रही है। लेखक की आत्मा कोई यंत्र नहीं है, वह झेली हुई स्थितियों से ही निर्मित होती है। कई खामियों

के बावजूद प्रगतिवादी चेतना ने यथार्थ को निकट से जानने-समझने में सहयोग दिया है···और यह यथार्थबोध ही आज नए साहित्य का आधार है। यथार्थबोध के अभाव में लेखक भावुकता और रोमान से आक्रांत हो जाता है, जैसा कि बंगला लेखक शंकर की 'चौरंगी' में हर अच्छी स्त्री असमय मर जाती है या आत्महत्या कर लेती है···अच्छी स्त्री तो कष्ट-भरा लंबा जीवन जीने के लिए मजबूर होती है!"

इस तरह की बातें फिर झेली या भोगी हुई स्थितियों के बारे में होने लगी थीं। जैनेंद्र कुमार ने 'भोगने' का जो अर्थ लिया था, वह उन्हें ही शोभा देता था, पर श्रोताओं के लिए स्पष्टीकरण मोहन राकेश ने किया। उन्होंने कहा, "पुरानी पीढ़ी और नई पीढ़ी के बीच अब संवाद-सेतु भी नहीं रह गया है क्योंकि पुरानी पीढ़ी दूसरों की बात को समझ सकने में अशक्त हो गई है। जैनेंद्र कुमार 'भोगने' का जो अर्थ (जान-बूझकर) लगाते हैं वह हमारा अभिप्राय नहीं है। हम उसे झेलने के रूप में प्रयुक्त करते हैं और उसका संबंध जीवन की हर विभीषिका, अन्याय और अत्याचार को भोगने से है।" शाश्वतता की बात का उत्तर देते हुए राकेश ने कहा, "हर साहित्य कालांकित (डेटेड) होता है। 17वीं सदी की कोई कलाकृति महान् हो सकती है, पर उस पर उस समय की छाप होती है, और उसी का अनुकरण बीसवीं सदी में नहीं किया जा सकता, इसीलिए शाश्वत साहित्य की धारणा काल-सापेक्ष ही हो सकती है।" जिस समय मोहन राकेश बोल रहे थे उस समय श्रोताओं की अगली पंक्ति में बैठे जैनेंद्र कुमार उन्हें टोक-टोककर बचपने का परिचय दे रहे थे, जिस पर राकेश को कहना पड़ा था, "यह अगली पंक्ति में बैठे हुए जैनेंद्र कुमार दर्जा चार के विद्यार्थी की तरह शोर मचा रहे हैं। मुझे आशा है, वे अपने को संयत (बिहेव) करेंगे।"

इस गोष्ठी में बहुत से वक्ताओं ने भाग लिया था। शिवप्रसाद सिंह ने कुछ महत्त्वपूर्ण सवाल सन् '60 के बाद की कहानी के संबंध में उठाए थे। सन् '60 के बाद की कहानी भी उसी 'प्रामाणिक अनुभूति' या 'अभिव्यक्ति की सच्चाई' या 'निरंतर प्रयोगशीलता' के संदर्भ में चर्चित होती रही। दूधनाथ सिंह ने बड़ी तकलीफ और शालीनता से अपने को 'अभागी पीढ़ी' का कहा था। जो लोग शब्दों के सतही अर्थों तक ही जा पाते हैं, उनके लिए 'अभागे' शब्द में अजीब सी ध्वनि थी और वे हत्वाक् रह गए थे। उन्होंने यह नहीं सोचा कि जब दूधनाथ या गंगाप्रसाद विमल यह बात करते हैं, तो यह उनकी व्यक्तिगत विवशताओं का सवाल नहीं, एक पूरी पीढ़ी के सामने खड़ी विसंगतियों और वर्जनाओं का सवाल है, जिनमें यह नई पीढ़ी जीने के लिए अपने को नियतिबद्ध पाती है। आज़ादी के बाद जो मोहभंग हुआ है, वह पूरी पीढ़ी का है···किसी एक व्यक्ति का नहीं।

मोहभंग, विभाजन और टूटे हुए संबंधों की पीठिका ने ही नई कहानी की मानसिकता को जन्म दिया था, इन स्थितियों से अपने को संलग्न पाना ही दायित्वबोध का लक्षण था। लेखक का दायित्व एक सामान्य नागरिक के दायित्व से अलग नहीं होता, अंतर होता है तो सिर्फ तीव्रता और गहराई का। जिसे सामान्य जन तकलीफ-आराम, सुख-दुःख, आशा-निराशा जैसे शब्दों से प्रकट करता है, लेखक उन्हीं को समय की पीठिका में उभरे मूल्यगत प्रतिमानों से प्रकट करता है। जीवन-मूल्यों की यह खोज ही नई कहानी की वैचारिक आधार-भूमि है, इसीलिए नया लेखक 'मनोरंजन करने' और पेशेवर कहलाने से कतराता है, क्योंकि उसके लिए कहानी लिखना केवल जीवनयापन की मजबूरी नहीं है। वह इस सारे विक्षोभ, अनास्था और टूटने के बीच रहकर विशिष्ट या मसखरा नहीं बनना चाहता, वह एक ज़िम्मेदार आदमी की तरह पेश आना चाहता है।

इस समारोह में जब 'प्रयोग की प्रक्रिया' पर बातचीत हुई, तो यही बात कहानी के संदर्भ में फिर सामने आई। राजेंद्र यादव ने अपने लिखित भाषण में इसी बात की ओर इंगित किया था, जब उन्होंने कहा था कि "मैनेरिज़्म के कारण युगबोध की पकड़ छूट जाती है। नई कथा घटना को नहीं, घटनाओं को नए संदर्भों, सूक्ष्म संवेदनाओं में व्यक्त करती है"'यह कलाकार की प्रतिभा पर है कि वह परंपरा का निर्वाह करे या उससे हटकर अपने को नवीन रूप में प्रस्तुत करे। अंदाज़ेबयां जब आंतरिक अनुभूति से उद्भूत नहीं होता, तब उसे दूसरों का मुंह देखना पड़ता है"'।"

कहानी कला की यह आंतरिक अनुभूति से उद्भूत अपेक्षा फिर कथ्य की उसी प्रामाणिकता का स्वर प्रखर कर रही थी, जिसके लिए नई कहानी प्रयत्नशील रही है। पुरानी कहानी की शैली (डायरी शैली, पत्र शैली आदि) कितनी आरोपित थी, और वह कथ्य से कितनी असंबद्ध थी, या वह यथार्थ अपेक्षाओं से कितनी कटी हुई थी, इस बात को राजेंद्र यादव और रमेश बक्षी ने बड़ी अंतर्दृष्टि से पेश किया। रमेश बक्षी ने अनायास प्रयास को ही महत्त्वपूर्ण माना और अनुभूति की ठीक-ठीक अभिव्यक्ति के लिए ही प्रयोग की सार्थकता को स्वीकार किया। रमेश बक्षी ने अन्य गोष्ठियों में भी कुछ मौलिक और महत्त्वपूर्ण विचार प्रस्तुत किए थे। अनायास और सायास कहानी के वर्गीकरण को रखते हुए उन्हांने संश्लिष्ट जीवन की संवेदना से निरंतरता में जुड़े रहने की बात कही थी। नए कहानीकार का यह आत्मसंघर्ष ही उसे जीवंत बनाए रहता है। जिस कहानी के लिए संयोजना न करनी पड़े, उसे ही उन्होंने अनायास कहानी की संज्ञा दी थी। अनायासता की यह तलाश ही आज की कहानी के हर अंग की मौलिक आवश्यकता बनती जा रही है; किसी भी तरह के आरोपण

को, चाहे वह सामाजिकता का हो, सैद्धांतिकता या वैयक्तिक कुंठा का—नई कहानी अस्वीकार करती है। ममता अग्रवाल ने भी 'शिल्प के पीछे न दौड़ने' की बात कुछ इस अंदाज़ और कोण से उठाई थी।

तीन दिन यह विचार-विमर्श चलता रहा था। शरद जोशी, धनंजय वर्मा, राजेंद्र अवस्थी, सुदर्शन चोपड़ा, भीष्म साहनी, मन्नू भंडारी आदि ने भी चर्चाओं में महत्त्वपूर्ण भाग लिया था। शरद जोशी और परसाई की दो-टूक बातें, कटाक्ष और साफगोई सबके लिए सुखद अनुभव था। शरद जोशी ने अपने चारों ओर की ज़िंदगी को गहनता से देखने और मुक्त भाव से जीने पर ज़ोर दिया। अपने व्यंग्यात्मक लहज़े में उन्होंने लक्ष्मीनारायण लाल की बड़ी खबर ली और घोषित किया कि "नई कहानी के दो एक्सट्रीम्स हैं—एक, डॉ. लाल और दूसरे, निर्मल वर्मा—ये दोनों ही आंचलिक हैं। लाल भाभी को भौजी लिखकर चमत्कार पैदा करेंगे और निर्मल को अगर रसोईघर से बरामदे में आकर, आंगन से निकलकर गली से होते हुए शराबघर में जाना होगा तो वे कहेंगे कि मैं किचन से निकलकर कॉरीडोर में आया, कॉरीडोर से कोर्टयार्ड में होता हुआ स्ट्रीट में पहुंचा और स्ट्रीट से पब में घुस गया। हिंदी में बस यही दो 'नए' कहानीकार हैं, बाकी तो जो हैं सो हैं…।"

राजेंद्र अवस्थी ने भी यथार्थ को समझने और अपने परिवेश को आंकने की बात कही थी। शरद जोशी या राजेंद्र अवस्थी की बात का नुक्ता था—जातीयता (इंडियननेस)। नई कहानी ने शुरू से ही अपनी इस जातीयता की प्रवृत्ति को प्रमुख माना है क्योंकि जातीय परिवेश से कटकर सच्चे साहित्य का सृजन नहीं हो सकता। वही तो लेखक की चेतना का मूल स्रोत है और उसके समय-बोध का प्राथमिक आधार।

भीष्म साहनी जिस गोष्ठी के अध्यक्ष-मंडल में थे, और जिसका वे स्वयं संचालन कर रहे थे, उसमें भी विशेष नहीं बोले। पता नहीं, वे इतने चुप क्यों थे? जिस गोष्ठी के वे अध्यक्ष थे, उसमें भी उनसे जब बोलने के लिए अन्य साथी-लेखकों और श्रोताओं ने ज़ोर दिया, तो वे इतना ही बोले कि कहानी के कलापक्ष को नज़रअंदाज़ नहीं करना चाहिए। भीष्म साहनी बहुत उदासीन ही रहे और श्रोताओं को यह मलाल ही रहा कि वे उन्हें नहीं सुन पाए।

सुदर्शन चोपड़ा ने नई भाषा की तलाश की बात कही। उनका आशय यही था कि बिना सटीक औज़ारों के हम कोई अच्छी और सुघड़ कलाकृति शायद न गढ़ पाएं। भाषा की तलाश ही हमें संपन्न कर सकती है, नहीं तो सारा कथ्य अनगढ़ होकर धरा रह जाएगा।

वृंदावनलाल वर्मा और रवींद्र कालिया की हालत लगभग एक सी थी। एक को अपने पुराने होने का गर्व था तो दूसरे को एकदम नौसिखिया होने का। मैं बहुत कोशिश के बावजूद यह नहीं समझ पाया कि रवींद्र कालिया क्या कहना चाह रहे हैं। वे कुछ बोल रहे थे, शायद मृत्यु, संत्रास, नियति जैसे शब्दों का प्रयोग कर रहे थे और सामने की पंक्ति में बैठे राकेश को देखकर उनकी कहानियों का ज़िक्र करने लगते थे। यह सिलसिला बेहद मनोरंजक था। रवींद्र कालिया ने शायद कहा, (जैसा कि उन्होंने स्वयं लिखित रिपोर्ट में लिखा है)—"...उसके निकट देशकाल का वह महत्त्व नहीं रहा...जहां देशकाल महत्त्वपूर्ण रहता है और उसमें प्रवाहित होने वाली संवेदनाएं गौण...(इसी समय उनकी दृष्टि मोहन राकेश पर पड़ती है और वे एकाएक कहते हैं) जैसे कि मैं मोहन राकेश की 'फटा हुआ जूता' कहानी को लेना चाहूंगा...इस कहानी में बड़ी ताज़गी है, मैं उनकी इस कहानी को बहुत महत्त्वपूर्ण मानता हूं।...तो जहां तक मृत्यु, संत्रास, भय, अनास्था का सवाल है, कोई उससे मुक्त नहीं है...(उनकी दृष्टि फिर मोहन राकेश पर पड़ती है और वे झटके से कहते हैं) जैसे कि मोहन राकेश की कहानी 'ज़ख्म' है...इस कहानी में राकेश अपनी पिछली कहानियों से बहुत अलग हैं...तो आज की कहानी में..."

चंद्रगुप्त विद्यालंकार अपने में मस्त थे। चर्चाओं को लेकर वे संत्रस्त भी थे। उनके लिए ज़रूरी था कि वे दोनों पीढ़ियों से मुस्कराकर बात करें और सबका दृष्टिकोण समझने की कोशिश करें। तीनों दिन वे बातों को समझते रहे।

धनंजय वर्मा ने अपना लेख 'कथा साहित्य : उपलब्धियां, उभरती दिशाएं और अपेक्षाएं' विषय पर आयोजित गोष्ठी में पढ़ा था। उनके निबंध के शुरू के हिस्से में (शास्त्रीय भाषा के बावजूद) नए कथा-साहित्य के उद्भव के ऐतिहासिक कारणों की खोज थी और वे भी इसी निष्कर्ष पर पहुंचे थे कि 'नया' शब्द काल-सापेक्ष नहीं, दृष्टि-सापेक्ष है। उनके निबंध का उत्तरार्द्ध, जिसमें नए कहानीकारों की विशद विवेचना थी, अनुपयुक्त था क्योंकि वहां एक-एक लेखक को जांचने-परखने का वह वक्त नहीं था। लेकिन उनके लेख का पूर्वार्द्ध बहुत महत्त्वपूर्ण था। धनंजय वर्मा की शास्त्रीय भाषा को बहाना बनाकर 'प्राध्यापकीय आलोचना' पर जब कुछ आक्षेप हुए तो मन्नू भंडारी ने प्राध्यापकीय दृष्टि की सिद्धांतप्रियता व परिभाषा-प्रियता को जीवंत साहित्य के मूल्यांकन के लिए अपर्याप्त बताते हुए नई समीक्षा-पद्धति की मांग की थी। संश्लिष्ट कला-प्रक्रिया को स्पष्ट करने के लिए उन्होंने अध्यापकों एवं समीक्षकों के सामने रुचि के परिष्कार की बात रखी थी। धनंजय वर्मा को अपनी कुख्यात बिरादरी की जड़ता का सारा खमियाज़ा ज़बरदस्ती भुगतना पड़ा, जबकि उनकी

स्थापनाओं में उनका अपना स्पष्ट दृष्टिकोण था।

डॉ. लक्ष्मीनारायण लाल गोष्ठी में पधारते ही तानाशाहों पर बरस पड़े। नई कहानी की चर्चा करते हुए उन्होंने चंगेज़खां, हलाकूखां, नादिरशाह, मुसोलिनी और हिटलर आदि 'लेखकों' के नाम लिए और अंत में उन्होंने मार्क्स को एक पदक प्रदान किया और अपनी ओर से समारोह का समापन करके डेढ़ दिन पहले ही बहुत खुश होकर बैठ गए। शैलेश मटियानी ने उन्हीं की परंपरा का निर्वाह किया। इन दोनों ही लेखकों ने श्रोताओं का भरपूर मनोरंजन किया।

समापन-गोष्ठी तक पहुंचते-पहुंचते बातें बहुत स्पष्ट हो गई थीं और यह लगने लगा था कि पुरानी पीढ़ी के जड़ किस्म के लेखकों से बात करने का सिलसिला खत्म हो गया है क्योंकि समारोह में सब बातें होती थीं और नए लोगों को लग रहा था कि अमृतलाल नागर, भगवती बाबू (जो वहां उपस्थित थे) जैसे अपवादों को छोड़कर पुरानी पीढ़ी के उपस्थित लोगों से शालीनता और सौहार्द से बात नहीं हो सकती क्योंकि वे बातें कहने-सुनने-समझने के लिए नहीं, बल्कि कीचड़ उछालने और जैसे-तैसे अपना बचा-खुचा यश बचाए रखने के लिए हर स्तर पर उतर सकते हैं।

कलकत्ते के श्रोताओं ने सचमुच बड़े धीरज का परिचय दिया, सभा-भवन हमेशा आठ-नौ सौ श्रोताओं से भरा रहा और 'लेखक-पाठक : आमने-सामने' गोष्ठी में सचमुच इस बात का पता चला कि श्रोता या पाठक-वर्ग नई प्रयोगशीलता के प्रति कितना जागरूक और उत्कंठित है। श्रोताओं के संस्कार और प्रबुद्धता को देखकर एक आश्चर्यजनक अनुभव हुआ। श्रोताओं में नए को समझने-जानने की गंभीर जिज्ञासा थी और उनके पास बेहद सूझ-बूझ थी।

समारोह की समाप्ति के पहले ही संत्रस्त लोगों की क्रियाशीलता एक अजीब-सी बेबसी और निरर्थकता की अनुभूति में बदलने लगी थी। वे अपने को मूल प्रवाह से अलग महसूस कर रहे थे और चेहरों पर झूठी मुस्कराहटें चिपकाए स्पोर्ट्समैनशिप का उदाहरण प्रस्तुत कर रहे थे।

समापन-गोष्ठी में भीड़ बहुत ज़्यादा थी। सबसे पहले लक्ष्मीचंद्र जैन ने (जिन्होंने 'समारोह की पीठिका' पर उद्‌घाटन सत्र में संसद की ओर से सदाकांक्षाएं व्यक्त करते हुए आयोजन की आवश्यकता और 'दृष्टि' के संबंध में अपने विचार व्यक्त करके शुभारंभ किया था) संसद की ओर से कहा, "यह हमारे लिए बड़े महत्त्व की स्थिति रही कि हमने रचनाकार को प्रत्यक्ष देखा और उसकी कहानी सुनी। आज की कहानी क्या कहना चाहती है, इसे भी जाना-समझा।"

इसी के बाद भंवरमल सिंघी (समापन-गोष्ठी के अध्यक्ष-मंडल के सदस्य)

माइक पर आए, और तीनों दिनों के वाद-विवाद और बातों में जो कुछ महत्त्वपूर्ण सामने आया था, उसे उन्होंने रेखांकित किया। उन्होंने अपनी बातें बहुत तकलीफ से कही थीं, क्योंकि पुरानी पीढ़ी के व्यवहार से वे ही नहीं, श्रोता भी अत्यधिक खिन्न थे। भंवरमल सिंघी ने बहुत स्पष्ट शब्दों में कहा, "मैं नई विचारधाराओं का स्वागत करता हूं...जैनेंद्र कुमार और भगवतीचरण वर्मा ने यह कहा है कि यहां गाली-गलौज और तीतर-बटेर की लड़ाई हुई। मैं बहुत स्पष्ट शब्दों में कहना चाहूंगा कि जैनेंद्र कुमार ने व्यक्तिगत स्तर पर उतरकर बहुत छिछली बातें कीं और आक्षेप किए... नई पीढ़ी के पास अपने विचार हैं, इसीलिए इन तीन दिनों में यहां ज़िंदगी धड़कती रही!...पुराने में भी अच्छा मौजूद है, पर जो गल गया है, सड़ गया है, उसे साफ होना ही चाहिए, क्योंकि यथार्थ से मुंह नहीं मोड़ा जा सकता। यह समारोह आशा से अधिक सफल रहा है; यह जीवंत विचारों, विवादों का मंच बना, यही इसकी सफलता है।" भंवरमल सिंघी ने अपनी बातें बड़े जोश से कही थीं और सभागार में सन्नाटा छा गया था। संत्रस्त लोगों की हालत बहुत पतली हो उठी थी। वे बगलें झांक रहे थे और उन्हें कोई सहारा नहीं मिल रहा था। प्रो. कल्याणमल लोढ़ा ने नए से नए की चर्चा की और यह भी सुखद आश्चर्य ही था कि उन्होंने नवीनतम लेखकों की रचनाओं और उनमें रूपायित ज़िंदगी की सूक्ष्मताओं को बड़ी पैनी दृष्टि से समीक्षित किया। सन् '60 के आसपास के कथाकारों तक की महत्त्वपूर्ण रचनाओं पर उन्होंने आधिकारिक तरीके से दृष्टिपात किया और कहा कि नए की यह यात्रा अब अबाध रूप से शुरू होती है।

समापन में विभिन्न गोष्ठियों की रिपोर्टें भी पेश की गई थीं। विष्णुकांत शास्त्री, रमेश बक्षी और भीमसेन त्यागी ने बड़ी निस्संगता से विवरण प्रस्तुत किया, जबकि अन्य व्यक्तियों ने अपने को ज़रा ज़्यादा महत्त्वपूर्ण मान लेने का बचपना किया था।

सीताराम सेकसरिया ने संसद के अध्यक्ष के रूप में अपनी गरिमा और बड़प्पन का शालीन परिचय दिया और कहा कि विचारों का विनिमय ही हमारा लक्ष्य था ...हम उसमें सफल रहे हैं। परमानंद चूड़ीवाल ने कोषाध्यक्ष और स्वागत-समिति की ओर से तथा जगमोहनदास मूंधड़ा ने सचिव होने के नाते धन्यवाद-ज्ञापन किया।

लेखकों की ओर से स्व. डॉ. देवीशंकर अवस्थी धन्यवाद देने के लिए जाने ही वाले थे कि जैनेंद्र कुमार मंच पर अपने आप पहुंच गए और अध्यक्ष से 'एक मिनट' समय मांगकर उन्होंने भंवरलाल सिंघी के भाषण के संदर्भ में आधा घंटा अपनी सफाई दी, दुःख प्रकट किया और धन्यवाद देकर चुपचाप उतर आए।

समारोह समाप्त हुआ और उसके बाद अन्य संस्थाओं के कार्यक्रम शुरू हुए। इन कार्यक्रमों में लगभग सभी लेखक मिलते-जुलते रहे और धीरे-धीरे एक-एक कर विदा हो गए।

मैंने पहले ही कहा है कि यह समारोह अपने में सांकेतिक नहीं था, इसके पीछे पंद्रह वर्षों की भूमिका है। यह समारोह ऐतिहासिक इसलिए भी सिद्ध हुआ कि विचारों का विनिमय बहुत खुलकर हुआ और जो बातें आक्षेपों के रूप में फुसफुसाई जाती थीं, वे उभरकर सामने आईं, और उन पर जमकर वाद-विवाद हुआ। 'अभिव्यक्ति की सच्चाई', 'प्रामाणिकता', 'प्रयोगशीलता की निरंतरता', 'नए होते रहने की प्रक्रिया', 'जातीयता का सार्थक संदर्भ', 'जीवनदृष्टि की महत्ता', 'कथ्य का कोण', 'यथार्थबोध', 'अनुभूतिपरकता', 'जीवन को झेलकर या भोगकर लिखने की बाध्यता', 'कथ्य के अपने शिल्प से उद्भूत होने की अनिवार्य स्थिति,' 'टूटे संबंधों के बीच नए मूल्यों की खोज', 'संवेदनात्मक अभिव्यक्ति', 'निरंतर झूठ को छांटते जाने की अकुलाहट' और 'नई भाषा की तलाश' आदि पचासों आधारभूत कोण थे, जिनका उल्लेख और विशद विवेचन इन पंद्रह वर्षों के बाद इस समारोह में हुआ। संत्रस्त लोगों के लिए ये केवल शब्द थे, पर उन लेखकों, जिनका पूरा इन्वाल्वमेंट अपने सृजन से है, के लिए इन शब्दों में ही गहन अर्थ और अर्थों के विभिन्न रंग थे। अपने को विश्लेषित करने की यह क्षमता इस नई पीढ़ी में ही है, जो स्वतंत्रता के बाद हिंदी साहित्य में आई है, और जो जीवन की विविधता, विसंगतियों और प्रतीतियों सहित अपनी वैयक्तिक मौलिकता के परिप्रेक्ष्य में समय के यथार्थ के साथ अधिकाधिक सच्चे संबंधों की खोज में व्यस्त है।

मुझे नहीं मालूम कि कहानी को लेकर इतना विशद विवेचन कभी किसी भी भाषा में हुआ हो, जितना पिछले वर्षों में हिंदी में हुआ है और जिसकी सहज परिणति यह कथा-समारोह था।

संत्रस्त लोगों की पीढ़ी हमेशा हर साहित्य में रही है। इस पीढ़ी में वे पुराने भी होते हैं, जो अपनी साहित्यिक निर्मितियों के अंध गलियारों में से निकलकर 'समय' को झेल नहीं पाते और वे नई वय के भी होते हैं, जिसमें अपनी आंतरिक शक्ति नहीं होती; जो नए की प्रक्रिया से अस्पर्शित हैं, जो नए का निरंतर अपने में नया होते रहने की बात को आत्मसात् करने में अक्षम हैं। और कुछ वे भी हैं जो स्वयं अपने से इसलिए खुश हैं कि चलो साहित्य में उन्होंने भी कुछ कर लिया है। वे संतुलन खोजते रहते हैं, और मुंह देखकर मक्खन मारते हैं।

संत्रस्त लोगों की वह पीढ़ी हर समय मौजूद रहती है। साहित्य में सब कुछ

बदलता जाता है पर यह पीढ़ी कभी नहीं बदलती। नई कहानी के साथ भी यह पीढ़ी मौजूद है और हर नई अवधारणा के साथ यह मौजूद रहेगी। नए के अस्तित्व की यह शर्त है कि वह बराबर नया होते रहकर ही ज़िंदा रह सकता है और संत्रस्त पीढ़ी के अस्तित्व की नियति ही यह है कि वह हर नए के रास्ते में जंड़ बनकर खड़ी रहे।

आम आदमी
बहसों के बीच

आम आदमी के आसपास
हिंसा और सौंदर्यशास्त्र का सवाल

यह बात जमशेदपुर में उठी थी—संघर्षशील आदमी के साहित्य का सौंदर्यशास्त्र क्या है और हिंसा क्या है?

'दिशांतर' ने समारोह आयोजित किया था और सभाघर खचाखच भरा हुआ था। इस्पात-नगर जमशेदपुर में प्रशिक्षित मज़दूरों का जमघट और साहित्य की बात! विश्वास नहीं हो रहा था कि वहां के मज़दूर साहित्य में और उसके आज के प्रश्नों में इतनी गहरी दिलचस्पी रखते होंगे। लेकिन कुछ ही मिनटों में (गोष्ठी से पहले ही) यह साफ हो गया था कि चूंकि आज के समांतर साहित्य ने अपनी व्याप्ति में उन प्रश्नों को भी ले लिया है जो सीधे-सीधे राजनीति, अर्थव्यवस्था, पूंजीवादी शोषण, वर्ग-चेतना आदि से जुड़े हुए हैं, इसलिए आज के मज़दूर को भी साहित्य से 'लेना-देना' है, वह रचनाएं पढ़कर चाहे आपसे बात न कर सके, पर आज की सही रचनाओं ने जो प्रश्न रेखांकित किए हैं, उनसे वह परिचित है और आज का जागरूक मज़दूर लेखक से सीधे सवाल करता है। इतना ही नहीं, वह सवालों के उत्तर भी साहित्यकार से चाहता है, क्योंकि राजनीतिज्ञों से अब वह पूरी तरह निराश है।

'दिशांतर' की मीटिंग शुरू होते ही वातावरण तनाव से भरा दिखाई देने लगा था, पूरा माहौल संशय-ग्रस्त था! 'टिस्को' साम्राज्य के वली-अहद श्रीयुत् रामप्रसाद पांडेय अध्यक्षता कर रहे थे। साथ में वे एक पहलवान किस्म के घुटमुंडे ब्रह्मचारी जी को लेकर आए थे। मंच पर सब कुछ झूठी शालीनता से भरा था, पर सभागृह में सनसनाहट थी। दरवाज़ों पर खड़े लोगों के तेवर चढ़े हुए थे। साहित्यिक गोष्ठियों का ऐसा माहौल मैंने कभी नहीं देखा था। गोष्ठी शुरू होने से पहले ही शायद जमशेदपुर के मज़दूर कुछ तर्क-वितर्क कर चुके थे और वहां सीधा संघर्ष दो तरह की विचारधाराओं का था। एक दकियानूसी पूंजीवादी हिंदूवादी विचारधारा थी और दूसरी प्रगतिशील, जनवादी, मार्क्सवादी।

सुनने वाले इन दो गुटों में बंटे हुए हैं, इसका एहसास शुरू-शुरू में नहीं था।

खैर···बात शुरू हुई और अच्छा हुआ कि बात आक्षेपों से शुरू हुई। अध्यक्ष श्री पांडे ने कहा–'आज का साहित्य हिंसा फैलाता है, बदअमनी पैदा करता है···यह साहित्य नौजवानों को भड़काकर आगजनी करवाता है, मिलों और फैक्टरियों को बंद करके सारी अर्थव्यवस्था को नष्ट-भ्रष्ट करने पर तुला है···इन गैर-ज़िम्मेदार लेखकों के पास कोई आदर्श नहीं है, चरित्र नहीं है, और ये देश को बरबाद करने पर उतारू हैं··· हमारे आदर्श हैं–विवेकानंद, योगी अरविंद और गांधी जी। इस वक्त जो सबसे बड़ी ज़रूरत है वह है हिंसा को रोकने की! समाज और उसके विचारों को विकास के लिए शांतिपूर्ण समय देने की। उत्पादन बढ़ाने की। हमारा साहित्यकार यह भूमिका अदा करता रहा है, पर आज का नया लेखन भयानक हिंसा की भावना से ग्रस्त है··· इसीलिए वह निर्माण का लेखन न होकर दिशाहीन ध्वंस का लेखन हो गया है और आज का पाठक उसे पढ़ने में रुचि नहीं रखता, क्योंकि वह रूखा, बेमानी और गैर-ज़िम्मेदार है।'

तालियां बजीं। मंच पर बैठे घुटमुंडे ब्रह्मचारी जी ने छाती फुलाकर उन दर्शकों को देखा जो पांडे जी को समर्थन दे रहे थे। हॉल का एक भाग बिलकुल चुप था। दरवाज़ों पर खड़े लोग भीतर बैठे मित्रों की आंखों में आंखें डालकर जैसे कुछ मौन प्रश्न पूछ रहे थे। 'टिस्को' साम्राज्य के वली-अहद का दबदबा देखने लायक था। कोई यकीन नहीं कर सकता कि आज़ाद देश के एक प्राइवेट साम्राज्य में पूंजीपतियों और उनके कर्ता-धर्ताओं का इतना ज़हरीला वैचारिक नियंत्रण भी हो सकता है! खैर···!

और बातें छोड़ भी दी जाएं, तो भी आज के साहित्य पर जो दो मुख्य आक्षेप सामने आए, उन्हें समझ लेना ज़रूरी है। पहला आक्षेप था हिंसा का, तो पहले यह समझ लेना ज़रूरी है कि 'हिंसा' क्या है?

निरंतर परिवर्तित होते माहौल में भी हम शब्दों के उन्हीं अर्थों से चिपके रहते हैं, जो रूढ़ हो गए हैं। हिंसा का मतलब हम हत्या, कष्ट देना, उग्र होना, खून बहाना ही समझते रहते हैं। बदले हुए सामाजिक संदर्भों में जहां आदमी और आदमी के रिश्ते पिघलकर मशीनी सांचे में ढल रहे हैं, वहां हिंसा का अर्थ क्या होगा, यह वह वर्ग समझने के लिए तैयार नहीं है जो यथास्थिति को कायम रखकर शोषण के तरीकों को बरकरार रखना चाहता है। हिंसा का आज के संदर्भ में यदि कोई अर्थ हो सकता है तो वह सिर्फ आदमी के संदर्भ में ही निकाला जा सकता है। उस मज़दूर या आम आदमी के संदर्भ में, जिसे 'आयरन-ओर' की तरह भट्टियों में पिघलाकर पहियों, शहतीरों, इंजनों, नटों और बोल्टों में बदल देने के निरंतर प्रयत्न चल रहे हैं। शोषक

वर्ग आज भी 'हिंसा' को उसी पुराने और धार्मिक अर्थ में देखना चाहता है, जिसे आज का साहित्य सामाजिक और आर्थिक संदर्भों में रूपायित करता है। सामाजिक और आर्थिक शोषण यदि हिंसा नहीं है तो क्या है? एक आदमी को गोली मारना और एक आदमी को गोली दे-देके मारना—इसमें क्या फर्क है? सामाजिक न्याय को बरतरफ करना और शांतिपूर्ण आर्थिक विकास के नाम पर गोली दे-दे के मारना भी उतनी ही बड़ी हिंसा है, जितनी कि गोली मारने वाली हिंसा है। धार्मिक अर्थों वाली हिंसा तक हिंसा का अर्थ सीमित रखना एक बड़ी साज़िश है, इसलिए ज़रूरी है कि स्वार्थबद्ध तबकों द्वारा लगाए जाने वाले आरोपों के सही उत्तर दिए जाएं और 'हिंसा' को लेकर जो कुंठा पैदा करने की कोशिश की जाती है, उससे आगाह रहा जाए। आज का साहित्य तभी कारगर और परिवर्तनवादी भूमिका अदा कर सकता है जब वह पूरी व्यवस्था में व्याप्त 'हिंसा' के कारणों और रूपों को बेबाक होकर सामने रखे, और हिंसा तथा हिंसा में भेद करने की तमीज़ पैदा करे।

दूसरा सवाल एक वक्तव्य के रूप में सामने आता है—कि आज का पाठक उसे (समकालीन साहित्य को) पढ़ने में रुचि नहीं रखता, क्योंकि वह रूखा, बेमानी और गैर-ज़िम्मेदार है।

जो लोग यह वक्तव्य देते हैं, वे असल में समकालीन साहित्य के सौंदर्यशास्त्र का सवाल ही उठाते हैं—क्योंकि उनके लिहाज़ से जो साहित्य पढ़ा जाता है वह मीठा, मधुर और मानवतावादी है। वह सत्य है, शिव है और सुंदर भी है, क्योंकि वह संघर्ष के इतिहास में संघर्ष से दूर रहता है और इतिहासपरक होते हुए भी इतिहास की नाटकीयता से जुड़ा रहता है, इतिहासगत कारणों की ओर नहीं देखता। ऐसे लेखन की शैली और फॉर्म निश्चित हो चुके हैं, साथ ही उसकी चिंताएं भी मानवीय संबंधों की चिंताओं के रूप में रूढ़ हो चुकी हैं...ऐसा साहित्य चिंतन का उद्रेक नहीं करता, बल्कि रस का उद्रेक करके चिंतन के लिए मानसिक अवरुद्धता पैदा करता है। अनुभव या अनुभूति को अनुभव और अनुभूति की तादाम्यता तक ही ले जाता है, अनुभव को अर्थों में नहीं बदलने देता और अर्थों से निकलने वाले 'विचार' की प्रक्रिया को एक घटिया बात करार देता है—यानी उसे प्रचारवादी कहके झटक देता है। ऐसे सौंदर्यवादी लोगों के हाथ में वह घटिया ओर सतही क्रांतिवादी लेखन सचमुच एक तलवार बन जाता है, जो क्रांति या परिवर्तन के नाम पर दृष्टिविहीन कलम-घिस्सुओं द्वारा लिखा जाता है, और उस तलवार का वार उन सौंदर्यवादियों द्वारा उस सही और यथार्थमूलक रचना पर होता है, जिसका उत्तरदायित्वपूर्ण चिंता और

सतही लेखन की बचकानी चिंता में भेद कर पाने का कोई पैमाना नहीं होता। इसीलिए सौंदर्यवादियों द्वारा वाम का सही साहित्य हमेशा वाम के गलत लेखन द्वारा ही पछोरा जाता है। वाम के सही चिंतन को वाम के गलत चिंतन द्वारा ही काटा जाता है। और यह कर लेने के बाद उस सौंदर्यवादी लेखन की दलील यह होती है कि साहित्य का अपना सौंदर्यशास्त्र होता है, उससे अलग जाने पर रचना रचना नहीं रह जाती। और इस तरह वे परिवर्तनवादी साहित्य का निषेध करते हैं। संघर्षशील लेखन का विरोध करते हैं।

सही लेखन को लेकर यह कुंठा पैदा करने का काम बहुत शिद्दत से चालू है, और इस साज़िश को हमारे वे आलोचक भी नहीं समझ पाते जो वामपंथ के औज़ार लिए हैं, पर ऐसे संघर्षशील लेखन के घुटने तोड़कर ज़र्राही का कमाल दिखा रहे हैं जो इस सौंदर्यवादी दृष्टि से इनकार कर चुका है और आम आदमी के संघर्ष के प्रति संबद्ध होने की ऐतिहासिक भूमिका की शुरुआत कर चुका है।

सही बात तो यह है कि संघर्षशील और परिवर्तनवादी साहित्य का कोई सौंदर्यशास्त्र नहीं होता। जिस तरह के 'सौंदर्य' को साहित्य सहेजता रहा है, वह व्यर्थ हो चुका है। अब अगर हमें 'सौंदर्य' की खोज करनी है (अगर वह नितांत ज़रूरी मान भी ली जाए) तो क्या सौंदर्य के आलंबन नहीं बदले जा सकते? इस्पात फैक्टरी में काम करते मज़दूर के पसीने से भीगे जर्जर और हांफते शरीर की मांसपेशियों में क्या श्रम का सौंदर्य नहीं है? भूखे पेट सो रहने वाली घरवाली के धंसे पेट में आती-जाती सांस से पैदा होती लय में क्या करुणासिक्त सौंदर्य नहीं है? रस्सी बंटती हथेलियों और उंगलियों में क्या गति का सौंदर्य नहीं है? थककर बैठे, बेचारगी और व्यर्थता के मारे हुए नौजवान की बुझी-बुझी आंखों में क्या निरीहता से भरे अंधेरों का सौंदर्य नहीं है?

क्या हम 'सौंदर्य' के अर्थों को बदल देने का हक नहीं रखते? संघर्षशील समांतर लेखन के पास हमेशा, हर दौर में, यह हक रहेगा कि वह शब्दों के अर्थ बदल दे। अगर शब्दों के अर्थों को बदले जाने से सौंदर्यवादी-शुद्धतावादी इनकार करें, तो शब्दों को ही बदल दें, क्योंकि सवाल भाषा या शब्दों या सौंदर्य का नहीं है, सवाल है आम आदमी की नियति को बदलने का।

(जुलाई, 1974)

औपन्यासिक पुनर्लेखन

एक और चंद्रकांता : कुछ बातें

इस बृहद वृत्तांत के लिए मैं विनत भाव से बाबू देवकीनंद खत्री का आभारी हूं, क्योंकि इसकी प्रेरणा मैंने उन्हीं से ग्रहण की है।

'एक और चंद्रकांता' के लेखन का कारण इलेक्ट्रॉनिक मीडिया ही रहा है। यदि दूरदर्शन न होता तो इसके लिखे जाने की नौबत ही न आती। इसी का एक पक्ष और भी है। कुछ बरस पहले कहानी लिखने और स्थापित होने की होड़ में बुद्धिवादी घटाटोप की कहानियां लिखने का रेला आया हुआ था। अनियमित रूप से निकलने वाली अधिकांश पत्रिकाओं की एक त्रासदी यह भी है कि जो कुछ उन्हें मिल जाता है, वे उसी को छाप देती हैं और जो छपता है उसी का अनुकरण छपास की भूख के कारण होने लगता है। इससे एक रचनाहीन रचना-संसार की रचना में मदद मिलती है। तब प्रयोग संभव नहीं हो पाते, केवल छापने के लिए लिखित शब्द का प्रयोग होता है।

लेकिन इसी के साथ ऐसी रचनाशीलता एक भूमिका भी निभाती चलती है। अनजाने ही इससे भाषा और कथन के वे सेतु बनते हैं जो साहित्यिक भाषा से किंचित् दूर होते हुए भी, भाषायी दूरियों को पाटते रहते हैं। हिंदी पर यह आक्षेप भी लगता रहा है कि हर दस मील पर वह बदलती रहती है। इसे वे 'विद्वान्' नहीं समझ सकते जो भाषा के नैसर्गिक विकास की प्रक्रिया से परिचित नहीं हैं।

राहुल जी ने बहुत पहले कहा था कि हिंदी एक भाषामंडल है। यानी यह हमारी तमाम बोलियों, वाचिक उपभाषाओं और क्षेत्रीय लिखित भाषाओं का एक समूह है। हिंदी एक भाषायी मोहल्ला है जिसमें दादी अवधी की रामायण पढ़ती हैं, विवाह योग्य गंभीर बहन मैथिल विद्यापति को पढ़ती है, पड़ोस के आचार्य जी संस्कृत के कालिदास को पढ़ते हैं, खोसला साहब जपुजी का पाठ करते हैं, ताऊ जी मीर और गालिब का बखान करते हैं, चौबे जी ब्रज के सूरदास और मीरा के पद गाते हैं, मुंशी जी अपनी मस्ती में बिहारी के दोहे जड़ देते हैं, नायब तहसीलदार अली भाई मीर-अनीस को गुनगुनाते हैं, आढ़ती झब्बूलाल आधी राजस्थानी में नफा-नुकसान की बात करते हैं, मंजरी आनंद बख्शी और इंदीवर के तराने गाती है, बंटी हलो अंकिल

के साथ-साथ तेंदुलकर के स्ट्रोक प्ले पर बहस करता है और एक कमरा किराए पर लेकर रहने वाले मास्टर जी अपनी लंगड़ी अंग्रेज़ी पर हिंदी का व्याकरण चढ़ाकर अपनी पुरअसर बात कह लेते हैं।

यह सब हिंदी है!

इतना ही नहीं, अन्य भाषायी प्रदेशों की सरहदों पर भी हिंदी अपना रूप ले रही है। हिंदी अब मात्र हिंदी प्रदेश की भाषा नहीं है—वह सेतु-भाषा बन चुकी है। और यह भी जानना ज़रूरी है कि आज हिंदी जिस तेज़ी से विकसित हो रही है, उतनी तीव्रता से कम भाषाएं विकसित हुई हैं। हिंदी-विरोध में यह कहा जा सकता है कि पूरा भारत हिंदी नहीं बोलता, पर इस सच्चाई से कोई इनकार नहीं कर सकता कि पूरा भारत हिंदी भी बोलता है।

ऐसे संक्रमणशील समय में हिंदी का दायित्व बहुत बढ़ जाता है—एक निरंतर विकसित होती भाषा को अपने क्षेत्रीय स्रोतों से तो बहुत कुछ लेना ही होता है, साथ ही अपने समांतर चलती भाषाओं से आदान-प्रदान भी ज़रूरी हो जाता है। विकसित होती बड़ी भाषाएं पहले 'आदान' की प्रक्रिया से गुज़रती हैं, वे लेती अधिक हैं, जो देना होता है, बाद में देती हैं।

हर भाषा में एक तबका ऐसा होता है जो भाषायी प्रगति और उसके संस्कार पर कुंडली मारकर बैठ जाता है, उसे 'क्रॉस-फर्टिलाइज़' होने से रोकता है। चंद्रकांता सीरियल के दौरान ऐसे शुद्धतावादी लोगों ने बार-बार और लगातार उर्दू शब्दों और लहज़े का विरोध किया।

मैंने 'एक और चंद्रकांता' में जो कोशिश की है वह भाषायी स्तर पर एक विनम्र प्रयास है ताकि हिंदी अधिकतम आम-फहम बन सके। हिंदी के उदयकाल में जो सफल कोशिश हुई है, वह जारी रह सके।

कोई पाठक सिर्फ भाषा की जानकारी के लिए किताबें नहीं पढ़ता, वह किस्से-कहानियां पढ़ता है और भाषा बहते पानी की तरह उसका साथ देती है। मुझे इस बात का एहसास भी है कि जब इस दास्तान को कथाओं-उपकथाओं के ज़रिए विस्तार दिया गया और जब मैंने 'चंद्रकांता' में दास्तान के अंदर मौजूद दास्तान को पेश करना शुरू किया तो साहित्य के सुरक्षा गार्डों ने आक्षेपों की बौछार शुरू की। पहले तो इधर-उधर लिखके विरोध किया गया, फिर प्रतिवाद पत्रों के ज़रिए प्रधानमंत्री, सूचना प्रसारण मंत्री से लेकर सांसदों तक दौड़ लगाई गई। मंत्रालय की कंसलटेटिव कमेटी में इस मसले को उठवाया गया। गुटबंद लेखकों को उकसाया गया और एक अन्य प्रोड्यूसर द्वारा, इसके निर्माता पर नहीं, मुझ पर एक बेसिर-पैर

का कॉपीराइट का मुकदमा कायम करवाया गया। तरह-तरह के गैर-ज़रूरी सवालों और स्थितियों में मुझे फंसाया गया। अदालतों में दौड़ाया गया। कॉपीराइट के संदर्भ में अदालत में मुझसे खत्री जी की मृत्यु-तिथि का सर्टिफिकेट मांगा गया। बस, यहीं से मैंने मुकदमों, शिकायतों, प्रतिवादों का मज़ा लेना शुरू किया। यह तो स्पष्ट ही था कि यह सब कार्रवाई साहित्य की गरिमा के लिए नहीं, बल्कि उन सुरक्षागार्डों और तालिबानों की हसद का नतीजा थी, क्योंकि 'चंद्रकांता' सीरियल ने लोकप्रियता का नया ऐतिहासिक कीर्तिमान स्थापित किया था। इतना ही नहीं, रामायण और महाभारत जैसे धार्मिक-पौराणिक सीरियलों के कमर्शियल कीर्तिमानों को हफ्ते दर हफ्ते ध्वस्त भी किया था। मीडिया के अब तक के इतिहास में 'चंद्रकांता' सीरियल की सफलता एक अप्रत्याशित घटना के रूप में दर्ज है।

लेकिन मेरे लिए यह अप्रत्याशित नहीं था। इतना अंदाज़ तो मुझे था ही कि भारतीय जनमानस अपने पौराणिक आख्यानों की मूल्य-परंपरा के साथ-साथ उन आख्यानों में भी रुचि रखता है जो अपने समय की सुकृतियों और विकृतियों को उजागर करते हुए किसी महानायक की उपस्थिति का आभास दे सकते हैं। एक महानायक हर व्यक्ति के भीतर बैठा है···अगर कोई कथाकृति उससे तादात्म्य स्थापित कर ले, तो कोई कारण नहीं है कि वह जनमानस को आंदोलित न कर सके···

और अगर इसमें चमत्कार, ऐयारी, मुश्किलें और फंतासी शामिल जो जाए, कर्तव्य और दोस्ती के सकारात्मक सूत्र भी जुड़ जाएं, लालच, साज़िशों और तिलिस्म तोड़ सकने की कोशिशें भी शामिल हो जाएं तो दर्शक-पाठक अपनी उस दुनिया में प्रवेश कर जाता है, जहां वह खुद नहीं पहुंच सकता, पर उसका मनोवांछित महानायक उसी के आहत महानायक के साथ एकाकार हो जाता है। और तब वह खलनायक और विकृत स्थितियों से स्वयं ही बदला लेने लगता है। तो खैर···

इस दास्तान में लगभग सभी नई दास्तानें पैवस्त हैं और प्रेरणा लेने के सिवा मीडिया पर इसकी सफलता को सुनिश्चित करने, और आज के बनते हुए भारतीय मानस को रेखांकित करने के लिए खत्री जी की मुसलमान-विरोधी सोच को सोच-समझकर खारिज भी किया गया है। खत्री जी का 'चंद्रकांता' शत-प्रतिशत मुसलमान-विरोधी है। मैं कह नहीं सकता कि यह उनकी व्यक्तिगत सोच है या उनके दौर का मानसिक सच। जो भी हो···

इसके लेखन के कुछ अत्यंत रोचक प्रसंग भी हैं। मैंने लगातार यह प्रयास किया था कि इसमें वर्तमान प्रसंगों की वैचारिक घटना-छाया उलझी रहे। जो कुछ देश में घटित हो रहा है उसकी अनकही प्रतिच्छाया लगातार मौजूद रहे। इसीलिए कश्मीर की समस्या को सुमेधा के ज़रिए प्रतिभासित किया गया। भ्रष्टाचार और लालच को क्रूरसिंह में केंद्रित किया गया। धर्म की शर्तों से ऊपर उठकर दोस्ती की शर्तों को जांबाज़ और वीरेंद्रसिंह के ज़रिए स्थापित किया गया···बिगड़ी संतान की समस्या को क्रूरसिंह के पिता भूपतसिंह के बहाने से कहा गया। अंधसत्ता को प्रतीकात्मक रूप से महाराज जयसिंह में पैवस्त किया गया। भाई-भाई की ईर्ष्या के कारणों को पं. जगन्नाथ और शनि के रूप में लाया गया। सनकी, ऐयाश और मनोग्रंथियों से ग्रस्त व्यक्ति को राजा शिवदत्त के ज़रिए पेश किया गया। पति-परायणता की पराकाष्ठा को शिवदत्त की महारानी में प्रस्तुत किया गया। प्यार के अनंत, उद्दाम और उज्ज्वल स्वरूप के लिए चंद्रकांता और कुंवर वीरेंद्रसिंह को बिलकुल अलग तरीके से तराशा गया, नहीं तो खत्री जी के वीरेंद्रसिंह तो बात-बात पर रोते और गश खाकर गिर पड़ते हैं।

इसके अलावा और भी प्रसंग आते हैं। शूटिंग के दौरान क्रूरसिंह के दोनों ऐयार नहीं आए तो तत्काल चांदपुर नाम की जगह ईजाद कर, नामी ऐयार की पदवी देकर अहमद नाम के पात्र को पैदा करना पड़ा। कुंवर वीरेंद्रसिंह के खत्री जी वाले ऐयार तेजसिंह शूटिंग के दौरान नाराज़ हो गए तो जांबाज़ के किरदार को खड़ा करना पड़ा और उसे कुंवर वीरेंद्रसिंह का दोस्त बनाकर ज़रूरत से पहले कहानी में लाना पड़ा। महल की अंदरूनी हलचलों में शामिलात के लिए तेजसिंह की जगह उसके एक छोटे भाई अजीतसिंह को पैदा करना पड़ा। बारहवें बयान तक आते-आते अजीतसिंह का किरदार निभाने वाला एक्टर भाग गया, तब उसी बारहवें बयान में सेनानायक वीरसिंह को गढ़ना पड़ा।

जांबाज़ इस दास्तान का खास पात्र है। शुरू-शुरू में उसके माथे पर एक पैदायशी दिव्य निशान दिखाया गया था, उस पर एतराज़ हुआ तो चौबीसवें बयान तक आते-आते एक चमत्कारी घटना का ताना-बाना बुनना पड़ा और उस निशान को दैवी ताकत का सहारा लेकर मिटाना पड़ा। फिर दास्तान के अंदर दास्तान के सहारे से जांबाज़ के अब्बा का प्रसंग लाना पड़ा। उन्हें बड़ी बारीकी से देश की सहनशील सूफी परंपरा से जोड़ा गया। धार्मिक पात्रों को धर्म के नाम पर उग्र नहीं होने दिया गया···आसुरी और दैवी शक्तियों को महिमामंडन से बचाकर यथासंभव मानवीय अपेक्षाओं के लिए सक्रिय किया गया···वेश-विन्यास और संवाद के शब्दों

से वे योगी, फकीर, दरवेश या आचार्य लग सकते हैं पर उन्हें किसी इतिहास या पौराणिक खंड का नुमाइंदा नहीं बनाया गया। आवश्यक पात्रों के ज़रिए, जगह-जगह, अनकहे तरीके से, पुनरुत्थानवारी संवेगों और शब्दों को शमित किया गया। यहां तक कि आसुरी शक्ति महामाया मायावती को एक अमानवीय घटना से जोड़कर भविष्य में उसके संभावित चरित्र-परिवर्तन के लिए जगह बना दी गई। औरतें यहां भी हैं, पर वे निरीह, नादान और शोषित नहीं हैं। अगर शोषित हैं भी तो दास्तान की हर महिला पात्र बहुधा अपने शेषण या किसी अन्य के प्रति हुए अत्याचार के प्रतिकार के लिए मौजूद है। शव्या का किरदार खास तौर से इसीलिए तराशा गया और वह इस आख्यान का एक महत्त्वपूर्ण पात्र है। शव्या समाज के सामान्य वर्ग से आती है, वह राजसी औरत नहीं है, और कोई सक्रिय पात्र न मिल पाने के कारण उसे तीन-तीन बार मारकर भी जीवित करना पड़ा।

'तेजसिंह' को एक अंग्रेज़ी फिल्म मिल गई थी, इसलिए राजपूती प्रण का सहारा लेकर, उसी से उसकी गर्दन कटवाकर इस वृत्तांत से उसे विराम देना पड़ा···

ऐसे हज़ारों प्रसंग हैं, जिन्हें गिनवाया नहीं जा सकता।

लेकिन इस वृत्तांत को लगातार, अनकहे ढंग से, तात्कालिक अनुगूंजों और घटनात्मक छायाओं से जोड़े रखने का कठिन उपक्रम लगातार चलता रहा। बयान सत्ताईस में उदयसिंह जैसे पात्र को लाया गया, जिसे नौगढ़ नरेश सुरेंद्रसिंह के भाई का दर्जा देकर विजयगढ़ से संधि की कोशिशों के लिए भेजा गया, क्योंकि उन दिनों पाकिस्तान-भारत मैत्री की कुछ कोशिशें शुरू हुई थीं।

दर्शक-पाठक इतना समझदार है कि वह महीन इशारों को गहराई से समझ लेता है। इसीलिए मैंने इस वृत्तांत में यह कोशिश लगातार की है कि संदर्भों की छाया तात्कालिक घटनाओं की ओर इशारा करती रहे···यह इशारे अभिधात्मक नहीं हैं।

और फिर इस वृत्तांत को रोचक, घटनात्मक, नाटकीय और मनोरंजक बनाने के लिए, विलक्षण स्थितियों की उत्पत्ति के लिए खत्री जी के द्वारा प्रदत्त जासूसी, ऐयारी तथा तिलिस्म के नुस्खे मौजूद ही थे, जिनका मैंने उन्मुक्त रूप से इस्तेमाल किया है।

इसमें मेरी मदद अग्रज लेखकों ने भी की। किशोरीलाल गोस्वामी जी का उपन्यास 'तिलिस्मी शीशमहल' भी मेरे सामने था। गोपालराम गहमरी जी के जासूसी उपन्यास तो मौजूद थे ही। उन्होंने लगभग 200 जासूसी उपन्यास लिखे। गुलाबदास जी का 'तिलिस्मी बुर्ज' और रामलाल वर्मा जी का 'पुतली का महल'—यह सब मेरे

प्रेरणास्रोत बने। मैं अपने इन तमाम अग्रज-पूर्वज उपन्यासकारों का ऋणी हूं।

अंत में–

श्री युगेश्वर जी की टिप्पणी का एक अंश :

'खत्री जी कालीन ज़मींदार या सामंत एक टूटते हुए स्वप्नलोक में रह रहे थे। जिस लोक को वे छोड़ना नहीं चाहते थे, किंतु जिसका बने रहना उनके वश में नहीं था। वे किसी विद्रोह की स्थिति में भी नहीं थे। एक बार विद्रोह (सन् 1857 का) पराजित हो चुका था। वे ऐयारी से काम लेना चाहते थे। कोई लखलखा सुंघाए कि काम बने। इस प्रकार वे एक दिवा-स्वप्न में लीन थे, किंतु वे अपनी बेचैनी को जानते थे। इसलिए सामाजिक छल-कपट, ईर्ष्या, द्वेष, मारपीट भी बहुत थी। उनका समाज विशृंखल हो रहा था। उनकी सत्ता टूट रही थी। वे लड़ते अवश्य थे किंतु उनकी लड़ाई की पुरानी तेजस्विता खत्म थी।'

लगभग यही राजनीतिक हालात, भ्रष्ट ऐयाश, नवधनाढ्य वर्ग की बेलगाम हरकतें, साज़िशें, ईर्ष्या, धनलोलुपता, हत्या, अपराध, निरंकुश सत्ता, चापलूस नौकरशाह, जी-हुज़ूरी, स्वार्थ, दिशाहीनता और पस्तहिम्मती का माहौल इस समय भी है जब 'एक और चंद्रकांता' लिखा जा रहा है और कुछ पहले भी मौजूद रहा है जब धारावाहिक के रूप में 'चंद्रकांता' प्रसारित हुआ था। खत्री जी के उपन्यास से 'चंद्रकांता' सीरियल जिस तरह अलग था, उसी तरह सीरियल से 'एक और चंद्रकांता' का यह वृत्तांत अलग है। इत्यलम्।

(21 मई, 1998)

पहला बयान

रंगारंग जश्न की रात!

मौका ही ऐसा था। विजयगढ़ रियासत के राजकुमार शक्तिसिंह को युवराज बनाए जाने का दिन नज़दीक आया था। पिछले हफ्ते-भर से रियासत में जगह-जगह तरह-तरह के रंगारंग कार्यक्रमों की धूम मची थी। कहीं बेड़नियों के नाच हो रहे थे तो कहीं तलवारबाज़ी के करतब दिखाए जा रहे थे। कहीं मस्ती-भरी महफिलें सजी थीं, तो कहीं मल्ल-युद्ध के मुकाबले हो रहे थे। कहीं सांप-न्योले की लड़ाई चल रही थी, तो कहीं मुर्गों की मुठभेड़ हो रही थी।

मंदिरों पर नई पताकाएं और मस्जिदों पर नए परचम फहरा रहे थे। राजकुमार शक्तिसिंह को सब आसमानी दुआएं हासिल हों, इसके लिए रियासत की हर दरगाह में कीमती रेशम की चादरें और बेले-चमेली की चांदनियां चढ़ाई गई थीं। कोई मंदिर ऐसा न था, जिसमें आरतियां न हो रही हों और भोग न लग रहा हो।

छावनी में समां ही अलग था। मदमस्त हाथियों को जैसे जंग के लिए सजाया गया था। घोड़ों की ज़ीनें और लगामें मोम की पालिश से चमकाई गई थीं। उनकी कलगी के लिए रंगीन पंखों के गुलदस्ते बनाए गए थे···

विजयगढ़ में जलते चिराग, दीये और मशालें उसी तरह गिनी नहीं जा सकती थीं जैसे आसमान के तारे गिने नहीं जा सकते!

अमीर-उमरा और दरबारियों की हवेलियों में छिड़काव के लिए शाम से ही मशकची उतर पड़े थे।

शाही महल की सीढ़ियों पर तो खास तौर से मशकचियों ने कन्नौज के गुलाबजल और केवड़े का छिड़काव किया था, आसपास की छोटी-बड़ी रियासतों के खासुलखास लोग एक दिन पहले ही राजधानी पहुंच चुके थे।

आखिर राजकुमार शक्तिसिंह को कल युवराज की पदवी और रियासत के सेनापति का ओहदा मिलने वाला है···तो फिर रात रंगीन क्यों न हो!

खास मेहमानों के लिए विजयगढ़ दुर्ग के रंगमहल में बाकायदा इंतज़ाम किया गया था।

वहां का समां तो देखते ही बनता था। शबाब और सुरूर की महफिल का अपना रंग था। उस्ताद मुन्ने खां की सारंगी, भोला पंडित का तबला और केसरबाई के घुंघरुओं की झनकार से रंगमहल गूंज रहा था। शाही कारिंदे दौड़-भाग रहे थे और जाम छलक रहे थे। काबुली मेवों और रामपुरी गोला-कबाब की महक से रंगमहल गमक रहा था। मोरपंखी पंखों से हिना की फुहारें बरस रही थीं और तमाम रियासतों की हरदिल-अज़ीज़ कमसिन तवायफ केसरबाई बड़े पुरजोश अंदाज़ में रक्स कर रही थी···और रक्स के साथ उसके गाने और दिलकश अदाओं का दौर जारी था···वो झूम-झूम के गा रही थी—

मोरी गगरी को नीर राजा छलक न जाए···
साड़ी भीगी, चुनरी भीगी, चोली भीगी जाए···
मैं मरी जाऊं शरम के मारे, मोरा जोबन भीगो जाए···
मोरी गगरी को नीर राजा छलक न जाए···

रंगमहल में वाह-वाहों और दिल की कचोट से निकली आहों ने तो महफिल का रंग ही बदल दिया। घुंघरुओं की झनकार के साथ ही अशर्फियों की बौछार होने लगी···तो केसरबाई ने अपनी आंखों के तीर चलाते हुए, शाही मेहमानों को घायल करते हुए अपने घुंघरुओं को मद्धिम गति पर लाकर दूसरा तोड़ा पेश किया—

जोबन को ही बोझ बहुत है···

मुन्ना उस्ताद की सारंगी ने तारों को संभाल केसरबाई की बात की ताईद की और भोला पंडित के तबले ने गमक के साथ फिर केसरबाई को पुकारा···तो थिरकती, चमकती केसरबाई ने फिर वार किया—

जोबन को ही बोझ बहुत है···

तो किसी दिलजले मेहमान राजकुमार की आवाज़ आई थी—ज़ालिम! यह तो ज़ाहिर है···हम ये बोझ उठा लेंगे···

तो केसरबाई ने उसे बार-बार सलाम करते हुए राजकुमार शक्तिसिंह को देखा था जो अशर्फियों की अपनी दसवीं थैली का मुंह खोल रहे थे···

केसरबाई की अदाओं में इज़ाफा हुआ और वह एक ठुमका लेकर गाने लगी—

जोबन को ही बोझ बहुत है, जल भरने कैसे जाऊं…
भारी गगरी उठे न मो पे…
पग-पग ठोकर खाऊं…
मोरी पतली कमर राजा…लचक न जाए…

इस बार झंडे खां के हारमोनियम ने मौके को पकड़ा…हारमोनियम पर झंडे खां की अंगुलियां थिरक उठीं और उसके पर्दे सांसें खींच-खींच हांफने लगे…

उस्ताद मुन्ने खां की सारंगी, भोला पंडित का तबला, झंडे खां का हारमोनियम और केसर के घुंघरुओं ने वह समां बांधा कि मेहमान तड़प-तड़प उठे।

ऐसा जश्न तो आसपास की पचासों रियासतों में कभी नहीं मनाया गया…सब लोग सुरूर में थे और केसरबाई की अदाओं पर निछावर हुए जा रहे थे। सारंगी, तबले, हारमोनियम और घुंघरुओं का मदमाता संगीत सारी महफिल पर हावी हो चुका था।

हिना की फुहार करते पंखे मदहोशी को बढ़ावा दे रहे थे और रामपुर के गोला-कबाब अब अपना रंग अलग से दिखा रहे थे।

नृत्य, संगीत और शबाब के साथ शराब ने पूरे माहौल में उन्माद भर दिया था। लोग अपने आपको भूल गए थे। दिल की हर धड़कन केसर के मादक गीत का बोल बन गई थी।

राजकुमार शक्तिसिंह ने सुरा, सुंदरी और संगीत के उन्माद में झूमते मेहमानों पर एक नज़र डाली और फिर सामने थाल में रखी अशर्फियों की दसवीं थैली केसरबाई के थिरकते पैरों की ओर उछाल दी, और उठ खड़े हुए। गीत के बोल और संगीत के सुर धीरे-धीरे धीमे होते चले गए।

रात आधी से अधिक बीत चुकी थी। नगर की अट्टालिकाओं, हवेलियों और राजप्रासादों पर जगमगाती बत्तियां बुझ चुकी थीं और तब तक आकाश के सीमाहीन विस्तार को रौंदती उमड़ती-घुमड़ती काली-कजरारी घटाओं ने अमावस की रात की कालिमा को और भी गहरा तथा भयानक बना दिया था। इस छोर से उस छोर तक आसमान पर एक नन्हा-सा तारा भी दिखाई नहीं दे रहा था।

विजयगढ़ रियासत के निवासी दिन-भर के राग-रंग, नृत्य-संगीत और आमोद-प्रमोद से थककर अपने-अपने घरों में गहरी नींद सो चुके थे। विजयगढ़ के विशाल दुर्ग में भी गहरी खामोशी और खुमारी छा गई थी, जिसे कभी-कभी पहरेदारों के कदमों की आहटें रह-रहकर भंग कर देती थीं।

आज से ठीक एक दिन बाद विजयगढ़ के महाराजा जयसिंह अपने इकलौते पुत्र राजकुमार शक्तिसिंह को युवराज के पद पर आसीन करने वाले थे। इसीलिए पिछले एक सप्ताह से विजयगढ़ के राजमहल और राजधानी ही नहीं, बल्कि समूची रियासत तरह-तरह के उत्सवों और समारोहों में सराबोर थी।

रात आधी से अधिक बीत चुकी थी। दिन-भर के थके-हारे पहरेदार सैनिक घूम-घूमकर पहरा देने के बजाय पहरेदारी के अपने-अपने तयशुदा स्थानों पर जाकर बैठे थे। उन्होंने अपने हथियार उतार के दीवार से टिका दिए थे और आंखें मूंद ली थीं।

आज के उत्सव में रियासत के दीवान भूपतसिंह की ओर से उन्हें जी भरकर मदिरा पिलाई गई थी। उस मदिरा का नशा अभी तक उतरा नहीं था। मदिरा के खुमार से उनकी पलकें इतनी बोझिल हो गई थीं कि वे कोशिश करने पर भी उन्हें खोल नहीं पा रहे थे।

मौसम बदलते देर नहीं लगती। एकाएक आसमान में काले बादलों ने धावा किया था। वे चारों तरफ उमड़-घुमड़ रहे थे।

तभी दुर्ग के सिंहद्वार पर लटके विशाल और भारी-भरकम घड़ियाल ने रात के दो बजने की सूचना दी। जैसे ही घड़ियाल की गंभीर गूंज शांत हुई, वैसे ही दुर्ग और उसके आसपास के महलों में और भी गहरा सन्नाटा छा गया।

साज़िशें करने वाले लोग अंधेरे और सन्नाटे का हमेशा फायदा उठाते हैं। उसी घटाटोप अंधकार में महल के प्राचीर के पास एक साया नमूदार हुआ। वह कद-काठी से तंदुरुस्त और कद्दावर शख्स था। उसने काला लबादा पहन रखा था, चेहरे पर नकाब था। कुछ देर उसने इधर-उधर नज़रें दौड़ाकर इलाके को अच्छी तरह पहचानने की कोशिश की।

दुर्ग के भीतर ही शाही परिवार के अपने-अपने महल थे। सिंहद्वार के पूरब में था महाराज जयसिंह का महल, उन्हीं के महल से जुड़ा महल था महारानी का। पच्छिम वाला महल राजकुमारी चंद्रकांता का था और उत्तर वाला महल था राजकुमार शक्तिसिंह का, जो कल युवराज बनने वाले थे।

वह नकाबपोश साया अब तक दिशा तलाश चुका था, लेकिन उसके इरादों का पता नहीं चल रहा था। किसी के छुपे इरादों की मालूमात आसानी से हो भी नहीं सकती···

उस नकाबपोश का इरादा आखिर क्या था, यह जानने के लिए हमें उसके

पीछे-पीछे चलना पड़ेगा। बहुत संभल के राज़दारी से उसका पीछा करना पड़ेगा, तो आइए, इस साये के इरादों और मंसूबों को जानने की कोशिश करें…

नकाबपोश अब रुक गया है। ऊपर निगाह डालकर उसने दुर्ग की पथरीली दीवार की ऊंचाई का अंदाज़ लिया है…और यह क्या? उसने अपने कंधे पर से रस्सी का लहरिया उतारा है। यह तो कमंद है! साये ने मज़बूत हाथों से कमंद फेंकी है। गोह के चारों पंजों ने पथरीली दीवार को पकड़ लिया है। नकाबपोश ने ज़ोर लगाकर कमंद की पकड़ और जकड़ का अंदाज़ लिया है और वह अब आनन-फानन रस्सी के सहारे दुर्ग की फसील पर पहुंच गया है…वह वक्त बरबाद नहीं करना चाहता। छलांग लगाकर वह उस अंधेरे में अंदर कूद गया है।

दुर्ग के अंदर के हालात वैसे ही हैं। वही अंधेरा और सन्नाटा, खुमारी में लस्त पड़े पहरेदारों के आसपास जो मशालें जल रही हैं, वे अब रोशनी कम, धुआं ज़्यादा दे रही हैं।

सधे कदमों से वह नकाबपोश साया राजकुमार शक्तिसिंह के महल की ओर मुड़ गया। एक खिड़की के पास जाकर वह रुक गया। उसने अपने स्याह लबादे में किसी चीज़ को टटोला, इधर-उधर नज़रें दौड़ाईं और खिड़की के पल्लों को आहिस्ता से धकेला। खिड़की के पल्ले बेआवाज़ आधे खुल गए।

उसने फुर्ती से जायज़ा लिया–

राजकुमार शक्तिसिंह के महल के पहरेदार रात की उसी खुमारी में बेसुध और लस्त पड़े थे। चार मशालें धुआं दे रही थीं। पहरेदारों के खर्राटों से ज़ाहिर था कि दीवान भूपतसिंह की मदिरा ने उन्हें अच्छी तरह अपने खुमार के काबू में ले रखा था।

वह आगे बढ़ा, कई बरामदों और राहदारियों से गुज़रकर वह एक शानदार दरवाज़े के पास पहुंचकर रुक गया। उस शानदार दरवाज़े के आसपास गहरी नींद में सोए पड़े दास-दासियों की मौजूदगी से ज़ाहिर था कि यही राजकुमार शक्तिसिंह का शयनकक्ष है।

उसने उस शानदार दरवाज़े के दोनों किवाड़ों पर हथेलियां टिकाकर देखा। दरवाज़ा अंदर से खुला हुआ था। उसने दोनों किवाड़ों पर हथेलियों का दबाव डाला। दोनों किवाड़ों के खुलते ही दरवाज़ों पर लटके परदों की पतली सी दरार से आती हुई हलकी सी रोशनी की एक लकीर उसके स्याह लबादे पर आ पड़ी। उसने हाथ बढ़ाकर दोनों पर्दे इधर-उधर खिसका दिए और दबे पांव कक्ष में दाखिल हो गया।

राजकुमार शक्तिसिंह का शयनकक्ष बहुत ही सुंदर और सुसज्जित था। बगीचे की ओर बनी एक खूबसूरत खिड़की के पास एक शानदार और माणिक-मोतियों के

नक्काशीदार पलंग पर राजकुमार शक्तिसिंह गहरी नींद में सोए पड़े थे।

शयनकक्ष में उनके अलावा कोई और नहीं था।

वह नकाबपोश साया दबे पांव बढ़ता हुआ राजकुमार शक्तिसिंह के पलंग के पास जा खड़ा हुआ। राजकुमार शक्तिसिंह के चेहरे की ओर देखते हुए उसने अपने लबादे से एक छोटी सी शीशी निकाली और डॉट खोलकर शीशी का मुंह राजकुमार शक्तिसिंह की नाक के नथुनों के आगे बढ़ा दिया, जिससे वह सांस ले रहे थे।

शीशी के अर्क ने अपना काम किया। कुछ सांसें लेने के बाद राजकुमार शक्तिसिंह के शरीर में हलका सा कंपन हुआ और फिर वह गहरी-गहरी सांसें लेने लगे।

साये ने मुस्कराते हुए शीशी पर डॉट लगाकर उसे लबादे की जेब के हवाले किया और दूसरी जेब से मखमली म्यान में बंद एक खंजर निकाल लिया। उसने खंजर का मखमली खोल उतारकर शक्तिसिंह के सिरहाने, तकिए के करीब रख दिया। कक्ष में जलते दीपकों के मद्धिम प्रकाश में म्यान से निकलते ही खंजर चमचमा उठा।

साये ने खंजर को अच्छी तरह देखा। वह दोधारा खंजर था। खास तरह का ज़हर-बुझा खंजर। उसने अपने चेहरे से नकाब हटाकर एक आखिरी नज़र राजकुमार शक्तिसिंह के चेहरे पर डाली। उसका खंजर वाला दाहिना हाथ धीरे-धीरे ऊपर उठा और फिर बहुत ही तेज़ी से नीचे आ गया। उसने खंजर की नोक राजकुमार शक्तिसिंह के दिल के ठीक ऊपर टिका दी और फिर अपने शरीर का पूरा वज़न खंजर पर डाल दिया।

खचाक् की हलकी सी आवाज़ उभरी और फिर खंजर मूठ तक राजकुमार शक्तिसिंह के दिल को चीरता हुआ अंदर धंसता चला गया।

शीशी के अर्क ने अपना काम कर दिया था।

राजकुमार शक्तिसिंह के होंठों से हलकी-सी चीख तक नहीं निकली। उनका बदन एक-दो बार छटपटाया। थोड़ा-सा उछला और फिर बिस्तर पर गिरकर खामोश हो गया।

राजकुमार शक्तिसिंह के सीने से उबलती खून की धार को देखते ही नकाबपोश साया खुशी से फड़क उठा। उसके ज़ालिम चेहरे पर इत्मीनान-भरी मुस्कान नाच उठी। उसने राजकुमार शक्तिसिंह के सीने में धंसे खंजर को एक झटके के साथ निकाल लिया। उस पर लगे खून को बिस्तर पर रेशमी चादर से साफ किया और फिर उसे राजकुमार शक्तिसिंह की लाश के पास एक ओर रख दिया।

उस खंजर की मूठ सोने की बनी हुई थी। उसमें कीमती हीरे-जवाहरात जड़े हुए थे। इससे ज़ाहिर होता था कि खंजर मामूली नहीं, शाही है।

साये ने एक भरपूर नज़र राजकुमार शक्तिसिंह की लाश पर डाली। सीने से खंजर निकल जाने के कारण खून की मोटी धार सीने से उबल-उबलकर राजकुमार शक्तिसिंह के बेजान जिस्म को भिगोती हुई पलंग पर बिछे बिस्तर पर फैलती जा रही थी।

साये ने बिच्छू के डंक जैसी नुकीली मूंछों के सिरों को पकड़कर ताव दिया, नकाब ठीक किया और फिर पलटकर तेज़ी से बाहर निकल गया।

दूसरा बयान

आकाश के पूर्वी छोर पर उषा की लालिमा अभी उभरी भी नहीं थी कि विजयगढ़ दुर्ग के सिंहद्वार पर बनी खूबसूरत बारादरी में शहनाई के स्वर गूंज उठे। और फिर प्रातःकालीन पवन के मंद-मंद झोंकों के साथ तैरते हुए दूर तक बिखरते चले गए। पक्षियों की चहचहाने की सुरीली आवाज़ों ने शहनाई के स्वरों को और भी मोहक बना दिया। शायद पक्षियों को नई सुबह के आगमन की खुशी ज़्यादा ही हो रही थी। वे चहचहाते हुए नई सुबह का स्वागत कर रहे थे।

शहनाइयों की मधुर तान और पक्षियों के चहचहाने की आवाज़ों के साथ महलों में जगहर हुई। राजकुमार शक्तिसिंह के कक्ष के बाहर बरामदे में सोए दास-दासियों की नींद टूटी। वे कसमसाते हुए उठ बैठे। दासियां अपने अस्तव्यस्त कपड़ों को ठीक करती हुईं राजकुमार शक्तिसिंह के कक्ष के द्वार की ओर बढ़ गईं। रात उन्होंने भी थोड़ी-थोड़ी मदिरा पी ली थी जिसका खुमार अभी भी उनकी आंखों में बाकी था।

एक दासी ने दरवाज़ा खोलकर दरवाज़े पर लटकते पर्दे इधर-उधर हटा दिए और फिर खिड़कियों पर पड़े पर्दे हटाने लगी।

अन्य दासियां उन चीज़ों को इकट्ठा करने में व्यस्त हो गईं जिनकी राजकुमार शक्तिसिंह को सुबह-सुबह ज़रूरत होती थी।

विजयगढ़ के विशाल दुर्ग के राजमहलों में भी सुबह हलचल शुरू हो गई थी। हवेलियों के नगर-निवासी बिस्तर छोड़कर प्रातःकालीन कार्यों मे व्यस्त हो गए थे।

खिड़कियों पर पड़े पर्दों को हटाती हुई दासी राजकुमार शक्तिसिंह के पलंग के पास वाली खिड़की के निकट पहुंची तो उसने पर्दे हटाते-हटाते पलंग पर सोए पड़े राजकुमार शक्तिसिंह की ओर गर्दन मोड़कर देखा। देखते ही वह सन्न रह गई। बस, उसके हलक से एक मर्मबेधी चीख उभरकर गूंज उठी।

अन्य दासियों ने हड़बड़ाकर उस तरफ देखा—फिर पलंग पर लहूलुहान पड़ी राजकुमार शक्तिसिंह की लाश को देखकर वे सकते में आ गईं। उनके हलक से भी दर्द-भरी चीखें फूट पड़ीं। शयन-कक्ष की दीवारों और छतों से टकराकर वे चीखें दुर्ग के कोने-कोने में गूंजती चली गईं। इन मातमी चीखों में सुबह की शहनाई के स्वर

दब गए।

दासियों की दर्दभरी चीखें सुनते ही राजकुमार शक्तिसिंह के महल में तैनात सैनिक शयन-कक्ष की ओर भाग पड़े। पूरे दुर्ग में अफरा-तफरी मच गई।

"क्या हुआ चतुरा? क्या बात है?" सैनिकों की टुकड़ी के नायक ने शयन-कक्ष के द्वार पर खड़ी चीखती मुख्य दासी की ओर तेज़ी से बढ़ते हुए पूछा।

दासी चतुरा के मुंह से कोशिश करने पर भी आवाज़ नहीं निकली। उसने आंखों से बहते आंसुओं को अपनी ओढ़नी से पोंछते हुए सिर्फ राजकुमार शक्तिसिंह के पलंग की ओर कांपते हाथ से इशारा किया।

नायक किशनसिंह ने जैसे ही दरवाज़े में कदम रखा उसके दिल और दिमाग को इतना ज़ोरदार धक्का लगा कि उसका समूचा बदन आंधी के पत्ते की तरह कांपने लगा। वह अपनी टांगों पर खड़ा न रह सका। लड़खड़ाते कदमों से आगे बढ़ा और कालीन में भरे खून की परवाह न करके धम से नीचे बैठ गया।

"हे भगवान्! तुमने यह क्या किया? यह तो सर्वनाश हो गया…" नायक किशनसिंह के सीने पर किसी ने पूरी ताकत से घूंसा दे मारा हो, "आज तो राजकुमार युवराज बनने वाले थे, लेकिन…"

नायक किशनसिंह के साथ ही उसके पीछे-पीछे आने वाले सैनिक भी यह भयानक नज़ारा देखकर सकते में आ गए…

नायक किशनसिंह खुद पर काबू करता किसी तरह चीखता महाराज के महल की ओर भागा—महाराज…महाराज! सर्वनाश हो गया…

दास-दासियों की चीखें भी सिसकियों में बदलती चली गईं।

उन सबकी चीखों और रोने की आवाज़ों के साथ ही राजकुमार शक्तिसिंह की हत्या का दुःखद समाचार समूचे दुर्ग में फैल गया। और फिर दुर्ग की मज़बूत प्राचीर को बेधकर नगर में फैलता चला गया।

अपने प्रिय राजकुमार की हत्या का शोक-भरा समाचार सुनते ही नगर-निवासियों की भीड़ दुर्ग की ओर उमड़ने लगी।

दुर्ग के सिंहद्वार पर गूंजते शहनाई के स्वर सिसकियों में डूबकर खामोश हो गए थे। सारे शहर के अमीर-उमरा दुर्ग की तरफ भाग पड़े थे। दरबारी लोग इस खबर पर एकाएक विश्वास नहीं कर पाए थे। बाहर प्रजा की भीड़ बढ़ती जा रही थी।

विजयगढ़ के महाराजा जयसिंह अपने इकलौते बेटे राजकुमार शक्तिसिंह के पलंग के पास खड़े उसके चेहरे को इस तरह देख रहे थे जैसे वह उसे आज पहली बार

देख रहे हों।

पच्चीस वर्ष का सुंदर, स्वस्थ, सजीला और शक्तिशाली राजकुमार शक्तिसिंह अपने पलंग पर इस तरह लेटा हुआ था जैसे गहरी नींद में सोया पड़ा हो। उसकी बड़ी-बड़ी रतनारी आंखें मुंदी हुई थीं। हर पल मुस्कराते रहने वाले होंठ खामोश थे। जिस युवा शरीर की शक्ति देखते ही दुश्मनों के छक्के छूट जाते थे वह आज पलंग पर बेजान पड़ा था। पिंजड़ा खाली छोड़कर जीवन-पंछी कभी का उड़ चुका था।

राजकुमार शक्तिसिंह के सीने पर बने खंजर के सूराख से उबलने वाले खून की धार थम चुकी थी। खून की धार उसके सीने से निकलकर शरीर को भिगोती हुई पलंग पर बिछे बिस्तर पर फैलती चली गई थी। और फिर बिस्तर से टपक-टपककर फर्श पर बिछे कालीन में समाती चली गई थी। कीमती ईरानी कालीन पर बने नरगिस के सफेद फूल राजकुमार शक्तिसिंह के खून में डूबकर रक्ताभ हो गए थे।

अपने इकलौते बेटे की रक्तरंजित लाश को देखते ही महारानी को इतना गहरा आघात लगा कि वह अपने होश-हवास खोकर जैसे पत्थर का बुत बन गई थीं। उनके होंठों से न तो एक भी शब्द निकला था और न आंखों से एक आंसू। उन्हें ऐसा लग रहा था जैसे वह जो कुछ देख रही हैं उस पर विश्वास नहीं किया जा सकता। सब कुछ अविश्सनीय है। विश्वास से परे है। मां की ममता इस सत्य को स्वीकार नहीं कर पा रही थी कि उसकी आंखों का तारा अब इस संसार में नहीं रहा।

ठीक यही दशा राजकुमार शक्तिसिंह की बहिन राजकुमारी चंद्रकांता की भी थी। पलंग के पास वाली खिड़की का सहारा लिए खड़ी चंद्रकांता की नज़रें अपने इकलौते भाई के चेहरे पर टिककर रह गई थीं। इतने भीषण आघात के बावजूद उसने अपने होश-हवास नहीं खोए थे। वह सोच रही थी कि यह सब कैसे हुआ? क्यों हुआ? और किसने किया? वह अच्छी तरह जानती थी कि उसके भाई का कोई शत्रु नहीं है। विजयगढ़ रियासत का कोई दुश्मन नहीं है। प्रजा उसे अपने महाराजा जयसिंह से भी अधिक प्यार करती थी। फिर वह कौन ज़ालिम दुश्मन है, जिसने उसके भाई के सीने में उस वक्त खंजर उतार दिया जब वह गहरी नींद में बेसुध सोया पड़ा था?

दरबारी भी अब तक शयन-कक्ष के बाहर जमा हो गए थे। वे बेचैन, परेशान थे।

सहसा दूर से किसी पुरुष के रोने की आवाज़ सुनाई दी और बड़ी तेज़ी से राजकुमार शक्तिसिंह के कक्ष की ओर बढ़ने लगी। रोने वाला शायद दौड़ता हुआ कक्ष की ओर आ रहा था।

कक्ष में मौजूद लोगों की नज़रें दरवाज़े की ओर घूम गईं।

"मेरे राजकुमार···मेरे जिगरी दोस्त···मेरे भाई···" वह और कोई नहीं, विजयगढ़ रियासत के दीवान भूपतसिंह का बड़ा बेटा क्रूरसिंह था। वह धाड़ें मारता अंदर आया और पछाड़ खाकर पलंग के पास गिर पड़ा।

"हे भगवान्! तूने यह क्या किया–मेरे जिगरी दोस्त···मेरे भाई के बदले तूने मेरी जान क्यों नहीं ले ली।" क्रूरसिंह बच्चों की तरह विलाप कर रोने लगा। उसका रुदन सुनकर कक्ष में मौजूद सभी लोगों की आंखों से आंसू बहने लगे।

बड़ी मुश्किल से क्रूरसिंह रोते-रोते उठा और पलंग पर पड़ी खून में लिथड़ी शक्तिसिंह की लाश पर औंधा जा गिरा।

"मेरे भाई की हत्या–मेरे होते हुए किसी ने मेरे दोस्त···मेरे भाई को मार डाला–बेरहमी से उसके सीने में खंजर उतार दिया···विजयगढ़ के विशाल राज्य के इकलौते राजकुमार को छीन लिया···युवराज को छीन लिया···महाराज और महारानी की ही नहीं सारी प्रजा की आंखों के तारे को छीन लिया···और क्रूरसिंह, तू अभी ज़िंदा है! जिस राजकुमार ने तुझे हमेशा अपने सगे भाई की तरह समझा वह आज मौत की कभी न टूटने वाली नींद सोया पड़ा है···और तू अभी भी ज़िंदा है···धिक्कार है तुझे···तुझे तो मर जाना चाहिए था···सुनते ही मर जाना चाहिए था।" क्रूरसिंह राजकुमार शक्तिसिंह की लाश पर सिर पटक-पटककर रोने लगा।

कक्ष में मौजूद लोगों का शोक और दुःख चरम सीमा पर पहुंच गया।

"लेकिन मेरे भाई···मैं मरूंगा नहीं...तुम्हारे हत्यारे से बदला लेने के लिए मुझे ज़िंदा रहना पड़ेगा। मेरे अलावा कौन है जो तुम्हारी मौत का···नहीं, नहीं, तुम्हारी हत्या का बदला ले सके! मेरे भाई···मेरे राजकुमार···आज तुम्हारी लाश को छूकर मैं प्रतिज्ञा करता हूं कि जब तक तुम्हारे हत्यारे से बदला नहीं ले लूंगा, उस ज़ालिम को मौत के घाट नहीं उतार दूंगा, तब तक मैं चैन से नहीं बैठूंगा···वह कोई भी क्यों न हो, उसके सीने में भी उसी तरह खंजर भोंककर उसे मार डालूंगा जिस तरह उसने इतनी बेरहमी से तुम्हारे सीने में खंजर उतारा है···मैं उसकी लाश के टुकड़े-टुकड़े करके चील-कौवों को खिला दूंगा–कुत्तों को खिला दूंगा···।"

क्रूरसिंह की आवाज़ चीखते-चीखते भर्रा उठी। महाराज स्वयं आगे बढ़कर उसे संभालने लगे।

"कहां है वह खंजर जिसने राजकुमार की जान ली है," क्रूरसिंह तड़पकर महाराज जयसिंह की बांहों से छिटक गया···"मैं उसी खंजर से अपने युवराज की हत्या का बदला लूंगा।" क्रूरसिंह ने कहा और राजकुमार शक्तिसिंह की लाश के

इर्द-गिर्द नज़रें दौड़ाने लगा।

उसकी नज़रें लाश के पास ही पड़े खंजर और तकिए के पास रखी म्यान पर पड़ीं।

उसने म्यान और खंजर उठा लिए और उन्हें घूर-घूरकर देखने लगा।

पाठको! आपको याद होगा कि नकाबपोश हत्यारे ने राजकुमार की हत्या करने के बाद अपना खंजर उसके सीने से निकाला था और उस पर खून पोंछकर उसे लाश के पास ही रख दिया था।

"हे भगवान्! यह मैं क्या देख रहा हूं!" क्रूरसिंह ने अपने माथे पर हाथ मारा—"यह खंजर...यह खंजर तो नौगढ़ के राजकुमार वीरेंद्रसिंह का है! यह देखिए महाराज, इस पर राजकुमार वीरेंद्रसिंह का नाम खुदा हुआ है। उस पर नौगढ़ रियासत का राज-चिह्न बना हुआ है!"

नौगढ़ के कुंवर वीरेंद्रसिंह का नाम सुनते ही सब सकते में आ गए। वे एक-दूसरे का मुंह ताकने लगे।

"मैं इस खंजर को अच्छी तरह पहचानता हूं। यह शाही खंजर है—नौगढ़ के कुंवर वीरेंद्रसिंह का शाही खंजर! किसी मामूली कातिल के पास इसके होने का सवाल ही नहीं उठता। कुंवर वीरेंद्रसिंह के अलावा इस शाही खंजर को कोई बाहरी आदमी हाथ लगाने की जुर्रत नहीं कर सकता।"

नौगढ़ के कुवर वीरेंद्रसिंह का नाम और खंजर पर उनके शाही निशान की बात से वहां मौजूद सभी लोगों पर जैसे आकाश से टूटकर बिजली आ गिरी हो।

"राजकुमार शक्तिसिंह की हत्या नौगढ़ के कुंवर वीरेंद्रसिंह ने ही की है!" क्रूरसिंह ने कुटिलता और क्रोध-भरे स्वर में घोषणा की और फिर लाश के पास मिला खंजर उठाकर लहराते हुए बोला, "यह खंजर इस बात का ठोस सबूत है कि हमारे युवराज का हत्यारा नौगढ़ रियासत का कुंवर वीरेंद्रसिंह ही है।"

"नहीं, ऐसा नहीं हो सकता।" महाराज और महारानी के मुंह से एक साथ निकला, "वीरेंद्रसिंह शक्तिसिंह का हत्यारा नहीं हो सकता।"

"वीरेंद्रसिंह तो शक्तिसिंह को अपने सगे भाई की तरह प्यार करते थे। दोनों की मित्रता की लोग कसमें खाते थे।" अभी क्रूरसिंह कुछ कहना ही चाहता था कि बीच में ही राजकुमारी चंद्रकांता बिफर उठी, "नहीं, नौगढ़ के राजकुमार वीरेंद्रसिंह मेरे भाई की हत्या करना तो दूर इनके अहित की बात भी नहीं सोच सकते।"

"चंद्रकांता ठीक कह रही है।" महारानी ने भरे गले से कहा।

"महारानी जी, वीरेंद्रसिंह के लिए आपकी मोह-ममता भले ही इस कड़वी

सच्चाई को मंजूर न करे लेकिन सच्चाई सच्चाई होती है। और फिर जबकि उसका ठोस सबूत मौजूद हो।" क्रूरसिंह ने गंभीर स्वर में बात जारी रखी, "और महारानी जी, राजनीति में जज़्बात, भावनाएं नहीं देखी जातीं, राजनीति में मोह-ममता और जज़्बात के लिए कोई जगह नहीं होती।"

"आप ठीक कहते हैं क्रूरसिंह जी, राजनीति का तो नाते-रिश्ते से भी कोई ताल्लुक नहीं होता।" एक कुटिल दरबारी ने क्रूरसिंह की बात का समर्थन करते हुए कहा।

क्रूरसिंह ने खंजर वाला हाथ ऊपर उठाकर बड़े नाटकीय अंदाज़ में लहराते हुए कहा—"सच्चाई यही है और इस सच्चाई को कोई भी झुठला नहीं सकता। यह खंजर जिसने हमारे राजकुमार शक्तिसिंह की जान ली है, नौगढ़ रियासत के राजकुमार वीरेंद्रसिंह का ही है। इस खंजर की मूठ पर नौगढ़ राज्य के राजपरिवार के विशेष शस्त्रागार की मुहर अंकित है। और बेशकीमती हीरों के बीच राजकुमार वीरेंद्रसिंह का नाम साफ-साफ खुदा हुआ है। नौगढ़ रियासत के इस शाही चिह्न को सभी पहचानते हैं। हमारी रियासत का यह खास नियम है कि शाही मुहर से अंकित हथियारों को महाराज, महारानी, राजकुमार और राजकुमारियों के अलावा कोई भी दूसरा आदमी इस्तेमाल नहीं कर सकता! इसलिए यह सच्चाई तयशुदा है कि हमारे युवराज का हत्यारा वीरेंद्रसिंह ही है।"

"महाराज!" सहसा क्रूरसिंह के छोटे भाई जालिमसिंह ने आगे बढ़कर कहा, "क्षमा करें महाराज, बड़े भैया ठीक ही कह रहे हैं, सच्चाई बेहद कड़वी होती है। लोग आसानी से उसे गले से उतार नहीं पाते। मैंने कल सांझ के झुटपुटे में वीरेंद्रसिंह को दुर्ग के सिंहद्वार के बजाय नदी की ओर खुलने वाले उस पश्चिमी रास्ते से अंदर आते देखा था जो अकसर बंद रहता है।"

"हैं···यह तुम क्या कह रहे हो जालिमसिंह?" क्रूरसिंह ने जैसे अविश्वास-भरी नज़रों से अपने छोटे भाई जालिमसिंह की ओर देखा, जिसे महाराज ने हाल ही में राजमहलों के पहरेदार सैनिकों का मुखिया बनाया था। क्रूरसिंह ने इधर-उधर देखा और बात जारी रखी, "नहीं···नहीं, मुझे लगता है तुम्हारी आंखों को धोखा हुआ है जालिम···वह कुंवर वीरेंद्रसिंह नहीं हो सकते क्योंकि वह जब भी आते हैं उनका अंगरक्षक जांबाज़ और सैनिकों की एक टुकड़ी उनके साथ ज़रूर होती है।"

"बड़े भैया, मैं गंगा मैया की सौगंध खाकर कहता हूं कि वह नौगढ़ रियासत के कुंवर वीरेंद्रसिंह ही थे और बिलकुल अकेले थे।" जालिमसिंह ने अपनी बात पर ज़ोर देते हुए कहा।

"···कुछ समझ में नहीं आता···" कहते हुए क्रूरसिंह अपना माथा ठोंकने लगा—"जालिमसिंह! तुम्हारी बात पर एकाएक यकीन नहीं आता! लेकिन तुम सौगंध खाकर कह रहे हो तो यकीन करना ही पड़ेगा···"

"भैया! मैं दस बार सौगंध उठाने को तैयार हूं···अगर मेरी बात गलत निकले तो मेरा सिर कलम कर दिया जाए!"

जालिमसिंह की बात सुनकर सब लोग सन्नाटे में रह गए। क्रूरसिंह की बातों का कक्ष में मौजूद लोगों के दिल और दिमाग पर गहरा प्रभाव पड़ा। उन्हें यह विश्वास हो चला था कि राजकुमार शक्तिसिंह की हत्या नौगढ़ के राजकुमार वीरेंद्रसिंह ने ही की है।

"तुम ठीक कह रहे हो क्रूरसिंह!" अचानक महाराज जयसिंह की चेतना जैसे लौट आई। उनकी बड़ी-बड़ी आंखें सुर्ख पड़कर अंगारों की तरह दहकने लगीं। उनसे शोले बरसने लगे।

वह एक पल क्रूरसिंह के हाथ में पकड़े उस खंजर को घूरते रहे और फिर उन्होंने हाथ बढ़ाकर वह खंजर क्रूरसिंह के हाथ से ले लिया। उस पर खुदा वीरेंद्रसिंह का नाम और रियासत नौगढ़ के राजकीय शस्त्रागार की विशेष मुहर देखी और फिर गुरु-गंभीर स्वर में बोले, "हम अपने इकलौते बेटे राजकुमार शक्तिसिंह की प्राणहीन देह को छूकर सौगंध खाते हैं कि जिस खंजर से वीरेंद्रसिंह ने हमारे बेटे की हत्या की है, इसी खंजर से वीरेंद्रसिंह को भी मौत के घाट उतार दिया जाएगा। हमारे वंश का आखिरी चिराग उस हत्यारे ने जिस ज़ालिमाना तरीके से बुझाया है हम भी नौगढ़ राज्य के आखिरी चिराग को बुझाकर ही चैन की सांस लेंगे!"

महाराज जयसिंह की यह घोषणा कक्ष के दरो-दीवार से टकराकर गूंज उठी।

और फिर जैसे वह गूंज एक भीषण झंझावात बन गई। कक्ष में छाया सन्नाटा अनगिनत तूफानों में बदल गया। वीरेंद्रसिंह के विरुद्ध लोगों के दिलों में क्रोध, घृणा और प्रतिशोध के ज्वालामुखी फूटने लगे। उनसे शब्दों के रूप में निकलते दहकते हुए लावे से केवल उस कक्ष का ही नहीं, विजयगढ़ दुर्ग और नगर का वातावरण कांप उठा।

"क्रूरसिंह! इसी समय पूरे राज्य में घोषणा करा दो कि आज से नौगढ़ रियासत के साथ विजयगढ़ रियासत के जो दोस्ताना रिश्ते थे, उन्हें खत्म किया जाता है। आज से नौगढ़ राज्य हमारा सबसे बड़ा दुश्मन है। नौगढ़ राज्य से लगती विजयगढ़ राज्य की सीमाओं को अभी और इसी वक्त सीलबंद कर दिया जाए···और सरहद के फाटकों पर सेना तैनात कर दी जाए!"

"महाराज की आज्ञा का तत्काल पालन किया जाएगा!" क्रूरसिंह ने अपनी कमर में लटकती तलवार पर हाथ रखा और सिर झुकाकर बड़ी विनम्रता से कहा।

"और क्रूरसिंह! आज से हम तुम्हें अपने राज्य की सेना का प्रधान सेनापति नियुक्त करते हैं। सीमाओं की सुरक्षा की संपूर्ण ज़िम्मेदादी हम तुम्हें सौंपते हैं!"

"महाराज की यह कृपा मुझे अपने कर्तव्य-पालन की प्रेरणा, शक्ति और सामर्थ्य प्रदान करती रहेगी!" कनखियों से अपने भाई जालिमसिंह को देखकर क्रूरसिंह विनीत भाव से महाराज के सामने झुक गया।

"क्रूरसिंह—नहीं, सेनापति क्रूरसिंह! पूरी रियासत में मुनादी पिटवा दो कि वीरेंद्रसिंह हमारे राज्य की सीमा के भीतर कहीं भी देखा जाए तो उसे तत्काल गिरफ्तार करके हमारे सामने पेश किया जाए ताकि उसी के इस खंजर से हम अपने इकलौते बेटे की हत्या का बदला उस हत्यारे से ले सकें!"

महाराज का क्रोध निरंतर बढ़ता चला जा रहा था। उनके मुंह से अग्निबाणों की तरह शब्द निकल रहे थे। वह फिर एक पल खामोश रहकर हाथ उठाकर बोले, "सब लोग ध्यान से सुनें। जो कोई भी नौगढ़ के राजकुमार वीरेंद्रसिंह को ज़िंदा या मुर्दा हमारे सामने पेश करेगा हम उसे मुंहमांगा इनाम देंगे।"

महाराज की इस घोषणा से कक्ष में उपस्थित लोगों को अब पूरी तरह विश्वास हो चुका था कि राजकुमार शक्तिसिंह की हत्या वीरेंद्रसिंह ने ही की है। लेकिन खचाखच भरे उस कक्ष में राजकुमारी चंद्रकांता को क्रूरसिंह और उसके भाई जालिमसिंह की सौगंध, दलीलों और सबूतों पर विश्वास नहीं हुआ था। उसकी अंतरात्मा पुकार-पुकारकर कह रही थी—नहीं...वीरेंद्रसिंह जैसा दोस्तपरस्त, इंसानपरस्त और पराक्रमी योद्धा ऐसा नीच काम किसी भी हालत में नहीं कर सकता। उसने नौगढ़ के विख्यात राजघराने में जन्म लिया है। वह क्षत्रिय है। ऐसे घिनौने कृत्य की तो कल्पना भी नहीं कर सकता। और फिर सोते हुए व्यक्ति की हत्या...यह तो कोई कायर ही कर सकता है। निश्चय ही यह किसी धूर्त और लालची व्यक्ति की घिनौनी साज़िश थी जो इस राज्य को हथियाना चाहता है।

राजकुमारी चंद्रकांता ने क्रूरसिंह और उसके छोटे भाई जालिमसिंह के मुंह से निकले एक-एक शब्द को बड़े ध्यान से सुना था। उनके चीख-चीखकर रोने-बिलखने को बड़ी गंभीरता से देखा-परखा था। उनके आंसू उसे मगरमच्छ के आंसुओं जैसे दिखाई दिए थे। उनका रोना, चीखना, वीरेंद्रसिंह पर आरोप लगाना, उसे हत्यारा प्रमाणित करने के लिए खंजर की शाही मोहर को बतौर सबूत पेश करना...सब कुछ उसे एक धूर्तता, मक्कारी और झूठ से भरे नाटक के अंश प्रतीत हुए थे। और उसे

विश्वास हो गया था कि उसके भाई राजकुमार शक्तिसिंह की हत्या के पीछे इसी मक्कार क्रूरसिंह का हाथ है। अपने प्रति क्रूरसिंह की आंखों में मचलती वासना और उसकी चेष्टाओं को वह बहुत पहले जान चुकी थी और यह भी कि क्रूरसिंह किसी भी तरह उसे और विजयगढ़ के सिंहासन को हथियाना चाहता है। वह हमेशा ही वीरेंद्रसिंह के विरुद्ध महाराज जयसिंह के कानों में ज़हर उंडेलता रहता था। क्रूरसिंह वीरेंद्रसिंह को अपने और चंद्रकांता के बीच दीवार समझता था। उसमें इतनी शक्ति तो थी नहीं कि तलवार के ज़ोर पर वह वीरेंद्रसिंह को अपने रास्ते से हटा पाता, इसीलिए यह स्पष्ट था कि उसने इतना भयानक खेल खेला है।

चंद्रकांता क्रूरसिंह की इस साज़िश को अच्छी तरह समझ रही थी···यही कि वह चाहता था कि राजकुमार शक्तिसिंह की हत्या करके हत्या का आरोप वीरेंद्रसिंह के सिर थोप दिया जाए, जिससे महाराजा जयसिंह के मन में वीरेंद्रसिंह के विरुद्ध नफरत और द्वेष की भावना पैदा हो जाए। दोनों रियासतों में दुश्मनी पैदा हो जाए, जिससे वीरेंद्रसिंह का विजयगढ़ आना-जाना बंद हो जाए। और फिर महाराज के मन में जब एक बार उसके लिए विश्वास पैदा हो जाएगा तो उसे उस विश्वास का फायदा उठाने में कतई देर नहीं लगेगी। उसकी यह चाल मामूली चाल नहीं है। वीरेंद्रसिंह को रास्ते से हटाकार और महाराज के मन में अपने लिए विश्वास जगाकर क्रूरसिंह अपना रास्ता साफ करना चाहता था।

क्रूरसिंह का यह कुचक्र पल-भर में ही चंद्रकांता समझ गई। महाराज की अंतिम घोषणा को सुनते ही उसके संयम का बांध टूट गया। वह अपने आपको रोक नहीं पाई। घायल सिंहनी की तरह बिफरकर बोली, "नहीं पिता महाराज! यह झूठ है—सरासर झूठ है। क्रूरसिंह ने वीरेंद्रसिंह पर जो आरोप थोपा है वो बेबुनियाद है। जो सबूत पेश किए गए हैं वे गलत और झूठे हैं। मुझे अच्छी तरह मालूम है कि पिछले कई दिनों से नौगढ़ के महाराज अस्वस्थ हैं। कुंवर वीरेंद्रसिंह कुछ दिन पहले ही यहां आए थे। उन्होंने भाई शक्तिसिंह को अपनी विवशता बता दी थी लेकिन वायदा किया था कि जिस दिन उनके युवराज बनने का मुबारक समारोह आयोजित किया जाएगा वह अवश्य आएंगे।" लोगों ने अचकचाकर राजकुमारी चंद्रकांता की ओर देखा···तो राजकुमारी चंद्रकांता ने बिफरते हुए कहा, "जालिमसिंह झूठ बोलता है! वीरेंद्रसिंह को चोरों की तरह श्मशान घाट वाले द्वार से आने की क्या ज़रूरत थी? वह हमेशा सिंहद्वार से ही आते-जाते थे। और रही उनके शाही खंजर की बात तो उनके खंजर तो क्या किसी के भी शाही शस्त्र को हथियाने के अनेक तरीके हैं। चोरी भी की जा सकती है, चोरी कराई भी जा सकती है।"

मौजूद लोगों ने राजकुमारी चंद्रकांता की दलील पर गौर किया, तो चंद्रकांता ने अगली दलील पेश की, "कुंवर वीरेंद्रसिंह का हमारे भाई शक्तिसिंह से न तो कोई मनमुटाव था और न दुश्मनी ही थी। शक्तिसिंह की हत्या के पीछे उनका कोई स्वार्थ भी नहीं था। वह भला शक्तिसिंह जैसे मित्र की हत्या क्यों करते? कोई भी व्यक्ति भले ही कितना ही बड़ा अपराधी क्यों न हो, अकारण किसी की हत्या कभी नहीं करता। क्रूरसिंह ने जो दलीलें पेश की हैं उनसे यह ज़ाहिर नहीं होता कि कुंवर वीरेंद्रसिंह का स्वार्थ क्या है?···भले ही कोई जाने या न जाने लेकिन मैं क्रूरसिंह की नीयत और अपने भाई शक्तिसिंह की हत्या की साज़िश के पीछे के इसके इरादों को अच्छी तरह जानती हूं। मैं ही नहीं, अन्य बहुत से लोग क्रूरसिंह की कायरता और इसकी साज़िशों तथा इसके घिनौने हथकंडों से भली भांति परिचित हैं। महाराज! आप विजयगढ़ जैसे महान् राज्य के शासक हैं। न्यायप्रिय हैं। आपने अन्याय के साथ कभी कोई समझौता नहीं किया। क्या आपका न्यायप्रिय दिल और दिमाग क्रूरसिंह की इन निराधार दलीलों और झूठे सबूतों पर विश्वास करता है?"

महाराज जयसिंह अपनी बेटी के एक-एक शब्द को बड़े ध्यान से सुन रहे थे। वे उसके विद्रोही तेवरों को देख रहे थे। उन्हें आश्चर्य हो रहा था कि उनकी जिस बेटी ने आज तक उनके सामने कभी मुंह नहीं खोला था, वह आज बगावत पर किस तरह आमादा हो गई है!

पांसा पलटता देखकर क्रूरसिंह चीखा—"राजकुमारी जी," क्रूरसिंह के बदसूरत और क्रूरता-भरे कुरूप चेहरे पर धूर्तता-भरी कुटिल मुस्कान किसी विषधर की तरह रेंगने लगी। वह भीड़ से निकलकर राजकुमारी चंद्रकांता के सामने आ खड़ा हुआ और हाथ उठाकर बोला, "राजकुमारी चंद्रकांता! आप विजयगढ़ राज्य की इकलौती राजकुमारी हैं, जो राजकुमार शक्तिसिंह की मृत्यु के बाद इस राज्य, इस विशाल और बेशकीमती राज्य की एकमात्र वारिस हैं! अब राजकुमारी चंद्रकांता, आप ही इस राज्य और इस रावजंश की महान् परंपराओं, यश, कीर्ति और मान-मर्यादा की एकमात्र रक्षक हैं। लेकिन मुझे दुःख है कि आज आपकी सच्चाई, ईमानदारी और न्यायप्रियता नहीं बोल रही है—आपकी भावनाएं···इस राज्य के युवराज के हत्यारे वीरेंद्रसिंह के प्रति आपकी कोमल भावनाएं बोल रही हैं! भले ही कोई न जानता हो, लेकिन यह क्रूरसिंह अच्छी तरह जानता है कि राजकुमारी जी के हृदय में अपने भाई राजकुमार शक्तिसिंह के हत्यारे वीरेंद्रसिंह के प्रति घृणा, क्रोध और प्रतिशोध की नहीं, बल्कि गहरे और अंधे प्रेम की भावनाएं हैं, क्योंकि यह वर्षों पहले युवराज के हत्यारे कुंवर वीरेंद्रसिंह को मन ही मन अपना पति स्वीकार कर चुकी हैं। ऐसी

दशा में उन्हें···।”

“बकवास बंद करो क्रूरसिंह! तेरी यह मजाल जो हम पर इस तरह कीचड़ उछाले!” राजकुमारी चंद्रकांता की आंखों में क्रोध की जलती चिनगारियां फूट पड़ीं, “पिताजी महाराज सीधे-सादे हैं। सहज ही सबका विश्वास कर लेते हैं। छल, फरेब और साज़िशों से हमेशा दूर रहे हैं इसीलिए वे तेरी मक्कारियों को पहचान नहीं पा रहे हैं। लेकिन मैं इस दरबार में न्याय की मांग करूंगी और तूने और तेरे भाई जालिमसिंह ने जो दलीलें और सबूत पेश किए हैं, मैं उनकी धज्जियां उड़ाकर तेरे चेहरे को बेनकाब कर दूंगी। तब संसार जान जाएगा···खुद ही जान जाएगा कि मेरे भाई युवराज शक्तिसिंह का असली हत्यारा कौन है!”

राजकुमारी चंद्रकांता का घायल स्वर कक्ष की छत और दीवारों से टकराकर गूंज उठा।···वह चीखी, “मेरे भाई का असली हत्यारा कुंवर वीरेंद्रसिंह नहीं···कोई और है···” कहती वह भूखी शेरनी की तरह क्रूरसिंह को कुछ देर खड़ी-खड़ी देखती रही, फिर क्रोध से तमतमाती हुई कक्ष से निकल गई।

बुद्धिजीवियों से बहस

आज की कहानी के आसपास : दूसरों की लड़ाइयां लड़ने वाले लोग (1)

पिछले अंक में साहित्य के हिंस्र हो उठने तथा उसके सौंदर्यशास्त्र का सवाल आया था। हमने यह स्पष्ट करने की कोशिश की थी कि आज की सामाजिक, आर्थिक तथा शोषण-केंद्रित व्यवस्था में हिंसा की शक्ल क्या है और नए साहित्य के सौंदर्यशास्त्र का सवाल उठाने वाले यथास्थितिवादियों की असली मंशा क्या है?

आर्थिक शोषण और उससे उत्पन्न सवालों को उठाए बिना आज के साहित्य के प्रश्न भी नहीं सुलझते—कैसे आर्थिक शोषण सांस्कृतिक शोषण का ज़रिया बन जाता है और सांस्कृतिक शोषण कैसे अंततः विचारों पर अंकुश लगाता और उन्हें रुद्ध करता है, यह सिलसिला अब अज्ञात सिलसिला नहीं है। वाम की सही राजनीतिक-सामाजिक समझ रखने वाला प्रत्येक व्यक्ति और लेखक जानता है कि यह कैसे संभव होता है। इसलिए इस पर ज़्यादा बात न करके इतना कह देना काफी होगा कि आर्थिक रूप से विपन्न इकाई का सांस्कृतिक शोषण ही नहीं होता, बल्कि ज़्यादा बड़ी परिधि में यदि देखा जाए तो सांस्कृतिक ज़रियों से भी आर्थिक शोषण की कारगर चैनल्स तैयार की जाती हैं।

अभी जुलाई में ही मॉरिशस के आर्थिक संयोजना और विकास मंत्री श्री खेर जगतसिंह से बात हो रही थी, तो यह बात बहुत शिद्दत से सामने आई कि मृत उपनिवेशवाद सिर्फ फिर जीवित ही नहीं हुआ है बल्कि उन राष्ट्रों और जातियों के लिए, जो आर्थिक विकास के लिए संघर्षरत हैं, एक बड़े खतरे के रूप में फिर आ खड़ा हुआ है! इस बार यह नव-उपनिवेशवाद राजनीतिक रूप लेकर नहीं बल्कि सांस्कृतिक मुखौटा लगाकर आया है और विकासशील राष्ट्रों का 'वि-सांस्कृतीकरण' (डी-कल्चराइज़ेशन) करने और उसे हीन और अविकसित संस्कृति घोषित करके अपने आर्थिक शोषण के चक्र को पुनः चालू करना चाहता है। 'वि-सांस्कृतीकरण' का यह खतरा इतना ज़्यादा बढ़ गया है कि इसके संपन्न होते ही कोई भी जाति अपनी चीज़ों और उपभोक्ता वस्तुओं को हेय, और अपनी संस्कृति के अनुकूल कार्य करने वाले माध्यमों को बेकार घोषित करके उत्पादनशील राष्ट्र के रूप में अपनी

क्षमता को छोड़ता हुआ आक्रमणकारी संस्कृति वाले देश का बाज़ार बनना शुरू कर देता है। यानी एक ओर आर्थिक शोषण से जो सांस्कृतिक और वैचारिक शून्यता का चक्र चलता है, दूसरी ओर वही चक्र सांस्कृतिक शोषण से पराए आर्थिक हितों का ज़रिया बन जाता है।

इस तथ्य को यदि साकार करके देखा जाए तो सांस्कृतिक आक्रमण के हथियारों को आदमियों और स्पष्ट रूप से वर्गों के रूप में भी देखा जा सकता है।

यह वर्ग या समुदाय हमारे यहां भी मौजूद है और उद्योगों की दुनिया में ही नहीं; कला, साहित्य और संगीत की दुनिया में भी 'विश्ववादी' होने के नाम पर घुसा हुआ है। इस 'विश्ववादी' और उस 'मानवतावादी' में ज़्यादा फर्क नहीं है जो आज के साहित्य के तेवर को हिंस्र और उसकी शक्ति को हेय मानता है। असल में पूंजी-केंद्रित सांस्कृतिक आक्रमणकारियों के 'हम प्याला-हम निवाला' बन गए। इन विश्ववादियों और मानवतावादियों का सारा ज़ोर इसी बात पर है कि कैसे यथास्थिति को बरकरार रखा जाए...और साहित्य को हेय-हीन और शक्तिहीन करार देकर उसे परिवर्तन का कारगर ज़रिया न बनने दिया जाए।

यह वर्ग या समुदाय जो स्वयं पूंजीपति नहीं है—अपनी लड़ाई नहीं लड़ता, बल्कि पूंजीपतियों की लड़ाइयां लड़ता है।

यह वही 'बीच का नया मध्यमवर्ग' है जो उत्पादक और उपभोक्ता के मध्य आकर शोषण की दुमुंही मशक का काम करता है। चूंकि यह नया मध्यमवर्ग बखूबी जानता है कि उसकी आकांक्षाएं संपन्न-जन से मेल खाती हैं, इसलिए वह सामान्य उपभोक्ता का अनाप-शनाप शोषण करके 'व्यापार की नैतिकता' के मातहत उत्पादक के सामने एक ईमानदार व्यापारी के रूप में मौजूद रहता है। इस नए मध्यवर्ग की आकांक्षा यही होती है कि कैसे वह जल्दी से जल्दी उच्चवर्ग का हिस्सा बन जाए, इसलिए उसका सारा लगाव उन मान-मूल्यों के लिए होता है, जिन्हें उत्पादक उच्चवर्ग पैदा करता है। ऐसा मध्यवर्ग हिंसा, विद्रोह या परिवर्तन की बात से सबसे ज़्यादा घबराता है क्योंकि शोषण के ज़रियों पर कोई भी आघात होते ही सबसे पहले इसकी महत्त्वाकांक्षाओं पर तुषारापात होता है।

इसीलिए वह नया पूंजीमुखी मध्यवर्ग आर्थिक संतुलन कायम रखने के साथ-साथ सांस्कृतिक और साहित्यिक क्षेत्रों में भी दखल देता है। आज देश में ऐसे पैसे वाले लोगों की कमी नहीं है जो सांस्कृतिक और साहित्यिक गतिविधियों के बीच आशीर्वाद की मुद्रा में मुख्य कुर्सियों पर बैठे नज़र आते हैं। यही वे लोग हैं जो परिवर्तनवादी साहित्य की अपेक्षा सौंदर्यवादी-विश्ववादी साहित्य का झंडा बुलंद करते

हैं; जो साहित्य की सक्रिय परिवर्तनवादी भूमिका को खतरा समझते हैं और साहित्य को समाज के दर्पण की भूमिका निभाने तक तो जैसे-तैसे स्वीकार करते हैं, उसके आगे की साहित्य की भूमिका को अस्वीकार करते और गलत मानते हैं।

साहित्य की इस आगे की और बदली हुई भूमिका को वे बीच के लोग स्वीकार नहीं कर पाते जिन्होंने अपने आर्थिक हितों के मातहत स्वयं सब नैतिक, चारित्रिक मूल्यों को अस्वीकार कर दिया है—वे व्यापार और उत्पादन के क्षेत्र में स्वयंभू और स्वतंत्र होकर जीना चाहते हैं (यानी ऐसे राष्ट्रीय कानूनों को ही मानने के लिए तैयार हैं, जो उनके स्वयंभू होने में बाधा उत्पन्न नहीं करते या उनकी स्वायत्तता बढ़ाते हैं)। ये बीच के लोग, यानी मात्र आर्थिक चरित्र वाले संपन्न लोग ही इस समय सामान्य जन के लिए ज़बरदस्त बाधा बने हुए हैं और इन्होंने राजनीतिक क्षेत्र को जैसे अपने असर में लिया हुआ है, वैसे ही ये सांस्कृतिक और साहित्यिक क्षेत्र को भी अपने असर तथा प्रभाव के अंतर्गत रखना चाहते हैं।

मुझे एक शाम याद आती है। आज़ादी के बाद एकाएक धनवान हुए सात लोग थे। खाना-पीना चल रहा था। मैं भी आमंत्रित था क्योंकि उन सात धनवानों में से एक मेरे पुराने सहपाठी थे, जो यूनिवर्सिटी के दिनों में मेरे साथ-साथ लिखा भी करते थे—उसके बाद वे सरकार में चले गए और सरकार के मंत्रालयों से सब हथकंडे सीखकर, त्यागपत्र देकर बाहर आ गए और बाहर आते ही वे परमिट-लायसेंसों के सहारे आठ वर्षों में ही 'लखपती' बनकर करोड़पतियों की लड़ाइयां लड़ने लगे। जो वामपंथी लड़ाई हम यूनिवर्सिटी के ज़माने में साथ-साथ लड़ा करते थे, उसमें उनका विश्वास नहीं रह गया था। खान-पान की उस शाम को एक धनवान ने मेज़ पर हाथ पटकते हुए कहा—'आज जो भी 'नेशनल इकॉनमी' है, उसे हम गवर्न करते हैं··· आप लोग हमारा क्या बिगाड़ सकते हैं? और ये इकॉनमी तो हम होल्ड करते हैं उस बीस परसेंट रुपए से जो ह्वाइट है···जिस दिन हम अपना अस्सी परसेंट ब्लैक (रुपया) मार्केट में ले आएंगे, उस दिन आप लोग तिनके की तरह हवा में उड़ जाएंगे! आप हैं कहां?'

मेज़बान ने समझा, मुझे बात बुरी लगी होगी, इसलिए उन्होंने बात बदल दी और कहा—'सरकारी कानून ही साले ऐसे हैं कि हमें ब्लैक में सब करना पड़ता है। आप ही बताइए—अगर हम अपने बच्चे को भी प्रेज़ेंट में रुपया देना चाहें तो पांच हज़ार से ज़्यादा नहीं दे सकते···ये साले कानून हमें पांच हज़ार रुपया तक किसी को नहीं देने देते···हमें क्यों यह रुपया देने का हक नहीं है?'

दूसरे धनवान उछल पड़े—'ये है मिलियन डॉलर क्वेश्चन! आप इसका जवाब

दे दीजिए तो हम आपकी हर बात मान लेंगे''कि क्यों हम बिना टैक्स दिए पांच हज़ार से ज़्यादा रुपया अपने बच्चे तक को नहीं दे सकते?'

सातों धनवानों की आंखें चमक रही थीं, सातों धनवानों की अंगुलियों में हीरे-जवाहरातों की अंगूठियां मेढ़क की आंखों की तरह और ज़्यादा चमक रही थीं।

मैं जान रहा था कि यह भी इन नव-धनवानों का एक रुख है कि वे उसी सरकार की आलोचना बड़ी शिद्दत से करते हैं, जिसे वे खुद पूरी तरह कसे हुए हैं और जिस सरकार ने खुद ऐसे निकास उन्हें दे रखे हैं जिनसे उनके स्वार्थों की पूर्ति का गंगाजल हमेशा बहता रहता है और ये सरकार-विरोधी और सरकार द्वारा उनके विरोध का नाटक हमेशा चलता रहता है। देश में चल रही 'दो बांकों' की इस सधी-बदी कुश्ती की असलियत जनता जानती है।

—'मैं सरकारी आदमी नहीं हूं''इसका जवाब तो आपकी सरकार ही दे सकती है।' मैंने उनके मूल सवाल से कतराते हुए कहा था।

—'आप जनता की तरफ से जवाब दे दीजिए कि हम बिना टैक्स दिए पांच हज़ार से ज़्यादा क्यों अपने बच्चे को नहीं दे सकते? यह हक हमें क्यों नहीं है?' एक धनवान ने तल्ख होते हुए और ओठों पर आई गाली को रोकते हुए कहा।

माहौल बहुत गर्म हो गया था।

—'जी! जी! जी!' कई नव-धनवान एक साथ चीखे थे।

—'तो पहले आप जनता को उस अस्सी परसेंट ब्लैक का हिसाब दे दीजिए, जिसके बारे में आप बात नहीं करते, उसके बाद जनता आपको जवाब देगी कि आप पांच हज़ार दे सकते हैं या नहीं!' मैंने उत्तर दिया था तो सब झुंझला उठे थे।

—'यह सब बहस छोड़िए। आप अपना गिलास बढ़ाइए।' मेज़बान ने मुझसे कहा था। और सब बातें वहीं छूट गई थीं। माहौल तो ज़हरीला हो ही चुका था। अब कुछ कहने-सुनने को नहीं रह गया था।

बातें इधर-उधर खिसकने लगी थीं। कुछ देर बाद नव-धनवान ने कमरे के बीच लटकते झूमर (शैंडिलियर) की ओर इशारा करके पूछा था—'यार, ये हालैंड के कट-ग्लास का लगता है। कितने का पड़ा?'

—'बीस हज़ार का है, ऊपर से साली बीस हज़ार ड्यूटी। चालीस का पड़ा!' मेज़बान ने बताया।

चालीस हज़ार का वह झूमर छत से लटक रहा था''रोशनियों से जगमगाता हुआ''और उन नव-धनवानों का एक सवाल हवा में लटका हुआ था—हम पांच हज़ार अपने बच्चे को क्यों नहीं दे सकते?

(अगस्त, 1974)

आज की कहानी के आसपास : दूसरों की लड़ाइयां लड़ने वाले लोग (2)

नव-धनवानों ने बहुत स्पष्ट रुख अपना रखा है। वे साफ-साफ कहते हैं कि हमें पैसा बनाने का हक क्यों नहीं है? जिसे 'शोषण' कहा जाता है, वह हमारी मेहरबानी है क्योंकि हम लाखों लोगों को काम देते हैं। हमारे पास अगर पैसा बनाने की बुद्धि है तो क्यों न बनाएं…? इस देश को इस समय सामाजिक न्याय की उतनी ज़रूरत नहीं है जितनी उत्पादन की। पैसा होगा तभी बांटा जा सकता है, पैसा ही नहीं होगा तो बांटेंगे क्या?

यह सब दलीलें उस नव-धनवान मध्यवर्ग की हैं जो सचमुच उत्पादक भी नहीं हैं…यह वर्ग उद्योगों को चालित नहीं करता…ये बड़े उद्योगों या बड़े साहबों का ज़मींदार क्लास है, जो उत्पादित वस्तु और उसकी बिक्री के बीच मौजूद है और बिक्री का लगान वसूल करके बड़े साहबों को मुनाफा देता है और उत्पीड़क मशीन का काम करके अपने लिए ऐयाशी की ज़िंदगी मुहैया करता है।

यही वह वर्ग है जो संस्कृति और साहित्य की नई आकांक्षाओं को बर्दाश्त नहीं करता और हमेशा इस कोशिश में रहता है कि कैसे अ-सांस्कृतीकरण और अ-साहित्यीकरण की प्रक्रिया को चालू रखा जाए? इसमें उनकी मदद वह साहित्य भी करता है, जो पुरातन और रूढ़ है, क्योंकि वह सौंदर्य को सामाजिक संदर्भों से ग्रहण नहीं करता, और वह समकालीन साहित्य भी करता है जो संघर्ष की सांस्कृतिक अपेक्षाओं से विरक्त है, और साहित्यिक सौंदर्य को विश्ववादी होकर देखना चाहता है, और अपनी भाषा में लिखते हुए भी अपनी भाषा के मिज़ाज को नकारता है—क्योंकि भाषा जिस संस्कृति का आभास देती है, वह उन्हें घटिया और बेमानी लगती है।

कोई भी क्रांति पराई भाषा और पराई संस्कृति से नहीं लाई जा सकती। कोई भी क्रांति पराई भाषा और पराई संस्कृति से स्थगित ज़रूर की जा सकती है, और क्रांति की आकांक्षाओं का लगातार स्थगित होते रहना मनोबल को तोड़ सकता है

और अंततः उसकी हत्या भी कर सकता है। संस्कृति और भाषा की यह लड़ाई हमारी लगभग सभी भारतीय भाषाएं लड़ रही हैं, पर सभी भारतीय भाषाओं के बीच ऐसे 'कुलीनों' की कमी नहीं है, जो अपनी भाषा में लिखी गई हर रचना को हीन, अपनी भाषा को दीन और नई सांस्कृतिक आकांक्षाओं को विचार-विहीन मानते हैं। इस अभियान में कुछ ऐसे साहित्यकार भी शामिल होते हैं, जो रूपवादी व्याख्याओं द्वारा साहित्य की मूर्त चिंताओं को किताबी चिंताओं में बदलते रहते हैं। जो अपने थके-हारे और चिंताग्रस्त समय को नकारकर, एक दोगली स्थिति में जीते हैं···जो विकसित देशों के घटिया लेखन का चरबा पेश करते रहते हैं और बराबर यह भ्रम पैदा करते हैं कि हमारा साहित्य कोई कारगर भूमिका नहीं निभा सकता, क्योंकि वह विश्व के स्तर का साबित नहीं होता···हमारी नई क्रांतिवादी सांस्कृतिक अपेक्षाएं साकार नहीं हो सकतीं, क्योंकि हम एक घटिया संस्कृति के प्रणेता हैं।

अपनी संस्कृति और साहित्य का अवमूल्यन करके जो ग्रंथि पैदा की जाती है, वह बहुत घातक सिद्ध होती है···क्योंकि संस्कृति के अवमूल्यन से आंतरिक नैतिक शक्ति का ह्रास होता है और भाषा-साहित्य के अवमूल्यन से नई सांस्कृतिक आकांक्षाओं को मिलने वाली वैचारिक धार कुंद होती है। एक पूरे राष्ट्र, एक पूरी जाति, एक पूरे भाषा-समूह को इस सांस्कृतिक आक्रमण से दूसरे दर्जे के राष्ट्र, घटिया जाति और असमर्थ भाषा-समूह में पर्यवसित करने की कोशिश की जाती है। (यहां उन नव-उत्थानवादियों की सांस्कृतिक श्रेष्ठता से हमें गरज़ नहीं है, जिनके लिए हर भारतीय चीज़ महान् है) नव-उत्थानवादियों और नव-धनवानों के यही दो सीमांत हैं। दोनों ही जगहों पर 'संस्कृति' का बहुत बेहूदा इस्तेमाल और प्रदर्शन होता है, जो लेखक या व्यक्ति नव-उत्थानवादियों की रूढ़ हो गई पुरातन सांस्कृतिक विरासत से टूटकर आता है, उसे नव-धनवानों की दोगली संस्कृति से, और जो अपनी बोलियों और सहभाषाओं से निकलकर आता है, उसे सीधे-सीधे पराई भाषा के साम्राज्य से सामना करना पड़ता है। और इसे कहने में किसी को ज़रा सी भी हिचक नहीं होनी चाहिए कि नव-उत्थानवादियों का सांस्कृतिक दर्प और नव-धनवानों की सांस्कृतिक कुलीनता—ये दोनों ही राजनीति-मूलक हैं, क्योंकि इन दोनों तरह की सांस्कृतिक प्रणालियों के पीछे एक विशेष तरह की सामाजिक-आर्थिक व्यवस्था के रक्षण और पोषण की भावना मौजूद है···और इसे समझने में भी चूक नहीं करनी चाहिए कि सामाजिक न्याय के मामले में इन दोनों सांस्कृतिक वर्गों की आकांक्षाएं एक ही हैं। वे शोषणधर्मी और यथास्थितिवादी हैं।

ऐसे समय में जब संस्कृति का इस्तेमाल सामाजिक न्याय के विरुद्ध एक

दुधारी राजनीतिक तलवार के रूप में होने लगे, तो ज़रूरी है कि साहित्य सीधे-सीधे संघर्ष की भूमिका में उतरे और सामान्य जन के हित में राजनीतिक पक्षधरता की ऐतिहासिक ज़रूरत को पूरा करे···।

आर्थिक-सामाजिक शोषण के साथ-साथ पूंजीवादियों के लिए सांस्कृतिक शोषण बेहद ज़रूरी हो जाता है। बिना सांस्कृतिक शोषण के आदमी को पूरी तरह 'कच्चे माल' में नहीं बदला जा सकता, और आदमी को 'कच्चे माल' में बदले बिना संपूर्ण शोषण की मशीन चालू नहीं रह सकती। यह सही है कि आर्थिक-सामाजिक शोषण भी आदमी को कुछ अंशों तक 'कच्चे माल' में बदलने देने में कामयाब होता है, पर जिस तरह के संपूर्ण शोषण-केंद्रित समाज की रचना पूंजीवादी करना चाहता है, उसके लिए ज़रूरी है कि वे आदमी को लुगदी में बदल दें, और लुगदी बनाने के लिए आदमी की सांस्कृतिक हड्डियों को चटकाना और मांस में से उन्हें निकालकर फेंक देना लाज़िमी हो जाता है। इस तरह आदमी को 'कच्चे माल' में बदल लेने के बाद शोषकवर्ग अपनी मशीनों से अपनी तरह की समाज-व्यवस्था के पोषण के लिए माल (आदमी) तैयार करता है। ऐसा 'सांस्कृतिक माल' पिछले सत्ताईस वर्षों में काफी तैयार हो चुका है और बाज़ार में धड़ल्ले से चल रहा है। सांस्कृतिक हीनता पैदा करने का काम 'ऐसा सांस्कृतिक माल' ही कर रहा है। और यह भी साफ समझने की ज़रूरत है कि 'सांस्कृतिक विजय' के बाद शोषण-केंद्रित आर्थिक-सामाजिक व्यवस्था को लागू करना बहुत आसान हो जाता है।

इसलिए यह ज़रूरी है कि इन दांव-पेचों को पूरे सांस्कृतिक परिवेश में देखा जाए···मात्र आर्थिक संदर्भों में आम आदमी के (यानी अपने) हनन को देखना एकांगी होगा।

इस 'हत्याकांड' को मात्र तनख्वाहें बढ़वाने और बढ़ती कीमतों को सह सकने के लिए और आर्थिक सुविधाएं प्राप्त करने की एकांगी नीति या आंदोलन नहीं रोक सकते। इन आंदोलनों को 'एक संपूर्ण लड़ाई' के दौरान 'सिर्फ राहत कार्यों' के रूप में ही लिया जा सकता है। संपूर्ण संघर्ष के दौरान प्रतिबद्धों द्वारा किया जा रहा 'राहत कार्य' और संबद्ध संलग्नों द्वारा लड़ा जा रहा युद्ध एक ही अभिलाषा के पूर्वोत्तर चलने वाले समांतर पक्ष हैं। इन दो पक्षों के साथ-साथ समांतर चलने वाली अन्य पक्षधर शक्तियां भी हैं, जिन्हें नज़रअंदाज़ करना या गलत साबित करना संघर्ष के हितों के अनुकूल नहीं हो सकता। और यह युद्ध आम आदमी द्वारा ही लड़ा जा रहा है, क्योंकि वह अपने युद्ध के प्रति प्रतिबद्ध ही नहीं, उसमें संबद्ध और संलग्न है। युद्ध लड़ते हुए संबद्ध और संलग्न आदमी से यह पूछना कि तुम अपने युद्ध के प्रति प्रतिबद्ध

हो या नहीं, एक सही मकसद से ही नहीं, पर बेवक्त पूछा जाने वाला गैर-ज़रूरी और किताबी सवाल है।

राजनीतिमूलक सांस्कृतिक लड़ाई का दायरा बहुत फैला हुआ है। यह लड़ाई मात्र देशीय नहीं है···आर्थिक रूप से चूसे गए तीसरी दुनिया के अन्य देशों में भी नव-उपनिवेशवाद वहां की जातीय-राष्ट्रीय संस्कृति का अवमूल्यन करके वही करना चाहता है जो हमारे यहां नव-धनवानों-पूंजीपतियों और नव-उत्थानवादियों के माध्यम से करने की कोशिश की जा रही है।

इस सांस्कृतिक आक्रमण को यदि साहस और आस्था के साथ नहीं रोका गया, और समय को बदलने के बजाय किताबी बहसों के ज़रिए बिताने में गुज़ारा गया, तो आदमी को लुगदी या कच्चा माल बना डालने की साज़िश कभी न कभी सफल भी हो सकती है···मनुष्य को कच्चा माल बनाए जाने के खिलाफ छाती रोपकर खड़े होने का काम सिर्फ वह लेखन ही कर सकता है जो सामान्य जन का अपना हो···जो उसकी मजबूरियों, चिंताओं और विकल्पहीन स्थितियों के द्वंद्व को समझता हो···उसके आनुपातिक समय और समझ को स्वीकारता हो और क्रांति को मात्र दुर्ग-विजय न मानकर एक समग्र परस्पर-क्रिया के रूप में देखता हो···ताकि क्रांति एक प्राप्य-संभव यथार्थ से विलग होकर अप्राप्य-असंभव आदर्श न बन जाए।

तो ज़रूरत इस बात की है कि क्रांति को एक 'यथार्थ लक्ष्य' माना जाए, उसे बचकाने उत्साह और एकांगी नज़रिए के तहत मात्र 'आदर्श' न बनने दिया जाए ···अगर क्रांति 'लक्ष्य' के बजाय एक 'आदर्श' बन गई तो अमूर्त लड़ाइयों के तहत समय बीतता जाएगा, बदलेगा नहीं। और समय का न बदलना ही यथास्थिति है, जो कि सांस्कृतिक शोषण का ज़रिया भी बनती जा रही है और परिवर्तन को स्थगित करने का औज़ार भी।

मैं नहीं जानता कि यह सब बातें मैं आपसे कब तक कर पाऊंगा या कब तक करता रह सकूंगा···पर बातें ज़रूरी हैं और उतनी ही ज़रूरी हैं आपकी सक्रियता और प्रतिक्रिया···!

(सितंबर, 1974)

आज़ादी मुबारक

हुआ यह कि मैं मंटो के साथ घूमने निकल पड़ा। मौका ही ऐसा था। आज़ादी की पचासवीं वर्षगांठ मनाने का मौका। यह तो नहीं मालूम कि मुल्क कौन सा था, पर इतना मालूम था कि दो मुल्कों में से कोई भी एक हो सकता था—भारत या पाकिस्तान, क्योंकि पचास साल पहले, एक ही मुल्क दो टुकड़ों में आज़ाद हुआ था। एक इंडिया, दैट इज़ भारत और दूसरा पाकिस्तान।

तो आज़ादी की पचासवीं सालगिरह पर मंटो से मिलना लाज़िमी था क्योंकि पचास बरस पुरानी इस सभ्यता का असली विद्वान् और इतिहासकार सिर्फ मंटो ही है। एक ऐसी सभ्यता, जिसने लहू की दीवारें और आंसुओं की नदियां ईजाद की थीं!

मंटो को देवेंद्र इस्सर और बलराज मेनरा जानते हैं। टोबाटेक सिंह जानता है। अगर तुम नहीं जानते तो तुम बदनसीब हो। हमारे-तुम्हारे बीच यह कहासुनी तो चलती ही रहती है। तो खैर…

तो हम लारेंस बाग, नहीं-नहीं, जिन्ना बाग वाले इलाके में ही कहीं थे। सामने थोड़ी दूर पर लहू की एक गीली दीवार अब भी खड़ी थी। उसे देखकर मैंने पूछा—

"मंटो साहब! क्या 'बेखबरी का फायदा' वाला हादसा यहीं हुआ था?"

"हां, यहीं-कहीं…लहू की दीवार के इस पार या उस पार…उस हादसे में जो बच्चा मौजूद था, अगर वह अब भी ज़िंदा है तो वह अब पचपन साल का होगा। हादसे के वक्त वह पांच साल का था।"

तभी एक पचपनसाला आदमी रुककर मंटो की ओर देखने लगा।

"इस तरह क्या देख रहे हो?"

"जी, आपको देख रहा हूं…क्योंकि आपकी उस कहानी का बच्चा मैं ही हूं और इत्तफाक से अभी तक ज़िंदा हूं!"

"यह तो ताज्जुब की बात है!" कहते हुए मंटो ने मुझे और फिर पचपनसाला को बड़ी-बड़ी आंखों से अचरज से देखा। उस आदमी ने हम दोनों को खामोश देखा …तो वह पचपनसाला आदमी बीच में बोल पड़ा—

"मुझे आपकी वह कहानी अब तक याद है! बेखबरी का फायदा।"

"तुमने कब पढ़ी?"

"जब मैं बारह-तेरह साल का था। उस वक़्त घरों में आपकी कहानियों पर पाबंदी लगी हुई थी क्योंकि आप तरक्कीपसंद थे···और तरक्कीपसंदों में आप पर पाबंदी लगी हुई थी क्योंकि आप अदब और इंसानपरस्त थे···आपके बारे में यही बताया था लोगों ने···"

मंटो की बड़ी-बड़ी आंखें और बाहर निकल आईं। वो हैरत से बोले–"अजीब इंसान हो तुम···इस तहज़ीब में पले-बढ़े हो, फिर भी कहानियां पढ़ते हो?"

"वह तो उस दौर में पढ़ ली थी, अब नहीं पढ़ता। आपकी कहानी तो मुझे ज़बानी याद है···सुनाऊं···"

"मेरी दिलजोई के लिए तुम झूठ बोल रहे हो···"

"नहीं···हाथ कंगन को आरसी क्या! सुन लीजिए···" और उसने कहानी सुनानी शुरू कर दी···

···लबलबी दबी–पिस्तौल से झुंझलाकर गोली बाहर निकली।

खिड़की से झांकने वाला आदमी उसी जगह दोहरा हो गया।

लबलबी थोड़ी देर के बाद फिर दबी–दूसरी गोली भनभनाती हुई बाहर निकली।

सड़क पर माशकी की मशक फटी। औंधे मुंह गिरा और उसका लहू मशक के पानी में मिलकर बहने लगा।

लबलबी तीसरी बार दबी–निशाना चूक गया। गोली एक गीली दीवार में जज़्ब हो गई।

चौथी गोली एक बूढ़ी औरत की पीठ में लगी–वह चीख भी न सकी और वहीं ढेर हो गई।

पांचवीं और छठी गोलियां बेकार गईं। न कोई हलाक हुआ, न ज़ख्मी ।

गोलियां चलाने वाला भिन्ना गया। उसी वक्त सड़क पर एक छोटा सा बच्चा दौड़ता दिखाई दिया। गोलियां चलाने वाले ने पिस्तौल का मुंह उसकी तरफ मोड़ दिया।

उसके साथी ने कहा–'यह क्या करते हो?'

गोलियां चलाने वाले ने पूछा–'क्यों?'

'गोलियां तो खत्म हो चुकी हैं!'

'तुम खामोश रहो, इतने से बच्चे को क्या मालूम?'

कहानी सुनाकर वह पचपनसाला आदमी तारीफ पाने के लिए मंटो को देखने लगा—"है न वही कहानी !"

"है तो वही!" कहते हुए मंटो ने मेरी तरफ देखा।

करीब-करीब ऐसा ही कूचा कुंडेवालान में हुआ था। अरे वहीं, अजमेरी गेट के पास, जहां विष्णु प्रभाकर रहते हैं···हुआ यह था कि एक अंधेरी गली के सुनसान मोड़ पर एक आदमी पिस्तौल छुपाए खड़ा था। जी.बी. रोड का एक मुसाफिर सकीना बाई के साथ आधी रात गुज़ारकर वापस जा रहा था। मौका पाते ही उस आदमी ने पिस्तौल मुसाफिर के सीने पर रख दी और दबी आवाज़ में चीखा—

'जो कुछ है, मेरे हवाले कर दो।'

और कोई चारा नहीं था। पिस्तौल सीने पर थी। चीखने-चिल्लाने का मौका भी नहीं था। सकीना बाई से जो पैसे बचे थे, वो—साथ ही सोने की चेन और घड़ी भी मुसाफिर को उतारनी पड़ी।

'कच्छा पहने है?' पिस्तौल वाले ने दबी आवाज़ में कड़क के पूछा।

'क्यों ?' मुसाफिर ने डरते हुए सवाल किया।

'पैंट उतार दे।'

मुसाफिर अचकचाया—

'पैंट···'

'हां, वहां भी तो उतारी होगी! उतार!' पिस्तौल वाले ने धमकाया।

कोई चारा नहीं था। उसने पैंट भी उतार दी।

पिस्तौल वाले ने सामान समेटा और चलने लगा।

'ऐ भाई···ये तमंचा हमें दे दो···'

'क्यों, क्या करेगा···इसकी लबलबी खराब है और नल्ली भी···'

'तो क्या हुआ···इसमें खौफ तो है!'

पिस्तौल वाला हंसा और तमंचा फेंक के चला गया ।

मुसाफिर ने तमंचा उठाया और उस अंधेरी गली के उसी मोड़ पर किसी और के गुज़रने का इंतज़ार करने लगा।

"इंतज़ार का यह सिलसिला आज़ादी के दिन से जारी है!" मंटो ने कहा और खरामा-खरामा चलने लगे ।

कुछ ही गज़ों के फासले पर एक जली हुई दुकान दिखाई दी। उसके अंदर एक आदमी बर्फ की दो मोटी-मोटी सिलें रखे बैठा था। मंटो को जैसे कुछ याद आया तो पचपनसाला आदमी ने याद दिलाया—"यह वही दुकान है मंटो साहब, जो आपने

तब भी देखी थी।"

मंटो बेसाख्ता बोले—"तब जो मैंने कहा था, वही आज भी कह सकता हूं। आखिर जली हुई इस दुकान को किसी तरह ठंडक पहुंच ही गई।"

कहते हुए मंटो की आंखों में सर्द कोहरा-सा उभर आया।

मैंने चलते-चलते कहा—"मंटो भाई, कहीं एक प्याला कॉफी हो जाए···"

"ज़रूर···ज़रूर···लेकिन कुछ और होता तो···"

"वो भी मुमकिन है···"

"क्या मैं आप लोगों के साथ चल सकता हूं?" पचपनसाला ने पूछा।

"हां-हां, आओ···तुम तो इस पचाससाला आज़ादी के चश्मदीद गवाह हो···" कहते हुए मंटो ने एकाएक उसके माथे को देखा।

"मियां, तुम्हारे माथे पर घाव का यह गहरा निशान···"

"जी, ये सन् 1984 में लगा था···"

"1984 में!" मंटो ने हैरत से पूछा—"1984 से तुम्हें क्या लेना-देना? उस साल तो इंदिरा गांधी का कत्ल हुआ था···और सिखों का कत्लेआम···"

"जी, मैं उसी कत्लेआम में फंस गया था···"

"तुम उसमें···तुम उसमें कैसे फंस गए?" मंटो ने और ज़्यादा हैरत से पूछा।

"जी, वो जीत आपा हैं न···"

"जीत आपा! तुम तो रावलपिंडी के हो, पर वो कत्लेआम तो दिल्ली में हुआ था।"

"जी, वो तो है, लेकिन जीत आपा भी रावलपिंडी की हैं···कदीमी तौर पर···पार्टीशन में उन्हें दिल्ली भागना पड़ा था। उनके माथे पर भी घाव का इतना ही गहरा निशान है···"

"पहेलियां मत बुझाओ···"

"जी, यह पहेली नहीं हकीकत है···जीत आपा के माथे पर जो निशान है, वह सन् 1947 में लगा था!" उस पचपनसाला ने कहा।

हम दोनों उस पचपनसाला की बात में और उलझ गए थे, तो मंटो ने कहा—

"तुम इन पचास बरसों के गवाह हो···जो कुछ हुआ है, वह मुझे तफसील से बताओ···यह तो समझ में आता है कि तुम्हारी किन्हीं जीत आपा के कोई घाव तक्सीम के दौरान लगा हो, लेकिन यह बात समझ में नहीं आती कि तुम सन् 1984 के कत्लेआम के दौरान रावलपिंडी से दिल्ली कैसे पहुंच गए···?"

"अदीबेआला! मुल्क टूट सकते हैं, यादें नहीं टूटतीं···लहू की बेशुमार दीवारें

खड़ी हो सकती हैं, मगर दीवारें आवाज़ को तो नहीं रोक सकतीं···अल्फाज़ों का फर्क हो सकता है, पर मैं पाकिस्तान में मुहाज़िर था और जीत आपा हिंदुस्तान में शरणार्थी ···मेरा छोटा सा कुनबा करनाल, हरियाणा से रावलपिंडी पहुंचा था और जीत आपा का कुनबा रावलपिंडी छोड़कर दिल्ली। तब मैं पांच साल का था और जीत आपा की उम्र शायद छह साल रही होगी। शायद कुनबे वाली बात मैं गलत कह गया। जीत आपा के कुनबे में कुल इक्कीस लोग थे। रावलपिंडी से तीन मील बाहर थी जीत आपा की बस्ती—ढेरी। वहां उनके ईंटों के भट्टे थे, जिन पर पच्चीस-तीस मज़दूर दिन-रात काम करते थे। उनके भट्टे अव्वल नंबर की ईंटों के लिए मशहूर थे। दोयम नंबर की ईंटों को तुड़वा के गिट्टी में बदल दिया जाता था।"

"इतना खयाल था उन्हें क्वालिटी कंट्रोल का?"

"जी हां, आंच कम न होने पाए, इसकी नाप-जोख भट्टियों के दहानों से हर घंटे की जाती थी, दहानों पर लोहे के तवे पड़े रहते थे जो जलते-जलते और आंच सहते-सहते पपड़ीदार मठरियों जैसे लगने लगे थे। उन्हीं में पड़े कुंडों को लोहे की टेढ़ी लबियों से उठा-उठाकर आग की दहक को नापा जाता था···ज़रूरत पड़ते ही भट्टियों में लकड़ियां झोंकी जाती थीं···सर्दियों में कबाइली बंजारे भट्टों के पास ही डेरे डालते थे। भट्टियों की तपिश से आस-पास की धरती मां के पेट की तरह गरम रहती थी···"

"तुम तो बिलकुल कहानीकार की तरह सारी बातें बयान कर रहे हो।"

"तो और क्या करें जनाब! यादों के नाम पर कहानियां ही तो बची हैं हमारे पास···"

"बताओ, बताओ···आगे बताओ !" मंटो ने उस पचपनसाला आदमी को गहरी नज़रों से ताकते हुए कहा—"मेरी ऐनक के शीशों पर भी यादों के बहुत से दाग हैं··· यादों के सारे गोदाम भर गए तो यह ज़हमत शीशों को उठानी पड़ी···" अपनी बात हलके से कहकर मंटो ने उसकी तरफ देखा और बोले—"दास्तान जारी रखो···"

पचपनसाला आदमी ने गहरी सांस लेकर अंदर कुछ ज़िंदा किया और बोलने लगा—

"यह सब तफसील से इसलिए दिमाग में अटका हुआ है क्योंकि जीत आपा के घरवालों का एक भट्टा हमारे अब्बा के हिस्से में आया था। बाकी तीन भट्टों पर औरों ने कब्ज़ा कर लिया था। पर यह तो बाद की बात है···जीत आपा ने ही बताया था।"

हमने पचपनसाला की तरफ देखा। वह बोला—

"उनके पड़ोसी थे बाज़ खां, जो अलग-अलग मंडियों से प्याज़ खरीदकर ईरान के साथ तिजारत करते थे। उनके शादीशुदा बेटे रियाज़ खां बीवी के साथ खुली छत पर रात गुज़ारते थे, इसलिए औलाद की आमद में देर हो रही थी···और एक बार तो ऐसी तूफानी आंधी आई थी, जो उनकी बीवी की सुथनी ही उड़ा ले गई थी। वह आंधी-उड़ी सुथनी सुबह किसी और की छत पर मिली तो मियां-बीवी में ज़बरदस्त झगड़ा हुआ। बात तलाक तक पहुंच गई···पर बाद में यह साफ हो गया था कि रियाज़ की बीवी की सुथनी आंधी उड़ा लाई थी···तब बात सधी और तभी से जीत आपा रियाज़ खां की बीवी को 'सुथनी भाभी' कहकर पुकारतीं और चिढ़ाती थीं···"

मंटो को हंसी आ गई, और आंखों में चमक। उन्होंने पूछ ही लिया—"फिर सुथनी भाभी छत से कैसे उतरीं?"

"आप तो मज़ाक करते हो···अब हमें क्या मालूम···" उसने मंटो को देखते हुए कहा—"जीत आपा ने हमें इतना ही बताया था···"

"तो फिर, उसके बाद···"

"जीत आपा के पप्पाजी ने आंधी वाली रात के बाद बाज़ खां से पेशकश की कि बेटे और बहू के लिए वह एक कमरा छत पर डाल लें। ईंटें भट्टे से आ जाएंगी ···घर की बात है, पैसे-वैसे का सवाल नहीं उठता । दूसरे दिन ही बाज़ खां के घर के सामने अव्वल नंबर की ईंटों का चट्टा लग गया···और शायद उसी दिन यह ऐलान हुआ कि मुल्क आज़ाद होने वाला है···पाकिस्तान बनने वाला है।"

"अरे, वह तो हुआ ही। दुनिया ने देखा—आज़ादी कैसे आई···हमने भी दो आलमी जंगों के बाद आज़ादी को आते देखा···" और फिर मेरी तरफ मुखातिब होते हुए मंटो ने कहा—"अरे भई, वो कॉफी का क्या हुआ···वैसे कॉफी से काम चलेगा नहीं, यह वक्त तो कड़वा शर्बत पीने का है।"

"तो चलिए···वही सही···सामने ताज पैलेस मौजूद है।" मैंने कहा और हम तीनों होटल के सायबान से होते हुए लॉबी में घुस गए। मंटो कुछ थके हुए थे, बोले—

"तुम बार का पता करो, तब तक मैं सुस्ताता हूं!"

मैं बार का रास्ता मालूम करने के लिए मुड़ने ही वाला था कि मंटो ने सवाल किया—"वो पचपनसाला कहां गया?"

हम दोनों ने इधर-उधर नज़रें दौड़ाईं, पर वह कहीं नज़र नहीं आया। पता नहीं वह कहां चला गया था।

"छोड़ो···साथ रहता तो हम उसे भी कड़वे शर्बत की झील में नहला देते···आज

उसे भी ऐश करा देते !"

तभी लिफ्ट से निकलती, साथ वाले आदमी का हाथ छुड़ाती एक बेहद खूबसूरत औरत चीखी थी—"छोड़ो···तुम क्या मुझे ऐश कराओगे।"

ज़ाहिर है, हम दोनों का ध्यान तेज़ी से उधर गया। वह कुलीन लगता आदमी बड़ी इज़्ज़त और सलीके से उस बेहद खूबसूरत औरत को रोक रहा था। शायद वह चाह रहा था कि आलीशान होटल में कोई सीन क्रिएट न होने पाए···पर वह औरत अपनी रौ में उसका तिरस्कार करती तेज़ी से लॉबी की तरफ आई थी—बिफरती हुई।

"होगा इंडस्ट्रियलिस्ट अपने घर का···ऐसे इंडस्ट्रियलिस्ट बहुत पड़े हैं दुनिया में···यह खुद को आखिर समझता क्या है···"

"क्या बात है शिवानी?" होटल की वर्दी पहने एक निहायत आधुनिक औरत ने उसे आकर रोका और टोका। वह शायद होटल के फ्रंट डेस्क की इंचार्ज थी।

"आखिर हुआ क्या है?"

"ये कपूर पागल हो गया है···ठीक है, ये मेरे हस्बैंड का परिचित है···यह भी ठीक है कि इसने हमें सोलन में एक कोठी ले के दी है···अरे···हम धीरे-धीरे उसका पैसा चुका देंगे···जब इसे करोड़ों के लोन की ज़रूरत थी तो ये मिनिस्ट्री के चक्कर काटता था। बंगले पर आकर मेरे हस्बैंड के तलवे चाटता था···आज मुझे जिम में मिला। लेडीज़ ऑब्जेक्टेड···फिर पूल पर मिला···मैं खुद पूल पर मिलने चली गई तो इसका मतलब यह तो नहीं कि आई हैड कंसेंटेड फॉर ऐनीथिंग···माई हस्बैंड डज़ंट माइंड दीज़ ट्राइफ थिंग्स, बट स्टिल···"

तभी एक ओर शोर उठा। उन दोनों की बातें शोर में डूब गईं···आज़ादी की पचासवीं वर्षगांठ पर नारे लग रहे थे। और वहां 'आर्ट इंडिया-50' का उद्घाटन करने कोई मिनिस्टर साहब चले आ रहे थे। अजीब सी गहमागहमी। पूरे मैनेजमेंट ने मिनिस्टर साहब का स्वागत किया। भीड़ अंदर आ गई। 'आर्ट इंडिया-50' का उद्घाटन करने वे भीड़ और स्पेशल गार्ड के साथ बेसमेंट में उतर गए। वे ज़ैड कैटेगरी वाली सुरक्षा में नहीं थे।

हम जाके फ्रंट डेस्क वाली इंचार्ज लड़की के सामने बैठ गए।

"क्या हुआ आपकी दोस्त शिवानी को?"

"कुछ खास नहीं···" डेस्क इंचार्ज लड़की ने कहा—"ऐसा तो होता ही रहता है···"

"फिर भी, कुछ तो हुआ ही था मिस लोनी ओबेराय?" मंटो ने उसकी पतली सी नेम-प्लेट पढ़ ली थी।

"होना क्या था⋯शिवानी कम्स फ्रॉम अ फेमस फैमिली⋯उसका हस्बैंड गवर्नमेंट ऑफ इंडिया में एडीशनल फाइनेंस सेक्रेटरी है। उसे पैसे की क्या कमी ⋯एंड यू हैव सीन–शिवानी कैन लांच ए थाउज़ेंड शिप्स⋯"

"वह तो है।" मैंने मंटो की तरफ देखकर कहा। मंटो ने सिर हिलाया।

"पर वो स्टुपिड मैन कपूर⋯ही हैज़ अ क्रश ऑन शिवानी⋯फ्रॉम एजेज़। वह चाहता है शिवानी मि. सरीन से डायवोर्स ले ले⋯"

"कपूर अनमैरिड है क्या?"

"इस उम्र में अनमैरिड कौन होता है!" लोनी ओबेराय बोली–"ही इज़ वैरी मच अ मैरिड मैन⋯चलो, ये भी चलता है⋯पर पता नहीं किस झोंक में उसने स्विटज़रलैंड में इक्कीस एकड़ की ऐस्टेट और टैन थाउज़ैंड मिलियन पर्सनल एकाउंट की बात उठा दी⋯स्टुपिड पिग⋯शिवानी इज़ रीयल क्लास⋯एंड व्हाट अ आंसर!"

हम दोनों ने उत्तेजना से लोनी ओबेराय को देखा।

"व्हाट वाज़ हर आंसर?"

लोनी ओबेराय खिलखिला के हंस पड़ी–"शिवानी कुछ भी हो लेकिन शिवानी शिवानी है⋯ उसने कहा–रंजीत कपूर! तुम्हारे पास जितनी भी दौलत है, ले आओ⋯उसे मेरी आंखों के सामने जलाते जाओ⋯जितनी देर वह जलेगी, मैं तुम्हारी रहूंगी!⋯व्हाट एन आंसर! ब्रेवो शिवानी! ब्रेवो!" जैसे लोनी ओबेराय शिवानी को शाबाशी दे रही थी–"दिस ओनली अ शिवानी कैन से!⋯ओनली अ शिवानी!"

तभी मिनिस्टर साहब के लौटने का शोर बरपा हो गया था⋯'एक्सक्यूज़ मी' कहते हुए लोनी ओबेराय उठकर तेज़ी से उधर चली गई थी।

हम दोनों एक-दूसरे का मुंह देखते बैठे रह गए थे⋯

"हम किस दौर में हैं दोस्त?" मंटो ने उदासी से पूछा था।

"आज़ादी की आधी सदी के जश्न के दौर में मंटो भाई।"

मंटो ने मेरी बात अनसुनी कर दी और सालगिरह के सिलसिले में होटल की चमकती दीवार पर गांधी जी के डांडी मार्च का जो मोटिफ बना था, उसे देखने में मशगूल हो गए। मंटो उस मोटिफ को बड़ी-बड़ी आंखों से लगातार देखे जा रहे थे।

"इतने गौर से क्या देख रहे हैं मंटो भाई?"

"यही कि गांधी जी ने नमक का कानून तोड़कर हमें नमकहलाली सिखा दी! बगैर किसी बारूदी जंग के गांधी ने अंग्रेज़ों के घुटने तोड़ दिए थे⋯"

मैंने उन्हें गौर से देखा। वह अपनी रौ में बोल रहे थे–

"दोस्त! अंग्रेज़ों ने पार्टीशन का चूल्हा तो जला दिया था, लेकिन हांडी तो

सरहदी गांधी के हाथों में थी। उन्होंने तकसीम के खिलाफ रायशुमारी में शामिल होने से इनकार करके वह हांडी खुद जिन्ना के हाथों में थमा दी। किसान और आम आदमी को तो पता भी नहीं था। वह अधपकी खिचड़ी नेहरू और जिन्ना ने आपस में बांट ली…और उसी खिचड़ी का जश्न हम आज भी मना रहे हैं…छोड़ो यार…बार किधर है, वहां चलते हैं…"

हम बार की तरफ़ बढ़ने लगे, तो मंटो साहब ने बताया–

"दोस्त! एक बात मालूम है तुम्हें?"

"क्या?"

"मेरे डॉक्टर ने बताया था कि मेरा जिगर छलनी हो चुका है। शराबनोशी छोड़ दूं। तो मैंने उस नेक डॉक्टर के सामने अपना एक राज़ पेश किया था! मैंने उसे बताया था कि मैं जब अल्ला मियां की कायनात से चला था तो एक दिल और एक जिगर स्पेयर लाया था। दिल तो सफिया के अलावा कहीं लगा नहीं, इसलिए बच गया, लेकिन जिगर अब साथ नहीं दे रहा है, इसलिए इसे बदल दीजिए…मैंने उसे स्पेयर जिगर दिया, लेकिन वह नहीं बदल सका…जाहिल डॉक्टर था…तो फिर हुआ यही कि उन्नीस सौ पचपन की अट्ठारह जनवरी को मैं फौत फरमा गया…मालूम नहीं था कि मौत के बाद भी ज़िंदगी होती है…उसी ज़िंदगी के तहत मैं ज़िंदा हूं…"

अभी हम बार तक नहीं पहुंचे थे कि बीच में फिर एक हंगामा बरपा हुआ। वही आज़ादी की पचासवीं वर्षगांठ का मौका। तैयारियां तो कई महीने पहले ही शुरू हो चुकी थीं और अब एम.टी.वी. की कूल्हे हिलाने वाली वीज़ेस लड़कियां और लड़के–गिटार पकड़े नहीं, क्रिकेट बैट थामे होटल की लॉबी पर आक्रमण-सा करते चले आ रहे थे।

यह अजीब नज़ारा था।

हम दोनों समझ ही नहीं पाए कि इस दुनिया में, जो पचास बरसों में बिलकुल बदल गई है…यह हो क्या रहा है?

पता चला कि पचास वर्ष पहले आज़ाद हुए पाकिस्तान की क्रिकेट टीम इंडिपेंडेंस कप मैच खेलने भारत आई हुई है और उसके सारे खिलाड़ी इसी ताज पैलेस होटल में ठहरे हुए हैं। और इससे पहले कि हम रिसेप्शन पर जाके पता करते, तब तक पाकिस्तानी टीम के मैनेजर नसीम, कप्तान रमीज़ राजा, ऐजाज़ और इंजी…अरे वही, अपने मुल्तान का धाकड़ बल्लेबाज़ इंज़माभुल हक–चारों कॉफी बार की ओर बढ़ते नज़र आए।

मेरी भी उनसे मिलने की इच्छा थी। मैं भी मंटो के साथ उधर चल दिया।

मुलाकात हुई तो बहुत अच्छा लगा और मालूम हुआ कि वे हिंदुस्तान के अपने पुराने घरों और इस वतन को देखना चाहते हैं जो उनके पुरखों का वतन है।

तेईस साल के इंजी की आंखों में आंसुओं की हलकी परत उतर आई। उसी ने बताया—"हम अपने पुराने घर-गांव देखना चाहते हैं। उसके लिए हमें परमीशन की ज़रूरत है। एक हिंदुस्तानी अफसर आने वाला है···यहीं कॉफी बार में, वो शायद परमीशन लेकर आ रहा है। हम उसी के इंतज़ार में हैं। मेरा घर-गांव तो यहीं पास में है—हांसी। हिसार के पास···"

"इसी रास्ते तो बाबर आया था और इसी रास्ते हुमायूं शेरशाह सूरी से शिकस्त खाके ईरान की तरफ भागा था···"

"वो सल्तनत जीतने आया होगा, हम तो मैच जीतने आए हैं!" यह शायद टीम मैनेजर नसीम ने कहा था।

"मैं यहां से पुराने घर-मोहल्ले की तस्वीरें उतारकर ले जाऊंगा···मैंने अपने अब्बाजान से वादा किया है। हांसी में हमारी हवेली थी, एक मज़ार के पास। अब पता नहीं हमारे दादाजान पीरज़ादा जिया-उल-हक की किसी को याद भी होगी या नहीं···वहां कुछ मुसलमान तो शायद अब भी होंगे।"

तो मंटो से रहा नहीं गया। वे बोल पड़े—

"मियां इंज़मामुल हक! यादें हिंदू या मुसलमान नहीं होतीं···"

इंजी ने फौरन बात संभाली—"मेरा यह मतलब नहीं था···"

"मैं जानता हूं···जानता हूं बरखुरदार···और किन यादों के साथ आपको भेजा है आपके वालिद साहब ने?"

"जी, उन्होंने बताया था, हमारे मोहल्ले को लोग पीरज़ादगान कहते थे । कुछ लोग उसे मोहल्ला मुगलपुरा भी पुकारते थे···क्या पता, उस मोहल्ले का नाम भी अब बदल गया हो !"

"नहीं-नहीं, नाम-वाम नहीं बदले होंगे···मेरे रिश्तेदारों के शहरों-मोहल्लों के नाम भी नहीं बदले हैं···उनके खतों में वही नाम आते हैं और उन्हीं पतों पर हम उन्हें खत लिखते हैं!" रमीज़ राजा ने कहा—"हमारे ससुराल वालों के नज़दीकी रिश्तेदार अब भी करनाल में रहते हैं। उन्होंने कहा था, मिल के आना···"

इंजी बड़े गौर और उम्मीद से अपने कप्तान रमीज़ राजा को देख रहा था ।

"मेरे अपने खानदान के लोग जयपुर में हैं।" रमीज़ राजा हलकी सी तंजिया मुस्कराहट के साथ बताने लगा—"अब देखिए न, मैं लाहौर का हूं, मेरी सास दिल्ली

की, मेरे ससुर साहब करनाल के···लाहौर लाहौर है, लेकिन दिल्ली की तहज़ीब मैंने अपनी बीवी से सीखी है···जो उसकी रगों में अपनी मां के खून की वजह से पल रही है···"

दो-एक पल ठहर से गए।

ऐजाज़ ने वह ठहराव तोड़ा—"जाना तो मैं भी जालंधर चाहता हूं, अपने नज़दीकी रिश्तेदारों से मिलने···लेकिन वक्त और परमीशन कहां है?"

तभी वह हिंदुस्तानी अफसर सरीन इन लोगों को पहचानता, हाथ बढ़ाए, लपकता हुआ आया और हाथ मिलाके उसने खुशखबरी दी—"आप लोगों को परमीशन मिल गई है!"

"हुर्रे!" की आवाज़ से कॉफी बार गूंज गई ।

बाकी मौजूद लोग भी मुस्कराने लगे, उन्हें 'हुर्रे' का कोई कारण तो पता नहीं था पर उनकी मुस्कराहटों से लग रहा था कि वे सब किसी अच्छी खबर के एहसास से मुस्करा रहे थे···

"अरे, नसीम भाई कहां हैं?" इंजी ने कहते हुए उन्हें तलाशा तो देखा कि होटल का बैल-कैप्टिन उन्हें एक फैक्स मैसिज थमाकर वापस जा रहा है···उन्हें देखते ही तीनों करीब-करीब चीख पड़े—

"नसीम भाई, भारत सरकार ने परमीशन दे दी है !"

मैनेजर नसीम कुछ मायूस से वह कागज़ थामे पास आए तो इंजी ने बच्चों की तरह खुश होते हुए पूछा—"नसीम भाई, अब तो मैं हांसी जा सकता हूं!"

"शायद नहीं!"

"क्यों?"

"मैंने क्रिकेट कंट्रोल बोर्ड से आप लोगों के लिए परमीशन की सिफारिश की थी···पर अभी कराची से अपने क्रिकेट कंट्रोल बोर्ड का यह फैक्स मैसिज आया है। बोर्ड ने परमीशन देने से इनकार कर दिया है!" कहते हुए मैनेजर नसीम ने फैक्स वाला कागज़ उनकी ओर बढ़ा दिया···

"ओह शिट!" कहते हुए उन्होंने कागज़ वहीं मेज़ पर फेंक दिया ।

"पाकिस्तान ज़िंदाबाद!" मंटो ने गूंजता हुआ नारा लगाया—कुछ ऐसे जैसे नशे में हों।

लोग एक बार फिर बुरी तरह चौंके। इस बार उनके चेहरों पर अचंभा और मातम था।

"तुम लोग तो नामी-गिरामी हो···यहां और वहां लाखों मामूली लोग इसी

तकलीफ से तड़प रहे हैं!" कहते हुए मंटो की आंखें ऐनक के शीशों से बाहर आ रही थीं। फिर वो मुझसे बोले–"चलो दोस्त! बार में चलो, हम अपनी शाम क्यों खराब करें! चलो!"

हम बार की तरफ़ चल दिए।

ताज्जुब कि सामने से हमारा पचपनसाला हमसफर आदमी हमारी ही तरफ चला आ रहा था। उसने दूर से हमें देखा।

उसके साथ एक अधेड़ सी औरत भी थी ।

मंटो ने चलते-चलते गौर से उन दोनों को देखा। फिर मुझे। मंटो ने एक बार फिर पचपनसाला और उसके साथ वाली औरत को ताज्जुब से देखा।

"बड़ा चालू लगता है यह पचपनसाला–किस औरत को पकड़ लाया?" मंटो ने कहा।

"नामालूम कौन है?"

"लिबास तो वर्दी जैसा लग रहा है!"

"इसी होटल में काम करती होगी···"

"तब तो यह हमसे बाज़ी मार ले गया।"

"अभी पता चल जाएगा, कौन है यह औरत···" मैंने मंटो को तसल्ली देते हुए कहा।

तब तक वे दोनों हम तक पहुंच चुके थे।

पचपनसाला ने बड़े उत्साह से ऐलान किया–

"यही हैं हमारी जीत आपा!"

"वो···वो ढेरी-रावलपिंडी वाली !"

"सतसिरी (अ) काल···" जीत ने दोनों हाथ जोड़ दिए।

"इत्तफाक देखिए···ये कहां मिल गईं···इतने बरसों बाद!" पचपनसाला ने उत्साह से कहा ।

"आप यहीं काम करती हो?"

"हां जी!"

"क्या काम करती हो?"

"जितना ब्रास का सामान है···कुंडे, गमले, पैनल्स···उन्हें चमकाती हूं।"

"कब से हो आप यहां?"

"सात-आठ महीने हुए।"

"उससे पहले?"

"उससे पहले मैं दिल्ली पुलिस की वर्दियां सिलती थी।"

"कितने बरसों बाद मिले हो आप दोनों?"

"चौरासी के बाद…"

मैं उससे इधर-उधर के सवाल पूछ ही रहा था कि देखा, मंटो बार-बार अपनी ऐनक साफ कर रहे थे। साफ करते थे, लगाते थे और उस पचपनसाला को देखते थे। फिर ऐनक उतारते, साफ करते और उस औरत को देखते। चौथी बार देखने के बाद वो पास खिसककर औरत से बोले–

"तुम्हारे माथे पर घाव का यह गहरा निशान?"

"जी, ये 47 में लगा था !"

"इसी निशान के बारे में मैंने आपको बताया था!" पचपनसाला बीच में बोला।

और हम देखते ही रह गए–हैरत से। उस पचपनसाला और इस औरत जीत–दोनों के माथे पर करीब-करीब एक से गहरे निशान थे। इसी बात की उसने अभी ताईद की थी और पहले भी बताया था।

अब, यह थोड़ी अजीब सी बात लग रही थी–पर बात तो सामने थी और यही थी।

पचपनसाला के माथे पर सन् 84 का घाव और जीत के माथे पर सन् 47 का घाव! बात उलझ रही थी, तो मैंने पचपनसाला से पूछ ही लिया–

"तुम यहां सन् 84 में कैसे पहुंच गए?"

"जी, वो ऐसा था…"

मंटो उसे गौर से देख रहे थे–"हां, बोलो…बोलो…"

" जी, वो ऐसा था कि ढेरी-रावलपिंडी में हमारे अब्बा को इन्हीं के घर का कब्ज़ा मिला था। हमारे अब्बा मकान के दरवाज़े पर लिख आए थे–'पाकिस्तान ज़िंदाबाद! अलहमदउलइल्लाह कि ये मकान सैयद अनवर हुसैन, मुहाज़िर करनालवी के नाम एलाट हो गया है!' उसके तीसरे दिन हम उस घर में दाखिल हो गए थे…मुझे याद है, सबसे पहले अब्बा और अम्मी ने घर भर में फैले खून के चकत्तों को धोया था।

" अम्मी बार-बार शिकायत कर रही थीं–यह कहां उठा लाए बच्चों को…यह घर है या बूचड़खाना… "

जीत आंखों पर पल्लू लगाए धीरे-धीरे सिसक रही थी।

मंटो की आंखों में धुआं भरा था। उन्होंने चश्मा फिर साफ किया–एक गहरी सांस ली, फिर धीरे से बोले–

"तुम्हारे साथ क्या हादसा हुआ था?"

जीत ने आंखें सुखाईं—

"क्या बताऊं···कैसे बताऊं···दिल दहलता है···" रुलाई रोककर जीत ने बताया—"हमारे घर वहीं थे ढेरी में···ईंटों के भट्ठे थे हमारे। हमारा पूरा कुनबा वहीं आसपास रहता था। बगल में बाज़ चाचा का घर था···"

"उन्हीं की बहू थी तुम्हारी सुथनी भाभी!"

सुनकर जीत के होंठों पर हलकी-सी मुस्कराहट आ गई—

"लगता है, आप लोगों को सब कुछ बता दिया है इस बिब्बन ने!"

"बिब्बन!"

"जी मेरा नाम है!" पचपनसाला ने कहा।

"यही रहते हैं अब हमारे छोड़े हुए घरों में···" जीत ने कहा।

"तुम लोग घर खुद छोड़ आए थे या छोड़ने पड़े थे?"

"अपने घर कौन छोड़ता है···छोड़ने पड़े थे···हम लोग अमन-चैन से रह रहे थे। खुशहाल थे। तभी आज़ादी आई···सारा माहौल ही बदल गया। एक दिन बीस-बाईस लोगों का जत्था आया। वे आसपास के गांवों से आए थे। हम लोगों के दिलों में दहशत समा गई। उस वक्त बाज़ चाचा और पड़ोस के लोगों ने उन्हें समझा-बुझा के वापस कर दिया। फिर हमारे कुनबे के सारे लोग रात को ही घर में जमा हुए। कुल इक्कीस लोग थे हम···यही तय हुआ कि हम ढेरी छोड़ देंगे···"

बोलते-बताते जीत की आवाज़ ठंडी पड़ती जा रही थी। सपाट होती जा रही थी। उसमें न दुःख था न दर्द।

"पर छोड़ने के लिए इंतज़ाम होना था। इसमें तीन-चार दिन लगने ही थे। लेकिन खतरा बहुत बढ़ गया था, इसलिए बाज़ चाचा ने अपनी हवेली में आने और रहने की बात कही। हम लोग उनकी हवेली में चले गए। कनक की बोरियां रख के उन्होंने हमारे लिए हिफाज़त की दीवार बना दी। रात गुज़र गई। सुबह हम अपने घर में आ गए। रात बाज़ चाचा के घर में गुज़ारना ही ठीक समझा गया था। लेकिन फिर दूसरी रात नहीं आई। दिन-दोपहर में ही पास-पड़ोस के पंद्रह गांवों से पांच सौ लोगों के जत्थे आ गए। उन्होंने हमारे घरों को घेर लिया। चीख, पुकार, नारे लगने लगे। उन हमलावर जत्थों में से किसी ने ऐलान किया—

"बाहर निकल आओ काफ़िरो! हलाल मीट खाओ और इस्लाम कुबूल करो तो हम तुम्हें बख्श देंगे!"

"मेरे पप्पा जी ने यह मंजूर नहीं किया। उन्होंने भीतर से ही जवाब दिया—नहीं! हमें मौत मंजूर है···तभी ऊपर छत टूटने की आवाज़ और आंगन में

गोलियों की बौछार हुई। बेबे ने पप्पा जी के पैर पकड़ लिए—मंजूर कर लो। तो ताया जी ने यह कहते हुए कि यह कहना हराम है, उनकी गर्दन किरपान से काट दी। तीन महीने का मेरा छोटा भाई बेबे की गोद में था, वह खून से तरबतर हो गया। तब तक पप्पा जी ने हम सब को किरपानें थमा दी थीं। यह भी कह दिया था कि हमलावर ऊपर से या दरवाज़ा तोड़कर अंदर आ जाएं तो हम बाईं तरफ किरपान मार लें। इतना कहकर उन्होंने बेबे की ख़ून भरी ओढ़नी तलवार पर उठाई और खुद ही नीम-पागल की तरह तेज़ी से बाहर निकल गए। चारों तरफ़ से उन पर चाकुओं, तलवारों और बरछों के वार हुए। वे वहीं ढेर हो गए। उनका यह हाल देखके ताया जी भी किरपान लेके बाहर भागे। उनका भी वही हाल हुआ। डॉक्टर वीर जी निकलने लगे तो भाभी ने उन्हें रोका—पहले हमें मार दो, तब बाहर जाओ। उन्होंने भाभी को मारा, अपने चार साल के बेटे को मारा। बहनों को मारा। मैं डरी हुई भीतर थी। वीर जी बाहर निकल गए···उनका भी वही हाल हुआ। तभी कोठरी से चाई जी मेरी बांह थामे निकलीं। बोलीं—कैसी लड़ाई लड़ने आए हो! मुझे अपने बच्चों को एक बार देखनाहै! तभी उन पर ईंटों की बौछार हुई···वहीं चट्टा लगा था। कुछ देर उन्होंने चोटें खाईं, फिर गिर पड़ीं। उन लोगों ने उनकी गले की माला, हाथों की चूड़ियां और कान की बालियां खींच लीं। वे वहीं मर गईं। उसी वक़्त मेरे माथे पर वार हुआ। फिर क्या हुआ, ठीक से मालूम नहीं। पर बाज़ चाचा भी मार डाले गए। हमारे एक चाचा बचे थे, वह रावलपिंडी से हमें ही लेने आ रहे थे। उन्होंने पूरे कुनबे को भट्टों की आग में जलाया और मुझे लेके जाने कैसे दिल्ली पहुँच गए!···फिर यहीं दिल्ली में रही। फिर शादी हो गई···फिर···"

कहते-कहते वह चुप हो गई···

कुछ देर के लिए सन्नाटा छाया रहा···किसी के पास कहने के लिए कुछ था ही नहीं। जीत की आंखों में रेत उड़ रही थी।

मैंने बहुत आहिस्ता से सन्नाटा तोड़ा—"फिर?"

जीत ने अपनी आंखें ओढ़नी से ढक लीं। वह शायद अब कुछ बोलना नहीं चाहती थी। मंटो ने पचपनसाला की तरफ देखा।

"मैं वहीं ढेरी में भट्टे पर बड़ा हुआ। जब हालात कुछ बदले तो धीरे-धीरे खबरें मिलनी शुरू हुईं। कौन कहां है? कौन नहीं है? कौन मर-खप गया? कई साल बाद ऐसे ही खबर मिली कि ढेरी के भट्टेवाले सरदार जी की एक लड़की दिल्ली में है। कुछ अता-पता भी मिला। जब घर साफ किया गया तो किसी मोखे में एक गुटका ग्रंथ साहब और कुछ टिपने के कागज़ात मिले थे···"

"टिपने के कागज़ात?" मंटो ने पूछा।

"जन्म-पत्रियां…" मैंने खुलासा किया।

मंटो का मुंह हैरत से खुला रह गया—"मरने वालों की जन्म-पत्रियां!"

"जी हां!" पचपनसाला बोला—" अम्मी ने भी कहा था, इन्हें संभालकर रख दे, तेरे अब्बू को कभी करनाल जाने का मौका मिला तो इसी बहाने ढेरी वालों से भी मिल आएंगे…"

" ढेरी वालों से…मैंने अम्मी से पूछा था—ढेरी वाले तो अब हम हैं…तो अम्मी ने बड़ी आसानी से समझा दिया था—नहीं बेटा…वो भट्टेवाले दूसरे मुल्क चले गए हैं…वतन तो उनका यही है…जैसे तेरा करनाल…मैं कुछ समझ पाया था, कुछ नहीं, पर सोच के अच्छा ज़रूर लगा था कि हमारा एक वतन भी है। "

मंटो ने उसे गौर से देखा था।

"तो अब्बा तो नहीं आ पाए। उन्हें इजाज़त नहीं मिली। सैंतीस साल बाद मुझे परमीशन मिली। तब मैं बयालीस का था। तब तक भट्टा हमारे हाथ से निकल चुका था। नए मालिक लाहौर के थे। उन्होंने मेहरबानी करके मुझे थवई का काम दे दिया था। मैं मालिकाना हक छोड़कर अब ईंटें थापने लगा था। सांचे में मिट्टी भरकर मैं नए मालिक का नाम कच्ची ईंटों पर थापता था…"

इस बार पचपनसाला को देखके जीत ने धीरे से कहा—"हम भी भट्टे वाले कहां रह गए? दारजी रिक्शा चलाते थे…तो मैं रिक्शे वाली हो गई…फिर दर्ज़िन और अब उनके बाद सफाई कर्मचारी…ये बिब्बन उन्हीं दिनों हमारे पास गुटका और जन्म-पत्रियां लेके आया था, जिन दिनों दंगे भड़के थे…"

"हां…टिपने लेके मैं इसीलिए आया था ताकि इन्हें यकीन हो जाए कि मैं इन्हीं के घर से आया हूं…एक दिन पहले ही इंदिरा गांधी को मार डाला गया था। मुझे कुछ मालूम न था। इनकी गली पर जब हमला हुआ तो मैं इन्हीं के घर बैठा हुआ बतिया रहा था।"

"पुलिस भी उस दिन हमारे खिलाफ हो गई थी…वही पुलिस जिसकी मैं वर्दियां सिलती थी…एक पुलिस वाले ने ही हमारे दोनों बेटों और दारजी को गोलियों से भून दिया था।" कहके वह फिर आंखें दबाकर सिसकने लगी थी।

"वहीं किसी बलवाई ने मुझे मोना समझ के वार किया था…तभी यह घाव मुझे लगा था। मैं जैसे-तैसे जान बचा के भागा तो एक जगह आग में घिर गया था। जलते हुए घर के बाहर एक बूढ़ी सरदारनी हाथों में कई कड़े पहने, उन्हीं से अपनी छाती पीटते हुए पागलों की तरह विलाप कर रही थी—हाय रब्बा! मेरे तो आठों चले

गए···भागते-भागते सुनने का मौका तो था नहीं···पर दूर तक उस आवाज़ ने मेरा पीछा किया—हाय रब्बा! बारह तो मुलतान में दे आई···आठ यहां दे दिए··· । उसकी कलाई में उन आठों के कड़े थे जो कत्ल कर दिए गए थे···कड़ों की वह आवाज़ मुझे आज भी सुनाई पड़ती है···दिल में दर्द सा उठता है···"

"इस माथे वाले घाव में दर्द नहीं होता?" मंटो ने तभी बेसाख़्ता पूछा।

पचपनसाला एकाएक हड़बड़ा गया जैसे वह इस सवाल के लिए तैयार नहीं था। उसने जीत की तरफ देखा···फिर दोनों ने एक साथ हम दोनों की तरफ देखा।

दोनों मुझे एक पल के लिए हमशक्ल लगे···दोनों के घाव चमक रहे थे···

तभी मंटो चीख पड़ा—"हिंदुस्तान ज़िंदाबाद! पाकिस्तान ज़िंदाबाद! आज़ादी मुबारक!"

ताज पैलेस की लॉबी बुरी तरह थर्रा गई···

एक हंगामा बरपा हो गया।

पचपनसाला और जीत के रोने की तेज़ आवाज़ें हमें सुनाई पड़ीं···मैंने पलटकर देखा, पर दोनों खामोश थे। मैंने मंटो से पूछा—"आपने सुनीं···यह रोने की चीखें कहां से आई हैं···"

"इस पार और उस पार—दोनों से!" मंटो ने नीम-पागल दार्शनिक की तरह कहा—"मेरे दोस्त! सदियां बूढ़ी हो जाती हैं लेकिन दर्द कभी बूढ़ा नहीं होता!"

तब तक मैनेजमेंट के सिपाही और वर्दी वाले चौकीदार हम पर हावी हो चुके थे और एक कड़कती आवाज़ आई थी—"ये कहां से घुस आए! निकालो इन पागलों को बाहर!"

और हमें बाहर खदेड़ दिया गया। मैं उस बदहवासी में मदद के लिए मंटो को तलाश रहा था, पर वो गायब थे···वह शायद फिर कहानियों में पनाह लेकर किताबों में बंद हो गए थे!

फिल्मों में अश्लीलता

फिल्मों के बारे में जब भी सोचा जाता है, या बात की जाती है, तो अश्लीलता का सवाल बहुत सिमट जाता है—यानी अश्लीलता की सीमाएं नंगेपन, भद्दे प्रदर्शन और गंदी भाषा तक सिमट जाती हैं। फिल्मों को लेकर हमारे दिमागों में कुछ खुशफहमियां भी हैं और कुछ गलतफहमियां भी। हम बड़ी आसानी से फिल्मों पर दोष लगा देते हैं—और अब तो यह कहना फैशन सा बन गया है कि इस देश की, खास तौर से हिंदी फ़िल्में अश्लीलता को बढ़ावा देती हैं।

मैं सीधे-सीधे उन मुद्दों पर बात करना चाहूंगा, जिन्हें लेकर फिल्मी अश्लीलता का सवाल उठता है। कुछ मोटी-मोटी बातें सामने रख ली जाएं—

पहली चीज है—रेप! बलात्कार! करीब-करीब हमारी आधी फिल्मों में रेप या बलात्कार के दृश्य आ ही जाते हैं, बल्कि ज़्यादातर फिल्मी कहानियां बलात्कार या हत्या के बिंदु से ही मोड़ लेती हैं।

बलात्कार के दृश्यों को फिल्माते समय जो बात कही जाती है, उस पर दर्शक का ध्यान ज़्यादा नहीं जाता। दर्शक यह देखता है कि कैमरा क्या-क्या दिखाता है। बलात्कार एक ऐसी घटना है जो आम दर्शक के सामने ज़िंदगी में घटित नहीं होती—उसे फिल्मों में ही देखने को मिलती है, इसलिए बलात्कार एक 'आवश्यक दृश्य' बन गया है, और हमारे कुछ फिल्मकार अब उसे 'रस' ले-लेकर फिल्माने और दिखाने लगे हैं—हालांकि फिल्मों में बलात्कार के दृश्यों का इस्तेमाल ज़्यादातर दर्शक के मन में गुस्सा पैदा करने और औरत के साथ हुए अन्याय को प्रकट करने के लिए ही होता है, फिर भी निर्देशक के निजी नज़रिए और 'टेकिंग' के तहत इस तरह के दृश्य अपनी सामाजिक मर्यादाओं को ज़्यादातर तोड़ बैठते हैं—और दर्शक सिर्फ वह दृश्य देखने का मज़ा लेता है, पर उस दृश्य के ज़रिए जो कहा जाता है, उससे उसका वास्ता नहीं रह जाता।

दूसरा मोटा सवाल 'कैबरे' का है। एक दौर था, जब हमारी फिल्मों में स्मगलर्स ने पदार्पण किया था। स्मगलर्स या तस्करों ने जैसे ही चरित्रों के रूप में फिल्मों में कदम रखा—हमारी फिल्मों में आधी नंगी औरतें, शराब की बोतलें, काम को उकसाने

और उद्दीप्त करने वाली जांघें, वक्ष और नंगी बांहें बहुतायत से आने लगीं। एक ऐसी औरत आने लगी जो औसत भारतीय औरत की छवि से एकदम अलग थी, और उसका काम आदमी की वासनाओं को खुलेआम आमंत्रित करने का ज़रिया बन गया। आदमी की वासनाओं का खुला प्रदर्शन और उस वासना का शिकार बनी औरत ने एक तरफ सामाजिक मर्यादाओं को तोड़ा तो दूसरी तरफ मन की मर्यादाओं को तहस-नहस कर दिया।

जब बहुत से लोगों की मर्यादाओं पर चोट पड़ती है, तब सामाजिक मर्यादाओं का सवाल उठता है। कैबरे-डांस करती, या कामोद्दीपक भाव से भरी औरतें जब पर्दे पर नाचने लगीं या खलनायकों की कुर्सियों के हत्थों पर बिल्लियों की तरह बैठने लगीं, या उनके बिस्तरों में प्रणयलीला की उबलती और उफनती हुई सांसों से सिनेमा थियेटर को गंदे बिस्तरों में बदलने लगीं—तो भारतीय मन को चोट लगी, क्योंकि यह सिर्फ अश्लीलता ही नहीं है, बल्कि अश्लीलता का व्यापार है।

और अश्लीलता के इस व्यापार में, जो चीज़ सबसे ज़्यादा बिकी है—वह औरत है! इस दौर में कैबरे और बलात्कारों ने भारतीय औरत की सभी मर्यादाओं को कुछ इस तरह तोड़ा है कि औरत की पहचान—मां, भाभी या बहन के रूप में स्थापित करना कठिन होता जा रहा है। वासना का बाज़ार और उसका व्यापार कुछ इतना गरम हुआ कि उसमें औरत न मां रह गई, न भाभी, न बहन, और न सुरक्षित पत्नी! औरत सिर्फ गदराए बदन और गंदे बिस्तरों पर काम की आग को भड़काने वाली पुतली बन गई!

और इसका सामाजिक असर यही पड़ा कि हमारे देश के सिनेमाघर और उनके आसपास की दुकानें और चायघर कुछ जानवर किस्म के लगने वाले आदमियों के अड्डे बन गए। कुछ भीतरी इलाकों के सिनेमाघरों के टायलेट्स, बरामदे और अंधेरी कुर्सियां अर्धतृप्त और अर्ध-शमित शारीरिक क्रियाओं का पैसे देकर खरीदा हुआ पालना बन गईं।

किसी भी भारतीय औरत के लिए आज भी सिनेमाघर में अकेले जा सकने का रास्ता नहीं खुल पाया—भारतीय महिला जैसे पोस्ट ऑफिस या बैंक या रेलवे स्टेशन में अकेले जा सकती है, वैसे वह सिनेमाघर में जाने की हिम्मत नहीं कर सकती। एक औरत कुछ यात्रियों के साथ बस में अकेले सफर कर सकती है, पर उन्हीं यात्रियों के साथ सिनेमाघर में अकेले पिक्चर देखने की हिम्मत नहीं कर सकती। यानी सिनेमाघरों की संस्कृति में कुछ ऐसा बदल जाता है—जो सामाजिक मर्यादाओं से परे चला जाता है। मन की मर्यादाएं तो आहत होती हैं, समाज की मर्यादाओं की

चूलें भी हिलने लगती हैं।

जो सबसे बड़ी मुश्किल है, वह यह है कि एक तरफ भारतीय जन अपने उस समाज से सहमत नहीं है—जो उसे मर्यादाएं देता है, और दूसरी तरफ अश्लीलता के उस तूफान से भी सहमत नहीं है जो संस्कारहीन तरीके से उन मर्यादाओं को तोड़ता है। यह एक बड़ी अजीब स्थिति है···गहराई से सोचने पर लगता है कि भारतीय मन अपने समाज, सामाजिक मर्यादाओं से असंतुष्ट और असहमत होते हुए भी संस्कारहीनता की स्थिति को बर्दाश्त नहीं करता। मूलतः भारतीय मन मां, भाभी, बहन, मित्र, पत्नी की पहचान को एक पवित्र पहचान मानता है और उसको बनाए रखना चाहता है। उसका संरक्षण, उसकी हिफाज़त करना चाहता है।

बहरहाल, ये तो मोटे-मोटे मुद्दे थे जिन पर बात करना ज़रूरी था—पर अश्लीलता सिर्फ बलात्कार या नंगे नाचों तक सीमित नहीं है। अश्लीलता वह भी है जो मनुष्य को छोटा करती है। अश्लीलता वह भी है जो औरत-आदमी के रिश्ते को जानवरों के स्तर पर उतार देती है···हमारी फिल्मों का ग्लेमर अनजाने ही कुछ ऐसा संस्कार दे जाता है, जो औसत भारतीय मानव को बेचैन कर देता है और उसकी मानसिक शांति को भंग कर देता है।

ज़िम्मेदार साहित्यकार फिल्मों में आएं

हमारी ज़्यादातर फिल्में सामाजिक, राजनीतिक और सांस्कृतिक न्याय के लिए संघर्ष नहीं करतीं, या उन सवालों को नहीं उठातीं, बल्कि दर्शक को उत्तेजित कर देती हैं। उत्तेजना और शक्ति में अंतर होता है। जो सिनेमा भारतीय समाज के परिवर्तन में एक खूबसूरत···सहज और गाता-बजाता, नाचता-लहराता और मन को तन्मय कर देने वाला माध्यम बन सकता था, वह चेतना और भावनाओं को कुंद कर देने वाला माध्यम बन गया और मैं तो कहता हूं कि इसका दोष उन लेखकों पर भी है जो फिल्मों से 'परहेज़' करते रहे और अब भी कर रहे हैं।

मन की बातों और गहरे सवालों के फिल्मी जवाब हमें उत्तेजना में चलाई गई पिस्तौलों और गोलियां, चाकुओं और खंज़रों से मिलने लगे, मन का गुस्सा सिर्फ गालियों में बरसने लगा और आदमी तथा आदमी के बीच सभ्य होने के रिश्ते समाप्त होने लगे। छोटे सवालों को सिनेमा ने इतना बड़ा कर दिया कि सामाजिक, राजनीतिक, आर्थिक और सांस्कृतिक अन्याय के बड़े सवाल मामूली बन गए। एक बाप को चाकू या गोली से मार डालने वाले एक बदमाश व्यक्ति से बदला लेने का सवाल और साहस इतनी चमक-दमक से भर दिया गया कि अन्याय और अत्याचार

से धीमी मौत मरते किसी बाप की चीख या कराह, या किसी पिसती मां के आंसुओं का कोई मतलब ही नहीं रह गया।

हमारी फिल्मी कहानियां व्यक्तियों की कहानियां बन गईं—ऐसे व्यक्तियों की, जो सामूहिक सवालों से अलग, अपनी या दूसरे की असभ्यता से पैदा हुए निजी सवालों को ही सुलझाने लगे। आंख में उभरे सवाल का जवाब मुक्के देने लगे। मुक्कों का जवाब चाकू देने लगे। चाकुओं का जवाब बंदूकें देने लगीं और नंगी जांघों और थिरकती मांस की पुतलियों के आंगनों में खून के फव्वारे फूटने लगे···दर्शक के मन की सभ्यता का सफर रुकने लगा और वह खून के कारणों की पहचान भूलकर खून की रंगीनी को सराहने लगा! उसके लिए हत्या, बलात्कार, गालियां, मुक्के, पिस्तौलें और गोलियां एक उत्सव बन गईं—जिसे वह पांच रुपए का टिकट लेकर खरीदने लगा!

हम और आप अश्लीलता के सवाल पर सैद्धांतिक बहसें करने और सुनने लगे—जो आप और मैं, दोनों ही इस वक्त कर रहे हैं। पर लाखों भारतीय इन बहसों से बेखबर उन उत्सवों के नशे में सराबोर हो गए।

कितना दुखद है हमारा यह भारतीय दृश्य—कि एक तरफ कुछ सोचने वाले हैं···और दूसरी तरफ उस व्यापार के बाज़ार की चमक-दमक में भरमाए हुए लाखों-करोड़ों लोग हैं और इन दो तरह के लोगों के बीच कोई सेतु नहीं है। कुछ लोग सिर्फ सोच रहे हैं और बाकी लोग सिर्फ उत्सव मना रहे हैं।

इसीलिए सोचने वालों के सामाजिक दायित्वों और देखने वालों की सामाजिक इच्छाओं के बीच एक बड़ी खाई पैदा हो चुकी है। आप मानिए या न मानिए, पर यह एक सच्चाई है—सामाजिक मर्यादाओं को बनाए रखने वाले कुछ वे दिमाग हैं जो इस देश में सर्वसंपन्न हैं और वे चाहते हैं कि यह मर्यादाओं की दीवारें उनकी रक्षा के लिए बनी रहें। इसी देश में कुछ वे दिमाग भी हैं, जो सामाजिक मर्यादाओं को तोड़ना चाहते हैं—ताकि अन्याय और घुटन से मुक्ति मिले—पर वे संस्कारहीनता को बर्दाश्त नहीं कर पाते। तीसरे दिमाग वे हैं जो सामाजिक मर्यादाओं को सामाजिक न्याय के प्रश्न से जोड़कर देखते हैं और परिवर्तन चाहते हैं। और चौथी तरफ बहुसंख्या उनकी है, जो मर्यादाओं के टूटने से न्याय पाने की इच्छा तो रखते हैं, पर वे अपने समय के सवालों को नहीं जानते, पर अपने मन के गुस्से को किसी छोटे सवाल के ज़रिए हल होता हुआ पाकर तृप्त हो जाते हैं।

अंत में मैं इतना ही कहना चाहूंगा कि अश्लीलता का सवाल मामूली सवाल नहीं है—और इसे सिर्फ समाज की मर्यादाओं के सीमित चौखटे में रखकर हल नहीं

किया जा सकता।

जब तक सामाजिक मर्यादाएं सामाजिक न्याय के सवाल से नहीं जोड़ी जातीं, तब तक अश्लीलता का यह बाज़ार न तो बंद किया जा सकता है और न इस व्यापार को रोका जा सकता है।

इस संदर्भ में इतना कहना और ज़रूरी हो जाता है कि बड़े सवालों को उठाने की आज़ादी जब तक फिल्मकार और लेखक को नहीं मिलेगी—तब तक ये लात-घूंसें, मुक्कों और तमंचों, थिरकती औरतों और सुलगते बिस्तरों का बाज़ार गर्म रहेगा, और भारतीय मनुष्य की सभ्य और संस्कारशील दुनिया के निर्माण में कुहासा छाया रहेगा। जब तक सिनेमा को राजनीतिक, सामाजिक, आर्थिक और सांस्कृतिक सवाल उठाने की पूरी आज़ादी नहीं मिलती—तब तक हमारा सिनेमा छोटे सवालों और मामूली घटनाओं को ही रंगारंग बनाकर पेश करता रहेगा और हम अश्लीलता के सवाल को लेकर परेशान होते रहेंगे।

मैं बखूबी जानता हूं कि—हम बड़े और ज़रूरी सामाजिक सवालों से घबराते और कतराते हैं। इसलिए छोटे सवाल उठाए जाते हैं और उन गैरज़रूरी-मामूली सवालों के जवाब हमें एक औरत के साथ हुए बलात्कार के 'बदले' के रूप में मिलते हैं···जिन्हें रंगीन और मज़ेदार बनाने के लिए उसी औरत को फिल्मों में नाचना पड़ेगा और उसी की इज़्ज़त उतारी जाती रहेगी—जिसकी इज़्ज़त और सम्मान की रक्षा के लिए हम सामाजिक मर्यादा का प्रश्न उठाते हैं। यह प्रश्न तभी हल हो सकते हैं जब ज़िम्मेदार साहित्यकार फिल्म क्षेत्र में आएं, सत्ता, सरकार और सेंसर बोर्ड से सही सवालों को उठाने की आजादी प्राप्त करें और यहां काम कर रहे लेखकों के साथ अपनी ज़िम्मेदारी निभाएं।

(करंट : 29.3.80 तथा 5.4.80 के अंकों में)

चेहरों के बदलने से ज़िंदगी नहीं बदलती

इस देश के गरीब, मजलूम और बेबस लोगों का खून भी सभी चख चुके हैं। हर वह व्यक्ति, पार्टी या गिरोह—जो देश के भले के नाम पर शक्ति हथियाना चाहता था, किसी न किसी समय शक्ति को हथियाकर कुर्सी पर बैठ चुका है।

अगर नाम गिनाने की ज़रूरत ही हो, तो याद कर लीजिए कि इस देश के पास तथाकथित कितने नेता हैं—इंदिरा गांधी, मोरारजी देसाई, चरणसिंह, राजनारायण, अटलबिहारी वाजपेयी, जॉर्ज फर्नांडिस, सुब्रह्मण्यम स्वामी, मधु लिमये, ज्योति बसु, डांगे, प्रमोददास गुप्त, लालकृष्ण आडवानी, देवराज अर्स, जगजीवनराम, यशवंतराव चव्हाण, हेमवती नंदन बहुगुणा, चंद्रशेखर, चंद्रजीत यादव, प्रियरंजनदास मुंशी, संजय गांधी, जे.बी. पटनायक, चेन्ना रेड्डी, एस.एम. जोशी, शरद पवार, वसंतदादा पाटिल, वी.सी. शुक्ल, जगन्नाथ मिश्र, कर्पूरी ठाकुर, बंसीलाल, भजनलाल, कमलापति त्रिपाठी, करुणनिधि, तारकेश्वरी सिन्हा, नंदिनी सत्पथी, पी.सी. सेठी, गुंडू राव, प्रकाशसिंह बादल, श्यामाचरण शुक्ल, नंबूदिरीपाद, राजेश्वर राव, एम.जी. रामचंद्रन, नानाजी देशमुख, विजयाराजे सिंधिया, बालासाहब देवरस, शाही इमाम... जितने भी नाम कोई हिंदुस्तान याद कर सकता है, वे सब के सब अब तक सत्ता में रह चुके हैं या सत्ता संचालकों के रूप में रहे हैं।

कहने का मतलब यह है कि इस देश में आज जितने भी नाम याद किए जा सकते हैं और जो-जो बार-बार दल बदलकर या इधर-उधर घुसपैठ करके बार-बार भारतीय जनता के सामने नए इरादों और नए विश्वासों को लेकर आते रहे हैं—और भारतीय जनता को हर बार जनतांत्रिकता का पाठ पढ़ाते रहे हैं और अपनी सत्ता और कुर्सी की राजनीति निभाते रहे हैं—वे आज भारतीय जनता के सामने नंगे खड़े हैं!

अब यह एकदम साफ है कि देश के हर प्रदेश में जनता ने जिस नेता पर भी भरोसा किया या जिसकी बातों पर विश्वास किया—वहीं पर जनता को धोखा मिला है।

आज देश में कोई भी ऐसा राजनीतिक व्यक्तित्व नहीं है, जो सत्ता में न रहा हो या सत्ता चलाने वालों का नियामक न रहा हो—सत्ता और शक्ति के खेल में सब

शामिल हो चुके हैं और कभी न कभी उसमें हिस्सेदार भी रहे हैं।

सच तो यह है कि हर नेता, चाहे वह राष्ट्रीय स्तर का हो या प्रादेशिक स्तर का—आज़माया जा चुका है और इस देश में राजनीति अब 'म्यूजिकल चेयर्स' का खेल बन चुकी है, जिसे सारे तथाकथित नेता खेल रहे हैं और जनता देख रही है।

आज मैं कहना चाहता हूं कि इस देश में कोई भी ऐसा स्वनामधन्य राजनीतिक व्यक्तित्व नहीं बचा है, जो सत्ता में या सत्ता के आस-पास न रह चुका हो—और कोई ऐसा वादा नहीं बचा है जो न किया गया हो, कोई ऐसा राजनीतिक मतवाद नहीं है, जिसे गलत या ज़्यादा गलत तरीके से अपनाया न गया हो या जिसकी कसमें न खाई गई हों। लेकिन फिर भी—

1. इस देश में गरीबी बढ़ती गई है। 2. जनसंख्या का विस्फोट होता गया है। 3. कीमतें आसमान को छूती गई हैं। 4. राष्ट्रीय विकास रुंधता गया है। 5. सांप्रदायिक दंगे बंद नहीं हुए हैं। 6. हरिजनों पर अत्याचार कम नहीं हुए हैं। 7. अमीरों की अमीरी रोकी नहीं गई। 8. राष्ट्रीय संपत्ति कम होती गई है। 9. उत्पादन घटता गया है। 10. मज़दूर मज़लूम हुआ। 11. लेखकों और पत्रकारों की आज़ादी एक सपना बनती गई। 12. फिल्में केवल व्यवसाय बनके रह गईं। 13. कविताएं और कहानियां केवल वक्त काटने का ज़रिया बनती गईं। 14. कला के पुजारी व्यवसाय के शिकार हुए। 15. क्लर्क और भी ज़्यादा घिसापिटा पुर्ज़ा बनता गया है और उसे 'मजबूरी की नैतिकता' से सहारा दिया गया। 16. रेलवे टिकटों और रिज़र्वेशनों में कालाबाज़ारी घुस गई। 17. घासलेट और शक्कर के भावों में कमी नहीं हुई। 18. सब्जियों और दिन ब दिन इस्तेमाल की चीज़ों की कीमतों में कमी नहीं आई। 19. कालाधन बढ़ता गया। 20. तस्करी बंद नहीं हुई। 21. औरतों की इज़्ज़त सुरक्षित नहीं है। 22. हत्याएं कम नहीं हुई हैं। 23. जातीय और प्रादेशिक तनाव घटा नहीं है। 24. वर्णवादी मान्यताएं समाप्त नहीं हुईं। 25. पूंजीवादी मुनाफा घटा नहीं है। 26. प्राइवेट उद्योग का मसला हल नहीं हुआ है। 27. भूमिहीनों को सार्थक भूमि नहीं मिली है। 28. दहेज़ के अत्याचार खत्म नहीं हुए हैं। 29. बलात्कारों में कमी नहीं आई है। 30. सामाजिक कुप्रथाएं टूटी नहीं हैं। 31. धर्मगुरुओं के आश्रम बढ़ते गए हैं। 32. खेतों ने ज़्यादा अनाज पैदा किया है, पर लोग भूख से मरते गए हैं। 33. मिलों ने ज़्यादा कपड़ा तैयार किया है, पर आदमी नंगा होता गया है। और अंत में—देश ने विकास किया है—पर गरीबी विकसित होती गई है, और हम बार-बार चुनावों की राजनीति से गुज़रते गए हैं पर चुनावों के बाद भी कुछ बदलता नहीं है।

इसलिए अब हमें पूरी भारतीय जनता के अधिकारों के नाम पर मांग करनी चाहिए कि पहले यह तय किया जाए कि यह देश किस सिद्धांत के सहारे जीना चाहता है। जनतंत्र का संचालन केवल राजनीतिक पार्टियां, उनके 'मेनिफेस्टो' और नेता ही नहीं करते हैं। जनतंत्र की जीवंतता केवल पार्टियों के विकलांग प्रोग्रामों में ही जीवित नहीं मानी जा सकती—कोई भी जनतंत्र अपने लिए अपनी आधारभूत दिशा और सिद्धांत भी तय करने का अधिकार रखता है।

जैसा जनतंत्र हमारे सामने है वह जनतंत्र नहीं—जनतांत्रिकता का बाज़ार बना दिया गया है, जिसमें अलग-अलग पार्टियां अपने प्रोग्राम बेचने आती हैं···और हमारी वैचारिक और न्याय पाने की भूख को एक लुकमा देकर हमारा मुंह बंद करने की कोशिश करती हैं और उसमें बहुत हद तक सफल भी हो जाती हैं।

जनतंत्र में एक 'राष्ट्रीय इच्छा' का सवाल भी निहित है। इस 'राष्ट्रीय इच्छा' को अब तय करने की बात हर जागरूक नागरिक को उठानी चाहिए कि यह देश क्या चाहता है? इस देश की 'राष्ट्रीय इच्छा' क्या है?

यानी यह देश सामंतवाद चाहता है, पूंजीवाद या समाजवाद?

हम एक 'रिफरेंडम'—मतसंग्रह की मांग करते हैं और देश की 'राष्ट्रीय इच्छा' के तय हो जाने के बाद जनतांत्रिक चुनावों का स्वागत करते हैं।

पहले सिद्धांत चुना जाए, फिर पार्टी और उसके बाद उस पार्टी के व्यक्ति।

आज हम भारतीय जनतंत्र में पहले व्यक्ति चुनते हैं, फिर उसकी पार्टी चुनी जाती है और इसके बाद सिद्धांत बनाए जाते हैं।

हम आधारभूत सिद्धांत के चुने जाने का सवाल उठा रहे हैं—कि पहले इस महादेश की 'राष्ट्रीय इच्छा' के मुताबिक सिद्धांत चुना जाए। इसके बाद उस सिद्धांत को क्रियान्वित करने का वचन देने वालों में से उस पार्टी को चुना जाए, जो सबसे समर्थ और कार्यक्षमता से परिपूर्ण हो।

अभी पिछले जनता राज में हम देख चुके हैं कि देश की इमारत का निर्माण करने का जो ठेका इस देश की जनता ने जिन ठेकेदारों को सौंप दिया था, वे कितने अनुभवहीन और कार्यक्षमताहीन थे···

हम जनतंत्र में बहुपार्टीवाद की ठेकेदारी के हक को समाप्त करने की बात नहीं कर रहे हैं, हम इतना चाहते हैं कि हम राष्ट्रीय अभिमत के आधार पर पहले यह चुनाव कर लें कि हम इस देश की इमारत पूंजीवादी चाहते हैं या समाजवादी; उसके बाद सभी राजनीतिक पार्टियों को अवसर दिया जाए कि वे अपनी खुली निविदाएं यानी टेंडर (यानी अपने प्रोग्राम) देश की जनता के सामने पेश करें और अपनी दक्षता,

आस्था और कार्यक्षमता के आधार पर चुनी जाएं और देश की इमारत का निर्माण करें।

आप कहेंगे कि भारतीय संविधान में यह पहले ही तय हो चुका है कि यह देश गणतंत्रवादी-समाजवादी देश है, पर हम यह भूल जाते हैं कि हमने यह मानते हुए भी भयानक दबाव के अंतर्गत इस देश को मजबूरी में मिश्रित अर्थ-व्यवस्था भी दी है। यह मिश्रित अर्थ-व्यवस्था भारतीय संविधान का अंग नहीं है—बल्कि समाजवाद की राह पर कदम बढ़ाते देश को बीच राह में रोककर जब भारतीय पूंजीवाद ने असहयोग की धमकी दी थी, उस वक्त मजबूरी में किया गया यह एक निहायत शर्मनाक समझौता है।

मजबूरी में किया गया समझौता 'नियम' नहीं माना जा सकता।

इसीलिए हम भारतीय जन के मौलिक अधिकारों की शक्ति का आह्वान करते हुए कहते हैं कि 'राष्ट्रीय इच्छा' के मसले पर देश की जनता से राष्ट्रीय अभिमत की मांग की जाए।

हमें शतरंजी चुनाव नहीं चाहिए—हमें समाजवाद और पूंजीवाद के चुनाव के बारे में इस देश का स्पष्ट विचार चाहिए।

हम अपने पाठकों से निवेदन करते हैं कि भूल-भुलैया की राजनीति से बाहर निकलकर अपनी नियति के फैसले का सवाल उठाएं—पहले सिद्धांत को तय करें, उसके बाद चुनावों की जनतांत्रिक पद्धति को परिवर्तन के लिए इस्तेमाल करें।

चेहरों के बदलने से ज़िंदगी नहीं बदलती—यह हम देख चुके हैं। अब आवाज़ उठानी है कि पहले सिद्धांतों को तय किया जाए, उसके बाद पार्टियों व चेहरों को चुना जाए।

(करंट : 17.5.80)

सवाल इतिहास के पुनर्लेखन का!

जीवित अतीत वह है जो परंपरा बनकर वर्तमान को जीवन देता है। मुर्दा अतीत वर्तमान को मार डालता है। आजकल ज़िंदा अतीत और मुर्दा अतीत को लेकर ज़बरदस्त संग्राम चल रहा है। यह संग्राम उस भारतीय दर्शन की देन है जो क्षणवाद का पोषक है। क्षणवादी दर्शन हमें बताता है कि बीते हुए क्षण का कोई संबंध बीतते हुए क्षण से नहीं होता और बीतते हुए क्षण का कोई संबंध आने वाले क्षण से नहीं है। यानी क्षण अपने में स्वतंत्र है, स्वायत्त है···वह अपने पर पड़ती किसी छाया को स्वीकार नहीं करता।

आज, यह सारा झगड़ा दर्शन का नहीं, अब यह इतिहास का झगड़ा बनकर उभरा है। वह भी विशेषतः मध्यकालीन इतिहास को लेकर–यानी उस इतिहास को लेकर, जब से मुसलमान भारत में आए। अरब तो पहले भी भारत के पश्चिमी तटों और सिंध में आते रहे थे, जिनका ज़िक्र कच्छी (गुजराती) के प्रेमचंद, प्रख्यात कच्छी कथाकार जयंत खत्री ने अपनी रचनाओं में किया है···और उन अरबों की लिप्सा के संकेत दिए हैं। परंतु झगड़ा उस समय को लेकर शुरू होता है जब अरब 'मुसलमान' होकर सिंध में आए। जब मुसलमान तुर्क उत्तर पश्चिमी भारत में आए, अफगान मुसलमान और मुगल उत्तर भारत में आए।

इतिहास का यह झगड़ा अरबों, तुर्कों, अफगानियों और मुगलों से निपटने की उतनी कोशिश नहीं है, जितनी की अरबी, तुर्की, अफगानी और मुगल 'मुसलमानों' को निपटाने की कोशिश की जा रही है।

यानी परंपरा को नकारकर क्षणवादी दर्शन के तहत मुर्दा क्षणों को जीवित किया जा रहा है···उन क्षणों को, जो जड़ हो चुके हैं और हमारे वर्तमान पर चट्टानों की तरह गिरकर हमें लहूलुहान करते हैं। बहाना वामपंथी इतिहासकारों का लिया जा रहा है कि वे गलत इतिहास लिखते हैं···और आज भी वे सरकारी सत्ता की सरपरस्ती में, उसी गलत इतिहास की पुनर्रचना में लगे हुए हैं। बहाना कुछ भी हो, पर हम उस इतिहास तथा उन इतिहासकारों को भूल जाते हैं जो वामपंथियों से पहले भारतीय इतिहास की पुनर्रचना करना चाहते थे। तब तो वामपंथ था ही नहीं।

सन् 1917 से पहले भी, जब वामपंथ का जन्म हुआ, उससे पहले हमारे पास भारतीय मनीषी लोकमान्य तिलक मौजूद थे, जो आर्यों के आदि स्थान के रूप में भारत को ही आर्यों की जन्मभूमि के रूप में स्थापित कर रहे थे, पर सन् 1939 में हिटलर के उदय और आर्य श्रेष्ठता के सिद्धांत ने लोकमान्य तिलक के आर्यवादी सिद्धांत पर शर्म और संशय का सवालिया निशान लगा दिया था। मराठी लेखक गंगाधर गाडगिल लिखित तिलक की बृहद् जीवनी में भी इस सवाल का उत्तर नहीं मिलता कि आखिर लोकमान्य तिलक ने किन इतिहासपरक सवालों का उत्तर देते हुए, आर्यों को भारत की नैसर्गिक संतान माना था। नाज़ी जर्मनी और तानाशाह हिटलर ने जब आर्यश्रेष्ठता के अमानवीय सिद्धांत को लागू करते हुए लाखों यहूदियों को रक्त और नस्ल के नाम पर मौत के घाट उतार दिया था, तब उसी क्षणवादी दर्शन के तहत अपने को आर्य कहने वाली शक्तियां, लोकमान्य तिलक के बावजूद, मुंह तक कंबल खींचकर चुपचाप सो गई थीं, पुनर्रचित इतिहास एकाएक दम तोड़ने लगा था। नाज़ी प्रतीक चिह्न स्वास्तिका (सथिया) एकाएक हिंदू भारतीय के सार्वजनिक जीवन से लुप्त हो गया था। आखिर 'स्वास्तिक' क्यों भारतीय जीवन से सहसा गायब हो गया था? यह तो भारतीय संस्कृति का एक बहुत प्रगाढ़ जीवनचिह्न था। पर यह गायब हुआ, क्योंकि तब हम क्षणवादी दर्शन को इतिहास पर लागू करने की गलती कर चुके थे। हम आर्य होने के गलत गौरव को पहचान चुके थे। यानी इतिहास की समग्रता में जीने की ज़रूरत को स्वीकार कर सके थे।

अनवरत जीवित रहने वाली भारतीय सभ्यता की जीवनी शक्ति ही यही है कि वह खंडों या टुकड़ों में जीने से इनकार करती है...वह समग्रता को स्वीकार करती है। अगर हम इतिहास को लेकर खंडों में जीना या सोचना शुरू करेंगे, तो इतिहासकारों के हथौड़े और छेनियां भारत की पूरी इमारत को खंडहर में बदल देंगे क्योंकि इतिहास कोई अकाट्य नतीजों वाला विज्ञान नहीं है। इतिहास सत्य या असत्य के तर्कों वाला शास्त्र भी नहीं है। वह साहित्य या समाजशास्त्र की तरह प्रामाणिक अनुभवों का साक्ष्य भी नहीं है। अपने अधिकांश रूप में इतिहास संदर्भपूर्ण घटनाओं और दृष्टिकोणों का विवरण है। कोई इतिहास स्वयं में सत्य नहीं होता, वह घटित सत्य को दृष्टिकोण की कसौटी पर परखा हुआ एक निरीक्षण है।

और दृष्टिकोण की कसौटियां अलग-अलग हो सकती हैं—यानी निरीक्षण के फैसले भी अलग-अलग हो सकते हैं। यहां सवाल फैसलों के अलग होने का नहीं है, बल्कि इतिहास की बहती धारा को तोड़ने और मोड़ने का है। शायद इसीलिए आज सत्ता में आते ही अलग-अलग सरकारें इतिहास में अपने दृष्टिकोण को तरजीह

दे रही हैं, और इतिहास के पुनर्लेखन की बात बड़ी शिद्दत से शुरू हुई है…

इस समय पेशेवर इतिहासकारों के तीन दल अपने हथौड़े और छेनियां लेकर खड़े हैं। एक तरफ कांग्रेस के कांग्रेसी इतिहासकार हैं, दूसरी तरफ जनवादी वामपंथी अपने-अपने दृष्टिकोणों के पक्षधर हैं और इतिहास को खंडों में बांटकर देखना चाहते हैं…इतिहासगत तथ्यों ने इनके दृष्टिकोणों में भेद पैदा किया है, बल्कि इनके दृष्टिकोणों ने इतिहासगत तथ्यों में भेद पैदा किया है। यहीं पर इतिहास राजनीति में बदल जाता है। तब खतरा यह पैदा होता है कि कांग्रेस द्वारा शासित केंद्र और प्रदेशों का इतिहास एक होगा, भाजपा द्वारा शासित प्रदेशों का इतिहास दूसरा होगा और वामपंथियों द्वारा शासित प्रदेशों का इतिहास तीसरा होगा और चौथा इतिहास उन प्रदेशों का होगा जिनका कोई इतिहास ही नहीं होगा, क्योंकि वहां कोई सत्ता टिक नहीं पाई या पा सकी होगी। तब भारत की समग्रता या समग्र भारत का इतिहास कहां होगा? तब धर्मानंद कोसांबी की तरह गैर-पेशेवर वह इतिहासकार कौन होगा, जो भारत का इतिहास लिखेगा? या फिर रोमिला थापर और विपिन चंद्रा जैसे समग्रवादी दृष्टिकोण को लेकर चलने वाले इतिहास-लेखक क्या सिर्फ दिल्ली या जे. एन.यू. का इतिहास लिख रहे होंगे?

सत्ता-पोषित और दृष्टिकोण-दूषित इतिहास-लेखकों की कोई कमी कभी भी नहीं रही है। आखिर फिरदौसी जैसे महान् ईरानी कवि से भी महमूद गजनी ने अपना इतिहास लिखवाया था और उसे कूड़े के ढेर पर फेंक दिया था (उन दिनों कूड़े की टोकरी नहीं होती थी, उसे अंग्रेज़ भारत लाए थे) और फिरदौसी ही क्यों हमारी हिंदी के आदिकवि अमीर खुसरो ने भी एक-दूसरे के विरोधी सुलतानों का वृत्तांत लिखा था, जिसमें उन्होंने उन सुलतानों की तारीफ बराबरी से की थी। खुद वीरगाथा काल में हमारे चारण कवियों ने अपने आश्रयदाताओं की प्रशंसा में ज़रूरत से ज़्यादा अतिशयोक्ति की थी। उनके तमाम रणबांकुरे, लगातार युद्धों में हारते रहे थे, पर इतिहासपरक कविता में उनसे बड़ा और महान् योद्धा कोई नहीं था। यह तो अच्छा हुआ कि चारण कवियों को इतिहासकार नहीं माना गया। लेकिन चारण इतिहासकारों की परंपरा अब भी चली आ रही है।

अभी मैंने चार तरह के इतिहास-लेखन का ज़िक्र किया है, पर अब पांचवीं तरह का एक और इतिहास भी मौजूद है और वह है दूरदर्शनी इतिहास! पौराणिक कथाओं को इतिहास न भी माना जाए, तो भी टीपू सुलतान और चाणक्य सीरियलों को दूरदर्शनी इतिहास की कोटि में रखा जा सकता है। अगर चाणक्य सीरियल के लेखक चंद्रप्रकाश अपने लिखित अध्यायों को पुस्तक के रूप में प्रकाशित कर दें, तो हमारे

पेशेवर इतिहास-लेखकों के सामने समस्या उपस्थित हो जाएगी...इतिहास-पुरुष चाणक्य की आत्मा चाहे कराहती रहे या त्राहि-त्राहि करती रहे, यवनों के बहाने वह वही बोलेगा जो आज का हिंदुत्ववादी हिंदू बोलना चाहता है। झीना पर्दा चाहे यवन शब्द का हो, पर मुसलमानों को भी शुरू-शुरू में यवन ही पुकारा गया है—और तब हम भूल जाते हैं कि इन भारतीय मुसलमानों (यवनों) की कुल आबादी में 2 प्रतिशत विदेशी (यानी यवन) मुसलमान हैं और 98 प्रतिशत वे मुसलमान हैं, जो खालिस भारतीय हैं—जिन्हें ब्राह्मणवाद ने अपमानित और तिरस्कृत किया था...सबसे ज़्यादा दारुण और यातनाप्रद स्थिति उस भारतीय मुसलमान औरत की है, जो आज भी मेहंदी और महावर लगाती है, कांच की चूड़ियां पहनती है, खुलेआम या छिपकर सिंदूर लगाती है और जो इस्लाम के चार बीवियों वाले सिद्धांत को मंजूर नहीं कर पाती।

पर हिंदुत्ववादी इतिहास इस मानवीय सच्चाई को नहीं देखता, वह तो शहंशाहों के फरमानों को देखता है और बताना चाहता है कि मध्यकाल में तुर्क, अफगान और मुगलों ने हिंदुओं पर कैसी-कैसी ज़्यादतियां की हैं। यानी हिंदुत्ववादी केवल मध्यकाल की ज़्यादतियों का उत्तर देना चाहता है।

ज़्यादतियों के किस्से यदि दोहराए जाएंगे तो ब्राह्मण-इतिहास के दौर को भी माफ नहीं किया जाएगा, क्योंकि दक्षिण भारत के दलित ने आर्य-ब्राह्मणों के इतिहास को अपना इतिहास मानने से इनकार कर दिया है। क्या उत्तर है हमारे पास उन भारतीय बौद्धों के लिए, जिनके महाबोधि मंदिर को बंगाल के हिंदू राजा शशांक ने ध्वस्त किया था और बोधिवृक्ष को कटवा डाला था? क्या उत्तर है हमारे पास उस कश्मीर-सम्राट ब्राह्मण पुष्यमित्र के लिए, जिसने दलित मौर्यों का विरोध और प्रतिकार करते हुए, राजाज्ञा जारी की थी कि वह, जो किसी भी बौद्धभिक्षु का सिर लाकर हाज़िर करेगा, उसे पुरस्कृत किया जाएगा?

आज भाजपाई सत्ता वाले प्रदेश मध्यकाल के मुसलमानों की ज़्यादतियों का विवरण तैयार करके हिंदुत्ववादी शक्तियों को गलत रास्ते पर डाल सकते हैं, इतिहास का दूषित पुनर्लेखन करके खंडित इतिहास भी लिखवा सकते हैं, पर ब्राह्मणवादी हिंदुओं ने जो बर्बरता दक्षिण के दलितों, द्रविड़ों, भारत के बौद्धों, जैनियों और धर्म-परिवर्तित मुसलमानों के प्रति बरती है, उसका वे क्या उत्तर देंगे?

इतिहास का यदि पुनर्लेखन किया ही जाएगा, तो वह फिर सिर्फ मध्यकालीन मुस्लिम दौर का ही नहीं, वह आर्य हिंदुओं और ब्राह्मणों के बर्बर अतीत के पुनर्लेखन के द्वार भी खोलेगा। तब उस खंडित और रक्तरंजित इतिहास को कौन संभालेगा,

जब हर सदी अपने रक्त का हिसाब मांगेगी?

इतिहास के इस खतरनाक पुनर्लेखन की सोच के पीछे अतीत को सुधारने की उतनी इच्छा नहीं है, जितनी कि वर्तमान को सबक सिखाने का सवाल। वे इतिहास का पुनर्लेखन नहीं, भारतीय मुसलमान की नियति का पुनर्लेखन करना चाहते हैं। यह मानसिकता विभाजन के उस द्वेष और दंश से उपजी है जो पाकिस्तान की उस इतिहासपरक असमंजस की स्थिति से फायदा उठाती है, जो अब तक अपने इतिहास और संस्कृति की जड़ों को तलाश नहीं पाया है...दंश और द्वेष की मानसिकता से ग्रस्त इतिहास के पुनर्लेखन की यह कोशिश हिंदू गौरव की स्थापना नहीं, बल्कि भारतीय मुसलमान को आतंकित करके उसे उसकी औकात बताना चाहती है। इसी से उसके राजनीतिक इरादे स्पष्ट हो जाते हैं। भारतीय मुसलमान के संदर्भ में, यह हिंदुत्ववादी राजनीति जो भी प्रश्न उठाती है वह मानवीय शुभ का प्रश्न नहीं होता, बल्कि पाकिस्तानी प्रश्नों का प्रतिप्रश्न बनकर उभरता है जिसका उत्तर वह भारतीय मुसलमान से मांगती है, पाकिस्तान से नहीं।

अब क्योंकि पाकिस्तानी इतिहास की पुस्तकें अहिंदू और अनार्य अतीत और खंडित इतिहास की तलाश में लगी हुई हैं, इसलिए भारत की हिंदुत्ववादी शक्तियां भी उसी तरह के इतिहास-लेखन द्वारा उनका उत्तर देना चाहती हैं। और इतिहास का यह परोक्ष, उत्तर जो पाकिस्तान को दिया जा रहा है वह हमारे 14 करोड़ मुसलमानों के लिए एक उत्तर नहीं, बल्कि एक कुंठित हिंदुत्ववादी प्रश्न बन जाता है जो विभाजन के बाद की समन्वित होती भारतीय सच्चाई को नहीं देख पाता... जो नफरत और बदले की आग में अब भी जलता और धधकता रहता है! पर यह भूल जाता है कि बदले की भावना या नफरत एक स्थायी और मानवीय सच्चाई नहीं है।

आज इतिहास को दुबारा लिखने की उतनी ज़रूरत नहीं है जितनी कि अपने इतिहास को समझने और मुर्दा इतिहास की काली छाया से वर्तमान को बचाने और भविष्य को सुरक्षित रखने की है।

('शब्दार्थ' न्यूज एजेंसी के लिए : 3.3.92)

पैसे की कोई जाति नहीं होती

धीरे-धीरे यह देश साहित्यिक, राजनीतिक, व्यावसायिक और सामाजिक-सांस्कृतिक रूप से कहां पहुंच गया है इसका अंदाज़ अब होने लगा है। आपातकाल से अब तक का समय हर क्षेत्र में व्यक्तित्वों की लड़ाई का दिखाई पड़ता है पर ऐसा है नहीं—असल में इन व्यक्तित्वों के पीछे बहुत बड़े-बड़े स्वार्थ काम कर रहे हैं और वे स्वार्थ ही इन तथाकथित व्यक्तित्वों को कठपुतली की तरह नचा रहे हैं। नहीं तो क्या वजह है कि हर दिन अदला-बदली का खेल चलता रहता है और इस देश में यह पता ही नहीं चलता कि कौन किसके साथ है और सुबह कोई क्या बोल रहा है, दोपहर को क्या कहेगा और शाम तक वह क्या कहने लगेगा?

यह हाल केवल राजनीति के क्षेत्र में ही नहीं हुआ है बल्कि साहित्यिक क्षेत्र में भी हुआ है। पत्रकारिता का क्षेत्र भी इस रोग से अछूता नहीं है।

अजीब पागलखाना बन गया है देश—जिसमें एक पागल दूसरे पागल की ताकत या कमज़ोरी बना हुआ है। पागलों की खरीद-फरोख्त भी इस समय ज़ोरों पर है, किसके पास कितने पागल हैं—अब इससे भी फर्क नहीं पड़ता—क्योंकि पता ही नहीं चलता कि कब कितने पागल कहां से निकलकर किधर शामिल हो जाएंगे, या कौन लेखक पागल की तरह कब क्या बोलने लगेगा!

लेकिन सबसे बड़ा नुकसान इस देश का जो हुआ है और खास तौर से बुद्धिजीवियों के हाथ से—वह है क्षेत्रीय और सांप्रदायिक शक्तियों का उदय। इस देश की मानसिक आधारशिला जातीयता पर सदियों से रखी हुई है—इस जातीयता को राष्ट्रीयता में बदलने की प्रक्रिया शुरू ज़रूर हुई, पर पूरी होने से पहले ही वह प्रक्रिया दफन हो गई। इसका दायित्व इन्हीं बुद्धिजीवियों पर है जिन्होंने यह क्रिया पूरी नहीं होने दी।

जब तक इस देश का ज़बरदस्त उदारीकरण नहीं होता और इस तरह का आधुनिक साहित्य पैदा नहीं होता जो नई मानसिकता दे सके—तब तक जातीयता की सदियों पुरानी चट्टान को तोड़ा नहीं जा सकता। इस देश से धर्म-संप्रदाय और जाति की श्रेष्ठता के गर्व को मिटाया नहीं जा सकता।

धर्म-संप्रदाय और जाति की श्रेष्ठता का गर्व हमें हमेशा क्षेत्रों और छोटे समूहों में बांटता रहेगा। अब तो यह भी साफ है कि बड़ी पूंजी के उद्योग-धंधे और व्यवसाय भी हमें राष्ट्रीय नहीं बनने देते—क्योंकि पूंजीवादी आर्थिक हित अपनी जातीयता, धर्म या संप्रदाय को भूलकर पूंजी को बटोरने में एक साथ होते हैं, परंतु पूंजी बटोरने के बाद वही आर्थिक हित अपने धर्मों, संप्रदायों और जातियों में लौट जाते हैं।

देश के व्यावसायिक संगठनों के चरित्र का यदि विश्लेषण किया जाए, तो यह सच्चाई बखूबी सामने आती है। उदाहरण के लिए कपड़े के व्यवसाय को लिया जाए—तो तब तक, जब तक कि कपड़े के उत्पादन, विक्रय और मुनाफा बटोरने का सवाल रहता है—कपड़ा व्यवसाय में कोई हिंदू, मुसलमान या पारसी नहीं रहता—वह गुजराती, पंजाबी, कच्छी भी नहीं होता—वह सिर्फ व्यापारी होता है। जब तक व्यापारी के व्यवसाय और मुनाफे का सवाल होता है, तब तक वह न तो धर्मवादी होता है, न संप्रदायवादी और न जातिवादी। जैसे ही वह आर्थिक मुनाफे का मालिक बन जाता है—वह अपने धर्म, क्षेत्र, संप्रदाय और जाति में लौट जाता है।

पूंजीकरण की यह प्रक्रिया लगातार चालू रहती है और यह पूंजीकरण पूंजीप्राप्त शक्तियों को अपने-अपने क्षेत्रों-संप्रदायों में सामाजिक रूप से और भी शक्तिशाली बनाता जाता है। इस देश के सारे बड़े व्यवसाय देशव्यापी दिखाई देते हैं—पर ये देशव्यापी व्यवसाय देश में व्याप्त क्षेत्रीय और जातीय ज़हर को और भी ज़्यादा फैलाते हैं—वे व्यवसाय आदमी और आदमी को मिलाते हैं पर सिर्फ आर्थिक हितों में एकजुट होने के लिए—लेकिन यह व्यवसाय आदमी और आदमी को देशव्यापी हितों में एक साथ आने से अलगाते हैं। पूंजीवादी व्यवसाय व्यवस्था की सुरक्षा—धर्मवादी, क्षेत्रीय, संप्रदायवादी और जातिवादी शक्तियों के द्वारा ही होती है। और उसे जन-जन के मानस में 'एक सही व्यवस्था' के रूप में रूपायित और स्थापित किए रखने की भूमिका वह साहित्य अदा करता है, जो परिवर्तन का पक्षधर नहीं है।

कहा जाता है कि पैसे की कोई जाति नहीं होती। पैसे की ही तरह साहित्य की कोई जाति नहीं होती—पर पैसा जाति पैदा करता है, इससे कौन इनकार कर सकेगा। और साहित्य उस जाति को बनाए रखने की मानसिकता का निर्माण करता रहता है। और तब यह साहित्य व्यक्तिगत संपत्ति, जाति, समुदाय और धर्म की नींव को मज़बूत करता है।

इसलिए जैसे उद्योगों के राष्ट्रीयकरण से पैसे की गलत शक्ति को सीमित नहीं किया जा सकता, उसी तरह साहित्य को राष्ट्रीय कह देने से सही नहीं किया जा सकता। उद्योगों के अलावा व्यवसायों के मात्र आर्थिक चरित्र को नहीं—उसके

सामाजिक चरित्र को भी देखना चाहिए।

यह सामाजिक चरित्र अंततः पैसे से ही तय होता है क्योंकि व्यवसाय या उद्योग से कमाया हुआ पैसा या तो पूंजीवादी तंत्र को पोषित करता है या फिर सामाजिक रूढ़ियों और अंधविश्वासपरक धर्म को—और साहित्य इसमें पैसे का साथ देता है।

इसलिए ज़रूरी हो जाता है कि हम पैसे की शक्ति के समाजीकरण की दिशाएं तय करें और साहित्य की सही भूमिका को समझें, क्योंकि वास्तविक क्रांतिपूर्ण परिवर्तन की भूमिका अंततः सही राजनीतिक शक्तियों को सहयोग देकर ही पूरी की जा सकती है। इस समय यह मान लेने में कोई हिचक नहीं होनी चाहिए कि देश के पास वामपंथी मंशा तो है—परंतु वामपंथी विकल्प नहीं है—इसलिए ज़रूरी हो जाता है कि वामपंथी विकल्प के आसपास तक आने वाली राजनीतिक शक्तियों को पहचाना जाए और वाम की ओर चलने का पहला कदम पूरा किया जाए।

आज हमारे सहज मन वाले बुद्धिजीवियों में राजनीति के प्रति मात्र घृणा ही नहीं—उससे भी ज़्यादा बड़ी घातक वृत्ति पैठ गई है—वह है उदासीनता। राजनीति से उदासीन होकर हम अपना राजनीतिक, सांस्कृतिक और सामाजिक भविष्य तय नहीं कर सकते।

इसलिए राजनीति से परहेज़ का जो संदेशा कुछ बुद्धिजीवी दे रहे हैं—उनसे सावधान रहना ज़रूरी है, क्योंकि वे हमसे परहेज़ करने को इसलिए कहते हैं कि उनकी राजनीति के लिए कोई कठिनाई उपस्थित न हो। खामोशी या परहेज़ की मानसिकता अंततः देश की धर्मांध और सामंती शक्तियों के हाथ का खतरनाक खिलौना बना देगी। और यही हमारे वे बुद्धिजीवी चाहते हैं जो साहित्य का भी उसी तरह व्यवसाय कर रहे हैं जैसे व्यापारी करते हैं। जब तक ये बुद्धिजीवी 'लिखते' हैं, तब तक तो ये बुद्धिजीवी सिर्फ लेखक बने रहते हैं, पर राष्ट्रीय प्रतिष्ठा अर्जित कर लेने के बाद यही बुद्धिजीवी हिंदू या मुसलमान बनने लगते हैं और अपनी सामाजिक ताकत का इस्तेमाल अपनी जाति, धर्म या संप्रदाय के लिए करने लगते हैं।

ऐसे 'व्यवसायी साहित्य' को जब तक नकारा नहीं जाता या उससे संघर्ष नहीं किया जाता, तब तक सही राष्ट्रीय मूल्य साफ होकर सामने नहीं आ सकते।

इसलिए हमें साहित्य का ही नहीं—बहुत से तथाकथित साहित्यकारों के चेहरे भी साफ करके रखने होंगे जो आज देश को राजनीति के 'पचड़े' में न पड़ने का अबाध उपदेश दे रहे हैं।

(करंट : 6.10.79)

कितने पाकिस्तान

(उपन्यास अंश)

कितने पाकिस्तान

पीपल के पेड़ लगातार हंस रहे थे, लेकिन कुछ विलक्षण सी स्थिति थी। वह यह कि ढाई हज़ार साल बूढ़े, उन्हीं की बिरादरी के बोधिवृक्ष नारे लगा रहे थे। अजीब था यह दृश्य। प्रौढ़ पेड़ हंस रहे थे, बूढ़े पेड़ नारे लगा रहे थे और पीपल के नौजवान पेड़ तालियां बजा रहे थे। बूढ़ों का साथ नौजवान दे रहे थे।

अदीब ने गौर से सुना। उनकी भाषा समझने में थोड़ी दिक्कत तो हो रही थी पर फिर समझ में आने लगी। ढाई हज़ार वर्ष बूढ़े बोधिवृक्षों के नारे थे–

"वैदिक सभ्यता!"

"मुर्दाबाद।"

"अत्याचारी वर्णवाद!"

"मुर्दाबाद! मुर्दाबाद!"

"वैदिक ब्राह्मणवाद!"

"मुर्दाबाद! मुर्दाबाद!"

"दुःख के कारण!"

"वर्णवाद! वर्णवाद!"

अदीब चकित सा सब देख-सुन रहा था। उसने अर्दली को आवाज़ लगाई। इससे पहले कि अर्दली आता, एक नौजवान पेड़ के सामने आकर खड़ा हो गया।

"आप कुछ जानना चाहते हैं?"

"हां, यही कि यह दृश्य···यह कैसा विद्रोह है? बूढ़े पेड़ नारे लगा रहे हैं और तुम नौजवान पेड़ तालियां बजा रहे हो···"

"जनाब! हुआ यह है कि वैदिक आर्यों ने अपने स्वार्थों के लिए समाज को विभाजित कर दिया है। हमारे बुजुर्ग बोधिवृक्ष आर्यों द्वारा किए गए इस विभाजन को स्वीकार नहीं करते···हम ब्रह्मा के पैरों से पैदा नहीं हुए हैं···आर्यों का यह दैवी विधान अनर्गल है···"

और तभी एक वयोवृद्ध बोधिवृक्ष आकर बोलने लगा–आर्यों का वर्णवाद एक अप्राकृतिक सिद्धांत है, क्योंकि ब्राह्मणों की पत्नियों को भी मासिक धर्म के चक्र से

गुज़रना पड़ता है। वे भी गर्भवती होती हैं। वे भी बच्चों को जन्म देती हैं, उन्हें दूध पिलाती और उनका पालन-पोषण करती हैं···इतने पर भी यह आर्य ब्राह्मण, जिनका जन्म स्त्रियों की कोख से होता है, यह दावा करते हैं कि वे ब्रह्मा के मुख से पैदा हुए हैं···ब्रह्मा के मुख में गर्भाशय नहीं है···

तभी बोधगया से गौतम बुद्ध की आवाज़ आने लगी–तोड़ो! तोड़ो! वैदिक आर्यों के वर्णवाद को तोड़ो···मैं खुद आर्य हूं···पर वैदिक आर्यों के वर्णवाद और ब्राह्मणवाद ने हमें अपनी सभ्यता में शरणार्थी बना दिया है। हम शरणार्थी होने से इनकार करते हैं···हम ईश्वर की सत्ता को अस्वीकार करते हैं। पुनर्जन्म के मनुष्य विरोधी आकर्षक सिद्धांत को नामंजूर करते हैं। हम आर्यों के उपनिषदों के निर्गुण ब्रह्म की परिकल्पना को बेकार और व्यर्थ समझते हैं। यह उपनिषद् ब्राह्मण ग्रंथों के बाद लिखे गए आर्य-अहंकार के ग्रंथ हैं···हम घोषणा करते हैं कि कोई परासत्ता नहीं है, इसलिए यह कर्मकांडी पुरोहित हमारे लिए आवश्यक नहीं हैं···पुनर्जन्म मिथ्या है···तुम स्वयं अपने दीपक हो। तुम स्वयं को सांसारिक यथार्थ से मुक्त कर सकते हो। किसी के भीतर से कोई देवता नहीं बोल सकता। देवता का अस्तित्व नहीं है। देवता और उनके ग्रंथ दासता के परिसूचक हैं···जो बुद्धि और मन को संतुष्ट न करे वह त्याज्य है। नए को अंगीकार करो। नया कभी भी पुराने की पुनरावृत्ति नहीं होता। पुराने का नए में रूपांतरण ही बुद्धिसंगत पुराने को प्रश्रय देता है। कोई अलौकिक शक्ति नहीं है। कहा जाता है कि किसी परमशक्ति ने हमारी सृष्टि की है। तो सुनो, जो परम और अनित्य है वह सृजन से हीन है। सृजन वही कर सकता है जो मृत्यु को अंगीकार करता है।···तब तक, जब तक पाताल की गहराइयों से मृत्यु पर विजय प्राप्ति की औषधि लेकर सुमेरी सभ्यता का गिलगमेश लौटता नहीं, तब तक तुम मृत्यु को स्वीकार करके मृत्यु-भय से मुक्त हो जाओ···यही निर्वाण है! इस निर्वाण को इसी जन्म और इसी लोक में प्राप्त किया जा सकता है। इस निर्वाण का रास्ता व्यक्ति-व्यक्ति में मौजूद है···इसीलिए वह सबका है···वह सार्वजनिक है···दुःख और मृत्यु से समवेत निराकरण का रास्ता...तुम मृत्यु पैदा मत करो, यही करुणा का शिखर और अहिंसा है···

"लेकिन इतनी सदियों के बाद भी दिल्ली में मृत्यु का तांडव जारी है···देखो अदीब! इन आंधियों को देखो! गुरु तेग बहादुर ने मृत्यु-भय को त्याग दिया है··· काज़ी अब्दुस्सत्तार चांदनी चौक से भागते और हांफते आए--चांदनी चौक में अब सिर्फ नेज़े पर टंगा दाराशिकोह का सिर ही नहीं हंस रहा है बल्कि गुरु तेग बहादुर का सिर कटने के बावजूद झुकने और धरती पर गिरने से इंकार कर रहा है।···उनका

खून बारूद में बदल गया है और वह एक आतिशी गोले की तरह तेज़ी से घूम रहा है···जिसकी वजह से आंधियों के जत्थे निकल पड़े हैं···"

"तो क्या औरंगज़ेब ने फिर कोई कत्ल किया है?" अदीब ने अपने दोस्त से पूछा।

"हां! अब उसके ऊपर जबरिया धर्म-परिवर्तन का भूत सवार है···दमन और धर्म-परिवर्तन का केंद्र कश्मीर को बनाया गया है, क्योंकि वहां ही सबसे आला दिमाग कश्मीरी पंडित मौजूद हैं···जाहिलों को यह नहीं मालूम कि कश्मीर में जिन्हें इस्लाम मंजूर करना था, वे इनसे पहले ही कर चुके हैं। वहां पहले ही मध्य एशिया से मुस्लिम प्रचारक और पर्शिया से सूफी संत सैयद अली हमदानी आ चुके हैं···"

"लेकिन हुजूर, वे तो सूफी थे। बहावी नहीं। इसीलिए कश्मीर के सूबेदार शेर अफगन और शहंशाह औरंगज़ेब को यह मंजूर नहीं कि कश्मीर में इस्लाम समन्वय-वादी बन जाए!" अर्दली ने अदब से कहा।

"अदीब! आपके अर्दली साहब की यह बात एकदम दुरुस्त है, क्योंकि सूफी मत अपने और अल्लाह के बीच किसी सुल्तान या खलीफा की मौजूदगी को मंजूर नहीं करता। यही सच वहां के शैवों के बीच भी मौजूद है। भगवान् शंकर की अमरनाथ गुफा का मुतवल्ली आज भी एक मुसलमान है···वह सिर्फ मुतवल्ली है···मौलवी, मुल्ला या पुरोहित नहीं! यही बात कश्मीर के बौद्धों को भी रास आती है!" काज़ी अब्दुस्सत्तार साहब ने ताईद की और आगे बताया–"और यही कश्मीरियत की पहचान है। शैवों के तंत्र-मंत्र ने भी सूफियों को बहुत आकर्षित किया था। कश्मीरियों की एक ख़ासियत यह भी है कि उनका शैव मत मैदानी हिंदुओं के शैव संप्रदाय से बहुत अलग-थलग है। उनका बौद्धधर्म भी अन्य देशों या तिब्बत तक के बौद्धों से भिन्न है और उनका इस्लाम भी बाकी मुल्कों के इस्लाम से ज़्यादा उदार और सहनशील है···इसीलिए तो वहां झेलम पर पुराने बौद्ध विहार में शाह हमदानी मस्जिद आबाद है। खानयार में दस्तगीर साहब की जियारत और चरारे-शरीफ में नंद ऋषि नूरुद्दीन की जियारत मौजूद है, जहां सभी मज़हबों को मानने वाले लोग पूजा और इबादत करते हैं। जब कोई नाव या शिकारा पानी में उतारा जाता है तो ऋषियों को याद किया जाता है। इसी परंपरा को कश्मीर का सूबेदार शेर अफगन और शहंशाह औरगज़ेब तोड़ देना चाहता था।"

"इसीलिए हुजूर! जब कश्मीरी पंडितों से ज़ुल्म बर्दाश्त नहीं हुए तो पंडित कृपाराम एक जत्था लेकर गुरु जी तेगबहादुर साहब के पास पहुंचे थे। उन्हें गुरुदेव की शक्ति में पूरा भरोसा था। ज़ुल्म और ज़बरदस्ती धर्म-परिवर्तन की दास्तान सुनकर

गुरुदेव ने कहा कि जब तक कोई महान् पुरुष धर्म की रक्षा के लिए आत्मबलिदान नहीं करता, तब तक धर्म को बचा पाना मुमकिन नहीं है···" अभी संगत में बैठे लोग इस समस्या पर सोच ही रहे थे कि पास बैठे नौ बरस के गुरुपुत्र गोविंदराय ने कहा–"पिता महाराज! भारत भूमि पर इस समय आपसे बढ़कर महान् पुरुष और कौन है? आप ही धर्म की रक्षा कर सकते हैं···"

"फिर? फिर गुरु जी ने क्या फैसला लिया?"

"उन्होंने पंडित कृपाराम से कहा, तुम लोग बादशाह औरंगज़ेब के पास जाओ और कहो कि इस समय हमारे नेता गुरु तेगबहादुर हैं, जो गुरु नानक की गद्दी पर आसीन हैं। अगर वो इस्लाम धर्म अंगीकार कर लेते हैं, तो सभी हिंदू इस्लाम धर्म को स्वीकार कर लेंगे···यह खबर मिलते ही औरंगज़ेब बहुत खुश हुआ···" अर्दली बताने लगा–"उसने फौरन गुरु महाराज की गिरफ्तारी का फरमान जारी किया और कश्मीर में चल रहे धर्म-परिवर्तन और अत्याचार को फिलवक्त रोक देने का आदेश दिया।"

"फिर?"

"फिर शहंशाह औरंगज़ेब के फरमान के मुताबिक दिल्ली के काज़ी अब्दुल वहाबी को गुरु महाराज के धर्म-परिवर्तन के लिए तैनात किया गया!"

"नहीं! यह गलत है···बिलकुल गलत है!" एक बेहद बुज़ुर्ग शख्स ने अदीब के सामने हाज़िर होकर चीखते हुए कहा–"जो ऐरा-गैरा नत्थू-खैरा आता है, वह आलमगीर पर इल्ज़ाम लगाकर मुगलिया सल्तनत के हमारे सबसे सुर्खरू आखिरी बादशाह पर कीचड़ उछालने की कोशिश करता है। हिंदुस्तान की तारीख गलत इल्ज़ामों की इस बदअमनी को बर्दाश्त नहीं करेगी!"

"आपकी तारीफ?" अदीब ने पूछा।

"मैं ही दिल्ली का वह काज़ी अब्दुल वहाबी हूं, जिसका ज़िक्र आपके इस काफिर अर्दली ने अभी-अभी आपकी मजलिस में किया है···"

"काज़ी साहब! मैं काफिर नहीं, मैं पांच वक्त का पक्का नमाज़ी हिंदुस्तानी मुसलमान हूं···कुफ्र तो आप जैसे तंगनज़र वहाबी मुल्लाओं ने ढाया था···वरना जनाब मुईनुद्दीन चिश्ती, निजामुद्दीन औलिया और अमीर खुसरो जैसे बड़े दिमाग और खुले दिल वाले औलियाओं ने आप जैसों और आलमगीर औरंगज़ेब से सदियों पहले इस्लाम को एक आलमी मज़हब बना दिया था···लेकिन आप जैसे कट्टरपंथी वहाबियों ने धर्म को जब से तलवार के सुपुर्द कर दिया, तब से आज तक हमें आप जैसे कठमुल्लाओं के ज़ुल्मों के जवाब देने पड़ रहे हैं! जुर्म आप लोगों ने किए हैं, लेकिन

उसकी सज़ा हम हिंदुस्तानी, पाकिस्तानी, अफगानी, दागिस्तानी, सिक्यिांगी, चेचन्यायी, ताज़िकिस्तानी मुसलमान भुगत रहे हैं···"

"खामोश!" काज़ी अब्दुल वहाबी चीख पड़े—"मैं आखिरत के दिन के लिए सोया पड़ा था, लेकिन तुम जैसे काफिर मुसलमानों ने मेरी रूह की नींद हराम कर दी, इसलिए मुझे तुम्हारी इस नामुराद मजलिस में आना पड़ा···"

"काज़ी साहब! यह मज़लिस नहीं, वक्त की अदालत है···तमाम सदियों के उस वक्त की अदालत, जो इनसान की रूह पर भारी पड़ता है···सदियों की इसी तहकीकात के मुकदमे इस अदालत में चल रहे हैं ताकि अपने मन की अदालत में सच के फैसलों को हासिल करके, दुनिया की हर रूह, खुद को विस्थापित होने से बचा सके और दुनिया की इस सराय में भयमुक्त होकर सुकून से अपना वक्त गुज़ार सके!" अर्दली ने आगे आकर कहा।

"अदीबे आलिया! अगर यह मजलिस नहीं, अदालत है तो मैं दरख्वास्त करूंगा कि मेरे दौर के इतिहास को तलब किया जाए!" काज़ी अब्दुल वहाबी ने कहा।

"इतिहास को हुक्म दो कि वह अदालत में हाज़िर हो!" अदीब ने कहा।

सत्रहवीं सदी का लहूलुहान इतिहास तत्काल हाज़िर हुआ।

"हुजूरे आलिया! आपने मुझे तलब किया!"

"जी हां···लेकिन आप तो इतने लहूलुहान हैं कि अपने खून को चाटने में ही आपको सदियां लग जाएंगी..."

"यह तो मेरे साथ हमेशा होता रहा है···जब-जब मनुष्य को मारा गया तो मेरा ही रक्त बहा है···हर सभ्यता के साथ मैं ही मरा हूं। और हर अगली सभ्यता मेरे इसी बहते रक्त-बीज से जनमी है···जैसे प्रकृति की जड़ें पर्वत, सागर, अंतरिक्ष और धरती के वृक्षों में मौजूद हैं, उसी तरह मेरी जड़ें मनुष्य के संताप, आकाश, सपनों और सुख की नींव में मौजूद हैं! और मैं कहता हूं अदीबे आलिया कि अतिरिक्त स्वार्थ, सुख, अतिरिक्त धार्मिकता, अतिरिक्त सत्ता की हवस ने ही हमें बर्बर और असहनशील बनाया है···खैर छोड़िए···यह बताइए कि आपने मुझे क्यों तलब किया है?"

"इस असलियत की तसदीक करने के लिए कि गुरुदेव तेगबहादुर की हत्या क्यों और किन हालात में हुई है?" अदीब ने पूछा।

"हालात तो स्पष्ट हैं जनाब! जिन फतवों और मुनादियों के ज़रिए औरंगज़ेब ने दाराशिकोह को हिंदू-परस्त घोषित किया था, उस मानसिक माहौल से अवाम को वापस लाना मुमकिन नहीं था···इसीलिए औरंगज़ेब को खुद उन फतवों की कैद मंजूर

करनी पड़ी, जो उसने जारी करवाए थे···वह शहंशाह तो ज़रूर था, पर उन फतवों का गुलाम था। इसलिए गुरु तेगबहादुर की शहादत एक गुलाम बादशाह की मानसिक गुलामी का नतीजा थी···"

"नहीं! इतिहास गलतबयानी कर रहा है!" बीच में काज़ी अब्दुल वहाबी ने दखल दिया—"आलमगीर किसी कमज़ोरी का गुलाम नहीं, वह सिर्फ इस्लाम का गुलाम था!"

"तो क्या बाबर, हुमायूं, अकबर, जहांगीर वगैरह इस्लाम-परस्त नहीं थे?···" इतिहास ने हस्तक्षेप किया—"अदीबे आलिया! दिल्ली के तख्त को पाने के लिए औरंगज़ेब ने धर्म को तलवार बनाया था। दाराशिकोह को मारने के बाद वह कुंठाग्रस्त हो गया था···उसकी इसी कुंठा का नतीजा था कि उसने भारत में रच-बस गए मुसलमानों को मानसिक रूप से विस्थापित बना दिया था। वही मानसिक विस्थापन लगभग दो सदियों के बाद विभाजन का कारण बना!···इसी विस्थापन के शिकार अल्लामा इकबाल हुए, जिनके कश्मीरी पंडित पुरखे—कौल, इसी दौर में मुसलमान बने···शुरू-शुरू में उनकी शायरी अपनी जड़ों की बात करती रही, लेकिन बाद में उनकी शायरी ने इस्लाम जैसे बड़े और इनसान-परस्त मज़हब को सिर्फ मुसलमानों के लिए महदूद कर दिया। इसी मानसिकता ने भारतीय मुसलमान को अपने ही मुल्क में अपना अजनबी बना दिया···"

"न मालूम क्यों, आज के दौर में हरेक भाषण देने की आदत का शिकार हो गया है···" अर्दली काज़ी अब्दुस्सत्तार के कान में फुसफुसाया।

इतिहास ने यह बात सुन ली और अपनी रविश पर लौट आया—"मैं माफी चाहता हूं अदीब हुज़ूर! आप जानना चाहते थे कि गुरु तेगबहादुर की हत्या क्यों और किन हालात में हुई···तो हुआ यह था हुज़ूरे आलिया कि गुरु जी की गिरफ्तारी का फरमान जब तक आनंदपुर साहिब पहुंचता, तब तक गुरु जी गुरु-गद्दी का दायित्व गोविंदराय को सौंपकर अलख जगाने निकल पड़े थे। वे रोपड़, सैफाबाद, समाना, कैथल, रोहतक और पलवल होते हुए आगरा पहुंच गए थे। वहीं उन्हें हिरासत में ले लिया गया और दिल्ली लाया गया। और दिल्ली में इन्हीं काज़ी अब्दुल वहाबी साहिब के ज़रिए उनके सामने इस्लाम कबूल करने की पेशकश की गई। गुरु साहब ने दृढ़ता से इनकी पेशकश को नामंजूर कर दिया। तब औरंगज़ेब ने गुरु साहिब को मृत्युदंड देने का फैसला लिया और समाना से जल्लाद जलालुद्दीन को बुला लिया गया।"

"यह गलत है। शहंशाह औरंगज़ेब ने ऐसा कोई फैसला नहीं लिया था। वे तो

उस वक्त दिल्ली में तशरीफ-याफ्ता भी नहीं थे। वे हसन अब्दला में थे!" क़ाज़ी अब्दुल वहाबी ने ज़ोर देकर कहा।

"तो क्या आपने उनकी मौत का फैसला लिया था?"

"नहीं···मैं दिल्ली का काज़ी ज़रूर था, लेकिन ऐसा कोई फैसला ले सकने का हक मुझे हासिल नहीं था।"

"तो फिर तुम शहंशाह को बचाने की कोशिश मत करो! मैं सारे हादसों का चश्मदीद गवाह हूं···यह सही है कि फरमान जारी करके कायर की तरह औरंगज़ेब दिल्ली से हसन अब्दाल चला गया था···लेकिन भरी भीड़ के सामने, चांदनी चौक में, उस पीपल के पेड़ के नीचे गुरु जी को मौत देने का जो फतवा पढ़ा गया था, वह औरंगज़ेब के नाम और शाही मुहर से ही जारी हुआ था···और काज़ी अब्दुल वहाबी! तुम तो उस भीड़ में खास शाही नुमाइंदे की तरह सबसे आगे खड़े थे!"

इतिहास की यह गवाही सुनकर दिल्ली के काज़ी ने गर्दन झुका ली।

"लेकिन गुरु महाराज की गर्दन तुम्हारी तरह झुकी हुई नहीं थी। उनकी गर्दन गर्व से तनी हुई थी···अदीबे आलिया! सूरज की सुइयां सुबह के दस बजा रही थीं। जगह वही—चांदनी चौक! दिन बृहस्पतिवार, तारीख 11 नवंबर, सन् 1675! तब इसी काज़ी ने जल्लाद जलालुद्दीन को उनका तना हुआ सर कलम करने का इशारा किया था। जल्लाद के सामने मुश्किल पेश थी। झुके हुए बहुत से सरों को उसने तराशा था···लेकिन इतना बेखौफ सर तो उसकी तलवार ने आज तक नहीं देखा था। उसकी मुश्किल भांपकर तब इसी काज़ी ने उसे बताया था कि ऊपर से मुमकिन नहीं है तो नीचे ठोढ़ी की तरफ से सर कलम कर दिया जाए। और तब जल्लाद जलालुद्दीन ने उलटे हाथ से तलवार का वार करके उनका सर धड़ से अलग कर दिया···

"और तब एक नज़ारा फिर हाज़िर हुआ। चांदनी चौक में गुरु तेगबहादुर का धड़ पेड़ के तने की तरह खड़ा था। और कटा हुआ सिर नीचे नहीं गिरा था। वह आतिशी चकरी की तरह तेज़ी से चकरा रहा था। खून की सुर्ख बूंदों की जगह उसमें से चिनगारियां छिटक रही थीं। भयानक काली आंधी चल पड़ी थी। उसमें वे चिनगारियां टूटे हुए सितारों की तरह झिलमिल- झिलमिल कर रही थीं। काली आंधी के साथ ही एक ज़बरदस्त भूचाल आया···इमारतें बजने लगीं, चारों तरफ दिन में अंधेरा छा गया।

"इस आंधी, भूचाल, धूल और गुबार का फायदा उठाकर भाई जैता ने अपनी जान दांव पर लगाई। गुरु जी का शीश उसने बीच हवा से थामा और जमुना नदी

पार करके बागपत से होता हुआ वह आनंदपुर साहिब की ओर चल पड़ा।

"फिर उसी भगदड़, आंधी, धूल-धक्कड़ के दौरान लाल किले में चूना-मिट्टी पहुंचाने की रोज़नदारी पर लगे बुग्गी वाले लक्खीशाह ने जैसे-तैसे गुरु महाराज के खड़े हुए धड़ को बुग्गी में लिटाया और मिट्टी-चूने के बोरों से ढककर वह उसे अपनी झोंपड़ी में ले आया। अपनी झोंपड़ी में ही उसने गुरु जी की चिता तैयार की। घर का सारा सामान चिता पर लगाकर उसने गुरु जी का दाह-संस्कार कर दिया।

"आखिर भूचाल थमा। आंधी रुकी। अंधेरा छंटा। तब मुगल सिपाही गुरु जी का शरीर उठाने आए, पर वहां न तो उनका शीश था, न धड़। भाई जैता रंगरेटा गुरु साहिब का शीश लेकर आनंदपुर साहिब पहुंच चुका था। माता गूजरी ने पति-गुरु साहिब का शीश हाथों में लिया और शिष्यों सहित कीरतपुर जाकर उसका संस्कार कर दिया।

"मुगल सिपाहियों का दूसरा दस्ता आया, मगर उसे भी गुरु जी के बदन का कोई हिस्सा नहीं मिला।"

और तब एकाएक अर्दली ने आश्चर्य से देखा। अदालत तो भरी हुई थी लेकिन अदीब गायब था! वह फरार हो गया था।

2

अर्दली परेशान था।

फरार अदीब कहीं नज़र नहीं आ रहा था।

सिर्फ उसकी आवाज़ अलग-अलग जगहों और दिशाओं से आ रही थी। अर्दली परेशानी से एक आवाज़ का पीछा करता, तो दूसरी दिशा से आवाज़ आने लगती। तीसरी, चौथी, पांचवीं और छठी दिशा से। अर्दली हैरान था। आखिर दिशाएं कितनी हैं? आखिर उसने आवाज़ लगाई, "अदीबे आलिया!···अदीबे आलिया!···आप कहां हैं?···कहां हैं आप?"

"मैं अपनी ज़िंदगी की पनाह में हूं···"

"लेकिन कहां? किस जगह?"

"तमाम जगहें हैं जहां मैं एक साथ मौजूद हूं···अभी मैं जेनिब और बूटासिंह के पास राजस्थान के रेगिस्तान में था···और अभी ही मैं क्वेटा शहर में मौजूद हूं···यहां मैं सलमा को तलाशने आया हूं···उसे तलाश ही रहा था कि कानपुर स्टेशन पर विद्या का रूमाल फिर गिरा···और मैं विद्या की तलाश में निकल पड़ा···"

"विद्या से मुलाकात हुई?"

"नहीं···लेकिन उसके बारे में कुछ मालूम हुआ···"

"क्या? क्या-क्या पता चला?"

"यही कि पढ़ाई छोड़ने से पहले उसने जिस बात की तरफ इशारा किया था, वह सही था। उसके पिता बाबू रामनरायन ने उसकी शादी की बात चला रखी थी। लड़के वाले दिल्ली के रामनगर इलाके में रहते थे। सदर के पास। वही इलाका, जहां नई दिल्ली स्टेशन के पास शहर भर का कचरा जमा होता था और कूड़े की गाड़ियां जहां से रवाना होती थीं। लड़के वालों ने कहा था कि बाबू रामनरायन लड़की को लाकर वहीं दिखा दें। इसलिए वे विद्या को साथ लेकर फतेहगढ़ से दिल्ली के लिए रवाना हो गए थे।

"ब्याह-शादी की तारीखें, लड़की-दिखाई, टिपना मिलवाई, साइत निकलवाई आदि की रस्मों के लिए खानदान के सभी लोग खड़े होते थे। वे चाहे बरसों-बरस न मिलते हों, पर शुभ कारज के समय सब मिलते थे—मय बाल-बच्चों के। बड़े-बूढ़े भी आते पर अभी शादी तो थी नहीं, सिर्फ विद्या की मुंह-दिखाई थी। परिवार ही कितना सा था। विद्या के पिता बाबू रामनरायन, उसकी मां और एक छोटा भाई। करोलबाग में उनके दूर के एक बहनोई रहते थे। उन्हीं के घर पर विद्या का परिवार उतरा था। पहले तो यह तय हुआ था कि रामनगर के एक मंदिर के अहाते में विद्या की मुंह-दिखाई होगी, पर बाद में लड़के वालों ने उन्हें घर पर ही निमंत्रित किया था।

"विद्या को मुंह-दिखाई के लिए तैयार किया गया। बहनोई साहब की तबियत ठीक नहीं थी। वे साथ नहीं जा सके। उन्होंने रोहतक रोड वाले मोड़ तक पहुंचाकर रामनगर जाने के लिए तांगा पकड़वा दिया।···फिर तांगा कहां गया, यह नहीं मालूम···"

"क्यों?"

"क्योंकि यह तारीख 3 जून, 1947 थी!"

"मतलब?"

"मतलब यह कि जब रोहतक रोड के मोड़ से विद्या का छोटा सा परिवार तांगे में रामनगर के लिए रवाना हुआ, उसी वक्त वायसराय हाउस में वह अहम मीटिंग खत्म हुई जिसमें वायसराय माउंटबेटन के साथ नेहरू, जिन्ना, सरदार पटेल, आचार्य कृपलानी, सरदार बलदेव सिंह, लियाकत अली खान और अब्दुल-रब-निश्तर शामिल थे···और भारत का अंग्रेज़ वायसराय माउंटबेटन एक फैसला ले चुका था···असल में वह फैसला बहुत पहले ले चुका था!"

"कौन सा फैसला?"

"भारत के विभाजन का!"

"यह आप कैसे कह सकते हैं?" अर्दली ने शून्य आंखों से देखते हुए पूछा।

"अर्दली साहब!" अदीब की आवाज़ ने कहा—"किताबों में जो इतिहास लिखा या लिखवाया जाता है···और साक्षात्कारों में जो दर्ज कराया जाता है···पेशेवर कलम-घिस्सुओं द्वारा जिस तरह तथ्यों के सहारे दस्तावेज़ी इतिहास बनाया जाता है, वह इतिहास नहीं होता···इतिहास वह होता है जो दिलो-दिमाग की तख्ती पर लिखा जाता है...और उस इबारत को कोई पढ़ न ले, इसलिए उसे फौरन मिटाया जाता है···उस मिटी हुई इबारत को सिर्फ वही अदीब पढ़ सकता है जो सुकरात, गौतम बुद्ध, ईसा या गांधी की भाषा पढ़ सकता है···"

"तो फिर आप इस इबारत को पढ़ने से कतरा क्यों रहे हैं...? सामने आइए और उस इबारत को बेपर्दा कीजिए!" अर्दली ने अदीब को जैसे चुनौती दी।

"अर्दली साहब!" अदीब की गूंजती हुई आवाज़ आई—"मुझे अपनी ज़िंदगी की पनाह में रहने की मोहलत दीजिए···मेरी ज़िंदगी की सारी कहानियां अधूरी हैं···मुझे मोहलत चाहिए कि मैं अपनी कहानियों से मुलाकात कर सकूं। मुझे मालूम करना है कि विद्या के तांगे का घोड़ा पंख लगाकर उसे कहां उड़ा ले गया···? खुदा हाफिज़ कहकर सलमा मुझे खुदा के हवाले कर गई थी, लेकिन वह खुद हिफाज़त से है या नहीं, यह मालूम किए बगैर मेरा जीना मुहाल है। कोई माउंटबेटन, एटली, क्रिप्स, चर्चिल, नेहरू या जिन्ना मुझे अगली सदियों में इनसान की तरह जी सकने का रास्ता नहीं दिखाता···वह रास्ता मुझे सिर्फ सलमा दिखाती है...क्योंकि सलमा एक कहानी है···शाहीन एक कहानी है···बूटा सिंह और जेनिब एक जीवित कहानी हैं···मुलतान से भागकर अमृतसर आने वाली सुरजीत कौर एक ज़िंदा दास्तान है···वह जो पंजा साहिब से भागकर बंबई के माउंट मेरी चर्च में भीख मांगता हुआ कबीर नाम का भिखमंगा आया है, वह एक जीती-जागती इंसानी कहानी है···अर्दली साहब! मुझे अपनी इन कहानियों के साथ जीने दीजिए···"

"वक्त ने व्यक्तिगत एय्याशी करने का यह अधिकार आपको नहीं दिया है। पर्दे से बाहर आइए और इतिहास के इन सवालों का मुकाबला कीजिए! क्योंकि इतिहास के गलत मंसूबों ने आपकी सारी कहानियों के इंसानी अंजाम अपनी गिरफ्त में ले लिए हैं···अगर आने वाली सदियों को इंसानी और रूहानी राहत देनी है तो आपको अपनी कहानियों के लिए इतिहास के गलत मंसूबों से लड़ना ही पड़ेगा!"

"तो तुम मुझे किसी तरह चैन नहीं लेने दोगे!" अदीब की शिकस्ता आवाज़

ने कहा—"तुम मुझे अपनी कहानियों, अपनी ज़िंदगी के साथ जीने का मौका और वक्त नहीं दोगे?"

"नहीं, यह इस दौर में मुमकिन नहीं है! यह दौर राजस्थान में जाकर बूटा सिंह और जेनिब की कहानी मुकम्मिल करने का दौर नहीं है···यह वक्त क्वेटा में जाकर सलमा को आवाज़ देने का वक्त नहीं है। और यह लम्हा विद्या के तांगे को तलाशकर पंख लगे घोड़े की शिनाख्त का लम्हा भी नहीं है···अदीबे आलिया! अपनी कहानियों से निकलकर बाहर आइए!"

कुछ देर असमंजस भरी खामोशी छाई रही। फिर एकाएक न जाने किस जगह से निकलकर अदीब अपने अर्दली के सामने हाज़िर हुआ।

"अर्दली साहब! मैं आपकी अदालत में हाज़िर हूं! आप जो कहिए मैं करूंगा ···लेकिन मैं उस भिखमंगे कबीर का क्या करूं जो पंजा साहिब से चलकर माउंट मेरी के चर्च तक पहुंच चुका है। अपने अज़ीम शायर निदा फाज़ली ने मुझे बताया है कि भिखारी कबीर जैसे पाकिस्तान में भीख मांगता था, वैसे ही हिंदुस्तान में भी माउंट मेरी चर्च पर भीख मांगने चला आया है···फिर जब पाकिस्तान में रमज़ान का महीना आएगा, तो वह वहां लौट आएगा। हमेशा की तरह भीख मांगेगा। कमाएगा। ज़रूरत पड़ ही गई तो बॉर्डर क्रास करने के लिए, कश्मीर में मौत बरपा करने वाले मुजाहिदीनों के लिए चंदा भी देगा और भारत आ जाएगा। फिर यहां कमाएगा। माउंट मेरी चर्च पर मेले में भीख मांगेगा या महालक्ष्मी मंदिर पर भिखमंगों की कतार में बैठ जाएगा। और ज़रूरत पड़ गई तो कारगिल में शहीद हुए जवानों के लिए भी चंदा देगा। अर्दली साहब! विभाजन के बाद बचा क्या है—भूख और भीख के सिवा? यही तो दो हिस्सों में बंट गए भिखमंगे कबीर की विरासत है और तकसीम हो गए मुल्कों का नसीब।"

अर्दली ने गौर से अदीब को देखा।

"कैसे मैं भूल जाऊं मुलतान की उस बेहद खूबसूरत औरत सुरजीत कौर को!" अदीब ने बड़ी तकलीफ से कहा।

"कौन सुरजीत कौर?"

"वही सुरजीत कौर जिसका बेटा विभाजन के दिन से आज तक बेहोश है! वह बूढ़ी सुरजीत कौर आज़ादी की नहीं, अपने बेहोश बेटे की देखभाल आज तक कर रही है···"

"यह तो अजीब सी पहेली है।"

"यह पहेली नहीं, हकीकत है···जिस वक्त दिल्ली के वायसराय हाउस के कक्ष

में माउंटबेटन ने विभाजन को आज़ादी की शर्त बना दिया था, उस वक्त उसी कक्ष में लगी क्लाइव की तस्वीर मुस्कराई थी और लंदन की अपनी हवेली मे सोते हुए चर्चिल ने जागकर सिगार सुलगाया था और उसका एक भरपूर कश लिया था! यह वही 3 जून, 1947 की शाम थी, जब मांउटबेटन ने आल इंडिया रेडियो से आज़ादी में मौजूद विभाजन का ऐलान किया था। नेहरू और जिन्ना की आवाज़ों ने उस ऐलान की ताईद की थी···"

"यह तो इतिहास को पता है!"

"लेकिन इतिहास को नहीं पता कि औरंगाबाद में अपनी कब्र से उठकर तब औरंगज़ेब ने अपने बेटे आज़म को क्या चिट्ठी भेजी थी? '···मेरे बेटे···यह चिट्ठी मैंने अपनी मौत से कुछ दिन पहले लिखी थी। लेकिन मैं इसे तीन सदियों के बाद कुछ और बातों के साथ आज तुम्हें भेज रहा हूं। मैं इस जहानेफानी में अकेला आया था और अजनबी की तरह चला जाऊंगा···आज आसमान में आवाज़ों की कुछ लहरें उठीं, तो मेरी रूह जाग गई। आज मालूम हुआ कि जो ज़्यादतियां मुझसे हो गई थीं, उनका क्या नतीजा निकला है। मैं बहुत से गुनाहों का कसूरवार हूं···तब तो लगा था कि मैं अजनबी की तरह चला जाऊंगा, लेकिन अब इन आवाज़ों को सुनने और इनके फैसले जानने के बाद लग रहा है कि मुझे अपने गुनाहों के बोझ से अब छुटकारा नहीं मिलेगा···न मालूम, आखिरत के दिन मुझे क्या सज़ा मिलेगी···मैंने दीन की खातिर जो कुछ किया, वह यही सोचकर किया था कि इससे एकता बढ़ेगी···मेरा वह कदम गलत साबित हुआ···लेकिन देश की एकता मैंने कभी टूटने नहीं दी। मैंने खुद को कभी परदेसी या विदेशी नहीं समझा···मैंने मज़हब को ज़रूर अलग माना, लेकिन कौमियत का कभी बंटवारा नहीं किया···"

"लेकिन वह बंटवारा अंग्रेज़ों ने कर दिया?" राजघाट से मद्धिम सी आवाज़ आई—"यह तो 3 जून की बात है···मैंने तो 1 मई, 1947 को ही प्रार्थना सभा में कहा था, अगर अंग्रेज़ नहीं चाहेगा तो जिन्ना साहब को कभी पाकिस्तान नहीं मिल सकता···मैंने तो कहा था, मिन्नत करके कहा था···अंग्रेज़ो! तुम हमें हमारे हाल पर छोड़ दो···भगवान् भरोसे छोड़ दो। बदअमनी होगी, दंगे-फसाद होंगे, गृहयुद्ध होगा, हम देख लेंगे···जो हत्याकांड और अग्निकांड होगा, उसमें से हम तपकर निकलेंगे···हमारी सभ्यता महाभारत का युद्ध झेल चुकी है। उस महायुद्ध की असमंजसता में से ही गीता का निष्काम कर्मवाद निकला है। इस कर्मवाद ने ही ब्राह्मणवादी वर्णवाद को अपदस्थ करने का प्रयास किया था। एकलव्य के तिरस्कार और अपमान का बदला द्रोणाचार्य की रक्त-रंजित मृत्यु से लिया था···मैं तो फिर मिन्नत करता

हूं कि अंग्रेज़ो! तुम हमारी आज़ादी की शर्तों को तय करने का कोई हक नहीं रखते ···तुम हमें आज़ादी देने का यह जो नाटक कर रहे हो, यह तुम्हारी कृपा नहीं, यह भारतीय जनता की कृपा है कि वह तुम्हें सुसंस्कृत तरीके से विदा कर रही है···यदि वह विदा नहीं करेगी तो गृहयुद्ध तो बाद में होगा, आपका कत्लेआम पहले हो जाएगा! अहिंसा के तहत यह कत्लेआम मुझे मंजूर नहीं है···"

कहते-कहते राजघाट की आवाज़ डूब गई, लेकिन उसी वक्त एक हादसा हुआ—भंगी कॉलोनी में खड़े गांधी जी पर तलवार का एक वार हुआ। उनका बदन दो हिस्सों में विभाजित हो गया···लेकिन उम्मीदें दोनों हिस्सों को संभाले रहीं···गांधी जी अपने कटे हुए शरीर को लेकर ज़िंदा रहे···उनके विभाजित शरीर से रक्त बहता रहा···लेकिन वह निष्प्राण नहीं हुआ।

सलीब पर लटके ईसा मसीह ने देखा। पाक पैगंबर मुहम्मद ने भी देखा। गांधी जी का विभाजित शरीर ज्यों का त्यों भंगी कॉलोनी में खड़ा था···

और प्रायोजित इतिहास खड़ा था···जो महात्मा गांधी के सपनों को तोड़कर माउंटबेटन की साज़िशी कोशिशों को सच बनाना चाहता था···उसने अदीब को देखा।

"माउंटबेटन को अदालत में हाज़िर करो!" अपनी कहानियों को पीछे छोड़कर अदीब ने हुक्म दिया।

3

माउंटबेटन अदीब की अदालत में मौजूद हुआ।

अदालत खचाखच भरी थी। दुनिया के हर उस इलाके के लोग मौजूद थे, जिनमें ब्रिटिश साम्राज्य फैला था। वह साम्राज्य जिसमें सूरज कभी नहीं डूबता था। एक उपनिवेश, आरक्षित राज्य, अधीनस्थ राज्य, अधिकृत राज्य या इलाके में सूरज डूबता था, तो कहीं दूसरे ब्रिटिश इलाके में उग रहा होता था···एक-चौथाई दुनिया इस साम्राज्य के कब्ज़े में थी। इनमें भारतीय थे, नेपाल के गोरखा थे, अफगानी पठान थे, अफ्रीका के हुस्सास, सूडान के अफ्रीकी, साइप्रस, जमाइका, मलेशिया, चीन, हांगकांग, बोर्नियो, कनाडा के बाशिंदों के साथ-साथ न्यूजीलेंडर्स और आस्ट्रेलियन भी थे। ब्रिटिश साम्राज्य तो समाप्त हो चुका था, पर उसका आखिरी शाही प्रतिनिधि माउंटबेटन आज अदीब की अदालत में मौजूद था।

चारों तरफ सवाल ही सवाल थे। जिरह करने के लिए घूर-घूरकर देखती

आंखें थीं।

अर्दली ने निकट इतिहास के कुछ पन्ने खोले—"हुजूरे आलिया! फॉसिज्म पर विजय पाने के बाद ब्रिटेन और उसके मित्र देशों ने राहत की सांस ली है, लेकिन सन् 1946 के क्रिसमस और सन् 1947 के न्यू ईयर की अगवानी के लिए अंग्रेज़ निवासियों के मन में कोई खास उत्साह नहीं है। तानाशाह हिटलर ने पूरे लंदन शहर को ध्वस्त कर दिया है। बिजली नहीं है, दूध नहीं है, सुबह की चाय नहीं है; लेकिन इसके बावजूद लंदन के गर्वीले, अनुशासित और साहसी नागरिक अपनी विजय, अंधकार से सिक्त क्रिसमस और उदास नए वर्ष का स्वागत कर रहे हैं! आम अंग्रेज़ नागरिक के मन में केवल युद्ध-विरोधी प्रार्थनाएं हैं···वे अंधेरे चर्चों में जाकर मनुष्य जाति की रक्षा और शुभ का आशीर्वाद मांग रहे हैं···दूसरे विश्वयुद्ध से पहले दिन गिरजाघरों में लाखों मोमबत्तियां जलती थीं, वहां अब केवल एक मोमबत्ती जलकर बचे हुए जीवन का उजास दे रही है।

"लेकिन इसके बावजूद महारानी विक्टोरिया के वंशजों की गर्वीली साम्राज्यवादी मानसिकता और परंपरा में कोई फर्क नहीं आया है। बकिंघम पैलेस और अंग्रेज़ सामंतों की हवेलियों में विजय के उल्लास और नए वर्ष के स्वागत में बेहद महंगी और अप्राप्य टर्की का गोश्त पक रहा है। टर्की नस्ल की यह बतखें फिनलैंड और ईजिप्ट से आयातित की गई हैं।"

अदीब जैसे बकिंघम पैलेस की ओर देखने लगा।

"हुजूर आलिया!" अर्दली महमूद ने अदीब को मुखातिब किया—"अभी लंदन में मरे लोगों की लाशों का कफन और दफन का मौका नहीं मिला है। ट्रैफलगर स्क्वायर में नेलसन की ध्वस्त प्रतिमा के नीचे सैकड़ों लाशें और मरे हुए हज़ारों कबूतर अभी भी अपनी मौत का मातम मना रहे हैं···लेकिन अंग्रेज़ सामंतों के महलों और हवेलियों में अभी भी टर्की को ज़िबह करके नए साल के स्वागत का जश्न चल रहा है!" कहते-कहते अर्दली महमूद ने अपने सवालों की सूची संभाल ली।

तभी कांगो के एक हब्शी ने बीच में टोका—"अदीबे आलिया! ये अंग्रेज़ और बेल्जियम के गोरे हमें हब्शी कहते हैं, लेकिन जब इन्हें एटम बम विकसित करने के लिए यूरेनियम की ज़रूरत पड़ी थी, तो यही लोग हमें अपना सहोदर भाई कहते हुए कांगो आए थे···अमरीकन इनके साथ थे और इन्होंने ही तब हमारी इस सदी के सबसे बड़े भौतिकविज्ञानी आइंस्टीन से बेल्जियम की महारानी को खत लिखवाया था कि किसी भी कीमत पर कांगो का यूरेनियम जर्मनी के हाथ न बेचा जाए! यहीं से, आपके सामने इस अदालत में मौजूद मांउटबेटन की नस्ल ने अपनी परंपरागत

साज़िशों की शुरुआत की थी…"

"तुम कहना क्या चाहते हो?" अदीब ने दखल दिया।

"यही कि इन अंग्रेज़ों के बयानों पर बहुत भरोसा करने की ज़रूरत नहीं है क्योंकि ये राजवंशी नहीं हैं, लुटेरे और डकैत हैं! इनके डकैत पुरखों ने राजवंश की परंपरा यूरोप में शुरू की है! पूछिए इस माउंटबेटन से कि इसका यह नीला खून कहां से आया है?"

माउंटबेटन ने अपने इतिहास से उत्तर पाने के लिए लॉर्ड इज़्मे और अपने राजनीतिक सलाहकार कोनार्ड कोरफील्ड की ओर देखा। लॉर्ड इज़्मे खामोश था। मिशनरी का बेटा कोनार्ड कोरफील्ड बगलें झांक रहा था। माउंटबेटन को अपने नीले खून का पता तो था, पर वह हिचक रहा था।

उसे खामोश देखकर अर्दली महमूद ने उसका सज़रा पेश किया–"अदीबे आलिया! माउंटबेटन भगोड़े राजवंशों का आखिरी नुमाइंदा है…इसके वंशज रूस से निकाले गए तो वे जर्मनी में बस गए। वहां जब इन्हें बर्दाश्त नहीं किया गया तो यह आकर इंग्लैंड के मासूम बाशिंदों में घुलमिल गए…पूछिए इनसे कि इंग्लैंड में बसने से पहले इनके वंशजों का वजूद और नाम क्या था?"

"मेरे पिता का जर्मन नाम तब बेटनवर्ग था!" माउंटबेटन ने कहा।

"तो उन्हें अपना यह जर्मन नाम बदलने की ज़रूरत क्यों पड़ी?"

"क्योंकि पहला विश्वयुद्ध शुरू हो चुका था। उस समय ब्रिटेन में जर्मन-विरोधी भावनाएं भड़क चुकी थीं और जर्मन मूल के होने के नाते मेरे पिता को ब्रिटेन के प्रथम सी-लॉर्ड के पद से इस्तीफा देना पड़ा था। अपनी देशभक्ति को प्रदर्शित करने के लिए तब उन्हें अपना जर्मन नाम बेटनवर्ग से बदलकर माउंटबेटन करना पड़ा था…"

"क्योंकि यह तथाकथित नीले खून वाले मूलतः एय्याश, लुटेरे और साम्राज्यवादी थे…इन्हीं के वंशजों ने पूरे योरुप को अपनी खानदानी जागीर बना लिया था। जागीर की खातिर ये अपना नाम और पहचान बदलने में देर नहीं लगाते थे…योरुप के सारे राजशाही खानदान खून, रिश्तों या शादियों के ज़रिए जुड़े हुए थे…फिर चाहे वह कैसर हो, रूस का ज़ार निकोलस, स्पेन का अलफांसो या ग्रीस का कॉन्सटेनटाइन, रोमानिया का फडनंड, स्वीडन का गुस्ताव, नार्वे का हक्कून हो या युगोस्लाविया का अलक्ज़ेंडर…अपनी विलासिता और एय्याशी के लिए इन खानदानों ने हर राज्य में प्रजा का नृशंस शोषण किया और उन्हें दबाए रखने के लिए उन्हीं की औरतों से संसर्ग करके सामंत-श्रीमंतों का वर्ग पैदा किया…इन राजघरानों ने सामंतों को

सुविधाओं के उदार अंकुश में रखा पर जन-सामान्य को लूटने और सताने के लिए उन वर्गों को निरंकुश छोड़ दिया…”

“अर्दली महमूद ठीक फरमा रहे हैं!” एक तेजस्वी से लगते व्यक्ति ने आकर दखल दिया।

“आपकी तारीफ?”

“मैं शहंशाह अकबर का वित्तमंत्री टोडरमल हूं!”

अदालत में मौजूद सभी लोगों ने उस भव्य शख्सियत को आश्चर्य से देखा—अकबर के नवरत्नों में से खास रत्न—टोडरमल!

“आप कुछ कहना चाहते हैं?” अदीब ने पूछा।

“जी हां…मैं अंग्रेज़ी सत्ता के इन आखिरी वंशज महोदय से सिर्फ इतना पूछना चाहता हूं कि इनके पुरखों ने भूमि-राजस्व के मुगलिया ढांचे को बदलकर जमींदारी और रैयतवारी पद्धति की शुरुआत क्यों की थी?”

“इसके बारे में मुझे कुछ नहीं मालूम!” माउंटबेटन ने कहा।

“लेकिन आपको इतना तो मालूम होगा कि आपके देश के पहाड़ों में खनिज पदार्थ नहीं थे…धरती के पास कच्चा माल नहीं था…आपके देश में निपट गरीबी थी। आपका किसान भूखा मरता था…उसे उसके श्रम का पैसा नहीं मिलता था…इसी के खिलाफ आपके गरीब किसानों ने विद्रोह किया था…किसानों के ‘दि डिगर्ज़’ आंदोलन ने आपके भूस्वामियों का चैन हराम कर दिया था…तब किसानों पर आपके शाही घराने और भूस्वामियों ने बर्बर अत्याचार किए थे…तो बताइए, क्या यह सच नहीं है कि किसानों को कुचलने के लिए ही आपने ज़मींदारी बंदोबस्त को ईजाद किया था? वही आप लोगों ने भारत में लागू किया!”

“इसका उत्तर मेरे पास नहीं है…मैं अर्थशास्त्री नहीं हूं…मैं रॉयल इंपीरियल नेवी का एडमिरल हूं…मैं बर्मा का विसकाउंट हूं!” माउंटबेटन ने थोड़ी तुर्शी और गर्व से कहा।

“लेकिन अपने पुरखों की कारगुजारियों के उत्तर तो तुम्हें देने होंगे! तुम शाही बेड़े के एक एडमिरल हो…इसलिए तुमने अपने पुरखे विलियम हॉकिंस जहाज़ी का नाम तो सुना होगा!”

“मुझे याद नहीं…शायद मैंने यह नाम नहीं सुना है…” माउंटबेटन ने कहा।

“तुम तो खुद को शाही जहाज़ी कहते हो फिर भी तुम्हें अपने जहाज़ी पुरखे का नाम नहीं मालूम?”

माउंटबेटन ने राजा टोडरमल के सामने खामोश रहना ही मुनासिब समझा।

"अदीबे आलिया! राजा टोडरमल के साथ-साथ मैं भी कुछ ज़रूरी सवाल माउंटबेटन से करना चाहूंगा!" अर्दली ने अदीब से कहा। अदीब ने उसे देखा।

"याद कीजिए हुजूरे आलिया! जब आप मॉरीशस के पश्चिमी किनारे वाले टुशरॉक होटल में सलमा के साथ थे, तब मैं आपको तलाशता हुआ वहां पहुंचा था।"

"हां, मुझे याद है अर्दली साहब! तुमने बार-बार मेरी ज़ाती ज़िंदगी में दखल दिया है...तुमने मुझसे मेरा और मेरी खूबसूरत कहानियों का सुकून छीना है...तुमने मुझे बार-बार शहंशाहों और सल्तनतों की घटिया साज़िशों, बेहूदे बर्बर षड्यंत्रों की दुनिया में ला पटका है..." अदीब ने कड़वे अंदाज़ में कहा।

"हुजूरे आलिया! मैं आपकी तकलीफ और नाराज़गी को समझता हूं...लेकिन जब एक इंसानी सभ्यता का भविष्य सौदागरी सभ्यता में बदला जा रहा हो, जब मनुष्य के सुकून, सुख, सपनों और अरमानों को मुनाफे की तिजोरियों में कैद किया जा रहा हो...जब एक बड़ी इंसानी सभ्यता को फरेबी सौदागरों के जाल में फंसाया जा रहा हो, वह वक्त बहुत नाज़ुक होता है, ऐसे वक्त में सिर्फ बाज़ार की कद्रें ही नहीं बदलतीं, रिश्तों के मयार और मूल्य भी बदलते हैं...दिलों के एहसास भी बदलते हैं...और तब अनकहे तरीकों से कहानियों के आदि और अंत भी बदलते हैं...सोचिए हुजूरे आलिया! यह जो पार्टीशन हुआ है...क्या इसने सारी कहानियों के अंत नहीं बदल दिए हैं?"

अर्दली महमूद की इस दलील ने सबको सोचने पर मजबूर कर दिया। अदालत में मौजूद हर शख्स अपने दिल में झांककर खुद से उत्तर मांग रहा था।

यह माहौल माउंटबेटन को रास नहीं आ रहा था। वह कसमसा रहा था, लेकिन उसने सहजता से कहा—"मैं अपना कीमती वक्त बरबाद नहीं कर सकता। मैं सिर्फ आधा घंटा और आपको दे सकता हूं...इससे ज़्यादा नहीं।" कहते माउंटबेटन ने अपनी घड़ी देखी।

तभी राजा टोडरमल आगे आए और बोले—"अदीबे खास! मैं कोई भी सवाल पूछने से पहले हिंदुस्तान के इतिहास का एक पन्ना नहीं, सारे पन्ने पलटना चाहता हूं...एक-एक पन्ना पलटकर देखिए...इस भारतवर्ष का पूरा इतिहास पलट जाइए और बताइए कि क्या कभी, किसी भी सदी में इसका विभाजन हुआ है? आर्यों ने इसे कभी भी सिंधु देश, सरस्वती देश या गंगदेश के रूप में विभाजित नहीं किया। उनके ग्रंथों में हमेशा इस प्रायःद्वीप को जंबूद्वीप ही पुकारा गया...उन्होंने हमेशा इस महादेश के दिशांचलों को इसकी समग्रता में स्वीकार किया...रामायण काल में राक्षस रावण से युद्ध हुआ तो केवल आर्य नहीं, इस महादेश के एक-एक अंचल का व्यक्ति

लड़ा। महाभारत के युद्ध के बाद भी विजयी पांडवों ने अपने विरुद्ध लड़ने वाले किसी भी पराजित महारथी के राज्य को इस महादेश से पृथक् नहीं किया···भारत महादेश भारत ही रहा···शत्रु और मित्र इसी एकात्म भूखंड का हिस्सा रहे। ईसा पूर्व तीसरी सदी में मेसोपोटामिया का सिकंदर आया, महाराजा पुरु को पराजित कर लेने के बाद भी उसने इस देश को विभाजित नहीं किया। शक और हूण आक्रमणकारी थे, वे भी इस महादेश के टुकड़े नहीं कर सके···मोहम्मद बिन कासिम आया तो उसने इसी महादेश के सिंध क्षेत्र पर राज्य किया। उसने इस देश को नहीं तोड़ा। दूसरा देश ईजाद नही किया। गौरी, नादिरशाह, अब्दाली तक ने इस देश के नक्शे को नहीं बदला···तुर्क आए, अफगान आए···वे चाहते तो इसी देश को तोड़कर तुर्किस्तान या कोई दूसरा अफगानिस्तान बना लेते···मुगलिया सल्तनत ने हमेशा इस देश की अखंडता को पहचाना और मंजूर किया। उन्होंने इस महादेश में अपने किसी देश की तामीर नहीं की···यहां तक कि औरंगज़ेब चाहता तो अपनी सल्तनत से गैर मुस्लिमों को, अपनी ताकत और तलवार से खारिज करके एक इस्लामी देश को अलग कर लेता···उसे इस्लामिस्तान का नाम दे देता, लेकिन वह ता-ज़िंदगी इसी एक हिंदोस्तान के लिए लड़ता, जीतता और हारता रहा···" कहते हुए राजा टोडरमल ने अदालत में मौजूद एक-एक व्यक्ति को देखा और सन्नाटे को तोड़ते हुए अपना सवाल पेश किया—"तो फिर अदीबे आलिया! ऐसा क्यों हुआ कि अंग्रेज़ों की सौदागर कौम के हाथों, पांच हज़ार साल पुराना यह महादेश अपने इतिहास में पहली बार विभाजन का शिकार हुआ! इसका कोई उत्तर है इस जहाज़ी माउंटबेटन के पास?

"इन और ऐसे सवालों का कोई उत्तर नहीं है मेरे पास!" माउंटबेटन ने खीजते हुए कहा।

"क्यों? कोई उत्तर क्यों नहीं है तुम्हारे पास? आखिर इस देश को विभाजित करने तो तुम्हीं आए थे?" अर्दली ने टिप्पणी की।

माउंटबेटन का पारा एक़दम चढ़ गया। फिर भी खुद पर काबू रखते हुए उसने कहा—"मैं इंडिया को आज़ादी देने आया था!"

"आज़ादी!" अर्दली ने व्यंग्य से हंसते हुए कहा—"तुम कौन थे हमें आज़ादी देने वाले? तुमने हमारे देश को जीता नहीं था। दुरभिसंधियों और षड्यंत्रों से अपने अधीन किया था···अपने पुरखे विलियम हाकिंस जहाज़ी को तो तुम पहचानते नहीं···उसके साथ आए अन्य जहाज़ियों को भी तुम कैसे पहचानोगे!···तब तुम्हारा देश उतना ही गरीब था, जितना गरीब आज हमारा देश है। तब तुम्हारा खानदान शाही नहीं, लुटेरों और समुद्री डाकुओं को पालने और शरण देने वाला अपराधी

खानदान था!"

"यू शटअप!" सारी शालीनता के बावजूद माउंटबेटन तिलमिला उठा था।

तब अदीब ने टोका था–"अर्दली साहब! हमें अपनी शालीनता नहीं छोड़नी चाहिए"समझ में नहीं आता कि तुम यह किस दौर की बातें कर रहे हो?"

"अदीबे आलिया! यह उसी दौर की बातें हैं जिस दौर में महाकवि बिहारी अपनी सतसई के शृंगारिक दोहे लिख रहे थे और आप खुद मॉरीशस के टुशरॉक होटल में सलमा की बांहों में मदहोश पड़े थे"आप तो सलमा के बदन पर खिले हुए चुंबन के नीले फूलों की गिनती कर रहे थे"तब मैं आपको तलाशता हुआ वहां अपनी नाव से पहुंचा था"

अदीब को जैसे वह नज़ारा याद आया"अर्दली होटल की जेटी से नाव लगाकर उतरा था।

"याद आया?" अर्दली ने पूछा–"और मैंने आपको सलमा की मौजूदगी के बावजूद आगाह किया था कि जिस अदीब ने तहज़ीब के जिस्म पर लगे जख्मों को जानने की ज़िम्मेदारी उठा ली है, वह अपनी ज़ाती ज़िंदगी में खिले हुए नीले फूलों की गिनती करने के लिए आज़ाद नहीं है।"

"हां, अर्दली साहब"मुझे वह लमहा याद है।"

"तभी मैंने आपको खबर दी थी कि स्पेनिश, अंग्रेज़, फ्रांसीसी और पुर्तगाली समुद्री लेटेरों के जहाज़ पूरब की तरफ बढ़ गए हैं"उन बेड़ों ने कौन सा इतिहास लिखा है, यह पूरब जानता है"मैं इसी इतिहास लेखन के वारिस इन माउंटबेटन साहब को, जो साबुत इंडिया के आखिरी वायसराय और विभाजित इंडिया के आखिरी और शाही गवर्नर जनरल होने की अकड़ में जकड़े हुए हैं, मैं इन्हें इनके लुटेरे पुरखों विलियम हॉकिंस और थॉमस रो जैसों की असलियत दिखाना चाहता हूं।" अर्दली ने माउंटबेटन को मुखातिब किया–"जानते हैं आप! तब भारत के शहंशाह जहांगीर के साम्राज्य के सामने आपके शाही खानदान की हैसियत एक गांव के लंबरदार से भी बड़ी नहीं थी! डच सौदागरों ने जब एक पाउंड काली मिर्च का भाव पांच शिलिंग बढ़ा दिया था, तो तुम्हारी कौम के बनिए तिलमिला उठे थे"तब तुम्हारे बनियों ने सन् 1599 में ईस्ट इंडिया ट्रेडिंग कंपनी बनाई थी। और तुम्हारा वह लुटेरा जहाज़ी विलियम हॉकिंस तुम्हारी तथाकथित महारानी एलिजाबेथ प्रथम से लूटमार करने की इजाज़त लेकर चल पड़ा था"

"मैं यह बातें नहीं सुनना चाहता!" माउंटबेटन ने खीझते हुए कहा। अदीब कुछ कहता, इससे पहले ही अर्दली चीख पड़ा–"तुम्हें सुननी होंगी क्योंकि संसार के

सबसे बड़े और रक्तरंजित विस्थापन के लिए तुम ज़िम्मेदार हो···भारत महादेश के जन-सामान्य को आंसुओं के महासागर में जल-समाधि तुमने दी है···इस देश की जातीय स्मृतियों को खंडित करने के अपराधी तुम हो! जानते हो तुम्हारा वह जहाज़ी पूर्वज हॉकिंस, जब सन् 1600 में सूरत के बंदरगाह पर उतरा था, तो उसकी जेब में एक लिस्ट थी। उन चीज़ों की, जो वह भारत से लेने आया था, उसमें काली मिर्च तो थी ही, नील, जीरा, लौंग और अदरक के अलावा मुर्गी के अंडों जितने बड़े पन्ना-पुखराज और अक्षत यौवन के लिए हाथी के अंडकोष का वीर्य भी शामिल था!"

माउंटबेटन का चेहरा गुस्से से तमतमाने लगा था। तब राजा टोडरमल ने अर्दली को रोका—"महमूद साहब! इन्हें इनके पुरखों का सज़रा मत सुनाइए···इससे इन्हें तकलीफ होती है···गलतियां और कमज़ोरियां तो अपनी भी थीं···बेहतर होगा कि इनसे आप लोग इस बात का जवाब मांगिए कि बंटवारे का जो काम औरंगज़ेब नहीं कर सका, वह इन्होंने कैसे कर दिखाया? ···मैं आगे दखल नहीं दूंगा। मैं एक कोने में बैठकर इस जिरह को सुनना चाहूंगा क्योंकि मुझे लौटकर अपने शहंशाहे आलम अकबर को इसकी रपट देनी है!"

"तो माउंटबेटन साहब! आप खुद जहाज़ी हैं। आपने अपने जहाज़ी पुरखों का इतिहास सुन लिया। आप अपने इस इतिहास को नहीं मिटा सकते। ब्रिटेन, फ्रांस, स्पेन और पुर्तगाल के सारे जहाज़ी नई दुनिया की खोज में निकले कोई अन्वेषक या खोजकर्ता वैज्ञानिक नहीं थे, वे मूलतः समुद्री लुटेरे थे जो दुनिया की दौलत की तलाश में निकले थे।"

माउंटबेटन कुछ शर्मसार तो हुआ लेकिन उसे ज़ाहिर न करते हुए उसने अदीब को देखा।

"मिस्टर एडमिरल माउंटबेटन!" अदीब ने कहा—"जब आप इस अदालत से वापस जाएं तो इस सच्चाई की तलाश कर लीजिएगा कि जिस वक्त हिंदुस्तान का मुगलिया निज़ाम अपने किसानों और काश्तकारों को राजा टोडरमल की चली आती आर्थिक नीतियों के तहत मालिकाना हक और आज़ादी बख्श रहा था, उस वक्त आपकी तथाकथित, महारानी एलिजाबेथ प्रथम, पुर्तगाली तस्करों की कंपनियों में पैसा लगाकर, अफ्रीकी हब्शियों को दासों की तरह बेचकर खरीद-फरोख्त के बाज़ार में मुनाफा कमा रही थीं!"

माउंटबेटन का गला सूख रहा था। उसे फौरन कोक का एक टिन दिया गया।

"तो खैर···बातचीत शुरू करें। आप वायसराय बनकर कब इंडिया पहुंचे?"

"मार्च, 1947 में।"

"आपका ब्रीफ क्या था?"

"यही कि इंडिया को आज़ादी देनी है।"

"आज़ादी देने के लिए चलने से पहले आप किस-किस से मिले थे?"

"ज़ाहिर है कि मैं प्रधानमंत्री एटली से मिला था।"

"और?"

"मैं अपने कज़िन और भारत के बादशाह जॉर्ज सिक्स्थ से मिला था।"

"और?"

"और···" कुछ सोचते हुए माउंटबेटन ने कहा—"मैं दूसरे विश्वयुद्ध को जीतने वाले ब्रिटिश साम्राज्य के हीरो और पूर्व-प्रधानमंत्री विंसटन चर्चिल से मिला था।"

"इन सबने कोई और ब्रीफ आपको दिया था?"

"नहीं···10 डाउनिंग स्ट्रीट में निमंत्रित करके तत्कालीन प्रधानमंत्री क्लीमेंट एटली ने मुझसे गुज़ारिश की थी कि मैं इंडिया जाऊं और उसे आज़ादी देकर वापस लौट आऊं!"

"आपकी साम्राज्यवादी सरकार ने यह फैसला किन हालात में लिया था?"

"हालात तो मैं बयान नहीं कर सकता, लेकिन दूसरे विश्वयुद्ध में विजय के बावजूद यह स्पष्ट हो गया था कि हम अपने उपनिवेशों को अब ज़्यादा देर तक गुलाम नहीं रख सकते!"

"इसीलिए आपने इंडिया को छोड़ने से पहले उसे सबक सिखाने का फैसला लिया। क्योंकि इंडिया के आज़ाद होते ही अन्य तमाम उपनिवेशों में हर दिन उगने वाला सूरज डूबने वाला था···और आपने चर्चिल के साथ मिलकर ब्रिटिश साम्राज्यवाद के विखंडन का ज़िम्मेदार महात्मा गांधी और इंडिया के आज़ादी के आंदोलन को ठहराया था···महात्मा गांधी को अपने घटिया साम्राज्यशाही अहंकार का शिकार बनाया था···और बकिंघम पैलेस में तो नंगे फकीर महात्मा गांधी को आदरसहित बुलाया गया था, लेकिन आपके अहंमन्य और विश्वयुद्ध के बाद चुनाव में हारे हुए भूतपूर्व प्रधानमंत्री विंसटन चर्चिल ने इंडिया के 'नंगे फकीर' से मिलने से इनकार कर दिया था! क्या आप चर्चिल की उसी अहंमन्यतापूर्ण मानसिकता को लेकर इंडिया नहीं आए थे?"

"नहीं!"

"तो फिर वह लॉर्ड इज़्मे, जो दूसरे विश्वयुद्ध के दौरान लगातार चर्चिल का सहायक रहा था, भारत को आज़ादी देने के अभियान में आपका सहायक बनकर क्यों आया था?"

"यह लेबर सरकार का सरकारी फैसला था। इससे मेरा कोई लेना-देना नहीं था।"

"झूठ मत बोलिए एडमिरल माउंटबेटन! अगर आप तत्कालीन लेबर प्रधानमंत्री एटली से अपनी सारी शर्तें मनवा सके थे और मनवा सकते थे तो क्या आप लॉर्ड इज़्मे की जगह अपने मन का सहायक नहीं चुन सकते थे?···यह आपकी कैसी मजबूरी थी कि भारत की आज़ादी का विरोध करने और भारत को सबक सिखाने का ऐलान करने वाले चर्चिल के सहायक को अपना सहायक बनाकर साथ लाए थे?"

"यह प्रशासनिक फैसले के सवाल हैं। यह दुनिया के सबसे बड़े साम्राज्य के सवाल हैं! बेहतर यही होगा कि आपकी अदालत इनमें दखल न दे!" माउंटबेटन ने कहा।

"माउंटबेटन! यह तो मनुष्य के ज़मीर और उसकी आत्मा की अदालत है··· इससे बच के कोई कहां जाएगा? आप जिन सवालों के जवाब नहीं देंगे, वे भी यहां हल हो जाएंगे···आपकी ज़ुबान खामोशी साध सकती है लेकिन यह ऐसी अदालत है जो खामोशी की आवाज़ और भाषा को सुन व समझ सकती है!"

तभी तेज़ दस्तकें पड़ने लगीं। अदालत में मौजूद सभी लोगों ने परेशानी से दस्तकों की ओर देखा। वे दस्तकें अपने सूखे खून को चाट रही थीं। कुछ दस्तकें हड्डियां टूट जाने की वजह से लड़खड़ा रही थीं। कुछ दस्तकें कंधों पर बच्चों की लाशें उठाए हुए थीं।

अर्दली ने आगे बढ़कर उन्हें संभाला और दरयाफ्त किया कि वे कहां की दस्तकें हैं, तो एक लाश ने बताया—"हम ईस्ट तिमोर की दस्तकें हैं। इंडोनेशिया के ईस्ट तिमोर की! सुन रहे हैं आप?···हम दशकों से आज़ादी का हक मांग रहे थे···वह हमें रायशुमारी के साथ मिला भी तो मौत और विस्थापन के साथ। इंडोनेशिया की फ़ौज और प्राइवेट मुस्लिम मिलीशिया हम पर टूट पड़ी···हमें बेरहमी से मारा जा रहा है···घरों में आग लगाई जा रही है। बस्तियां फूंक दी गईं। हज़ारों लोग अपना देश छोड़कर वेस्ट तिमोर में शरण ले रहे हैं···राजधानी दिली तो भुतहा शहर बन चुका है···"

"अगर ऐसा ही होना था तो फिर इंडोनेशिया से आज़ादी हासिल करने की ज़रूरत क्या थी? अगर ईस्ट तिमोर के सभी बाशिंदों को आज़ाद होकर फिर इंडोनेशिया के वेस्ट तिमोर में ही शरणार्थी की तरह शरण लेनी थी, तो फिर तुम्हें

आज़ादी किसलिए चाहिए थी?"

"यह आज़ादी हमें अपने धर्म के लिए चाहिए थी!"

"धर्म के लिए?"

"जी हां, अदीबे आला, क्योंकि हम मुसलमान नहीं, ईसाई हैं!"

"यानी तुम भी उपनिवेशवादियों की साज़िश के शिकार हुए हो! तुम्हें भी धर्म के नाम पर पुर्तगाली उपनिवेशवादियों ने राजनीति का मोहरा बनाया है! उसी तरह जैसे ब्रिटिश उपनिवेशवादियों ने भारत में हिंदू-मुसलमानों को मोहरा बनाया था!" अदीब ने तल्खी से कहा—"मैं तुम ईसाइयों से पूछना चाहूंगा कि क्या तुम इंडोनेशियाई नहीं हो?"

तब तक अर्दली ने ईस्ट तिमोर की राजधानी दिली पहुंचकर वहां का हाल बयान करना शुरू कर दिया—"हुजूरे आला! सुनिए···मैं ईस्ट तिमोर की राजधानी दिली से बोल रहा हूं···वैसे तो यह दिली बहुत बड़े और खुले दिलवालों की बस्ती थी···यहां ईस्टर, बड़ा दिन, नया साल तो मनाया ही जाता था, साथ में मोहम्मद साहब के जन्मदिन के जशन में सब शामिल होते थे। रमज़ान तो मनाया ही जाता है··· इतना ही नहीं, यहां महाभारत के प्रसंगों को लेकर नाटक भी खेले जाते थे···लेकिन इस वक्त यह शहर वीरान पड़ा है···यहां मारकाट के बाद प्रेसीडेंट हबीबी ने मार्शल लॉ घोषित कर दिया है···इंडोनेशिया के मुसलमान नहीं चाहते कि ईस्ट तिमोर के ईसाई अपना स्वतंत्र देश बना सकें···सैकड़ों लोगों की लाशें राजधानी की सड़कों पर पड़ी सड़ रही हैं। मार्शल लॉ के साथ ही आर्मी भी मुस्लिम मिलीशिया के साथ शामिल होकर ईसाइयों को खदेड़ रही है। मुस्लिम मिलीशिया के रज़ाकारों को मैं चीखते हुए सुन रहा हूं—ईसाई कुत्तो! ईस्ट तिमोर खाली करो! आज़ाद मुल्क बनाना है तो जाके पेसेफिक ओशन में बनाओ! वह समुंदर ही तुम्हें पनाह दे सकता है!"

अदालत में मौजूद सभी लोग परेशानी से एक-दूसरे को देखने लगे। अर्दली महमूद की आवाज़ आ रही थी—

"कल यहां बिशप की कोठी फूंक दी गई। आज अभी-अभी आस्ट्रेलिया के राजदूत जॉन मैकार्थी पर उन्हीं के काउंसेलेट में जानलेवा हमला हुआ है। उनके तीन गोलियां लगी हैं पर वे खतरे से बाहर बताए जा रहे हैं। संयुक्त राष्ट्र संघ की इमारत पर मुस्लिम मिलीशिया ने कब्ज़ा कर रखा है। विदेशी अपनी सुरक्षा के लिए तिमोर छोड़कर भाग रहे हैं। बिशप कार्लोफेलो के चर्च कंपाउंड में 7000 भयभीत ईसाई शरण लिए हुए हैं। रेडक्रॉस के अहाते में 2000 से ऊपर लोग जान बचाने के लिए इकट्ठा हैं। इस्लामी अईतराक मिलीशिया के रज़ाकारों ने शहर पर पूरा कब्ज़ा कर रखा

है। कुछ लोग ईस्ट तिमोर बंदरगाह की ओर पलायन कर रहे हैं···यह रास्ता जो मुस्लिम-बहुल वेस्ट तिमोर की ओर जाता है, इस सड़क के खंभों पर मीलों तक ईसाइयों की खोपड़ियां उलटे घड़ों की तरह टंगी हुई हैं···उनकी खुली हुई मुर्दा आंखें अपने आज़ाद इलाके के सन्नाटे को देख रही हैं। सागर-किनारे के गांवों में लाशों के सिवा कुछ नज़र नहीं आ रहा है···हर लाश दूसरी लाश के जनाज़े में शामिल है···यह समझना यहां मुश्किल हो रहा है कि कौन सी लाश किस लाश को दफनाने ले जा रही है···जो हालात मैं यहां देख रहा हूं, उनसे लगता है कि पुर्तगाली उपनिवेशवाद ने आज़ाद देश के नाम पर दुनिया के सबसे बड़े कब्रिस्तान को बनाने में सफलता हासिल की है···ईस्ट तिमोर दुनिया का ऐसा आज़ाद देश होगा, जिसमें सिर्फ मुर्दे रहा करेंगे···इनकी कब्रों पर जलती मोमबत्तियों की रोशनी आने वाली तमाम सदियों को मौत और हत्याओं का शाश्वत अंधेरा देती रहेगी!"

अदालत में माउंटबेटन अब और उलझन से कुलबुला रहा था। लेकिन भीड़ बढ़ती जा रही थी। अदीब ने देखा, उसकी चारों कहानियां मौजूद थीं। यह दूसरी बात है कि वे कहानियां एक-दूसरे को नहीं पहचानती थीं। अदीब उन्हें देखता तो अजीब से संवेगों से ग्रस्त हो जाता।

सलमा की आंखें बार-बार जैसे खुदा हाफिज़ कह रही थीं। विद्या रोहतक रोड से तांगे पर आई थी। उसी तांगे पर, जिसके घोड़े के पंख लग गए थे और आज़ादी के साथ-साथ विभाजन का ऐलान होते ही वह विद्या को लेकर न जाने कहां उड़ गया था! ताज्जुब कि बूटा सिंह अकेला आया था। न मालूम जेनिब क्यों नहीं आई थी। और सुरजीत कौर जो मुलतान वाले घर से सारे गहने पहनकर, सज-संवरकर, अपने मासूम बेटे को अफीम चटाकर निकली थी, वह अपने पचाससाला बेहोश बेटे को तहदार चादर की तरह कंधे पर डाले अदालत में मौजूद थी। भिखमंगा कबीर भी एक कोने में चुपचाप खड़ा था। और पसोपेश में डालने वाला नज़ारा तो यह था कि बूटा सिंह, चिथड़े-चिथड़े हो गई अपनी लाश को फर्श पर लिटाए, भिनभिनाती मक्खियों को अपने ही हाथ से उड़ा रहा था।

अदीब सोचने लगा कि आखिर उसकी यह कहानियां यहां क्यों चली आई हैं? इन कहानियों को साम्राज्यवाद और उपनिवेशवाद का आखिरी प्रतिनिधि माउंटबेटन तो नहीं लिखेगा। वक्त मिला तो या तो वह खुद लिखेगा या कोई और अदीब इन उदास कहानियों को उठाएगा···

तभी माउंटबेटन की करख्त आवाज़ आई—

"आखिर आपने मुझे क्यों रोक रखा है?"

"यह पूछने के लिए कि इंडिया के पार्टीशन की बात आपने कब तय की थी?"

"यह बात और इल्ज़ाम गलत है! मैंने लगातार इंडिया को यूनाइटेड रखने की पेशकश की थी!" माउंटबेटन ने अपने माथे का पसीना पोंछते हुए कहा।

"क्या आपको मालूम और याद है कि लंदन के एक होटल में सन् 1933 में रहमत अली ने जब पहली बार पाकिस्तान की परिकल्पना पेश की थी, तब जिन्ना साहब ने क्या कहा था?"

"मुझे नहीं मालूम!"

"तो मैं आपको बताता हूं"जिन्ना साहब ने कहा था कि यह एक नामुमकिन और गलत सपना है""

माउंटबेटन ने इतिहास के उस नौजवान विद्यार्थी को गौर से देखा जो उससे जिरह कर रहा था।

विद्यार्थी ने जिरह जारी रखते हुए पूछा—"शायद आपको मालूम हो कि सन् 1934 के आसपास जिन्ना साहब राजनीति से इतने खफा और निराश हो गए थे कि वे बंबई हाईकोर्ट की लाखों की प्रैक्टिस छोड़कर लंदन चले गए थे"उन्होंने घोषित किया था कि वे राजनीति से संन्यास ले रहे हैं और बंबई में लाखों रुपए का अपना फलता-फूलता अदालती पेशा छोड़कर लंदन में रहने और वहीं वकालत करने के लिए इंग्लैंड जा रहे हैं!"

"मुझे मि. जिन्ना के इस फैसले की जानकारी नहीं है।" माउंटबेटन ने कहा।

"तो फिर आपकी संसदीय और प्रशासनिक योग्यताएं और जानकारियां क्या हैं, जिनके बलबूते पर आप इंडिया जैसे महासंस्कृति वाले, विविधता भरे देश के वायसराय बनकर उसे आज़ादी देने आए थे? क्या आपको मालूम था कि इंडिया में मेढ़ता या बलसार जैसी मामूली सी रियासत कहां थीं? और आपकी साम्राज्यवादी सरकार ने भारत की 565 रियासतों के साथ किस-किस तरह की संधियां कर रखी थीं? क्या आपने भारत आगमन और भारत को आज़ादी देने से पहले संधियों के उन दस्तावेजों को पढ़ा था?"

"नहीं!"

"क्या आपको इंडिया में अपने पुरखों के द्वारा पैदा की गई हिंदू-मुस्लिम समस्या की जानकारी थी?"

"नहीं!"

"तब तो आपको यह भी नहीं मालूम होगा कि राजनीति से निराश होकर जब

जिन्ना साहब ने सन् 1934 में इंडिया छोड़ा था, तब वे इंग्लैंड में क्या करते रहे थे और उनकी राजनीतिक, सामाजिक और प्रोफेशनल सरगर्मियां क्या थीं?"

"मुझे इसकी कोई जानकारी नहीं है!"

और यह जवाब पाते ही विद्यार्थी भाषण देने लगा—"दुनिया के हाज़रीन सुनो! शहंशाह बाबर के बाबरनामा में से बीस पन्ने गायब हैं···वह बीस पन्ने जो इस बात का सबूत देते कि बाबर अयोध्या तक कभी नहीं गया था। वह अफगान विद्रोहियों का पीछा करते हुए घाघरा नदी तक गया था और उन्हें खदेड़कर वह घाघरा नदी के जंगलों में शिकार खेलता हुआ, यह खबर पाकर कि काबुल से उसकी बेगम और बिटिया हिंदुस्तान में पहुंच चुकी हैं, फौरन अलीगढ़ शहर की तरफ लौट पड़ा था···बाबर के इस दौर तक बर्बरता के बावजूद, जज़्बात और संवेदना की वह धड़कनें बाकी थीं, जो शहंशाहों को इंसान बनाती थीं। बाबर घाघरा नदी के पश्चिमी कछारों और जंगलों से लौट पड़ा था—अपनी बेगम और बिटिया से मिलने के लिए···वह घाघरा नदी के पूर्वी किनारे के पार अयोध्या कभी गया ही नहीं था।"

"यह सही या गलत जानकारी देकर आप मुझे बताना क्या चाहते हैं?"

"यही कि आपके चर्चिल जैसे राजनीतिज्ञों ने भारत के विभाजन की भूमिका तैयार कर रखी थी और उसी को अंजाम देने के लिए आपको भारत का वायसराय बनाकर भेजा गया था।"

"यह सरासर गलत इल्ज़ाम है!"

"तो क्या आप इस संगीन स्थिति के बारे में कुछ बता सकेंगे कि राजनीति से संन्यास लेकर इंग्लैंड प्रवास के तीन वर्षों के दौरान, जिन्ना साहब किन खास-खास हस्तियों, राजनीतिज्ञों और राजनेताओं से मिलते रहे, उनके और जिन्ना साहब के बीच क्या गोपनीय बातें हुईं?"

"गोपनीय बातें?"

"हां!" विद्यार्थी ने सख्ती से पूछा—"सुनिए मि. माउंटबेटन! जिस तरह आपके कारिंदों ने बाबरनामा के बीस पन्ने नदारद किए हैं, उसी तरह आपकी कौम और इतिहासकारों ने जिन्ना साहब के तीन वर्षीय इंग्लैंड प्रवास को साज़िशी गुमनामी की चादर में लपेट रखा है···क्या आप यह बता सकेंगे कि गांधी जी के आंदोलनों और भगतसिंह की शहादत से घबराई और लगभग पराजित सरकार तब क्या सोच रही थी और क्या साज़िशें कर रही थी?···"

"मैं इन हालात के बारे में कुछ नहीं कह सकता!"

"क्या सन् 1933 में पाकिस्तान की परिकल्पना पेश करने वाला रहमत अली अपनी योजना को रद्दी की टोकरी में फेंककर चुप हो गया था? याद कीजिए उस वक्त के हिंदुस्तान के माहौल को...याद कीजिए हिंदुस्तान के क्रांतिकारी इतिहास की भूमिका को...सन् 1930, जुलाई के अंतिम रविवार के दिन गूंजते क्रांतिकारी शहीद भगतसिंह के उन शब्दों को—वे सोचते हैं कि मेरे पार्थिव शरीर को नष्ट करके वे इस देश में सुरक्षित रह जाएंगे। यह उनकी भूल है। वे मुझे मार सकते हैं, लेकिन मेरे विचारों को नहीं मार सकते। वे मेरे शरीर को कुचल सकते हैं, पर मेरी भावनाओं को नहीं कुचल सकते। ब्रिटिश हुकूमत के सिर पर मेरे विचार उस समय तक अभिशाप की तरह मंडराते रहेंगे, जब तक वे यहां से भागने के लिए मजबूर नहीं हो जाएंगे!..."

"मेरा शहीद भगतसिंह से कभी कोई वास्ता नहीं पड़ा!" माउंटबेटन ने कहा।

"पर उन दिनों तुम थे ब्रिटेन में ही...और तुम शाही खानदान के वंशज भी हो...तुम्हें कुछ जानकारी तो होनी चाहिए कि तब ब्रिटेन में इंडिया संबंधी क्या गतिविधियां चल रही थीं? ज़ाहिरा तौर पर तो जिन्ना साहब लंदन में प्रैक्टिस करने गए थे...लेकिन कहीं भी इस बात का कोई सबूत या जानकारी नहीं है कि उन्होंने लंदन प्रवास के दौरान भी मुकदमा लड़ा हो!...क्या वजह थी कि उन्हीं बरसों के दौरान इंडियन मुसलिम लीग के कुछ खास नेता और बड़े-बड़े जमींदार, छोटे-छोटे नवाब और ताल्लुकेदार लंदन आ-जा रहे थे..."

"इंडियन लोगों के लंदन आने-जाने या घूमने-फिरने पर कोई पाबंदी नहीं थी।" माउंटबेटन ने कहा।

"वह तो ठीक है पर यह इंडियन खास तौर से टोरी दल के सभासदों से मिल रहे थे और इनकी गुप्त मुलाकातें और वार्ताएं चल रही थीं..."

"यह हवाई बातें हैं। ब्रिटेन के अभिलेखागारों में इनका ज़िक्र नहीं है।" माउंटबेटन ने तेज़ लहज़े में कहा।

"तब तो तुम्हारे देश के अभिलेखागारों या गुप्तचर विभाग के कागज़ों में जिन्ना साहब और चर्चिल की तीन मुलाकातों का कोई ज़िक्र हो, इसका तो सवाल ही नहीं उठता!..."

"मैं इस तरह की बेबुनियाद बातों का जवाब देना ज़रूरी नहीं समझता...वैसे भी बजाते-खुद मुझे इन बातों या मुलाकातों की जानकारी नहीं है।"

"तुम्हारी इस बात पर यकीन किया जा सकता है...लेकिन यहां तुम्हें यह बता देना ज़रूरी है कि भारत में चल रहे क्रांतिकारी और अहिंसावादी आंदोलनों ने यह

ऐलान कर दिया था कि भारत को अब ज़्यादा दिनों तक गुलाम बनाकर नहीं रखा जा सकता...इसलिए सन् 1934 से 1937 तक ब्रिटेन की राज्यसत्ता ने जो साज़िश भरे कार्यक्रम तैयार किए, वे दूसरे विश्वयुद्ध के कारण एकाएक तो लागू नहीं किए जा सके, लेकिन युद्ध समाप्त होते ही, कूटनीतिक दुरभिसंधियों को अमली जामा पहनाने के लिए जनरल बैवेल को अकस्मात् हटाकर तुम्हें भारत का वायसराय नियुक्त किया गया। तुम्हें एक सोचे-समझे और तयशुदा कार्यक्रम के तहत भेजा गया। वह कार्यक्रम था, जब तक और जहां तक संभव हो, भारत की आज़ादी को स्थगित करना और स्थगित न हो सके, तो भारत को विभाजित करके उसे कई टुकड़ों में बांट देना...”

“यह इल्ज़ाम है...यह बात सरासर गलत है! मैंने लगातार इंडिया की एकता को बनाए रखने की भरपूर कोशिश की...लेकिन मैं उसमें मि. मोहम्मद अली जिन्ना की ज़िद के कारण नाकामयाब रहा...”

“जिन्ना साहब ही तो तुम्हारी सत्ता के तुरुप के पत्ते बन गए...सीधे-सीधे कहें तो उन्हें जानबूझकर तुम अंग्रेज़ों ने तुरुप का पत्ता बनाया!”

“मतलब?”

“मतलब यही कि जिन्ना साहब को तुम्हारे देश की साज़िश के तहत मुसलमानों का नेता बनाया गया...नहीं तो भारत का मज़हबी-नमाज़ी मुसलमान जिन्ना जैसे गैर-मज़हबी, बेनमाज़ी, पोर्क से परहेज़ न करने वाले मुसलमान को कभी अपना लीडर मंजूर नहीं करता...यही वह साम्राज्यवादी करामाती करिश्मा है, जो तुम लोगों ने कर दिखाया...हैरत की बात है कि मज़हब के नाम पर एक गैर-मज़हबी और एक ऐसे मुसलमान को लीडर बनाया गया जो कुरान शरीफ नहीं पढ़ सकता था, क्योंकि उसे अरबी या उर्दू तक नहीं आती थी। जो नमाज़ी नहीं था क्योंकि वह नमाज़ पढ़ना नहीं जानता था...बल्कि उसके बारे में तो यहां तक कहा जा सकता है कि जिन्ना साहब मुसलमान होते हुए भी मुसलमान नहीं थे,...उत्तर भारत के तमाम ताल्लुकेदारों, छोटे-मोटे नवाबों और ज़मींदारों के सामने पाकिस्तान नामक देश बना देने का लुकमा फेंककर अंदर ही अंदर जिन्ना साहब की लीडरी को मनवा लिया गया था!”

“आप लोग कुछ भी सोचने के लिए आज़ाद हैं! मैं इस मसले पर ज़्यादा बात नहीं करना चाहूंगा...मैं अपनी सच्चाई जानता हूं...मेरा ज़मीर मेरा गवाह है।” माउंटबेटन ने बेरुखी से कहा—“और यह भी गलत बात है कि मैं इंडिया की आज़ादी स्थगित करने आया था!”

"सुनिए···सुनिए! माउंटबेटन साहब! यह ठीक है कि युद्ध के बाद टोरी हार गए थे···लेकिन सरकार की नकेल तब भी चर्चिल के हाथों में थी। आपके चर्चिल लेबर सरकार के फ़ैसले को हाउस आफ लॉर्ड्स में लटकाए रख सकते थे···क्योंकि उसमें आपके सामंतों की मेज़ोरिटी थी···और आपका ब्रिटेन उस वक्त, युद्ध के बाद, ध्वस्त था और भूखा मर रहा था। हिंदुस्तान की आज़ादी स्थगित करके आप कुछ और बरसों तक शोषण करने का अधिकार पा सकते थे!"

"नहीं!" माउंटबेटन चीख पड़ा–"हमारे पास आइल ऑफ वाइट में उस वक्त भी इतनी दौलत थी कि हमारी दस पीढ़ियां आराम से खा सकती थीं और जीवित रह सकती थीं!"

"आपके आइल ऑफ वाइट में आपके पसीने की दौलत नहीं, दुनिया के उपनिवेशों की शोषित दौलत मौजूद थी···वह दौलत आपकी नहीं थी!"

यह कोने से उठकर आया भिखारी कबीर बोल रहा था और लगातार माउंटबेटन से जिरह कर रहा था।

"मैं भिखमंगों से बहस करने के लिए तैयार नहीं हूं मिस्टर अदीब!" माउंटबेटन ने शाही ठसके के अंदाज़ में कहा, और इससे पहले कि अदीब हस्तक्षेप करे, भिखारी कबीर भड़क उठा।

"माउंटबेटन! हम भिखमंगों की नस्ल तुम लुटेरों ने पैदा की है···हम जैसे भिखारियों की नस्ल तुम्हारे इंडस्ट्रियल रेवोल्यूशन से पहले दुनिया के किसी देश में मौजूद नहीं थी। अमीर और गरीब पहले भी थे लेकिन भिखारियों का जन्म उपनिवेशी बंदोबस्त के साथ हुआ···जब आर्थिक और जीवनगत न्याय के मूल्यों का अंत और मुनाफा-केंद्रित अंधशोषण और स्पर्धा का जन्म हुआ···नहीं तो इससे पहले गरीब तो थे, पर भिखारी नहीं थे। विश्व का न्यायगत आर्थिक संतुलन तुम साम्राज्यवादियों–उपनिवेशवादियों ने खंडित किया है···नहीं तो मुझ जैसा लाचार आदमी भारत और पाकिस्तान में भीख मांगने के लिए मजबूर नहीं होता, जो एक-दूसरे के खिलाफ दुआ मांगते हैं! तुम उपनिवेशवादियों ने हमारी दुआएं भी दोगली बना दीं···"

अदालत में मौजूद मुर्दे भी भिखमंगे कबीर की बातें बहुत गौर और सहमति से सुन रहे थे।

"खैर छोड़िए, इन गंभीर बातों को, क्योंकि माउंटबेटन साहब···मुझ जैसे भिखमंगे के सवालों का जवाब देने में आप अपनी तौहीन समझते हैं, लेकिन मैं सिर्फ भिखमंगा ही नहीं, अपने देश का नागरिक भी हूं! और एक नागरिक के सवालों का जवाब देने से तुम्हें गुरेज नहीं करना चाहिए। तुम इंडिया के आखिरी वायसराय थे,

लेकिन मैं तो तुम्हारी सल्तनत का आखिरी भिखमंगा नहीं हूं···मेरी नस्ल तो तुम्हारे जाने के बाद भी फल-फूल रही है। और मुझे खुशी है कि अब मेरे जैसा एक मजलूम आदमी ही भिखमंगा नहीं है, बल्कि अब अफ्रीका, लैटिन अमरीका, कंबोदिया, इंदोनेशिया जैसे पचासों मुल्क भी हमारी जमात में आ मिले हैं···हमारी नागरिकता अब अंतर्राष्ट्रीय हो गई है···ये देश अंतर्राष्ट्रीय मुद्रा कोष और विश्व बैंक से भीख मांगते हैं, मैं लाहौर, पाकिस्तान की जामिया मस्जिद के बाहर भीख मांगता हुआ भारत के माउंट मेरी चर्च और महालक्ष्मी मंदिर की भिखारियों की कतार में भी भीख मांग सकता हूं और साउथ अमरीका के ब्युनेस आयर्स के चर्च के सामने खड़ा होकर भी लोगों की धार्मिक करुणा को जगा सकता हूं···लेकिन तुम लोगों ने अपनी मुनाफा-केंद्रित स्पर्धा के चलते करुणा को एक बेकार मूल्य बना दिया है···सुनो माउंटबेटन! करुणा में ही मानवीय न्याय का महामंत्र मौजूद है। जो सभ्यताएं करुणारहित हो गईं, वे समाप्त हो गईं···"

अदालत में मौजूद सभी लोगों ने अपने दुःख-दर्द, यातना और विषाद को भूलकर भिखमंगे कबीर की ओर देखा। वह कुछ ऐसी बातें कर रहा था, जिनसे सदियों के जख्मों की टीस कुछ कम हो रही थी।

"बस मुझे आखिरी सवाल का जवाब दे दीजिए!" क़बीर ने कहा—"क्या जिन्ना साहब की मरणांतक बीमारी के बारे में तुम्हें कुछ नहीं मालूम था?"

"नहीं!" माउंटबेटन ने कहा।

"इस सवाल का क्या औचित्य है?" किसी ने भीड़ में से पूछा।

"है! औचित्य भी है और विभाजन की त्रासदी से भी उसका गहरा लेना-देना है···माउंटबेटन ने विभाजन की ज़िद के लिए जिन्ना को बार-बार ज़िम्मेदार ठहराया है। सारा इल्ज़ाम उन पर डालकर खुद को बरी किया है···अब कहा यह जाता है कि जिन्ना साहब की घातक और मरणांतक बीमारी का यदि पता चल गया होता तो कांग्रेस के आंदोलनकारी नेता आज़ादी की जल्दबाजी को टाल सकते थे! जिन्ना साहब के बाद मुस्लिम लीग का कोई ऐसा कद्दावर नेता नहीं था, जो धर्म के आधार पर दो राष्ट्रों के सिद्धांत की पैरवी करके पाकिस्तान हासिल कर पाता!···सच्चाई यही थी न माउंटबेटन साहब? उनकी बीमारी का पता होता तो इंडिया विभाजन की त्रासदी से बच जाता!"

"यस!" माउंटबेटन ने कहा।

"क्योंकि बंबई के डॉ. जाल पटेल के पास जिन्ना साहब के एक्सरे मौजूद थे। डॉ. पटेल ने उन्हें जीने के लिए साल-डेढ़ साल से ज़्यादा का वक्त नहीं बख्शा था!"

"यस! और डॉ. पटेल ने मि. जिन्ना की इस घातक बीमारी का राज़ छिपा के रखा था।"

"लेकिन क्यों? डॉ. पटेल राजनीतिज्ञ तो नहीं थे...क्या आप यह कहना चाहते हैं कि यह रहस्य पूरे देश को पता चल गया होता तो पार्टीशन से बचा जा सकता था!"

"यस!"

"यानी डॉ. पटेल इंडिया का पार्टीशन चाहते थे!"

"मैं इसके बारे में कुछ नहीं कह सकता!"

"क्या आपकी वे सरकारी गुप्तचर एजेंसियां जो हिटलर और मुसोलिनी जैसे फौलादी तानाशाहों के अंदरूनी राज़ खोद लाती थीं, वे जिन्ना साहब की बीमारी की जानकारी से महरूम थीं? वैसे भी जिन्ना साहब तंदुरुस्त आदमी नहीं दिखाई पड़ते थे। देखने से ही वे बीमार लगते थे। उम्र में भी वे सत्तर पार कर चुके थे···तब उनकी तपेदिक की बीमारी को रहस्य की तरह क्यों छिपाया गया?"

"यह मुस्लिम लीग की दांव-पेच भरी कूटनीतिक चाल भी हो सकती थी, क्योंकि लीग जानती थी कि मि. जिन्ना के अलावा उनके पास और कोई नेता नहीं है, जो जवाहरलाल नेहरू और सरदार पटेल जैसे बड़े दिमागों का मुकाबला कर सके···दो राष्ट्रों के सिद्धांत से धर्म, सांस्कृतिक साक्ष्य और तर्क के आधार पर लड़ सके!" माउंटबेटन ने कहा–"इसी के साथ यह भी सही है कि मि. जिन्ना की इस टर्मिनल बीमारी के बारे में खुद मुझे या मेरी सरकार को कुछ भी पता नहीं था!"

"यह तो बड़े ताज्जुब की बात है! जिन्ना साहब को प्लूरिसी हो चुकी थी। ब्रोंकाइटिस के प्रकोप से वे हमेशा ग्रस्त रहते थे, सांस की बीमारियां उन्हें थीं ही···और जब मई, 1946 में वे शिमला से लौट रहे थे, तो ट्रेन में इतने बीमार पड़े थे कि फातिमा जिन्ना, उनकी बहन को, बीच रास्ते में डॉ. पटेल को बुलाना पड़ा था···तब भी आपकी सरकार को जिन्ना साहब की बीमारी की गंभीरता का अंदाज़ नहीं हुआ?"

"नहीं! मुझे इसका कोई इल्म नहीं है!" माउंटबेटन ने कहा।

"हम आपकी सर्वशक्तिशाली चालबाज़ सरकार और आपकी इस मासूमियत पर दिलो-जान से फिदा हैं!" कबीर ने व्यंग्य से कहा–"हालांकि जिन्ना साहब की प्राणघातक बीमारी को राजनीति की बिसात पर हार-जीत का मोहरा बनाना एक घोर अमानवीय नज़रिया है; लेकिन क्या यह सही नहीं है कि उनकी बीमारी के चलते आपकी साम्राज्यवादी सत्ता, औपनिवेशिक राजनीति और खुद आपने भारत की

आज़ादी को लेकर निर्णायक फैसले पहले ही ले लिए थे?"

"मैं कहता हूं कि इतिहास के साथ यह तर्कहीन बेहूदा खिलवाड़ खेलना बंद कीजिए!" माउंटबेटन ने तिलमिलाकर कहा।

"माउंटबेटन साहब! सच्चा इतिहास सिर्फ वह नहीं है जो साम्राज्यवादी नस्लों ने लिखा है···सच्चा इतिहास वह है जिसकी इबारत शोषित और दलित देशों की आत्मा पर आज भी उत्कीर्ण है!" कबीर ने दहकते हुए शब्दों में कहा—"हमारे पास इतिहास की नदियां मौजूद हैं, तुम्हारे पास वे नहरें हैं, जो तुमने तर्कों और स्वार्थों की कुदाल से खोद-खोदकर निकाली हैं, इसलिए इतिहास का वास्ता हमें मत दो। तुमने अपना इतिहास लिखा है, हमने तुम्हारा इतिहास जिया है!"

अदालत में खलबली मच गई। कुछ लोगों ने जय-जयकार के नारे लगाते हुए कबीर को कंधों पर उठा लिया। माउंटबेटन ने घबराहट से इस नज़ारे को देखा।

अदीब ने हस्तक्षेप करके अदालत में अनुशासन कायम किया—"यह अदालत सिर्फ सच्चाई की पैरोकार है! और सारी सच्चाइयां यहां कहानियां बनके खड़ी हैं! सलमा किसी भी देश में अपनी दिली सच्चाई को लेकर नहीं रह सकती···सुरजीत कौर पार्टीशन के दिन से अपने बेहोश बेटे को कंधे पर उठाए घूम रही है···अब इसका यह बेटा पचास-बावन साल का हो गया···बूटासिंह अपनी चिथड़े-चिथड़े लाश लिए खड़ा है···विद्या का तांगा उड़ते-उड़ते कहां पहुंचा है···और पंख लगा घोड़ा उसे कहां ले गया है, इसका भी कुछ पता नहीं। ये अकेले तो नहीं···लाखों हैं और यह कबीर दोनों मुल्कों का जीता-जागता नुमाइंदा है···इसे हक है कि···"

"इसीलिए अदीबे आलिया, मैं माउंटबेटन साहब से कुछ खास जवाबों का तलबगार हूं!" कबीर ने अदीब की बात को काटते हुए बीच में कहा—"मैं पूछना चाहता हूं कि माउंटबेटन के सामने ऐसी कौन सी अड़चन पेश थी कि ये भारत को तूफानी जल्दबाज़ी और ताबड़तोड़ तरीके से आज़ादी देना चाहते थे?"

"यह फैसला मेरा नहीं, ग्रेट ब्रिटेन के लेबरदलीय प्रधानमंत्री क्लीमेंट एटली साहब का था। वे भारत की आज़ादी के पक्षधर थे! यह फैसला उन्हीं का था।"

"यह ठीक है कि एटली साहब ने भारत को आज़ादी देने का फैसला लिया था, लेकिन इतिहास बताता है कि भारत को कैसी आज़ादी दी जाए, यह फैसला आपके शाही खानदान और चर्चिल ने लिया था!···क्या आप भारत रवाना होने से पहले चर्चिल और अपने सम्राट् से नहीं मिले थे?"

"वह रस्मी मुलाकातें थीं!"

"और युद्धकाल में चर्चिल के सहायक रहे लॉर्ड इज़्मे और शाही हितों, साज़िशों

के लिए विख्यात, धुरंधर साम्राज्यवादी षड्यंत्रकारी सर कोनराड कोरफील्ड को रस्मी तौर पर आप अपना खास सहायक और सलाहकार बनाकर लाए थे! है न?"

माउंटबेटन ने खामोश रहना ही मुनासिब समझा। पर वो भीतर ही भीतर गुस्से से दहक रहा था।

"एक आखिरी सवाल!" कबीर ने कहा तो सबने उसे गहरी उत्सुकता से देखा।

"आपकी पार्लियामेंट के हाउस ऑफ कॉमंस ने तो आज़ादी जून, 1948 में हस्तांतरित करने का फैसला किया था, लेकिन आपने ताबड़तोड़ जल्दबाज़ी दिखाते हुए अगस्त 1947 में ही आज़ादी हस्तांतरित करने का फैसला क्यों लिया?"

माउंटबेटन खामोश नहीं रह सका–

"इसलिए कि भारत में गृहयुद्ध भड़कने के सारे हालात मौजूद थे! मुस्लिम लीग की कॉल पर बंगाल डायरेक्ट एक्शन डे के नतीजे देख चुका था।"

"यह हौवा आप हमें बहुत बार दिखा चुके थे...इसीलिए आजिज़ आकर गांधी जी ने कहा था, आप हमें भगवान् भरोसे छोड़ दो। जो कुछ होगा, हम भुगत लेंगे...लेकिन आप तो यह तय करके आए थे कि भारत को आज़ादी देनी ही पड़े, तो कैसी आज़ादी दी जाए!...नेहरू और पटेल को लंगड़ा भारत सौंप दिया जाए और जिन्ना को दीमक लगा पाकिस्तान थमा दिया जाए! इस महादेश का विभाजन कर दिया जाए!"

"नहीं...नहीं! यह सरासर गलत है..." माउंटबेटन चीखा।

"नहीं! यह गलत नहीं है, क्योंकि तुम और तुम्हारी साम्राज्यवादी सत्ता हमसे हमारी 1857 की कौमी एकता का बदला लेना चाहती थी!..." आवाज़ तो जैसे ब्रह्मांड से आई थी। आवाज़ का मालिक तो अमूर्त था, पर आवाज़ गूंज रही थी। उसकी खनक को कबीर ने पहचाना। उसने बताया–"यह आवाज़ शहीदे आज़म भगतसिंह की है!"

4

सन् 1857! लेकिन इससे पहले सन् 1757!

एक गूंजती आवाज़ फिर पूरे ब्रह्मांड में छा जाती है–

लमहों ने खता की थी
सदियों ने सज़ा पाई...

"यह खता जहांगीर ने की थी!" अर्दली पागलों की तरह चीख रहा था–"जब

हमने इन अंग्रेज़ व्यापारियों को सूरत के बंदरगाह पर लंगर डालने और गोदाम बनाने की इजाज़त दी थी! याद कीजिए अदीब! जब अफ्रीका के दक्षिणी छोर से इन समुद्री लुटेरों के जहाज़ पूरब की ओर बढ़े थे, तब मैं आपको तलाशता हुआ होटल टुशरॉक पहुंचा था···लेकिन तब तो आप अपने निजी सुख और सौंदर्य की तलाश में व्यस्त थे···उसी का नुकसान अब यह 1857 उठा रहा है···हुज़ूरे आलिया! सुख और सौंदर्य उसे ही हासिल हैं जिसे अपनी, और अपने समय की आज़ादी हासिल है···नहीं तो अधूरे सुख और बीमार सौंदर्य को ही पराजित नस्लें अपना संपूर्ण सुख और परम सौंदर्य स्वीकार कर लेती हैं!···वह देखिए अदीबे आलिया! इन अंग्रेज़ ईस्ट इंडिया ट्रेडिंग कंपनी के व्यापारियों ने हुगली के मुहाने पर क्या किया है? नील, अफीम, काली मिर्च, लौंग, इलायची, अदरक और दालचीनी के बदले में इन्होंने अपनी सैकड़ों वेश्याएं बंगाल के तट पर उतारी हैं···यह बीमार सौंदर्य है जो भारत के तटों पर उतरा है और राबर्ट क्लाइव ने बीमार सौंदर्य वाली इन पंद्रह विदेशी वेश्याओं को बंगाल के नवाब सिराजुद्दौला के सिपहसालार मीरजाफर के हरम में अभी-अभी भिजवाया है···क्लाइव के षड्यंत्र जारी हैं···" अपना भाषण जारी रखते हुए अर्दली ने जैसे एक बृहद् इतिहास-मंच निर्मित कर लिया था। पर्दे की डोरियां उसके हाथों में थीं और वह खुद ही उद्घोषक भी बना हुआ था। पर्दा उठाते हुए वह उद्घोषणा करने लगा–

"मलिका नूरजहां के ज़रिए शहंशाह जहांगीर का इजाज़तनामा पाकर ईस्ट इंडिया कंपनी ने एक तरफ तो अपनी जड़ें मज़बूत करनी शुरू कर दीं, दूसरी तरफ वे हिंदुस्तानी हुकूमत की जड़ें खोदने के तरीके तलाशने लगे। मुगल सल्तनत बिखरने लगी थी। छोटे-छोटे रजवाड़े-नवाब आपस में भिड़ने लगे थे···सौदागर बनकर आई ईस्ट इंडिया कंपनी इन हालात का फायदा उठाकर ज़मींदारी और सूबेदारी के सपने देखने लगी। बंगाल में पैर जमाने के साथ-साथ अंग्रेज़ों ने मालगोदामों के नाम पर किले बना लिए। मालगोदामों की चौकीदारी के नाम पर फौज खड़ी कर ली। ईस्ट इंडिया कंपनी की यह गैरकानूनी हरकतें बंगाल के नवाब सिराजुद्दौला को मंजूर नहीं थीं···"

उद्घोषक अर्दली के शब्दों के साथ मंच का पर्दा उठा और बंगाल का नवाब सिराजुद्दौला क्रोध से धधकता हुआ सामने आया–

"नहीं! हमें यह कतई मंजूर नहीं! हम नहीं चाहते कि यह सौदागर फिरंगी कंपनी हमारी सरज़मी पर किले तामीर करें और फौज रखें। हम जानते हैं, वह शाही इजाज़तनामे के बारे में झूठ बोल रहे हैं···ऐसा कोई फरमान शहंशाह ने जारी नहीं किया है, जो इन्हें गोदामों की जगह किले तामीर करने की इजाज़त देता हो! हम

अंग्रेज़ों की गलतबयानी और जालसाज़ी का पर्दाफाश करेंगे। हम बंगाल में शहंशाह के नुमाइंदे हैं। हम फिरंगियों की कोठियों और नाजायज़ किलेबंदियों पर हमला करेंगे…इस नाजायज़ कब्ज़े को खत्म करेंगे!"

पटाक्षेप!

उद्घोषक फिर मुखातिब हुआ—

"ईस्ट इंडिया कंपनी का वह मामूली सा कारिंदा राबर्ट क्लाइव अब कर्ता-धर्ता बना बैठा है। उसने धूर्तताभरी साज़िशें शुरू कर दी हैं। गोरी वेश्याओं के ज़रिए उसने नवाब सिराजुद्दौला के सेनापति मीरजाफर को अपना गुलाम बना लिया है। मीरजाफर को क्लाइव ने सिराजुद्दौला की गद्दी का लालच भी दिया है…और वह देखिए—सामने खड़ा है सन् 1757 और प्लासी का रक्तरंजित युद्ध-मैदान! मीरजाफर गद्दारी कर रहा है। वह सेना की अपनी विश्वस्त टुकड़ी सहित क्लाइव से मिल गया है…"

तभी अर्दली डोरियां खींचता है।

पर्दा उठता है…

सामने मौजूद है प्लासी का युद्ध-मैदान। गरजती तोपें। बारूद के विस्फोट। धुआं। हाहाकार। युद्ध-घोष। सनसनाती गोलियां। दौड़ते घोड़ों की टापों की आवाज़। चीत्कार।

पटाक्षेप!

और उद्घोषक अपना अगला बयान देता है—

"नवाब सिराजुद्दौला षड्यंत्र और गद्दारी का शिकार हो गया…वह युद्ध हार गया…और सात बरस बाद सन् 1764 में बक्सर की लड़ाई जीतकर अंग्रेज़ों ने अपनी उपनिवेशवादी जड़ें हिंदुस्तान में जमा लीं और भारत के स्वतंत्र राज्यों के खिलाफ दुरभिसंधियां और साज़िशें शुरू कीं…दूर दकन के मैसूर राज्य के शासक हैदर अली ने अंग्रेज़ों के इरादों और साज़िशों को मंजूर करने से इनकार कर दिया है।"

पर्दा उठता है।

हैदर अली और उसकी बेगम बातों में मशगूल हैं।

"नहीं बेगम, आप नहीं जानतीं, इन फिरंगियों की साज़िशों ने शुमाली हिंदुस्तान में क्या-क्या किया है। ईस्ट इंडिया कंपनी के सिपहसालार क्लाइव ने बंगाल के नवाब सिराजुद्दौला के आला वजीर और सिपहसालार मीरजाफर को खरीदकर उन्हें धोखे से हरा लिया है। प्लासी की जंग जीतने के बाद उन्होंने बक्सर की लड़ाई भी जीत ली है!"

"लेकिन मेरे सरताज! यहां पांडिचेरी में फिरंगी फ्रांसीसी भी तो डेरा डाले हुए

हैं। वह अंग्रेज़ों के दुश्मन हैं, इसलिए वह हमारे दोस्त हो सकते हैं!"

"नहीं बेगम, नहीं, गैरमुल्की कभी भी हमारे दोस्त नहीं हो सकते—वे चाहे फ्रांसीसी हों या अंग्रेज़। दोनों हमारी आज़ादी के दुश्मन हैं। फर्क सिर्फ इतना है कि मुल्क के जनूब में फ्रांसीसी हैं तो शुमाल में फिरंगी अंग्रेज़..."

"खुदा मेरे सरताज को सलामत रखे..."

"बेगम! हमारी सलामती से ज़्यादा मुल्क की सलामती और आज़ादी ज़रूरी है...इंशा अल्लाह, जब तक हिंदुस्तान में हैदर अली ज़िंदा है, अपना मुल्क गुलाम नहीं हो सकता!"

पटाक्षेप!

उद्‌घोषक का बयान शुरू होता है—

"हैदर अली ने लड़ते-लड़ते ईस्ट इंडिया कंपनी का नातका बंद कर दिया, लेकिन 7 दिसंबर, 1782 को अर्काट से सोलह मील दूर चित्तूर के फौजी मैदान में उसकी ज़िंदगी का चिराग बुझ गया...तब हैदर अली के बेटे टीपू सुल्तान ने अंग्रेज़ों के खिलाफ जंग की कमान संभाली!"

पर्दा उठता है।

"सुनो! सुनो! आज अल्लाह का यह बंदा और मादरे-वतन का यह खादिम टीपू सुल्तान जानता है कि मुल्क के कुछ हिस्सों में फिरंगियों की साज़िशें कामयाब हो गई हैं। वह गंगा-यमुना की वादी को अपने पैरों तले रौंद रहे हैं...हम गंगा-यमुना की घाटी तक तो नहीं जा सकते, लेकिन हम वादा करते हैं कि ईस्ट इंडिया कंपनी के नापाक कदम अपनी पाक-पवित्र कावेरी नदी के इलाके में नहीं पड़ने देंगे! हमें हैरत और अफसोस है कि हमारे देशवासी ही, चाहे वे पेशवा मराठे हों या हैदराबाद के नवाब या दूसरी रियासतों के वली, वे फिरंगियों की कठपुतली बनकर अपने ही लोगों का गला काट रहे हैं...और घर की इस फूट का फायदा उठा रहे हैं—फिरंगी लुटेरे!"

पटाक्षेप!

उद्‌घोषक ने फिर बयान शुरू किया—

"फिरंगी लुटेरों की लूट जारी थी लेकिन इस लूट और गुलामी के खिलाफ संघर्ष भी जारी था। कित्तूर की रानी चेननम्मा, त्रावनकोर के वेलू थम्पी, संथाल परगना के आदिवासी सरदार तिलका मांझी और मठों के संन्यासी लगातार ईस्ट इंडिया कंपनी से लोहा ले रहे थे..."

"अर्दली महमूद अली!"

झंझावात की तरह हरहराती, गूंजती, पुकारती तभी एक आवाज़ हिमालय की ऊंचाइयों को लांघती वहां आई। अर्दली ने आवाज़ को पहचाना। यह तो उसके अदीब की आवाज़ थी।

"अदीबे आलिया! आप कहां से पुकार रहे हैं?"

"मैं चीन देश के दक्षिणी बंदरगाह कैंटन से तुम्हें पुकार रहा हूं..."

"आप वहां कैसे पहुंच गए?"

"क्यों? तुम्हीं ने तो मेरी कहानियों के एकांत में खलल डालकर बताया था कि दक्षिणी अफ्रीका के तटों को पार करते हुए फिरंगी लुटेरों के जहाज़ी बेड़े पूरब की ओर बढ़ गए हैं...तुम्हारी इस इत्तला की वजह से खुद को गुनहगार समझते हुए सलमा अलविदा कहकर चली गई थी। रुकी हुई शाहीन की दर्दनाक कहानी कहीं अधूरी छूट गई थी। विद्या के तांगे के उड़ने वाले घोड़े की दास्तान रुकी रह गई थी...सुरजीत कौर अपने बेहोश बेटे को कंधे पर लादे उसकी शाश्वत बेहोशी का कारण पूछ रही थी और अपनी लाश को लिए कहानी लिखे जाने का इंतज़ार कर रहा था...अर्दली महमूद अली! तब तुम्हीं ने मेरी कहानियों को गैर-ज़रूरी बताया था और मुझे लानत भेजी थी...तभी से मैं तुम्हारी लानत और धिक्कार को लादे हुए भटक रहा हूं...देश-देश में खानाबदोशी की ज़िंदगी गुज़ार रहा हूं। यह अभिशाप तुमने मुझे दिया है, नहीं तो मैं अपनी संवेदना, करुणा और सौंदर्य को लेकर अपने दौर की वह कहानियां लिख रहा होता, जो लिखनी चाहिए थीं! तुम मेरी संवेदनाओं, करुणा और सौंदर्य के हत्यारे हो...तुम्हीं ने मुझे खानाबदोश बनाया है!"

"लेकिन आप चीन देश के बंदरगाह कैंटन पर कब और कैसे पहुंच गए? वहां जाने की आपको क्या ज़रूरत थी?"

"अर्दली महमूद अली! यह सवाल और बहस मुझसे मत करो...क्योंकि दुनिया के हर देश में मेरा एक देश है! मेरा एक देश पाकिस्तान में है, कोसोवो में, अल्बानिया में, रूस, दागिस्तान, अफगानिस्तान, ईस्ट तिमोर में भी है। दुनिया का कोई ऐसा देश नहीं है जिसमें मेरा देश नहीं है...इसीलिए चीन में भी मेरा एक देश है...और मैं यहां मौजूद हूं!"

"लेकिन किसलिए?"

"इसलिए कि सौदागरों की जिस जमात ने अपना साम्राज्य स्थापित करके हिंदुस्तान को जकड़ लिया है...वे ही उपनिवेशवादी फिरंगी अब चीन में बाज़ार बनाने के रास्ते तलाश रहे हैं इसलिए मुझे यहां आना पड़ा...और सुनो—बाज़ारों के लिए ही बनते हैं साम्राज्य! और साम्राज्यों को जीवित रखने के लिए ही बनाए जाते हैं

बाज़ार! साम्राज्यों की नाभि बाज़ार से जुड़ी है। साम्राज्यों के रूप बदल सकते हैं···वे प्रजातांत्रिक आर्थिक साम्राज्य का रूप ले सकते हैं परंतु, इन पूंजीवादी प्रजातंत्रों को जीने के लिए मुनाफे के बाज़ारों की ज़रूरत है···बाज़ार! बाज़ार!! बाज़ार!!! यही है औद्योगिक क्रांति का सतत जीवित रहने की मजबूरी-भरा सिद्धांत! यही है पूंजीवाद। इसी का दूसरा नाम है साम्राज्यवाद। तीसरा नाम है उपनिवेशवाद। और आज दस्तक देती हुई नई सदी में इसका नाम है बाज़ारवाद। यह व्यवस्था कच्चे माल की प्राप्ति और नित नए बाज़ारों के निर्माण के बिना जी नहीं सकती। यातना, विषमता और अवसाद के बीच यह देते हैं कृत्रिम उत्सव और उल्लास। सड़ती लाशों के अंबार पर ये छिड़कते हैं क्रिश्चियन डियोर, रौनल और अमुआगे क्रिस्टल के इत्र। कटी हुई लहूलुहान गर्दनों में ये पहनाते हैं लानविन की नेकटाइयां और मेज़ोरिका के नेकलेस। टूटी हुई कलाइयों में ये बांधते हैं राडो और रेमंडवील की घड़ियां और चकनाचूर उंगलियों को ये पकड़ाते हैं मोंटब्लैंक और वाटरमैन के कलम!"

अदीब ने लगभग भाषण सा दे डाला। सुनकर सभी सकते में थे। आखिर खामोशी को तोड़ते हुए अर्दली बोला–"आप ठीक फरमा रहे हैं अदीबे आलिया! आज भी इंडिया के हज़ारों गांवों में जहां पीने का साफ पानी नहीं पहुंच पाया है, वहां पेप्सी और कोक पहुंच चुका है···"

"तो इसमें गलत क्या है?" कुतुब कॉलनी के तामारिंद कोर्ट से बीना रमानी की आवाज़ आई। 'इमली के आंगन' में मॉडल जेसिका लाल की लाश अभी पड़ी थी, उसे प्यार और आभार से थपथपाते हुए बीना रमानी ने कहा–"यह हमारी नाचती-गाती कल्चर की पहली शहीद है···पैदा होने के फौरन बाद इसने मां का दूध ज़रूर पिया था। फिर नहीं पिया। यह लगातार लिकॅर या बीयर पीती रही, क्योंकि दूध से ज़्यादा प्रोटीन है बीयर में। सेब के रस से कम कैलोरीज़ हैं बीयर में···यही जेसिका लाल के दिलकश और खूबसूरत होने का राज़ था। वह तूफानी खूबसूरती, जिसे देखकर मनु शर्मा पागल हो गया था···"

"बंद करो यह फिजूल बातें! हमारी दुःख और सुख की दास्तानें रुकी पड़ी हैं और तुम बीना रमानी से उलझे हुए हो!" एक कहानी ने अर्दली को डांटा–"बुलाओ अदीबे आलिया को वापस। हमें उनकी ज़रूरत है ताकि हमारी ज़िंदगी मुकम्मिल हो जाए!"

"अदीबे आलिया, इस वक्त चीन देश के कैंटन बंदरगाह में मौजूद और व्यस्त हैं, मुझे नहीं मालूम वह वहां क्यों गए हैं। उन्हें कैंटन से बुला सकना मुमकिन नहीं है।" अर्दली ने बताया।

"नहीं! मैं इस वक्त सेंट्रल इंडिया के मंदसौर-झाबुआ इलाके में अफीम के खेतों के बीच टहल रहा हूं। यहां बहार आई हुई है···अफीम के सफेद, रेशमी, उन्नावी, शरबती फूलों का समुंदर यहां लहरा रहा है···और लू-सुन मेरे साथ हैं।"

"लू-सुन कौन?"

"चीन के सबसे बड़े अदीब!"

5

लु-सून अफीम के फूलों का वैभव देखकर चकित और चिंतित थे। वे धीरे से बोले--

"यह फूल जितने नाज़ुक और खूबसूरत हैं, इनका द्रव्य उतना ही मादक और हिंसक है···तुम्हें शायद नहीं मालूम अदीब, हिंदुस्तान में पैर जमाने के बाद ईस्ट इंडया कंपनी के जहाज़ियों ने चीन में अफीम की तस्करी शुरू कर दी है···ये समुद्री लुटेरे हैं जो कलकत्ता के अफीम के कारखानों से अपने स्टीमरों में अफीम की पेटियां लेकर हमारे मकाओ द्वीप की खाड़ियों में छिप जाते हैं। वहीं से वांगसिया या कुआंचा के ज़रिए ये लुटेरे अफीम की तस्करी करते हैं। चोरी-छिपे इनके स्टीमर पर्ल नदी के मुहाने से घुसकर कैंटन तक पहुंच जाते हैं···या फिर इनके स्टीमर चोरी-छिपे लिंगतिंग या वाह्मपोआ में लंगर डालते हैं। और वहां से इस मादक द्रव्य की तस्करी करते हैं!"

"आला अदीब! पहले भी तो हिंदुस्तान से अफीम का निर्यात आपके देश में होता था!" अदीब ने लू-सुन से कहा।

"जी हां! चिंग राजवंश उसका आयात दवाइयों के लिए करता था। वह भी साल भर में कुल 200 पेटियां। लेकिन अब तो ब्रिटेन की सरकार ने ईस्ट इंडिया कंपनी को इस अवैध व्यापार के लिए खुली छूट दे दी है। वे अब 200 नहीं 2000 पेटियों का धंधा करते हैं। यह अफीम कलकत्ते में ही दस गुने दामों पर नीलाम हो जाती है। इसके बाद यह हिंदुस्तान से चीन के बंदरगाहों पर तस्करी से उताकर हमारे देश के अंदर भेजी जाती है···"

"चीन के अदीबे आलिया लू-सुन साहब! यह तो आपके देश और चिंग राजवंश की नपुंसकता का सबूत है कि आप इस तस्करी को रोक नहीं पा रहे हैं!"

"वो इसलिए कि अफीम का नशा अब हमारे चीन में कुलीनता और बड़ी ओहदेदारी का प्रतीक बन चुका है···देखिए हमारे देश को···"

और अदीब ने देखा—प्राची की एक बड़ी सभ्यता अफीम की अर्ध-बेहोशी में

डूबी हुई थी। उनकी आंखों और नाक से काला धुआं निकल रहा था। पर्ल नदी की धार काली पड़ गई थी। शंघाई, कैंटन, नानकिंग, अमोय, फूचो, निगंपो बंदरगाहों की सड़कों और गलियों में करोड़ों लोग चल फिर रहे थे, लेकिन उनकी छायाएं नहीं थीं···वे एक-दूसरे से पूछ रहे थे–हम किस शहर में हैं? हम कहां हैं?···

"यह तो बहुत भयावह है!" अदीब ने लू-सुन से कहा–"आपकी इतनी बड़ी सभ्यता अर्ध-बेहोश पड़ी है···इनकी परछाइयां भी न जाने कहां गुम हो गई हैं···"

"परछाइयां गुम नहीं हुई हैं...हमारी जाति को अकर्मण्य बनाकर वे परछाइयां इन लुटेरों ने छीन ली हैं···हमें इन्होंने संस्कृतिविहीन करना चाहा है···संस्कृति ही पूर्वजों की जीवित परछाइयों का संसार है। उनकी उपस्थिति हमेशा परछाईं की तरह मनुष्य के साथ रहती है···बड़ी सभ्यताओं को निस्तेज करने का यही तरीका इन विदेशी लुटेरों ने निकाला है···यह पहले पूर्वजों की परछाइयां छीनते हैं···" अभी लू-सुन बोल ही रहे थे कि अर्दली ने दखल दिया–

"आप बिलकुल ठीक फरमा रहे हैं हुजूर! सबसे पहले ये पूर्वजों की परछाइयों को कत्ल करते हैं···संस्कृतियों का विनाश करते हैं, फिर पुरानी और पुख्ता सभ्यताओं को बदलते हैं!···योरुप के सारे देश–स्पेन, पुर्तगाल, हालैंड, इंग्लैंड, फ्रांस सत्ता-लोलुपता, भौतिक सुख और मुनाफे की तलाश में हिंसक धर्मयुद्धों को जन्म देते रहे हैं···धर्म को इन्होंने सत्ता का हथियार बनाया है।"

"मैं गवाह हूं इसका!" ओत्तोमन साम्राज्य का शहंशाह सलीम प्रथम चीखा–"जीसस क्राइस्ट की करुणा, अहिंसा, पश्चात्ताप और दया के मानवीय महामंत्रों के बावजूद उन्हीं को लेकर करुणा की जगह जितनी बर्बरता, अहिंसा की जगह जितनी हिंसा, पश्चात्ताप की जगह जितना श्रेष्ठताग्रस्त नस्लवाद और दया की जगह दयाहीनता और हत्या का जितना अमानवीय इतिहास इनके पास मौजूद है, वह तो दुनिया के किसी धर्म के नाम पर दर्ज नहीं है।"

"तुम्हारे इस्लाम का इतिहास हम कैथॉलिक ईसाइयों से कहीं ज़्यादा बर्बर है! खुद तुमने अपने धर्म-भाइयों, शियाओं के साथ जो राक्षसी अत्याचार किए हैं, उन पर तुम पर्दा नहीं डाल सकते!" फ्रांस के युवा राजा फ्रांसिस प्रथम ने शहंशाह सलीम को ललकारा–"तुमने पर्शिया की ज़मीनों पर कब्ज़ा किया। तबरेज, कुर्दिस्तान को रौंद डाला। मेसोपोटामिया और मिस्र पर तुमने दरिंदगी का कहर ढहाकर उन्हें अपने अधिकार में ले लिया और इस्लाम की परंपरा को नकारकर तुम खुद खलीफा बन बैठे···तुमने सभ्यताओं का विनाश किया···ईसाइयों ने नहीं···"

"तो क्या तुम्हारा स्पेनिश हेरनांडो कोर्टेस ईसाई नहीं था, जिसने मैक्सिको की

फलती-फूलती माया सभ्यता को ध्वस्त किया था? अज़टेक साम्राज्य के बादशाह मोंतेजुमा को धोखा देकर किसने मारा था? तुमने किस बेरहमी से अमरीका के आदिवासी इंडियंस को खदेड़ा और उनकी हत्याएं की थीं···उन्हें याद करो···तुम्हारा अनपढ़ निरक्षर सरदार पिजेरो लैटिन अमरीका के देश पेरू में घुस पड़ा था और पोटोसी पर्वत शृंखला के चांदी के पहाड़ों को तोड़-तोड़कर उसने स्पेन पहुंचा दिया था, जो तीन-तीन सदियों तक पूरे योरुप का भरण-पोषण कर सकते थे! तुम ईसाई डकैत हो! तुम लुटेरे हो···" तुर्की से सलीम ने प्रतिवाद किया–"तुमने धर्मरक्षकों के नाम पर क्रूसेडर्स पैदा किए!"

"तुमने जेहादी पैदा किए!"

"तुमने ईसाइयत के नाम पर अपना धर्मयोद्धा इग्नेशियस लोयला पैदा किया!"

"तुमने इस्लामी जेहादी के नाम पर हसन-बिन-सबाह जैसा हत्यारा पैदा किया!"

"तुम्हारे इग्नेशियस लोयला ने लाखों मुसलमानों को कत्ल किया!"

"तुम्हारे हसन-बिन-सबाह ने करोड़ों ईसाइयों को मौत के घाट उतारा!"

"बंद कीजिए आरोप-प्रत्यारोप की यह गंदी और ज़लील बहस!" लू-सुन ने अपनी धीर-गंभीर आवाज़ में कहा–"सच्चाई यह है कि एशिया ने सारे धर्म और सभ्यताएं पैदा की हैं और योरुप ने अपनी औद्योगिक क्रांति के बाद अपने मुनाफे के विदेशी बाज़ार तलाशने शुरू किए हैं···इसीलिए तुम पश्चिमवासी भौतिकवादियों ने प्राच्य की सभ्यताओं पर आक्रमण शुरू किए हैं···तुम्हें नहीं मालूम था कि तुम्हारे समुद्री तटों के उस पार कोई और दुनिया भी है···तुमने सिर्फ सोने की चिड़िया हिंदुस्तान का नाम सुना था···जिसे खोजते हुए तुम्हारे समुद्री डकैत हिंदुस्तान तक पहुंचे थे···और भारत की तलाश करते-करते तुम्हारा कोलंबस अमरीका की अछूती धरती तक पहुंचा था। इस सत्य को मत भूलो कि भारत की तलाश में ही नई दुनिया तुम्हारे हाथ आई थी! तुम्हारे पास धर्म नहीं, धर्म का मुखौटा था। आत्मा की मुक्ति का तुम्हारा अभियान एक पाखंड था···तुम अपने जहाज़ों पर घोड़े और बारूद लेकर आत्मा को मुक्त करने नहीं, आत्माओं को गुलाम बनाने निकले थे···तुम्हारी भौतिक हवस ने पुरातन सभ्यताओं को ध्वस्त किया था। देखो इतिहास के पन्नों को! आखिर बौद्ध धर्म भी भारत से निकलकर समस्त एशिया में फैला था, लेकिन कहीं, किसी भी देश में रक्त की बूंद तक नहीं गिरी थी। बौद्ध साधु घोड़ों पर चढ़कर बारूदी आक्रमण करने वाले धर्म-योद्धा नहीं थे···वे हिमालय जैसा पर्वत पैदल पार करके आए थे। वे समुद्री रास्तों से चले थे तो साथ में अस्त्र-शस्त्रों से सुसज्जित युद्धपोत

लेकर नहीं निकले थे। उनके हाथों में भाले, तलवार और बंदूकें नहीं थीं। उनके बेड़ों पर तोपें नहीं थीं। उनके पास था शांति, अहिंसा और करुणा का संदेश और उनके हाथों में था—बोधिवृक्ष! तब बड़े से बड़े पर्वत धर्म के पैरों तले झुक जाया करते थे। अगाध जल वाले सागरों की लहरें तब स्वयं मानवीय धर्म के सिद्धांतों और शांति के संदेश को एक सभ्यता के तट से दूसरी सभ्यता के तट पर पहुंचाया करती थीं··· व्यापार और बाज़ार तब भी था। जिसे जितनी ज़रूरत थी, उतना ही आयात या निर्यात करता था। हमारी प्राची की सभ्यताएं एक-दूसरे की अर्थ-व्यवस्था की पोषक और पूरक थीं। उनमें मुनाफे की स्पर्धा और शोषण शामिल नहीं था···इसका सबूत हैं वे 3000 वर्षों की समस्त सदियां···जिनमें कभी भारत-चीन युद्ध नहीं हुआ···"

"लेकिन 1962 में तो युद्ध हुआ!" एक तल्ख आवाज़ ने कहा।

"वह अंग्रेज़ साम्राज्यवादियों की छोड़ी हुई गलत सरहदी विरासत का नतीजा था!" लू-सुन ने कहा।

तभी आसमान काला पड़ गया। सूरज छिप गया। आवाज़ें तिरोहित हो गईं और तोप के गोलों और बारूदी विस्फोटों की दहला देने वाली आवाज़ें आने लगीं। अदीब ने घबराकर पूछा—

"अर्दली महमूद अली! सूरज कहां गया? आवाज़ें कहां चली गईं? यह आसमान क्यों काला पड़ गया?"

"अदीबे आलिया! वास्कोडिगामा ने कालीकट के बंदरगाह पर तोपों से हमला किया है। उधर कोलंबस ने जिस नई दुनिया को खोज निकाला है, वहां जो आदिम सभ्यताएं मौजूद हैं, उन पर पुर्तगाली-स्पेनी लुटेरों ने हमला किया है। इस लूट में अनपढ़-निरक्षर, समाज-बहिष्कृत, अपराधी, हत्यारे और बर्बर लोग ही शामिल हैं जो अपनी लूट का पांचवां हिस्सा अपनी सरकारों को देकर वीर योद्धा और राष्ट्रभक्त होने की पदवियां पा रहे हैं। अपने देशों के सामंतों, ज़मींदारों, राजे-महाराजों से भी ज़्यादा धनी और एय्याश संत-महंतों का पूरा समर्थन इन हत्यारे-लुटेरों को प्राप्त है। ईसा मसीह ने पाप और पश्चात्ताप का जो मानवीय महामंत्र दिया है, उसकी इन्होंने अपनी व्याख्या कर ली है···पाप इनके लिए अब पश्चात्ताप का कारण नहीं, पश्चात्ताप की कीमत अब चांदी-सोने में चुकाकर पापमुक्त हुआ जा सकता है···हरनांदो कोर्टेस ने माया सभ्यता को कुचल डाला है···अज़टेक कबीले के हज़ारों नौजवानों को मौत के घाट उतार दिया है···जंगलों को जला दिया है···अमरीका, त्रिनिडाड, कनाडा, मेक्सिको, क्यूबा, पनामा, ब्राजी, पेरू आदि भूखंडों में उपनिवेश स्थापित किए जा रहे हैं···यहां के इंडियन कबीलों का सफाया करके अफ्रीका के नीग्रो मज़दूरी के लिए

लाए जा रहे हैं···इन नीग्रो स्लेव्ज़ का व्यापार ठेकेदारों ने ले लिया है, उन्हें यहां जानवरों की तरह नीलाम किया जा रहा है···जलते जंगलों के कारण यहां के पंछी अपने देश छोड़ रहे हैं..इसीलिए सूरज को इन भागते-उड़ते पंछियों ने ढक लिया है···आसमान काला पड़ गया है···"

तभी एक कराहती आवाज़ आई–

"अब आप सुन ही रहे हैं तो हमसे सुनिए हमारी सभ्यता की तबाही ओर बरबादी की कहानी!"

"आप कौन हैं?" अदीब ने पूछा।

"मैं मोंतेजुमा हूं···अज़टेक साम्राज्य का सम्राट्! मैंने हत्यारे कोर्टेस का मेहमान की तरह मेक्सिको में स्वागत किया था, लेकिन उसने जो कहर हमारे कबीलों पर बरपा किया, उसका नतीजा था कि ज़िंदा बची प्रजा और राज्य-परिषद मेरे विरुद्ध हो गई। मुझे सिंहासन से बेदखल कर दिया गया···फिर भी मैंने नए चुने गए सम्राट् कुआहेतोमेक के आक्रमण से स्पेनी आक्रांताओं की जान बचाने का प्रयत्न किया ···क्योंकि मैं जानता और मानता था कि हिंसा से हिंसा ही पनपेगी···मैं अपने कबीलों और नए सम्राट् कुआहेतोमेक का विरोधी नहीं था···लेकिन मैं खून-खराबा नहीं चाहता था इसलिए मैंने खुद कोर्टेस को बताया था कि सम्राट् कुआहेतोमेक के हमले से बचने के लिए वह अपने सैनिकों को लेकर पश्चिमी राजपथ से सुरक्षित निकलकर अपने देश स्पेन लौट जाए!"

"मैं ज़रूरी तो नहीं समझता लेकिन फिर भी मैं अज़टेक सम्राट् मोंतेजुमा के बयान में हस्तक्षेप करना चाहता हूं!" एक शाही ठंडी आवाज़ ने कहा।

अदीब ने आवाज़ से पूछा–"आपकी तारीफ?"

"मैं स्पेन देश का शाही इतिहासकार हूं–बर्नेल डियाज़! अब तुम दलित जातियों ने आज़ाद होकर अपनी अदालतें बना ही ली हैं तो मैं यही कहने, बताने और आगाह करने आया हूं कि तुम लोग हमारे लिखित इतिहास को तोड़ने-मरोड़ने की कोशिश मत करो!" इतिहासकार बर्नेल डियाज़ ने बड़े सामंती अंदाज़ में गर्वीली-तीखी चेतावनी दी।

"जनाब बर्नेल डियाज़···हम आपके इतिहास के शब्दों का विखंडन करके मानवता के इतिहास के असली अर्थ पहचानना चाहते हैं...इसमें तो आपको आज़ाद हुई दलित जातियों से नाराज़ नहीं होना चाहिए! क्योंकि सत्य अखंड है···उसे आपके शाही शब्दों ने ढक रखा है···शब्दों से बहते रक्त और पसीने को पोंछकर आपने उन्हें कुलीन बना लिया है···आपने सड़ती लाशों, रक्त और पसीने की गंध को दुर्गंध

बताकर शब्दों के परफ्यूम से, हत्याकांडों और सभ्यताओं के विनाश को अपने इतिहास की किताबों के लिए खुशबूदार बना लिया है। सारी उपनिवेशवादी-साम्राज्यवादी सत्ताएं खोखले नगाड़ों पर इंसानी खाल के पल्ले मढ़कर नगाड़चियों की तरह घोषणा कर रही हैं कि उन्होंने असभ्य दुनिया को सभ्य बनाया है!" लू-सुन ने गुस्से के कारण माथे पर छलक आए गर्म पसीने को पोंछते हुए कहा।

"लू-सुन साहब! पसीना मत पोंछिए⋯मुझे आपके पसीने की तहकीकात और परीक्षण करना है!" कहता हुआ एक अनजबी खाली शीशियां लेकर उनकी तरफ बढ़ने लगा।

अदालत की खंडपीठ में उपस्थित सभी लोगों ने उस अजनबी आदमी को आश्चर्य से देखा।

तभी अदीब ने उसे पहचाना—"अरे, तुम शायद वही अश्रुवैद्य हो जो पिछली सदियों में हमें मिले थे⋯शायद तुम्हीं थे जो अपनी प्रयोगशाला में आंसुओं का परीक्षण करके मनुष्य के भौतिक और आत्मिक संताप के कारणों का अनुसंधान करने और उसके निराकरण के उपाय खोज रहे थे!"

"हां, मैं वही अश्रुवैद्य हूं अदीबे आलिया! लेकिन तब से अब तक दुनिया बहुत बदल गई है⋯अब तो हत्या, हत्यारों और गुलामों का दौर चल रहा है। अपनी ही धरती पर कबीलों के कबीले मुर्दे पड़े हैं⋯और आप तो जानते हैं—आक्रांताओं और मुर्दों के पास आंसू नहीं होते⋯इसलिए अब मैं पसीने की तासीर पर अनुसंधान कर रहा हूं⋯कबीलों के बाद कबीले नष्ट कर देने के कारण इन उपनिवेशवादियों को मज़दूर नहीं मिल रहे हैं, इसलिए ये लोग अफ्रीका-एशिया से अपने जहाज़ों में मेहनतकश कुलियों को भरकर लाते हैं। देखिए चलकर मेरे साथ⋯जरखरीद गुलामों का बाज़ार जो इन उपनिवेशवादियों ने डकार इलाके के समुद्री-तट के पास वाले टापू गोरी पर स्थापित कर लिए हैं। गोरी टापू से कोलंबस के अमरीका तक सीधा समुद्री रास्ता जाता है⋯इसी पर बनाए हैं इन्होंने अपने आलीशान घर। इन्हीं घरों के नीचे हैं वे तबेले और बाड़े, जिसमें सेनेगल और मध्य अफ्रीका से लाए गए नीग्रोज़ को नंगा करके पशुओं की तरह ज़ंजीरों से बांध दिया जाता है। कीमत के लिए आदमी का धड़, बच्चों के दांत और औरतों की छातियां देखी और मसली जाती हैं। पशु-आसन में औरतों के साथ संभोग किया जाता है। फिर इन्हें गोरी टापू से नावों में भरकर उन जहाज़ों तक पहुंचाया जाता है, जो इन गुलामों को अमरीका ले जाते हैं, और वापसी में यही जहाज़ लूटी हुई धन-संपदा अपने देशों को पहुंचाते हैं⋯शायद मालूम हो आपको कि पिछले एक वर्ष में इन आक्रांताओं ने अपने देशों को 16000

टन चांदी और 180 टन सोने से भर दिया है···यह धातुएं धरती की खदानों या पहाड़ों से नहीं निकली हैं बल्कि कबीलों के खज़ानों और मुर्दों के आभूषणों को भट्टियों में गलाकर इकट्ठी की गई हैं···अब इन्हें शहद की कमी पड़ने लगी है, इसलिए यह शकर के शौकीन हो गए हैं,···मुर्दे तो खेती कर नहीं सकते, इसलिए यह अफ्रीका, इंडिया, चीन, सुमात्रा, सीलोन से मज़दूरों की नहीं, स्लेव्ज़ गुलामों की भरती कर रहे हैं! वेस्टइंडीज, क्यूबा, ब्राजील, जावा, फीजी, मॉरिशस में यह गन्ने की खेती करके योरुप के बाज़ारों में मनमाने मुनाफे पर शुगर सप्लाई कर रहे हैं···अफीम की तस्करी करके, बदले में यह चीन से रेशम और चाय ले जा रहे हैं···चीन के रेशम के करघे बेकार हो गए हैं···तस्करी की अफीम का मुनाफा सौ गुना ज़्यादा है क्योंकि तस्कर कोई कर या महसूल नहीं देते···"

"यह अश्रुवैद्य जो कुछ बता रहे हैं, बिलकुल सही है। इन अंग्रेज़ तस्करों का सरगना है–विलियम जार्डीन!" लू-सुन ने बताया–"यही तस्कर अपने काले धन के बल पर सन् 1841 में ब्रिटिश पार्लियामेंट का मेंबर बना। दूसरा तस्कर है जेम्स माथेसन, जिसने उसी वर्ष वापस लौटकर तस्करी के काले धन से स्काटलैंड के पश्चिमी तट पर हज़ारों एकड़ का एक टापू खरीदा था···उस टापू के सिर्फ तटबंधों की मरम्मत पर जेम्स ने तीस लाख उनतीस हज़ार पाउंड खर्च किया था! इसी से आप उसकी अकूत संपदा का अदांज़ा लगा सकते हैं! और मैं इसे हैरत की बात नहीं मानता कि इस तस्कर और सम्रुदी लुटेरे को साम्राज्ञी विक्टोरिया ने अपने साम्राज्य का नाइटहुड दिया था···स्पेन, पुर्तगाल, फ्रांस, ब्रिटेन और डचों के राजघरानों और इनके इतिहासकारों ने इन समुद्री लुटेरों और तस्करों को महान् समुद्री यात्रियों, नई दुनिया के खोजियों और अन्वेषकों के खिताब दिए हैं···क्योंकि उन राजघरानों को इस लूट के धन में से पांचवां हिस्सा बतौर नज़राना मिलता है और अपने उपनिवेश स्थापित करने के लिए धरती का एकाधिकार!" लू-सुन उत्तेजित होकर बताने लगे–"इसी व्यापार में शामिल थीं ब्रिटिश-अमरीका की कंपनियां पर्किंस और रसल, जो तस्करी के लिए अपराधी गुंडों की गन-बोट्स भी लाती थीं। साथ में आते थे इनके धर्म-प्रचारक, जो हमें परंपरागत आस्था से वंचित करके, हमारी सांस्कृतिक श्रद्धा को विस्थापित कर देते थे। हम अपनी आत्मा को लेकर अपने ही समाज और देश में शरणार्थी बन जाते थे···तब हमारी परछाइयां हमसे विद्रोह करती थीं···"

"बिलकुल यही हमारी सभ्यताओं के साथ हुआ था···हमारे यहां तो इससे भी अधिक घातक खेल खेला गया!" अज़टेक सभ्यता का सम्राट् मोंतेज़ुमा चीख पड़ा–"आला अदीबो! हर सभ्यता, हर जाति, हर समुदाय हर सदी में अपने परम

पुरुष ईश्वर के आने की प्रतीक्षा करता है···यह प्रतीक्षा ही सभ्यताओं और संस्कृतियों को जीवित रखती है···हमारी दुनिया के सारे कबीले भी इसी सनातन विश्वास को लेकर जी रहे थे कि हमारा ईश्वर एक दिन अवश्य आएगा···इन्होंने हमारे इस सनातन विश्वास का फायदा उठाया। इनके धर्मप्रचारकों ने हमारी भाषा, धार्मिक विश्वासों, रीति-रिवाजों का अध्ययन किया···वे हम जैसे बन गए हैं, यह भ्रम पैदा किया···और तब उनके वरिष्ठ धर्मप्रचारक अलवारेज़ ने हमें हमारी ही भाषा में चमत्कारी सूचना दी कि हमारा प्रतीक्षित ईश्वर आ गया है...हमारे गणचिह्न वाले परम पुरुष ने अवतार ले लिया है···तो हमने सहज ही विश्वास कर लिया···तब उस धर्मप्रचारक ने हमें बताया कि हमारा ईश्वर हरनांदो कोर्टेस है, जो घोड़े पर चढ़कर अवतरित हुआ है···घोड़ा हमारे अनुभव के लिए विचित्र वाहन था क्योंकि हमारे कबीलों ने ऐसा पराजंतु कभी देखा नहीं था। हमारे लिए वह विचित्र स्वर्गिक जीव था···जब घोड़े पर सवार अपने ईश्वर कोर्टेस को हमने देखा तो विश्वास नहीं हुआ···वह ईश्वर हमें अपने गणचिह्न और परिकल्पना से बहुत भिन्न लग रहा था। अश्व और पुरुष को हमने एक ही समझा था। लेकिन ईश्वर तो ईश्वर है, वह कोई भी रूप धारण कर सकता है···हमारे कबीले ने यही सोचकर यकीन कर लिया था···"

शाही स्पेनिश इतिहासकार बर्नेल डियाज़ ने गुस्से और हिकारत से सम्राट् मोंतुजुमा को देखा। तभी खंडपीठ के न्यायाधिपति लू-सुन ने बर्नेल डियाज़ को घूरा और अदीब को अर्थभरी नज़रों से देखा, फिर मोंतेजुमा को। मोंतेजुमा ने अपना बयान जारी रखा—

"अज़टेक की राज्य परिषद मुझे अपदस्थ कर ही चुकी थी। हमारे नए सम्राट् कुआहेतोमेक ने कोर्टेस को दैवी अवतार मानने से इनकार कर दिया। इसलिए, हमारे कबीले को सबक सिखाने के लिए कोर्टेस ने मुझे पहले तो बंधक बनाया, फिर बंदी बना लिया। मैं शांति के पक्ष में था। हम माया संस्कृति के लोगों ने जंबू महाद्वीप के किसी महापुरुष का महाकथन सुना था—कि जब पंछी तुम्हारे देश का बसेरा छोड़ दें, तब तुम अपनी आत्मा की ओर देखो···उसे प्रतिबंधहीन स्वतंत्रता दो···और जैसे पंछी आकाश में अपनी यात्रा की कोई छाया नहीं छोड़ता, वैसे ही तुम भी छायामुक्त हो जाओ!"

अदालत में मोंतेजुमा की इतनी अगाध, गंभीर और बोधसंपन्न बात सुनकर सभी चमत्कृत थे।

"कोर्टेस चाहता था कि मैं उसकी ओर से नए सम्राट् से संधि की बात करूं लेकिन यह संभव नहीं था। मैं जानता था कि कोर्टेस फौजी तैयारी के लिए समय

चाहता है। मैं कोर्टेस को धोखा नहीं देना चाहता था। मैं अपने नए सम्राट् को भी धोखा नहीं देना चाहता था। कोर्टेस अब मेरा ईश्वर नहीं, मित्र था। मैं मित्रद्रोही नहीं हो सकता था। मैं देशद्रोही भी नहीं हो सकता था। मैंने संधिवार्त्ता के प्रस्ताव से इनकार कर दिया। इसी बात पर कोर्टेस ने मेरी हत्या कर दी। उसने मुझे मित्रता का यह सिला दिया···तभी से मैं मित्रता के मूल्यों की तलाश में भटक रहा हूं···क्या महत्त्वाकांक्षी वक्त में मित्रता शांति और सहअस्तित्व का आधार नहीं बन सकती?"

खंडपीठ ने शाही इतिहासकार बर्नेल डियाज़ की ओर देखा। तो उसने कहा—"इन्हें जो कहना है कह लेने दीजिए, इतिहास का सच क्या है, मैं बाद में बताऊंगा।"

मोंतेजुमा ने अपना बयान जारी रखा—

"आला अदीबो! अगर कोर्टेस सभ्य और ईश्वर की तरह दयालु होता तो हमारे कबीले इसके साथ भी रह लेते···हमारे पास धरती थी। जंगल थे। पहाड़ थे। नदियां और सागर थे। आकाश था। मैदान थे। खेत थे···अन्न था। पंछी थे। क्या नहीं था हमारे पास? धरती ने हमें सब कुछ दिया था। खाली धरती की कमी नहीं थी···मेरी हत्या करके उसने मुझे एक उथली घाटी में फेंक दिया और जान बचाने के लिए सेना सहित पलायन करने लगा···तभी हज़ारों शंखध्वनियों के युद्धघोष ने उसे चौंका दिया। कोर्टेस घिर गया थ। हमारे सम्राट् के योद्धाओं ने तीर-कमानों से शत्रु पर आक्रमण किया। जान बचाने के लिए कोर्टेस के सैनिक खाड़ी के पानी में कूद पड़े, लेकिन न वे तैर सके, न निकल सके···क्योंकि उनकी जेबों में लूट का सोना-चांदी और कीमती पत्थर भरे थे···वे उन्हीं के बोझ से डूबे तो फिर जीवित निकल नहीं पाए।"

"क्या यह वृतांत सही है?" अदीब ने बर्नेल डियाज़ से पूछा।

"हां, यह सही है!" उसने ठंडी आवाज़ में उत्तर दिया।

अदीब को गार्सिया लोर्का की याद आ रही थी, जो पैदा तो उन्नीसवीं सदी के अंत में हुआ था, पर उसकी आने वाली जनवाणी अदीब को इस समय भी सुनाई पड़ रही थी। आगे अदीब ने पूछा—

"फिर?"

मोंतेजुमा ने आगे कहा—"हुजूरे आलिया! तब से मित्रता भटक रही है···जंगल जल रहे हैं···पंछी पलायन कर रहे हैं···पंछियों ने शाप दिया है और प्रतिज्ञा की कि वे इन आततायी आक्रांता नस्लों के उपनिवेशों, इनके नगरों, महानगरों और घरों में कभी नहीं आएंगे···देखिए योरुप, अमरीका, न्यूज़ीलैंड, आस्ट्रेलिया के आकाश, नगर और महानगर···इनमें पंछी नहीं आते···"

कुछ पलों के लिए खामोशी छा गई। उसे मोंतेजुमा की आवाज़ ने तोड़ा—

"आला अदीबो! और एक था फ्रांसिसको पिजारो! अनपढ़, निरक्षर और नाजायज़ संतान···अपने समाज से बहिष्कृत···उसने भी कोर्टेस की तरह दक्षिण अमरीका के आदिवासियों को ईश्वर बनकर छला था। वह भी धर्म-प्रचारकों के साथ घोड़े पर अवतरित हुआ था। उसने ध्वस्त किया था सूर्योपासक सूर्यवंशी 'इन्का' सभ्यता का अप्रतिम संसार! नृशंस पिजारो ने इन्का कबीलों का अस्तित्व मिटा दिया था···ब्राजील और पेरू की नदियां और खाड़ियों का पानी रक्त से बोझिल हो गया था। उसने बहने से इनकार कर दिया। डेल्टाओं और खाड़ियों के मुहानों पर फूली हुई लाशें अटक गईं...थका पानी जिन लाशों को ठेल पाया, उन्हें भी समुंदर ने लेने से इनकार कर दिया। इससे जलचरों की सृष्टि विनष्ट होती थी···महीनों तक इनकी इतनी दुर्गंध फैली रही कि उसके विष से आहत होकर वृक्षों ने फल और पौधों ने फूल देने बंद कर दिए।"

कबीर ने उदासी से मोंतेजुमा को देखा।

"इसी पिजारो में···स्पेन के बादशाह चार्ल्स पंचम ने एक बार फिर कोर्टेस का रूप देखा था और इससे पहले कि वह कोई सफलता हासिल करे, फ्रांसिसको पिजारो को उसने पनामा का गवर्नर और कैप्टन जनरल बना दिया था···कभी सुना है आपने कि किसी सभ्य समाज में निरक्षर दागी संतान को इतना बड़ा पद मिला हो? लूटमार, हत्या और ज़मीन पर कब्ज़ा करने के लिए बादशाह सलामत ने उसे लड़ाकू स्टीमर, सैनिक और घोड़े दिए थे···दरिंदों की इसी फौज ने इन्का सभ्यता के साम्राज्य को तबाह किया था।"

"बहुत हुआ..अब बंद करो यह बकवास···" स्पेन का शाही इतिहासकार बर्नेल डियाज़ आखिर चीख ही पड़ा—"जिस इन्का सभ्यता का यहां गुणगान किया जा रहा है वह सभ्यता नहीं, असभ्य जंगली कबीलों का जमावड़ा था···इनके पास न भाषा थी न लिपि और न परिवहन के लिए पहिया···यह लोग निरक्षर थे···पशुओं से बदतर थे···"

"तुम्हें मालूम है या नहीं कि तुम्हारे आने से पहले यह कबीले बड़े पैमाने पर आलू और मक्का की खेती करते थे! यह कृषि-प्रधान समाज था···इनके अपने सहकारी गोदाम थे···अंदियान पर्वत श्रृंखला की विशाल घाटी को इन्होंने ही खेती के योग्य बनाया था···इनका एक राजा था। मंत्रिपरिषद् थी। सरकारी कारकुन और सेना थी। किसानों के सहकारी गोदाम अन्न से भरे रहते थे···शाही घराने, अमलदारों और सेना का भरण-पोषण किसानों के अन्न-भंडारों से होता था···हर इन्का नागरिक सुबह उठते ही पहला प्रणाम सूर्य को करता था!" मोंतुजुमा की आवाज़ गूंज रही

थी—"बोलो! यह सही है या नहीं?"

"बहुत हद तक यह गलत नहीं है!"

"सच्चाइयों को मंजूर करने का बड़ा सोफियाना अंदाज़ है आपका!" अदीब ने शाही इतिहासकार से कहा।

"लेकिन मैंने कहा न, यह असभ्य जंगली कबीलों का जमावड़ा था। भाषाहीन ···लिपिविहीन···इनके पास यात्रा के लिए पैर, पगडंडियां और रास्ते तो थे, लेकिन परिवहन के लिए वाहन नहीं थे···यह असभ्य थे!" बर्नेल डियाज़ ने कहा।

"हमें जितनी और जैसी भाषा चाहिए थी, वह हमारे पास थी। प्रकृति के साथ हमने मौन भाषा का आविष्कार किया था और कृषि समाज के लिए पंछियों की भाषा से हमने स्वर और ध्वनियां ली थीं। हमारी भाषा संवेदना, उल्लास, विषाद और प्रकृति से संवाद की भाषा थी···हमारे सभी कबीलों ने मकड़ी की तंतु-लिपि ईजाद की थी ···जैसे मकड़ी जाला बुनती है, उसी तरह हम तंतुओं को जोड़कर उनमें मकड़ी की तरह गांठें डालकर अपनी बात कहते थे···सूर्य और सागर की उपासना को तंतुलिपि के वे सारे ग्रंथ, तुम आक्रांताओं ने मछली पकड़ने के जाल समझकर अग्नि-चिताओं में झोंककर नष्ट कर दिए!···क्या यही तुम आक्रमणकारियों की सभ्यता है? कहते-कहते मोंतेजुमा पसीना पोंछते हुए थककर बैठ गया—"हमें पहियों से ज़्यादा अपने पैरों पर भरोसा था!"

अदालत परिसर में सवाल दर सवाल गूंजने लगे। उस माहौल को शांत करते हुए लू-सुन ने शाही इतिहासकार से सवाल किया—

"सभ्य और असभ्य होने का आपका पैमाना क्या है?"

शाही इतिहासकार चुप नहीं रह सका, वह गुस्से से बोला—"मैं पैमानों, सभ्य समाज और असभ्य समाज की इस बेकार बहस में नहीं पड़ना चाहता···और बात खत्म करने के लिए आखिरी बात कहना चाहता हूं कि अज़टेक सभ्यता के इस तथाकथित सम्राट् मोंतेजुमा के कबीलों के सारे लोग नरभक्षी हैं!"

अदालत में जैसे सबकी सांसें ऊपर की ऊपर और नीचे की नीचे रह गईं।

"इसका कोई गवाह और सबूत?" लू-सुन ने लोगों की उत्सुकता का उत्तर पाने के लिए पूछा।

"पूछिए इसी सम्राट् मोंतेजुमा से! यही मुझे और हरनांडो कोर्टेस को लेकर गया था—अपने मुख्य मंदिर में···मंदिर का रास्ता और फर्श खून का दलदल था। प्रांगण की दीवारों को मानवरक्त से पोता गया था···मंदिर के गर्भगृह में ताज़े मानवरक्त का एक कुंड था···चारों तरफ रक्त और सड़ते मांस की सड़ांध भरी हुई थी···और

अंतिम आवास में हिंस्र दिखती मूर्तियों के चरणों में पांच इंसानी हृदयों के ताज़ा गोश्त के लोथड़े पड़े थे...वे उस समय भी धड़क रहे थे और उनसे रक्त बह रहा था...नरभक्षियों का इतना नृशंस और भयानक दृश्य मैंने या कोर्टेस ने कभी नहीं देखा था...” स्पेन के शाही इतिहासकार बर्नेल डियाज़ के इस विवरण से अदालत में जुगुप्सा, घृणा, क्रोध से भरी प्रतिक्रियात्मक हलचल शुरू हो गई थी।

तभी एक स्पेनिश नागरिक ने खंजर निकालकर मोंतेजुमा पर फेंका था, वह उसके सीने में समा गया था। मोंतुजुमा ने उस खंजर को सीने से निकालते हुए कहा—“मेरे दोस्त! हालांकि तुमने दुश्मनी का यह खंजर मेरे सीने में मारा है, लेकिन मुर्दे दुबारा नहीं मरा करते...पूछो अपने इतिहासकार से कि वह और कितना झूठ बोलना चाहता है...”

“यह झूठ नहीं हकीकत है!” शाही इतिहासकार ने आवाज़ ऊंची करते हुए कहा—“मूर्तियों के सामने नशे में धुत जो अज़टेक पुजारी मौजूद थे, उन्होंने उन धड़कते इंसानी दिलों के कच्चे लोथड़ों को उठा-उठाकर खाया था और अपने देवताओं को प्रसन्न किया था...इनकी सभ्यता के देवता नरबलि मंजूर करते थे और यह लोग खुद नरभक्षी थे!...जितनी बदबू इनके उस मुख्य मंदिर से आ रही थी, उतनी तो हमारे स्पेन के समस्त बूचड़खानों से नहीं आती थी।...”

“सुनो शाही इतिहासकार बर्नेल डियाज़! तुम्हारी जाति भी मांसाहारी है, हमारे कबीले भी। तुम अपने जानवरों को बूचड़खाने में काटते हो क्योंकि तुम्हें जीने के लिए जीवहत्या का कोई हिसाब अपने ईश्वर को नहीं देना है...हम अज़टेक और इन्का सभ्यता के नागरिक अपने गणचिह्नों और देवताओं को बताने के लिए प्रतिबद्ध थे कि हमने जीवित रहने के लिए कितनी पशुहत्या की है...इसीलिए हम पशुओं की बलि अपने देवताओं के सामने देते थे...जिसे तुम नरबलि कह रहे हो वह पशुबलि थी...तुम बूचड़खाने में जानवरों को काटते थे, हम अपने मंदिरों में बलि देकर मांस को देवताओं के अनुग्रह के रूप में ग्रहण करते थे! हमारी और तुम्हारी सभ्यता में यही मौलिक अंतर था...” मोंतेजुमा ने निर्णायक अंदाज़ में कहा।

“लेकिन नरभक्षी होने के इल्जाम से यह अज़टेक और इन्का सभ्यता अभी बरी नहीं हुई है...यह मनुष्यता के विरुद्ध जघन्यतम आरोप है...इसकी तफ्तीश ज़रूरी है!” लू-सुन ने कहा तो अदीब ने स्पेन के शाही इतिहासकार से पूछा—

“महाशय! नरभक्षी होने का जो इल्जाम और मंदिर में नरबलि का जो विवरण तुमने दिया है, उसमें तुमने मंदिर के फर्श पर पड़े दिलों के जीवित लोथड़ों का ज़िक्र किया और यह भी कि पुजारियों ने उन्हें उठाकर खाया और अपने देवता को प्रसन्न

किया···उसका कोई और गवाह?"

"मैं अकेला गवाह काफी हूं!" शाही इतिहासकार बर्नेल ने कहा।

"नहीं! दो-दो बड़ी सभ्यताओं के खिलाफ एक व्यक्ति का अकेला साक्ष्य काफी नहीं है!"

"और फिर उन सभ्यताओं के खिलाफ जो, अपने आध्यात्मिक और दार्शनिक सिद्धांत विकसित कर चुकी हों!" लू-सुन ने कहा–"अभी कुछ देर पहले मैंने उस विकसित सभ्यता के सम्राट् मोंतेजुमा के बयान सुने हैं···इन्होंने अभी कहा था कि यह हिंसा के विरुद्ध थे। इन्हें मालूम था कि हिंसा से हिंसा पनपती है···रक्तपात रोकने के लिए ही इन्होंने कोर्टेस को सुरक्षित वापस निकल जाने का रास्ता बताया था। यह कबीले अगर असभ्य और नरभक्षी होते, तो कभी अपने ईश्वर की प्रतीक्षा नहीं करते! सुना था आपने इनका वह बयान कि जब पंछी तुम्हारे देश का बसेरा छोड़ दें, तब तुम अपनी आत्मा की ओर देखो, उसे "गतिबंधहीन स्वतंत्रता दो···और जैसे पंछी आकाश में अपनी यात्रा की कोई छाया नहीं छोड़ता, वैसे ही तुम भी छायामुक्त हो जाओ!···और अपनी हत्या के बाद से यही मोंतेजुमा मित्रता के मूल्यों की तलाश में भटक रहे हैं···"

"ठीक उसी तरह जैसे यूनानी सभ्यता का प्रमथ्यु अग्नि के लिए, सुमेरी सभ्यता का गिलगमेश जीवन-औषधि के लिए भटक रहा है···" अदीब ने कहा–"ठीक उसी तरह जैसे कबीर भारत और पाकिस्तान में खैरियत की दुआओं के लिए और सुरजीत कौर अपने बेहोश बेटे की चेतना के लिए भटक रही है···महाशय बर्नेल डियाज़! यह विस्थापन आपकी गोरी नस्लों ने किया है···आपके अभियान सभ्यता के नहीं, हत्या के अभियान थे···आपने कबीलाई संस्कृतियों पर नरभक्षी होने का कलंक लगाकर अपने मुंह उजले करने चाहे हैं···सच्चाई तक पहुंचने के लिए हमें और गवाहों की ज़रूरत है।" कहते हुए अदीब ने अर्दली महमूद अली को आवाज़ दी।

"हाज़िर हूं हुजूर!" अर्दली ने अदब से कहा।

"मेक्सिको के विजेता हरनांदो कोर्टेस को पेश करो! और उन तमाम लोगों को भी पेश किया जाए जो अज़टेक के मंदिरों में नरबलि के चश्मदीद गवाह हो सकते हैं!"

अर्दली ने संभावित गवाहों को पुकारा–

सामने से जैसे पर्दा हटा। सदियों पुराने कब्रिस्तान की सारी कब्रों के कपाट खुले और उनमें से रतिक्रिया में आबद्ध नग्न युगलों का जुलूस अदालत की ओर आता दिखाई दिया। वह दृश्य उत्तेजक और पतित रूप से मनोरम था। वधिक वासना के वन्य वामाचार का वृत्तचित्र। पशु-आसनों का अनावृत अधम-लोक। गौर वर्ण

पांडव पुरुषों का कबीले की कृष्णवर्णी औरतों के साथ कामनृत्य। सबसे आगे था हरनांदो कोर्टेस, अपनी कृष्णवर्णी मरीना के साथ रतिबद्ध।

न्यायाधिपतियों के साथ ही मोंतेज़ुमा और अन्य लोगों ने आंखें मींच लीं। लगभग सभी चीख पड़े।

"यह क्या हो रहा है?"

"हम इन्हें सभ्य बना रहे हैं!" यह करख्त आवाज़ कोर्टेस की थी।

"लेकिन तुम्हारी किताबों के मुताबिक यह तो नरभक्षी कबीलों की औरते हैं! और तुम इनके साथ···" अदीब ने आंखें बंद किए हुए ही आधा सवाल पूछा।

"किताबों की बातें किताबों में रहने दो। अर्धसत्य ही सबसे बड़ा सत्य है···सत्य से साम्राज्य नहीं बनते···हमें रति-विरत मत करो···" कोर्टेस ने कहा और वह भृंगी के साथ रतिमग्न हो गया, जिसका ईसाई नाम उसने मरीना रख लिया था। वे एक-दूसरे को नखों से क्षत-विक्षत करने लगे।

तभी धरती में जैसे ज़लज़ला आया। भूगर्भ की चट्टानें एक-दूसरे से टकराने लगीं। खुले मैदानों में विवर पड़ गए···वृक्ष बुरी तरह कांपने लगे। भयग्रस्त आंखों से अदीब ने देखा—हिरोशिमा हांफता-भागता चला आ रहा था। चमड़ी जली हुई। कोटरों से आंखें झींगे की तरह निकली हुईं। नाखून जले हुए और बदन के हर हिस्से से पीव रिसता हुआ···सारे ही लोग उसे देखकर स्तब्ध थे।

"क्या हुआ हिरोशिमा? तुम इतने बदहवास क्यों हो?" अदीब ने घबराते हुए पूछा।

"फिर वही दुर्घटना!"

"कहां!"

"तोकियामूरा में! तोकियो से सौ किलोमीटर दूर!"

"कौन सी और कैसी दुर्घटना?" मोंतेज़ुमा ने चिंता से पूछा।

"वही नाभिकीय ऊर्जा के विस्फोट की दुर्घटना···मेरे ऊपर जो परमाणु बम गिराया गया था, वह दुर्घटना नहीं, युद्ध समाप्त करने के नाम पर सोचा-समझा परीक्षण था···मानव जाति पर किया गया जघन्यतम आक्रमण···अरे दरिंदो! देखो मेरे इस क्षार-क्षार हुए शरीर को! नागासाकी के क्षत-विक्षत भूगोल को। मांओं की कोख में विकलांग हो गई अजन्मी संतानों को···प्रचंड तापमान में पिघलकर वाष्प की तरह उड़ जाने वाले लाखों मनुष्यों को···जल-जलकर खंड-खंडों में टूट-टूटकर गिरने वाले शरीरों को···मुंह तक आकर न निकल सकने वाली मृत्यु की चीत्कारों को···घुटती

सांसों में दम तोड़ती बेबस उसांसों को··· हिचकी लेती हिचक-हिचककर मरती ज़िंदगी को!··· देखो मुझे! अगर तुम में सांस लेने का साहस है तो देखो मुझे! मैं हिरोशिमा हूं!··· हिरोशिमा! मेरे रक्तहीन शरीर से फूटती मवाद की इन गाढ़ी धाराओं को...रिसते हुए इसी चिपचिपे मवाद ने जोड़ रखा है मेरी जली हुई त्वचा को··· मैंने खुद झेला है मानव-विनाश को। मृत्यु को। सांस लेने का साहस है तो देखो मुझे। मैं और नागासाकी, तब सन् 1945 में शहर थे, पर आज मैं एक प्रतिरोधी प्रतिवाद हूं!"

"हिरोशिमा! हम सब तुम्हारे साथ हैं!" मोंतेज़ुमा ने उसके रिसते मवाद को गंगाजल की तरह अंजुरी में लेते हुए शपथ ली—"हिरोशिमा! जो पांच लाख मारे गए, जो मांओं की कोख में पिघलकर अजन्मे रह गए··· हम अपने आंसुओं से उनका तर्पण करते हैं··· पर हमें संताप है उन बीस लाख लोगों का जो नाभिकीय विकिरण से विकलांग होकर जीवन की इच्छा छोड़कर मृत्यु मांगने लगे!···"

"सदियों पहले यही हुआ था कुरुक्षेत्र के मैदान में!" अदीब ने सदियों के पार देखा—"महाभारत युद्ध का काल वैदिक सभ्यता के चरम उत्कर्ष और पतन की पराकाष्ठा का उच्चतम और निम्न बिंदु है! इसी युग में कृष्ण के कर्म और जीवन सिद्धांत के साथ सत्य के उच्चतम क्षण का उदय हुआ था और अट्ठारह दिनों के युद्ध के बीच बार-बार और तरह-तरह से उसी सत्य की हत्या हुई थी··· युद्ध के पहले दिन जब महाधनुर्धर अर्जुन अपने नंदिघोष रथ पर युद्धभूमि में आया था, तब उसके सारथी कृष्ण ने उसे दिया था जीवित रहने के कारणों के परम सत्य का संज्ञान। तब कृष्ण ने किया था—मृत्यु से मृत्यु को जीतने का अभिनव आविष्कार। मौत कौरवों ने पैदा की थी, उसे जीतना ज़रूरी था। मौत को जीतने के लिए, युद्ध के पहले ही दिन हुई थी संबंधों की मौत! दूसरे दिन हुई थी सम्मान और संवेदना की हत्या। तीसरे दिन हुआ था करुणा का अंत। चौथे दिन सारी नैतिकताओं और धर्म के प्रतिमानों का पराभव और फिर बचा क्या था? युद्ध के लिए युद्ध का वरण! इसीलिए पांचवें दिन हुआ था युद्ध-उन्माद का उदय। और छठे दिन शक्ति और साहस की जगह हिंसा और क्रूरता का अवतरण। सातवें दिन पैदा हुई थी घृणा! आठवें दिन हुआ था मृत्यु देने की वधिक स्पर्धा का जन्म और नौवें दिन सारे मानवीय मान-मूल्यों का दमन और पतन—जब भीष्म पितामह ने विकराल रूप धारण करके पांडव वीरों को बुरी तरह घायल किया था, तब गीता के महाप्रणेता और युद्ध में तटस्थ कृष्ण स्वयं क्रोधातुर होकर भीष्म पर दौड़ पड़े थे, एक टूटे हुए रथ का पहिया उठाकर। युद्ध तो अट्ठारह दिन चला था, परंतु दसवें दिन तक घायलों और विकलांगों की संख्या इतनी बढ़ गई

थी कि उन्होंने जीवित रहने की इच्छा का विसर्जन कर दिया था। उसी तरह जैसे जापान में नाभिकीय विकिरण से विकलांग हुए बीस लाख लोग जीवन की इच्छा छोड़कर मृत्यु मांगने लगे थे!…"

सभी लोगों ने आहत होकर मोतेंज़ुमा को उदासी से देखा था।

"तभी यह दृश्य देखकर पाताल सागर में उतरते हुए मुझे गिलगमेश ने आवाज़ दी थी और कहा था–जब तक मैं संजीवनी लेकर धरती पर पहुंचूं, तुम मृत्यु से युद्ध करो…" हिरोशिमा ने कहा–"गिलगमेश ने यह भी कहा कि मृत्यु की इच्छा का निषेध करो…मैं तब से वही कर रहा हूं!"

"आमीन!" मोंतेज़ुमा ने कहा–"वैदिक आर्यों ने अपने ही वंशजों को मौत दी। क्राइस्ट की करुणा ने गौतम बुद्ध की करुणा की हत्या कर दी…लेकिन उसकी हत्या कोई नहीं कर सकता जो वेदों से पहले का आर्य है, जेहोवा से पहले का यहूदी है। जरथुस्त्र से पहले का पारसी है। गौतम बुद्ध से पहले का बौद्ध, ईसा से पहले का ईसाई और पैगंबर मुहम्मद से पहले का मुसलमान है!"

"लेकिन मृत्यु हार नहीं मान रही है…" हिरोशिमा ने कहा–"तोकियामूरा में यूरेनियम क्रांतिक हो गया। रेडियोधर्मिता सामान्य से बीस हज़ार गुना बढ़ गई है…मेरे ऊपर गिरे बमों के बाद यह पांचवीं खतरनाक दुर्घटना हुई है…"

"यह रेडियोधर्मी विषाक्त तरंगें जापान की सरहद को पार करके चीन और कोरिया तक तो नहीं पहुंच जाएंगी?" चिंताग्रस्त लू-सुन ने पूछा।

"शायद नहीं!" हिरोशिमा ने कहा–"अधिकारी कह रहे हैं कि उन्होंने खतरे पर काबू पा लिया है…यही विंडस्केल यूके में हुआ था। अमरीका के थ्रीमाइल पॉवर स्टेशन में, तीसरा रूस के प्रोसेसिंग प्लांट में और चौथा रूस के ही चेर्नोबिल में हुआ था। और अब पांचवां यह! खतरे के खतरनाक सातवें स्तर की दुर्घटना…" हिरोशिमा क्रोधित होकर बोल रहा था–"यह परमाणु पिशाच मानेंगे नहीं, इसलिए मैंने भी तय कर लिया है कि मृत्युधर्मी नाभिकीय संकट को जन्म देने वाले जितने जनक और अपराधी हैं, मैं उन्हें उनकी कब्रों में चैन से सोने नहीं दूंगा…ट्रूमैन को तो मैं छोड़ूंगा नहीं। मैनहटन प्रोजेक्ट के वैज्ञानिकों और उसके व्यवस्थापक ब्रिगेडियर जनरल ग्रोव्ज़ को मैं चैन नहीं लेने दूंगा! आइंस्टाइन को भी माफ नहीं किया जा सकता। रॉबर्ट ओपन-हाइमर, फर्मी, हंसबेथे, एडवर्ड टेलर और इनके साथ के सभी वैज्ञानिक, चाहे वे फ्रांस के हों, जर्मनी, ब्रिटेन या रूस के–वे मानवद्रोही और जघन्य अपराधी हैं। इन्हें कब्रों में चैन से सोने की एय्याशी बख्शी नहीं जा सकती! नहीं…नहीं… कभी नहीं!" कहता, चीखता, रिसता मवाद पोंछता हिरोशिमा पूरब की ओर चला गया।

6

वक्त हिरोशिमा के पीछे-पीछे पूरब की ओर भागा, लेकिन हिरोशिमा उसके हाथ नहीं आया। आखिर वक्त ने एक दूसरा ही नज़ारा देखा। एक कौम अपने मानसिक विस्थापन और धर्मकेंद्रित विभाजन को नामंजूर करके दुनिया की सबसे बड़ी उपनिवेशवादी शक्ति के खिलाफ उठ खड़ी हुई है!

इस कौम ने अपने कटे हुए अंगों को देखा और पहचाना था।

कलम के शब्द तो पढ़े जाने के मुंतज़िर थे, लेकिन कलम चलने की बड़ी नाज़ुक सरसराहट की आवाज़ लगातार आ रही थी। यह कलम दिल्ली के कूचे बल्लीमारान की एक हवेली में चल रहा था···जहां कौम का तुर्क असद उल्ला खां उर्फ मिर्ज़ा नौशा तखल्लुस गालिब, जिसके दादा कौकीन बेग खां समरकंद से दिल्ली आए थे और बादशाह शाह आलम के दरबार में पचास घोड़े और नक्कारा निशान से नौकर हुए थे, उन्हीं के अकबराबाद-आगरा के घर में असद उल्ला खां पैदा हुआ था। उसका सगा चाचा नस्रउल्ला बेग खां उस वक्त मरहठों की तरफ से अकबराबाद का सूबेदार था। यह आपसी वजहदारी और एक हिंदुस्तानी कौम बनाने की तैयारी थी···उन्हीं दिनों असद उल्ला खां गालिब दिल्ली पहुंचे, उमराव बेगम से शादी के बाद। दिन अच्छे थे, बुरे थे। चाचा नस्रउल्ला बेग खां हिंदू मराठों के सूबेदार बने और हिंदू-मुस्लिम रंजिश की जगह आपसी यकीन और दोस्ती के पुलों की तामीर शुरू हुई लेकिन, यह अंग्रेज़ी हुकूमत को पसंद नहीं था। और फिर फिरंगी फौज के जनरल लेक ने एक नज़ारा देखा तो सकते में आ गया–

दाराशिकोह का वह धड़ जो कत्ल के बाद लाल किले के लाहौरी दरवाज़े पर लटकाया गया और तीन दिन बाद जिसकी मैयत को गुस्ल और कफन दिए बगैर, नमाज़े जनाज़ा अदा किए बिना हुमायूं के मकबरे में दफन कर दिया गया था, वह ज़मींदोज़ धड़ करवट लेता हुआ जागा था। और उधर उसी का वह सिर, जो नेज़े की नोंक पर चांदनी चौक के चौराहे पर लटकाया गया था, आंखें खोलकर हलकी-सी उम्मीद लिए मुस्कराया था। हुमायूं के मकबरे से वह धड़, धरती तोड़कर बस्ती दरियागंज की ओर चल पड़ा था। और चांदनी चौक में लटका वह सिर नेज़े से उतरकर, अपने धड़ से मिलने के लिए उसी दिशा में बढ़ चला था···

यह सन् 1857 की 11 मई का दिन है···

दिल्ली का लाल किला। आखिरी मुगलिया शहंशाह बहादुरशाह जफर की आवाज़ हवाओं पर तैरती हुई आ रही थी।

"हिंदोस्तान की आज़ादी की जंग का ऐलान किया जा चुका है। बक्सर की लड़ाई के बाद गुलामी की जो ज़िल्लत मुल्क ने झेली है उससे निजात पाने और गुलामी के खात्मे का वक्त आ गया है···तवारीख ने करवट बदली है···अब फिरंगी हुकूमत को जड़ से उखाड़ फेंकना ही हमारा मकसद है···हमारा यह बयान दरबारी ज़ुबान फारसी में नहीं, आम जनता तक पहुंचाने के लिए हिंदी और उर्दू में जारी किया जाए!"

और जगह-जगह मुनादियां पिटने लगीं—

खलक खुदा का, मुलक बादशाह का! सुनो, सुनो इत्तला सुनो! हर खासो-आम सुनो! ढम···ढम···गद्दीनशीं मुगल बादशाह बहादुरशाह के फरमान पर कान धरो... ढम···ढम...ढमढमाढम...हुक्म है कि गैर मुल्की फिरंगियों को अपने मुल्क से खदेड़ दो···ढम···ढम···शहंशाह ने संभाल ली है हिंदुस्तान के गाज़ियों की मुश्तरका कमान ···खदेड़ दो फिरंगियों को मुल्क से बाहर, यही है शहंशाह का ऐलान और फरमान! ढम···ढम···ढमढमाढम···ढम···ढम···

उधर पूरबी इलाके से आवाज़ें उठने लगीं—

"लखनऊ और अवध के बाशिंदो! जंग का ऐलान हो चुका है!···" बेगम हजरतमहल की छाया में खड़ा 14 बरस का नवाब बिरजिस कदर ऐलान पढ़ रहा है—

"सब हिंदू और मुसलमान जानते हैं कि हर इंसान को चार चीज़ें बहुत अजीज़ हैं। पहली—मज़हब और ईमान! दूसरी—इज़्ज़त और शान! तीसरी—अपनी और अपने लोगों की जान! चौथी—अपनी आज़ादी और अपने पुरखों की जायदाद! यह सभी को अपनी हुकूमत से हासिल थीं। कोई हुकूमत अपने बाशिंदों के मज़हब और हकूक में दखलंदाज़ी नहीं करती थी···लेकिन इन फिरंगियों ने हमारी रवायतों को तोड़ा है। सियासी साज़िशों से हमारे मुश्तरका वजूद पर हमला किया है इसलिए आप चाहे मुसलमान सैयद, शेख, मुगल या पठान हों या हिंदू बिरहमन, क्षत्री, कायस्थ या महाजन हों···जंगे आज़ादी का ऐलान हो चुका है···इन फिरंगियों को अपने मुल्क से हमेशा-हमेशा के लिए बेदखल कर दीजिए!"

लखनऊ की चिनगारियां बरेली पहुंचीं और रुहेलखंड के अफगानों ने भी जंग का ऐलान किया। कालपी में नाना साहब और तात्या टोपे ने क्रांति के लिए कमर कस ली और उधर झांसी की महारानी लक्ष्मीबाई ने अंग्रेज़ी सत्ता के मनमाने फैसलों का विरोध करते हुए क्रांति-पथ पर कदम बढ़ा दिए।

झांसी की रानी लक्ष्मीबाई ने घोषणा की—"मैं अपनी झांसी नहीं दूंगी!"

और तोपों के दहाने खुल गए।

महारानी लक्ष्मीबाई ने कमान संभाली—“तोपची गुलाम गौस खां…आप दक्षिणी बुर्ज पर रहेंगे, कुंवर सागर सिंह खांडेराव फाटक को संभालेंगे। खुदाबख्श रहेंगे सैयद फाटक पर और ओरछा फाटक को संभलोंगे दुल्हाजू साब। दिन में सारे मोर्चों और तोपखाने की ज़िम्मेदारी आपकी रहेगी और रात के दौरान इन्हें सुंदर, मुंदर, काशीबाई, बख्शिन, जूही और मोतीबाई संभालेंगी!”

फिर रणभेरी बजने लगी।

तात्या टोपे और नानासाहब ने अंग्रेज़ी फौजों से लोहा लिया। आरा, बिहार में जगदीशपुर के राजा कुंवर सिंह ने युद्ध का घोष किया।

फैजाबाद ने ललकारा—बेदखल कर दो इन ज़ालिम फिरंगियों को…आज़ादी की यह जंग सबकी है। मैं मौलवी हूं, लेकिन मैं कहता हूं—अपने-अपने दीन और धरम से ऊपर है अपने मुल्क और अपनी कौम की आज़ादी!

और दिल्ली से शहंशाह बहादुरशाह ने आवाज़ दी—“अब पूरा हिंदुस्तान एक ज़िंदादिल कौम की तरह जाग उठा है। अब न कोई हिंदू है न मुसलमान! अब इस मुल्क का हर फरजंद सिर्फ हिंदुस्तान है! सिर्फ हिंदुस्तानी!

“लेकिन हमें मालूम है…फिरंगियों ने साज़िश करके हमारे कुछ गद्दार मुल्ला-मौलवियों, पाखंडी पंडों-महंतों और खुद हमारे शाही खानदान के अमीर-उमरा लोगों को तोड़ लिया है! सैनिक कमांडर लारेंस और फायनेंस कमिश्नर मार्टिन गिवंस ने इन गद्दारों के सामने तख्तो-ताज, जायदाद और बेशकीमती खिलवतों-जागीरों का लुक्मा फेंका है…”

वक्त ने ताईद की—

“ग्वालियर ने लक्ष्मीबाई का साथ देने में गुरेज़ किया। पनाह देने से परहेज़ किया। कालपी बिठूर के एक कंपनीपरस्त जागीरदार ने तात्या टोपे के साथ गद्दारी की, उसी तरह जैसे काबुल के मलिक जीवन उर्फ बख्तियार खां ने दाराशिकोह के साथ की थी। शहंशाह बहादुरशाह के एक सिपहसालार ने दिल्ली का कश्मीरी दरवाज़ा अंग्रेज़ी फौज के लिए खोल दिया। अवध में पुराने दुश्मनों और नाराज़ खानदानी उमराओं की मीटिंग मार्टिन गियंस की कोठी पर हुई। उसमें मुअत्तिल नवाब अहमद अली खां, पुराने वजीर मुहम्मद इब्राहीम शरफुद्दौला के अलावा बुजुर्ग चचा साहब नवाब मिर्ज़ा हुसैन खां भी शामिल रहे हैं…यही हिंदुस्तान के सामंतों, नवाबों और रियासतदारों का सबसे पतित रूप है…इन्हीं और इसी तरह के लोगों के चलते शहंशाह बहादुरशाह को हुमायूं के मकबरे से कैद किया गया। उन्हें

जलावतनी देकर रंगून भेज दिया गया। बाबू कुंवर सिंह शहीद हुए। तात्या टोपे को फांसी पर लटका दिया गया। झांसी की रानी को ग्वालियर में अपना बलिदान देना पड़ा। बेगम हज़रत महल और नाना साहब को नेपाल में शरण लेनी पड़ी···फिर उनका कुछ पता नहीं चला।

"हिंदुस्तान की 1857 की आज़ादी की लड़ाई खुद हिंदुस्तानियों के कारण पराजय में बदल गई। खुद बादशाह बहादुरशाह अपनी जान बचाने के लिए सूफी संत हजरत निजामुद्दीन औलिया की दरगाह पर पहुंचे। आज़ादी की जिस लड़ाई की कमान उन्होंने संभाली थी, उसे लेकर अब वह पछताते नज़र आ रहे थे। असल में बादशाह बहादुरशाह शायर नहीं, कायर था···"

"यह आप कैसे कह सकते हैं?" अर्दली महमूद अली ने वक्त से पूछा।

"इसके लिए दरगाह निजामुद्दीन औलिया के सूफी संत दरवेश ख्वाजा हसन निज़ामी साहब से सब दरयाफ्त कर लो···"

"वे तो यहीं हमारे साथ मौजूद हैं।" अर्दली ने हसन निज़ामी साहब को पूछती आंखों से देखा।

"मैं बताता हूं···" हसन निज़ामी साहब ने कहा–"मेरी स्वर्गीय मां ने अपने पूज्य पिता हजरतशाह गुलाम हसन साहिब से सुनी यह कहानी बताई थी कि जिस दिन बहादुरशाह दिल्ली के किले से निकले तो सीधे दरगाह हज़रत निज़ामुद्दीन औलिया में हाज़िर हुए। मेरे नाना साहिब ने देखा कि वे मज़ार मुबारक में सिरहाने दरवाज़े से टेक लगाए बैठे हैं···शहंशाह तीन वक्त से भूखे थे। उनकी सफेद दाढ़ी धूल और पसीने से अटी हुई थी। वे बोले–

"अब इसमें शक की कोई गुंजाइश नहीं कि मैं हिंदुस्तान के तख्त पर तैमूर की आखिरी निशानी हूं। मैं जानता था कि मेरठ के यह कम्बख्त बागी सिपाही मुंहज़ोर हैं और उन पर यकीन करना गलती है, वे खुद भी डूबेंगे और मुझको भी ले डूबेंगे। आखिर वही हुआ..और मैं किला छोड़कर चला आया हूं···और···"

"आप तीन वक्त से भूखे हैं···आप दो निवाला खाना तो खा लें!"

"ठीक है···आपका एहसान जो आप ऐसा कहते हैं···दर्शन कर चुका, अमानत आपको सौंप दी, अब दो निवाले हज़रत औलिया के लंगर से खा लूं तो हुमायूं के मकबरे में चला जाऊंगा। जो किस्मत में लिखा है, वहां पूरा हो जाएगा···"

"घर में सिर्फ बेसनी रोटी और सिरके की चटनी थी। बादशाह ने वही खाई। तीन वक्त के बाद पानी पिया। खुदा का शुक्र अदा किया। इसके बाद हुमायूं के मकबरे में जाकर गिरफ्तार हुए और रंगून भेज दिए गए···"

वक्त ने यह कहानी मुकम्मिल की तो अर्दली ने चारों तरफ देखा। उसका अदीब फरार था···अर्दली ने आवाज लगाई–

"अदीबे आलिया! आप कहां हैं? वक्त आपके इंतज़ार में खड़ा है···सन् 1857 की आज़ादी की जंग शर्मनाक पराजय में बदल चुकी है। इतिहास रुका खड़ा है, और आप नदारद हैं। अदीबे आलिया! आप कहां गिरफ्तार हैं?"

7

अदीब सलमा की बांहों में गिरफ्तार था।

"सुनो अदीब! यह शरीर एक मंदिर भी है और श्मशान भी। दोनों में दीये जलते हैं। तुम कौन सा दीया जलाते हो मेरे शरीर में और मैं कौन सा दीया जलाती हूं तुम्हारे शरीर में···उनकी उजास ही बची रहती है···कोई केवल याद बनके रह गया या ज़िंदगी का मात्र एक अध्याय बनकर समाप्त हो गया, वह बीत जाता है। वह लगातार उजास नहीं दे पाता···अदीब! मेरा शरीर तो बुझे हुए दीयों का घर था, उसमें उजास का अहसास तुमने पैदा किया, पर अब मैं ज़िंदगी के उस मोड़ पर खड़ी हूं जहां एक अनवरत जलने वाला दीया ज़रूरी है···"

कहते हुए सलमा ने उसे संभाला था और सामने था एक उफनता समुद्र···और मंझधार में बनता, लगातार तल के अतल में ले जाता लहरों का एक चक्रवात!··· उद्दाम लहरों का झंझावात···खुलती-बंद होती सीपियों का संसार···और फिर थमती लहरों की कोख में रोशनी देता एक दीया···

फिर अपनी श्लथ बांहों में उसे लेते हुए अदीब ने कहा–"क्या था यह सलमा? हर बार कुछ नया होता है···तुम्हारे शरीर में यह रौशनी देते दीये आज कहां से आ गए?"

"अदीब! जब मन में शुभ प्रतिज्ञाएं जन्म लेती हैं तब खुलती-बंद होती सीपियों में से कोई एक मोती रौशनी देने वाला दीया बन जाता है···और वह दीया ही आसक्ति को पूजा में बदल देता है···शायद वही आरती और आस्था का दीया होता है या जुमे की रात मस्जिद को रौशन करके अल्लाह की मौजूदगी को प्रकाशित करने वाला आदिम चिराग।"

"सलमा! तुम्हारे भीतर मंदिरों का मंत्रोच्चार गूंजता हो या मस्जिद की अज़ान ···यह दोनों पवित्र हैं···तुम्हीं ने मेरे लिए अज़ान की इस रूहानी कशिश का रास्ता खोला है। दुनिया के सारे मजलूम और सताए हुए लोग जो समवेत नारे लगाते

हैं···कोसोवो, इराक, दागिस्तान, चेचन्या, ईस्ट तिमोर या कारगिल में चीखते, कराहते, पुकारते लोगों की आवाज़ें अज़ान के अलावा क्या हैं?···वे अपने-अपने अल्लाह को पुकारते हैं···और अल्लाह एक है इसलिए सारे मजलूमों की आवाज़ें उसी तक पहुंचती हैं···"

"अदीब! यह तो आपने ठीक कहा···लेकिन आज मैं एक फैसला लेने आई हूं···"

"फैसला! कैसा फैसला?" अदीब ने चिंता से पूछा।

"यही कि आज के जलते दीये की रौशनी लेकर मैं आपको आज़ाद कर देना चाहती हूं!" सलमा ने कहा।

"मतलब?"

"मतलब यही कि अब मेरा बेटा बड़ा हो रहा है और वह मुझसे आपके बारे में कुछ पूछेगा तो मेरे पास कोई जवाब नहीं होगा, कि आप मेरे कौन हैं?"

"यानी?"

"यानी यही कि अब मुझे आपके और अपने बेटे के बीच किसी एक को चुनना होगा!"

"सलमा! तुमने मुझे तो पूरा कर दिया। मेरे संकुल और विस्थापित होते वजूद को एकांतिक बनने से बचा लिया···लेकिन तुम्हारा बेटा अभी उम्र के लिहाज़ से अधूरा है···उसे अपनी पहचान और वजूद की ज़्यादा ज़रूरत पड़ेगी। इसलिए तुम मुझे मत चुनो···"

"अगर मैं आपको चुनना चाहूं तो?"

"तब बेटा कहां रहेगा?"

"वह नाना-नानी के साथ पटना में रह सकता है या फिर बड़े नाना के साथ क्वेटा-पाकिस्तान में!"

"यानी हम अपने बेटे के लिए एक और विभाजन कर दें! नहीं सलमा, यह इतिहास के साथ दोबारा दगा करना होगा···तुम्हारा बेटा नाना-नानी के साथ हिंदुस्तान में जिए या बड़े नाना के साथ पाकिस्तान में···वह अपने वजूद की बुलंदियां हासिल कर सके, यही हमारे फैसले का केंद्र होना चाहिए! अब यह तुम पर है कि तुम किसे चुनती हो?"

"अदीब! तुमने मुझे रौशन ज़िंदगी दी है···तुमने मेरी कोख में जलता हुआ दीया देखा है···सोहराब मेरी कोख को जलाता हुआ चिराग है···लेकिन ज़रूरत पड़ी तो···" कहते-कहते सलमा खामोश हो गई।

"तो?" अदीब ने पूछा।

"तो मैं आपको नहीं, अपने बेटे सोहराब को चुनूंगी···"

एक पल के लिए वह अवाक्-सा सलमा को देखता रह गया। वह उसका दिल रखने के लिए झूठ भी बोल सकती थी। जब औरत झूठ बोलती है, तब वह बहुत खूबसूरत लगती है, जब वह सच बोलती है तो उससे भी ज़्यादा खूबसूरत लगती है। उसने सलमा की खूबसूरती को फिर भर-आंख देखा। और सलमा ने उसे।

"आमीन!" अदीब ने दुआ की, पर पूछा–"मैं तुम्हारे बगैर कैसे रह पाऊंगा सलमा?"

"उसका मैंने एक आसान-सा रास्ता तलाशा है।"

"कौन सा रास्ता?"

"यही कि आप किसी रकीब के साथ मुझे उसी तरह देखिए, जिस तरह आपने मुझे अपनी बांहों की नीली झील में पाया है। उन्हीं निहायत निजी लमहों और आसंगों में मुझे देखने की कल्पना कीजिए, जिनमें मैं आपके साथ बाबस्ता और बा-बिस्तर रही हूं···मेरी आसक्ति से मुक्ति का यही रास्ता होगा···"

"सलमा! यह क्या कह रही हो तुम?"

"अदीब! तभी आप मुझसे विरक्त होंगे और जीवन का एक शुभ इसी विपरीत आसक्ति से निकलेगा।"

अदीब ने सलमा को देखा।

"अदीब! मेरी ज़िंदगी के एकमात्र रौशन चिराग! आखिर मौत ही हमें हमारे फैसले सौंपे, क्या इससे बेहतर यह नहीं होगा कि मौत से पहले हम अपनी ज़िंदगियों के अहम फैसले ले लें! यह मसला रूहानी या मज़हबी नहीं, हमारी आस्था का है लेकिन यह मन के मज़हब की शान को और बुलंद करता है! इसमें कहीं कोई फसाद नहीं है!"

"आमीन!" अदीब ने दुआ मांगी।

"अलविदा!" सलमा ने भरी-भरी आवाज़ में कहा। उसने अपने आंसू पोंछे और तेज़ी से चली गई। वह समझ ही नहीं पाया कि यह हुआ क्या था···वह सकते में था कि तभी उसे तलाशता हुआ अर्दली महमूद अली हाज़िर हो गया। वह बिगड़कर बोला–

"मैं आपकी खसलत जानता हूं···जब भी आपको मौका मिलता है, आप अपनी कहानियों के लिए फरार हो जाते हैं!"

"अर्दली महमूद अली! मुझे जीने दो···जो कहानियां बची हैं···प्लीज़, उनके

साथ मुझे जी लेने दो···प्लीज़···महमूद अली···एक दिन तो मुझे अपने साथ जी लेने दो···"

अर्दली ने अदीब की आंखों की मायूसी और वीरानी को देखा। उसका भी दिल भर आया। फिर उसने धीरे से कहा—"हुजूरे आलिया···यह दौर ही नहीं बचेगा तो आपकी कहानियां कहां बचेंगी···लेकिन आप चाहते ही हैं तो मैं आपके लिए एक दिन की मोहलत मांगकर लाने की कोशिश करता हूं।"

थका हुआ अदीब वहीं बैठा रहा। वह सलमा से बिछुड़ने का सदमा अभी बर्दाश्त नहीं कर पाया था।

कुछ देर बाद अर्दली लौटकर आया। बोला—

"बमुश्मिल तमाम मैं आपके लिए एक दिन की मोहलत मांग लाया हूं। गुज़रते दौर ने आपके लिए एक जलता-बुझता दिन दिया है। इस एक दिन आप दुनिया की सारी हत्याओं, तड़पती आत्माओं की चीखों, युद्धों और आक्रमणों की खून से सनी दास्तानों, मौत की कराहों की दर्दभरी आवाज़ों से बेखबर हो जाएंगे···आपको कोई आंसू, कोई चीख, कोई आह परेशान नहीं करेगी···अगर आपका लेखकीय ज़मीर आपको इस बात की इजाज़त देता है तो आप आराम से बैठकर अपनी कहानियां लिखिए! इंसान-परस्त होने के खोल से बाहर आकर अपने दौर के एय्याशों और पतित लोगों की कहानियों के ताजमहल बनाइए!"

अदीब ने उसे देखा।

"लेकिन हुजूरे आलिया! आप तो आम आदमी के पैरोकार रहे हैं···"

"महमूद अली! बूटा सिंह और जेनिब मामूली, सीधे-सच्चे लोग हैं। शाहीन एक औसत गरीब घर की लड़की है। कबीर भिखमंगा है। सुरजीत कौर भी मामूली घराने की है जो अपने बेटे को कंधे पर लादे अब तक ज़िंदा है, वह अपने बेहोश बेटे की सलामती के साथ-साथ, अपने हज़रत रुक्ने आलम की दरगाह और अपनी बस्ती मुलतान की सलामती भी मांग रही है!"

"यह तो अजीब बात है अदीबे आलिया!" अर्दली महमूद अली ने कहा।

" महमूद अली! इस कहानी को जीते और लिखते मेरा दिल फटता है···तुम्हें याद होगा—विभाजन में सुरजीत कौर अपने मासूम बेटे को अफीम चटाकर मुलतान के अपने पुश्तैनी घर से निकली थी···उसने शृंगार किया था। सारे गहने पहने थे। वह जानती थी कि सबसे पहले दंगाई उसके गहने लूटेंगे, बेटा बच जाएगा। उसके बाद जब गहने नहीं होंगे, तो उसकी इज़्ज़त लूटी जाएगी, पर बेटा बच जाएगा और शायद तब तक वह नए बने मुल्क पाकिस्तान की सरहद पार कर लेगी और अपने

बेटे को बचा सकेगी⋯इसीलिए सुरजीत कौर ने अपने नवजात बेटे को अफीम चटाई थी कि वह रोए नहीं, बेहोश रहे⋯लेकिन उसका बेटा अफीम चाटकर तब से बेहोश है। और जब भी भारत-पाकिस्तान युद्ध होता है तो वह मुझसे यह पूछने आती है कि मुलतान पर तो कोई बम नहीं गिरा?

" मैंने उसे बहुत समझाया—मुलतान से अब तुम्हें क्या लेना-देना⋯वह तुम्हारे मुल्क का शहर नहीं, अब पाकिस्तान नाम के नए मुल्क का शहर है⋯लेकिन वह पागल औरत सुरजीत कौर समझती ही नहीं⋯1948 में आई। तब भी उसकी गोद में बेहोश बेटा था। पूछने लगी—भारत पाकिस्तान युद्ध हो रहा है⋯लेकिन मेरे मुलतान पर तो कोई बम नहीं गिरा?

" मैंने उसे आश्वस्त किया—जंग कश्मीर में चल रही है। तुम्हारा मुलतान सुरक्षित है⋯

" फिर वह 1965 में आई⋯चीख-चीखकर पूछने लगी⋯अय्यूब खां को सबक सिखाने के लिए फौज ने मुलतान पर तो हमला नहीं कर दिया है? मेरे मुलतान पर तो कोई बम नहीं गिरा है?

" मैंने उसे बमुश्किल तमाम किसी तरह वापस भेजा।

" वह 1971 में फिर आ गई। उसके कंधे पर वही बेहोश बेटा लदा हुआ था। वह पूछने लगी—जंग फिर छिड़ गई है⋯लेकिन मेरे मुलतान पर तो कोई बम नहीं गिरा? "

"सुरजीत कौर! मुलतान शहर अब जिस मुल्क में है, वह तुम्हारा मुल्क और शहर नहीं है। अब तुम भारत की राजधानी दिल्ली के राज़ोरी गार्डन में रहती हो। ⋯अब तुम भारत की नागरिक हो⋯अब मुलतान नहीं दिल्ली तुम्हारा शहर है⋯इसे अपना मानो।"

"वह तो मैं मानती हूं⋯लेकिन मुलतान तो मुलतान है⋯उस पर तो कोई बम नहीं गिरा?"

"नहीं मुलतान सुरक्षित है और शिमला-समझौता हो गया है⋯"

अर्दली ने उसे गौर से देखा।

" महमूद अली! वह फिर अपने बावनसाला बेहोश बेटे को कंधे पर लादे सन् 1999 में आई और पूछने लगी—कारगिल में सरहद की जंग चल रही है। सुना है कि यह जंग भारत-पाकिस्तान की जंग में तब्दील हो गई है⋯मेरा दिल बहुत घबड़ा रहा है। मैं सिर्फ यह मालूम करने आई हूं कि कहीं मेरे मुलतान पर तो कोई बम नहीं गिरा है?

" और महमूद अली, मैं उस पागल औरत पर चीख उठा था—सुरजीत कौर! मुलतान अब तुम्हारा शहर नहीं है···

" वह मुझे हैरत से देखती रह गई थी। वह समझ ही नहीं पाई थी कि मैं क्या कह रहा था। यह उसकी समझ से बाहर था। ठीक उसी तरह जैसे सिरिल रेडिक्लिफ का किया हुआ सीमा-विभाजन मेरी और सबकी समझ से बाहर था। "

"सिरिल रेडक्लिफ? यह कौन सी बला है?" अर्दली ने पूछा।

"यह वह शख्स है जिसने हिंदुस्तान-पाकिस्तान की सरहदें तय की हैं···

यह जुलाई का एक बेहद उमस भरा दिन है। सिरिल रेडक्लिफ माउंटबेटन की स्टडी में खड़ा है। वह न तो समाजशास्त्री है न भूगोलविद्। लेकिन माउंटबेटन ने उस वकील को सरहदें खींचने का काम सौंपते हुए कहा था—पंजाब और बंगाल का विभाजन आपको करना है···इंडिया और पाकिस्तान की अंतर्राष्ट्रीय सीमा आपको तय करनी है···

"लेकिन मैं इस काम के योग्य नहीं हूं!" सिरिल ने कहा—"यह पंजाब और बंगाल हैं कहां?"

"वह नक्शे में मौजूद हैं!" माउंटबेटन ने कहा।

"इसके लिए मुझे पंजाब और बंगाल का विधिवत् दौरा करना होगा ताकि मैं इन सूबों को देख सकूं···"

"वह मुमकिन नहीं है। वक्त बिलकुल नहीं है। जुलाई चल रहा है और अगले महीने अगस्त की पंद्रह तारीख तक हर हालत में हमें पार्टीशन का काम पूरा कर देना है!" माउंटबेटन ने शालीन सख्ती से कहा।

तभी वायसराय की स्टडी में कबीर घुस पड़ा और चीखा—"लाट साहब! जिस बैरिस्टर के हाथ में तुमने कसाई का छुरा पकड़ा दिया है, इसे तो यह तक नहीं मालूम कि जौ और गेहूं में फर्क क्या होता है···यह कसाई पंजाब का बंटवारा करेगा!"

अभी माउंटबेटन और रेडक्लिफ कुछ भी समझ नहीं पाए थे और कबीर उसी सांस में चीखता गया—

"इस कसाई को यह नहीं मालूम कि रोहू और हिल्सा में अंतर क्या होता है···यह बंगाल का बंटवारा करेगा!"

इससे पहले कि माउंटबेटन के सुरक्षाकर्मी सक्रिय हों, वह भिखारी कबीर न जाने कहां गायब हो गया। और उस शाम बहुत उद्विग्न और अशांत सिरिल रेडक्लिफ धौलाकुआं की उस रिज पर घूम रहा था, जहां से सन् 1857 में अंग्रेजों की फौज ने ब्रिगेडियर जॉन निकलसन की कमान में लाल किले पर धावा करने के लिए कूच

किया था। वहां से उसे तपती और उमस भरी गर्मी में रायसीना पहाड़ी पर खड़ा साम्राज्यशाही का भव्य प्रतीक वायसराय हाउस भी दिखाई दे रहा था जो भारत के टुकड़े करने के लिए कटिबद्ध था। टुकड़े हुए। केवल धरती के ही नहीं, उन तमाम निरपराध मासूम लोगों के, जिनके शव पूरे उत्तर भारत की धरती पर बिखर गए ···जिन्हें खाने के लिए संसार भर के मांसभक्षी पक्षी और पशु भारत-यात्रा पर आए थे। यह महाभोज संसार के इतिहास में अकेला था।

"हम अपने करोड़ों शवों का कफन-दफन नहीं कर पाए थे पर वायसराय का सलाहकार, चर्चिल-भक्त कोरफील्ड इंडिया के नए नौकरशाहों से भारत भर में फैले अपने पूर्वजों के कब्रिस्तानों के सम्मानजनक और शानदार रखरखाव का आश्वासन ले रहा था···"

यह आवाज़ कबीर की थी जो एक हाथ में बांस की टेढ़ी-मेढ़ी छड़ी लिए, अदीब और अर्दली के सामने खड़ा था।

"अरे कबीर तुम! अभी-अभी तो तुम वायसराय की स्टडी में खड़े सिरिल रेडक्लिफ को डांट रहे थे!"

"वह तो बहुत दिन हुए। उसे छोड़ो अदीब···मुझे तो तुम उस बूटा सिंह की कहानी बताओ जो जेनिब से शादी करने के बाद बहुत खुश था। पार्टीशन के बाद शायद पहली खुशी जेनिब और बूटा सिंह के हिस्से में आई थी।"

"हां कबीर, शायद तुम ठीक कह रहे हो···हत्या, ज़िना और तबाही की खूनी प्रलय के बाद बूटा सिंह और जेनिब ही पहले आदम और हव्वा थे, जिन्होंने वर्जित फल खाने का पुण्य किया था, नहीं तो प्यार इस दुनिया में जिंदा नहीं बचता, सिर्फ ज़िना और वासना के बिजबिजाते हुए नाले-परनाले यहां बह रहे होते!" अदीब ने कहा।

"हां···उन दिनों मैं पाकिस्तान में था। तब मैंने उसे एक छोटी सी बच्ची के साथ देखा था···पर कोई बात नहीं कर पाया। न मालूम क्यों वह पाकिस्तान आया था···"

"तुम्हें नहीं मालूम···मैं बताता हूं।" अदीब ने कहा—"हुआ यों था कि बूटा सिंह और जेनिब के सुख को उसके भाई-बंद नहीं देख पाए थे। उन दिनों एक समझौते के तहत पाकिस्तान में लूट ली गई हिंदू औरतों और हिंदुस्तान में अगवा कर ली गई मुसलमान औरतों को तलाशा जा रहा था। बूटा सिंह के सगे भतीजे ने जाकर फौज के तलाशी-दस्ते को खबर कर दी···उसी शाम ब्याहता जेनिब को उसके घर से उठा लिया गया। फौज ने उसे दिल्ली के एक शरणार्थी कैंप में पहुंचा दिया।

बूटा सिंह पर तो जैसे मुसीबतों का पहाड़ टूट पड़ा। उसने अपनी मासूम बच्ची तनवीर कौर को उठाया और अपनी बीवी और तनवीर की मां की तलाश में निकल पड़ा।"

बीच में अर्दली महमूद अली ने दखल दिया—

"अदीबे आलिया! आपको एक दिन की मोहलत मिली थी⋯सूरज अब डूबने वाला है⋯अगर इजाज़त हो तो मैं जल्दी-जल्दी वक्त रहते सूरज डूबने से पहले जेनिब और बूटा सिंह की कहानी बता डालूं?"

"लेकिन मैं तो यह कहानी इसके तमाम बेहद खूबसूरत और तकलीफदेह प्रसंगों के साथ लिखना चाहता हूं⋯यह अप्रतिम कहानी रचना बन सकेगी तो सदियों जीवित रहेगी⋯इसे लिखने के लिए मुझे वक्त चाहिए!" अदीब बोला।

"ज़िद मत कीजिए हुजूर! यह रचना का दौर नहीं है। जो कहना हो जल्दी-जल्दी कह लीजिए नहीं तो आपकी कहानियां घुट-घुटकर दम तोड़ देंगी⋯"

"तो ठीक है। यहां एक छोटी सी कब्र खोदो और मेरे कलम को दफना दो। उसके बाद तुम कहानी सुनाने का सिलसिला जारी रखो!" अदीब ने हताश और निराश होते हुए कहा।

"तो कबीर! हुआ यह कि⋯" अर्दली ने बूटा सिंह की कहानी का अगला सिरा पकड़ा—"बूटा सिंह तो अनपढ़ किसान था, लेकिन तमाम मुश्किलों को पार करता हुआ और जेनिब को तलाशता हुआ वह उस शरणार्थी कैंप में पहुंच ही गया, जहां जेनिब को रखा गया था। उस कैंप की इंचार्ज मृदुला साराभाई थीं। जब वह उनके दफ्तर में पहुंचा तो मृदुला साराभाई जेनिब से जिरह कर रही थीं—"

"तुम्हारा मज़हब?"

"इस्लाम।"

"शादी के बाद?"

"इस्लाम।"

"बदला नहीं गया?"

"नहीं।"

"तुम्हें बूटा सिंह ने अगवा किया?"

"नहीं।"

"तुम्हारे घरवाले सरहद पार पाकिस्तान चले गए?"

"हां⋯आधे लोग चले गए⋯बाकी लोग यहीं हैं।"

"तो तुम आधे लोगों के साथ पाकिस्तान क्यों नहीं गईं?"

"यह ज़रूरी नहीं था। मुझे अपनी पसंद का मर्द मिल गया था..."

"लेकिन तुम तो मुसलमान हो और बूटा सिंह सिख...तुम्हें इंडिया में रुकना नहीं चाहिए था।"

"क्यों? इसी इंडिया में करोड़ों मुसलमान अभी भी रुके हुए हैं। क्या यह ज़रूरी है कि हर मुसलमान पाकिस्तान चला ही जाए? मुझे पाकिस्तान की ज़रूरत नहीं है..." जेनिब ने कहा। तब तक आंसूभरी आंखों को बूटा सिंह ने पोंछा और अपनी बेटी तनवीर कौर को मृदुला साराभाई के कदमों में डालते हुए कहा—

"यह हमारी औलाद है...हम शादीशुदा हैं। मुझे मेरी बीवी और बेटी की मां वापस दे दीजिए...मैं अपनी बीवी को बेपनाह मुहब्बत करता हूं! मेरे साथ इंसाफ कीजिए!" कहते-कहते बूटा सिंह रो पड़ा।

"नहीं! तुम मर्दों की मुहब्बत पर यकीन नहीं किया जा सकता!"

"यहीं पर मुहब्बत की एक और कहानी मौजूद है..." अदीब ने दखल दिया— "मृदुला साराभाई भारत के प्रधानमंत्री जवाहरलाल नेहरू की प्रेमिका थीं...वे दुनिया के दुःख-दर्द से दूर एक बेहद खूबसूरत मुजस्सिम औरत थीं। लेकिन पार्टीशन के साथ खून का जो सैलाब आया था, उसने तीनमूर्ति भवन में नेहरू के बिस्तर को इस कदर भिगो दिया था कि उन जैसा जज़्बाती और इंसान-परस्त इंसान उस पर सो नहीं सकता था। उस वक्त नेहरू जैसे आदर्शवादी इंसान को एडविना माउंटबेटन का रूहानी कंधा मिला था...मृदुला साराभाई जैसी मुजस्सिम मांसल प्यार की पुतली नेहरू जी की इस रूहानी यंत्रणा को ग्रहण नहीं कर पाई थी...उसने एडविना को अपना रकीब माना था और नेहरू को एक बेवफा आशिक! इसीलिए उसने बूटा सिंह की मुहब्बत पर यकीन नहीं किया था और मन ही मन मर्दों की बेवफाई से बदला लेने के लिए उसने नेहरू का बदला बूटा सिंह से ले लिया था!"

"यह सच है!" अर्दली ने कहा—"सूरज डूबने वाला है और कहानी जल्द से जल्द खत्म करनी है..."

"तो फिर हुआ क्या?" कबीर ने पूछा।

"मुसलमान होने के नाम पर जेनिब को पाकिस्तान में उसके घरवालों के सुपुर्द कर दिया गया। जेनिब को पाने के लिए बूटा सिंह ने कलमा पढ़ा और मुसलमान हो गया। अपना नाम उसने जमील अहमद मंजूर किया और बेटी तनवीर कौर का नया नाम उसने सुलताना रखा और जब उसे पाकिस्तान जाने और अपनी बीवी से मिलने का वीज़ा नहीं मिला, तो वह छिपकर राजस्थान की सरहद से पाकिस्तान में दाखिल हो गया। इसके बाद यह कहानी मुहब्बत, कुर्बानी, लगन, बिछुड़न, आस्था,

अपमान और अर्ध-विक्षिप्त आसक्ति की एक अन्यतम महाकथा है···"

"उसे तफसील से बयान करो महमूद अली··मानवीय संतान और प्यार की वही आध्यात्मिक लगन तो मानुष संवेदना और भावना की उदात्ततम गाथा है···" अदीब ने टोका।

"अदीबे आलिया! अब कहानियों का वक्त समाप्त हो रहा है। सूरज डूबने के कगार पर है··इसका अंत कबीर को बता दूं, नहीं तो आपकी यह कहानी भी अधबीच में अधूरी छूट जाएगी।"

"ठीक है··ठीक है··तुम कहानियों की हत्या कर सकते हो···" कहकर अदीब उदासीन हो गया।

और तब अर्दली महमूद अली ने बूटा सिंह उर्फ जमील अहमद की कहानी को समाप्त करते हुए कहा—"बूटा सिंह उर्फ जमील अहमद ने हरचंद कोशिश की लेकिन जेनिब उसे हासिल नहीं हो सकी। जेनिब के घरवालों ने बूटा सिंह को मुसलमान मंजूर नहीं किया। अदालत में जेनिब को बयान नहीं देने दिया··हुजूर! विभाजन के साथ मनुष्य की आत्मा के विभाजित हो जाने की यह दारुण कहानी है क्योंकि जमील अहमद उर्फ बूटा सिंह को, मुसलमान होते हुए मुकदमा हारने के बाद पाकिस्तान के कब्रिस्तान में जगह नहीं मिली। उसे उसकी कब्र से खोदकर बेदखल कर दिया गया··जिस स्टेशन की पटरी पर आती ट्रेन के सामने कूदकर उसने अपनी बेटी सुलताना के साथ खुदकुशी की थी, वह स्टेशन और पटरी मौजूद है··लेकिन अपनी लाश की गोद में बेटी सुलताना को उठाए हुए वह बूटा सिंह उर्फ जमील अहमद मंटो के टोबाटेक सिंह की तरह आपकी अदालत में फैसला पाने के लिए मौजूद है!"

"चलो ठीक है, महमूद अली तुमने गला घोंटकर बूटा सिंह और जेनिब की कहानी तो बयान कर दी, लेकिन अभी विद्या की कहानी बाकी है।" अदीब बोला।

"कौन विद्या?"

"वही विद्या··जो अपने मां-बाप के साथ सगाई के लिए रोहतक रोड से तांगे में रामनगर जा रही थी। तभी कस्साबपुरे के पास दंगा भड़का था और तांगे का घोड़ा पंख लगाकर न मालूम विद्या को कहां उड़ा ले गया था···अपनी ज़िंदगी की उस सबसे खामोश कहानी की तलाश में मैं आज भी भटक रहा हूं···"

"सूरज डूब चुका है और अदीबे आलिया···अब कहानियों को देखने या लिखने का वक्त खत्म हो चुका है।"

"ऐसा मत करो महमूद अली!" कबीर ने कहा—"मुझे अदीब की सारी

कहानियां सुननी हैं···”

“कबीर! अब कहानियां सुनने-सुनाने का दौर नहीं है। तुम कहानियों को देख सकते हो तो देख लो...”

“यही तो मुश्किल है···मेरे दोस्त महमूद अली!” कबीर बोला—“मेरी आंखों की रोशनी चली गई है। मैं भीख मांगते-मांगते अंधा हो गया हूं···इससे मेरी आमदनी तो बढ़ गई है, लेकिन अब मैं कहानियों को सिर्फ सुन सकता हूं···देख नहीं सकता! दुःख या सुख की आवाज़ें सुन सकता हूं, दुःख या सुख को देख नहीं सकता!”

8

और भारत ने आज़ादी के दुःख और सुख का जशन और नरसंहार का नज़ारा एक साथ देखा। कई बारातों के पीछे-पीछे कई जनाज़े लगातार चल रहे थे। न विवाह मंडप आता था, न श्मशान। चारों तरफ जशन था। चारों तरफ मातम था। सिरिल रेडक्लिफ ने कहां से धरती को काटा था, किसी को कुछ पता नहीं था। लेकिन जशन और मातम मनाने वालों को सरहद साफ दिखाई दे रही थी। जहां हिंदू और सिखों की लाशें पड़ी थीं, वह पाकिस्तान था। जहां मुसलमानों की लाशें पड़ी थीं, वह इंडिया था। लाशों ने खुद ही सरहदों को तय कर दिया था।

लेकिन अभी जो तय नहीं हुआ था, वह था अंग्रेज़ी साम्राज्यवाद की पांच सौ पैंसठ अवैध रियासतों का भविष्य। वायसराय का सलाहकार कोरफील्ड लंदन में बैठा अपने सामंतों को समझा रहा था कि भारत की सारी रियासतों की संधि ब्रिटिश क्राउन से है। इंडिया इंडिपेंडेंस एक्ट के अधीन उन्हें इंडिया या पाकिस्तान के रहमो-करम पर नहीं छोड़ा जा सकता। ब्रिटिश क्राउन इस दायित्व का विसर्जन नहीं कर सकता। उससे सहमत होते हुए ब्रिटेन का पूर्व प्रधानमंत्री चर्चिल चीखा था—“यह राजे-महाराजे, नवाब और निज़ाम हमारे मित्र और ताबेदार रहे हैं। इनकी संधियां हमारे साथ हैं···इन्हें आज़ाद करना हमारी ज़िम्मेदारी है!”

लेकिन नेहरू, पटेल और जिन्ना ने इस सोच का विरोध किया। वे इन नासूरों को पालने के लिए तैयार नहीं थे। ब्रिटिश सत्ता को इससे सहमत होना पड़ा। लेकिन बंटवारा तो शुरू हो गया था···अंग्रेज़ अफसर वापस जाने की तैयारी कर रहे थे। आर्मी के अफसरों का बंटवारा भी होने लगा था। अदला-बदली का सिलसिला जारी था। दिल्ली छावनी से हिंदू-सिख अपने मुसलमान साथियों को विदा दे रहे थे···आर्मी मेस में इतनी जगह भी नहीं, इसलिए छावनी के खुले मैदान में बड़ा खाना हो रहा था।

और उधर रावलपिंडी छावनी में कर्नल इदरीस आंखों में आंसू भरे बिछुड़ने वाले अपने हिंदू और सिख सिपाहियों से कह रहे थे–

"मेरे अफसर और जवान दोस्तो! दूसरी आलमी जंग में हमने साथ-साथ खून बहाया है⋯हर मोर्चे पर हमने साथ-साथ फतह हासिल की है। हम में से जो शहीद हुए, उन्हें हमने एक साथ सलाम किया है⋯आप कहीं भी जाएं पर हमारा यह खून और शहादत का यह रिश्ता टूट नहीं सकता⋯हम भाई-भाई ही रहेंगे और हमेशा आप सबको याद करेंगे!"

सब गले मिले थे और आंसू पोंछते हुए अलविदा कहके चल पड़े थे। लेकिन सबसे ज़्यादा ऊहापोह और असमंजस तो भारत की छावनियों से जाने वाले मुसलमान फौजियों में था। उन्हें किसी भी देश की फौज में रहने और चुनने की आज़ादी दी गई थी, लेकिन पाकिस्तान में हालात दूसरे थे। वह देश ही इस्लाम और मुसलमान कौम के नाम पर बना था। वहां औरों के रुक सकने का सवाल ही नहीं था। हिंदुस्तान में ऐसी कोई शर्त नहीं थी। उसे सेक्युलर घोषित किया गया था। पर असमंजस तो अपनी जगह था। पूरी भारतीय फौज धर्म से निरपेक्ष थी। सारे सिपाही सिर्फ हिंदुस्तानी थे। वे हिंदू, मुसलमान, सिख या ईसाई, पारसी नहीं थे। पर उन्हें अब फैसला लेना था कि वे कौन हैं, किस मज़हब के हैं और उन्हें कहां रहना है।

इसी असमंजस और अनिश्चय ने हरेक छावनी के सिपाही के दिलो-दिमाग को जकड़ रख था। फैसला लेना आसान तो नहीं था। यादें जितनी शिद्दत से सिपाही के दिल में रहती हैं, दुनिया में कहीं नहीं रहतीं। वह जान, आन-बान और यादों के लिए लड़ता है। शांति की कामना का वह पहला और आखिरी मुरीद होता है। उसका एक पैर मोर्चे की तरफ बढ़ रहा होता है, तो दूसरा पैर घर की यादों की तरफ लौट रहा होता है⋯और ऐसा ही कुछ कर्नल इनायत हबीबुल्ला के मन पर गुज़र रहा था, जब उन्होंने अपने लखनऊ को देखा था। यहीं तो उनके पुरखे सन् 1857 में शहीद हुए थे⋯शाही इमारतों पर गोलों के बारूदी निशान अभी जल रहे थे। कत्लेआम में बहे खून के छींटे अभी सूखे नहीं थे। उन्होंने अपनी यादों के साथ रहने का फैसला ले लिया था।

लेकिन रामपुर रियासत के आला वज़ीर के दो जवान बेटों ने अलग-अलग फैसला लिया था। बड़ा बेटा मेज़र याकूब खान, जो वायसराय के अंगरक्षकों का नायब मुखिया था, वह बेहतर मौके और ओहदे की तलाश में पाकिस्तान चला गया था। छोटा बेटा कैप्टन यूनिस खान अपनी यादों को छोड़ नहीं पाया था। उसने हिंदुस्तान में ही रहना मंजूर किया था।

विभाजित हो चुकी पेशावर छावनी में अपने साथियों को विदा देते कर्नल इदरीस का बयान अब भी गूंज रहा था—मेरे साथी अफसरान और जवान दोस्तो! यह बंटवारा हमारे दिलों को नहीं बांट सकता···दूसरी आलमी जंग में हमने साथ-साथ खून बहाया है। अपने शहीदों को हमने साथ-साथ सलाम किया है। फतह के परचम हमने साथ-साथ फहराए हैं···आप कहीं भी जाएं, हमारा खून और शहादत का रिश्ता नहीं टूट सकता! क्योंकि हम भाई-भाई हैं और हमेशा रहेंगे!

लेकिन इतिहास ने सन् 1965 की भारत-पाक जंग में विभाजन की त्रासदी का दर्दनाक मंजर देखा था! कश्मीर में पुंछ की पहाड़ियों पर घमासान युद्ध हुआ था। पाकिस्तान के फौजी दस्तों का कमांडर था—वही रामपुर का याकूब खान और हिंदुस्तान की गोरखा रेजीमेंट की कमान संभाले था—उसी रामपुर का यूनिस खान! दोनों सगे भाई एक-दूसरे के आमने-सामने थे। विभाजन की कीमत दोनों चुका रहे थे···सवाल ज़िंदगी-मौत का था। सवाल अपने-अपने देश का था। भारतीय मेज़र यूनिस खान आक्रमण करते हुए चीखा था—

"भाई जान बचिए!"

पाकिस्तानी फौज का याकूब खान ज़िंदा नहीं बच पाया था। मेज़र यूनिस खान ने अपने 'दुश्मन' बड़े भाई को हराने के बाद उसे वहीं दफ्न कर किया था और फातिहा पढ़कर भारी दिल से बेस कैंप लौट आया था। तब उसके दिल ने विद्रोह किया था और वह जांबाज़ भारतीय सिपाही मेज़र यूनिस खां, प्री-मेच्योर रिटायरमेंट लेकर रामपुर लौट गया था।

लेकिन जिन्ना साहब तो वापस दिल्ली लौट नहीं सकते थे। उन्होंने अपना पाकिस्तान बनाया था और वे आखिरी बार बंबई में अपनी बीवी रति की कब्र पर खामोश खड़े रहे थे। लेकिन वे कब तक खड़े रहते। उन्हें बंबई से वापस दिल्ली जाना था और फिर उन्हें हमेशा-हमेशा के लिए जाना था अपने देश पाकिस्तान!

तय हुआ था कि पाकिस्तान बनने और उसकी आज़ादी का दिन 14 अगस्त होगा और भारत की आज़ादी का दिन 15 अगस्त! इन तारीखों को तय करने में कोई सोच या तर्क नहीं था। यह तारीखें तो माउंटबेटन की जल्दबाज़ी और सनक का नतीजा थीं। किसी पत्रकार ने उससे पूछा था कि इंडिया को आज़ाद करने की कोई तारीख आपने तय की है? तो अपनी सनक में माउंटबेटन ने बिना सोचे-समझे वही तारीख 15 अगस्त घोषित कर दी थी, जिस दिन उसकी कमांड के सामने जापानियों ने बर्मा में आत्मसमर्पण किया था।

ऐसे तय हुई थी भारत की आज़ादी की तारीख!

5000 वर्षों की सभ्यता को माउंटबेटन, चर्चिल और रेडक्लिफ ने पांच महीनों में तोड़ दिया था! साज़िश के तहत उन्होंने पाकिस्तान बना दिया था।

और अभी धरती पर नहीं, कागज़ के नक्शे पर बने पाकिस्तान की बागडोर संभालने के लिए जिन्ना साहब दिल्ली से करांची के लिए चल पड़े थे। अभी अवाम को यह भी पता नहीं था कि सरहद कहां है, लेकिन लाशों से पटी पड़ी ज़मीन बता रही थी कि एक देश की सरहद कहां खत्म होती है और दूसरे देश की सरहद कहां शुरू होती है...

जिन्ना साहब का डीसी-थ्री विमान दिल्ली के पालम हवाई अड्डे से करांची की ओर उड़ चला था। वे बेहद खामोश बैठे थे। हालांकि फातिमा जिन्ना उनके साथ थीं, लेकिन वे किसी से बात नहीं कर रहे थे। वे इतने खामोश थे कि पर्सर वगैरह आपस में भी बात करने की हिम्मत नहीं कर पा रहे थे। वे थके और उदास थे। फातिमा जिन्ना ने उनकी तरफ देखा तो उन्होंने गहरी सांस ली थी और इतना ही कहा था—"जो होना था वह हो गया...यही होना था..."

करांची एयरपोर्ट पर उतरते जहाज़ से फातिमा ने लाखों लोगों की भीड़ देखते हुए अपने भाई से कहा—"समुंदर उमड़ आया है आपके इस्तकबाल के लिए..."

जिन्ना साहब फिर भी खामोश रहे। नहीं मालूम वे थके थे, उदास थे या दार्शनिक की तरह वीतराग थे...14 अगस्त को तो राजधानी करांची में वैसे भी तमाम सरकारी समारोहों का आयोजन था और फिर ईद तो थी ही। पाकिस्तान बनने का ऐतिहासिक दिन! सलाहकारों ने एक यादगार शाही सरकारी भोज की पेशकश की तो जिन्ना साहब ने दोपहर की दावत की बात मंजूर कर ली, और उन्होंने 13 अगस्त की तारीख तय की। तब उनके विश्वस्त एडीसी ने अदब से बताया था—"योर एक्सिलेंसी! 13 अगस्त को रमज़ान के रोज़े का आखिरी दिन है...दोपहर की दावत शायद मुनासिब नहीं होगी..."

आखिर शाही सरकारी भोज का कार्यक्रम रद्द कर दिया गया।

लेकिन सरहद पर कब्ज़ा करके लेटे मुर्दों ने ईद का जश्न मनाया। उन्होंने नए कपड़े पहने और सरहद पर ही पड़े हिंदू-सिख मुर्दों से गले मिले!

इस हैरतअंगेज़ करिश्मे को देखकर दुनिया दंग थी। कोई विश्वास ही नहीं कर पा रहा था कि यह हुआ कैसे? भारत के मनोनीत गवर्नर जनरल माउंटबेटन की स्टडी से रॉबर्ट क्लाइव की जो बड़ी तस्वीर इसी सुबह उतारकर कबाड़खाने में पहुंचाई गई थी, वह क्रोध से उबल पड़ी—"यह कैसे हो सकता है! हमने सन् 1757 में ही दो कौमों के सिद्धांत की नींव रख दी थी..."

गिलक्रिस्ट ने आगे आकर कहा—"फोर्ट विलियम कॉलेज में हमने मुंशी सदासुखलाल और मौलवी मीर अम्मन को बुलाकर इनकी सम्मिलित भाषा की रीढ़ तोड़ दी थी…"

मैकॉले ने दखल दिया—"मैंने अंग्रेज़ी शिक्षा अनिवार्य बनाकर फारसी को बेदखल किया था और पूरे हिंदुस्तान के बुद्धिजीवियों और तहज़ीबयाफ्ता तबकों को अनपढ़ और जाहिल बना दिया था।

अपनी कब्र से निकलकर मिट्टी झाड़ता हुआ लॉर्ड कर्ज़न आगे आया था—"जो काम आज माउंटबेटन ने किया है, उसकी शुरुआत मैंने सन् 1905 में ही कर दी थी। मैंने हिंदू-मुसलमानों का बंटवारा करके तभी बंगाल को विभाजित कर दिया था। मुसलमानों के लिए पाकिस्तान बना दिया था! लेकिन बंगाल के मुसलमान अपना भविष्य नहीं देख पा रहे थे। उन्होंने बंगाल के विभाजन को खारिज कर दिया। तब मैंने बंग-भंग वापस लेकर ढाके के नवाब से कहा था कि वह हिंदू वर्चस्व से बचने के लिए अपनी अलग मुस्लिम पार्टी बनाए…वही पार्टी है मुस्लिम लीग—जिसने आज पाकिस्तान बनाया है!"

मैकॉले ने फिर दखल दिया—"सन् 1857 की हिंदू-मुस्लिम एकता को तोड़ने के लिए ही मैंने राजे-महाराजों, नवाबों-ताल्लुकेदारों की एय्याश औलादों के लिए उन्हीं की रियासतों में बोर्डिंग स्कूल स्थापित किए थे…और उन कुलीन स्कूलों में मैंने इन्हीं नेटिवों के धर्मों की शिक्षा अनिवार्य बनाई थी…जिन्हें आज आप अफगानिस्तान के तालिबान कहते हो, वैसे हिंदू, मुसलमान, सिख और ईसाई तालिबान हमने हिंदुस्तानी रियासतों में पैदा कर दिए थे। हिंदुस्तान की रियासतें कौम और धर्म के इस विभाजन को अंजाम देने वाली हमारी साम्राज्यशाही के कारगर केंद्र बन चुके थे। हिंदू राज्यों में मुसलमान का उत्पीड़न और मुसलमान रियासतों में हिंदू के उत्पीड़न की नीति की सफलता हमने हासिल कर ली थी…सन् 1857 की एकता हमें मंजूर नहीं थी…इसलिए इतिहास को खंडित करना ज़रूरी था…"

मैकॉले अपनी बात कह ही रहा था कि आकाश में स्वर्णजटित उड़नखटोलों के आने की आवाज़ चारों तरफ भर गई। इन सोने के उड़नखटोलों में लंदन के वे चौबीस वणिक आए थे, जो आयरलैंड के अकाल के चलते, मौत से मुनाफा कमाकर मालामाल थे। लेकिन इन्हें डच व्यापारियों से शिकायत थी, जिन्होंने पूरब और भारत के मसालों पर एकाधिकार हासिल करके काली मिर्च की कीमत बढ़ा दी थी। तब यह 24 वणिक 24 सितंबर, 1599 की दोपहर लीडनहाल स्ट्रीट की एक खस्ताहाल इमारत में मिले थे और इन्होंने ही ईस्ट इंडिया ट्रेडिंग कंपनी की स्थापना की थी।

और यह आश्चर्य की बात नहीं थी कि भारत का वायसराय तो शाही खानदान की सहमति से चुना जाता था, परंतु भारत के राज्यों के राज्यपालों को ईस्ट इंडिया ट्रेडिंग कंपनी के मालिकों के वंशजों में से ही चुना और नियुक्त किया जाता था।

14 और 15 अगस्त, सन् 1947 को भारत के उन्हीं राज्यपालों ने अपने वणिक पुरखों के स्वर्णजटित उड़नखटोलों का स्वागत किया था।

जब उन 24 वणिकों के उड़नखटोले भारत के आकाश में स्थिर हुए, उस समय मिलिटरी छावनियों, सरकारी इमारतों, नौसेना के केंद्रों, साम्राज्यवादी सत्ता के भवनों, क्लाइव की साज़िशों का प्रतीक कलकत्ता के फोर्टविलियम, मद्रास के फोर्ट ज्योर्जेस, शिमला के वायसरीगल लॉज, रेजीडेंसी लखनऊ और अन्य हज़ारों जगहों से उनके उपनिवेशवादी साम्राज्य के प्रतीक झंडे–यूनियन जैक उतारे जा रहे थे। इसे देखकर उनके मन उदास हो रहे थे। वे झंडे भारत में नहीं बनते थे। अंग्रेज़ दर्ज़ियों के एक खास वणिक परिवार के पास झंडे बनाने का एकाधिकार था। प्रत्येक उपनिवेश में झंडे हर तिमाही या छमाही बदले जाते थे···यह लाखों-करोड़ों पाउंड का धंधा था, इसी को लेकर एक वणिक पूर्वज अपने वंशजों के लिए परेशान था कि दुनिया के उपनिवेशों पर फहराने वाले लाखों झंडों के उसके खानदानी व्यवसाय का अंत हो रहा था···उस मुर्दे को दिल का दौरा पड़ गया···उसे उन वणिकों ने संभाला! और तब आरोपों-प्रत्यारोपों का दौर शुरू हो गया। ताज्जुब यह था कि इंडिया की तरफ से आरोपों का उत्तर अज़टेक सभ्यता का सम्राट् गोंतेजुमा दे रहा था।

आरोप उछला–

"हम तुम्हें आज़ाद तो कर रहे हैं लेकिन तुम इस लायक नहीं कि अपनी आज़ादी को संभाल सको!"

"तुम कौन हो इंडिया को आज़ादी देने वाले? हर व्यक्ति आज़ाद पैदा होता है···इस भारत ने आज से 5000 साल पहले आत्मा और नैतिकता का आविष्कार किया था···इस सभ्यता ने प्रकृति के साथ भय के कारण सामंजस्य स्थापित किया था और भय से मुक्त होकर आस्था को जन्म दिया था। इसने ही भय को आस्था में बदला था। कभी सुना था तुमने आत्मा, नैतिकता या आस्था का नाम? यह शब्द ही तुम्हारे पास नहीं हैं। तुम्हारे पास है केवल व्यक्ति, इनके पास है समष्टि!"

"और आज़ादी के वक्त इन हिंदुस्तानियों के पास हैं करोड़ों दलित। करोड़ों इस्लामपरस्त मुसलमान, लाखों ईसाई, पारसी और यहूदी! और छह करोड़ से ज़्यादा यहां के असभ्य, अनपढ़ आदिम निवासी। इन्हीं में शामिल हैं पूर्वोत्तर प्रदेशों के नरभक्षी!"

"बकवास मत करो! यह गलत जानकारियां हैं...भारत ने सबको जीवन का अधिकार दिया है। तुम तो अपने देश में एक भी विदेशी को आज भी घुसने नहीं देते, लेकिन इस भारत ने सदियों से सबको जीने का वसीला और रहने को पनाह दी है···तुमने तो अपने-अपने पाकिस्तान बनाए हैं और जब हमारी सभ्यताओं ने तुम्हारे आततायी संहारक आक्रमणों को झेला था, तब अपनी विजय को प्रसारित करने के लिए हमने उन आक्रांताओं के नरमुंडों को अपना परचम बनाया था···तब तुमने विश्व की आदिम सभ्यताओं पर नरभक्षी होने का आरोप और कलंक लगाया था···वही कलंक तुम आज भारत के पूर्वोत्तर प्रदेशों पर लगा रहे हो···वे नरभक्षी नहीं, तुम्हारे नरमुंडों को काटकर परचम की तरह फहराने वाले आदिम योद्धा थे···"

मोंतेजुमा जब सदियों में फैले सवालों का जवाब दे रहा था तो अदीब को अपनी कहानी से मिलने का वक्त मिला था। वह फिर फरार होकर दिल्ली से रोहतक रोड की ओर भागा था, जहां से रामनगर जाता हुआ विद्या का तांगा गायब हुआ था और उसका घोड़ा अपने पंख फैलाकर न जाने कहां, उस कमसिन को ले उड़ा था।

हुआ यह था कि जब रामनगर जाता हुआ विद्या का तांगा कस्साबपुरा के इलाके से गुज़र रहा था, तब तक वहां मारकाट शुरू हो चुकी थी। कस्साबपुरा के कसाई अपने गंड़ासे और छुरियां लेकर काफिरों के कत्लेआम का सबाब कमा रहे थे! इसी में विद्या का तांगा फंस गया था। एक धमाका हुआ था और धुएं के साथ आग फैल गई थी। उसी चपेट में कई राहगीर आ गए थे। चीख़-पुकार, मारकाट। तभी विद्या ने एक चमकता हुआ छुरा देखा था···जो बिजली की तरह चमककर उसके बाबूजी की पसलियों में उतर गया था। उसके बाद उसने कुछ नहीं देखा। उसके मां-बाप और छोटा भाई मारे गए थे। घोड़ा उसे लेकर उड़ना चाहता था लेकिन बारूदी छर्रों से वह भी घायल था। बदहवास विद्या जलते हुए तांगे के नीचे फंसी हुई थी कि तब न जाने कितनी देर बाद उसे एक आवाज़ ने पुकारा था—

"बेटी! मेरा हाथ पकड़ो···घबराओ मत···हिम्मत रखो, इस आग से निकलने की कोशिश करो। कोशिश तो करो···"

और नीम बेहोशी के आलम में विद्या ने खुद को एक ऐसे खानदान के बीच पाया था, जो खून की नदियां पार करता हुआ पाकिस्तान जा रहा था। उसने विद्या को ज़िंदा बचा लिया था। कस्साबपुरा के पास उस खानदान ने खून की दूसरी नदी पार की थी और रात होते-होते वे मेवात के नूह नाम के कस्बे में पहुंच गए थे। वहीं उन्होंने किसी दूर के रिश्तेदार के घर पनाह ली थी। नूह का यह कुनबा मेवाती मुसलमान था। राजपूत मुसलमान। वैसे तो विद्या को दिमागी होश नहीं था, पर यह

घर उसे कुछ-कुछ अपना लगा था। यहां दंगे-फसाद, हिंदुस्तान-पाकिस्तान की कोई बात नहीं थी। बात यही हो रही थी कि पिछले दो सालों से बारिश न होने के कारण सारे जोहड़ और तालाब सूख गए हैं। मटर, जौ, चना पैदा ही नहीं हुआ है। पिछले बरस बैसाख में कुछ उम्मीद बनी थी, पर पानी की एक बूंद नहीं गिरी तो अरहर भी मुठरा गई···

विद्या को यह सब सुनकर राहत मिली थी। घर के लोग वह बातें ही कर रहे थे, जो फतेहगढ़ के पड़ोसी आढ़तिया करते थे या उसके बाबूजी के पास आने वाले मुवक्किल बताया करते थे। वहां भी तो ऐसी ही गर्मी होती थी और इन्हीं गर्मियों में होती थीं शादियां।

हिंदुस्तान के किसान का धर्म कुछ भी हो, उसके मौसम एक हैं। बैसाख चल रहा था और मेवात में यह शादियों का मुकद्दस मौसम था। चांद की चार तारीख थी। यासीन ने पाकिस्तान जाने का रुख किए सैयद सिराज से पूछा था—"सैयद साहब! हमने तो जिन्ना साहब से मना कर दिया था, हम नहीं जाएंगे···आखिर पाकिस्तान में ऐसा क्या है, जो यहां नहीं है?"

तब सैयद सिराज ने कहा था—"भाई जान! पाकिस्तान एक सपना है···हम उसी सपने को पाने के लिए वहां जा रहे हैं···और अब निकल पड़े हैं, तो वापस जाना मुमकिन नहीं है।"

उसी वक्त बीच में आकर मुस्तरी ने यासीन को खबर दी—"अब्बा! चाक पूजन की रस्म भी अभी अदा होनी है और भात लेकर चारों मामा भी पहुंचने वाले हैं···आप कपड़े बदल लीजिए।"

सैयद सिराज ने अपनी बेगम की तरफ देखा, कुछ इस अंदाज़ से कि उसके मेवाती यासीन भाई किस तरह के मुसलमान हैं, तो यासीन ने मसला और उलझा दिया—

"यह जो लड़की आप साथ ले आए हैं···यह आपके लिए मुसीबत बन सकती है।"

"लेकिन मैं क्या करता···इस ज़िंदा अनाथ को तांगे के नीचे आग की चिता में जलने के लिए तो नहीं छोड़ सकता था···"

विद्या ने यह सुना तो सोचने लगी—वहीं आग में जल मरती तो बेहतर होता—अपने शहर से तो उसे बहुत डर लगता था। कुछ भी सोचते ही उसे जैसे काठ मार जाता था। उसकी आंखों के सामने वह शाम खड़ी हो जाती थी, जब काली मेम की ईसाई बस्ती से वह बच्चों को पढ़ा के लौट रही थी। कई दिनों से वह देख रही

थी कि कुछ हिंदू लड़के उसका पीछा करते थे⋯वे लड़के जो सामने के पार्क में सुबह-सुबह व्यायाम करने के नाम पर जमा होते थे⋯एक दिन उन्होंने उसे रोका था और पूछा था–

"तुम हिंदू हो?"

"हां, क्यों?"

"फिर तुम ईसाई बस्ती में रोज़ क्यों जाती हो?"

"मैं वहां प्राइमरी स्कूल में पढ़ाती हूं।"

"यह झूठ बोल रही है⋯यह बताती नहीं, पर यह ईसाई हो चुकी है। यह उनके गिरजाघर में प्रार्थना करने जाती है⋯"

उन लड़कों ने उसे जलती नज़रों से देखा था, तो उसने गुस्से से कहा था–"काली मेम डॉक्टर हैं⋯वह धर्म-परिवर्तन नहीं, मरीज़ों का इलाज करती हैं।"

"कुछ भी हो⋯अगर तुम हिंदू हो तो कल से वहां जाना बंद कर दो!"

उसे क्या मालूम था कि ऐसा होगा। उसके सामने वही शाम फिर आकर खड़ी हो गई, जब उन्हीं में से दो लड़कों ने उसे पकड़ा था और आलू के एक गोदाम में ले जाकर, उसे अपनी हिंदू हवस का शिकार बनाया था। डर और शर्म के मारे वह अपने बाबूजी को कुछ नहीं बता सकी थी⋯एक बार फिर उन्हीं दो ने उसे बेआबरू किया था। तब से उसे दौरे पड़ने लगे थे⋯वह अपने शहर से घबराने लगी थी⋯

"तो इसे ब्याहता बना लीजिए⋯इसे दूसरी या तीसरी बीवी का दर्जा दे दीजिए, नहीं तो सरहद पार करना मुश्किल होगा। मिलिट्री वाले भगाई हुई औरतों की तलाश सख्ती से कर रहे हैं।" यासीन मेवाती ने राय दी।

बेगम ने सैयद सिराज को तिरछी नज़रों से देखा था, तो उन्होंने डरते हुए कहा था–"यह लड़की हिंदू है⋯मैं नहीं चाहता कि यह किसी की हवस या छुरे की शिकार हो जाए⋯पाकिस्तान पहुंचते ही मैं किसी जायज़ नौजवान से इसकी शादी कर दूंगा⋯"

तभी जल्दी-जल्दी यासीन की बीवी नगमा बी ने उन्हें बुरका और काठ की एक छोटी सी रंगीन डिब्बी थमा दी थी।

"यह किसलिए भौजी जान? इसमें है क्या?" सैयद सिराज ने पूछा था।

वे जल्दी में थीं। गउनारियों के बोल घर के दरवाज़े पर गूंज रहे थे। नाचती-गाती हिंदुआइनें दूल्हे को दुआ देने और अपना नेग लेने आ चुकी थीं। नगमा बी के सिर पर सौ काम थे। चाक पूजन तो बाकी था ही, उन्हें कुएं की जगत पर जाकर भी बैठना था, जहां से नौशा मियां को उन्हें उठाना, मनाना और वचन देना था कि

अम्मा तुम्हें कुएं में कूदकर खुदकुशी करने की ज़रूरत नहीं पड़ेगी। मैं हमेशा तुम्हारी बहू को काबू में रखूंगा। वो कभी भी तुमसे उलटे बैन नहीं बोलेगी...इसी तरह के तमाम कामों और दिमागी उलझनों के बीच नगमा बी ने सिराज को राज़ की बात समझा दी थी—"यहां से इसे बुरका उढ़ा के ले जाओ...मुंह खुला रहेगा तो हिंदू-मुसलमान का फर्क पैदा होगा, यहां से मुसलमान के तौर पर जाएगी तो तुम्हारे साथ-साथ शायद बच के निकल जाए। राजी-खुशी सरहद पार कर लो तो इस डिबिया में से सिंदूर लेकर इसकी मांग भर देना। उधर का सिपाही पूछे तो कह देना—हिंदू ब्याहता है...हम इसे उठा लाए हैं...सिपाही खुश हो जाएंगे...खुशी-खुशी जाने देंगे..."

"भौजी! बात तो आपने पते की बताई है!" सैयद सिराज ने कहा। तब तक नगमा बी नेग और निछावर की रस्में निपटाने चली गई थीं।

"ऐसा कीजिए न..." बेगम सिराज ने गले पड़ी मुसीबत से बचने का रास्ता निकाला था—"इसे यहीं नगमा आपा के हवाले छोड़ दीजिए। इसे अपना घर-गांव तो मालूम होगा...जब हालात सुधरेंगे तो नगमा आपा इसे घर भिजवा देंगी..."

"बेगम...यह इतना मुश्किल दौर है कि कहीं किसी का घर नहीं है...सब बेघर हो गए हैं...चल तो हम भी पड़े हैं लेकिन क्या हमें मालूम है कि पाकिस्तान में हमारा घर कहां है?"

और फिर न जाने विद्या का सफर कैसे तय हुआ था। उसे टुकड़े-टुकड़े में कुछ बातें याद थीं। सुबह जब अज़ान की आवाज़ आई तब नूह से सरहद के लिए रवाना होने वाली किराए की लारी खड़ी थी। फतेहगढ़ के बारे में सोचते ही उसे वे हिंदू लड़के याद आते थे...आलू का वह मनहूस गोदाम याद आता था...और अब तो अम्मा-बाबूजी भी नहीं थे...वहां के बारे में सोचती थी तो दिमाग सुन्न पड़ने लगता था...और जब उसने सुना—चलो बेटी...तो वह अपने नए खानदान के साथ उस छकड़ा लारी में सवार हो गई थी...अभी कुछ और चलने वालों का इंतज़ार था। तब तक सैयद सिराज ने सामने वाली मस्जिद में जाकर हौज़ के पानी से मुंह-हाथ धोए। नमाज़ पढ़ी और फिर लंबे-लंबे सिज्दे किए थे...

सफर शुरू हुआ। काले पहाड़ की परछाईं कुछ-कुछ उजली होने लगी थी। सूरज निकल रहा था। रास्ते में सिवा कीकर के कोई दूसरा पेड़ नज़र ही नहीं आता था। एकाध बेरियों के पेड़ भी मिले थे। उन पर बयों के खाली घोंसले लटक रहे थे। सफर जारी था। फिर सरहद आई थी। वहां कुछ और लोग भी मौजूद थे। चाय की एक गुमटी भी थी। सिपाहियों ने थोड़ी-बहुत पूछ-गछ और चाय पिलाने के बाद राय दी थी—

“आप लोग लायलपुर निकल जाओ। उधर ज़मीनें भी हैं और घर-मकान भी खाली पड़े हैं। शायद घरवाले भी मिल जाएं!”

“घरवाले···तब हमें घर-मकान कौन देगा?”

“लाशें फेंक देना। कीड़े-मकोड़े साफ कर लेना। उधर पानी की कमी नहीं है। सतलज से नई नहर बहुत पहले निकल चुकी है। जड़ांवाला होते हुए निकल जाओ। वहां गल्ला मंडी भी है, चाहो तो कुछ रसद खरीद लेना। पैसा कम हो तो पल्लेदारी करके कमा लेना। कोई दिक्कत नहीं होगी। मुल्क में सब आराम ही आराम है।” सिपाही ने उनकी मुश्किल हल कर दी थी।

आखिर उनका छोटा सा खानदान लायलपुर पहुंच ही गया। घर-मकान भी मिल गया। उनसे पहले चार-पांच मुहाजिर घराने वहां पहुंचकर बस चुके थे। उनके घर में पुराने मालिकों की कुछेक पहचानें ही बाकी थीं। टूटे तंदूर वाले कोने में कपास की छड़ियां। एक कील पर टंगी, तागे में पिरोए हुए शलजम के कतलों की माला।

दो पड़ोसियों ने आकर गर्मजोशी से सैयद सिराज के छोटे से खानदान का स्वागत किया था। तब मालूम हुआ था कि उनके खानदान पुरानी दिल्ली, दरियागंज से उठकर आए थे। कूचा सादुल्ला खां से। नहर वाली हवेली में उनकी रिहायश थी। वहीं तो अपने प्राइम मिनिस्टर जनाब नवाब लियाकत अली खान साहब की हवेली थी—गुले-राना। सर सैयद अहमद खां की हवेली तिराहा बहरामखां के पास थी। वे जब भी अलीगढ़ से आते तो उसी में ठहरते थे···

“अल्लाह का लाख-लाख शुक्र···” पहले पड़ोसी नदीम साहब ने कहा—“हमें तो अलीगढ़ में पढ़ने का मौका मिला नहीं, मैं तो वहीं अजमेरी गेट के एंग्लो-अरेबिक स्कूल में पढ़ा हूं। यहां आते ही फॉरेन ऑफिस में नौकरी मिल गई। सरकार को ऐसे मुहाज़िरों की बड़ी ज़रूरत है जो हिंदुस्तान जैसी फॉरेन कंट्री की मालूमात रखते हों···अपना काम तो बन गया···आप भी कोई नौकरी पकड़ लो···”

“हमें तो कोई काम-धंधा ही पकड़ना होगा···हममें इतनी लियाकत नहीं कि नौकरी मिल जाए···” सैयद सिराज ने बताया।

“लियाकत के लिए तो अपने वज़ीरे आला लियाकत अली खान साहब ही काफी हैं!···उर्दू तो पढ़ी होगी?”

“जी हां···उर्दू तो आती है।”

“तो भाई जान, आपके घर में सिंदूर वाली लड़की है, उसके बारे में कुछ बताइए!” दूसरे पड़ोसी इनायत अली खान ने दरयाफ्त किया।

यह जुमला सुनते ही बेगम सिराज का माथा ठनका।

आने वाला तकलीफदेह वक्त रह-रह के कौंधने लगा। न मालूम किस वक्त बिजली टूट पड़े। मरद का नाड़ा टूटते कितनी देर लगती है। कमरे तो कई हैं, पर फिलहाल चारपाई तो एक ही है। कहीं नाड़ा टूट गया तो फिर ज़िंदगी भर चारपाई नसीब नहीं होगी।

वह तो खुदा का शुक्र। काम-धंधे की तलाश में सैयद सिराज को कई दिनों के लिए पड़ोस की मंडियों की जानकारी लेने जड़ांवाला की बड़ी मंडी तक जाना पड़ा। उसी बीच बेगम रुकैया सिराज ने मौलवी को बुलाकर कलमा पढ़वाया और विद्या का माथा चूमकर उसका बहुत ही खूबसूरत सा नाम रख दिया—परी! परवीन सुलताना! सैयद सिराज जब लौटे तो इस खबर से बहुत ही खुश हुए।

उन्होंने बेगम की सलवटदार कमर में प्यार से हाथ डाला और कहा—"बेगम! काम कर डाला।" इसकी तैयारी वे कई हफ्तों से कर रही थीं। खास तौर से उन्होंने अपनी कमर में पड़ने वाली सलवटों की कशिश को एकाएक पहचाना था। इस कशिश की पहचान उन्हें नदीम साहब की नज़रों ने दी थी। एक दिन तो इसी खातिर उन्होंने करधनी की तरह, चांदी की लड़ बांधकर अपनी सलवटों को सजाया था। नदीम साहब की आंखें बंधी रह गई थीं, तब रुकैया बेगम ने हया का नकाब पहनकर बड़ी शोखी से उन्हें बताया था—

"कमर की यह बर्तें मर्द की बेपनाह मुहब्बत और जिस्मानी कूवत की निशानियां हैं···यह लहरें तभी पड़ती हैं, जब कोई मर्द मुहब्बत की गहरी झील में उतरता है।"

नदीम साहब ने रुकैया को अर्थभरी नज़रों से कसमसा के देखा और कुछ सोचने लगे।

"किस सोच में पड़ गए आप?"

नदीम ने फिर उन्हें देखा। उनके भीतर जिस्मानी कूवत का लावा मचलने लगा। उन्होंने अंदाज़ लेने के अंदाज़ में रुकैया बेगम को गौर से देखा और धीरे से बुदबुदाए—

"लेकिन मसला तो यह है कि···"

"आदमी मन में ठान ले तो सारे मसले हल हो जाते हैं···यह मसला तो चुटकी बजाते हल हो जाएगा···परी तो मौजूद है..."

परी! परी!! परी!!! नदीम खां का पूरा वजूद इस नाम से नहा गया। और नहाने के मुंतजिर नदीम खां हम्माम में अकेले न रह जाएं, इसलिए रुकैया बेगम ने सैयद

सिराज के वापस आने से तीन दिन पहले सारा सरंजाम कर दिया। दो बीवियों के रहते उन्होंने परी और नदीम खां को मस्जिद में ले जाकर निकाह पढ़वा दिया। इस शर्त के साथ कि वे अपनी 'बेटी' की बिदा बड़ी धूमधाम से करेंगी, लेकिन अगली जुमेरात की शाम, जब सैयद सिराज लौटेंगे, धंधे की खुशखबरी के साथ। सारे हड़कंप और भूचाल के बावजूद नदीम साहब को उसी शाम का इंतज़ार था।

परिक्रमा

पाकिस्तान की दो अहम खबरें

खबर नं. 1

पाकिस्तान से दो बड़ी घटनाओं की खबरें इधर आई हैं। हुआ यह कि जब पूर्वी पाकिस्तान के अधिकारियों ने ब्रह्मपुत्र नदी में व्यापारी नावों पर लदी कई लाख मन भारतीय चाय ज़बरदस्ती पकड़ ली, तो चटगांव और ढाका में बड़ा जश्न मनाया गया। ढाका की एक सभा में वहां के मुस्लिम लीगी नेताओं ने भाषण दिए, कि भारत ने जो तमाम फैक्टरियां और मिलें खोली हैं, उनका धुआं हमारे मुल्क में भर रहा है, इस धुएं की वजह से बड़ी तकलीफें हैं। हमारी नज़रें कमज़ोर पड़ती जा रही हैं और आंखों से लगातार पानी आता है···पश्चिमी पाकिस्तान के लोगों की आंखों में मोतियाबिंद की शिकायत हो गई है, और मुश्किल यह है कि सुरमे वाले भारत में रह गए हैं।

कई लाख मन चाय के बारे में उन्होंने कहा–"आसाम के चाय-बागान के अंग्रेज़ मालिक हमेशा से हमें यह चाय देना चाहते थे, पर भारत ने इस पर पाबंदियां लगा रखी थीं, आसाम के चाय-बागान के मालिकों को हमारा बहुत खयाल है और वे हमारे अपने लोग हैं, उन्होंने जो माल भेजा है, उसे हमने सिर्फ कबूल किया है, इसमें भारत सरकार का कोई उज्र नहीं होना चाहिए। यह चाय हमारी है क्योंकि हमारे दोस्त उन चाय-बागान के मालिक हैं।"

जिस दिन से पूर्वी पाकिस्तान में यह चाय पहुंची, उसी दिन से वहां छोटे-छोटे चायघरों की हज़ारों दुकानें खुल गई हैं ताकि अवाम चाय का ज़ायका ले सके। ऐसी ही एक चाय की दुकान में इंतज़ारी का यह नज़ारा सामने आया–

बरकतउल्ला टी-स्टाल में एक बैंच और दो अदद कुर्सियां हैं। एक पर बरकतउल्ला बैठते हैं, दूसरे पर खरीदार बैठता है। चाय बनाने वाला लड़का टाट के पर्दे के पास ज़मीन पर बैठता है।

एक ग्राहक काफी देर से बैठा चाय की एक प्याली का इंतज़ार कर रहा था। आखिर उकताकर उसने बरकतउल्ला से पूछा, "मियां, कितनी देर है चाय में!"

"बस बनी जाती है।" बरकतउल्ला ने जवाब दिया।

"आधा घंटा तो हो गया···कहिए तो कहीं और जाकर ही एक प्याली पी लूं···सुना था कि भारतीय चाय आ गई है सो ज़रा मन चल आया···"

"दूसरे चाय-घर में जाएंगे तो फिर इतनी ही देर और लगेगी, बेहतर है कि आप अब ज़रा सा इंतज़ार और कर लें··· ।"

"आपका वह चाय बनाने वाला लड़का कहां चला गया?"

"वो अभी आता ही होगा··· ।"

"देरी किस बात की है?"

"देरी बस ज़रा सी है। अंगीठी सुलग रही है। देगची चढ़ी हुई है, पानी उबल रहा है, चाय की पत्ती हमारे पास है···"

"तो फिर मियां आप ही उठकर एक प्याली बना दीजिए।" ग्राहक ने कहा।

बरकतउल्ला ने उनके कान के पास मुंह ले जाकर धीरे से कहा, "ज़रा लड़के को आ लेने दीजिए। वह बात यह है जनाब कि शक्कर और दूध नहीं हैं। किसी चाय वाले के पास नहीं हैं। चाय की पत्ती तो हमें मिल गई है पर शक्कर और दूध नहीं मिला है। मैंने लड़के को उधर हिंदोस्तानी सरहद पर भेजा है कि अगर हमारे फौजियों ने अब तक कोई बकरी या भैंस जीत ली हो तो एक छटांक दूध लेता आए···सामने वाले चायघर का लड़का उधर चटगांव की तरफ गया है कि शायद कोई हिंदोस्तानी जहाज़ शक्कर लेकर जा रहा हो। हम लोग आपस में एक-दूसरे का हाथ बंटा रहे हैं। जैसे ही यह लड़के आए कि चाय में पत्ती पड़ी और प्याली आपके सामने हाज़िर···"

चाय का प्यासा फिर इंतज़ार में बैठ गया। जब अठारह बरस उसने चाय की पत्ती का इंतज़ार बर्दाश्त कर लिया तो दूध और शक्कर के लिए चार-छह बरस इंतज़ार करना कौन बड़ी बात थी!

खबर नं. 2

उधर पश्चिमी पाकिस्तान से एक अजीबोगरीब हादसे की खबर आई है। भारत पर हमला करने के बाद जब हालत बदतर हो गई और अयूब व भुट्टो साहब ने अपनी फौज को पिटवा लिया तो प्रचार की ज़बरदस्त दीवारें खड़ी की गईं ताकि अवाम उस शिकस्त को न देख पाए। लेकिन जनता ने प्रचार की दीवारों में पड़ी दरारों और छेदों से जब सही हालात मालूम कर लिए, तो एक दिन रावलपिंडी से उत्तर-पश्चिम की ओर जाने वाली सड़क पर अयूब खां और मियां जुल्फिकार अली भुट्टो नंगे पैरों दौड़ते नज़र आए।

अयूब खां और भुट्टो साहब ताबड़तोड़ सड़क पर दौड़ते जा रहे थे। यह सड़क ईरान होती हुई तुर्की जाती है। नज़ारा यह था कि अयूब खां और भुट्टो साहब भागते जा रहे थे और एक बड़ी भीड़ उनका पीछा कर रही थी। उस भीड़ में पिटी हुई फौज के सिपहसालार और जवान बहुत ज़्यादा थे। पीछा करती हुई भीड़ चीख रही थी—"इन्हें सरहद के पार फेंको···इन्होंने ज़बरदस्ती हमें पिटवाया है!"

भीड़ को पास आता देखकर भुट्टो साहब की सांस और ज़्यादा फूल आई। उन्होंने घबराकर अयूब खां से कहा, "इस भीड़ से बचाइए, नहीं तो हम मारे जाएंगे···"

भागते हुए अयूब खां ने एक पल कुछ सोचा और अपनी जेबों से अमरीकी डॉलरों के हज़ारों नोट निकालकर पीछा करती भीड़ की तरफ फेंक दिए और फिर सरपट भागने लगे। भीड़ नोट बीनने लग गई।

लेकिन कुछ ही दूर और जाकर उन्होंने पीछे मुड़कर देखा तो भीड़ फिर पीछा करती हुई चली आ रही थी। इस बार घबराकर अयूब खां ने भुट्टो साहब से कहा, "अब आप कुछ कीजिए!"

भुट्टो साहब ने अपनी जेबों से चीनी नोट निकालकर भीड़ की तरफ फेंके और भागने लगे। भीड़ फिर नोट बीनने में लग गई।

लेकिन कुछ देर बाद फिर वही आलम था। भीड़ फिर पीछा करती चली आ रही थी। घबराकर भुट्टो साहब ने कहा, "अगर यह भीड़ इसी तरह हमारा पीछा करती हुई तेहरान तक पहुंच गई तो फिर बड़ी किरकिरी होगी, वहां से जो इमदाद मिल रही है, वह खटाई में पड़ जाएगी···क्योंकि ईरान और तुर्की के लोग यह समझते हैं कि अवाम हमारे साथ है।···इसलिए मेहरबानी करके इस भीड़ को रोकिए, नहीं तो खाल नहीं बचेगी!"

अयूब साहब ने एक पल के लिए कुछ सोचा और फूलती सांस को ठीक करते हुए वे भीड़ के पास पहुंचे। उन्होंने भीड़ में से सात-आठ फौजी अफसरों को अलग बुलाया और धीरे से उनके कान में कुछ कहा।

अयूब खां का उनके कान में कहना था कि भीड़ उलटे पैरों भाग खड़ी हुई। यह करिश्मा देखकर भुट्टो साहब हैरत में पड़ गए। उन्होंने पूछा, "सदर साहब, यह क्या टोना आपने कर दिया कि भीड़ उलटे पैरों भाग खड़ी हुई?"

बड़ी संजीदगी से अयूब खां ने जवाब दिया, "और कोई तरीका न देखकर मैंने उन फौजियों से सिर्फ इतना कहा—बहादुर फौजियो! यह सड़क हिंदोस्तान की तरफ जाती है!···और क्या करता···!"

आप किसी भी भारतीय भाषा में बोलिए–हवलदार तो आपको पीटेगा!

जब हमारे विदेश मंत्री अटल बिहारी वाजपेयी यू.एन.ओ. में हिंदी में भाषण दे रहे थे और दिल्ली में तालियां बज रही थीं, उस समय गेट वे ऑफ इंडिया से चौपाटी की तरफ अपनी बग्घी (विक्टोरिया) लाते हुए मैरीन ड्राइव पर बाबू जौनपुरी हिंदी में गिड़गिड़ा रहे थे और पुलिस हवलदार के हाथों पिट रहे थे! नतीजा यह है कि हिंदी की ज़रूरत यू.एन.ओ. में है–खुद अपने देश में नहीं! आप किसी भी भारतीय भाषा में बोलिए–हवलदार आपको पीटेगा।

बाबू जौनपुरी को विक्टोरिया हांकते बत्तीस बरस हो गए हैं। उनकी विक्टोरिया को कोई 'गजकरन' कहके पुकार दे तो बाबू साहब बुरा मान जाते हैं! सत्ताईस बरस हो गए, बाबू जौनपुरी घर नहीं जा पाए। बंबई अपने मामा के साथ आए थे, घर पर (जौनपुर में) पत्नी है, एक लड़की है। लड़की की शादी घरवालों ने कर दी, वह बाल-बच्चेदार है। पत्नी अब अकेली रहती है गांव में और बाबू साहब पायधुनी में अकेले रहते हैं। पायधुनी इलाके में कई अस्तबल हैं, उन्हीं में से एक अस्तबल उनका घर है।

बाबू जौनपुरी से जब मैं मिला तो उन्हें देखता ही रह गया। वे हवलदार से पिटकर आए थे और अपनी विक्टोरिया चौपाटी के पास 'पार्क' करके शर्बत पी रहे थे। मुझे लगा कि बाबू साहब बहुत नाराज़ होंगे और हवलदार को सीधा करने का तरीका सोच रहे होंगे, लेकिन ऐसा कुछ नहीं था। जब हमने उनसे पुलिस की मारपीट के बाबत पूछा तो अपनी बढ़ी हुई सफेद दाढ़ी में उलझी शर्बत की बूंदें पोंछते हुए बाबू से कहा–"ये कोई नई बात नहीं है बाबूजी! अरे ये तो रोज़ होता है! ई सब हमारे घर-द्वार की बातें हैं! अब घोड़ा हमको लात मार दे तो का हम रपट लिखाने जाएंगे? ऐसे ही हवलदार मारपीट कर देता है, तो इसमें रपट लिखाने का सवाल कहां से उठता है, ये सब तो चलता है। अब का कहें बाबूजी!"

बाबू साहब ने शर्बत का गिलास खत्म किया। बाहें ढीली कीं और वहीं चौपाटी

की रेत पर बैठ गए। वे अपने घोड़े की रासें भी ढीली कर आए थे और उसके सामने घास डाल आए थे, घोड़ा आराम से घास खा रहा था। मैंने बाबू जौनपुरी से पूछा—"आपको शर्बत बहुत पसंद है?"

बाबू अपनी खिचड़ी मूंछों में मुस्कराए। बोले—"गांव में जब छोटे थे, गुड़ का शर्बत पीते थे। बंबई आए तो शक्कर का शर्बत पीने लगे! यहां तब गुड़ का शर्बत नहीं बनता था न! अब जइसे-जइसे महंगाई बढ़ी, शक्कर के नाम पर गुड़ का शर्बत मिलने लगा है!"

"तब तो आपको बहुत अच्छा लगता होगा?"

"नहीं, अब अच्छा नहीं लगता। ई बंबई नगरी है न बाबू—ई में सब अच्छाई हैं, पर एक ही खराबी है कि आदमी की आदत बदल के रख देती है। मगर जब आदत बदल जाती है तो चीज़ मिलना बंद हो जाती है! जौन चीज़ की आदत पड़ी, वह चीज़ फिर नहीं मिलती है, ससुरी बड़ी मुसीबत है! अरे पहले कपार दुखता था तो शर्बत पी लेते थे, पर साथी लोग बोला—ये टेबलट (टेबलेट) खाओ। हम खाने लगा, टेबलट से भी दर्द ठीक नहीं होता! अब का कहें बाबूजी! दरद भी वही है, टेबलट भी वही है, पर साला, न जाने कहां पर कमी है कि कुछ होता ही नाही!"

इस बीच बाबू जौनपुरी को कोई दोस्त मिल गया था और वे कुछ देर के लिए उससे बातों में उलझ गए थे। और मैं उनकी कही बात पर सोच रहा था कि दर्द भी वही है, टेबलेट भी वही है, पर न जाने कहां पर कौन सी कमी है कि अब दर्द ठीक नहीं होता!

मैं बाबू साहब को गौर से देख रहा था। बाबू साहब की उम्र 50 और 60 के बीच लग रही थी। सर पर प्लास्टिक का हैट जो डोरी से बंधा था। डोरी दाढ़ी के बालों में उलझे-उलझे मैल से काली पड़ गई थी। उसमें जगह-जगह गांठें थीं। खाकी कमीज़ उनके बदन पर थी और पैजामानुमा पैंट भी खाकी ही थी। बाबू साहब के दांत बहुत साफ, पर आंखें गंदली थीं। उनका दोस्त उनसे बात कर रहा था।

दोस्त : इतना तो मानना ही पड़ेगा कि इंदिरा जी ने राज-काज अच्छा चलाया! पर जब इमरजिंसी लगाय दिया तो सब गड़बड़ाय गया!

बाबू : पर एक बात है मोती लाल! जब इमरजिंसी लगाया तो घोड़ा भी सीधा चलता था···

उनका दोस्त फौरन सहमत हो गया, बोला—"ई तो तुम खैर ठीक कहते हो, इंदिरा जी ने सबको बराबरी से देखा! इमरजिंसी लगाया तो सब पर लगाया! सबको एक आंख से देखा!"

"यही बड़ा गलती किया!" बाबू जौनपुरी बोले—"हम कहते हैं इंदिरा जी ने यही बहुत बड़ा गलती किया! अरे जब भगवान् ने दो आंख दिया है तो एक आंख से क्यों देखा? तुम ही बताओ—गलती किया कि नाहीं! जौन जैसा किया था, उसको वैसा देखना था। इंदिरा जी ने सबको जेल में बुलाय के एक ही पत्तल पर परस दिया! खाने वाले खाय के डकार लेने लगे, अब इंदिरा जी जूठन उठाय रही हैं! राजकाज अइसे नाहीं चलता! सब घोड़ा एक सा दाना खाता है पर जो आदमी पालिटिक (राजनीति) करता है, वह अलग किसिम का दाना खाता है!"

मैं चकित था—इस भारतीय बोध पर! बाबू साहब को मैं रोकना नहीं चाहता था, उनकी बातें गौर से सुनना चाहता था⋯बाबू साहब बोल रहे थे—

"अरे, तुम पालिटिक लोग (राजनीति के लोगों) को अभी दूसरा खाना खिलाओ—साला दूसरी बात बोलेगा! तीसरा खाना (अलग तरह का) खिलाओ—तीसरी बात बोलेगा! जनता पार्टी में साला सब पालिटिक लोग अलग-अलग खाना खाता है तो अलग-अलग बात बोलता है कि नाहीं? साला अपनी समझ में कुच्छ नाहीं आता, न जाने कौन-सा खाना खाता है, कौन सा बात बोलता है!" कहते हुए बाबू जौनपुरी अपना चाबुक उमेठने लगे थे, फिर थोड़ा गुस्से में बोले थे—"अरे साला चाबुक पड़ता है तो सब एक सा बोलता है! सब घोड़ा सीधा भागता है⋯चाबुक नाहीं रहा न! आत्मा का चाबुक, जो गांधी जी लगाता था। जे.पी. बाबू ने तो सबके लिए कुर्सी लगवाय दिया है और खुद जसलोका (अस्पताल) में पड़ा-पड़ा खून बदलवाता है! राजकाज अइसे नाहीं चलता! सब पालिटिक लोग का साला खून बदलाय दें तब ही इस देश में कुछ होने वाला है!⋯"

बाबू जौनपुरी का दोस्त कुछ और बातें भी करता रहा (बातें प्रोग्राम में शामिल हैं) पर सबको लिख सकना मुमकिन नहीं है। उनके दोस्त के जाने के बाद हमने बाबू साहब से कुछ बातें कीं—उनका धंधा भी खराब हो रहा था, इसलिए ज़्यादा बातें नहीं हो सकीं।

नीचे घोड़ा रहता है, ऊपर हम!

"बाबू साहब! आपके दांत इतने उजले हैं, पर आंखें इतनी गंदली?"

"दांत हम अपने हाथ से साफ करते हैं, आंख को कहां तक करें, इतना देखती हैं कि थक जाती हैं⋯"

"ये हैट आपने कब खरीदा था?"

(प्लास्टिक के हैट को छूते और मुस्कारते हुए) "चार साल हुए!"

"कितने में खरीदा था?"

"एक रुपए में।"

"और ये कमीज़?"

"एक ही है, याद नाहीं कब खरीदा था।"

"पत्नी के पास नहीं जाते?"

"वह इंतज़ार करते-करते पागल हो गई···अब जाएं भी तो का पहचानेगी बाबूजी? सत्ताइस बरस हुआ···" कहते-कहते बाबू जौनपुरी की गंदली आंखें गीली हो आई थीं। और पता नहीं क्यों, उन्होंने हाथ का चाबुक सड़ से अपने पैर पर मार लिया था—मन के किसी कोने में छिपे दुःख के कारण या किसी पश्चात्ताप के कारण!

"आप कहां रहते हैं?"

"—अस्तबल में! नीचे घोड़ा रहता है, ऊपर हम रहते हैं!"

"कितने घंटे विक्टोरिया चलाते हैं?"

"सोलह घंटे···सत्रह घंटे!"

"तब तो बड़ा काम है···"

"नहीं-नहीं, घोड़े को आराम रहता है—एक घोड़ा आठ घंटे का ड्यूटी देता है! (उन्हें घोड़े की ज़्यादा फिक्र थी) आठ घंटे बाद घोड़ा बदल जाता है!"

"घोड़ा बदल जाता है, पर आपकी ड्यूटी जारी रहती है? सोलह घंटे लगातार?"

"तो अब का करें बाबूजी!"

"बंबई में आपके दोस्त-रिश्तेदार?"

"घोड़ा ही दोस्त है। घोड़ा ही रिश्तेदार! जितना घोड़ा हमको पहचानता है उतना और कोई नहीं!"

"तो घोड़ा आपका नहीं है?"

"कइसी बातें करते हो बाबूजी! घोड़ा खरीदने का पैसा होता तो घरवाली को न ले आते! वह पागल काहे को हो जाती? घोड़ा में एक अच्छाई है—मानुस पागल हो जाता है, घोड़ा नाहीं! ई सब घोड़ा धनी (सेठ) का है···हम किराए पर बग्घी चलाते हैं! पर धनी बहुत अच्छा आदमी है, हमको अस्तबल में रहने का जगह दिया है!"

"अगर आप अपनी पत्नी को ले आएं और उनका इलाज करवाएं तो शायद ठीक हो जाए!"

"अरे तब हमारी हालत देख के कि हम कइसे अपना ज़िंदगी गुज़ार दिया, वह फिर पागल हो जाएगी···उसको एक ही संतोष रहा बाबूजी, पन चाहे उसने दुःख तकलीफ उठाया, कि हम बंबई में आराम से रहा! हमारी आराम की खातिर उसने

हूं कुछ नाहीं बोला…बहुत सहा उसने! अब न हमारी भाषा वह समझेगी, न हम उसकी भाषा समझ पाएंगे! अब का फायदा? अब तो जब ऊ मुक्ति पाएगी, हम अपने कंधे पे ले जाके भगवान् जी को सौंप आएंगे–अब गांव लौटने को बहुत मन करता है…का पता, बाबूजी कब हमारी ज़रूरत पड़ जाए! (उनका इशारा घरवाली की मौत की तरफ था) हमारी भाषा वह समझ पाए, न समझ पाए, पर शायद पहचान तो पाएगी!"

बातचीत बहुत भारी हो गई थी। बाबू जौनपुरी को धंधे के लिए जाना भी था। चलते-चलते मैंने इतना पूछा : "बाबू साहब! कब जाएंगे गांव?"

बाबू ने जवाब दिया : "जब टिकट का पइसा हो जाएगा! आप लोग तो बड़ा बाबू लोग है–सब जगह अपनी रेल, अपनी मोटर, हवाई जहाज में घूम सकता है…पर हम तो ई बग्घी लेके जौनपुर तक नाहीं जा सकता!"

कहते हुए बाबू जौनपुरी चले गए। और मैं यह लिखते हुए सोच रहा हूं कि काश बग्घी जौनपुर तक जा सकती और यू.एन.ओ. में चाहे लोग हिंदी भाषा में दिया गया अटल बिहारी वाजपेयी का भाषण समझ पाते, या न समझ पाते–पर बाबू जौनपुरी की पागल हो गई पत्नी उनकी भाषा समझ पाने के लिए इंतज़ार कर पाती–तो कितना अच्छा होता!

(23.12.1978)

चूरन की माई!

चूरन की माई धारावी 'लेबर-कैंप' में रहती है। मैंने जब उससे नाम पूछा तो बोली—"नाम?" यानी नाम क्या होता है? मैंने कहा—"हर आदमी-औरत का एक नाम होता है जो उसके मां-बाप रखते हैं!" उसने जवाब दिया—"मुझे अपना नाम नहीं मालूम!"

"तो लोग तुम्हें किस नाम से पुकारते हैं?"

"चूरन की माई!"

"तुम्हारा यह नाम कैसे पड़ा?"

"मेरा मरद चूरन बेचता था!"

"तुम क्या करती हो?"

"बर्तन-भाड़ा साफ करती हूं!"

"तुम्हारा मरद अभी चूरन बेचता है?"

"पता नहीं!"

"क्यों?"

"पता नहीं, वह कहां है!"

"क्या घर छोड़कर चला गया?"

"हां।"

"तुमने ढूंढ़ा नहीं?"

"ढूंढ़ने से मरद मिलते हैं क्या?"

"वह ज़िंदा है या नहीं रहा—यह भी तुमने मालूम नहीं किया?"

"क्या मालूम करना है?"

"यही कि वह ज़िंदा है या कहीं मर-मरा गया!"

"मालूम करने से क्या होगा?"

चूरन की माई के चेहरे पर कोई भय नहीं था। वह ज्यों की त्यों बैठी थी। उसकी आंखों में भी, न कोई चमक आती थी, न जाती थी। उसके चेहरे की झुर्रियां भी पत्थर की लकीरों की तरह स्थिर थीं। वह सांस लेती थी तो नाक या छाती—कहीं भी कोई

हरकत नहीं होती थी।

मैं काफी देर तक गौर से उसे देखता रहा कि इस औरत में कहीं तो कुछ ज़िंदगी दिखाई पड़े। उसकी अंगुलियां न थरथराती थीं, न कांपती थीं। वह जैसे हाथ धर के बैठी थी—हाथ बिलकुल वैसे ही रखे हुए थे। पैर की अंगुलियां में भी कोई जुंबिश नहीं थी। मैंने उसके बाल देखे, बाल तक नहीं हिल या उड़ रहे थे। मैं ताज्जुब से इस औरत को देखता रहा। वह चुप बैठी थी। वह ज़िंदा है, यह बात जानने के लिए उससे बात करनी पड़ी थी। मैंने पूछा—

"तुम्हारे बच्चे हैं?"

"हां!"

"कितने हैं?"

"दो लड़के हैं!"

"कहां हैं?"

"पता नहीं···!"

"दोनों लड़के मिलने नहीं आते?"

"नहीं!"

"पहले साथ रहते थे!"

"हां!"

"फिर कब चले गए!"

"जब उनका मन चाहा।"

"तुमने मालूम नहीं किया?"

"मालूम करने से लड़के मिलते हैं क्या?"

मैं यह जवाब सुनकर दहल गया! "ढूंढ़ने से मरद मिलते हैं क्या?" और "मालूम करने से लड़के मिलते हैं क्या?" यह एक पत्नी और एक मां कह रही थी। एक सा जवाब, पर एक सी चोट नहीं! दोनों बातों की चोट अलग थी।

मैंने फिर चूरन की माई की ओर देखा—शायद यह औरत पति को लेकर पत्थर हो गई हो, पर अपनी संतान को याद करके शायद इसके मन में कोई हूक उठी हो···इसकी आंखों में नमी आई हो! पर चूरन की माई वैसी ही बैठी थी। उसकी आंखों में नमी नहीं थी। उसकी सांसों की रफ्तार भी नहीं बदली थी। उसकी सांसों से कोई आवाज़ भी नहीं आई थी। बिलकुल बे-आवाज़ सांसें!

उसे फिर ज़िंदा करने के लिए बात करना ज़रूरी था। मैंने पूछा—

"कहां रहती हो?"

"धारावी में झोंपड़ी है।"

"कितनी बड़ी है?"

"छोटी सी है।"

"वहां कोई तकलीफ तो नहीं होती है?"

"नहीं!"

"लेकिन वहां बाढ़ का पानी तो भरता होगा!"

"भरता है!"

"तुम्हारी झोंपड़ी में पानी भरता है?"

"हां!"

"तब क्या करती हो?"

"ईंट रखकर बैठ जाते हैं!"

"जब पानी और बहता है, तब?"

"तब ईंटों पर पटला रखकर बैठ जाते हैं!"

"जब और बढ़ता है, तब?"

"तब पटले पर बक्सा रखकर बैठ जाते हैं!"

"जब और बढ़ता है, तब?"

"तब पानी में बैठे रहते हैं!"

इस जवाब ने और दहला दिया। कुछ समझ में नहीं आ रहा था कि अब क्या बात करूं! मैंने फिर उसे उचटती आंखों से देखा—वह वैसे ही बैठी थी। मैं घबराने सा लगा कि इस औरत से क्या कहूं? आखिर बात जारी रखने के लिए, मैंने आगे पूछा—

"चूरन की माई!...अगर कल तुम्हें कुछ हो जाए तो?"

"क्या?"

"मेरा मतलब है, ईश्वर करे तुम 100 बरस जिओ, लेकिन मान लो, तुम्हें कुछ हो जाए, तो?"

"तो क्या?"

"तुम्हारा क्या होगा?"

"क्या मालूम क्या होगा!"

मैं घबराकर उसकी तरफ देखता रह गया! यह कैसी औरत है जिसे सब कुछ मालूम है पर कैसे बताती है कि "क्या मालूम क्या होगा?"

मैंने उसे और कुरेदना चाहा, पूछा—

"चूरन की माई—तुम्हें कोई दुःख?"

"ऐं!"

"दुःख!"

"काहे का?"

"किसी बात का?"

"नहीं!"

"तुम सुखी हो?"

"ऐं!"

"सुखी हो?"

"काहे को?"

"किसी बात से?"

"नहीं!"

अब आगे बात बढ़ाना मुश्किल था। इससे क्या पूछा जाए? मैं कुछ गहराई तक परेशान होकर खामोशी के कुएं में डूब जाता था। एक अजीब सी उलझन, घुटन और परेशानी हो रही थी। किसी का इतना वीतराग होना—हर बात, हर इच्छा, हर जानकारी, हर सुख-दुःख से इतना अलग और कटा हुआ होना बहुत भारी पड़ता जा रहा था। समझ में नहीं आता था कि यह कैसी औरत है!

आखिर बात करने के लिए फिर पूछा—

"तुम्हारी उम्र कितनी है?"

"मालूम नहीं!"

बात फिर टूट गई, उसे फिर जोड़ा—

"तुम्हारे पास कितनी साड़ियां हैं?"

"यही है!"

"ब्लाउज़?"

"यही है!"

"कभी नहाती हो?"

"हां…"

"तब?"

"यही पहन के नहा लेती हूं!"

"फिर यही पहने रहती हो?"

"हां!"

"तुम्हें मालूम है कि लोगों के पास कितने कपड़े हैं?"

"मालूम करने से कपड़े मिलते हैं क्या?"

मैं थर्राकर रह गया था। फिर वही एकरस आवाज़—फिर वही एक सा उत्तर। फिर वही वीतराग स्वर जैसे कोई अवतार बोल रहा हो! कोई औरत नहीं, कोई पैगंबर जवाब दे रहा हो! निरासक्त, निष्काम, निरपेक्ष! उस समय सारी दिशाएं खो गई थीं। लगता था—न सूरज है, न चांद, न पृथ्वी है, न आकाश''', न अग्नि है, न वायु!

यह कैसी दुनिया में हम बैठे हुए थे? क्या यह सृष्टि से पहले की दुनिया थी? और यह 'चूरन की माई' क्या ईश्वर थी, जो ये जवाब दे रही थी?

मैंने सोचा—इस तरह की औरतें कभी-कभी अंध-विश्वास के तहत इंसान होने से ऊपर उठ जाती हैं और अपने समुदाय में दैवी शक्ति का अवतार बन जाती हैं। कहीं यह औरत कोई ऐसा नाटक तो नहीं कर रही है? क्योंकि उसके जवाब दुःख-सुख, अवसाद, आनंद, घृणा, क्रोध, राग, विद्वेष से ऊपर उठकर पैगंबरी बनते गए थे!

मैंने फिर गौर से उसे देखा। फिर न सांस की आवाज़, न कोई हरकत, न आंखों में पानी—आखिर ये औरत है क्या? इसे कोई इंसानी दुःख सताता क्यों नहीं? इसे कोई इंसानी सुख सहलाता क्यों नहीं? मैं भीतर ही भीतर घबराया और परेशान था, पर मैं यह ज़रूर जान लेना चाहता था कि इस औरत के अंदर इंसानी भावना के कोई आसार हैं या नहीं! या यह सचमुच पैगंबर बन गई है, आखिर मैंने पूछा—

"चूरन की माई'''!"

"हां!"

"यह दुनिया तुम्हें कैसी लगती है?"

"ऐं!"

"ये दुनिया अच्छी लगती है या बुरी?"

"उससे क्या होता है?"

"कुछ लगता तो होगा!"

"क्या!"

"कि ये दुनिया अच्छी है या बुरी?"

"उससे क्या होगा?"

"अगर तुम्हें मालूम हो कि यह दुनिया क्यों बुरी और क्यों अच्छी है तो'''"

"मालूम करने से कुछ मिलता है क्या?"

मैं फिर वही पैगंबरी जवाब सुनकर दहल गया था। मैंने घबरा के चूरन की माई की तरफ देखा–

वह अपनी धोती के पल्लू से अपनी आंखें पोंछ रही थी। फिर घुटने पर हाथ रखकर वह उठ गई, और चुपचाप चली गई। जाते हुए उसकी गहरी सांस की आवाज़ सुनाई दी। उसकी पीठ मेरी तरफ थी–पर वह सिर झुकाए चली जा रही थी। पल्लू वाला हाथ अभी भी उसकी आंखों पर था। नहीं मालूम–वह क्यों रो पड़ी थी?

(27 जनवरी, 1979)

बमों से ज़्यादा खतरनाक है गोडसे की राख!

अलीगढ़ मुस्लिम यूनिवर्सिटी में उस वक्त नए हिंदुस्तानी आदमी की पहचान का यह माहौल बड़ी शिद्दत से महसूस किया जा रहा था। देश की अन्य यूनिवर्सिटियां जब नौकरशाही के लिए इंसानी पुर्ज़े तैयार कर रही थीं, उस वक्त अलीगढ़ यूनिवर्सिटी में नए हिंदुस्तानी मनुष्य के दिल, दिमाग और आत्मा की पहचान तथा विकास के रास्ते खोजे जा रहे थे!

इसी वातावरण में वहां नए हिंदुस्तानी का निर्माण हो रहा था। पहली शाम जब हम गेस्ट हाउस में खाने के लिए बैठे तो हम दो ही लोग थे। घोड़े की नाल की शक्ल वाली मेज़ थी। एक कोने पर मैं, दूसरे कोने पर एक खामोश सज्जन! हम में कोई बात नहीं हुई। दूसरी शाम भी हम खाने पर उतने ही खामोश बैठे थे। आखिर मुझसे नहीं रहा गया, और खाना खाते मैंने उनका परिचय पाना चाहा। उन सज्जन का नाम तो अब मुझे याद नहीं, पर जो उन्होंने कहा, वह मुझे आज भी याद है। उन्होंने कहा कि वे पाकिस्तान से आए हैं। वे अलीगढ़ मुस्लिम यूनिवर्सिटी के विद्यार्थी रहे हैं और यूनिवर्सिटी के समाजी इतिहास पर एक किताब लिख रहे हैं, इसीलिए हिंदुस्तान आए हुए हैं।

उनकी आंखें उदास थीं, मन टूटा हुआ। अलीगढ़ के पास ही उनका गांव था, जिसमें वे पैदा हुए थे। वे अपना जन्म स्थान देखने जाना चाहते थे। पर सरकार उन्हें उनके जन्म स्थान जाने की इजाज़त नहीं दे रही थी। लंबी उदास बातों के बाद उन्होंने गहरी सांस लेकर एक जुमला कहा था, जो मैं कभी नहीं भूल सकता। 'गुड नाइट' कहकर चलते हुए वे बोले थे–"देखिए साहब। कुछ भी कहिए। पाकिस्तान हमारा मुल्क है⋯पर वतन तो हिंदुस्तान ही है! अपने वतन को हम कैसे भूल सकते हैं⋯अपने वतन का हम कैसे बुरा चाह सकते हैं।"

ये वह साहब थे जो विभाजन के वक्त पाकिस्तान चले गए थे–आगजनी, सांप्रदायिक दंगों, कत्लेआम, हिकारत, बेइज़्ज़ती और असुरक्षा की ज़िंदगी से मुक्ति पाने के लिए और यह भी सही है कि शायद पाकिस्तान जाते वक्त उनके मन में मज़हबी तास्सुब भी ज़रूर रहा होगा, पर देखना यह होता है कि आदमी के मन के

कौन से लगाव कितने गहरे होते हैं...और मन के कौन से दाग, मन के किन घावों के सामने बेमानी हो जाते हैं या मन के घावों से निकले खून से धुल जाते हैं! वतन का प्यार हर मन का एक घाव है! मन पर पड़े तास्सुबी दाग, वतन के प्यार के घाव से निकलने वाले खून से हमेशा धुल जाते हैं। साहित्य किस उजले खून और पसीने से किन गंदले दागों को धोता है और अंततः आदमी की आत्मा को किस नए माहौल में सांस लेने के लिए लाकर खड़ा करता है—यही लेखक काम होता है!

इसी तरह की दूसरी घटना तीसरी शाम को हुई। चूंकि वह शाम अलीगढ़ यूनिवर्सिटी में मेरी आखिरी शाम थी, अतः यूनिवर्सिटी के प्रो-वाइस चांसलर डॉ. यूसुफ हुसेन (भू.पू. राष्ट्रपति डॉ. ज़ाकिर हुसेन के छोटे भाई) मेरे साथ खाना खाने आए। खाने के बाद वे मुझे कैंपस घुमाने ले गए। उस समय यूनिवर्सिटी लायब्रेरी की नई इमारत बन रही थी। उस इमारत पर प्रसिद्ध चित्रकार मकबूल फिदा हुसेन ने एक 'म्यूरल' बनाया था, जिसका विषय था—'मार्च ऑफ नॉलेज'। उसमें हुसेन साहब ने 'ज्ञान की यात्रा' की शुरुआत बाल्मीकि से की थी। हमारे साथ कुछ और लोग भी थे। उसी छोटी सी भीड़ में से एक ने, जो अलीगढ़ी पैजामा और शेरवानी पहने हुए थे—म्यूरल देखते हुए टिप्पणी की—"साहब! हुसेन ने यह बिलकुल गलत शुरुआत की है। 'मार्च ऑफ नॉलेज' की शुरुआत बाल्मीकि से नहीं—सुकरात से होनी चाहिए थी।"

प्रो-वाइस चांसलर डॉ. यूसुफ हुसेन ने टिप्पणी करने वाले सज्जन को गौर से देखा और हंसते हुए जवाब दिया—"मियां! सुकरात भी मुसलमान नहीं था।"

डॉ. यूसुफ हुसेन का जवाब एक आदमी को दिया गया जवाब नहीं था, बल्कि एक खास तरह की ज़हनियत को दिया गया जवाब था!

हमारा अलीगढ़ जिस नए हिंदुस्तानी को गढ़ रहा था—उसकी ये दो जीती-जागती मिसालें हैं, कि कैसे उसी अलीगढ़ में एक नई और सही ज़हनियत के इंसान के दिल के घाव से बहते खून से गंदे दागों को धोया जा रहा था। और ये दाग धुल भी रहे थे।

पर कुछ शक्तियां ऐसी हैं जो इन दागों को धुलता देखकर अपने स्वार्थों के तहत तिलमिलाने लगती हैं और एक बनते हुए भारतीय इंसान को हिंदू और मुसलमान में बदलने के लिए कमर कस लेती हैं। यही शक्तियां आज फिर अलीगढ़ में खून की होली खेल रही हैं ताकि मुसलमानों को पता चले कि यह देश हिंदुओं का है!

जामा मस्जिद व ईदगाह वीरान पड़ी रहीं!

हम राजनीति की गंदी चालबाज़ियों से अलग रहकर इतना पूछना चाहते हैं कि क्या 'दूसरी आज़ादी' का इस्तेमाल वह शक्तियां कर पा रही हैं जो सेक्यूलर हैं? या इस आज़ादी का इस्तेमाल वह ताकतें कर रही हैं जो यह बताना चाहती हैं कि 'यह देश हिंदुओं का है!'

ज़ाहिर है कि अलीगढ़ के हर सताए हुए मामूल अल्पसंख्यक की आत्मा इस वक्त यही कह रही है कि यह देश उनका अपना नहीं है""! अगर यह देश अलीगढ़ के मुसलमानों का भी होता, तो ईद के मौके पर वे अलीगढ़ की जामा मस्जिद और ईदगाह में नमाज़ अदा करने गए होते। कितना शर्मनाक है यह दृश्य कि जामा मस्जिद और ईदगाह वीरान पड़ी रहीं। कितना शर्मनाक है यह नज़ारा कि मुहल्ला कोट की गलियां, जहां लोग ईद मिलते थे, फौजी जवानों की छावनी बन के रह गईं! खौफ और डर के कारण मिठाइयों की दुकानें नहीं खुलीं। और बच्चे ईद की मिठाई के लिए तरसते रह गए।

देखना और जानना यही है कि इस बदलते और बनते हुए नए हिंदुस्तान और हिंदुस्तानी इंसान के सपनों और इच्छाओं को हर बार कौन कत्ल कर देता है!

असल बात तो यह है कि हम उन्हें जानते और पहचानते हैं। यह ताकतें वही हैं, जो हिंदुस्तान को हिंदू-हिंदुस्तान बनाना चाहती हैं, जो आज भी अखंड भारत का सपना देखती हैं, जो आज भी गांधी जी के कातिल नाथूराम गोडसे की राख अपने घरों में रखकर पूजती हैं। और उस राख को रखे हुए हैं, उस वक्त के लिए, जब उनका भारत अखंड होगा और तब वे उस राख को नाथूराम गोडसे की अंतिम इच्छा पूरी करने के लिए सिंधु नदी में विसर्जित करेंगे!

जब तक नाथूराम गोडसे की यह राख देश में रखी रहेगी, तब तक इस देश में मुसलमानों का कत्ले-आम जारी रहेगा! आज इस देश में एक इंसान के खून से ज़्यादा कीमती एक हत्यारे की राख हो गई है!

हम हल्ला मचाते हैं कि नंदा देवी पर जो 'एटोमिक डिवाइस' का प्रयोग किया गया है उसकी वजह से डिवाइस की 'अल्ट्रा रेडियेशन रेज़' का ज़हरीला असर गंगा के पानी में मिलकर हर हिंदुस्तानी की ज़िंदगी के लिए खतरा बन गया है—उसके लिए हम कितना तूमार खड़ा करते हैं पर हत्यारे गोडसे की इंतज़ार करती राख कितना ज़हर पैदा कर रही है और खून की कितनी गंगाएं उसके ज़हर से ज़हरीली होती जा रही हैं—इसे आसानी से नजरअंदाज़ कर जाते हैं।

हम न्यूट्रोन और एटम बमों पर बंदिश लगाने और उन्हें नष्ट करने की मांग करते हैं—पर हिंदुस्तान जैसे बड़े मुल्क में न्यूट्रोन और एटम बमों से ज़्यादा ज़हरीले और मारक 'राख बम' की बात भी नहीं करते। आज अलीगढ़ में मारे गए मासूम और गरीब आदमी के नाम पर हम मांग करते हैं कि राष्ट्रीय हित और सांप्रदायिक शांति के लिए हत्यारे गोडसे के राख-पात्रों को उन घरों से निकलवाया जाए, जहां वह रखे हुए हैं और राष्ट्रीय स्तर पर काला दिवस मनाकर उन राख-पात्रों को जनता की आंखों के सामने नष्ट किया जाए!

(19 नवंबर, 1979)

सोने के दांत वाले लोग

अभी पहली जून को ही मैं दुष्यंत कुमार के गांव नवादा में था। यह गांव नजीबाबाद से करीब 10 किलोमीटर पर है और यह गांव उसी भूमि-खंड का हिस्सा है, जहां मालिनी नदी आज भी बहती है, जिसके तट पर कण्व ऋषि का आश्रम था, जहां शकुंतला और महाराजा दुष्यंत का प्रथम मिलन और गंधर्व विवाह हुआ था और जिनकी संतान भरत के नाम पर इस देश का नाम 'भारत' पड़ा था। महाकवि कालिदास इस इतिहास को साहित्यबद्ध कर गए हैं।

आज इस भूमिखंड में भरत के वंशज भी हैं और उन हूणों के वंशज भी, जो आक्रामक बनकर आए और यहां इसी इलाके से लेकर हरियाणा में बस गए और पंजाब तक फैल गए। आज पंजाब में भी वे कहीं मोने हैं, कहीं केशधारी।

यह इलाका बहुत उपजाऊ है। पौराणिक स्मृतियों के रूप में यहां कण्व ऋषि का आश्रम भी है, मालिनी नदी भी और महाभारतकालीन महाराज विदुर की कुटी भी। वे महाराजा विदुर, जो महाभारत के युद्ध में तटस्थ रहे थे। और यह भी सत्य है कि इन्हीं तटस्थ महाराजा विदुर ने महाभारत के युद्ध में मारे गए योद्धाओं की विधवाओं को यहां बसाया था और वह सभ्यता का पहला अभियान था, जो आज के 'रेडक्रॉस' से ज़्यादा मानवीय, विराट् और अग्रचेता था।

हम उसी पौराणिक इतिहास खंड की स्मृतियों को मन ही मन दोहराते, बान की बुनी खाटों पर बैठे थे कि दुष्यंत कुमार के पुत्र आलोक त्यागी से उसके एक दोस्त मिलने आए। वे एक नौजवान सिख थे। एक बड़े किसान, जिनका अपना फार्म नजीबाबाद और कोटद्वार के बीच में कहीं था। नाम है जनरैल सिंह। जरनैल सिंह युवा सिख हैं और खबरों का खज़ाना। ऐसी सारी खबरें उनके पास हैं, जो किसी और के पास नहीं, और उन बहुत सी खबरों के कोण ऐसे थे, जो चुभते थे। उनके पीछे अफवाहों की धुंध भी थी और एक सच्चे हिंदुस्तानी की सोच और आहत सिखों का दर्द भी। जरनैल सिंह अपने दोस्त आलोक त्यागी को खाने पर बुलाने के लिए आए थे, लेकिन खटिया पर बैठते ही लंबी राजनीतिक बहस में उलझ गए थे। वह बहस, जो तथाकथित प्रतिवादी अखबार पैदा करते हैं और साफ-सुथरे दिमागों को अटकलवादी समाचार देकर गलत रुझानों और समाचार-समीक्षाओं की ओर मोड़ देते

हैं। इन तोड़े-मरोड़े अटकलवादी समाचारों की बहती धाराओं में तब उनके अपने आक्रोश और अपने समुदाय के उत्पीड़न और दुःख की धाराएं भी मिल जाती हैं और वे साफ-सुथरे दिमाग गंदले होते नज़र आते हैं। ये अटकलवादी समाचार उन्हें हिंदुस्तानी होने की पहचान से पहले सिख, हिंदू या मुसलमान होने की पहचान की तरफ शिद्दत से घसीटते हैं और बनती हुई राष्ट्रीय सोच और पहचान शिराओं में बहते हुए कौम के खून को रोक देते हैं या विषाक्त कर देते हैं।

जरनैल सिंह ने और तमाम अटकलवादी समाचारों, नजानकारियों और उनसे उपजी अपनी सोच के तहत कई एक महत्त्वपूर्ण ऐलान किए, उनमें से कुछ थे—

1. पंजाब का मसला अब सुलझ जाएगा, पंजाब के मुख्यमंत्री या तो फॉर्मर डी.आई.जी. पुलिस एस.एस. मान बनेंगे या प्रकाश सिंह बादल।

2. खालिस्तान कौन मांग रहा है? अरे साहब, पूरा हिंदुस्तान ही खालिस्तान है। जहां-जहां खालसा बैठा है, वह खालिस्तान ही तो है। बस, इतना ज़रूर हुआ है कि सरदारों की इज़्ज़त कंट्री में घट गई है, नहीं तो जहां सरदार पहुंचता था, वहां लोग कहते थे कि 'लो सरदार जी आ गए, अब मामला सुलझ जाएगा।' वो बात अब नहीं रही। अब लोग सोचते हैं, सरदार जी झगड़ा करने या कराने आए हैं।

3. आप देख लेना, गांधी गोल्डन टेंपिल जाएंगे, मत्था टेकेंगे, और कहेंगे कि मेरी मां ने 'ऑपरेशन ब्लूस्टार' गलत किया। बस उसी मोमेंट पंजाब में अमन-चैन कायम हो जाएगा।

4. बस, फिर सिख रहेगा शान से, इसमें दिक्कत क्या है जी?

एक पहलू से यह शान और ईमान का मसला है।

औसत साफ-सुथरे हिंदुस्तानी के साथ खबरें और सरकारी नीतियां जो बदसलूकी कर बैठती हैं और जब उनके मनोवेगों को नहीं समझ पाती हैं, तब वे हिंदुस्तानी अपने-अपने धर्मों की शरणगाहों में चले जाते हैं और अपने आहत, अवरुद्ध और कुंठित मनोवेगों के साथ वे उग्रवादियों या दंगाइयों के मूक या अर्ध-मुखर समर्थक बन जाते हैं, और अपने-अपने समुदाय के असामाजिक तत्त्वों को अपने दिमागों में पनाह देने लगते हैं।

और तब शहाबुद्दीन की यह बात सही लगती है, जब वे कहते हैं कि 'अफसोस की बात तो यह है कि कम्युनिज़्म के ज़रासीम अब सोचने-समझने वालों में भी पैठ गए हैं।' हालांकि यह शहाबुद्दीन से पूछा जा सकता है कि इन ज़रासीमों को तास्सुब की नालियों में पैदा करने और पालने-पोसने की भूमिका क्या उन्होंने खुद अदा नहीं की है?

इस बात को मानने में जो संकोच करता है, वह ईमानदार नहीं है कि मेरठ और दिल्ली के दंगों ने इस बार निश्चय ही हिंदुओं और मुसलमानों की हदें खोद दी हैं और बुद्धिजीवी भी बहुत हद तक, कम से कम वैचारिक स्तर पर, संप्रदायवाद के शिकार हुए हैं। बशीर बद्र जैसे साहित्यकार का घर जला दिया जाता है, पर बिजनौर, नजीबाबाद, दिल्ली के लोगों के मुंह से उफ तक नहीं निकलती।

और मेरठ के दंगों की मानसिकता बनाने में शामिल जामा मस्जिद, दिल्ली के इमाम अब्दुल्ला बुखारी भी अब अपना माथा ठोंककर कहते हैं कि 'हम नहीं चाहते कि हमारे मुल्क की बातें बाहर जाएं, लेकिन कई मर्तबा वह भी करना पड़ता है, जो हम करना नहीं चाहते। कई बार आदमी ज़हर भी खा लेता है, जो कि वह खाना नहीं चाहता।' यह बात उन्होंने जामा मस्जिद पर ताला लगाने के संदर्भ में कही है, परंतु इसके पीछे जो लाचारी और बेबसी है, वह सिर्फ मुसलमान की नहीं, एक हिंदुस्तानी मुसलमान की है। पश्चात्ताप और उदासी के सैलाब में डूबे हुए एक मजबूर इंसान की यह भड़ास है।

और उधर जब 4 जून को बाबरी मस्जिद ऐक्शन कमेटी के संयोजक और जनता पार्टी के सांसद सैयद शहाबुद्दीन मेरठ पहुंचते हैं, तो उन्हीं के संप्रदाय के लोग, जिन्हें वह मज़हब के नाम पर भड़काया करते थे, उनका घेराव कर लेते हैं और सोहराब गेट क्षेत्र में उन्हीं पर बरस पड़ते हैं कि वे बार-बार मेरठ के हालात बिगाड़ने क्यों आते हैं? मेरठ के अजमील अहमद चीखकर शहाबुद्दीन से कहते हैं, "मेरा मेरठ पूरी तरह बर्बाद हो चुका है और इस बरबादी की ज़िम्मेदारी उस कठमुल्लेपन पर है, जो आम मुसलमान की ज़हनियत को बिगाड़ती है। अब आप लोग (यानी शहाबुद्दीन, अब्दुल्ला बुखारी, बनातवाला और सेत आदि) हमें अपने हाल पर छोड़ दो।"

यह सुनकर लगता है कि जानोमाल का कितना नुकसान उठाकर एक पश्चात्ताप की आवाज़ उठती है, जो अपना निस्तार मांगती है।

और यही तो खुद मुझसे राम-जन्मभूमि और बाबरी मस्जिद अयोध्या मुद्दे के दो प्रतिवादियों—परमहंस रामकृष्ण दास और कासिम साहब—ने भी कहा था कि भाई साहब, हम दोनों तो आज समझौता करके कोई रास्ता निकाल लें, लेकिन अब मुश्किल यह है कि बात बाहर वालों के हाथ में है और हम समझौता कर भी लें, तो 'वे' (यानी बाहर वाले) नहीं मानेंगे।

कितना तकलीफदेह है यह सत्य कि जो नहीं लड़ना चाहते, उन्हें बाहर वाले 'वो' लड़वाते हैं, और कितना कड़वा है यह तथ्य कि जो समझौता करना चाहते हैं, उन्हें 'वो बाहर वाले' समझौता नहीं करने देते।

और सवाल सिर्फ इन बाहर वालों का है, जो आम आदमी के मुस्तकबिल से मज़ाक करते हैं और उसकी भावनाओं को भड़काकर अपने महत्त्वपूर्ण होने का खतरनाक खूनी खेल खेलते हैं। भावनाओं को भड़का देने के बाद फिर खून-खराबे और नुकसान को देखकर कहीं उनके वह पत्थरदिल भी दहलते हैं और तब वे कहीं पछताते, कहीं ज़ख्मों को चाटते या बेबसी में भड़ास निकालने की बात करते हैं।

खून-खराबे के बाद निकली इन आहों, कराहों और बदले हुए आंसुओं पर हमें शक नहीं करना चाहिए। हमें इन बेबस लोगों के मन में भरे हुए उस धुएं और धुंध तथा आपसी संशय की उन चट्टानों की खोजबीन करनी चाहिए, जो ज्वालामुखी के लावे में तब्दील कर दी जाती हैं और आग के यह दरिया फूट पड़ते हैं।

हमें उस मानसिक चोट का पता लगाना चाहिए, जो सदियों से रिस रही है और उन ज़ख्मों को नाज़ुक हाथों से खोलकर साफ करना चाहिए, जिनका मवाद किसी भी संप्रदाय की शान और ईमान का टीसता हुआ पीव बन जाता है और मामूली सी फांस लगते ही बहने लगता है।

यह ज़िम्मेदारी अंतिम रूप से बहुसंख्यक समुदाय की है कि वह अपने अल्पसंख्यकों की हिफाज़त करे और उनके दिमागों में संशयों और असुरक्षा की चट्टानें न जमने दे। जहां जिस क्षेत्र, इलाके, प्रदेश, प्रांत, शहर, बस्ती या गांव में, जो संप्रदाय बहुसंख्या में है, उस पर यह ज़िम्मेदारी आयद होनी चाहिए कि वह अपने इलाके में शांति और सद्भाव के लिए उत्तरदायी होगा। इसके बावजूद यदि कहीं दंगे भड़क उठते हैं, तो अपने-अपने संप्रदाय के नाम पर उन लोगों को दंगाग्रस्त इलाकों में नहीं घुसने दिया जाएगा, जो 'बाहर वाले' और 'वो' हैं।

आज पछतावे की शर्मनाक लकीरें सबके माथों पर हैं, पर ये लकीरें ही तेवरों में बदल जाती हैं और सत्यानाश करवा देती हैं। इस देश में सिवा एक गणेशशंकर विद्यार्थी के आज तक कोई नेता कहीं किसी दंगे में मारा गया है? जानें उनकी जाती हैं, जो गरीब, निहत्थे, असुरक्षित और परेशानहाल हैं और उन्हें लड़वाते हैं, जो सोने के दांत लेकर पैदा हुए हैं, या जिनके दांतों पर विषमतामूलक अर्थव्यवस्था ने सोने का पत्तर चढ़ा दिया है।

शहाबुद्दीन को सोने के दांत इसी व्यवस्था ने दिए हैं, बाला साहब देवरस ने अपने सोने के दांत गुरुदक्षिणा के पैसे से लगवाए हैं और अब्दुल्ला बुखारी के सोने के दांत मज़हब के बटुओं में जमा होने वाले पैसों से लगाए गए हैं।

और यही बात पंजाब के बारे में भी सामने आई, जब जरनैल सिंह ने उसी खटिया पर बैठे-बैठे यह ऐलान किया कि भागलपुर जेल में मान साहब को कोई

तकलीफ नहीं है। उनके घर वाले, वकील या दोस्त, जो भी उनसे मिलना चाहते हैं, वे जेल में नहीं पुलिस डी.आई.जी. के घर मिलते हैं और मान साहब को शान से घर पर लाया जाता है।

पाठकों को बता देना ज़रूरी है कि ये वही एस.एस. मान साहब हैं, जो पंजाब पुलिस के डी.आई.जी. थे। इन्होंने 'ऑपरेशन ब्लूस्टार' के बाद अपने पद से इस्तीफा दिया था और राष्ट्रपति ज्ञानी जैल सिंह को धमकी दी थी कि 'ऑपरेशन ब्लूस्टार' का बदला लिया जाएगा। और धमकी भरे इस पत्र के बाद मान साहब अंडरग्राउंड हो गए थे, और जब वे अपने चार विद्रोही साथियों के साथ देश से छुपकर भाग रहे थे, तो 19 सितंबर, 1984 को नेपाल सीमा के पास जोगबनी में पकड़े गए थे। उन पर देशद्रोह का मुकदमा चल रहा है। इसी के साथ अपनी पुलिस ने यह भी जानकारी दी है और इल्ज़ाम लगाया है कि मान साहब का दिमागी और हिमायती हाथ कुछ उन महत्त्वपूर्ण हत्याओं में भी है, जो आतंकवादियों ने की हैं।

अब खबर है कि मान साहब प्रधानमंत्री से मिलने वाले हैं और उससे भी ज़्यादा गरम खबर यह है कि वे प्रधानमंत्री से बातचीत के बाद पंजाब के मुख्यमंत्री बनने वाले हैं। यह लगभग तय हो चुका है। राजनीति में कब क्या होता है, या कब क्या नहीं होता, यह बात अलग है। पर यह बात तय है कि राजनीति में जो होता है, वह उन्हीं के लिए होता है, जो सोने के दांत लेकर पैदा हुए हैं।

क्योंकि मान साहब के दांत में जब दर्द हुआ, तो कमिश्नर साहब बी.के. सिंह और इंस्पेक्टर जनरल जेल विभाग एस.पी. सिंह पटना डेंटल कॉलेज के प्रिंसिपल को लेकर हवाई जहाज़ द्वारा तत्काल भागलपुर जेल पहुंचे और मान साहब के दांतों का इलाज किया गया। यह इसलिए कि मान साहब सोने के दांत लेकर पैदा हुए हैं। वे राजघराने में जन्मे हैं और पूर्व पटियाला नरेश अमरिंदर सिंह और वर्तमान विदेश राज्यमंत्री नटवर सिंह के साले हैं।

ऐसे संभ्रांत और शहरी लोगों के रहते मेरठ के अजमील अहमद की बात कौन सुनेगा कि "आप बार-बार मेरठ के हालात क्यों बिगाड़ने चले आते हैं?" और पंजाब के भी किसी सज्जन सिंह की बात कोई क्यों सुनेगा, जो कहता है कि "यह आतंकवाद तो सिर्फ बड़े और अमीर लोगों की देन है, जो अपने फायदे और सौदेबाज़ी के लिए उग्रवादियों को भाड़े पर चला रहे हैं।" और शायद कल इन सौदेबाज़ों पर लगे देशद्रोह और हत्याओं के इल्ज़ाम सब धुल जाएंगे, क्योंकि ये 'वो बाहर वाले' हैं, जो सोने के दांत लेकर पैदा हुए हैं।

(24 मई, 1987)

देश के लड़ाकू साहित्यकार कहां हैं

जालंधर मैं 31 वर्षों के बाद गया था! 31 वर्ष पहले यहीं, उसी प्लेटफॉर्म पर मोहन राकेश मिला था, जहां मैं इस बार उतरा था। तब राकेश डी.ए.वी. कॉलेज में प्राध्यापक था और वह दौर नई कहानी का था। नई संभावनाओं और अपेक्षाओं का था, एक सृजनात्मक सपने को रूपाकार देने का था। जब मैं जालंधर स्टेशन पर उतरा था, तो राकेश को पहचानने में देर नहीं लगी थी। वह चाय के एक स्टाल के पास खड़ा था। मुझे अपनी ओर बढ़ते देखकर उसे भी पहचानने में ज़्यादा समय नहीं लगा था।

यह सन् 56 था।

यह वह दौर था, जिसे हम देश के लिए 'अपनी पहचान' का दौर कह सकते हैं—अगर बात को बहुत बड़े फलक पर भी न उठाया जाए और सिर्फ जालंधर को ही लेकर बात की जाए, तो उस समय—यानी सन् 56 तक पंजाब ने विभाजन के घाव सुखा लिए थे, जो नहीं सूखे थे, उन्हें छुपा लिया था और मुझे लगा था जालंधर अपने पुराने और नए बाशिंदों को पहचानने में लगा था। जालंधर की सड़कें और गली-मुहल्ले आपसी पहचान के चौबारे बने हुए थे। स्कूल-कॉलेजों में विद्यार्थियों और प्राध्यापकों के बीच नए रिश्ते पनप रहे थे। बाज़ार की पटरियों पर और दुकानों में विक्रेता और खरीदार अपनी जान-पहचान की नींवें रख रहे थे। कॉफी हाउस के बेयरे अपने यहां आने वाले साहबों और उनके बारे में ज़रूरी जानकारी रखते थे। उन्हें मालूम था कि ये साहब ऑल इंडिया रेडियो में हैं, डी.ए.वी. कॉलेज में हैं या कैंटोनमेंट के किसी दफ्तर में।

मेरा ज़्यादा साबका तब विद्यार्थियों और प्राध्यापकों से ही पड़ा था। पंजाब के कुछ नए लेखकों के बारे में बातचीत हुई थी। यह वह दौर भी था, जब प्राध्यापकों और विद्यार्थियों के बराबरी के रिश्तों ने जन्म ले लिया था। अगर जालंधर में राकेश जैसा लेखक और प्राध्यापक था तो सुरेश सेठ और रवींद्र कालिया जैसे विद्यार्थी भी थे, जो पूरे भारत की अस्मिता और भारत के बाहर के रुझानों को भी पहचानने में लगे थे। जालंधर पंजाब का सबसे बड़ा परिचित सांस्कृतिक और जीवन-केंद्र था।

लेकिन आज़ 31 वर्षों के बाद जब जालंधर को देखा, तो सहसा विश्वास नहीं हुआ। ट्रेन हालांकि सुबह पहुंची थी और जालंधर स्टेशन के उसी प्लेटफॉर्म पर रुकी थी। आज फरवरी, '87 में जालंधर स्टेशन पर पहले से बहुत ज़्यादा भीड़ थी, लेकिन इस भीड़ की एक ही पहचान थी कि वह बहुत हड़बड़ी में थी। मैं प्लेटफॉर्म पर उतरकर काफी देर उस भीड़ को देखता रहा—और ट्रेन से उतरने वालों को भी! सबसे ज़्यादा खलने वाली बात यह थी कि उस सुबह कोई किसी को छोड़ने या रिसीव करने नहीं आया था। सब अपने-अपने अजनबी और अपने-अपने यात्री थे, सबका अपना-अपना सफर था।

मुझे भी लेने वाले शायद तब तक नहीं आए थे।

मैं चुपचाप सोचता हुआ खड़ा था। अजीब सुबह थी जालंधर की। स्टेशन पर सुबह के बाजवूद अंधेरा था, क्योंकि आसमान में बादल थे और हलकी बूंदाबांदी हो रही थी। रोशनियां फीकी-फीकी जल रही थीं, किसी चायवाले की आवाज़ नहीं थी, सिर्फ उस भीड़ की आवाज़ थी, जो अपना-अपना सफर तय करने के लिए अब ट्रेन में चढ़ रही थी और जल्दी कर रही थी। न कोई शब्द थे और न बातें...जैसे जंगल में कोई अंधड़ एकाएक गुज़रता है, वह आवाज़, या फिर समुंदर जैसे आती लहरों के साथ हरहराता है—कुछ उसी तरह की आवाज़, जो किसी की पहचान नहीं होती, सिर्फ एक अहसास होता है।

गाड़ी चलने लगी थी, तो बिदाई में हिलता हुआ एक भी हाथ नहीं था—न प्लेटफॉर्म पर, न छूटती गाड़ी की किसी खिड़की में!

एक धक्का सा लगा था, यादों का।

क्या यही जालंधर है? क्या यह वही जालंधर सिटी स्टेशन है? अगर है तो इसे हुआ क्या है? इस शहर को क्या हो गया है? यह बदला तो ज़रूर है, 31 वर्षों में बदलेगा भी, परंतु बदलाव या परिवर्तन, प्रगति और विकास के लक्षण यह तो नहीं होते। विकासशील शहर इस तरह बदहवास और सहमा हुआ तो नहीं होता!

तभी स्टेशन के पब्लिक एड्रेस सिस्टम पर एक आवाज़ सुनी, शायद कई बार रिपीट हो चुकी थी तब। क्योंकि वह एक अजनबी आवाज़ थी, या सिर्फ एक बेपहचानी हुई आवाज़, जो मुझे मेरा नाम लेकर बता रही थी कि मैं स्टेशन के मेन गेट पर पहुंच जाऊं!

यानी कोई मुझे मेन गेट पर इंतज़ार की मेरी भंगिमा से मुझे पहचानकर लेने के लिए आया है।

तभी एकाएक एक सज्जन ने लपकते हुए कहा, "आप आ गए!" यह श्री

विजय निर्बाध थे। उनके साथ राजेश। दोनों सज्जन 'हिंद केसरी' अखबार और प्रकाशन समूह से आए थे। श्री विजय निर्बाध तो 'हिंद केसरी' के एक अन्यतम स्तंभ रहे हैं। सुरेश सेठ नहीं आ पाए थे। वे ही लेने आने वाले थे। दुखद समाचार यह मिला था कि एक शाम पहले ही उनकी माताजी का देहावसान हो गया था। अतः वे असमर्थ थे।

गाड़ी हमें लेकर होटल की तरफ चल दी। सुबह हो चुकी थी, परंतु जालंधर की आंखें बंद थीं। दुकानों और घरों के दरवाज़े बंद थे बंद पलकों की तरह, जिनमें दुबकी हुई पुतलियां जाग रही थीं!

ऐसा नहीं था कि जालंधर के लोग नहीं जागे थे, लेकिन ऐसा ज़रूर था कि जालंधर शहर नहीं जागा था, जैसे किसी गुज़रती सवारी गाड़ी की सब खिड़कियां बंद हों और बंद खिड़कियों वाली ट्रेनें एक के बाद एक गुज़रती जाएं, कुछ उसी तरह वे सड़कें तेज़ी से गुज़र रही थीं, जिन पर दौड़ती हुई गाड़ी हमें होटल की तरफ ले जा रही थी।

ऐसा नहीं कि हमें पंजाब की हालत का एहसास नहीं था, परंतु पंजाब इतना सहमा हुआ होगा, यह अंदाज़ा नहीं था। आतंक और दहशत इस कदर होगी, यह नहीं सोचा था।

लाइब्रेरी के गोल चौराहे पर मुड़ते हुए निर्बाध जी ने बताया—यहीं, इसी जगह रमेशचंद्र जी की हत्या हुई थी! वे लाइब्रेरी में आयोजित एक सम्मेलन से लौट रहे थे कि यहीं उनकी गाड़ी रोककर आतंकवादियों ने उन पर घातक हमला किया था।

तब तक वह जगह भी आ गई, जहां उनका दाह-संस्कार किया गया था। वह शहर की श्मशान भूमि नहीं थी, वह जगह जालंधर शहर के बीच में थी—वहीं शोकाकुल भीड़ ने उनका अंतिम संस्कार किया था, क्योंकि उनका पार्थिव शरीर श्मशान तक नहीं ले जाया जा सका था।

और इस शोक से जालंधर जल उठा था, आंसुओं में कितनी आग होती है, इसका परिचय जालंधर ने दिया था। आंसुओं में कितने पत्थर होते हैं, यह भी जालंधर ने बताया था और आंसुओं में कितना धीरज होता है, इसकी जानकारी भी जालंधर ने उसी दोपहर दी थी!

यह अवसर था—आतंकवादियों द्वारा तबाह किए गए परिवारों को सहायता देने का आयोजन। वह सहायता या राहत कोष स्व. रमेशचंद्र जी द्वारा स्थापित किया गया था, जो आतंकवादियों द्वारा मारे गए सिख या हिंदू परिवारों के लिए था। कैसी विडंबना है कि जो आतंकवाद से सताए और मारे गए लोगों के लिए राहत कोष

चालू करता है, वही आतंकवादियों द्वारा मारा जाता है। रमेशचंद्र से पहले उनके पिता लाला जगतनारायण लुधियाना में आतंकवादियों के द्वारा मारे गए थे।

राहत कोष वितरण का कार्य शुरू होना है, 11 बजे दिन में। इस राहत कोष का वितरण राष्ट्रपति ज्ञानी जैलसिंह ने किया था पहली बार और 15 फरवरी वाले वितरण से पहले इसे बांटा था रिबेरो साहब ने। उन्होंने दुःख की मूर्ति बनी विधवाओं से कहा था, "यह जो आपके हाथों की सुहाग-चूड़ियां टूटी हैं, उनके लिए मैं ज़िम्मेदारी लेता हूं। मैं उन लोगों को छोड़ूंगा नहीं, जिन्होंने ज़िंदगी के खिलाफ जेहाद छेड़ रखा है। जो मासूमों को मारते हैं, उन्हें सज़ा दी जाएगी।"

पंजाब पुलिस चीफ रिबेरो के ये शब्द किसी भी नेता के शब्दों से बड़े और सार्थक हैं, क्योंकि इनके पीछे कोई राजनीति नहीं—सिर्फ अपना फर्ज़ पूरा करने और मौत के खिलाफ लड़ने की एक ईमानदार शपथ है।

राहत कोष वितरण का कार्य किसी सार्वजनिक जगह पर कर पाना संभव नहीं है क्योंकि आतंक हर कोने में छुपा बैठा है, इसलिए उसे शहीद लाला जगतनारायण के पुश्तैनी घर के भीतर बड़े आंगन में रखा गया है। जो भी गलियां हैं, उनके मुहानों पर राजपथ जैसी लोहें की जंजीरें बंधी हैं, स्टेनगन लिए संतरी और सुरक्षा अधिकारी खड़े हैं और घर तथा कार्यालय के दरवाज़ों पर बंकर्स बने हैं, जिनमें स्टेनगनधारी कमांडो तैनात हैं। 'हिंदी केसरी' अखबार के कार्यालय की ऊंची छत पर भी बंकर बना है और बहुत शक्तिशाली फ्लडलाइट्स लगी हैं। मेटल डिटेक्टर लिए सुरक्षा अधिकारी खड़े हैं और पुलिस तथा पैरा मिलिटरी फोर्स की गारद खड़ी है।

राहत वितरण के अवसर पर कमेटी ने पंजाब तथा अन्य प्रदेशों के साहित्यकारों—लेखकों, कवियों, बुद्धिजीवियों को विशेष रूप से बुलाया था, ताकि वे खुद आकर जलते हुए पंजाब, दहशत से भरे पंजाब, आतंक से त्रस्त पंजाब, मासूमों के आंसुओं में डूबे पंजाब, एक निर्णायक ऐतिहासिक संघर्ष से जूझते हुए पंजाब की फर्स्टहैंड जानकारी खुद ले सकें और इसे पूरे देश को बता सकें! लेकिन कितना दुखद और त्रासद है कि इस अवसर पर केवल तीन लेखक आते हैं—चंडीगढ़ से डॉ. इंदुबाली, डॉ. धरी और जालंधर से जसवंत सिंह विरदी। कितनी तकलीफदेह थी यह स्थिति कि वह साहित्यकार, जो अपने को जनसंघर्षों का जुझारू पहरुआ मानता है और मंचों पर तथा पत्र-पत्रिकाओं के पन्नों पर पराक्रम से लड़ता है, वह पंजाब की ज़मीन पर साथ खड़े होने का साहस भी नहीं दिखा सका!

और यही भावना थी, जो आयोजकों के चेहरे पर लिखी हुई थी। उन्हें लग रहा था कि पत्रकारों ने तो जान की बाज़ी लगाकर उनका साथ दिया है, परंतु देश के

जागरूक साहित्यकारों ने उनहें 'लेट-डाउन' किया है।

शायद हम साहित्यकारों की इस भयंकर गलती में एक मूल बात रही है कि देश के साहित्यकारों ने इस समस्या को सिर्फ 'पंजाब की समस्या' माना या जाना है। देश के साहित्यकारों का संभ्रम उस राजनीति ने पैदा किया है, जो इसे 'पंजाब की समस्या' कहकर प्रचारित करती रही है, इसलिए देश के लेखकों का दोष तो कहीं पर है ही, परंतु उससे ज़्यादा बड़ा दोष उस राजनीति का है, जिसने इसे पूरे देश का सवाल नहीं बनाया। इसे अपने समझौतों, पुलिस, अर्धसैनिक बलों के तहत सिर्फ 'कानून-व्यवस्था' का एक मुद्दा बनाकर रखा!

बहरहाल, शहीद लाला जगतनारायण, रमेशचंद्र जी के घर पर जालंधर में राहत वितरण का कार्य शुरू हुआ। पंजाब के सरहदी ज़िलों में जो लोग आतंकवादियों द्वारा मारे गए थे, उनके 39 तबाह परिवार आए हुए थे—इनमें हिंदू या सिख का भेदभाव नहीं किया गया था। यह राहत कोष सताए हुए लोगों के लिए था। इसमें धर्म, जाति या संप्रदाय का दखल नहीं था।

लेकिन राहत कोष वितरण का यह दृश्य दारुण था। दिल दहला देने वाला था। विधवाएं जिनका सब कुछ लुट गया था, जिनके छोटे-छोटे बच्चे अनाथ हो गए थे, वे अपने आंसू और आहें नहीं रोक पाई थीं। माएं अपने जवान मृत बेटों के लिए छाती पीटकर रो पड़ती थीं। एक बूढ़ा बाप स्वेटर के नीचे से अपने शहीद बेटे की तस्वीर निकालकर दिखाता हुआ रो पड़ा था। एक मां राहत-राशि लेने से इनकार करते हुए अपने जवान बेटे की वापसी की मांग कर रही थी और वहीं खड़े-खड़े कटे पेड़ की तरह गिरकर बेहोश हो गई थी। उधर परिवारों के बीच बैठी एक विधवा, जो अब तक बिलकुल शांत और खामोश लग रही थी, उसी तरह खामोशी से बेहोश होकर अपनी कुरसी समेत लुढ़क गई थी। विजय चोपड़ा जी के घर वाले और उनकी बहुएं उन शोकाकुल लोगों को संभाल रहे थे।

और तभी 'हिंद केसरी' के समाचार संपादक आज्ञाराम प्रेम ने कहा था, "जालंधर में कई महीनों से सूरज नहीं निकला है। यहां अंधेरा ही अंधेरा है। ये बादल बरसते ही रहते हैं।"

और मैंने देखा—बादल नहीं, सुरक्षा और संगीनों के अंधेरे में हमारी मांओं, बहनों और मासूम अनाथों की आंखें बरस रही थीं। और ये आंसू मात्र किसी औरत के नहीं, भारत की धरती मां के थे, जो पंजाब के किसी देहात से आई थी।

क्या हमारी कलमें अब भी नहीं उठेंगी?

(फरवरी, 1987)

सुलगते शहर का सफरनामा-1

इसे अब मैं सुलगते देश का सफरनामा कहना चाहूंगा, क्योंकि मेरठ, अहमदाबाद, दिल्ली—ये सब क्षेत्र उसी आग में सुलग रहे हैं, जो अयोध्या में लगाई गई है।

पाठकों के लिए हमने सवाल छोड़ा था कि 'वो' कौन सी शक्तियां हैं जो इस राम जन्मभूमि और बाबरी मस्जिद विवाद को सुलगा रही हैं। और अयोध्या के हिंदू-मुसलमान परमहंस रामचंद्रदास और हाशिम साहब के कहने से यह विवाद सुलझा भी लें तब भी यह विवाद सुलझ नहीं सकता, क्योंकि 'वो' शक्तियां इसे सुलझने नहीं देंगी—उन शक्तियों को भारतीय जनता जानती भी है और पहचानती भी है, पर भारत की धर्मनिरपेक्ष संस्कृति के निर्माण और उसकी सामाजिक और नैतिक आधारशिलाएं रखी जाने के लिए यह ज़रूरी है कि हम हिंदू होकर भी और मुसलमान होते हुए भी एक लोकधर्मी समाज के निर्माण के लिए सामने और साथ आएं और साहस से उन शक्तियों का मुकाबला करें, जिन्होंने इस देश के मानसिक बंटवारे के कारण और आसार फिर पैदा कर दिए हैं। 'वो' लोग हैं--सैयद शहाबुद्दीन, जामा मस्जिद के शाही इमाम अब्दुल्ला बुखारी, जामा मस्जिद के नायब इमाम और आदम सेना (नहीं, आदमखोर सेना) के सरगना अहमद बुखारी, बाबरी मस्जिद एक्शन कमेटी के मौलाना कक्छरेछवी, विश्व हिंदू परिषद के महंत अवैद्यनाथ और दाऊदयाल।

और इन सबसे ज़्यादा खतरनाक है 'वो' इतिहास जो उत्पादित किया जाता है। इस देश के सोचने-विचारने वाले लोगों के लिए हम वह महत्त्वपूर्ण तथ्य सामने रख रहे हैं, जो इतिहास-सम्मत हैं—इतिहास का उत्पादन अयोध्या में होता रहा है। इस संबंध में आचार्य रामचंद्र शुक्ल का एक उद्धरण काफी होगा जो उनके 'हिंदी साहित्य के इतिहास' से लिया गया है। आचार्य शुक्ल लिखते हैं—"शिवसिंह सरोज में गोस्वामी जी तुलसीदास के एक शिष्य बेनीमाधवदास कृत 'गोसाईं चरित' का उल्लेख है कि इस ग्रंथ का कहीं पता न था, पर कुछ दिन हुए सहसा यह (ग्रंथ) अयोध्या से निकल पड़ा! अयोध्या में एक अत्यंत निपुण दल है जो लुप्त पुस्तकों और रचनाओं को समय-समय पर प्रकट करता रहता है। कभी नंददासकृत तुलसी की वंदना का पद प्रकट होता है, कभी सूरदास जी द्वारा तुलसीदास जी की स्तुति

का (यह) पद प्रकाशित होता है···सूरदास जी तुलसीदास जी से अवस्था में बहुत बड़े थे और उनसे पहले प्रसिद्ध भक्त हो गए थे, यह सभी जानते हैं।" (पृष्ठ 86-87, अंठारहवां संस्करण)

आचार्य शुक्ल का यह उद्धरण मैंने इसलिए पेश किया है कि पाठक यह जान सकें कि 'अयोध्या का यह निपुण दल' जैसे साहित्य का इतिहास उत्पादित करता है, वैसे ही अयोध्या का एक निपुण दल राम जन्मभूमि और बाबरी मस्जिद का इतिहास भी उत्पादित करता रहता है।

इस तरह के अनैतिक विवरणों से अलग सत्यासत्य और तथ्य-निरूपण के लिए आवश्यक है कि हम वस्तुनिष्ठ तरीके से सोचें और अपने इतिहास को परखें।

इतिहास का पहला पक्ष है–

1. बाबर ने भारत पर निर्णायक हमला सन् 1526 में किया। इससे पहले बाबर सन् 1518 और सन् 1519 में दो बार भारत पर हमला कर चुका था और लाहौर से वापस गया था।

2. बाबर के पहले दोनों हमलों के समय लाहौर का सूबेदार था–दौलत खां! बाबर के लिए उस समय का हिंदुस्तान सिंध नदी तक के आसपास का इलाका था।

3. सन् 1526 में जब बाबर ने भारत पर निर्णायक हमला किया–उस समय भारत में इब्राहीम लोदी का शासन था। उसकी राजधानी आगरा थी। बंगाल का सूबेदार नसीरुद्दीन नुसरत शाह था। बिहार में उस समय एक अफगान कबीले नोमानियो का राज्य था। हसन खां मेवातियों (अलवर-भरतपुर) का सरदार था। सिर्फ एक हिंदू राजा राणा सांगा मेवाड़ में था। यह उत्तर भारत की स्थिति थी।

4. हिंदुस्तान के बादशाह इब्राहीम लोदी के खिलाफ दो लोगों ने साज़िश की थी। इनमें से एक था आलम खान लोदी। वह भारत के बादशाह इब्राहीम लोदी का चाचा था। दौलत खां ने अपने दो बेटों, दिलावर खान और आलम खान को बाबर के पास भेजा था कि बाबर हिंदुस्तान पर चढ़ाई करे और इब्राहीम लोदी को हराने में मदद करे।

5. बाबर ने दिसंबर सन् 1525 में हिंदुस्तान के लिए कूच किया और पानीपत में उसका इब्राहीम लोदी से निर्णायक युद्ध हुआ। इब्राहीम लोदी युद्ध में हार गया और 21 अप्रैल, 1526 को इब्राहीम लोदी का कटा हुआ सर बाबर को पेश किया गया। इस जीत के बाद बाबर ने पानीपत से अपने बेटे हुमायूं को आगरा रवाना किया और अपने बहनोई महदी ख्वाजा को दिल्ली।

6. शुक्रवार 27 अप्रैल, 1526 को खुद बाबर दिल्ली में दाखिल हुआ। शाही मस्जिद से उसका खुतबा पढ़ा गया और वह हिंदुस्तान का पहला मुगल बादशाह घोषित हुआ।

इतिहास के इन तथ्यों से यह साफ हो जाना चाहिए कि बाबर ने हिंदुओं के हिंदुस्तान या उनके धर्म पर चढ़ाई नहीं की थी। बाबर ने हिंदुस्तान के उन सुलतानों-सूबेदारों पर आक्रमण किया था, जो सब मुसलमान थे और ज़्यादातर अफगान थे और उनमें से अधिकांश भारत को अपना घर मान चुके थे।

इतिहास का दूसरा अध्याय बताता है कि–

1. मेवाड़ के राणा सांगा ने इब्राहीम लोदी पर बाबर के आक्रमण का विरोध नहीं किया था। बाद में बाबर का युद्ध राणा सांगा से हुआ था और मृत सुलतान इब्राहीम लोदी का चाचा सुलतान महमूद लोदी (जो आगरा की गद्दी चाहता था और बाबर को आक्रमण के लिए बुलाने वालों में से एक था) राणा सांगा की पनाह में था। राणा सांगा से बाबर के दो युद्ध हुए, लेकिन बाबर पहले उन अफगानों को काबू में करना चाहता था जो कन्नौज के पूरब से बंगाल की सीमा तक फैले हुए थे। ये अफगान मुसलमान सूबेदार थे–नासिर खान नोहानी और मारूफ फर्मुली। इनसे सन् 1529 में बाबर का युद्ध घाघरा (सरयू) के तट पर हुआ था। ये अफगान सरदार भी मुसलमान थे।

2. कहा जाता है कि सन् 1528 में अयोध्या की बाबरी मस्जिद का निर्माण हुआ। बाबर 1529 में घाघरा का युद्ध लड़ने के लिए गया, यानी अयोध्या के पास पहुंचा। इस पर बहस न भी करें, तो यह मालूम रहना चाहिए कि सारा विवाद इसी मस्जिद को लेकर है, कि यह मस्जिद राम जन्मभूमि मंदिर को तोड़कर बनाई गई है। और बाबर के फरमान इस सिलसिले में मौजूद हैं।

3. यहां पर यह सोचने का सवाल है कि क्या हिंदुस्तान का मुगल बादशाह अपने नाम पर इतनी मामूली सी मस्जिद बनवाता, जिसमें 500 आदमी भी नमाज़ नहीं पढ़ सकते? यह बात मस्जिद की इमारत देखने से साफ हो जाती है।

4. अंग्रेज़ इतिहास लेखक कनिंघम लिखता है (लखनऊ गजेटियर में) कि राम जन्मभूमि का मंदिर गिराने के समय हिंदुओं की लाशें गिर जाने के बाद ही मीर बाकी (बाबर का प्रतिनिधि) तोप के गोलों से मंदिर को गिराने में सफल हो सका था।

5. कनिंघम के ब्योरे को इस्तेमाल करते हुए हिंदू परिषद यह और जोड़ देती है कि 1 लाख 74 हज़ार हिंदुओं के खून से गारा बनाया गया, जिससे बाबरी मस्जिद

की इमारत चिनी गई थी।

अब इन तथ्यों पर यदि गौर करें तो ये बातें सामने आती हैं कि–

1. यह कोई नहीं कहता कि बाबरी मस्जिद ज़मीन के साफ टुकड़े पर बनाई गई थी, या उससे पहले वहां कोई इमारत नहीं थी।

2. यह मस्जिद मीर बाकी ने बाबर के हुक्म पर बनवाई थी और बाबर घाघरा (सरयू) के तट पर अफगानों से लड़ा था, यानी वह अयोध्या आया था।

3. गौर करने की बात है कि कनिंघम ने गजेटियर में जो कुछ लिखा है, वह सन् 1857 के बाद का है। सन् 1857 में हिंदुस्तान अपनी आज़ादी की पहली मिली-जुली लड़ाई लड़ चुका था।

गौर करने की यह बात भी है कि सन् 1857 के स्वतंत्रता संग्राम के तत्काल बाद सुलतानपुर गजेटियर के पृष्ठ 36 पर कर्नल मार्टिन की रिपोर्ट में कहा गया है कि "अयोध्या की बाबरी मस्जिद को हिंदुओं को वापस देने (मुसलमानों द्वारा) की खबर से हम में घबराहट फैल गई और यह लगने लगा था कि हिंदुस्तान से हम अंग्रेज़ खत्म हो जाएंगे। लेकिन अच्छा हुआ कि गदर का पासा पलट गया और अमीर अली (1857 के संग्राम के नेता तथा बलवाई बाबा राम चरण दास 1857 के संग्राम में अमीर अली के साथ शामिल स्वतंत्रता सेनानियों के नेता) को फांसी पर लटका दिया गया, जिसके बाद फैजाबाद के बलवाइयों की कमर टूट गई और तमाम फैजाबाद जिले पर हमारा रोब गालिब हो गया, क्योंकि गोंडा का राजा देवीबख्श सिंह पहले ही फरार हो गया था। इस काम में राजा मानसिंह मेहदौना वाले ने हमारी बहुत मदद की।"

4. कर्नल मार्टिन की इस रिपोर्ट के संदर्भ में यदि कनिंघम के विवरण को देखा जाए तो बात स्पष्ट हो जाती है कि कनिंघम ने 1 लाख 74 हज़ार हिंदुओं के कत्लेआम की बात क्यों लिखी है।

5. यह भी विश्व हिंदू परिषद के लोगों से पूछा जा सकता है कि वे कनिंघम के विवरण को यदि सत्य मानते हैं और गारे में हिंदुओं का खून मिलाते हैं, तो क्या एक लाख चौहत्तर हज़ार हिंदू मरे, उन्हें मारने वाले मुसलमान भी लाख-डेढ़ लाख रहे ही होंगे और कुछ अयोध्यावासी ज़िंदा भी बचे होंगे तो क्या सन् 1857 में या उससे और भी पहले (कनिंघम ने पिछली बात लिखी है) अयोध्या की आबादी साढ़े तीन-चार लाख थी?

यहीं पर इतिहास के साथ एक और मज़ाक किया गया है कि 'अयोध्या के उसी निपुण दल ने' जो समय-समय पर पुस्तकें, दस्तावेज़ आदि निकाल देता है,

'मॉडर्न रिव्यू' के 6 जुलाई, सन् 1924 के अंक के हवाले से स्वामी सत्यदेव परिव्राजक के नाम से एक विवरण प्रचारित किया है, जिसमें कहा गया है कि परिव्राजक जी को "किन्हीं पुराने कागज़ात की छानबीन में प्राचीन मुगलकालीन सरकारी कागज़ात के साथ फारसी लिपि में लिथोप्रेस द्वारा प्रकाशित शाही मुहर-संयुक्त बाबर का एक शाही फरमान प्राप्त हुआ था, जो अयोध्या में स्थित श्रीराम जन्मभूमि को गिराकर मस्जिद बनाने के संबंध में शाही अधिकारियों के लिए जारी किया गया था।"

परिव्राजक जी के नाम के हवाले से जो दस्तावेज पेश किया गया है, वह यों है–

शहंशाहे हिंद मालिकुलजहां बादशाह बाबर के हुक्म से

हजरत जलाल शाह के हुक्म से बभूजित अयोध्या में रामजन्मभूमि को मिसमार करके उसकी जगह उसी के मसाले से मस्जिद तामीर करने की इजाज़त दे दी गई है और बज़रिए इस हुक्मनामे के तुमको बतौर इत्तला के आगाह किया जाता है कि हिंदुस्तान के किसी भी गैर सूबे से कोई हिंदू अयोध्या न जाने पाए। जिस शख्स पर यह शुबहा हो कि यह जाना चाहता है, फौरन गिरफ्तार करके दाखिले ज़िंदा कर दिया जाए, हुक्म की सख्ती से तामील हो फर्ज़ समझकर।

(शाही मुहर)

इस प्रकट किए गए दस्तावेज़ पर गौर कीजिए। सोचिए कि क्या बाबर के ज़माने में लिथो-प्रेस था? अगर था तो क्या शाही फरमान लिथो-प्रेस से छापे जाते थे? क्या बाबर के ज़माने में सरकारी भाषा उर्दू थी? यदि इसे फारसी का अनुवाद भी माना जाए तो परिव्राजक जी ने इसका हिंदी अनुवाद क्यों नहीं करवाया? सन् 1924 तक द्विवेदी जी, सप्रे जी, प्रसाद और प्रेमचंद हिंदी को बहुत विकसित कर चुके थे। यदि परिव्राजक जी ने मॉडर्न रिव्यू (जो अंग्रेज़ी में छपता था) में यह तथाकथित फरमान अंग्रेज़ी में अनूदित करके दिया होगा, तो क्या उसकी प्रामाणिकता की जानकारी ज़रूरी नहीं है? और फिर परिव्राजक जी को पुराने मुगलकालीन कागज़ात की छानबीन करने का मौका कहां मिला–यह पूछना भी ज़रूरी हो जाता है।

यह भी पूछा जा सकता है कि बाबर द्वारा लिखित 'बाबरनामा' जिसमें बाबर छोटी-छोटी बातें भी लिखा करता था, उसमें इतने महत्त्वपूर्ण फरमान का ज़िक्र क्यों नहीं है?

6. हमें यह भी सोचना चाहिए कि क्या यह सही है कि इतनी मामूली सी मस्जिद बाबर ने बनवाई होगी? यह भी तो हो सकता है कि मीर बाकी खां ने यह

मस्जिद उसी तरह बाबर के नाम पर बनवाई हो, जैसे आजकल जगह-जगह इंदिरा गांधी नगर बनते हैं।

7. सोचने का एक बहुत महत्त्वपूर्ण मुद्दा यह भी है कि बाबर की राजधानी आगरा थी और आगरा से मथुरा की दूरी सिर्फ 50 मील है—श्रीकृष्ण जन्मस्थल मथुरा में है और कृष्णभक्ति की परंपरा उस समय रामभक्ति परंपरा से ज़्यादा प्रगाढ़ थी और श्रीकृष्ण को अवतार माना जा चुका था। श्रीकृष्ण के अमर गायक सूरदास आगरा और मथुरा के बीच गऊघाट पर रहते थे। श्री बल्लभाचार्य जी वैष्णव धर्म आंदोलन के प्रमुख प्रवर्तकों में थे और पंद्रहवीं सदी में (जब बाबर भारत आया) यह धार्मिक आंदोलन अपने चरम पर था। सन् 1523 में सूरदास बल्लभाचार्य जी के शिष्य बने थे (चौरासी वैष्णवों की वार्ता के साक्ष्य से), अतः यह एक अकाट्य तथ्य है कि सूरदास जी बाबर के काल में मौजूद थे और श्रीकृष्ण की सगुणोपासना का वह चरम दौर था।

क्या कारण है कि बाबर ने अपनी राजधानी के इतने पास ही मौजूद श्रीकृष्ण जन्मभूमि को नहीं तोड़ा और वह श्रीराम जन्मभूमि को तोड़ने और मस्जिद बनवाने अयोध्या तक चला गया।

अतः एक वस्तुनिष्ठ निष्कर्ष यह निकाला जा सकता है कि जिसे अयोध्या की 'बाबरी मस्जिद' कहा जाता है, वह शहंशाह बाबर ने नहीं बनवाई, बल्कि उसके नाम पर दूसरों द्वारा बनवाई गई।

बादशाह बाबर से इस 'बाबरी मस्जिद' को अलग कर देने से—जो कि इतिहास और तर्कसम्मत है—इस विवाद के इमोशनल पहलू और उन किंवदंतियों का सामना किया जा सकता है जो खुलेआम वैमनस्यपूर्ण हैं और जिनका इस्तेमाल दोनों ही पक्ष अपने इमोशनल पारे को दहकाने और जन-मानसिकता को भड़काने के लिए करते हैं।

इतिहास का तीसरा अध्याय

1. बाबरी मस्जिद की पूरी इमारत को सूक्ष्मता से देखने के बाद यह स्पष्ट है कि यह इमारत निश्चय ही किसी पहले की इमारत को तोड़कर बनाई गई है। इस तथ्य से मुसलमान भी इनकार नहीं करते और वह तामीर खुद इसका साक्ष्य है।

2. इस मस्जिद के दरवाज़ों के खंभों के रूप में कसौटी पत्थर के बारह स्तंभ लगे हुए हैं। बिलकुल वैसे ही स्तंभ कुछ मुस्लिम मकबरों में भी लगे हुए हैं। इससे स्पष्ट होता है कि ये 12 स्तंभ मस्जिद के लिए नहीं बनवाए गए थे, पर यहीं पर तोड़ी गई इमारत में से निकले हैं।

3. इन स्तंभों पर मूर्तियां उत्कीर्ण हैं। वे बहुत स्पष्ट तो नहीं हैं परंतु हैं मानवीय आकृतियां–जो इसलाम में निषिद्ध हैं!

4. इस मस्जिद में मीनारें नहीं हैं–यह एक विचित्र तथ्य है, क्योंकि मीनारें अज़ान देने के लिए बनाई जाती हैं। अज़ान देने के लिए इसमें और कोई ऊंची जगह भी नहीं है।

5. किसी भी मस्जिद में वजू के लिए बावड़ी, कुआं या पानी का इंतज़ाम होना ज़रूरी है, परंतु इस मस्जिद में ऐसा कोई इंतज़ाम या स्थान नहीं है।

6. मस्जिद की मुख्य बड़ी मेहराब के साथ की दोनों दीवारों में झरोखे बने हुए हैं, जैसे कि राजस्थान के स्थापत्य में मूलतः होते हैं। मस्जिदों में इस तरह का प्रावधान नहीं होता और न किसी बड़ी मस्जिद में मैंने देखा है। इन झरोखों के ऊपर गोलाकार कमल के फूलों के मोटिफ हैं जो मस्जिदों में कहीं दिखाई नहीं देते।

7. फैजाबाद के मुसलमानों ने बताया कि उनके मज़हब के तहत मस्जिद में लकड़ी का इस्तेमाल मना है। इस मस्जिद के मुख्य गुंबद में लकड़ी लगी है, जो लोहे के दो गार्टरों पर सधी है। कहा जाता है कि यह लकड़ी चंदन की है।

8. मस्जिदों में परिक्रमा नहीं होती, पर इस मस्जिद के चारों ओर परिक्रमा स्थापित है।

9. मस्जिद के दाहिने वाले बाहरी सिंहद्वार पर शेरों के दो आकार स्थापित हैं–वे भी नितांत राजस्थानी शैली में हैं और मस्जिद की प्रकृति से मेल नहीं खाते।

10. इस मस्जिद में दो स्थानों पर (अंदर और बाहर फाटक पर) शिलालेख उत्कीर्ण हैं। इन शिलालेखों में लिखा है कि–

(अ) बादशाह की आज्ञा से, जिसके न्याय की ध्वजा आकाश तक पहुंचती हुई है।

(ब) नेकदिल मीर बाकी ने फरिश्तों के उतरने के लिए यह जगह बनाई है।

(स) उसकी कृपा सदा बनी रहे कि बुवद खैर बाकी।

शिलालेख का अनुवाद मेरा नहीं है। इस शिलालेख के अनुसार मस्जिद की तामीर का साल सन् 1528 तय होता है। बाहर वाला शिलालेख पढ़ा नहीं जा सकता और वह महत्त्वपूर्ण भी नहीं लगता।

इन सब तथ्यों के बावजूद गौरतलब बात यह है कि हिंदूवादी सोच इस बात पर ज़ोर देता है कि मस्जिद निश्चय ही बाबर ने बनवाई या उसने मंदिर तोड़कर मस्जिद बनाने की आज्ञा दी।

मैं ज़ोर देकर कहना चाहूंगा कि यह सोच गलत है–बादशाह के नाम पर बहुत

से काम होते हैं या किसी भी तामीर में बादशाह का नाम जोड़ देना एक जायज़ परंपरा है–जैसे हिंदू अपने सारे काम गणेश जी के नाम पर शुरू करते हैं। इसका यह मतलब नहीं होता कि गणेश जी लिखित आज्ञापत्र मिलता है या उनसे इजाज़त ली जाती है।

अतः बाबरी मस्जिद विवाद को बादशाह बाबर से जोड़ना दूर की कौड़ी है जो दोनों संप्रदायों के सांपों पर जड़ी गई है–और कालांतर में स्थानीय और गलत सोच को प्रामाणिकता प्रदान करने की विषैली कोशिश करती है।

राम जन्मभूमि और बाबरी मस्जिद विवाद–जिसे इतिहासपरक विवाद बना दिया गया है, मूलतः स्थानीय लोगों का सांप्रदायिक विवाद है जो पिछली पांच सदियों से चला आ रहा है।

इतिहास का चौथा अध्याय

हमें इस पर भी विचार करना चाहिए कि 'रामनाम' की परंपरा कब से शुरू होती है। तथ्य यह है–

1. रामोपासना की परंपरा स्वामी रामानंद जी से शुरू होती है। उनसे पहले की कोई परंपरा ज्ञात नहीं है। स्वामी रामानंद जी सन् 1437 के आसपास सदेह उपस्थित थे और रामोपासना की लौकिक परंपरा उन्होंने ही शुरू की थी। रामानंद जी के बारह शिष्यों में प्रमुख थे–कबीरदास, रैदास, सेना नाई और राजा पीपा। (आचार्य रामचंद्र शुक्ल)

2. गोस्वामी तुलसीदास का जन्म संवत् 1554 निर्धारित किया गया है, यानी सन् 1497; यदि आचार्य शुक्ल की इस तिथि को प्रमाण माना जाए तो भारत में बाबर के आगमन के समय गोस्वामी तुलसीदास की आयु 33 साल ठहरती है। वे नरहरिदास के शिष्य थे। 12 वर्ष की अवस्था में उनका जनेऊ हुआ था और सूकर क्षेत्र में उन्होंने 'रामकथा' सुनी थी।

3. यदि ग्रियर्सन और रामायणी राम गुलाम द्विवेदी तथा बहुत हद तक 'शिवसिंह सरोज' का साक्ष्य लिया जाए तो गोस्वामी तुलसीदास की जन्मतिथि सन् 1532 निर्धारित होती है। बादशाह बाबर का देहांत 26 दिसंबर सन् 1530 को आगरा में हुआ।

4. अतः यह निर्विवाद रूप से स्थापित होता है कि गोस्वामी तुलसीदास बाबर के समय में मौजूद थे। वे तब या तो 33 साल के थे, या बाबर की मृत्यु के बाद जन्मे। दोनों ही स्थितियों में तुलसीदास जी बाबर से पहले के नहीं हैं।

5. श्रीराम को अवतार और ईश्वर बनाने का श्रेय तुलसीदास जी को है। तभी से रामोपासना की शुरुआत होती है। उससे पहले भारत में कहीं राममंदिर नहीं

मिलते। यह इतिहास द्वारा संपुष्ट तथ्य है। तुलसीदास के इष्ट श्रीराम की जन्मभूमि पर यदि बाबर ने इतना बड़ा अत्याचार किया था तो तुलसीदास ने इस बात का उल्लेख क्यों नहीं किया, जबकि वे अयोध्या में ही रहते थे।

6. तुलसीदास जी द्वारा रचित बारह ग्रंथ हैं। उनकी 'विनय पत्रिका' के संबंध में आचार्य रामचंद्र शुक्ल के शब्द हैं कि उन्होंने (तुलसीदास जी ने) राम के दरबार में रखने के लिए यह पत्रिका या अर्ज़ी लिखी।

विचारणीय यह है कि इस अर्ज़ी या फरियाद में भी तुलसीदास जी ने अपने इष्टदेव रामचंद्र जी से बाबर की कोई शिकायत नहीं की। अपने इष्ट को, जिन्हें सर्वपूज्य बनाया है, यह सूचना तक नहीं दी कि उनकी जन्मभूमि के साथ क्या अत्याचार हुआ है? अयोध्या में रहते और रचना करते गोस्वामी जी को इस अनाचार का तो साक्षी होना चाहिए।

7. आचार्य शुक्ल के अनुसार, "रहीम की इनसे (गोस्वामी जी से) समय-समय पर दोहों में लिखा-पढ़ी हुआ करती थी" और कहते हैं कि "बरवै रामायण गोस्वामी जी ने अपने स्नेही मित्र अब्दुर्रहीम खानखाना के कहने पर उनके बरवों (बरवै नायिकाभेद) को देखकर बनाया था।" रहीम से खतो-किताबत रखने के बावजूद गोस्वामी जी ने कभी रहीम को यह नहीं लिखा कि बादशाह बाबर ने उनके इष्टदेव की जन्मभूमि के साथ यह अत्याचार किया है?

8. स्वामी अग्रदास (सन् 1575), नाभादास जी (सन् 1600) और प्राणचंद चौहान (सन् 1610)–यह तीनों कवि तथा नाटककार रामाश्रयी शाखा के उत्कृष्ट लेखक रहे हैं। इन्होंने भी कभी और कहीं यह लिपिबद्ध नहीं किया कि बादशाह बाबर ने सन् 1528 में राम जन्मभूमि को मिसमार किया। काव्य में न सही, चौहान जी के 'रामायण महानाटक' में तो ऐसा कोई उल्लेख सहज ही आ सकता था–परंतु वह भी कहीं नहीं है।

9. रामभक्ति शाखा के (उसी बाबर के काल में उपस्थित) दिग्गज कवियों द्वारा कहीं राम जन्मभूमि को भ्रष्ट करने का उल्लेख नहीं है। इसी के साथ उसी काल में (बाबर के समय में) कृष्णभक्ति शाखा के अष्टछापी सगुणोपासक विराट् कवि, सूरदास, नंददास (सन् 1568), कृष्णदास, कुंभनदास, छीतस्वामी, मीराबाई आदि सब लेखनरत थे, परंतु इन सब वैष्णव सगुणोपासक कवियों ने भी अपने ही वैष्णव संप्रदाय से जुड़ी रामभक्ति परंपरा पर हुए इस भयानक अनाचार का कहीं कोई उल्लेख नहीं किया।

(24 जुलाई, 1987)

सुलगते शहर का सफरनामा-2

बाबरी मस्जिद और राम जन्मभूमि विवाद को बाहर के स्वार्थी लोगों और पार्टियों ने उलझा दिया है। अगर इसे एक शहर अयोध्या के मसले के रूप में सुलझाया जाए तो यह बहुत जल्दी सुलझ सकता है।

स्थानीय इतिहास की किताबों ने इस मसले को और तूल दे रखा है। भावनाओं को भड़काने और फिर उसका आर्थिक शोषण करने वाले स्वार्थी तत्त्व कम नहीं हैं। जो बिक सकता है, वैसा इतिहास यहां तत्काल तैयार करके छाप दिया जाता है। इस तरह का अनैतिक व्यापार करने में सबसे आगे हैं–

1. अयोध्या, फैजाबाद, गोंडा, सुलतानपुर आदि के कुछ गैर-ज़िम्मेदार प्रकाशक। इनमें से सबसे आगे हैं अयोध्या, फैजाबाद के प्रकाशक–ऐसा ही प्रकाशित एक 'संपूर्ण इतिहास' हमें बताता है–"ईसवी सन् की चौदहवीं शताब्दी में भारत पर मुगलों (यानी बाबर) का अधिकार हो गया। सम्राट् बाबर दिल्ली के राजसिंहासन पर बैठा।"

'संपूर्ण इतिहास' लिखने वालों की यह जानकारी है! इतिहास की कोई पुस्तक उठाकर जाना जा सकता है कि बाबर सोलहवीं सदी में आया, सन् 1526 से 1530 तक जीवित रहा, और उसकी राजधानी आगरा थी। आगरा में ही उसकी मृत्यु हुई!

'संपूर्ण इतिहास' जैसी भड़काने वाली गैर-ज़िम्मेदार पुस्तकों की कमी नहीं है और यह व्यापार ज़ोर-शोर से चालू है!

एक और पुस्तक (नाम मैं जानबूझकर नहीं दे रहा, क्योंकि इससे ऐसी पुस्तकों को नाहक प्रचार भी मिलता है) के नवीन संस्करण के प्राक्कथन में कहा गया है कि इस पुस्तक के अनेक संस्करण हुए जो समाप्त होते गए। अब यह नवीन संस्करण पुनः प्रकाशित हुआ है। इसमें भी नवीन परिवर्तन कर दिए गए हैं। प्राचीन श्रीराम जन्मभूमि मंदिर बाबर द्वारा विध्वस्त किया गया था तथा कजल उब्बस, बाबर, मीर बाकी एवं महाराज विक्रमादित्य के चित्र जो लंदन के एक संग्रहालय में हमें बड़ी कठिनाई से अपने एक प्रिय मित्र के द्वारा उपलब्ध हुए हैं, बढ़ाकर लगा दिए गए हैं।

चित्रों के बारे में लिखा गया है कि ये 'लंदन के एक संग्रहालय से हमें बड़ी

कठिनाई से अपने एक प्रिय मित्र के द्वारा उपलब्ध हुए हैं।'

गैर-ज़िम्मेदार लेखकों का यह बयान वैसा ही है जैसाकि स्वामी सत्यदेव परिव्राजक का बयान दिया गया है (देखिए इस लेख का भाग-3)। एक चित्र में बाबर राम जन्मभूमि को गिराकर उसके स्थान पर बाबरी मस्जिद बनाने का आदेश दे रहा है—उस चित्र के कोने में 'नारायण साइन आर्ट' गलती से लिखा रह गया है। यह 'नारायण साइन आर्ट' फैजाबाद के ही एक व्यक्ति हैं। इन चित्रों को 'लंदन के संग्रहालय' से प्राप्त बताया गया है! झूठ ही बिकता है, अतः झूठ पर झूठ गढ़ा जा रहा है!

'संपूर्ण इतिहास' और इसी तरह की गटर पुस्तकें मनमाना इतिहास गढ़ रही हैं और आग में घी का काम कर रही हैं!

इस गटर इतिहास को एक तरफ रखकर कुछ सच्चाइयों की परख भी ज़रूरी है, अतः हम निकट इतिहास पर आते हैं—

2. कट्टर हिंदूवादियों द्वारा यह दुष्प्रचार भी किया गया है कि 22-23 दिसंबर सन् 49 की आधी रात को बाबरी मस्जिद के भीतर चमत्कारित ढंग से भगवान् राम का प्राकट्य हुआ! इस दुष्प्रचार के कुछ अंश हैं—23 तारीख (सन् 49) को बाबरी मस्जिद कही जाने वाली वास्तविक श्रीराम जन्मभूमि में भगवान् के प्रादुर्भूत होने की खबर बिजली की तरह सारे देश में फैल गई। उस समय श्रीराम जन्मभूमि पर अबुलबख्श नाम के एक मुस्लिम हवलदार की ड्यूटी थी। जिलाधीश के सामने जब उससे बयान लिया गया तो उसने बयान दिया—मेरा नाम अबुलबख्श है। मैं श्रीराम जन्मभूमि (बाबरी मस्जिद) पर ड्यूटी के लिए तैनात किया गया हूं और जब से तैनात किया गया हूं बराबर ड्यूटी दे रहा हूं। 22-23 दिसंबर (सन् 49) की रात के लगभग दो बजे जब मैं ड्यूटी पर तैनात था, एकाएक बाबरी मस्जिद में कुछ चांदनी सी नज़र आई। मैं गौर से उस ओर देखने लगा। इसी बीच मुझे मालूम हुआ जैसे एक दैवी (खुदाई) रोशनी मस्जिद के भीतर हो रही है। धीरे-धीरे वह रोशनी सुनहली होती गई और उसके भीतर एक बहुत ही खूबसूरत चार-पांच साल के बच्चे की सूरत मुझे नज़र आई। उसे देखकर मैं बेहोश हालत में हो गया। कह नहीं सकता कि मेरी ऐसी हालत कब तक रही। जब होश में आया तो देखता हूं कि सदर दरवाज़े का ताला टूटकर ज़मीन पर पड़ा हुआ है और मस्जिद के भीतर हिंदुओं की बेशुमार भीड़ घुसी हुई है जो कि एक सिंहासन, जिस पर कोई बुत रखा हुआ है, उसकी 'भयो प्रकट कृपाला दीन दयाला' गाते हुए आरती उतार रहे हैं। बस चटपट मैंने आफीसरों के पास इसकी खबर भिजवाई, इसके अलावा मैं कुछ नहीं जानता।

कट्टरपंथी हिंदुओं द्वारा यह कहानी भी ईजाद की गई है और खास तौर से जिस मुसलमान हवलदार अबुलबख्श का नाम इस कहानी को प्रामाणिकता प्रदान करने के लिए इस्तेमाल किया गया है, वह एक भयानक साज़िश है। मैंने खुद फैजाबाद के उच्च अधिकारियों के ज़रिए पुराने कागज़ात और फाइलों का अवलोकन किया है और पाया है कि अबुलबख्श नाम के किसी मुसलमान हवलदार ने कहीं भी कोई ऐसी रिपोर्ट दर्ज नहीं कराई है और न उसने इस तरह का कोई बयान दिया है।

3. इस झगड़े के उठते ही मुकदमेबाज़ी शुरू हो गई। यह ज़मींदारी उन्मूलन का दौर था। पं. गोविंद बल्लभ पंत उत्तर प्रदेश के मुख्यमंत्री थे। फैजाबाद के जिलाधीश के.के. नैयर थे। भगवान सहाय उत्तर प्रदेश सरकार के प्रमुख सचिव थे। नैयर ने भगवान सहाय को सूचना देकर उस क्षेत्र को विवादग्रस्त घोषित कर दिया। दफा 114 लगा दी और उन्होंने फैजाबाद नगरपालिका के चेयरमैन प्रियादत्तराम को रिसीवर बना दिया। साथ ही यह इजाज़त भी दे दी कि भगवान् की पूजा-अर्चना और भोग आदि लगाने के लिए चार पुजारी तथा एक भंडारी भीतर (यानी मस्जिद में) जा सकेंगे। दर्शनार्थी हिंदू जंगले से दर्शन कर सकेंगे और मुसलमानों को उस स्थान से 500 गज़ की परिधि में आने का अधिकार नहीं होगा।

4. हिंदुओं ने जो चमत्कार दिखाया था—उसके विरोध में फैजाबाद के मुसलमान पं. नेहरू और मौलाना आज़ाद से मिले और उन्होंने मूर्ति के इस तरह प्रकट होने का विरोध किया और मांग की कि मूर्तियों को मस्जिद में से हटाया जाए।

5. इसी समय हिंदू महासभा के एक कार्यकर्ता ठाकुर गोपाल सिंह विशारद ने सब जज, फैजाबाद के यहां एक दावा ठोंक दिया कि "मैं राम जन्मभूमि मंदिर में बहुत पहले से पूजा करता था। मैं तीर्थयात्रा पर बाहर चला गया था, इसलिए कुछ दिनों से पूजा नहीं कर सका, मेरा दावा मंजूर किया जाए और मुझे पूजा करने का अधिकार दिया जाए" (यानी मस्जिद में जो मूर्तियां स्थापित हैं, उनकी पूजा करने दी जाए।)

6. ठाकुर गोपाल सिंह विशारद का यह दावा मंजूर कर लिया गया, और ज़िला जज वीर सिंह ने मस्जिद के बाहर मुसलमानों का 'स्टार होटल' बंद करवा के वहां हिंदुओं के 'गौमती होटल' का उद्घाटन कर दिया।

7. बाद में मस्जिद की दुकानें और कब्रिस्तान तो मुसलमानों को मिल गया पर राम जन्मभूमि मंदिर और बाबरी मस्जिद का क्षेत्र कानूनी विवाद का कारण बना रहा, जो अब तक अदालती फैसले का इंतज़ार कर रहा है।

8. सन् 49 से यह मामला सन् 1984 तक खामोश पड़ा रहा कि एकाएक

विश्व हिंदू परिषद् ने श्रीराम जन्मभूमि मुक्तियज्ञ समिति का गठन किया और 28 सितंबर, सन् 84 से श्रीरामजानकी रथयात्राओं का दौर-दौरा शुरू हुआ। पहली रथयात्रा जनकपुर से 7 अक्तूबर, '84 को अयोध्या पहुंची, अयोध्या से लखनऊ और लखनऊ से 'जन जागरण' करती हुई दिल्ली पहुंची। दिल्ली में श्रीमती इंदिरा गांधी की हत्या के कारण यह रथयात्रा स्थगित कर दी गई।

9. लेकिन यह राम-जानकी रथयात्राएं गुजरात और अन्य प्रदेशों में जारी रहीं और श्रीरामचंद्र जी को इन रथों में जेल के सींखचों के भीतर बंद दिखाया गया।

10. इसी दौरान यानी सन् 85 में कट्टरपंथी हिंदुओं का जुझारू दस्ता बजरंग दल गठित हुआ।

11. और इधर परमहंस रामचंद्र दास (प्रतिवादी तथा वादी और बाबरी मस्जिद मामले के वादी-प्रतिवादी हाशिम साहब के मित्र) ने राम जन्मभूमि का 1986 रामनवमी तक उद्धार न होने पर आत्मदाह की घोषणा कर दी। 'जन जागरण' की रथयात्राएं जारी रहीं और श्रीराम जन्मभूमि का ताला तोड़ने की प्रतिज्ञा की गई।

12. आखिर 25 जनवरी, 1986 को फैजाबाद के वकील उमेशचंद्र पांडेय ने एक दावा दाखिल किया कि हिंदू होते हुए भी उन्हें श्रीराम जन्मभूमि की पूजा करने का (फाटक पर ताला लगा होने के कारण) अवसर नहीं मिल पाता। यह उनके धार्मिक अधिकारों का हनन है।

13. और ज़िला जज फैजाबाद कृष्ण मोहन पांडेय ने मामले की सुनवाई के बाद फरवरी 86 को ताला खोलने का आदेश दे दिया और उसी दिन शाम 5 बजकर 20 मिनट पर फैजाबाद के शहर कोतवाल बी.पी. सिंह ने अदालती आदेश पर ताला खोल दिया।

14. ताला खुलते ही बाबरी मस्जिद एक्शन कमेटी बनी और सैयद शहाबुद्दीन ने कट्टरपंथी मुसलमानों का नेतृत्व संभाल लिया, और इस मसले ने अखिल भारतीय हिंदू-मुस्लिम समस्या का रूप धारण कर लिया।

इन तेरह-चौदह मुद्दों के तहत संक्षेप में राम जन्मभूमि और बाबरी मस्जिद विवाद का अब तक का इतिहास पूरा हो जाता है।

अब विचारणीय सवाल यह है कि–

1. आखिर शहाबुद्दीन की बाबरी मस्जिद एक्शन कमेटी सन् 49 से अब तक क्यों सो रही थी? यह विवाद तो सन् 49 से चल रहा था, तब शहाबुद्दीन साहब कहां सो रहे थे और क्यों सो रहे थे?

2. शहाबुद्दीन साहब कहेंगे कि दरवाज़े का ताला खुलने से मामले की प्रकृति में आधारभूत परिवर्तन हुआ है, इसलिए एक्शन कमेटी बनाई गई। परंतु उनकी यह दलील बहुत बोदी और बेमानी होगी, क्योंकि यह दीवार जो मस्जिद और राम चबूतरे को (तथाकथित राम जन्मभूमि को नहीं) अलग करती है, उस दीवार में दो दरवाज़े हैं और उसका एक दरवाज़ा सन् 49 से खुला है, और हिंदू पुजारी और भंडारी मस्जिद के भीतर 'प्रकट हुई' मूर्तियों की पूजा आदि के लिए तब से अंदर जाते रहे हैं, अतः दूसरे दरवाज़े का ताला खुलना सिर्फ एक तकनीकी कानूनी फैसला है, उससे किसी भी धर्म वालों के अधिकारों का हनन नहीं होता, लेकिन ताला खुलने के तकनीकी फैसले को कट्टरपंथी मुसलमानों ने इतना तूल दिया कि उसे अपने अस्तित्व का मसला बनाकर आक्रामक रुख अपना लिया।

3. मुसलमानों की इस असुरक्षा की भावना को अदालत के फैसले ने उतना नहीं भड़काया, जितना दूरदर्शन पर राम जन्मभूमि का ताला खुलने के समाचार और राम-जानकी रथों की 'जन-जागरण यात्राओं' ने भड़काया। और यह बिलाशक कहा जा सकता है कि मेरठ और अहमदाबाद के सांप्रदायिक दंगे इन रथ-यात्राओं की (परोक्ष होते हुए भी) प्रत्यक्ष देन हैं।

इसके बावजूद मुसलमानों को यह जानना चाहिए कि–

4. बाबरी मस्जिद मुसलमानों की सरह के अनुसार एक मुर्दा मस्जिद है। मूर्तियां उसके खंभों में उत्कीर्ण हैं। उसमें अज़ान और वजू की जगह और पानी का कोई इंतज़ाम नहीं है।

5. हिंदुओं के चमत्कार से जो मूर्तियां वहां अवतरित हुई हैं, उनके मौजूद होने के बाद तथाकथित बाबरी मस्जिद उनकी इबादतगाह के लायक नहीं रह गई है, क्योंकि इसलाम किसी भी झगड़े की जगह को इबादत की जगह के रूप में मंजूर नहीं करता।

6. यह मस्जिद बाबरी मस्जिद कही जाती है, लेकिन इस मस्जिद का कोई सीधा संबंध मुगल बादशाह बाबर से नहीं है, हद से हद इसे अन्य मुसाहिबों ने बाबर के नाम पर बनवाया है।

7. इस मस्जिद की तामीर में इस्लामी कानूनों और नियमों को नहीं बरता गया है।

8. इस मस्जिद में बाकायदा और बरोज़ा नमाज़ नहीं अता की जाती थी।

9. इस मस्जिद का कोई मौलवी या मोअज्जन नहीं रहा है।

10.यह मस्जिद उसी तरह लावारिस और मुर्दा मस्जिद रही है जैसे 300 मस्जिदें आज भी सिर्फ पंजाब में मौजूद हैं।

उन हिंदुओं को, जिन्हें भड़का दिया गया है, यह जानना चाहिए कि–

1. जिसे श्रीराम जन्मभूमि कहा जाता है, उसी के पीछे रामजन्म स्थान नामक जगह मौजूद है। वहां पर कौशल्या, कैकेयी, सुमित्रा भवन भी हैं—यानी वह एक पूरा कांप्लैक्स (भवन संघ) है। उसी भवन संघ में भरत, लक्ष्मण और शत्रुघ्न के जन्मस्थान भी हैं। राम जन्मभूमि का यह विवादग्रस्त स्थान उस भवन संघ के बाहर है।

2. भवन संघ के भीतर और अयोध्या के अन्य महत्त्वपूर्ण स्थानों पर पत्थर लगे हुए हैं। उन पत्थरों पर स्थान विशेष का विवरण खुदा हुआ है—विवादग्रस्त राम जन्मभूमि पर कोई विवरण पत्थर नहीं है।

3. परंपरा से राम चबूतरा (जो कि मस्जिद की मुख्य इमारत के बाहर परंतु उसी प्रांगण में है) पर पूजा होती रही है और उसे अकबर के मंत्रियों—राजा टोडरमल और बीरबल—ने यह विवाद समाप्त करवाने के लिए बनवाया था, जिसे तत्कालीन हिंदुओं ने स्वीकार किया था। हिंदू अपने पूर्वजों—टोडरमल और बीरबल के फैसलों को आज भी स्वीकार कर सकते हैं।

4. निष्ठा बहुत बड़ी चीज़ है। हिंदू-निष्ठा मस्जिद के जिस मुख्य गुंबद वाले भाग को ही राम जन्मभूमि मानती है, उस निष्ठा को ठोस साक्ष्य द्वारा प्रमाणित नहीं किया जा सकता, और फिर मस्जिद के मुख्य गुंबद (जो मूर्तियों के चमत्कारिक रूप से प्रकट होने का स्थान बना दिया गया है) से राम चबूतरा कुल 30-40 गज़ दूर है और वह राम चबूतरा अकबर के समय से पूजा का स्थान माना जाता है। निष्ठा को 10 गज़ ज़मीन का जामा पहना देना (कि धरती का यह हाथ भर का टुकड़ा ही श्रीराम जन्मभूमि है) धार्मिक असहिष्णुता और ज़्यादती है। निष्ठा को सहिष्णुता के रूप में 30-40 गज खिसकाया जा सकता है, जिससे हिंदू-निष्ठा का कोई नुकसान नहीं होता।

5. कट्टर मुसलमान भी मस्जिद को छोड़ सकते हैं, क्योंकि नमाज़ पढ़े जाने के दावे उसी तरह बेबुनियाद हैं जिस तरह ठाकुर गोपाल सिंह विशारद (हिंदू महासभा के सदस्य) का सन् '49 में किया यह दावा कि वे श्रीराम जन्मभूमि मंदिर में पूजा किया करते थे।

6. हिंदू पूजा-पद्धति में पूजा सिर्फ पुजारी करता है, बाकी भक्त लोग केवल दर्शन करते हैं। इसलिए यह कहना कि हिंदू लोग श्रीराम जन्मभूमि (मस्जिद के

गुंबद में) मंदिर में पूजा करते थे, सरासर गलत है।

वस्तुपरक ढंग से सहिष्णुता के वातावरण में यदि इस भयानक विवाद को देखा जाए तो–

1. ज़रूरी है कि बाबरी मस्जिद एक्शन कमेटी (जो फैजाबाद-अयोध्या के बाहर के तास्सुबी मुसलमानों की है) इस विवाद में किसी भी तरह का दखल देना बंद करे और इस मसले को फैजाबाद-अयोध्या के मुसलमानों और अदालत के फैसले पर छोड़ दे।

2. विश्व हिंदू परिषद भी उसी तरह इस विवाद से अलग की जाए, ताकि फैजाबाद-अयोध्या के हिंदू अपने इस मसले को सुलझाएं और न सुलझा पाएं तो अदालत के फैसले को अंतिम मानें!

3. राम-जानकी रथयात्राएं व्यापक राष्ट्रीय हित और सांप्रदायिक शांति के लिए बंद की जाएं।

4. इस विवाद का लाभ उठाकर जो चंदा जमा करने वाली हिंदू तथा मुस्लिम संस्थाएं एकाएक सन् 86 के दौरान और बाद में कुकुरमुत्तों की तरह उग आई हैं, उन पर प्रतिबंध लगाया जाए और फैजाबाद-अयोध्या पोस्ट ऑफिस में आने वाले औसत 10,000 रुपए रोज़ाना के चंदा-मनीआर्डरों की रकम को सरकार द्वारा जब्त किया जाए।

5. और अंत में 1857 के स्वतंत्रता संग्राम से सबक लिया जाए।

इतिहास बताता है कि जब 1857 में बहादुरशाह जफर को भारत का सम्राट् घोषित किया गया तो अयोध्या के राजा देवी बख्श सिंह, गोंडा नरेश तथा विद्रोही महंत रामचरण दास ने अंग्रेज़ों के खिलाफ विद्रोह की बागडोर संभाली। उसी वक्त अयोध्या और फैजाबाद के विद्रोही मुसलमान नेता अमीर अली ने अपने हिंदू भाइयों के साथ अंग्रेज़ी हुकूमत के खिलाफ झंडा बुलंद किया।

उस वक्त (1857 में) संग्राम के नेता अमीर अली ने कहा था–"बिरादराने वतन! मुल्क की आज़ादी को कायम रखने और बेगमात के ज़ेवरात व शाही खज़ानों को बचाने में (ताकि आज़ादी की जंग जारी रह सके) हमारे हिंदू भाइयों ने अंग्रज़ों से लड़कर जिस कदर बहादुरी दिखाई है, उसे हम भूल नहीं सकते। बादशाह बहादुरशाह जफर को अपना सम्राट् मानकर हमारे हिंदू भाई खून बहा रहे हैं, इसलिए फर्ज़े-इलाही हमें मजबूर करता है कि हिंदुओं के भगवान् श्रीरामचंद्र की पैदाइशी जगह पर जो बाबरी मस्जिद बनी है, वह हम हिंदुओं को बखुशी सुपुर्द कर दें, क्योंकि

हिंदू-मुसलमान नाइत्तफाकी की सबसे बड़ी जड़ यही है, और ऐसा करके हम हिंदुओं के दिल पर फतह पा जाएंगे।"

यहीं पर हम यह फिर याद दिला दें कि 1857 के स्वतंत्रता संग्राम की विफलता के बाद सुलतानपुर गजेटियर में (पृष्ठ 36) कर्नल मार्टिन ने लिखा था—"अयोध्या की बाबरी मस्जिद को हिंदुओं को (मुसलमानों द्वारा) वापस देने की खबर से हममें (अंग्रेजों में) घबराहट फैल गई और यह लगने लगा था कि हिंदुस्तान से अंग्रेज़ खत्म हो जाएंगे।"

इसीलिए 1857 की विफल क्रांति के बाद अंग्रेज़ों ने हिंदू-मुस्लिम एकता के प्रतीक और बाबरी मस्जिद विवाद को समाप्त करने के हिमायती अमीर अली और बाबा रामचरण दास को फांसी दे दी थी—इन दोनों को हज़ारों हिंदुओं और मुसलमानों के सामने 18 मार्च, 1858 को कुबेर टीला के इमली के पेड़ से लटकाकर फांसी दी गई थी। अयोध्या और फैजाबाद के हिंदू-गुस्लिम सभी उस इमली के पेड़ की पूजा और इबादत करने लगे थे। आखिर में देशभक्तों की इस बढ़ती श्रद्धा को देखते हुए अंग्रेज़ों ने कुबेर टीले का वह इमली का वृक्ष भी कटवा दिया।

और उसी दौर में श्रीराम जन्मभूमि-बाबरी मस्जिद विवाद को लेकर जब कुछ मुसलभान और तत्कालीन लखनऊ नवाब वाजिद अली शाह के दरबार में हाज़िर हुए थे, तो वाजिद अली शाह ने यह उत्तर दिया था—

हम इश्क के बंदे हैं, मज़हब से नहीं वाकिफ
गर काबा हुआ तो क्या, बुतखाना हुआ तो क्या!

इसलिए 'काबा और बुतखाना' का यह मसला फैजाबाद-अयोध्या के लोगों पर छोड़ दिया जाए और यह पेशकश की जाए कि अदालती फैसला जल्द से जल्द किया जाए, और इस बात का माहौल बनाया जाए कि अदालती फैसले को अंतिम माना जाएगा और उसे दोनों ही संप्रदाय राष्ट्रीय हित में सर झुकाकर ईमानदारी से मंजूर करेंगे, क्योंकि देश का कानून किसी भी संप्रदाय की ज़िद और तास्सुबी धमकियों से झुकाया, दबाया या तोड़ा नहीं जा सकता। इस लोकधर्मी देश का कानून भी 'काबा या बुतखाना' की ही तरह पवित्र है। यदि कट्टर हिंदू मंदिर की रक्षा करना चाहता है तो कट्टर मुसलमान मस्जिद की, तो इस देश का लोकधर्मी धर्मप्राण हिंदुस्तानी अपने उतने ही पवित्र कानून की रक्षा का हकदार भी है, क्योंकि अपने इसी 'पवित्र कानून' और आज़ादी को हासिल करने के लिए फैजाबाद की जेल और अयोध्या से लगे ज़िलों की जेलों में हमारे अमर शहीदों ने बलिदान दिया था।

17 दिसंबर, 1927 को राजेंद्र लाहिड़ी गोंडा की जेल में फांसी चढ़े थे। 19 दिसंबर, 1927 को इलाहाबाद जेल में रोशन सिंह शहीद हुए थे। उसी तारीख को गोरखपुर जेल में रामप्रसाद बिस्मिल शहीद हुए थे और उसी तारीख को फैजाबाद जेल में अशफाक उल्ला को फांसी के तख्ते पर चढ़ाया गया था।

हमें अपने इन क्रांतिकारियों की लोकधर्मी परंपरा की भी रक्षा करनी है। कुरान पाक हाथ में लेकर फांसी का फंदा चूमते हुए अशफाक उल्ला ने कहा था—

तंग आकर हम भी तेरे जुल्म-ए-बेदाद से,
चल पड़े सूए अदम ज़िंदाने-फैजाबाद से!

वे तो चले गए लेकिन उसी फैजाबाद और उसी हिंदुस्तान में हमें उनके लोकधर्मी काम पूरे करने हैं और परमहंस रामचंद्र दास तथा हाशिम साहब जैसे लोगों को मदद देनी है, ताकि वे यह विवाद बाहर वालों के हस्तक्षेप के बिना सुलझाने की कोशिश करें या अदालत के फैसले को स्वीकारने के लिए वातावरण बनाएं क्योंकि यह बाबरी मस्जिद का मुकदमा लड़ने के लिए हाशिम साहब को लखनऊ जाना पड़ता है और उन्हें राह खर्च (पेट्रोल) के लिए अंजुमन सिर्फ 50 रुपए देती है। परमहंस रामचंद्र दास भी कभी-कभी उसी कार में हाशिम साहब के साथ और हाशिम साहब के ही खिलाफ राम जन्मभूमि का मुकदमा लड़ने जाते हैं! अब दोनों ही बाहर वालों से परेशान हैं और खुद को लाचार पाते हैं।

(19 जुलाई, 1987)